STAR WARS

Kristine Kathryn Rusch

STAR WARS™

REBELLION DER VERLORENEN

Aus dem Amerikanischen
von Heinz Nagel

vgs

Die Deutsche Bibliothek – CIP-Einheitsaufnahme

Star wars. – Köln : vgs
Rebellion der Verlorenen / Kristine Kathryn Rusch.
Aus dem Amerikan. von Heinz Nagel. – 1.Aufl. – 1998
ISBN 3-8025-2545-0

Erstveröffentlichung bei:
SPECTRA, trademark of Bantam Books, a division of Bantam
Doubleday Dell Publishing Group, Inc.
Titel der amerikanischen Originalausgabe:
Star Wars – The New Rebellion

Lizenzausgabe mit freundlicher Genehmigung
Copyright Promotions GmbH
Klenzestr. 3, 85737 Ismaning

1. Auflage 1998
© der deutschsprachigen Ausgabe:
vgs verlagsgesellschaft, Köln
und Wilhelm Heyne Verlag, München
Lektorat: Ralf Schmitz
Umschlaggestaltung: Papen Werbeagentur, Köln
Umschlagdesign: Mierre
Satz: Wolframs Direkt Medienvertriebs GmbH, Attenkirchen
Druck: Clausen & Bosse, Leck
Printed in Germany
ISBN: 3-8025-2545-0

Dieses Buch ist vier Gruppen von ganz besonderen Menschen gewidmet: zum ersten den alten Freunden, die mit mir am 25. Mai 1977 in einem Kino in Duluth, Minnesota, saßen: Mindy Wallgren-Holte, Janine (Plunkett) McCusker, Kevin O'Neill und Daniel W. Bergman – Ihr fehlt mir alle sehr, und ich wünsche Euch alles Gute; zum zweiten den Kindern (Nichten und Neffen), die mir dabei halfen, den Kick noch einmal neu zu spüren: Tim Rusch, Priscilla Wolfe, Kathy McNally, Kristine Hofsommer, Knute Hofsommer und Aaron J. Reynolds; zum dritten den lieben Freunden, die ihr Gefühl für das Wunderbare und Exotische nie verloren haben: Kevin J. Anderson, Paul B. Higginbotham, Nina Kiriki Hoffman und Dean Wesley Smith; und schließlich George Lucas für viele vergnügte Stunden sowie John Williams, dessen außergewöhnliche Musik mir immer noch Schauer über den Rücken jagt.

Danksagung

Mein Dank gilt Tom Dupree, Lucy Autrey Wilson und Richard Curtis, die zuerst an mich gedacht haben; Sue Rostoni, die alle meine Fragen beantwortet hat; Renee Dodds, die dafür Sorge getragen hat, daß ich auf dem schmalen Pfad niemals gestrauchelt bin; Jenny Goodnough, die die ganze Tiefe des *Star-Wars*-Universum begriffen hat; Dean Wesley Smith, der mich daran erinnert hat, an den richtigen Stellen zu lachen; Kevin J. Anderson, Rebecca Moesta, Dave Wolverton, Steve Perry und Barbara Hambly für ihre Gedanken, Theorien und Ratschläge und all den anderen *Star-Wars*-Autoren für die wunderbarste Recherche meiner Karriere.

* 1 *

Er stand auf dem höchsten Punkt des Planeten Almania, auf dem Dach eines Turms, den die einstmals so mächtigen Je'har gebaut hatten. Der Turm war nur noch eine Ruine, die Treppen zerbröckelten unter seinen Schritten, das Dach war übersät vom Schutt seit Jahren vergangener Schlachten. Aber von diesem Punkt aus konnte er seine Stadt sehen, tausend Lichter, die vor ihm ausgebreitet lagen, die Straßen leer, nur von Droiden und den stets gegenwärtigen Wächtern bevölkert.

Aber er war nicht daran interessiert, nach unten zu blikken. Er wollte die Sterne sehen.

Ein eisiger Wind ließ seinen schwarzen Umhang flattern. Er verschränkte seine in Handschuhen steckenden Hände hinter dem Rücken. Die Totenkopfmaske, die er trug, seit er die Je'har vernichtet hatte, hing an einer silbernen Kette um seinen Hals.

Über ihm flimmerten die Sterne. Kaum vorstellbar, daß es dort Welten gab. Welten, die bald unter seiner Kontrolle stehen würden.

Bald.

Er hätte in seinem Kommandostand warten können, in dem Observatorium, das man speziell für seine Bedürfnisse gebaut hatte. Aber dies eine Mal wollte er keine schützenden Mauern um sich wissen. Er wollte den Augenblick nicht allein *sehen*, er wollte ihn *spüren*.

Der Gesichtssinn war so bescheiden, so kläglich, wenn man ihn mit der Stärke der Macht verglich.

Er legte den Kopf in den Nacken und schloß die Augen. Keine Explosionen diesmal. Kein greller Lichtschein. Skywalker hatte ihm von dem Augenblick erzählt, als Alderaan starb.

Ich habe eine große Erschütterung der Macht verspürt, hatte der alte Mann gesagt. So hatte es ihm Skywalker wenigstens überliefert.

Die Erschütterung würde diesmal nicht so groß sein, aber Skywalker würde sie spüren. All die jungen Jedi würden sie spüren, und sie würden wissen, daß das Gleichgewicht der Kräfte sich verschoben hatte.

Aber sie würden nicht wissen, daß es sich zu *seinen* Gunsten verschoben hatte, zu Gunsten Kuellers, des Meisters von Almania, der bald über all ihre jämmerlichen Welten herrschen würde.

***

Die Steinmauern fühlten sich an Brakiss' ungeschützten Händen feucht und kalt an. Seine auf Hochglanz polierten schwarzen Stiefel glitten immer wieder auf den zerfallenden Treppenstufen aus, und mehr als einmal hatte er Mühe, auf dem schmalen Grat nicht sein Gleichgewicht zu verlieren. Sein silberner Umhang, ideal für einen Spaziergang durch die Stadt, schützte ihn nicht gegen den kalten Winterwind. Wenn dieses Experiment erfolgreich verlief, würde er nach Telti zurückkehren können. Dort würde es wenigstens warm sein.

Auch das Metallgehäuse des Fernschalters fühlte sich kalt an. Er hatte Kueller das Kästchen nicht geben wollen, solange das Experiment noch nicht abgeschlossen war. Brakiss war erst vor ein paar Augenblicken klargeworden, daß Kueller hier auf die Ergebnisse warten würde, am Ort des größten Triumphs seiner Feinde, dort, wo sie am Ende doch den Tod gefunden hatten.

Brakiss haßte die Türme. Er hatte stets das Gefühl, daß hinter ihren Mauern noch immer etwas raschelte, und einmal, als er unten in den Katakomben war, hatte er ein großes, weißes Gespenst gesehen.

Heute nacht würde er mehr als zwanzig Stockwerke nach oben klettern; die ersten Treppenabsätze hatte er fast im Sturm genommen, bis ihm bewußt geworden war, daß es Stufen gab, die unter seinem Gewicht zerbrechen konnten. Kueller hatte ihn nicht zu sich gerufen, aber das war Brakiss gleichgültig. Je schneller er Almania verließ, um so glücklicher würde er sein.

Die Treppe wurde schmaler, gewundener, und schließlich erreichte er das Dach – oder das, was er für das Dach hielt. Man hatte oben, über der Treppe, ein kleines steinernes Gebäude errichtet, das weder Fenster noch Türen besaß, sondern auf Säulen ruhte, die den Blick auf den mit

Kies bedeckten Boden zu seinen Füßen und den von Sternen übersäten Himmel freigaben. Steine hatten sich aus dem Mauerwerk gelöst und lagen über die Dachfläche verstreut. Die Überreste von Bombeneinschlägen und Blasterschüssen hatten das ehemals flache Dach des Turmes aufgerauht. Kueller hatte weder den Turm noch die anderen Regierungsgebäude der Je'har repariert. Und das würde er auch nie.

Kueller verzieh nie jemandem, der ihm einmal in die Quere gekommen war.

Brakiss fröstelte und hüllte sich enger in seinen dünnen Umhang. Seine vor Kälte starren Finger spürten den Stoff kaum.

"Ich habe Ihnen gesagt, daß Sie unten warten sollen", hallte Kuellers tiefe Stimme an sein Ohr.

Brakiss schluckte. Er konnte Kueller nirgendwo sehen.

Das Sternenlicht fiel auf das Dach, und von dem dunklen Himmel ging ein Leuchten aus, das Brakiss unheimlich war. Er nahm die letzten Stufen und trat aus dem kleinen Gebäude über der Treppe. Ein Windstoß erfaßte ihn und trieb ihn gegen die steinerne Brustwehr. Brakiss stützte sich mit der rechten Hand ab und mußte dazu seinen Umhang loslassen. Die Schließspange zerrte an seinem Hals, als der Wind den Stoff hinter ihm flattern ließ.

"Ich mußte wissen, ob es funktioniert", sagte er.

"Sie werden merken, wenn es funktioniert." Kuellers Stimme war wie etwas Lebendiges. Sie umgab Brakiss, hallte in ihm wider und hielt ihn in ihrem Bann. Brakiss konzentrierte sich nicht auf die Stimme, sondern auf Kueller selbst.

Und schließlich sah er ihn, er stand am Rand des Turmes und blickte auf die Stadt hinunter. Stonia, die Hauptstadt von Almania, wirkte aus dieser Höhe klein und unbedeutend. Aber Kueller sah wie ein mächtiger Raubvogel aus, sein Cape bauschte sich im Wind, und seine breiten Schultern ließen auf große Körperkraft schließen.

Brakiss trat einen Schritt vor, als der Wind plötzlich erstarb. Die Luft rings um ihn erstarrte, und er versteifte sich. In dem Augenblick hörte – fühlte – sah er eine Million Stimmen in Angst und Schrecken aufschreien.

Angst stieg in ihm auf, und er erlebte erneut jenen Augenblick, als Master Skywalker ihn tief in sein eigenes Herz hatte schauen lassen, jenen Augenblick, in dem er sich selbst erkannt und darüber fast den Verstand verloren hatte.

In seiner Kehle bildete sich ein Schrei ...

... und erstarb, als die anderen Schreie rings um ihn gleichsam explodierten, ihn erfüllten, ihn wärmten, das Eis im Wind schmolzen. Er fühlte sich stärker, größer, mächtiger als je zuvor. Statt Angst spürte sein Herz eine sonderbare, widersinnige Freude.

Er blickte auf. Kueller hatte die Arme zum Himmel erhoben, den Kopf in den Nacken gelegt, sein Gesicht war zum ersten Mal seit Jahren unbedeckt. Er hatte sich verändert. Ein Wissen war ihm in jede Pore gedrungen, das Brakiss nicht mit ihm teilen wollte.

Und doch ...

Und doch ging ein Leuchten von Kueller aus, als hätte der Schmerz jener Million Stimmen etwas in ihm genährt, ihn noch größer gemacht.

Der Wind kehrte zurück, trieb Brakiss mit eisiger Faust gegen das Mauerwerk. Kueller schien ihn überhaupt nicht zu spüren. Er lachte, ein tiefes Kollern, das den Turm erbeben ließ.

Brakiss stützte sich an der Mauer ab. Er wartete, bis Kueller die Arme sinken ließ, dann sagte er: "Es hat funktioniert."

Kueller schob sich die Maske über das Gesicht. "Ja, recht gut sogar."

Was für eine Untertreibung für einen so großen Augenblick. Kueller durfte nicht vergessen, daß auch Brakiss stark in der Macht war.

Jetzt drehte Kueller sich um, sein Cape umflatterte ihn. Fast sah es so aus, als würde er fliegen. Die Totenkopfmaske, die sein Gesicht bedeckte, phosphoreszierte. "Ich nehme an, Sie wollen jetzt zu Ihrer jämmerlichen Aufgabe zurückkehren."

"Auf Telti ist es warm."

"Hier könnte es ebenso warm sein", erwiderte Kueller.

Brakiss schüttelte den Kopf, fast ohne sich dessen bewußt zu sein. Er haßte Almania.

"Ihr Problem ist, daß Sie die Kraft des Hasses nicht erfassen", sagte Kueller mit weicher Stimme.

"Ich dachte, Sie hätten einmal gesagt, mein Problem sei, daß ich zwei Herren diene."

Kueller lächelte, die dünnen Lippen seiner Maske folgten der Bewegung seines Mundes. "Sind es nur zwei?"

Die Worte hingen zwischen ihnen. Brakiss' Körper fühlte sich an, als bestünde er aus Eis. "Es hat funktioniert", wiederholte er.

"Ich nehme an, Sie erwarten jetzt eine Belohnung."

"Das hatten Sie versprochen."

"Ich mache keine Versprechungen", versetzte Kueller. "Ich gebe zu verstehen."

Brakiss verschränkte die Arme vor der Brust. Er würde nicht zornig werden. Kueller wollte, daß er zornig wurde. "Sie haben etwas von großem Reichtum *zu verstehen gegeben*."

"Das habe ich", nickte Kueller. "Verdienen Sie großen Reichtum, Brakiss?"

Brakiss sagte nichts. Kueller hatte ihn wieder aufgebaut, nach Yavin 4, nach dem katastrophalen Einsatz, der Brakiss beinahe den Rest seines Verstandes gekostet hatte. Aber Brakiss hatte seine Schuld längst beglichen. Er blieb nur, weil er nicht wußte, wohin er sonst gehen sollte.

Er stieß sich von der Brustwehr ab und schickte sich an, die Treppe hinunterzugehen. "Ich werde nach Telti zurückkehren", sagte er trotzig.

"Gut", entgegnete Kueller. "Aber vorher werden Sie mir den Fernschalter geben."

Brakiss blieb stehen und sah Kueller über seine Schulter hinweg an. Kueller war in der letzten Stunde größer geworden. Größer und mächtiger.

Aber vielleicht lag das nur an der Dunkelheit.

Einen anderen, gewöhnlichen Sterblichen hätte Brakiss gefragt, wieso er über den Fernschalter Bescheid wußte. Aber Kueller war kein gewöhnlicher Sterblicher.

Brakiss hielt ihm das kleine Gerät hin. "Er ist langsamer als die Kontrollen, die ich Ihnen gebaut habe."

"Schön."

"Sie müssen die Sicherheitscodes überbrücken und die entsprechenden Seriennummern eingeben."

"Ich bin sicher, daß ich das kann."

"Sie müssen eine persönliche Verbindung etablieren."

"Brakiss, ich kann mit Fernschaltern umgeben."

"Also gut", sagte Brakiss. Er trat einen Schritt hinter eine der steinernen Säulen des kleinen Gebäudes über der Treppe, wo einen der Wind nicht erreichen konnte, wo es wärmer war.

Er glaubte einfach nicht, daß Kueller ihn so ohne weiteres gehen ließ.

"Was verlangen Sie von mir, wenn ich nach Telti zurückkehre?" fragte Brakiss.

"Skywalker", antwortete Kueller, und der Haß ließ seine Stimme vibrieren. "Den großen Jedi-Meister, Luke, den *unbesiegbaren* Skywalker."

Die Kälte drang Brakiss bis ans Herz. "Was haben Sie mit ihm vor?"

"Ich werde ihn vernichten", sagte Kueller. "Weil er versucht hat, uns zu vernichten."

* 2 *

Luke Skywalker balancierte mit tief in der feuchten Dschungelerde vergrabenen Fingern kopfüber auf einer Hand. Schweiß rann ihm über den nackten Rücken ins Gesicht und tropfte von Nase und Kinn. Auch seine Füße waren nackt. Er trug lediglich eine alte, enganliegende Hose, die an seiner verschwitzten Haut klebte. R2-D2 schwebte über ihm in der Luft, zwischen ein paar Felsbrocken und einem halb vermoderten Baum. Ein halbes Dutzend Schüler seines jüngsten und mächtigsten Jahrgangs hatte sich um Luke versammelt.

Er hielt diese Position, seit die riesige, orangerote Kugel des Gasplaneten Yavin am Horizont seines vierten Mondes aufgetaucht war. Yavin stand jetzt im Zenit, und obwohl Luke schwitzte, war er weder müde, noch hatte er Durst. Die Macht durchfloß ihn wie kühles Wasser und hielt R2, die Felsbrocken und den Baum in der Schwebe.

Die Schüler jedoch wurden allmählich unruhig. Wahrscheinlich fragten sie sich, wie lange sie noch zusehen mußten. Vielleicht würde er sie einen nach dem anderen hochheben und dann loslassen, damit sie, je nach den Gaben des einzelnen Delinquenten, sanft oder etwas heftiger wieder zum Boden zurückfanden.

Luke unterdrückte ein Lächeln. Es machte ihm großen Spaß, junge Jedi zu unterweisen, aber das ließ er sich nicht immer anmerken. Manchmal dachten die Schüler, er würde sich über sie lustig machen, und das war einer guten Beziehung zwischen Schüler und Lehrer nicht zuträglich. Trotzdem gab es Augenblicke reinen Vergnügens für ihn, ganz besonders in Zeiten wie diesen. R2 hielt von diesem Aspekt der Ausbildung wenig, aber Luke kam sich dabei wieder wie ein kleiner Junge vor.

Statt einen seiner Schüler anzuheben, ließ er einen weiteren Felsbrocken in die Luft steigen. Er schwebte dicht bei den anderen und schaukelte ein paarmal hin und her, bis er ausbalanciert war. Die Schüler sahen zu, sie waren plötzlich mucksmäuschenstill. Luke ließ den Blick über die kleine Reihe schweifen und suchte nach Anzeichen von Überdruß.

Der erste, der Ungeduld erkennen ließ, würde der erste in der Luft sein.

Er hatte im Laufe der Jahre gelernt, daß dies eine gute Methode war, seine Schüler Geduld zu lehren und ihnen gleichzeitig zu zeigen, was die Macht konnte. Wie so viele seiner Methoden eignete sie sich für manche Schüler, während sie für andere völlig ungeeignet war. Die Reaktionen eines Schülers auf unterschiedliche Aspekte der Ausbildung verschafften Luke Einblick in dessen Denkweise. Diese jungen Leute hier standen noch am Anfang der Ausbildung, daher reagierten sie einheitlich, weil sie ihr Verhalten einander anpaßten. Aber Luke hoffte, daß es, bis der Tag zu Ende war, mit dieser Anpassung ein Ende haben würde.

Dann schlug eine Welle von Emotionen über ihm zusammen – kalt, hart, von Schrecken erfüllt. Der Schmerz war schlimmer als alles, was er je empfunden hatte, schlimmer als damals, als er auf *Palpatines Auge* beinahe sein Bein verloren hätte, schlimmer als die elektrischen Hiebe des Imperators auf dem zweiten Todesstern, schlimmer als die Zerstörung seines Gesichts auf Hoth. Und in den Schrekken und den Schmerz mischte sich der Schock des Verrats, ein Schock, der durch die Millionen von Geistern, die ihn empfanden, vervielfacht wurde.

Luke schwankte auf seiner Hand; er hatte Mühe, die Felsbrocken und den Baum in der Schwebe zu halten, damit sie nicht auf seine nichtsahnenden Schüler herabregneten. R2 schoß mit einem lauten Kreischen durch die Luft, einem Kreischen, das sich mit den Schreien in Lukes Bewußtsein vermischte. Dann landete der Droide mit einem metallischen Scheppern auf dem Dschungelboden. Lukes Schüler stoben auseinander, und Luke selbst verlor die Kontrolle.

Sein Arm knickte unter ihm ein, und er prallte auf den Boden, spürte, wie ihm die Luft aus den Lungen gepreßt wurde. Dann lag er auf dem Rücken, sank in die weiche Erde und hörte immer noch das Echo der Schreie in seinem Bewußtsein.

Dann waren die Stimmen plötzlich und ebenso schnell, wie sie gekommen waren, wieder verschwunden.

"Alles in Ordnung?" erkundigte sich einer seiner Schüler. Die Stimme klang wie seine eigene, erfüllt von derselben bebenden Furcht, die er vor siebzehn Jahren empfunden hatte. "Was ist passiert?"

Luke legte die linke Hand über sein Gesicht. Er zitterte. "Ich spürte eine große Erschütterung der Macht ..." Er fragte sich, wieso sie es nicht fühlten, wieso er selbst vor vielen Jahren nicht etwas viel Stärkeres empfunden hatte.

... als ob Millionen in panischer Angst aufschrien und plötzlich verstummten.

"Ben", flüsterte er. "Ein neuer Todesstern?"

Aber er erwartete keine Antwort. Ben hatte ihn verlassen, lange bevor es eine Jedi-Akademie gab, vor Großadmiral Thrawn – Bens tröstliche Allgegenwart gehörte der Vergangenheit an.

Luke schloß die Augen, tastete nach dem Punkt, von dem die Störung ausging. Er fand eine große Leere, wo kurz zuvor noch Leben existiert hatte. Der Nachhall des Schmerzes, der Überraschung, des Verrats verweilte wie das Echo eines Schreis über dem Rand einer Schlucht.

"Master Skywalker?" Das war die Stimme einer seiner vielversprechendsten Schülerinnen, Eelysa, einer jungen Frau von Coruscant. "*Master Skywalker*?"

Er winkte ihr mit der rechten Hand beschwichtigend zu. Sein Rücken schmerzte von der Wucht des Aufpralls, seine Brust schmerzte aus Mangel an Sauerstoff, und sein Herz schmerzte von der Größe des Verlusts. Irgendwo in der Ferne konnte er R2 kläglich pfeifen hören.

Er mußte sich aufsetzen, um den Schülern zu zeigen, daß alles gut war, auch wenn es das nicht war.

"Master Skywalker?"

Eelysas Stimme verschmolz mit dem vielfachen Echo in seinem Bewußtsein und wurde eins mit ihm. Er schlug die Augen auf. Im Schatten seiner zitternden Hand sah er Leias Gesicht, rußig und mit Blut bedeckt. Er griff nach ihr, und dann war sie verschwunden.

Es ist die Zukunft, die du siehst.

Das Echo der Zerstörung kam nicht von Coruscant. Er würde es wissen, wenn Leia etwas zugestoßen wäre. Oder Han. Oder den Kindern.

Er würde es wissen.

Wieder pfiff R2, diesmal ungeduldig.

"Sucht R2!" befahl Luke. Seine Stimme klang gequält, zittrig, geistesabwesend, so wie die Stimme Bens nach der Vernichtung von Alderaan.

Das Knacken von Zweigen rings um ihn verriet ihm, daß

drei Schüler sich auf die Suche nach R2 begaben.

Aber vielleicht rannten sie auch nur vor Luke davon, der so unerwartet die Selbstbeherrschung verloren hatte.

"Was ist geschehen, Master Skywalker?" Eelysa kauerte neben ihm. Ihr zierlicher, schlanker Körper war gekrümmt, als wollte sie sich gegen einen unsichtbaren Feind schützen. Sie war für ihn eine große Überraschung, ein junges Mädchen, das nach dem Tod des Imperators auf Coruscant zur Welt gekommen war und dessen Gaben in der Macht von all den verderblichen Einflüssen um es her unbehelligt geblieben waren. Sie war jung. Sehr, sehr jung.

"Gerade sind eine Million Menschen gestorben, ganz plötzlich und unter großen Schmerzen." Er stemmte sich hoch und stützte sich auf seine Ellbogen. Etwas ungeheuer Böses war in die Galaxis zurückgekehrt. Das wußte er.

Und es bedrohte Leia.

Auch das wußte er.

Die Tage des Lehrens waren vorbei. Er und R2 mußten sofort aufbrechen – nach Coruscant.

***

Leia Organa Solo, Staatschefin der Neuen Republik, schob den Gürtel ihres langen weißen Gewandes zurecht. Sie atmete tief durch. Mon Mothma legte ihr die Hand auf den Arm. Leia lächelte ihr abwesend zu, so wie sie als junge Senatorin gelächelt hatte, als sie Palpatine und seinen Gefolgsleuten im imperialen Senat gegenübergetreten war.

Dann ließ sie die angestaute Luft entweichen. Sie hatte seit ihrer Teenagerzeit nicht mehr so empfunden: ein Gefühl des Verlusts, der Niederlage. Ein Gefühl, daß ihr Leben sich änderte, ohne daß sie dies gestattet hatte und ohne daß sie es kontrollieren konnte.

Mon Mothma schloß die mit Schnitzereien verzierte Tür und drehte den Schlüssel im Schloß. Sie befanden sich in einem kleinen Ankleideraum, der in den Tagen des Imperators Palpatine unmittelbar an den Versammlungsraum des Senats angebaut worden war; der Raum hatte als geheimer Kommunikationsbereich gedient, als Ankleideraum nur getarnt. Die Wände waren mit Blattgold verziert und wirkten sehr filigran. Ein vom Boden bis zur Decke reichender Spiegel bedeckte eine ganze Wand und zeigte das Bild von

Leia und Mon Mothma. In mancher Hinsicht sah Mon Mothma, in deren kurzem Haar bereits silberne Strähnen zu erkennen waren, wie eine ältere, gelassenere Leia aus. Winzige Falten durchfurchten ihre Haut, Falten, die auf die schlimme Krankheit zurückzuführen waren, mit der Botschafter Furgan von Carida sie vor sechs Jahren infiziert hatte.

"Was ist?" fragte Mon Mothma.

Leia schüttelte den Kopf. Dann strich sie mit feuchten Händen über ihr Kleid. Sie sah nicht viel anders aus als das junge Mädchen, das, erfüllt von Hoffnung und Idealismus, vor den imperialen Senat getreten war: Prinzessin Leia Organa von Alderaan, die jüngste Senatorin, die fest davon überzeugt gewesen war, daß die Alte Republik mit Vernunft und Überredungskunst gerettet werden konnte; das junge Mädchen, das seinen Idealismus in dem Augenblick verlor, als es in Senator Palpatines verwüstetes Gesicht geblickt hatte.

"Sie sind jetzt Mitglieder der Neuen Republik, Leia", sagte Mon Mothma. "Sie sind auf faire Weise gewählt worden."

"Nein. Es ist einfach nicht richtig. So hat das alles schon einmal angefangen." Dieser Streit schwelte seit den Wahlen auch zwischen Leia und Han: Eine Handvoll Planeten hatte beim Senat den Antrag gestellt, auch ehemalige Imperiale als politische Vertreter zuzulassen. Sie argumentierten, daß einige gewiefte Politiker – untergeordnete Beamte oder Funktionäre – das Überleben der Bevölkerung ihrer Welten durch die Zusammenarbeit mit dem Imperium gewährleistet hatten: kleine Bürokraten, die das Leben von Dutzenden Rebellen retteten, indem sie ungewöhnliche Truppenbewegungen oder ungewöhnliche Gesichter in der Menge einfach übersahen. Leia hatte sich diesem Begehren von Anfang an widersetzt, aber sie war in nichtöffentlicher Sitzung des Inneren Rats starkem Druck ausgesetzt gewesen. M'yet Luure, der mächtige Senator von Exodeen, erinnerte sie schließlich daran, daß selbst sie einmal, als imperiale Senatorin nämlich, dem Imperium gedient hatte, und Leia hielt ihm entgegen, daß sie bereits damals insgeheim der Rebellion angehört hatte. M'yet hatte gelächelt und dabei sechs Reihen häßlicher Zähne sehen lassen. "Diese Leute haben ebenfalls der Rebellion gedient", hatte er entgegnet, "auf ihre eigene Weise."

Leia wollte das nicht gelten lassen. Sie hatten dem Imperium gedient, es nicht bekämpft, nur gelegentlich ein Auge zugedrückt oder weggeschaut. Aber M'yets Argumentation war nicht von der Hand zu weisen, und so hatte der Senat dem umstrittenen Antrag schließlich zugestimmt. Leia war es mit Hilfe ihrer politischen Freunde im letzten Moment gelungen, das Wahlgesetz abzuändern: Ehemalige Sturmtruppler durften kein öffentliches Amt ausüben, kein Imperialer, der jemals ein höheres Amt bekleidet hatte, kein ehemaliger imperialer Gouverneur – kurz, kein Imperialer, der im Imperium Zugang zur Macht gehabt hatte, durfte ein Amt in der Neuen Republik ausüben. Dennoch war Leia der Ansicht, daß dieses Gesetz nicht ausreichte.

"Sie werden alles zerstören, wofür wir gearbeitet haben", sagte sie zu Mon Mothma.

"Das wissen Sie nicht", antwortete diese mit sanfter Stimme.

Es klang wie ein Echo dessen, was Han gesagt hatte. Leia ballte die Fäuste. "Eines weiß ich jedenfalls", sagte sie. "Seit wir die Neue Republik ins Leben gerufen haben, konnten wir stets sicher sein, daß unsere Führer dieselben Ziele verfolgten. Wir teilten dieselben Überzeugungen, und wir haben immer an einem Strang gezogen."

Der Griff, mit dem Mon Mothma Leias Arm umfaßt hielt, lockerte sich. "Wir haben gegen das Imperium gekämpft, aber jetzt gibt es kein Imperium mehr. Nur noch Banden. Eines Tages müssen wir die Rebellion hinter uns lassen und eine echte Regierung bilden. Und dazu gehört auch, daß wir jene akzeptieren, die unter dem Imperium gelebt, ihm aber nicht gedient haben."

Leia schüttelte den Kopf. "Dafür ist es noch zu früh."

"Ich glaube", sagte Mon Mothma, "daß es nie früh genug ist."

Leia zupfte an ihrem Rock. Sogar ihr Haar hatte sie auf jene schon lange aus der Mode geratenen Weise frisiert: zu Zöpfen geflochten, die sich um ihre Ohren kringelten – ein äußeres Zeichen ihrer trotzigen Abneigung gegen die neuen Senatsmitglieder und dafür, daß die Staatschefin Leia Organa Solo früher einmal die Prinzessin, Senatorin und Rebellenführerin Leia Organa gewesen war. Han hatte sie, ehe sie ihre Wohnung verließen, in die Arme genommen und geküßt, dann war ein unmißverständliches Grinsen auf seinen Zügen erschienen. *Soll das etwa heißen, Euer Gnaden, daß ich wieder zum Schlitzohr werden muß?*

Leia hatte ihn lachend angestoßen, aber jetzt lauschte sie dem inneren Nachhall seiner Worte. Vielleicht war sie selbst das Problem. Vielleicht war sie einfach nicht bereit, einen Schritt nach vorn zu tun. Vielleicht wollte sie einfach nicht von der Vergangenheit lassen.

"Also schön", seufzte Leia und richtete sich auf, plötzlich wieder bereit, die Last der Führung auf sich zu nehmen. "Bringen wir es hinter uns."

Mon Mothma rührte sich nicht von der Stelle. "Eines noch", sagte sie. "Bedenken Sie, daß der Charakter Ihrer Rede anläßlich der Eröffnung dieser Sitzungsperiode des Senats die künftigen Debatten noch auf Jahre hinaus bestimmen wird."

"Ich weiß", entgegnete Leia. Sie griff nach der Tür – und in dem Augenblick schlug eine eiskalte Woge über ihr zusammen. Sie erstarrte. Schreie – Hunderte, nein, Tausende von Stimmen, so schwach, daß sie sie kaum wahrnehmen konnte. Dann sah sie, wie sich auf der goldenen Tür ein Gesicht bildete, ein weißes Gesicht mit schwarzen, leeren Augen. Das Gesicht war konkav, ein Schädel fast, wie die Totenmasken, die sie in ihrer Jugend in einem Museum auf Alderaan gesehen hatte. Nur daß diese Maske lächelte, und die Kälte nahm weiter zu.

Dann verstummten die Stimmen. Leia brach zusammen, sank gegen die Tür.

Mon Mothma eilte an ihre Seite und packte Leia, taumelte, als sie versuchte, sie zu stützen. "Leia?"

Leia verspürte immer noch eisige Kälte. Eine solche Kälte hatte sie nicht einmal auf Hoth gespürt. Ihre Zähne klapperten. Sie griff mit ihrer beschränkten Ausbildung in die Macht hinaus und fand ihre Kinder in ihren Zimmern, wo sie hingehörten.

"Luke", flüsterte sie. Dann befreite sie sich aus Mon Mothmas Griff und trat an die alte Kommunikationskonsole. Als sie mit Yavin 4 Kontakt hatte, teilte man ihr mit, daß Luke sich in seinem X-Flügler befand.

"Leia, was ist los?" wollte Mon Mothma wissen.

Leia gab keine Antwort. Sie wartete, bis man sie mit Lukes Schiff verbunden hatte. Plötzlich erfüllte seine Stimme den Raum. "Leia?" fragte er in einem Tonfall, der erkennen ließ, daß er sich ebenfalls Sorgen machte.

"Mir geht es gut, Luke", antwortete sie erleichtert.

"Ich komme zu dir. Warte auf mich."

Aber sie konnte nicht warten. Sie mußte es wissen. "Du hast es auch gespürt, nicht wahr? Was war das?"

"Alderaan", flüsterte er, und das war alles, was sie wissen mußte.

Das Bild von Alderaan füllte ihr Bewußtsein. Alderaan, so wie sie ihren Heimatplaneten zuletzt vom Todesstern aus gesehen hatte, schön und friedlich, Sekunden, bevor er in Stücke gerissen wurde.

"Nein!" stöhnte sie. "Luke?"

"Ich bin bald bei dir, Leia." Luke Skywalker unterbrach die Verbindung. Dabei brauchte sie ihn jetzt, sie wollte nicht, daß er so bald wieder verschwand. Etwas Grauenvolles war geschehen, etwas wie die Vernichtung von Alderaan.

Und sie hatte es gespürt.

"Was ist passiert, Leia?" Mon Mothma legte die Arme um Leia, die jetzt nicht mehr zitterte.

"Etwas Schreckliches", erwiderte sie. Sie streckte die Hand aus, berührte das kühle Gold der Tür, richtete sich mit einiger Mühe auf und stand dann aufrecht da. "Hinter dieser Tür wartet der Tod, Mon Mothma."

"Leia!"

"Luke kommt. Er hat auch etwas gespürt."

"Dann sollten Sie ihm vertrauen", sagte Mon Mothma. "Wenn Sie in akuter Gefahr wären, würde er das wissen."

Aber er hatte es *nicht* gewußt. Er war ebenso erleichtert gewesen, von ihr zu hören, wie sie es über sein Erscheinen auf dem Bildschirm war. "Han soll kommen. Bitte schicken Sie jemanden nach ihm."

Mon Mothma nickte. "Ich nehme an, Sie wollen die Eröffnungssitzung vertagen."

Leia hätte nichts lieber getan. Aber sie richtete sich kerzengerade auf, rieb ihre kalten Hände aneinander und überprüfte ein letztes Mal, ob ihre Zöpfe richtig saßen. "Nein", sagte sie. "Sie haben ganz recht. Ich muß darauf achten, welche Botschaft ich vermittle. Ich gehe hinein. Aber lassen Sie uns heute nachmittag die Wachen verdoppeln und die Sicherheitsmaßnahmen auf Coruscant verstärken. Und außerdem soll Admiral Ackbar den umliegenden Weltraum auf ungewöhnliche Phänomene scannen lassen."

"Was fürchten Sie?" fragte Mon Mothma.

Erneut blitzte Alderaan vor Leias innerem Auge auf, Alderaan im Augenblick der Vernichtung, ein grelles, strahlend helles Licht. "Ich weiß es nicht", sagte sie. "Vielleicht einen Todesstern oder einen Sonnenhammer. Etwas, das uns alle vernichten könnte."

* 3 *

Han saß in einer dunklen Ecke des verräucherten Raumes. Er hatte dieses Kasino nicht mehr besucht, seit er, noch vor seiner Heirat mit Leia, den Planeten Dathomir in einem Sabaccspiel gewonnen hatte. Seit damals hatte das Kasino wenigstens fünfzehnmal den Besitzer gewechselt – jetzt nannte es sich Crystal Jewel, und einen unpassenderen Namen hätte man schwerlich finden können –, aber nichts hatte sich verändert. Es roch nach Fäulnis und Moder, vermischt mit Rauch und Alkohol. Eine mittelmäßige Band spielte betont desinteressiert Tatooine Blues. Rings um Han wogten die Gespräche, hoben und senkten sich mit dem Auf und Ab an den Sabacctischen.

Seine rechte Hand umschloß ein Glas mit blauem Gizerbier, das er einem Servodroiden weggeschnappt hatte. Hans Begleiter Jarril war vor ein paar Augenblicken auf der Suche nach der Bar verschwunden. Han wußte nicht, ob er überhaupt zurückkommen würde.

Er sah dem Sabaccspiel an dem Tisch neben ihm zu, wo ein Gotal gerade alles aufs Spiel setzte, was er besaß. Als er die Jetons über den Tisch schob, verlor er ganze Büschel von grauem Haar. Die meisten Gotals hatten gelernt, ihren Haarausfall unter Kontrolle zu halten. Dieser hier mußte ungewöhnlich nervös sein. Seine Begleiter schienen das indes nicht zu bemerken.

Ein Brubb, ein großes, braunes Reptil, kratzte sich die knollige Haut und übersäte den Boden mit Schuppen, während sein Schweif gegen den Metallsockel eines Servodroiden schlug; die zweiarmige Ssty zählte ihre Karten, ihre Klauen versahen sie mit kaum sichtbaren Kerben; der winzige Tin-Tin-Zwerg stand auf seinem Stuhl, seine rattenähnlichen Züge konzentrierten sich ganz auf den Berg Jetons in der Mitte des Tisches.

Die Croupierdroiden hatte man seit Hans letztem Besuch auf den neuesten Stand gebracht. Der Croupier am nächsten Tisch war an der Decke verschraubt, konnte sich aber im Gegensatz zu seinen Vorgängern auf Tischhöhe herunterlassen und widerspenstige Spieler vom Spieltisch verweisen. Genau das hatte er unmittelbar nach Jarrils Abgang getan und damit Hans Aufmerksamkeit erregt. Er hatte noch nie einen so aggressiven Droiden gesehen, wenn er auch zugeben mußte, daß dieser hier genau am richtigen Ort war.

"Die Schlange war endlos." Jarril nahm wieder Platz. Er hielt zwei Drinks, beide giftgrün, in der Hand. Sie wirkten nicht gerade anziehend.

Han hob sein Gizerbier. "Wenn ich gewußt hätte, daß du mich einlädst, hätte ich gewartet."

Jarril zuckte die Achseln. Er war klein und hatte schmale Schultern, sein Gesicht war mit Narben übersät, kein Wunder in Anbetracht des Lebenswandels seines Besitzers. Doch um seine Hände hatte Han Jarril immer beneidet: Schmugglerhände, mit langen, dünnen, sich konisch verjüngenden Fingern, ideal geeignet für das Steuer eines Raumschiffs, einen Blaster und alle Glücksspiele, die manuelle Geschicklichkeit erforderten. "Dann springt eben mehr für mich raus", sagte Jarril.

Das Glaubensbekenntnis eines Schmugglers. Han grinste. Es lag eine Ewigkeit zurück, daß er zuletzt ein Lokal wie dieses besucht hatte. Wahrscheinlich hätte er Jarrils Anruf gar nicht erwidert, wenn Leia nicht gewesen wäre. Aber sie hatte wie die scharfzüngige Prinzessin ausgesehen, die er damals gerettet hatte, als er noch ein gleichermaßen scharfzüngiger Halunke gewesen war. Manchmal fehlte ihm jener Teil seines Wesens mehr, als er sich eingestehen mochte.

Han schob seinen Stuhl zurück, bis er an die Wand stieß. Er trug einen Blaster an der Hüfte; kein vernünftiger Mann betrat eine Spelunke wie diese ohne Schutz, das hatte er gelernt, noch ehe er laufen konnte. Außerdem wußte er wirklich nicht, was Jarril zu seinem Besuch veranlaßt hatte.

"Du bist sicherlich nicht bloß deshalb nach Coruscant gekommen, um mich auf einen Drink einzuladen", begann Han. Daß der Jarril, an den er sich erinnerte, nie einen anderen zu etwas eingeladen hätte, behielt er für sich. An seinem alten Kumpan hatte sich eine ganze Menge geändert, darunter auch die Qualität seiner Kleidung. Früher hatte Jarril seine Hemden so lange getragen, bis sie sich auflösten. Das Hemd, das er heute trug, war aus waschecht gefärbter grüner Gaberwolle – ein ungewöhnlich häßliches Kleidungsstück, aber ganz offensichtlich eine Neuerwerbung.

"Nein, das bin ich nicht", nickte Jarril. Er leerte sein Glas mit einem Zug, hustete, wischte sich den Mund und grinste. Seine Zähne leuchteten einen Augenblick lang grün, ehe er die Flüssigkeit von ihnen leckte. "Ich wollte dich auf eine Chance hinweisen, dir einen Tip geben."

Unglaublich. Eine Chance. Für Han Solo, den Helden der Allianz, der zugleich Ehemann, Vater und Familienoberhaupt war. "Ich habe Chancen genug", sagte Han und fragte sich im gleichen Augenblick, um welche Chance es sich wohl handelte.

"Sicher, klar." Jarril wischte sich eine Haarsträhne aus der zerfurchten Stirn. "Ich muß zugeben, du bist viel länger sauber geblieben, als ich geglaubt hätte. Ich habe damals gedacht, du sitzt nach sechs Monaten mit der Prinzessin wieder mit Chewie zusammen im *Falken* und setzt Kurs auf irgendein unbekanntes Ziel."

"Hier gibt es genug für mich zu tun", sagte Han.

"Zu tun vielleicht", räumte Jarril ein. "Aber wenn du mich fragst, läßt du deine Talente verkümmern. Du und Chewie, ihr beiden wart die besten Piraten, die ich je gekannt habe."

Han griff an seinen Blaster und tastete nach dem Abzug. "So lange bin ich aber auch noch nicht draußen, Jarril, daß ich mich so leicht reinlegen lasse. Was willst du?"

Jarril beugte sich über den Tisch. Sein Atem roch nach Pfefferminze, Bier und Schokolade. "Dort draußen ist Geld zu holen, mehr Geld, als wir uns je erträumt haben."

"Ich weiß nicht", entgegnete Han. "Ich kann mir eine ganze Menge erträumen."

"Das kann ich auch." Jarril sprach mit so leiser Stimme, daß Han ihn bei dem Lärm der Band kaum hören konnte. "Und ich habe so viel, daß ich gar nicht alles ausgeben kann."

"Gratuliere", sagte Han. "Soll ich darauf trinken?"

"Es interessiert dich also nicht, wie?" fragte Jarril. Sein Blick war seltsam eindringlich.

"Vielleicht hätte es mich vor ein paar Jahren interessiert, Jarril, aber ich habe jetzt einen Lebensinhalt gefunden."

"Und was für ein Leben", sagte Jarril. "Den ganzen Tag herumsitzen und auf die Kinder aufpassen, während deine bessere Hälfte ihr ganz persönliches Imperium führt."

Han beugte sich vor, und seine Hand packte mit einer geübten blitzschnellen Bewegung Jarrils Hemdkragen. "Paß auf, was du sagst, Kumpel!"

Jarril schnitt eine Grimasse, ein mißglückter Versuch, zu lächeln. Seine Augen wanderten von Hans Gesicht zu seiner versteckten Hand und dann wieder zurück. Gut. Han hatte nichts verlernt. "War nicht böse gemeint, Solo", versicherte Jarril. "Ich habe das nur so gesagt, weißt du?"

Hans Hand schloß sich fester um Jarrils Hemd. "*Was willst du?*"

"Ich brauche Hilfe, Han."

Han ließ Jarril los. Der plumpste auf seinen Sitz zurück und griff nach seinem zweiten Glas, schüttete das widerwärtig grüne Zeug hinunter und wischte sich den Mund ab. Han wartete, immer noch den Finger am Abzug. Schmuggler baten untereinander nie um Hilfe. Manchmal tricksten sie ihre Freunde aus und verschafften sich auf diese Weise einen Vorteil, aber um Hilfe baten sie nie. Und Jarril *hatte* gerade versucht, ihn auszutricksen. Allerdings ohne Erfolg.

Jarril fuhr sich wieder mit der Zunge über die Zähne und nahm sich von einem vorüberziehenden Servodroiden ein neues Glas.

"Ein bißchen schnell, wenn ich bitten darf", sagte Han. "Meine kleine Frau erwartet mich zu Hause, und das Essen muß auf dem Tisch stehen, wenn sie kommt." Er kippte mit seinem Stuhl nach hinten, so daß er auf zwei Beinen stand, und lehnte den Kopf gegen die Wand. "Meine Schmugglerpastete ist berühmt."

Jarril hob beide Hände. "Ich will dich nicht auf den Arm nehmen, Han. Wirklich nicht. Das Geld ..."

"Du hast gesagt, du brauchst Hilfe."

"Die brauchen wir alle, denke ich." Jarrils Stimme wurde wieder leise. "Das viele Geld hat seinen Preis. Ich habe in meinem ganzen Leben noch nicht so viel Geld auf einem Haufen gesehen."

"Das habe ich schon mitgekriegt", sagte Han. "Du bist reich. Das bringt Probleme mit sich. Alles klar. Bloß daß mir nicht nach Jammern zumute ist."

"Ich jammere nicht", bemerkte Jarril und wurde wieder etwas lauter, wie um seinem Protest Nachdruck zu verleihen.

"Klingt für mich aber so, Kumpel."

"Nein, du verstehst nicht, Han. Da draußen sterben Menschen. Gute Leute."

"Ich wußte gar nicht, daß du gute Leute kennst, Jarril."

"Ich kenne *dich*."

"Willst du damit sagen, daß mich jemand bedroht?"

"Nein." Jarril blickte verstohlen über die Schulter.

"Leia?"

"Nein!" Jarril schob seinen Stuhl näher heran. Han mußte den Winkel seines Blasters der Bewegung anpassen. "Schau, Han, jeder in unserem Geschäft, der auch nur ein bißchen Hirn besitzt, hat in den letzten paar Monaten ein Vermögen verdient. Jeder, den wir kennen, und außerdem Leute, denen du noch nie begegnet bist. Ein Vermögen. Smuggler's Run ist nicht mehr das, was es mal war. Im Run liegen mehr Kredits, als die Huts in einem ganzen Leben ausgeben könnten."

"Und?"

"Und?" Wieder leerte Jarril sein Glas. "Am Anfang hat alles ganz prima ausgesehen. Dann sind ein paar Kumpels nicht mehr zurückgekommen. Gute Leute. So wie du und Calrissian."

Han unterdrückte ein Grinsen. Er und Lando hatten früher immer als ein wenig sonderbar gegolten, weil sie gelegentlich anderen Schmugglern halfen, die in Schwierigkeiten geraten waren. "Wo waren die Kollegen denn, ehe sie verschwanden."

Jarril zuckte die Achseln. "Zuerst habe ich mir nichts dabei gedacht, bis mir klarwurde, daß immer die verschwanden, die in unserem Geschäft das Abenteuer und das große Geld suchen. Und da mußte ich an dich denken, alter Freund."

"An mich?"

"Nun ja, ich dachte, du und Chewie, ihr könntet vielleicht mal nachsehen, was da los ist. Ganz inoffiziell. Vielleicht."

"Ich habe Familie", sagte Han.

Jarril biß sich auf die Unterlippe, wie um etwas nicht zu sagen, was ihm auf der Zunge lag. Schließlich meinte er: "Deshalb bin ich ja hierhergekommen. Du kennst eine Menge Leute. Vielleicht könntest du herausfinden, was da im Gange ist. Inoffiziell."

"Seit wann braucht Smuggler's Run Hilfe, noch dazu legitime Hilfe?"

"Auf keinen Fall legitim!" Hans Worte schienen Jarril so verblüfft zu haben, daß seine Stimme plötzlich laut wurde und alle anderen Geräusche im Kasino übertönte.

Das allgemeine Gemurmel verstummte schlagartig. Han grinste, als er die vielen Gesichter sah, die sich ihnen zuwandten, alle betont desinteressiert, aber zweifelsfrei auf Blutvergießen aus. Er hatte gute Lust, seinen Blaster unter dem Tisch hervorzuholen und ein wenig damit herumzufuchteln.

"Haben Sie etwas gesehen, das Ihnen nicht gefällt?" fragte Han die Ssty, die ihn über ihre Stuhllehne hinweg ansah. Sie schüttelte ihr eckiges, mit Pelz bedecktes Gesicht.

Han schob die Augenbrauen hoch, ließ seinen Blick durch den ganzen Raum wandern und stellte den übrigen Gästen stumm dieselbe Frage. Alle Gesichter wandten sich nacheinander wieder ab.

Han wartete ein paar Sekunden, bis der Geräuschpegel sich wieder normalisiert hatte, ehe er fortfuhr: "Wenn es nicht legitim sein darf, weshalb kommst du dann überhaupt zu mir?"

"Weil ihr beide, du und Chewie, die einzigen seid, die ich kenne, die zwischen Smuggler's Run und der Republik vermitteln können, ohne daß jemand neugierige Fragen stellt."

"Was ist mit Lando? Talon Karrde? Mara Jade?"

"Karrde will nichts damit zu tun haben. Jade war mit Calrissian zusammen, und du weißt ja, was mit ihm und Nandreeson los ist."

"Nicht, daß ich wüßte", entgegnete Han. Er log. Er wußte es sehr wohl, dachte aber, die Angelegenheit sei schon vor Jahren beigelegt worden.

"Jetzt komm schon, Solo. Mach es mir nicht so schwer. Nandreeson hat ein Kopfgeld auf Calrissian ausgesetzt, damals, als es das Imperium noch gab."

"Hoch kann das nicht gewesen sein. Jeder weiß doch, wo Lando steckt."

"Calrissian versteht sich darauf, Freunde zu gewinnen", sagte Jarril. "Aber in den Run wagt er sich nicht mehr."

"Und du glaubst, das Problem liegt im Smuggler's Run?"

"Ich denke, daß man dort ein paar Antworten finden könnte."

Han seufzte und lockerte dann den Finger am Abzug seines Blasters. "Und warum kümmerst du dich nicht selbst darum, Jarril?"

Jarril zuckte die Achseln. "Damit ist nichts zu verdienen."

"Jarril", sagte Han, seine Stimme klang leise und drohend.

Jarril atmete tief durch und beugte sich dann so weit über den Tisch, daß sein Mund beinahe Hans Ohr berührte. "Weil ich zu tief in die Sache verwickelt bin, Han", sagte er dann im Flüsterton, "viel zu tief."

***

C-3PO stand vor dem Kinderzimmer und erholte sich. Er hatte den Vormittag mit den Zwillingen Jacen und Jaina sowie ihrem Bruder Anakin verbracht – ein besonders anstrengender Vormittag für 3PO. Die Kinder hatten ihren Überfall am Abend zuvor geplant. Sie hatten ihre Hausaufgaben über den Ursprung der Alten Republik nicht gemacht und, um 3PO abzulenken, einen Streit um ihr Abendessen vom Zaun gebrochen.

Das Ablenkungsmanöver hatte funktioniert. 3PO, über und über mit Salthiabohnen und gestockter Milch bedeckt, hatte vergeblich herauszubekommen versucht, wie der Streit angefangen hatte und wie das Essen überhaupt ins Kinderzimmer gekommen war, und er beklagte, als das Gezänk nicht aufhören wollte, den Mangel an Disziplin seitens der Kinder.

Besonders deutlich wurde dieser Mangel, nachdem Mistress Leia und Master Solo gegangen waren. Die beiden waren nachsichtige Eltern. Winter, die an der Erziehung der drei Kinder von Anfang an mitgewirkt hatte, zeigte wenigstens Verständnis für den Wert der Disziplin.

Zum Glück war sie eingetroffen, ehe Anakin seine Schleuder gefunden hatte.

Sie hatte 3PO zur Tür hinausgeschoben und ihm gesagt, er solle sich ausruhen, worauf er ihr klarzumachen versuchte, daß Droiden keine Ruhe brauchten. Aber sie hatte ihn nur verständnisvoll angelächelt. Noch lange, nachdem sie die Tür des Kinderzimmers hinter ihm geschlossen hatte, stand er da, verwirrt von Winters Anweisung oder weil er keine Lust hatte, den Schauplatz der jüngsten Katastrophe zu verlassen.

Der Eingang zum Kinderzimmer ließ das Chaos, das dort herrschte, nicht ahnen. Der Raum war achteckig, und an jeder Wand stand ein Stuhl. Früher hatte man den Raum neben einem wichtigen Konferenzsaal als Lauschkammer benutzt; heutzutage diente er lediglich als Flur. Niemand saß auf den Stühlen, und die Kinder rutschten immer bloß auf Strümpfen über den Marmorboden. Der Reinigungsdroide, der für diesen Flügel zuständig war, hatte sich mehr als einmal über die Spuren beklagt, die sie dabei hinterließen.

Etwas klapperte und ließ 3PO aufblicken. Das Geräusch entpuppte sich als das Klappern von Schritten. Die Tür glitt in die Höhe und ein Kindermädchendroide rauschte herein. Die vier Hände des Kindermädchens waren über dessen von einer Schürze bedeckten Bauch gefaltet, die silbernen Augen leuchteten, und die Mundwinkel waren in einem permanent freundlichen Blick nach oben gezogen.

"C-3PO?" Die Stimme strahlte Wärme aus. "Ich bin TDL3.5. Ich soll dich als Kindermädchen ablösen."

"Oh, du meine Güte." 3PO sah sich nach der Tür des Kinderzimmers um. "Darüber bin ich nicht informiert."

"Dies ist eine etwas ungewöhnliche Konstellation", sagte der Kindermädchendroide. "Ein Protokolldroide, der für die Kinder sorgt? Du hast kein synthetisches Fleisch, keine Umarmungsstromkreise, und, ganz offengestanden, mein Lieber, du bist ein wenig veraltet. Es gibt einige wenige aktualisierte Protokolldroiden mit der nötigen Programmierung für einen so schwierigen Auftrag, aber ..."

"Ich versichere dir", wandte 3PO ein. "Ich habe diesen Kindern stets gut gedient."

"Bestimmt hast du das." Der Kindermädchendroide war sichtlich bemüht, 3PO nicht zu widersprechen. "Und du wirst für deine Dienste sicher reichlich belohnt werden. Aber ich bin jetzt hier, um dich abzulösen."

"Ich habe nichts von dieser Ablösung gehört", beharrte 3PO.

"Droiden werden nie informiert."

"Ich nehme in dieser Familie einen besonderen Platz ein. Man kann mich nicht einfach entlassen, wie einen – einen ..."

"... einen verrosteten Hygienedroiden?" Das maschinelle Kindermädchen gluckste. "Wir überschätzen ein bißchen unsere Wichtigkeit, nicht wahr?"

"Ich überschätze meine Wichtigkeit keineswegs", empörte sich 3PO. "Ich behaupte sogar, daß ich der bescheidenste Droide bin, den ich kenne."

"Was du mir ja oft genug versichert hast." Winter lehnte im Türrahmen, den ihre hochgewachsene Gestalt beinahe ausfüllte.

Jaina lugte zwischen Winters Röcken hervor. "Wie kann er bescheiden sein, wenn er die ganze Zeit von nichts anderem redet?"

"Psst, Kind", wies Winter die Kleine zurecht.

"Mistress Winter", sagte 3PO. "Ich glaube wirklich, daß das Protokoll verlangt, daß Sie mich informieren, ehe Sie mich ablösen."

"Schickst du 3PO weg?" fragte Jacen. Er kam jetzt an die Tür, und sein siebenjähriges Knabengesicht wirkte wie eine jüngere Ausgabe von dem Master Solos. "Wirklich, Winter. Da hätte ich dich für klüger gehalten. Wir hacken auf ihm herum aber – doch nur, weil wir ihn mögen."

"Ich hatte nicht vor, ihn wegzuschicken", sagte Winter. Sie strich sich eine Strähne ihrer inzwischen schneeweißen Haare aus der Stirn. "Und deine Eltern hatten das auch nicht vor."

"Ich bin speziell für dieses Kinderzimmer ausgewählt worden", blieb der Kindermädchendroide fest. "Ich bin TDL3.5, und ich bin hier, um C-3PO gemäß Anweisung Bantha 456 abzulösen."

"*Bantha?*" fragte Winter. "Das ist kein Familiencode."

"Ich kann nichts dafür!" schrie Anakin aus dem anderen Zimmer.

"Ich glaube nicht, daß es ihm gefallen hat, als du gesagt hast, er sei zu alt für die *Geschichte vom kleinen verlorenen Bantha-Lämmchen*", flüsterte Jacen 3PO zu.

"Also wirklich", meinte 3PO. "Diese Geschichte ist doch schon seit Jahren überholt. Noch letzte Woche hat Master Solo seiner Erleichterung darüber Ausdruck verliehen, daß keines von euch Kindern sie mehr hören will."

"3PO", sagte Winter, und ihre Stimme klang jetzt vorsichtig. Sie trat neben ihn. "Verzeih uns, TDL3.5. Offenbar hat jemand von uns in einem Bereich des Shopping-Netzes gesurft, den er besser gemieden hätte."

"Ein Grund mehr für angemessene Aufsicht", mischte sich der Kindermädchendroide wieder ein. "Unter meiner Aufsicht sind Kinder immer artig. Ein überaltertes Protokollmodell wie das, von dem Sie die Kinder beaufsichtigen lassen, kann sie ganz offensichtlich nicht im Zaum halten. Sie brauchen Erfahrung ..."

"Ja, allerdings." Winter verschränkte die Arme vor der Brust. "Hast du je machtsensitive Kinder aufgezogen?"

"Kinder sind Kinder", sagte das Kindermädchen. "Ganz gleich, welche speziellen Talente sie besitzen. Ich habe die Erfahrung gemacht, daß übertriebene Sensitivität auf einen Mangel an Disziplin ..."

"Dachte ich mir doch", fiel Winter dem Droiden ins Wort. "3PO ist mit diesen Kindern außergewöhnlich gut ausgekommen. Alles in allem glaube ich, daß ein Kindermädchendroide eine Katastrophe wäre, für die Kinder ebenso wie für die Erwachsenen."

"Dann entlassen Sie mich?" wollte der Kindermädchendroide wissen.

"Du bist von einem Kind bestellt worden", erwiderte Winter.

"Aber nicht von mir!" ließ sich Anakin vernehmen.

Jaina schlug beide Hände vor den Mund; Jacen kehrte ins Kinderzimmer zurück. "Anakin, lügen ist sinnlos. Der Code hat dich verraten. Und jetzt können wir ihn nicht mehr benutzen."

"Allerdings nicht", sagte 3PO. "Man stelle sich vor, Kinder mit Zugang zum Shopping-Netz. Was wird ihnen wohl als nächstes in den Sinn kommen?"

"Etwas noch Unerhörteres", sagte Winter und sah dabei immer noch den Kindermädchendroiden an, der sich nicht von der Stelle bewegt hatte. "TDL3.5, du hast hier nichts mehr verloren. Du bist entlassen!"

"Verzeihen Sie, Mistress", antwortete die Maschine. "Ich glaube, Sie machen einen Fehler."

"Wie unhöflich", erregte sich 3PO. "Mistress Winter ist verantwortlich für diese Kinder."

"Ich komme schon zurecht, 3PO." Winter lächelte jetzt. "Ich werde deinen Einwand notieren", wandte sie sich an den Kindermädchendroiden. "Für die Aufzeichnungen." Das Kindermädchen gab einen angewiderten Laut von sich, dann drehte es sich um und rollte aus dem Vorraum. Die Tür schloß sich lautlos.

"Aufzeichnungen"? fragte 3PO. "Ich wußte gar nicht, daß Sie Aufzeichnungen führen."

"Tu ich auch nicht", sagte Winter.

"Was meinst du?" konnte man Jacens Stimme durch die offene Tür hören.

"Das Holo war hübsch", sagte Anakin.

Winter sah 3PO lächelnd an und ging dann eilig zu den Kindern, um den wieder aufflackernden Streit zu schlichten. "Anakin ist einmal von einem Kindermädchendroiden gerettet worden, weißt du. Möglicherweise hat er sich nur die Sicherheit zurückgewünscht, die er als Baby empfand."

"Ich habe nicht ...", setzte Anakin an und hielt dann inne, als wäre ihm das Wort im Hals steckengeblieben. 3PO eilte ins Kinderzimmer. Anakins Gesicht war aschfahl.

"Was ist denn?" fragte Winter.

Auch Jacen und Jaina waren wie erstarrt. Ihre Augen weiteten sich, und dann fingen alle drei Kinder gleichzeitig zu weinen an.

* 4*

Kuellers Stiefel hallten auf dem Metallboden, als er durch den Hangar schritt, seine Techniker warfen sich vor ihm mit ausgestreckten Händen auf den Boden. Er marschierte so dicht an der Gruppe zu seiner Linken vorbei, daß der Saum seines Umhangs ihre Köpfe streifte. Die Totenkopfmaske haftete an seiner Gesichtshaut und verlieh ihm Kraft und Sicherheit.

"Ich brauche ein Schiff", sagte er, und seine von der Macht gestärkte Stimme hallte durch den riesigen Saal, der, abgesehen von drei TIE-Jägern, an denen Reparaturarbeiten durchgeführt wurden, leer war.

"Bereit, Mylord." Seine getreue Adjutantin Femon erhob sich. Ihr langes schwarzes Haar verbarg ihr unnatürlich bleiches Gesicht. Sie warf mit einer ruckartigen Kopfbewegung das Haar nach hinten, so daß man die mit Kohle umschwärzten Augen und die blutrot geschminkten Lippen sehen konnte. Sie hatte ihr eigenes Gesicht mit Make-up in eine Totenmaske verwandelt, die jedoch nicht so realistisch wirkte wie die Kuellers.

Kueller nickte. Sonst regte sich niemand. "Brakiss?"

"Er ist fort, Mylord."

"Er hatte es eilig."

"Er hat gesagt, Sie hätten ihm erlaubt zu gehen."

"Und Sie haben das nicht überprüft?"

Femon lächelte. "Ich überprüfe immer alles."

"Gut." So wie Kueller es aussprach, klang das Wort wie eine Liebkosung. Wie immer straffte sich Femon unwillkürlich bei seinem Lob.

Wenn sie nicht so tüchtig wäre ... Er ließ den Gedanken verblassen. Keine Ablenkungen, auch nicht solche von der angenehmen Art. "Irgendwelche Berichte von Pydyr?"

"Tausend Leute sind in ihren Häusern gefangen, wie Sie es befohlen haben", erwiderte Femon.

"Zerstörungen?"

"Keine." Das Wort hing zwischen ihnen.

Er gestattete sich ein Lächeln, wohl wissend, daß dabei

selbst seinen abgebrühtesten Gefolgsleuten ein eisiger Schauer über den Rücken lief. "Ausgezeichnet. Verluste an Leben?"

Femon verschränkte die Hände hinter dem Rücken und bewirkte damit einen perfekten Fall ihres silbernen Umhangs, unter dem sich ihre gertenschlanke Gestalt nur andeutungsweise abzeichnete. "1 650 305, Mylord."

"Exakt wie geplant", nickte er.

"Bis auf die letzte Person. Sie werden selbst Erkundigungen anstellen?"

"Ich überprüfe immer alles", entgegnete er und gab damit die Worte zurück, die sie selbst eben gebraucht hatte.

Sie lächelte. Das Lächeln ließ ihr Gesicht weicher erscheinen, obwohl sie sich alle Mühe gab, diesen Eindruck zu vermeiden. "Erlauben Sie, daß ich Sie begleite?"

Kueller zögerte einen Augenblick. Sie hatte ihm von Anfang an zur Seite gestanden. Dieser Teil des Plans stammte im gleichen Maße von ihr wie von ihm. "Noch nicht", sagte er. "Ich brauche Sie hier."

"Ich dachte, wir würden Phase zwei abwarten."

"Oh, nein", verneinte er mit bewußt sanfter Stimme. "Das Getriebe ist in Gang gesetzt. Es ist besser, es jetzt in Schwung zu halten, als unseren Vorteil preiszugeben. Erinnern Sie sich?"

"Lebhaft." Das Beben in ihrer Stimme verriet die Reste jedes einzelnen Alptraums, den er ihr geschickt hatte, manchmal bis zu fünf pro Nacht.

"Gut", sagte er und strich mit den behandschuhten Fingern über ihr Gesicht. "Sehr, sehr gut."

***

Der Kammerherr zog die Tür zum großen Versammlungsraum des Senats auf, und die Herolde kündigten Leia an. Bis zu ihrem Gespräch mit Mon Mothma war Leia das ganze prunkvolle Protokoll unnötig erschienen. Jetzt, nach dem seltsamen Vorkommnis im Ankleideraum, begrüßte Leia die Ablenkung durch das Zeremoniell. Es gab ihr Gelegenheit, sich zu sammeln und den Schrecken zu verdrängen, der auf einer Welle tödlicher Kälte durch das Weltall zu ihr gelangt war.

Sie trat hocherhobenen Hauptes ein, links und rechts von einer Ehrenwache flankiert. Die verstärkten Sicherheitsmaßnahmen waren nicht zu übersehen: Wachen an sämtlichen Türen der wie ein Amphitheater geformten Senatshalle und Verteidigungsdroiden zwischen den Protokolldroiden, die in der Nähe der des Basic nicht mächtigen Senatoren postiert waren. Vertreter aller Spezies und Planeten der Neuen Republik saßen auf ihren ihnen zugeteilten Plätzen und blickten ihr erwartungsvoll entgegen. Mon Mothma hatte recht gehabt: Was Leia an diesem Tag sagte, würde den Kurs des Senats für die nächste Zukunft bestimmen.

Reporter Dutzender Welten drängten sich auf dem Besucherbalkon unter der segmentierten Kristalldecke. Die einzelnen Segmente fingen das Sonnenlicht auf, brachen es und erzeugten dabei in der Mitte des Saals einen Regenbogeneffekt. Der Imperator hatte diesen kleinen architektonischen Trick einbauen lassen, um Ehrfurcht bei jedem hervorzurufen, der damit konfrontiert wurde. Und Leia war in diesem Moment dankbar dafür, daß die Sonne schien und das Licht zum Flirren brachte. Das würde die neuen Repräsentanten ablenken, die dieses Phänomen noch nicht kannten.

Sie stieg langsam die Treppe hinunter. Der Geruch zahlreicher Körper, Menschen und Aliens, erfüllte den Saal, der schon jetzt von den Körpern der vielen Anwesenden aufgeheizt war. Leia blickte starr geradeaus und registrierte im Vorübergehen daß M'yet Luure neben seinem neuen Kollegen von Exodeen saß. Exodeenianer hatten sechs Arme und sechs Beine und paßten nur mit Mühe auf die Standardsessel, die Palpatine zu einer Zeit hatte anfertigen lassen, als man nichthumanoide Spezies als weniger wichtig erachtet hatte. Wenn man die beiden ansah, war es unmöglich, den ehemals imperialen Exodeenianer von seinem rebellischen Senatskollegen zu unterscheiden. Nicht ihr Aussehen verriet die ehemaligen Imperialen, sondern ihr Ruf.

Da war zum Beispiel Meido, der erste und einzige Senator vom Planeten Adin. Adin war einst ein imperialer Stützpunkt, und Leia war immer noch nicht ganz davon überzeugt, daß Meidos Wahl fair verlaufen war. Sie hatte deshalb veranlaßt, daß einer ihrer Leute in aller Stille Nachforschungen über ihn anstellte. Sie erinnerte sich aus ihrer Rebellenzeit an sein von Furchen durchzogenes Gesicht, wußte aber nicht, in welchem Zusammenhang sie ihn kennengelernt hatte.

Schließlich erreichte sie die Regierungsbank. Der Kammerherr kündigte sie an, und sie trat hinter das von Scheinwerfern angestrahlte Rednerpult. Die Senatoren applaudierten oder taten das, was bei ihrer Spezies dem Applaus entsprach. Die Luyaler schlugen mit ihren Tentakeln auf die Tische; die aalähnlichen Uteens ließen ihre Droiden für sie applaudieren. Leia stützte beide Hände auf die Holzfläche des Rednerpults, wobei sie sorgsam darauf achtete, den Computerschirm nicht zu berühren. Sie hatte keine vorbereitete Rede, und das empfand sie jetzt als Erleichterung.

Die Türen des Versammlungsraums schlossen sich, und die Wachen postierten sich davor. Der Beifall war laut und freundlich. Leia lächelte, nickte alten Freunden zu und ignorierte die neuen Gesichter. Mit ihnen würde sie sich noch früh genug auseinandersetzen.

"Meine verehrten Senatskollegen", begann sie und wartete, bis der Beifall verstummt war. "Wir schlagen ein neues Kapitel in der Geschichte der Republik auf. Der Krieg mit dem Imperium ist lange vorbei, und wir haben endlich die Hand der Freundschaft ausgestreckt ..."

Eine Detonation ließ den Saal erbeben und warf Leia in die Luft. Sie wurde nach hinten katapultiert und krachte mit solcher Wucht gegen ein Pult, daß ihr ganzer Körper darunter erbebte. Blut und Splitter regneten auf sie herab; Rauch und Staub tauchten den Saal in Dunkelheit. Leia konnte nichts mehr hören. Ihre Hand griff zitternd nach ihrem Gesicht. Sie spürte etwas Warmes, Feuchtes an den Wangen ... Bald würde das Klingeln anfangen ... Wenn nur ihre Trommelfelle nicht geplatzt waren ...

Die Notbeleuchtung flammte auf. Leia spürte, noch ehe sie es hörte, wie Stücke der Kristalldecke auf die Versammlung herabstürzten. Ein Wachmann war neben ihr gelandet, sein Kopf war unnatürlich verdreht. Sie griff nach seinem Blaster. Sie mußte hier raus. Sie wußte nicht, ob der Anschlag von innen oder von außen gekommen war, aber woher auch immer, sie mußte sicherstellen, daß keine weiteren Sprengkörper detonierten.

Die Wucht der Explosion hatte ihr Gleichgewichtsgefühl beeinträchtigt. Sie kroch über Körper, von denen manche sich noch bewegten, und arbeitete sich stetig auf die Treppe zu den oben gelegenen Ausgängen zu. Die kleinste Bewegung machte sie schwindlig, und sie spürte, wie ihr übel wurde, bemühte sich aber, das alles zu ignorieren. Sie hatte keine andere Wahl.

Plötzlich tauchte vor ihr aus der Dunkelheit ein Gesicht auf. Es war mit Schmutz und Blut verschmiert. Der Helm saß schief, und jetzt erkannte sie, daß es einer ihrer Leibwächter war, der sie seit Alderaan begleitet hatte. *Euer Hoheit*, formten seine Lippen lautlos, den Rest konnte sie nicht lesen. Sie schüttelte nur den Kopf, spürte, wie das Schwindelgefühl sich verstärkte und arbeitete sich weiter vorwärts.

Schließlich hatte sie die Treppe erreicht. An den Überresten eines Pults zog sie sich in die Höhe. Ihr Gewand war von Blut durchtränkt und klebte an ihren Beinen. Sie hielt den Blaster in der Hand und wünschte, irgend etwas hören zu können – dann könnte sie sich auch verteidigen.

Aus den Trümmern griff eine Hand nach ihr. Leia wirbelte herum und sah zu, wie Meido sich aus dem Schutt befreite. Seine hageren Gesichtszüge waren verdreckt, aber er schien unverletzt. Als er ihren Blaster sah, zuckte er zusammen. Sie nickte kurz, um ihm zu zeigen, daß sie ihn gesehen hatte, und ließ ihn stehen. Ihr Leibwächter wich nicht von ihrer Seite.

Wieder fielen Trümmer von der Decke. Leia kauerte sich nieder und hielt schützend die Hände über den Kopf. Ein paar Steinbrocken trafen sie, dann bebte neben ihr der Boden, als ein größeres Stück der Decke herunterkrachte. Staub wallte auf, drohte sie zu ersticken. Sie hustete, spürte den Husten, konnte aber immer noch nichts hören. Innerhalb eines Augenblicks hatte die Halle sich von einem Ort prunkvoller Zeremonien in einen Abgrund des Todes verwandelt.

Wieder tauchte das Bild der Totenkopfmaske vor ihrem geistigen Auge auf, diesmal aus der Erinnerung. Leia hatte gewußt, daß dies geschehen würde. Ein verborgener Teil ihres machtsensitiven Geistes hatte es vorausgesehen. Luke hatte ihr einmal gesagt, daß die Jedi manchmal in die Zukunft blicken konnten. Aber sie hatte ihre Ausbildung nie abgeschlossen. Sie war keine Jedi.

Aber es fehlte nicht viel daran.

Sie spürte Zorn, tief und schneidend. Sie ließ die Hände sinken. Für den Augenblick hatte der Regen von Steinbrokken und Kristallsplittern aufgehört. Sie winkte Meido und allen anderen, die sie sehen konnten. Wenn *sie* nichts hören konnte, dann konnten sie das auch nicht, und sie mußten alle hier raus.

Einmal blickte sie nach oben. Die Explosion hatte mehrere Löcher in die Decke gerissen – große, gezackte Löcher in den Kristallsegmenten, die der Imperator an der Decke hatte verlegen lassen. Sie hatten sich gelöst und waren wie Hagel auf die Umherirrenden herabgeprasselt. Einige Senatoren standen aufrecht in dem Chaos; ein paar uralte Protokolldroiden mühten sich ab, Trümmerstücke hochzustemmen, offenbar um jemanden zu befreien, der darunter begraben lag. M'yet Luures Juniorsenator hatte bereits die Hälfte der Treppenstufen zurückgelegt, seine sechs Beine und sein langer Schwanz versperrten einem halben Dutzend anderer Senatoren den Weg. Luure war nirgends zu sehen.

Der Leibwächter griff nach Leias Arm und deutete gestikulierend nach vorn. Sie nickte, entwand ihm ihren Arm und bewegte sich weiter. Sie rechnete mit weiteren Explosionen und reagierte beunruhigt, als diese ausblieben. Dieser Anschlag war ganz anders als alle, die sie bisher erlebt hatte. Warum nur ein einziger Schlag gegen die Senatshalle – und dann nichts mehr?

Leia rutschte auf einem herabgestürzten Deckensegment aus und wäre beinahe gestürzt; sie streckte die linke Hand aus, um sich zu stützen und spürte etwas Weiches. Sie drehte sich um und sah, daß ihre Hand eines von M'yet Luures sechs Beinen zu fassen bekommen hatte. Es war von seinem Körper abgerissen worden. Sie kroch auf ihn zu, in der Hoffnung, daß er noch lebte, schob Steinbrocken, Kristallsplitter und Marmorstücke beiseite ...

... und hielt inne, als sie sein Gesicht fand. Seine Augen waren weit geöffnet und leer, sein Mund über seinen sechs Zahnreihen halb geschlossen. Sie strich mit einer blutigen Hand über seine zerfetzten Wangen.

"M'yet", sagte sie und spürte das Wort rauh in der Kehle. Er hatte es nicht verdient, so zu sterben. Sie war eine entschiedene Gegnerin seiner Politik, aber er war ein guter Freund, ein anständiger Freund und einer der talentiertesten Politiker, denen sie je begegnet war. Sie hatte gehofft, ihn auf ihre Seite ziehen zu können und daß er eines Tages eine führende Rolle in der Republik spielen würde, außerhalb des Senats, als Vertreter einer Politik des Wandels.

Die Türen öffneten sich. Grelles Licht fiel in den Versammlungsraum. Leia richtete sich auf und stützte ihren Blaster auf einen Steinbrocken. Dann sah sie, wie ihre eigenen Sicherheitsleute hereinstürmten. Sie stand auf, eilte auf sie zu; sie hatte alle Mühe, auf der Treppe nicht zu straucheln.

"Schnell!" rief sie, als sie oben angelangt war. "Unten gibt es Verwundete."

Einer der Wachmänner gab ihr Antwort, aber sie konnte nicht verstehen, was er sagte. Sie sah sich im weiten Rund der Senatshalle um. Jeder einzelne Sitz war mit Schutt und Trümmern übersät. Die meisten Senatoren bewegten sich noch, aber einige lagen reglos da.

Mon Mothma hatte recht gehabt: Das Klima für die kommende Sitzungsperiode des Senats war am heutigen Tag bestimmt worden.

Und das Imperium würde teuer dafür bezahlen.

* 5 *

Als der laute Knall ertönte, verdunkelten sich die Leuchtpaneele im Crystal Jewel, dann erbebte der Boden. Überall im Kasino schwankten Croupierdroiden in ihren Verankerungen und stießen Klagelaute aus. Han Solos nach hinten gekippter Stuhl sackte weg. Er ließ sich von der Sitzfläche gleiten und fing den Stuhl mit einer Hand auf. Jarril taumelte gegen den Tisch und verschüttete, was von seinem Drink noch übrig war.

"Was, zum ...?"

"Erdbeben?" fragte jemand.

"... fallen ..."

"... aufpassen!"

Die Rufe und Schreie vereitelten jeden Versuch einer Verständigung, aber darauf war Han auch gar nicht aus. Er hatte im Laufe der Jahre genügend Erdbeben überstanden, um zu wissen, daß das hier keines war. Das hier war eine Explosion.

Er tippte Jarril auf die Schulter. "Sehen wir zu, daß wir hier herauskommen."

"Was war denn?" schrie Jarril.

Han blieb ihm eine direkte Antwort auf seine Frage schuldig. "Wir sind hier in einem unterirdischen Raum. Wenn wir nicht auf der Stelle hier rauskommen, dann kommen wir vielleicht überhaupt nicht mehr hier raus."

Jarril hatte diesen Umstand vermutlich gar nicht bedacht – Etablissements dieser Art machten für gewöhnlich die Tatsache vergessen, daß sie einige Meter unter der Oberfläche angelegt waren. Sein Schrei mischte sich in das Getöse der anderen Gäste, während er sich aufrappelte. Han war bereits dabei, sich einen Weg zur Tür zu bahnen, wobei er jedem, der ihn aufzuhalten versuchte, seinen Blaster unter die Nase hielt. Unterwegs war er einem Cemas beim Aufstehen behilflich, wich den gefletschten Zähnen eines Nek-Kampfhundes aus, der sich von seiner Leine befreit hatte, und zog eine geflügelte Agee unter einem zerbröckelnden Trümmerstück hervor.

An der Tür herrschte ein heilloses Durcheinander, Menschen und Aliens jeder Größe und Gestalt versuchten sich gegenseitig wegzuschieben oder übereinanderzusteigen, um die Freiheit zu gewinnen. Dann merkte Han, daß irgendein Idiot die Tür verschlossen hatte.

"Laßt uns hier raus!" schrie er.

"Sie wissen doch gar nicht, was da draußen los ist!"

"Nein, aber was auch immer draußen vorgeht, ist allemal besser, als hier drinnen zu sterben."

Ein paar Stimmen schlossen sich ihm an. Er schaffte es, sich bis ganz nach vorn vorzuarbeiten. Ein Oodoc, eine Spezies, die für ihre Größe und Körperkraft, nicht aber für ihre Intelligenz berühmt war, stand vor der Tür, die mit Spitzen versehenen Arme vor dem mächtigen Brustkasten verschränkt.

"Hier drinnen ist es sicherer", meinte er.

"Hör zu, Zahnstocherhirn", rief Han. "Die Decke stürzt jeden Moment ein. Ich würde lieber riskieren, was uns dort draußen erwartet, als hier drinnen mit dir zu verrecken."

"Ich nicht", brummte der Oodoc.

"Du kannst gern hierbleiben." Han schob den Türsteher unsanft beiseite und sprengte das Schloß mit einem wohlgezielten Blasterschuß. Die in alle Richtungen stiebenden Metallteile trafen den Oodoc an seinem stacheligen Rükken. Er stieß ein wildes Knurren aus und stürzte sich auf Han, als die Tür aufflog.

Eine Flut von Lebewesen strömte in die Gänge hinaus und riß Han mit, weg von dem Oodoc. Han arbeitete sich frei, erreichte den Turbolift und sah sich nach Jarril um, entdeckte ihn aber nirgendwo. Der Lift hielt eine Etage unter der Oberfläche an, und Han hetzte die Treppe hinauf; mit jedem Schritt zwei Stufen nehmend, erwartete er jeden Augenblick die nächste Explosion, die aber allem Anschein nach eine Ewigkeit auf sich warten ließ.

Jetzt war die Welle der Flüchtenden nachgekommen, hatte die Türen erreicht und drängte nach draußen. Das Geschrei verstummte, als schließlich alle die Oberfläche erreicht hatten.

Han blieb so plötzlich stehen, daß ein Gotal hinter ihm auf ihn prallte. Der Gotal stieß ihn beiseite, blieb dann ebenfalls stehen, und sein wie ein Doppelkegel geformter Kopf starrte wie gebannt zum Himmel.

Han trat einen Schritt zur Seite und spürte, daß sein Mund völlig trocken war.

Coruscant sah unverändert aus. Nichts hatte die Stadt getroffen. Überhaupt nichts. Die Sonne strahlte hell und warm auf sie herab. Der Nachmittag war noch genauso schön wie vor einer Stunde, als er den Turbolift nach unten genommen hatte.

"Das war doch nicht etwa unterirdisch, oder?" fragte einer der Spieler aus dem Crystal Jewel, ein Mann, der ihm irgendwie bekannt vorkam.

Han schüttelte den Kopf. "Irgendwo hat's eingeschlagen."

"Aber nicht von oben", meinte der Gotal. "Wenn es von oben gekommen wäre, würden wir doch etwas sehen ..."

"Wir würden hier herumirren, uns ducken und hoffen, daß die Stadt nicht noch einmal getroffen wird", ergänzte der Spieler.

Han hielt sich die Hand über die Augen und sah sich auf der Suche nach verdächtigen Bewegungen um. Und dann sah er es: ein Kontingent Wachsoldaten und ärztliches Personal, die auf den imperialen Palast zuhielten.

Der Palast.

Die Kinder!

Leia!

Er lief, so schnell er konnte, auf den Palast zu und hätte dabei beinahe den Nek-Kampfhund über den Haufen gerannt, der immer noch frei herumlief. Han hastete zielstrebig zwischen Säulengängen hindurch, überquerte Straßen und achtete darauf, die Wachmannschaften und Sanitäter nicht aus den Augen zu verlieren.

Die Sanitäter bereiteten ihm Sorgen.

Jemand war verletzt.

Die Gruppe machte einen Bogen um den Haupteingang zum Palast und eilte an dessen Flanke entlang. Einen Augenblick lang empfand Han Erleichterung, bis ihm aufging, wohin sie unterwegs waren.

Die Senatshalle.

Sein Atem ging jetzt keuchend, ruckweise. Er spürte Seitenstechen. Er war durchaus in Form, aber das letzte Mal, daß er so schnell und so weit gerannt war, lag eine ganze Weile zurück. Und er hatte bereits eine beträchtliche Strekke zurückgelegt.

Keine Explosionen mehr.

Seltsam. Sehr seltsam.

Han bog um die Ecke, und was er vor sich sah, ließ ihn noch schneller rennen. Über den Rasen verstreut konnte man mit Schmutz und Blut unterschiedlichster Färbung besudelte Senatoren liegen sehen. Aus einer Wunde des Senators von Nyny quoll eine schwarze Flüssigkeit; seine drei Köpfe waren nach hinten verdreht. Wenn er noch nicht tot war, so war er jedenfalls nicht weit davon entfernt.

Mon Mothma stand über einen anderen Senator gebeugt und redete beruhigend auf ihn ein. Han blieb kurz stehen und berührte ihre Schulter.

"Leia?"

Mon Mothma schüttelte den Kopf. Sie sah zehnmal älter aus als am Morgen. "Ich habe sie nicht gesehen, Han."

Er schlug einen Bogen um die Verwundeten, obwohl Mon Mothma ihn noch einmal anrief. Er wußte, was sie sagen wollte. Genau das, was Leia in einer solchen Situation auch gesagt hätte: *Geh nicht da hinein! Überlaß das den Leuten, die dafür ausgebildet sind!* Aber seine Frau war vermißt. Er würde sie selbst suchen – und finden.

Das große Marmorportal war von Staub erfüllt und von Blutlachen verunstaltet, und an der Wand waren, wie Han bei näherem Hinsehen erkannte, wie Frachtgut Droiden aufgestapelt. Es waren nicht einmal vollständige Droiden, nur Einzelteile: Arme in der einen Ecke, Beine in der anderen. Er sah Dutzende von goldenen Körperteilen und wollte nicht daran denken, daß 3PO hier liegen mochte.

Der Boden war schlüpfrig von Blut und Dreck. Er rutschte ein paarmal aus, bis er schließlich vor dem Eingang zur Hölle stand.

Alle Türen standen offen, die Notbeleuchtung brannte, und Staub hing in der Luft wie ein Sandsturm auf Tatooine. Aus dem großen Versammlungsraum hörte er Jammern und Wehklagen und Stimmen, die um Hilfe riefen. Es herrschte ein unbeschreibliches Durcheinander. Hilferufe und die Befehle und Anweisungen des Hilfspersonals, das sich bereits in der Halle verteilt hatte, sowie die Stimmen Dutzender von Wachsoldaten und Sicherheitsleuten drangen von allen Seiten auf ihn ein.

Um so viel Schaden anzurichten, mußte eine gewaltige Bombe detoniert sein. Eine Bombe von solcher Sprengkraft, wie Han sie höchstens in Weltraumschlachten erlebt hatte. Aber aus dem Weltraum konnte diese Bombe nicht gekommen sein – die Außenseite des Gebäudes war praktisch unversehrt –, sie mußte im Innern des Gebäudes explodiert sein.

Dann entdeckte er Leia. Sie war blutüberströmt. Ihr weißes Gewand, das nicht länger weiß war, hing in Fetzen von ihr herab, einer ihrer Zöpfe hatte sich gelöst und fiel ihr über den Rücken, der andere war halb gelöst, und ihr schönes braunes Haar klebte wirr in ihrem Gesicht. Ihre beiden Hände hielten die Sekundärhöcker eines bewußtlosen Llewebum. Zwei Wachen stützten seine Füße. Leia bewegte sich rückwärts, zog dabei das linke Bein nach.

Han eilte zu ihr und half ihr, den Llewebum zu tragen. "Ich habe ihn schon, Liebling", sagte er, aber offenbar hörte sie ihn nicht. Er stieß sie leicht mit der Hüfte an, worauf sie losließ. Das Gewicht des Llewebum ließ ihn taumeln. Er wunderte sich, wie sie es wohl geschafft haben mochte, ihren Teil der Last zu tragen. Er bettete den Llewebum neben einen seiner Artgenossen in der Nähe eines Medidroiden, der damit beschäftigt war, die Verletzten nach der Tragweite ihrer Verwundungen zu kennzeichnen. Dann kehrte Han zu Leia zurück.

Sie war bereits wieder unterwegs in die Halle, aber er legte den Arm um ihre Hüfte und hielt sie mit sanftem Druck zurück.

"Ich werde mich jetzt darum kümmern, daß du ärztlich versorgt wirst, Liebling."

"Laß mich los, Han!"

"Du hast genug geholfen. Wir gehen jetzt ins Medizentrum."

Sie schüttelte nicht den Kopf, sah ihn nicht einmal an. Ihre ganze rechte Gesichtshälfte war eine einzige Wunde, und ihre Haut war von Brandspuren gezeichnet. Sie blutete aus der Nase, schien es aber nicht zu bemerken.

"Ich muß da hinein", sagte sie.

"Laß mich das machen. Du bleibst hier."

"Laß mich los, Han", forderte sie erneut.

"Sie kann sie nicht hören", sagte einer der vorübereilenden Medidroiden. "Eine Explosion von solchen Ausmaßen in einem geschlossenen Raum hat die Trommelfelle aller beschädigt, die welche haben."

Sie konnte nicht hören? Han drehte Leia sanft zu sich herum, bemüht, seine Besorgnis zu verbergen. "Leia", sagte er langsam. "Es ist Hilfe da. Laß dich von mir zum Klinikzentrum bringen."

Unter dem Schmutz und dem Blut war sie totenbleich. "Es ist meine Schuld."

"Nein, Liebling. Ganz bestimmt nicht."

"Ich habe die Imperialen hereingelassen. Ich habe nicht mit dem nötigen Nachdruck dagegen gekämpft."

Ihre Worte jagten ihm einen eisigen Schauder über den Rücken. "Wir wissen nicht, wer für das hier verantwortlich ist. Komm! Ich hole Hilfe für dich."

"Nein", widersprach sie. "Meine Freunde sind da drinnen und sterben."

"Du hast alles getan, was du tun konntest."

"Sei nicht so stur", bat sie.

"Aber *ich* bin doch nicht ..." Den Rest des Satzes verschluckte er. Er konnte doch nicht hier stehen und mit ihr streiten. Außerdem konnte sie ja nicht einmal hören, was er sagte. Sie würde am Ende doch bloß gewinnen. Er hob sie mit beiden Armen auf. Sie war leicht und warm. "Du kommst jetzt mit", bestimmte er.

"Das geht nicht, Han", protestierte sie, wehrte sich aber nicht. "Mir fehlt nichts, wirklich."

"Ich will nicht, daß du stirbst, weil du einfach nicht weißt, wann du aufhören mußt", sagte er und trug sie an den Verletzten vorbei.

Entweder stellte sich allmählich ihr Gehör wieder ein, oder sie konnte von den Lippen ablesen. "Ich werde nicht sterben", behauptete sie.

Hans Herz schlug wild in seiner Brust. Er drückte sie an sich. "Lady, ich wollte, ich wäre mir da auch so sicher wie du."

***

Erst als Jarril die Hangars erreicht hatte, hörte er zu rennen auf. Er hatte rings um die zentralen Landeplätze rege Aktivität erkennen können, aber er rechnete eigentlich nicht damit, daß diese bereits sein Schiff erreicht hatte.

Und damit hatte er recht.

Obwohl ihm wahrscheinlich nicht mehr viel Zeit blieb.

Jarril hatte sein Schiff, die *Spicy Lady*, in einem abgelegenen Winkel des Hangars zwischen zwei größeren Schiffen geparkt. Die *Spicy Lady* war klein, aber ziemlich auffällig: Braun lackiert, erinnerte sie in ihren äußeren Umrissen an eine Kreuzung zwischen dem *Millennium Falken* und einem A-Flügler. Jarril hatte sie selbst konstruiert. Sie war in erster Linie als Transporter gedacht, aber wenn es brenzlig wurde, konnte er die Ladeeinheit abstoßen und verfügte dann über einen reinrassigen Jäger. Der A-Flügler-Teil der *Spicy Lady* war so gebaut, daß man ihn fernsteuern konnte; auf diese Weise war es möglich, im Frachtteil mit der ganzen Ladung in Sicherheit zu bleiben und einen etwaigen Verfolger hinter dem Jäger herfliegen zu lassen. Diese spezielle Konstruktion hatte Jarril bisher erst einmal nutzen müssen und war dabei später sogar in der Lage gewesen, das Jägermodul des Schiffs zu bergen.

Jetzt stellte der vertraute Anblick seines Schiffes für ihn die größte Erleichterung seines Lebens dar. Er mußte Coruscant verlassen, ehe die Behörden ein allgemeines Weltraumstartverbot verhängten. Und das würden sie ganz sicher tun, sobald sie herausgefunden hatten, wo genau die Explosion erfolgt war. Er mußte zum Run zurück, ehe jemand bemerkte, daß er verschwunden war. Doch er befürchtete, daß das bereits der Fall war.

Dieser Teil des Hangars schien verlassen zu sein. Seltsam. Wenn er auf Coruscant das Sagen hätte, dann würde er jetzt unverzüglich dafür sorgen, daß niemand mehr den Planeten unbemerkt betreten oder verlassen konnte. Aber die Neue Republik erledigte solche Dinge auf demokratische, nicht auf logische Weise.

Er hoffte nur, daß es ihm gelungen war, Hans Neugier zu wecken. Eine zweite Chance würde er bestimmt nicht bekommen.

Jarril rannte quer über die Plattform zu seinem Schiff. Dann ließ er die Rampe herunter und kletterte hinein. Es war ein seltsames Gefühl, ein leeres Schiff zu betreten. Gewöhnlich reiste er mit Seluss, einem Sullustaner. Sie waren Partner von Anfang an, und Seluss hielt normalerweise die Stellung, während Jarril unterwegs war.

Die *Spicy Lady* roch nach kühler, wiederaufbereiteter Luft. Er hatte das Schiffsinnere unter Druck gelassen, ein Fehler, der ihm gewöhnlich nicht unterlief, aber diesmal war es gleichgültig und würde ihm sogar den raschen Abflug erleichtern.

Jarril würde das Schiff aus dem Frachtmodul steuern. Das war weniger gefährlich. Wenn die Raumkontrolle von Coruscant Ärger machte, würde er die beiden Module einfach trennen, der Kontrolle den Jäger überlassen und selbst mit dem Frachtmodul entkommen. Er hatte sich gerade auf dem Pilotensessel niedergelassen, als er hinter sich ein Geräusch hörte.

Er zuckte zusammen, drehte sich aber nicht um. Vielleicht hatte er sich ja getäuscht.

Nein. Da war das Geräusch wieder. Das unverkennbare Geräusch von jemandem, der durch eine Maske atmet.

Jarril schluckte. Dann griff er nach seinem Blaster und drehte sich um.

Zwei Sturmtruppler standen hinter ihm und hielten ihre Waffen auf ihn gerichtet. "Wo soll es denn hingehen?" fragte einer von ihnen. Durch das Mundstück des Helms klang die Stimme verfremdet.

Dann erkannte Jarril, daß es sich gar nicht um Sturmtruppler handelte. Die beiden trugen gestohlene Uniformen aus seiner Ladung. Er erkannte eine Brandspur am Helm des rechten Eindringlings.

Sie mußten in anderer Kleidung ins Schiff gekommen sein. Hatten sie die Uniformen angelegt, um ihm Furcht einzuflößen? Aber Jarril hatte keine Angst vor Sturmtrupplern, wenigstens nicht vor solchen, die sich in seinem eigenen Laderaum mit Uniformen versorgt hatten.

"Ich denke, es ist höchste Zeit, Coruscant zu verlassen, finden Sie nicht auch?" antwortete Jarril. Wenn er nur gewußt hätte, mit wem er es hier zu tun hatte.

"Das haben wir auch vor", nickte der andere Sturmtruppler, "sobald Sie uns gesagt haben, was Sie hier machen."

"Ich habe einen alten Freund besucht", erwiderte Jarril.

"Ein seltsamer Zeitpunkt für einen Besuch", meinte der erste Sturmtruppler.

"Ein seltsamer Zeitpunkt, um meine Ladung zu plündern", brauste Jarril auf.

"Die ist konfisziert", sagte der zweite Sturmtruppler.

"Auf Coruscant sollten Sie sich in den Klamotten aber nicht erwischen lassen", bemerkte Jarril spitz.

"Wir werden uns nicht erwischen lassen", versicherte der erste Sturmtruppler. Dann bedeutete er Jarril mit einem

Kopfnicken, das in der starren Uniform irgendwie verkrampft wirkte: "Weg mit dem Blaster!"

Jarril zuckte die Achseln und ließ die Waffe fallen. "Ich hätte sowieso nicht geschossen."

"Und jetzt sagen Sie uns, was Sie wirklich auf Coruscant gemacht haben."

"Und warum sind *Sie* hier?" erkundigte sich Jarril. "Hatten Sie etwas mit dieser Explosion zu tun?"

"Wir stellen hier die Fragen", sagte der zweite Sturmtruppler.

Jarril schluckte. Er war vom schnellen Laufen und den vielen Drinks ein wenig benommen. Er mußte langsam zusehen, wie er hier rauskam. "Ich bin einem Hinweis nachgegangen."

"Einem Hinweis", wiederholte der erste Sturmtruppler. "Ich dachte, Sie hätten einen alten Freund besucht."

"Woher sollte ich, Ihrer Ansicht nach, diesen Hinweis denn bekommen?"

"Von Han Solo vielleicht, dem Mann der Führerin der Neuen Republik?"

Sie waren ihm also gefolgt. Er würde sich da nicht herausreden können. Jarrils Hände griffen nach der Steuerkonsole, aber es war zu spät. Ein gezielter Blasterschuß traf seine rechte Hand. Er schrie, als der Schmerz ihn durchzuckte.

Dann griff er sich mit beiden Händen an den Leib und starrte die Sturmtruppler an. "Was wollen Sie von mir?" fragte er mit zitternder Stimme.

"Sie für immer zum Schweigen bringen", antwortete der erste Sturmtruppler.

Und das taten sie dann auch.

* 6 *

Luke hatte das Klinikzentrum in der Nähe des imperialen Palastes nur einmal so überfüllt gesehen, und das war damals nach dem Großangriff des Imperiums gewesen, der die Mächtigen der Neuen Republik dazu gezwungen hatte, ihre Führungsqualitäten unter Beweis zu stellen. Das lag jetzt lange Zeit zurück, aber umgeben von den vielen Verletzten, fühlte er sich lebhaft daran erinnert. Verwundete warteten wie sonst Gäste in den Empfangsräumen, während das medizinische Personal Betten für sie ausfindig machte oder sie in Spezialabteilungen des Klinikzentrums verlegte.

Luke bahnte sich einen Weg zwischen den Opfern hindurch. Er fühlte sich jetzt bedrückter als noch vor einer Stunde, als er von dem Anschlag erfahren hatte.

Vertraute Gesichter, einige vor Schmerzen grau und fahl, andere so zugerichtet, daß sie kaum noch zu erkennen waren, wandten sich beschämt von ihm ab. Der Anschlag mußte schrecklich gewesen sein. Luke war beunruhigt gewesen, als er sich Coruscant genähert und alle Verteidigungsanlagen in höchster Alarmbereitschaft vorgefunden hatte. Er hatte sich eine spezielle Freigabe von Admiral Ackbar besorgen müssen, Leia war nirgends zu erreichen gewesen, und erst als er mit Mon Mothma sprach, hatte er den Grund dafür erfahren.

Als er jetzt durch den Flur eilte, packte ihn etwas am Bein. Er blickte an sich hinunter und sah Anakin, der sich an seinen Schenkel klammerte.

"Onkel Luke", sagte der Kleine und sah ihn aus seinen blauen Augen an, die jetzt von Tränen überflutet waren.

Luke beugte sich hinunter und hob den Jungen auf, obwohl Anakin mit seinen sechs Jahren schon ein wenig schwer geworden war. Jetzt klammerte sich der Kleine so fest an ihn, daß er kaum atmen konnte.

"Was ist mit deiner Mutter, ist sie okay?" fragte Luke und war sich nicht sicher, ob er die Antwort wirklich hören wollte.

Anakin nickte.

"Was ist dann, kleiner Jedi?" Luke sprach mit weicher, besänftigender Stimme, und plötzlich wußte er es. Seine eigenen Worte lieferten ihm die Antwort. Aber ehe er etwas sagen konnte, hörte er, wie jemand seinen Namen rief. Jacen und Jaina kamen angerannt. Sie waren genauso mitgenommen wie Anakin.

"Heh, ihr beiden", sagte Luke und zog sie an sich.

"Onkel Luke", rief Jaina. "Daddy hat gesagt, du redest mit uns."

Er wußte nicht, ob sie die Kälte gespürt und die Schreie gehört hatten. Viele seiner Schüler hatten nichts wahrgenommen, aber seine Schüler waren nicht so talentiert in der Macht wie diese Kinder. Aber es konnte auch sein, daß sie nur die Wucht der Detonation verspürt hatten. Doch was auch immer ihnen zugestoßen war, hatte sie in einer Art und Weise geschockt, daß andere Erwachsene, die nicht über Lukes Fähigkeiten verfügten, ihnen nicht zu helfen vermocht hatten.

"Kommt!" sagte er. Er führte sie zu einer Bank in einem Seitengang. Ein Medidroide kam vorbei, ohne ihnen besondere Aufmerksamkeit zu schenken.

"Haben *wir* das getan?" fragte Anakin.

"Was getan?" Luke hatte mit allem gerechnet, aber nicht damit.

"Mom weh getan."

Luke setzte sich Anakin auf den Schoß. Jacen und Jaina drückten sich an ihn. Offenbar hatten die drei darüber geredet. Luke unterdrückte einen Seufzer. Kinder großzuziehen, die für die Macht empfänglich waren, bereitete wesentlich mehr Mühe, als er geglaubt hatte. Jedesmal, wenn sich dabei etwas Neues ergab, wünschte er sich, er könnte mit seiner Tante Beru sprechen. Sie war trotz der Feindseligkeit seines Onkels Owen gut mit ihm zurechtgekommen – und dies auf einem Planeten, der so abgelegen war, daß dort niemand auch nur seinen Namen kannte.

Mit Ausnahme von Ben.

Wahrscheinlich hatte sie damals mit Ben gesprochen.

"Wie könnt ihr denn eurer Mutter weh getan haben?" fragte Luke.

Alle drei Kinder fingen im gleichen Augenblick zu reden an, gestikulierten, sprachen wild durcheinander.

"Halt, halt, halt, einer nach dem anderen!" befahl Luke. "Jaina, erkläre du es mir. Und ihr Jungs könnt dann ja noch etwas hinzufügen, wenn ihr wollt."

Jaina sah Jacen an, als suche sie bei ihm Unterstützung. Das war eine typische Geste, bei der sich Luke jedesmal das Herz zusammenkrampfte. Ob er und Leia sich wohl so verhalten hätten, wenn sie gemeinsam herangewachsen wären? Sie würden es nie erfahren.

"Etwas kam in unser Kinderzimmer, Onkel Luke", begann Jaina. Ihr kleines Gesicht war wie ein Abbild von Leias Antlitz, rund und schön, aufrichtig blickende braune Augen und ein kleiner, aber selbstbewußter Mund. "Es war kalt, und es hat mit tausend Stimmen geschrien. Und es hat uns alle gleichzeitig getroffen."

Genauso, wie er es vermutet hatte. Sie hatten alle den vielfachen Tod gespürt. Genau wie er. Und genau wie Leia. Am liebsten hätte er jetzt die Augen geschlossen, aber er tat es nicht. Sobald Leia wieder auf den Beinen war, würde er mit ihr sprechen müssen. Sie mußten sich darauf einstellen, daß die Kinder, so jung sie waren, alles genauso intensiv empfanden wie jene, die bereits in der Macht ausgebildet waren.

"Also haben wir uns die ...", setzte Jacen an.

"*Ich* soll es erzählen", unterbrach ihn Jaina. "Wir haben uns bei den Händen gehalten und es verjagt."

Das überraschte Luke. "Ihr habt was?"

"Wir haben das Zimmer *heiß* gemacht", erwiderte Anakin. Jaina warf ihm einen bösen Blick zu, den er ignorierte. "Das war meine Idee."

"War es nicht", widersprach Jacen.

"War es doch."

"Jedenfalls", fuhr Jaina mit etwas lauterer Stimme fort, "haben wir es aus dem Zimmer geschoben und dann, ein wenig später, hat das ganze ... das ganze ..." Sie holte tief Luft. "Das ganze ..."

"Das ganze Gebäude hat gezittert", beendete Jacen ihren Satz. "Und Mutter ist fast gestorben."

"Und manchmal", sagte Anakin so leise, daß man ihn kaum hören konnte, "manchmal, wenn ich das gar nicht will, tut das, was ich tue, jemandem weh."

Luke nickte. Vieles, was er getan hatte, hatte anderen weh getan, ohne daß dies seine Absicht gewesen war. Wenn er

R2 und 3PO nicht gekauft hätte, würden seine Tante und sein Onkel noch leben. Aber dann würde er jetzt auch nicht hier sitzen, mit diesen kleinen Geschöpfen, die ihm so viel bedeuteten. Aber das konnte er ihnen nicht so einfach erklären, es würde zu herablassend klingen. Ben hatte das auch nicht versucht, als Luke von der zerstörten Farm zurückgekehrt war. Und Luke sollte es ebenfalls nicht versuchen. Sie würden es mit der Zeit selbst herausfinden.

"Was ihr gespürt habt", erklärte er, "war etwas ganz Schreckliches. Irgendwo in der Galaxis sind Tausende, vielleicht sogar Millionen Fühlende gleichzeitig gestorben. Ich habe dasselbe empfunden. Tödliche Kälte und ihren ganzen Schmerz."

"Hat Mom es auch gespürt?" fragte Jaina, und ihre Stimme zitterte immer noch dabei.

Luke nickte. "Und ein paar von meinen Schülern auf Yavin 4 auch. Das gehört mit dazu, wenn man ein Jedi ist. Wenn jemand in großem Ausmaß Leben vernichtet, dann spüren wir das, als wäre es mit uns selbst passiert. Weil es das in gewissem Sinne auch ist. Das Geflecht der Macht wurde für einen Augenblick zerrissen."

Die Kinder blickten ernst. Jacens Mund war zu einer schmalen Linie zusammengepreßt. Han sah so aus, wenn er zornig war.

"Hitze an jenen kalten Ort zu schicken war eine brillante Idee", sagte Luke. "Ich wünschte, mir wäre das auch eingefallen. Es ist so, als würde man Liebe an einen Ort schicken, der bis dahin nur Haß gekannt hat. Wir können die Zeit nicht zurückdrehen und all das Leben wieder erscheinen lassen, aber wir können jenen bei der Heilung helfen, die den Verlust empfunden haben."

"Oder die, die das verursacht haben, dafür zahlen lassen", bemerkte Anakin.

Der Blutdürstige. Luke legte die Hand auf die seines Neffen. Er wußte, auf diesen Jungen würde er immer besonders achtgeben müssen. Er begriff, was Leia getan hatte, indem sie Anakin nach ihrem Vater benannt hatte – sie hatte damit versucht, etwas Gutes aus ihrer Vergangenheit zu gewinnen –, aber der Name veranlaßte Luke dazu, die Unbekümmertheit im Auge zu behalten, die sich hinter Anakins Wildheit verbarg. Eine Unbekümmertheit, die Anakin manchmal mit seinem Onkel teilte.

"Wenn wir nicht sehr vorsichtig sind, Anakin", sagte Luke geduldig, "dann wird uns diese Art von Rache dazu bringen, daß wir uns der dunklen Seite der Macht zuwenden. Und dann sind wir auch nicht besser als jene anderen, denen Leben nichts bedeutet."

Anakin wandte sich ab. Er war ein wenig rot geworden.

"Seht mich an, Kinder", sagte Luke mit fester Stimme. Er wollte, daß sie jetzt gut aufpaßten. "Ihr habt richtig gehandelt, indem ihr Wärme erzeugt habt. Was ihr getan habt, hatte nichts mit der Explosion zu tun, bei der eure Mutter verletzt wurde."

"Versprichst du uns das, Onkel Luke?" wollte Jacen wissen. Auch seine Stimme zitterte ein wenig. Er gab sich Mühe, hart und zäh zu sein wie sein Vater. Aber unter dieser harten Schale verbarg sich ein empfindsames Herz, wie Luke nur selten eines gekannt hatte.

Und auch darin glich er Han.

"Ja, das verspreche ich", entgegnete Luke. Er drückte die drei Kinder an sich. Sie erwiderten die Umarmung. Er hielt sie fest und ließ seine eigene Wärme zu ihnen hinausströmen, während er über das Gespräch nachdachte, das sie gerade geführt hatten.

Die Kinder hatten irgend etwas erkannt. Nur daß sie es falsch deuteten. Millionenfacher Tod hatte sich ereignet, und dann, kurz darauf, hatte es am Eröffnungstag der neuen Sitzungsperiode in der Senatshalle eine Explosion gegeben. Wenn zwischen den beiden Ereignissen keine Beziehung bestand, so wäre das ein erstaunlicher Zufall.

Und je älter Luke wurde, um so weniger glaubte er an Zufälle.

"Kommt jetzt", sagte er, als die Kinder unruhig wurden. "Wir wollen nach eurer Mutter sehen."

Die Kinder rutschten von der Bank und zogen ihn zu einem großen Saal. Typisch Leia, daß sie darauf bestand, keine Sonderbehandlung zu erhalten. Fünf weitere Senatoren lagen in Betten, die nur durch Vorhänge voneinander abgegrenzt waren. Das Bett Leias stand ganz am Ende. Ihr Vorhang war zurückgezogen. Han saß neben ihr, während Chewbacca am Fußende des Bettes stand und die mächtigen Pranken rang, als wäre dies ein zeremonieller Anlaß und als sorge er sich um angemessene Kleidung. Ein Medidroide legte Medikamente auf das Tischchen neben Leias Bett und verschwand dann hinter dem Vorhang.

Winter saß auf einem Stuhl an der Wand. Als sie Luke entdeckte, lächelte sie. Manchmal fragte er sich, ob sie vielleicht außer ihrem geradezu phantastischen Erinnerungsvermögen noch über speziellere Kräfte verfügte. Sie ließ die Kinder nur ganz selten aus den Augen, und doch hatten diese ihn im genau richtigen Augenblick gefunden.

"Luke", sagte Han und stand auf. "Leia hat sich nach dir erkundigt."

Jetzt wandte sich ihr Kopf auf dem Kissen ihm zu. Ihr Gesicht war eine Ansammlung von Platzwunden und Prellungen. Obwohl sie ganz offensichtlich im Bactatank gelegen hatte, waren ihre Hände noch bandagiert, was auf ernsthafte Verletzungen schließen ließ, die weiterer Behandlung bedurften.

"Oh, Luke." Ihre Stimme war ungewöhnlich laut. "Bin ich froh, daß du hier bist."

Luke setzte sich neben das Bett. "Ich auch."

Sie runzelte leicht die Stirn.

"Ich glaube nicht, daß sie dich verstanden hat", sagte Han. "Sie kann nicht hören."

Luke warf Han einen Blick zu. Er wirkte erstaunlich ruhig und gefaßt.

"Die haben gesagt, das Gehör wird sich in ein paar Tagen wieder einstellen. Es war die Wucht der Explosion." Han lächelte verkniffen. "Es war recht spaßig, den Medizinern dabei zuzusehen, wie sie sich mit hundert tauben Patienten abmühten. Keiner befolgte ihre Anweisungen."

Sein Tonfall strafte seine Worte Lügen – er fand daran gar nichts spaßig. Luke hatte die Statistik bereits bei der Landung gehört: fünfundzwanzig Senatoren tot, weitere hundert erheblich verletzt und noch einmal hundert mit oberflächlichen Verletzungen – das Senatspersonal und die vielen zerstörten Droiden nicht mitgerechnet.

"Hat man schon eine Ahnung, was passiert ist?"

Winter stand auf. "Ich denke, Kinder", sagte sie, "wir sind für heute lang genug hiergewesen."

"Dad", jammerte Jaina. Sie ergriff seinen Arm. "Immer schickt man uns weg, wenn es interessant wird."

"Ich gehe nicht", erklärte Anakin kategorisch.

Chewie ließ ein drohendes Grollen hören, worauf Anakin zu seiner Schwester eilte.

"Recht so, Chewie", meinte Han, aber es klang eher wie ein Reflex. "Geht mit Winter, Kinder. Ich komme dann später nach und bringe euch ins Bett."

Sie drängten sich nacheinander an das Krankenbett ihrer Mutter, um sie an sich zu drücken und zogen dann ohne weiteren Widerspruch ab, so daß Luke sich fragte, ob sie wirklich so scharf darauf gewesen waren, noch länger dazubleiben. Er würde mit Han über ihre Ängste reden müssen, ehe er wieder wegging.

"Leia glaubt, daß die neuen Imperialen im Senat die Verantwortung tragen", erklärte Han. "Ich bin da nicht so sicher."

"Aber ich", fuhr Leia auf. Offenbar hatte sie ihre Fähigkeiten in der Kunst des Lippenlesens seit dem Anschlag verbessert. Vermutlich war dabei die Macht im Spiel. Luke würde diese Theorie später erproben müssen.

"Und was, glaubst *du*, war los?" fragte Luke.

"Ein alter Kumpel von mir ist zu einem günstigen Zeitpunkt wieder aufgetaucht", erwiderte Han. "Ich war mit Jarril im Crystal Jewel, als die Explosion erfolgte."

"Ein Täuschungsmanöver, um dich abzulenken?"

"Kann sein", sagte Han. "Vielleicht wollte er mich aber auch warnen und kam zu spät. Ich habe nachher versucht, ihn zu finden, aber er war verschwunden."

"Hast du eine Ahnung, wohin?" wollte Luke wissen.

Han schüttelte den Kopf. "Sein Schiff war auch weg, und niemand hat es abfliegen sehen. Und das kommt mir seltsam vor. Jarrils Schiff ist ziemlich auffällig. Er hat die Konstruktion des *Falken* mit einem A-Flügler gekreuzt."

"Das Schiff habe ich gesehen", warf Luke ein. "Als ich ankam, waren die Verteidigungsanlagen alle in Alarmbereitschaft. Ich mußte meine ganze Überredungskunst aufwenden, um durchgelassen zu werden. Aber als der Schild sich dann öffnete, schoß ein Schiff von der Art hinaus, wie du es gerade beschrieben hast, gerade als ob es auf einen solchen Augenblick gewartet hätte. Ich habe die Raumkontrolle informiert, aber die haben das Schiff gar nicht registriert. Dabei kommt es in letzter Zeit nur noch sehr selten vor, daß man mir sagt, ich hätte mir etwas nur eingebildet."

"Einbildung, daß ich nicht lache!" schnaubte Han.

"Das hat nichts zu bedeuten", schaltete Leia sich wieder ein.

Ihre Stimme war immer noch zu laut. Luke war nicht sicher, wieviel sie mitbekommen hatte. "Es waren die Imperialen."

"Du hast für deine Theorie viel weniger Beweise als ich für meine", widersprach Han. "Deine Leute wußten nicht einmal, was das für ein Sprengkörper war, der die Senatshalle getroffen hat."

"*Meine* Leute?"

Luke legte Leia beschwichtigend die Hand auf den Arm. "Wie kommst du darauf, daß es das Imperium war?"

"Im Senat sitzen neue Mitglieder. Das würde genau zu denen passen – etwas zu zerstören, was ihnen gerade erst in den Schoß gefallen ist." Sie drehte den Kopf zu ihm herum, um ihn besser sehen zu können. "Erste Regel jeder Ermittlung, Luke: Nach Dingen Ausschau halten, die sich verändert haben. Dort liegt die Antwort."

"Aber Beweise hast du keine", sagte Luke und unterdrückte ein Seufzen. "Warten wir ab, was die Experten herausfinden. Sobald wir wissen, was den Senat getroffen hat, sind wir vielleicht klüger."

"Und das andere, wonach man suchen muß, ist Geld", ergänzte Han. "Jarril hat mir gesagt, eine Menge Schmuggler würden zuerst reich und dann sterben."

"Aber er könnte gelogen haben", wandte Luke ein.

Chewie ließ wieder ein tiefes Knurren ertönen. Er war offensichtlich derselben Meinung wie Han.

"Ich nehme das schon ernst, Chewie", beruhigte ihn Luke. "Ich möchte bloß vermeiden, daß wir Vermutungen anstellen, ehe wir etwas Konkretes wissen."

Er hatte eigentlich nicht damit gerechnet, daß er hier die Stimme der Vernunft würde vertreten müssen. Die ganze Familie stand sichtlich unter Streß. Er hatte das schon bei den Kindern gespürt und merkte es jetzt auch Han und Leia an.

"Er hat gesagt, ich könnte im Smugglers' Run mehr darüber in Erfahrung bringen", sagte Han.

"Das könnte ein weiteres Ablenkungsmanöver sein", warnte Leia.

"Aber ebensogut ist es möglich, daß es da überhaupt keine Verbindung gibt", sagte Luke.

"Oder es könnte etwas für uns sehr Wichtiges sein", meinte Han.

Chewie grollte Zustimmung.

"Du kannst jetzt gehen, Han", sagte Leia. Es war offensichtlich, daß sie ihren Mann sehr gut kannte. "Die Kinder brauchen dich."

Han lächelte, doch er wirkte beunruhigt. "Dich brauchen sie auch, Liebste", sagte er. "Die ganze Republik braucht dich. Und wir hätten dich beinahe verloren."

Luke räusperte sich. "Ich will auf eigene Faust ein paar Ermittlungen anstellen. Vielleicht stoße ich auf etwas, womit keiner von uns rechnet."

***

C-3PO folgte R2-D2s gedrungener Gestalt durch die Permabeton-Gänge. Boden und Wände waren mit alten Ölspritzern, Schlieren und anderen Flecken unbekannter Herkunft bedeckt. Die Leuchtpaneele flackerten, als hätten sie nicht denselben Zugang zur Energieversorgung wie der Rest von Coruscant. R2 bewegte sich zielstrebig; sein schimmernder Körper war nach hinten geneigt, sein Räderwerk ausgestreckt.

"Ich weiß nicht, wie du es immer wieder schaffst, mich in solche Sachen hineinzuziehen, R2", meckerte 3PO, während er mit geziert ausgestreckten Händen, die ihm das Gleichgewicht sichern sollten, hinter dem Astromechdroiden hereilte. "Du bist erst seit ein paar Stunden hier, und schon habe ich das Gefühl, daß wir in Gefahr sind."

R2 pfiff und gab dann ein paar schnatternde Laute von sich.

"Aber du hast mich doch aufgefordert, hierherzukommen", meinte 3PO. "Du hast gesagt, du glaubst, die würden hier etwas mit Master Lukes X-Flügler anstellen und wir müßten ihnen auf die Schliche kommen."

R2 trillerte.

"Na schön. Du hast *gewußt*, daß sie etwas mit Master Lukes X-Flügler anstellen, und gesagt, *du* würdest der Sache auf den Grund gehen wollen. Aber du hast es *mir* gesagt. Das ist dasselbe wie eine Aufforderung."

R2 wurde noch schneller und glitt zwitschernd und zirpend über den schmutzigen Boden.

"Ich werde nicht zurückbleiben", erklärte 3PO mit Bestimmtheit. "Du hast uns im Laufe der Jahre oft genug in irgendwelche Scherereien verwickelt, wenn du auf eigene

Faust losgezogen bist. Außerdem war Master Lukes X-Flügler, wie ich dir schon oben sagte, seit über einem Jahr für eine Inspektion vorgesehen."

R2 gab einen Ton wie einen Posaunenstoß von sich. Sein Kopf drehte sich, und er inspizierte ein Portal in der Wand. Aber offenbar war es nicht das, was er suchte.

3PO wackelte achtlos an dem Portal vorüber. "Ich halte es für arrogant von dir, daß du glaubst, Master Luke würde dir alles sagen, was er vorhat."

R2 blökte laut.

"Dann eben alles, was er mit dem X-Flügler vorhat. Es ist ja nicht so, daß die Maschine dir gehört. Du bist nur ein Droide."

R2 schmollte.

"Also wirklich, R2. Jeder Astromechdroide könnte den X-Flügler fliegen", sagte 3PO. "So etwas Besonderes bist du auch nicht."

R2 gab einen unter Menschen als unflätig geltenden Laut von sich.

"Vielleicht hätten sie deinen Gedächtnisspeicher löschen sollen. Deine sogenannten Leistungen sind dir nach der Schlacht von Endor zu Kopfe gestiegen. Ich weiß wirklich nicht, warum ich mir deine Gesellschaft immer noch zumute." 3POs Geplapper verstummte, als sie die verschlossene stählerne Doppeltür zum Wartungsbereich des Hangars erreichten. "Wie seltsam. Der Eingang zum Wartungsbereich soll eigentlich immer offen bleiben."

R2 gab keine Antwort. Statt dessen öffnete sich an seiner Seite eine Klappe und ein dünner Manipulatorarm kam zum Vorschein. Er stöpselte ihn in die Tür und piepste halblaut vor sich hin.

3PO spähte durch die kleinen eckigen Öffnungen in dem Transparistahl. Überall standen Schiffe herum, die von Stapeln von Ersatzteilen umgeben waren, und von Kloperianern überwachte Droiden arbeiteten an den Raumern. Kloperianer waren massig gebaute kleine Geschöpfe mit einer ganzen Reihe von Tentakeln, die wie Fäden an ihren Seiten angeordnet waren. An den Enden der meisten ihrer Gliedmaßen besaßen sie Hände, und sie waren imstande, ihre Hälse zu dehnen. Ihr Körperbau und ihr besonderes Talent für alles Mechanische machten sie zu den besten Mechanikern und Ingenieuren, über die die Republik verfügte.

R2 piepste.

3PO wandte sich von der Transparistahl-Luke ab. "Natürlich ist dies ein routinemäßiger Wartungsauftrag", sagte 3PO. "Ich verstehe gar nicht, weshalb du so überrascht bist. Sämtliche X-Flügler sind in den letzten paar Monaten überholt worden."

R2 piepste unverdrossen weiter.

"Ich bin ganz sicher, daß Master Luke davon weiß", meinte 3PO. "Ich bin sicher, daß man ihn verständigt hat. Also wirklich, R2. Du regst dich über die seltsamsten Dinge auf."

R2 pfiff ein paarmal hintereinander und wippte auf seinen zwei Rädern.

"Ich werde Master Luke nicht bitten herzukommen", sagte 3PO. "Wir wissen nicht einmal, was mit dem X-Flügler geschehen soll."

R2 pfiff lauter, ein durchdringendes Schrillen, das von den Wänden widerhallte.

"R2!"

Jetzt klapperten auch noch die Kettenglieder seines Antriebs.

"Ja, ich habe schon verstanden, daß du ein ungutes Gefühl hast", entgegnete 3PO. "Aber Master Luke hatte kein solches Gefühl, und er ist schließlich der Experte für Gefühle."

In dem Augenblick öffnete sich die Doppeltür zum Wartungsbereich, und ein Kloperianer tauchte hinter ihnen auf, sechs seiner Tentakel über seiner weichen Brust verschränkt. "Willst du mir vielleicht erklären, weshalb du dich illegal in unser Computersystem eingeklinkt hast?" fragte der Alien.

R2 löste den Kontakt und fuhr seinen Manipulatorarm ein. "Das hat nichts zu bedeuten", erklärte 3PO. "Unser Master hat uns geschickt, damit wir nach seinem Schiff sehen. Wir konnten nicht rein, und deshalb hat mein Partner hier versucht, die Tür zu öffnen."

"*Das* ist das Türpaneel", sagte der Kloperianer und deutete mit einem siebten Tentakel auf eine kleine Tafel auf der anderen Seite des Eingangs.

"Oh du meine Güte, R2", erregte sich 3PO. "Ich hab dir doch gesagt, du sollst nichts anfassen."

Die großen Augen des Kloperianers verengten sich. "Also schön, ihr beiden. Rein mit euch. Wir werden mal eure Hardware überprüfen."

Er packte 3PO und R2 mit vier seiner Tentakel und zog die beiden in den Wartungsbereich. Die schweren Metalltüren schlossen sich hallend hinter ihnen. Fünfzig Kloperianer starrten sie an; Dutzende von Droiden stellten die Arbeit ein und sahen zu.

"R2", flüsterte 3PO. "Ich habe ein ganz ungutes Gefühl."

* 7 *

Kueller stand breitbeinig, die Hände hinter dem Rücken verschränkt, auf einer der Sandsteinstraßen von Pydyr. Ein sanfter Luftzug, der ein wenig nach Salz roch, erinnerte ihn daran, daß sich hinter den künstlich geschaffenen Hügeln ein Meer erstreckte. In der trockenen Hitze fühlte sich der Totenkopf tatsächlich wie eine Maske an. Kueller schwitzte, und das störte die empfindliche Anpassung an seine Haut.

Er konnte nicht lange auf Pydyr bleiben. Die Maske war ein fein abgestimmtes Instrument und funktionierte nur unter ganz bestimmten Umweltverhältnissen zuverlässig. Und die Umwelt, in der er sich hier befand, gehörte eindeutig nicht dazu.

Für sein Gesicht war das äußerst schädlich.

Aber wenn *er* sich unbehaglich fühlte, dann galt das auch für seine Truppen. Die Sturmtruppenuniformen waren überholt und gereinigt worden und sahen sehr gut aus. Bedrohlich. Die weißen Kombinationen und die komplizierten Helme verkörperten alle Erinnerungen an das Imperium, Erinnerungen, die er zu neuem Leben erwecken wollte.

Das Bild, das man anderen vermittelte, war alles – dafür war Pydyr ein hervorragendes Beispiel.

Die leeren Straßen deuteten auf Reichtum und Wohlstand hin. Der Sandstein nutzte sich in diesem Klima schon nach wenigen Tagen ab, und die Pydyrianer hatten eigens für die Straßenpflege Spezialdroiden entwickelt, andere für die Instandhaltung und Reinigung der Gebäude. Der Reichtum Pydyrs war sprichwörtlich, und die Aristokratie des Planeten hatte unzähligen Legenden Nahrung gegeben, die überall in diesem Abschnitt der Galaxis erzählt wurden.

Almania hatte Pydyr seit Generationen beneidet.

Aber jetzt nicht mehr.

Jetzt gehörte Pydyr ihm.

Die Stille war unheimlich. Nur das Scharren von Stiefeln war auf dem Sandstein zu hören. Die Sturmtruppen erforschten jedes einzelne Gebäude, vergewisserten sich, daß niemand übriggeblieben war.

Eigentlich hatte er den Gestank von Leichen erwartet, die unter der grellen Sonne Pydyrs verwesten, aber Hartzig, der zuständige Offizier, hatte gründlich gearbeitet. Die Aristokratie von Pydyr war tot. Ihre Leichen waren binnen Stunden beseitigt worden. Aber der Reichtum des Mondes blieb.

Und Kueller brauchte diesen Reichtum. Er hätte den Zeitpunkt nicht besser wählen können. Er versuchte zu lächeln, aber sein Gesicht entglitt ihm unter der Maske. Nur die Lippen hafteten noch.

Er machte auf dem Absatz kehrt und betrat eines der Gebäude, das die Sturmtruppen bereits durchsucht hatten.

Die pydyrianische Architektur war durch schwere braune Säulen und große quadratische Räume gekennzeichnet; jede sichtbare Fläche war mit Ornamenten bedeckt, einige das Werk berühmter, längst verstorbener Künstler, andere waren mit winzigen Seafahsteinen besetzt. Neben dem über die Jahrhunderte angeeigneten Reichtum verfügte Pydyr auch über seine eigene Quelle des Wohlstands. Die Seafahsteine wurden in den Schalen mikroskopisch kleiner Geschöpfe im Meer geformt. Kueller hatte angeordnet, die Seafahjuweliere zu verschonen; es bedurfte eines geschulten Auges, um die Steine auf dem Meeresboden zu entdecken – eines geschulten pydyrianischen Auges. Die Aristokratie Pydyrs hatte lange Zeit versucht, Droiden zu entwickeln, die imstande waren, die Seafahsteine zu entdecken, aber bis jetzt gab es keinen auch noch so hoch entwickelten Droiden, der einen Seafahstein von im Laufe der Jahrhunderte verhärtetem Fischauswurf unterscheiden konnte.

Kueller trat an eine Säule und strich mit der behandschuhten Hand über die scharfkantigen Schmucksteine, die in die gebrannte Oberfläche eingelassen waren, helle Farbkleckse, manche blau und grün, manche schwarz und rot, manche weiß und orange, manche von einem verblüffend fahlen Gelb. Und jeder der Steine, von denen keiner größer war als der Handschuhsaum an seinem Finger breit, hatte sich im Laufe der Jahrhunderte aus winzigen Seafahkörpern gebildet, die auf dem Meeresboden ruhten.

Wenn man Kuellers Ausgaben der jüngsten Zeit bedachte, so entsprach der Wert dieser einen Säule den Materialkosten zweier Monate. Wahrscheinlich jedoch würden seine Belastungen jetzt noch weiter steigen. Kueller verfügte über einige große Schiffe, die dringend überholt werden mußten. Und im Gegensatz zu den Pydyrianern war es nicht seine Art, seinen Reichtum zu horten. Schließlich würde er binnen weniger Monate noch wesentlich mehr besitzen.

"Es scheint, als wäre die Stadt eben erst verlassen worden", vibrierte Femons weiche Stimme hinter ihm. Offenbar hatte sie ihre Aufgaben auf Almania erledigt und beschlossen, zu ihm zu kommen.

"Ja, so ist es." Kueller drehte sich nicht um. Seine Maske rutschte mehr, als ihm angenehm war; ihre Bewegungen entsprachen nicht mehr denen seines Mundes. "Sie sind noch nicht sehr lange tot, Femon."

"Das alles kommt mir so seltsam vor. Ich war im Speiseflügel, und auf den Tischen standen noch Teller und Schüsseln."

"Aber das Essen war weg", sagte Kueller. Von den Droiden abgeräumt, wie alles Organische, das sich sonst rasch zersetzen würde.

"Selbstverständlich." Sie trat hinter ihn. Kueller konnte ihre Wärme am Rücken fühlen. Er regte sich nicht von der Stelle, obwohl er es gern getan hätte. Femon war ihre eigene Macht offenbar zu Kopf gestiegen. Er würde sie daran erinnern müssen, wer wen kontrollierte, und zwar bald. "Ich verstehe nicht, weshalb der Imperator dies hier nicht getan hat. Er war doch so destruktiv."

Kueller erinnerte sich an das köstliche Gefühl angesichts all der Schreie, all der Leben, all der Angst, die er hatte auskosten dürfen. "Er hatte noch keine saubere Methode entdeckt. Vielleicht hat er auch gar nicht danach gesucht. Manchmal denke ich, daß Palpatine sich weniger für Macht als für die Zerstörung an sich interessiert hat."

"Aber *Sie* interessieren sich für Macht."

Das klang wie eine Feststellung, und doch glaubte er die Frage dahinter zu hören.

"Haben *Sie* eine Meinung?" fragte er, als hätte sie kein Recht auf eine eigene Meinung.

"Mir scheint", sagte sie langsam, "wenn wir erobern wollen, sollten wir es jetzt tun. Alles ist bereit."

"Nur auf Coruscant", erwiderte er.

"Und dort sollten wir anfangen."

Seine Hand fuhr in einer schneidenden Bewegung herab. Ihre Fragen verdarben ihm die Laune. "Wir müssen erst alle Planeten bestücken, die dafür ausgewählt wurden. Das Geheimnis der Kontrolle ist Gründlichkeit."

"Nehmen wir uns Coruscant als erstes vor. Alles andere wird in ein paar Tagen soweit sein."

"Es kommt auf den richtigen Zeitpunkt an", bemerkte Kueller. "Ich werde warten."

"Wenn Sie die Führer beseitigen ..."

"... werden andere an ihre Stelle treten." Er widerstand dem Drang, sich umzudrehen und sie unter seiner Maske anzufunkeln. Die Maske funktionierte nicht richtig, und er wollte nicht, daß sie sein Gesicht sah. Schweiß tropfte ihm vom Kinn auf sein Leinenhemd.

"Wollen Sie Skywalker deshalb beseitigen?"

Er zögerte, nicht sicher, wie weit er sich ihr offenbaren wollte. Dann sagte er: "Die Schwester Skywalkers führt die Republik."

"Woher wissen Sie, daß sie den Angriff auf die Senatshalle überlebt hat?"

"Sie hat überlebt", sagte er leise.

"Dann müssen Sie angreifen."

"Das werde ich." Kueller ballte die Fäuste, darauf bedacht, sein Temperament an einem so schönen, erfolgreichen Tag zu zügeln. "Das werde ich ganz sicher."

***

Das Schiff trieb im Weltraum. Lando Calrissian spähte aus dem Cockpit der *Glücksdame*. Da er Mara Jade am Minos-Sternhaufen abgesetzt hatte, damit sie dort etwas für Talon Karrde erledigte, war er auf dieser Fahrt allein. Lando wollte nicht ständig mit Mara zusammensein, aber er hatte eigentlich keinen Anlaß, sich zu beklagen – und er war auch gar nicht sicher, ob er einen solchen Anlaß suchte.

Die letzten paar Wochen mit Mara in den schwimmenden Städten von Calamari waren äußerst amüsant gewesen. Er hatte sie lange nicht mehr gesehen und ihre Gesellschaft deshalb genossen, und nur wenige Male hatte er sich gewünscht, allein zu sein.

Jetzt war er allein. Aber er hätte alles darum gegeben, jemanden bei sich zu haben, mit dem er über das Schiff hätte reden können, das sich langsam vor ihm im Weltraum drehte.

Irgendwie kam es ihm bekannt vor. Zuerst hatte er geglaubt, es sei der *Millennium Falke*. Dann wurde ihm bewußt, daß die Arakyd-Lenkwaffenrohre nicht einfach nur fehlten, sondern niemals dagewesen waren. Irgend etwas anderes hatte einmal den für sie vorgesehenen Raum ausgefüllt, doch dieses Etwas war verschwunden. Lando hatte während seiner ganzen Weltraumerfahrung nur einen einzigen leichten Frachter zu sehen bekommen, der dem *Falken* so ähnlich war, und das war die *Spicy Lady*. Nur daß die *Spicy Lady* dort, wo die Lenkwaffenrohre hingehörten, einen modifizierten A-Flügler gehabt hatte.

Einen A-Flügler, der auch allein flugtauglich war; ein separates Schiff für Fluchtzwecke.

Lando rief die *Spicy Lady* an und spürte, wie sein Herzschlag sich beschleunigte. "*Spicy Lady*, hier ist die *Glücksdame*. Sind Sie in Raumnot? Ende."

Keine Antwort. Das Schiff wirkte verlassen. Doch kannte er Jarril zu gut, um zu glauben, daß dieser die *Spicy Lady* jemals auf längere Zeit verlassen würde. Jarril hatte sein ganzes Vermögen in sein Schiff gesteckt, und er benutzte es dazu, noch mehr Geld zu verdienen. Er ließ es nie einfach treiben. Selbst wenn er sich in dem A-Flügler aufhielt, sorgte er immer dafür, daß das ganze Schiff mit voller Energieversorgung flugtauglich blieb, damit nur ja niemand auf den Gedanken kam, an Bord zu gehen.

"*Spicy Lady*, hier *Glücksdame*. Ende."

Lando stieß eine halblaute Verwünschung aus. Das hatte ein ganz simpler Flug werden sollen. Er mochte es nicht, wenn er solo fliegen mußte. Er hatte zwar einen neuen Astromechdroiden, den Mara mit dem Ertrag aus ihrem letzten gemeinsamen Unternehmen erworben hatte. Aber selbst mit den Modifikationen, die er vorgenommen hatte, war ihm der Droide in einer solchen Situation keine Hilfe.

Lando scannte die *Spicy Lady* nach Lebenszeichen. Nichts. Sie war dunkel. Nicht einmal die Lebenserhaltungssysteme funktionierten.

Er konnte nicht an Bord gehen, weil er die *Glücksdame* nicht ohne guten Grund verlassen wollte. Statt dessen beschloß er, die *Spicy Lady* auf eine Fernsteuerung zu überprüfen, bezweifelte jedoch, daß er damit Erfolg haben würde. Die meisten Schmuggler wollten von Fernsteuerungen, die es erlaubten, ihr Schiff von anderen Schiffen aus zu manövrieren, nichts wissen. Aber das Geschäft hatte sich seit Landos aktiver Zeit geändert. Ein paar Lieferanten verlangten heute Fernsteuerungen, und Jarril steckte immer noch bis über beide Ohren im Geschäft. Vielleicht hatte er sich mit solchen Lieferanten eingelassen.

Der Computer der *Glücksdame* piepste. Die *Spicy Lady* verfügte nicht nur über eine Fernsteuerung, sondern diese entsprach sogar dem neuesten technischen Standard.

"Endlich mal Glück gehabt", kommentierte Lando.

Er schaltete die internen Holokameras der *Spicy Lady* parallel zu denen der *Glücksdame* und sah sich im Innern des Schiffes um.

Dort sah es so aus, als hätte in den Passagierbereichen ein imerrianischer Sturmwind gewütet: In der Nullgrav-Umgebung schwebten Vorräte herum, die Liegen im Ruhebereich wiesen Brandspuren von Blasterfeuer auf, die Sauerstoffmasken waren zerbrochen, die Rettungsgeräte unbrauchbar gemacht.

Lando ließ die Kamera wandern. Er wußte, daß Jarril in den Frachträumen keine Holokameras zulassen würde. Landos Mund war trocken. Das Unbehagen, das er bereits beim ersten Anblick des Schiffes verspürt hatte, nahm weiter zu.

Mit Ausnahme der Blasterspuren im Ruheraum sah er keinerlei Anzeichen für einen Kampf. Es gab keine echte Zerstörung, nur eben Spuren, wie sie entstanden, wenn jemand ein Schiff durchsuchte. Trotzdem wollte sich das Unbehagen nicht legen.

Schließlich holte Lando das Cockpit der *Spicy Lady* auf seinen Bildschirm. Und dann entlud sich der Atem, den er bisher unbewußt angehalten hatte, in einem mächtigen Schnaufen.

Da schwebte Jarril und stieß immer wieder gegen die Kontrollen, die Sichtluke, die Decke, den Boden. Nach dem geschwärzten Loch in seiner Brust zu urteilen, hatte man aus allernächster Nähe auf ihn geschossen.

Lando schloß die Augen und rieb sich mit Daumen und Zeigefinger über den Nasenrücken. Ein alter Freund sollte nicht so sterben. Ganz besonders nicht so allein und ohne einen Kumpel, der ihm beistand.

Dann verfinsterte sich Landos Miene. Jarril hatte stets einen Sullustaner bei sich gehabt. Seluss. Hatte Seluss sich den A-Flügler geschnappt? Um Hilfe zu holen? Aber das ergab keinen Sinn. Dann hätte er schon längst wieder zurück sein müssen.

Es sei denn, jemand hatte ihn verfolgt.

Aber Lando hatte in diesem Bereich des Weltraums keine anderen Schiffe geortet. Der Verkehr war hier sehr spärlich, und für Schmuggler war hier nichts zu holen. (Lando selbst wäre nicht hier, wenn Mara sich nicht mit Karrde hätte treffen wollen.) Die Republik zeigte wenig Interesse an den primitiven Planeten dieser Region, und das Imperium hatte jede Hoffnung aufgegeben, derart unterschiedliche Völker zu einen.

Das Imperium hatte schon lange jegliche Hoffnung aufgegeben.

Etwas regte sich in Landos Unterbewußtsein. Er hatte in all der Unordnung etwas gesehen. Etwas, das nicht dorthin gehörte.

Er ließ die Kamera noch einmal durch das Cockpit wandern und suchte dann weiter, suchte mit Naheinstellung, bis er schließlich gefunden hatte, wonach er Ausschau hielt.

Er fand es in der Kombüse. Es prallte dort in der Schwerelosigkeit von einer Wand gegen die andere, wie ein Puck beim Nullgrav-Hockey: ein Sturmtruppenhelm. Ein Helm, und noch dazu so sauber, daß das Licht der Notbeleuchtung sich in ihm spiegelte.

Sturmtruppen. In diesem Niemandsland. Vielleicht hatte Lando sich, was das Imperium anging, doch geirrt.

Jetzt flogen seine Hände über die Kontrollen der Fernsteuerung. Er würde die *Spicy Lady* zu seinem Minenstützpunkt auf dem Gewürzplaneten Kessel schleppen und sich dort persönlich in ihrem Innern umsehen. Vielleicht fand er heraus, worauf Jarril sich eingelassen hatte.

Eine innere Stimme versicherte ihm, daß er von dem, was er finden würde, keineswegs entzückt sein würde.

* 8 *

Im Audienzsaal des Imperators im imperialen Palast drängten sich die Senatoren, die den Bombenanschlag überlebt hatten. Die Seniorsenatoren, die sich rückhaltlos für die Ziele der Republik einsetzten, gingen herum und diskutierten wichtige Staatsgeschäfte. Leia stand neben dem Tisch, auf dem das Büfett aufgebaut war. Sie interessierte sich nicht für ihre Kollegen, sondern beobachtete, wie die Juniorsenatoren, viele davon ehemalige Imperiale, miteinander sprachen. Ihre Hände schmerzten immer noch von den Brandverletzungen, die sie sich bei der Explosion zugezogen hatte, aber abgesehen davon ging es ihr wieder gut. Im Augenblick hätte sie es allerdings vorgezogen, wenn ihr Gehör noch nicht wiederhergestellt gewesen wäre.

Die lautstark vorgebrachten Argumente rings um sie übertönten einander.

"... entscheiden, wer jetzt das Sagen hat ..."

"... hätte *niemals* hingenommen, daß ein derartiges Chaos ..."

"... froh, daß wir hier sind. Die Neue Republik kann einfach nicht zulassen, daß so lasch ..."

Mehr als ein paar Gesprächsfetzen brauchte sie nicht mitzubekommen, um zu wissen, worum es ging. Hier, zumindest unter den Juniorsenatoren, würde man der Regierung die Schuld für die Zerstörung des großen Versammlungsraums zuschieben. Sie hätte nicht auf Han hören und noch am Tag des Anschlags ihre Amtsgeschäfte wieder aufnehmen sollen. In den zwei Tagen, die sie dem Senat ferngeblieben war, war ihr die Kontrolle über das politische Geschehen entglitten.

Leia nahm sich ein Canapé und aß es. Vielleicht brachte ihr das die notwendige Energie, die noch nicht vollends zu ihr zurückgekehrt war. Die Ärzte hatten gesagt, sie benötige Zeit, um sich zu erholen, und behauptet, sie sei fast gestorben. Aber schließlich war dies nicht das erste Mal, daß sie auch schwere Verwundungen überstanden hatte. Diesmal war das Hauptproblem ihre Einstellung, so vermutete sie.

Sie wischte sich die Hände an den Hosen ab – sie trug einen weiten, fließenden Hosenrock mit einer schlichten Bluse, da sie sich für diese Zusammenkunft für ein elegantes und doch bequemes Outfit entschieden hatte – und trat mitten unter die Juniorsenatoren.

Die Gespräche verstummten. Leia lächelte strahlend in die Runde, als hätte sie nichts gehört, und klatschte dann in die Hände, um sich Aufmerksamkeit zu verschaffen.

"Ich möchte Ihnen allen dafür danken, daß Sie so kurzfristig kommen konnten", sagte sie. "Wir sind im Augenblick dabei, den Ballsaal als provisorischen Versammlungsraum herzurichten, aber die Arbeiten werden erst morgen abgeschlossen sein. Bis dahin hielt ich diese formlose Zusammenkunft für zweckmäßig. Ich wollte Sie alle über den Stand der Ermittlungen informieren."

"Was für Ermittlungen?" fragte R'yet Coome, der Juniorsenator von Exodeen. Seine Stimme, die von sechs Zahnreihen gefiltert wurde, war der seines Kollegen M'yet Luure so ähnlich, daß Leia verblüfft war. Selbst der Inhalt der Frage hätte von M'yet kommen können.

Sie sah R'yet an, als dieser in einer affektierten Geste seine sechs Arme an seinen Seiten anordnete. Wenn sie nicht gewußt hätte, daß M'yet tot war, hätte sie geglaubt, ihn in diesem Moment vor sich zu sehen.

"Wir haben die Ermittlungen gleichzeitig mit den Rettungsmaßnahmen anlaufen lassen", fuhr sie fort. "Die Rettungsmaßnahmen hatten am ersten Tag natürlich oberste Priorität. Wir mußten sicherstellen ..." Ihre Stimme versagte.

"Wir mußten sicherstellen, daß keine weiteren Verletzten unter den Schuttmassen begraben waren", nahm ChoFi den Faden auf, einer der Senatoren, die seit den Anfangstagen der Neuen Republik an ihrer Seite gestanden hatten. Er war hinter Leia erschienen, als wollte er sie mit seiner zwei Meter zwanzig hohen Gestalt beschützen.

Dankbar für seine Einmischung, nickte sie. Sie hatte sein Kommen nicht bemerkt. Vermutlich hatte er ebenso wie sie den Gesprächen gelauscht.

"Sie hätten früh genug Vorsichtsmaßnahmen treffen sollen", sagte R'yet. "Ich weiß nicht, wie ich es dem Volk von Exodeen beibringen soll, daß einer seiner beliebtesten Politiker tot ist."

"Wir haben die besten Sicherheitsvorkehrungen der ganzen Republik", erwiderte Leia. "Bloß haben sie offensichtlich nicht ausgereicht."

"Offensichtlich", pflichtete R'yet ihr bei.

Meido, schmal wie eine Vibroklinge, das purpurrote Gesicht von weißen Linien durchzogen, legte seine zweifingrige Hand auf R'yets ersten Arm. Leia war überrascht, daß Meido die exodeenische Etikette kannte. Eine Berührung am ersten Arm war das Signal, nicht weiterzusprechen; eine Berührung am zweiten Arm indes hätte eine Herausforderung zum Zweikampf bedeutet.

"Die Staatschefin hat eine schwere Woche hinter sich", sagte Meido.

"Wie wir alle", warf irgendein Senator weiter hinten ein.

Meido tat so, als hätte er ihn nicht gehört. "Wir dürfen es ihr nicht so schwermachen. Natürlich mußten wir uns zunächst vergewissern, daß niemand mehr unter den Trümmern begraben war. Aber jetzt können die Ermittlungen in vollem Umfang beginnen."

Seine Unterstützung machte Leia argwöhnisch. Meido war seit seiner Wahl stets gegen sie gewesen.

"Vielen Dank, Senator", sagte sie. Sie atmete tief durch. "Die Schäden sind beträchtlich. Die Bombe, falls das die richtige Bezeichnung ist, wurde im Innern der Halle zur Explosion gebracht. Außen ist das Gebäude völlig unversehrt. Im Augenblick befassen sich die Ermittlungen mit allen Personen, die sich zum Zeitpunkt der Explosion in seinem Innern aufgehalten haben, sowie mit denjenigen, die in den Tagen davor Zugang hatten."

"Schließt das die Senatoren ein?" erkundigte sich Senator Wwebyls, ein winziger Humanoid von Yn.

"Jeden, ohne Ausnahme", antwortete Leia.

"Selbst die Toten?" fragte R'yet und stützte dabei seine unteren Hände auf seine Sekundärhüften.

"Selbst die Toten", bestätigte Leia leise. "Wir können es uns nicht leisten, irgend jemanden oder irgend etwas auszulassen."

"Also schließen die Ermittlungen auch Ihre Person ein?" fragte Senator Meido.

Leia zuckte zusammen. Natürlich nicht – sie wußte doch, daß sie nicht in die Sache verwickelt war.

"Sie hat gesagt, daß gegen *jeden* ermittelt wird." ChoFi

sagte das, ohne damit direkt Stellung zu beziehen, nur um seine Kollegen dazu zu bringen, ihr zuzuhören, und brachte Leia damit aus der Schußlinie.

Kerrithrarr, der Seniorsenator von Wookiee im hinteren Teil des Saals, ließ ein tiefes Knurren hören.

"Da muß ich meinem Wookiee-Kollegen recht geben", sagte ChoFï. "Am besten überstehen wir diese Krise, wenn wir alle zusammenarbeiten."

"Wir können nicht zusammenarbeiten, solange Ermittlungen gegen uns im Gange sind", bemerkte ein anderer Juniorsenator.

"Diese Ermittlungen betreffen uns alle", sagte Nyxy, ein Senator von Rudrig.

"Wir müssen aber zusammenarbeiten", bekräftigte Senator Gno. Er war in der Alten Republik Senator gewesen und später, im imperialen Senat, Mitglied des Rebellenrings. Gno war einer der wenigen Senatoren aus der Zeit der Alten Republik, die nicht zurückgetreten waren. "Ist Ihnen je in den Sinn gekommen, daß der Attentäter die Bombe aus genau diesem Grund zur Explosion gebracht hat? Wenn wir uns in interne Streitereien verwickeln, können wir uns nicht mehr auf Bedrohungen von außen konzentrieren. Wir dürfen nicht zulassen, daß diese Regierung von innen heraus gesprengt wird."

Das war Leia bisher noch gar nicht in den Sinn gekommen. Bisher hatte sie sich ganz darauf konzentriert, die Täter ausfindig zu machen und festzustellen, ob sie hinter der Erschütterung der Macht standen, die sie und Luke gespürt hatten. Sie hatte das Gefühl nicht loswerden können, daß ein großes Verhängnis bevorstand, nicht nur für den Senat, sondern auch für die Regierung selbst.

Aber sie konnte diesem Gremium nichts von einer neuen Waffe sagen. Zumindest nicht, solange sie keine besseren Beweise als ihr und Lukes Gefühl hatte.

"Mir scheint, diese Regierung ist bereits gesprengt", meinte R'yet. "Wir brauchen Führung. Eine starke Führung hätte diesen Anschlag verhindert."

"Das wissen wir nicht", widersprach ChoFï. "Solange wir nicht wissen, was diese Katastrophe ausgelöst hat, können wir nichts dergleichen behaupten."

"Die Ermittler arbeiten in dieser Stunde daran", versicherte Leia. "Wir haben Experten darauf angesetzt, die aus dem Gebäude geborgenen Trümmer zu untersuchen, und auch im Innern arbeiten Spezialisten. Wir werden noch heute mehr wissen."

"Werden wir dann auch wissen, ob dieses Attentat dem Senat oder Ihnen persönlich gegolten hat?" fragte R'yet.

Diese Frage war durchaus berechtigt, das wußte Leia. Dennoch konnte sie die Aufwallung von Wut nicht unterdrücken, die sie auslöste. Sie hatte genug. Der Exodeenianer führte sich auf, als hätte er seit M'yet Luures Tod alle Moral für sich gepachtet.

"Senator Coome", sagte Leia und straffte sich. "Wenn das Attentat Ihnen oder mir oder irgendeinem unserer Kollegen gegolten hat, dann galt es *uns allen*. Wir sind ein Gremium, eine Gruppe, ob Ihnen das gefällt oder nicht. Das Attentat ist am Sitz der Regierung erfolgt und hat uns alle in gleicher Weise in Mitleidenschaft gezogen ..."

"Nicht in gleicher Weise", fiel R'yet ihr ins Wort. "Einige von uns sind tot."

"In gleicher Weise", beharrte Leia, "mindestens was die Überlebenden angeht. Und jetzt arbeiten Sie mit uns zusammen, und helfen Sie der Neuen Republik."

"Oder?" Obwohl Meido die Hand ausstreckte und ihn daran zu hindern versuchte, war R'yet vorgetreten. "Soll das eine Drohung sein, Leia Organa Solo?"

"Das wäre nicht gut für die Einheit, nicht wahr?" fragte Leia.

"Ganz sicher nicht", versuchte Meido die Wogen zu glätten. "Vielleicht würde es meinen Kollegen beruhigen, wenn wir neben den offiziellen Ermittlungen noch ein zweites Team Ermittler einsetzen, vielleicht erhalten wir dann zuverlässige Ergebnisse."

"Oder ein heilloses Durcheinander", sagte Leia.

"Sie sind also gegen eine unabhängige Untersuchung?" Meidos Tonfall deutete an, daß sie etwas zu verbergen hatte.

"Ganz bestimmt nicht", widersprach Leia. "Ich bin nur dagegen, unnötig Mittel zu vergeuden. Die Neue Republik ist nicht reich, weder finanziell noch was die Verfügbarkeit von Arbeitskräften angeht."

"Ich denke nicht, daß man etwas, das das Vertrauen unter uns wieder herstellen würde, als Vergeudung von Mitteln bezeichnen sollte", meinte Meido.

Wieder? dachte Leia, sprach es aber nicht aus.

"Sie hält augenscheinlich nichts davon", sagte R'yet.

Sie hatten sie ausgetrickst. Eigentlich hätte sie damit rechnen müssen. Leia atmete tief durch. "Wir sind ein gewähltes Gremium", sagte sie. "Stimmen wir also ab!"

"Ich dachte, dies sei eine informelle Zusammenkunft", warf ChoFï ein. *Ein geschickter Trick, um die Abstimmung hinauszuzögern*, dachte Leia bewundernd.

"Auch eine informelle Zusammenkunft ist eine Zusammenkunft", widersprach Meido.

Leia unterdrückte ein Stöhnen. Sie hatten sie in die Enge getrieben. Ohne die Konsolen, ohne die elektronische Zählung und ohne Computerunterstützung würde die Abstimmung nicht ganz unproblematisch durchzuführen sein. Dennoch sollte es keine unüberwindlichen Schwierigkeiten geben, wenn jemand die verbal abgegebenen Stimmen zählte und sie den jeweiligen Senatoren zurechnete. Darüber hinaus hatte dieses Verfahren den Vorteil, daß jeder sich öffentlich vor den anderen zu seiner Stimme bekennen mußte.

Leia schickte einen der Senatsdiener nach einer offiziellen Stimmliste. Als er zurückkehrte, überflog sie die Liste, wobei ihr Blick jedesmal verharrte, wenn er auf den Namen eines toten oder verwundeten Senators fiel. Jenen schwarzen Tag im großen Versammlungsraum des Senats würde sie ihr ganzes Leben lang nicht vergessen. Er hatte sie, wenn man einmal vom objektiv geringeren Ausmaß der Katastrophe absah, ebenso erschüttert wie die Vernichtung von Alderaan. Dabei hatte sie geglaubt, die Senatshalle sei sicher. Vielleicht hatte sie sich deshalb so gegen die Aufnahme der ehemaligen Imperialen gesträubt: Weil sie einfach einen der letzten Zufluchtsorte der Galaxis schützen wollte.

Es dauerte nur ein paar Augenblicke, die Wahl vorzubereiten. Genug Zeit für jeden Senator, sich eine Antwort zurechtzulegen.

"Die Frage, die wir hier zur Abstimmung stellen, lautet wie folgt: Sollten wir ein Team unabhängiger Ermittler einsetzen? Sie müssen darauf mit 'Ja', 'Nein' oder 'Enthaltung' antworten." Leia atmete tief durch und rief dann den ersten Senator auf.

Leia und der Senatsdiener registrierten jede Stimme. Außerdem hörte ein Protokolldroide zu und führte ebenfalls Buch. Sie hatte damit gerechnet, daß die Abstimmung zu ihren Gunsten ausgehen würde. Zumindest hatte sie erwartet, in einem zweiten Durchgang Stimmengleichheit zu erreichen. Aber als sie jetzt, fehlende und tote Senatoren überspringend, die Liste studierte, wurde ihr bewußt, daß ihr Stimmenblock, der bis jetzt die Mehrheit gestellt hatte, sich nunmehr in der Minderheit befand. Die Juniorsenatoren stellten den größten Teil der Unverletzten; die Seniorsenatoren, diejenigen mit den engsten und längsten Bindungen an die Republik, hatten wesentlich stärkere Verluste erlitten.

Als das Ende der Liste erreicht war, war Leias Kehle trokken, ihre Augen brannten, ihre Schultern waren von der Anspannung steif. Fünfzehn Senatoren stimmten gegen eine unabhängige Untersuchung. Fünfzehn. Der Rest enthielt sich der Stimme oder stimmte für den Antrag der Gegenseite, der damit mit überwältigender Mehrheit angenommen war.

Sie sah sich im Saal um und begegnete Kerrithrarrs Blick. Der Wookiee-Senator war ebenso wie Leia überzeugt, daß die ehemaligen Imperialen den Senat zerstören wollten. Kerrithrarrs Fell war gesträubt, und als er Leias Blick bemerkte, schüttelte er verzweifelt den Kopf.

Leia verglich ihr Ergebnis mit dem des Pagen. Schließlich bestätigte der Droide ihre Zahlen. "Der Antrag für eine unabhängige Untersuchung", erklärte Leia dann, "ist mit deutlicher Mehrheit gebilligt worden."

Die Juniorsenatoren brachen in Jubel aus, während sich auf den Gesichtern der anderen Betroffenheit ausbreitete. Leia griff nach einem hölzernen Becher und schlug damit auf den Tisch, der das Büfett trug, um sich Gehör zu verschaffen. Als Stille eingetreten war, sagte sie: "Mir ist bewußt, daß diese Zusammenkunft nicht in der Senatshalle stattfindet. Ich werde diesen Bruch der Etikette deshalb wegen der formlosen Umgebung durchgehen lassen. In Zukunft allerdings wird jeder Senator, der sich zu ungebührlichen Beifallsbekundungen hinreißen läßt, im Sinne der Senatsstatuten des Saales verwiesen, seine Stimme verliert ihre Gültigkeit. Ich darf vorschlagen, die Statuen zu lesen."

Leia konnte den verärgerten Unterton in ihrer Stimme selbst hören. Gewöhnlich war sie stolz auf ihre Selbstbeherrschung, aber die Ereignisse der letzten Tage hatten ihre

Geduld über Gebühr strapaziert. Verstanden denn diese sogenannten Führer nicht, was sie anrichteten? Dieses Verhalten würde die Republik spalten.

Die Gesichter der Versammelten waren ihr erwartungsvoll zugewandt. Leia nickte ihnen zu. "Der Vorschlag einer unabhängigen Untersuchung stammt von Ihnen, Senator Meido, ich möchte Sie deshalb auffordern, ein Team aufzustellen. Wir brauchen die Namen der Ermittler für das Protokoll."

Meido lächelte. Seine blaßrosa Zähne blitzten in dem purpurroten Gesicht. "Mit dem größten Vergnügen, Frau Präsidentin."

Sein Ausdruck gefiel ihr nicht und ließ in ihr ein Gefühl der Verletzbarkeit aufkommen. Der Gedanke beschlich sie, daß sie in eine Falle gegangen war.

"Morgen treffen wir uns zur gewohnten Stunde im Ballsaal. Bis dahin ist die Sitzung vertagt." Leia schlug wieder mit ihrem Becher auf den Tisch. Im gleichen Augenblick wurde es um sie herum wieder laut.

ChoFï starrte die Liste an. "Wissen Sie", sagte er so leise, daß nur Leia und Senator Gno ihn verstehen konnten, "die werden einen völlig anderen Bericht liefern."

"Ich weiß", nickte Leia. "Aber ich hatte keine andere Wahl. Ich konnte nicht einen von unseren Leuten für das Ermittlungsteam auswählen. Die haben mich ausgetrickst. Wenn ich überlegt hätte ..."

"Das ist nicht Ihre Schuld, Leia", versicherte ihr ChoFï. "Wenn die Sie nicht mit diesem Thema in die Enge getrieben hätten, dann mit einem anderen. Sie wollten den Senat so führen, wie er einmal war, und nicht so, wie er jetzt ist. Der Senat ist nicht länger ein einiges Gremium. Wir haben jetzt unterschiedliche Fraktionen."

"Das gefällt mir nicht", sagte Gno.

"Ob es uns gefällt oder nicht", meinte ChoFï, "die Fraktionen existieren, und wir müssen mit ihnen leben."

"Ich werde *nicht* mit ihnen leben", raunzte Gno. "Ganz genauso hat es das letzte Mal angefangen, bevor das Imperium an die Macht kam. Aus kleinen Meinungsverschiedenheiten wurden größere, und die hat man so lange ignoriert, bis die Regierung so zersplittert war, daß nichts mehr funktionierte."

"Das wird diesmal nicht geschehen", sagte ChoFï.

Gno lächelte. "Das habe ich auch einmal geglaubt, damals, vor vielen Jahren."

Leia griff nach der Stimmliste und zuckte zusammen, weil ihre Hände immer noch schmerzten. "Wir dürfen keine Angst vor dem Wandel haben, Senator", wandte sie sich an Gno. "Wir dürfen nie vergessen, daß es zwischen damals und heute einen ganz entscheidenden Unterschied gibt. Die haben keinen Führer wie Palpatine."

"Jedenfalls bis jetzt nicht", sagte Gno düster.

***

Das Sonnenlicht fiel durch ein Loch im zerstörten Dach des Senats. Die schwarze Klaue eines Baudroiden wartete auf Anweisungen, den Schutt wegzuräumen und mit dem Wiederaufbau zu beginnen.

Luke stand im Eingangsportal und blickte in den Versammlungsraum. Nur etwa ein Viertel der Senatshalle war von der Sonne beschienen, auf den Rest der Zerstörung fiel das spärliche Licht der Notbeleuchtung.

Die meisten Abstimmungspulte waren mit Steinbrocken und Kristallsplittern übersät, der Boden war von Schutt fast völlig bedeckt. Frachtdroiden, Wartungsdroiden und Reparaturdroiden warteten untätig im Hintergrund. Bis jetzt hatte ihnen niemand den Befehl erteilt, mit den Aufräumarbeiten zu beginnen. Leia bestand darauf, daß zuerst die Ermittlungen abgeschlossen wurden.

Luke hatte sich vorgenommen, auf eigene Faust gewisse Nachforschungen anzustellen.

Da gab es einiges, was ihn störte: Leias Beharren darauf, daß ehemalige Imperiale in den Anschlag verwickelt waren, Hans seltsames Gespräch mit dem verschwundenen Schmuggler und, der bedeutsamste Umstand, die Erschütterung der Macht, die Luke, Leia und die Solo-Kinder in unterschiedlichem Ausmaß gespürt hatten. Luke stimmte darin mit Han überein, daß er nicht an eine Beteiligung der ehemaligen Imperialen glaubte. Wenn sie informiert gewesen wären, hätten sie sicherlich irgendeinen Vorwand gefunden, sich dem Versammlungsraum zum Zeitpunkt der Explosion fernzuhalten. Andererseits war auch Leias Argument nicht ganz von der Hand zu weisen: Die meisten Juniorsenatoren waren unverletzt. Wenn sie recht hatte und einer der ehemaligen Imperialen – oder vielleicht auch eine ganze Gruppe – war in das Attentat verwickelt, dann gab es keine bessere Methode, um den Verdacht von sich abzulenken, als sich während der Explosion in der Senatshalle aufzuhalten und "wie durch ein Wunder " unverletzt zu bleiben.

Luke trat in das Rund der Senatshalle. Seine Schritte wirbelten Staub auf und ließen die Staubkörnchen in den Sonnenstrahlen tanzen. Er war an so vielen Orten der Vernichtung gewesen, hatte so viel Zerstörung gesehen, und doch hatte ihn nichts auf diesen Anblick vorbereitet. Diese Halle war ein ehrwürdiger Ort – sie hatte den Senat der Alten Republik beherbergt, und selbst Palpatines Umbauten hatten ihre Aura nicht ernsthaft beeinträchtigen können. Dies war der Ort uralter, unumstößlicher Gesetze – und er war Leias Lieblingssaal gewesen.

Zum Zeitpunkt der Explosion hatte sie dort unten am Rednerpult gestanden.

Das Rednerpult war völlig zersplittert. Das runde Podest, auf dem es gestanden hatte, war unter Trümmern verborgen. Die Reparaturmannschaften draußen hatten Luke davor gewarnt, daß die Bausubstanz nicht mehr stabil war. Sie hatten ihn nicht ohne Eskorte hineinlassen wollen, aber er war hartnäckig geblieben. Er mußte dies hier sehen, und er mußte es allein sehen.

Ein eisiger Hauch lag in der Luft. Es war derselbe Eishauch, den er auf Yavin 4 empfunden hatte. Der eisige Atem plötzlichen, unerwarteten Sterbens, zahlreicher sinnlos dahingeraffter Leben.

Luke ging weiter. Auch jenes andere seltsame Gefühl war jetzt wieder da, das schockierende Gefühl des Verrats, das sich in den eisigen Hauch mischte. Bei so vielen Opfern an Verrat zu denken war vermutlich ganz normal; aber das hier fühlte sich irgendwie anders an, irgendwie persönlich, wie jenes Gefühl des Verrats, das Luke empfunden hatte, als Kyp sich mit Exar Kun verbündet hatte. Als wären alle, die in diesem Raum gestorben waren, jemandem zum Opfer gefallen, dem sie einmal vertraut hatten.

Ein persönlicher Tod. Bei einem Bombenanschlag zu sterben war jedoch ein unpersönlicher Tod.

Luke schloß die Augen, ließ sich von der Macht durchströmen und tastete nach Nestern von Kälte. Um ihn her wurden Stimmen laut, Stimmen, an die er sich erinnerte, Stimmen, die um Hilfe riefen und sich flehend an ihren Nächsten wandten, die Schreie von Sterbenden.

Einlagerungen von Kälte.

Er öffnete die Augen.

Nicht eine große Detonation, mehrere kleine Explosionen hatten sich gleichzeitig in diesem Raum ereignet. Und die Senatoren, die den Explosionen am nächsten gesessen hatten, waren gestorben.

Eine Reihe gezielter Exekutionen?

Eine Warnung?

Oder doch die Zerstörung der Senatshalle, die nicht ganz wie geplant abgelaufen, vielleicht sogar gescheitert war?

Luke vermochte es nicht zu sagen. Aber wenigstens hatte er jetzt etwas, was er Leias Ermittlern berichten konnte. Sie mußten nicht länger nach einer großen Ursache suchen, sondern nach mehreren kleinen.

Schutt rieselte von der Decke auf den Boden. Luke drehte sich um und trat dabei zufällig in eine der Einlagerungen von Kälte. Das Sonnenlicht wurde schwächer, und er spürte, wie einen Windhauch, die Präsenz ...

... eines ehemaligen Schülers.

Ein Mann.

Brakiss.

* 9 *

Der Boden des Wandschranks, in dem der Kloperianer die Droiden verstaut hatte, war aus Permabeton, die Wände und die Decke aus Metall. Die Wände waren völlig glatt und schmucklos, und die Tür wies an der Innenseite nicht einmal einen Griff auf. Nachdem der Kloperianer die Tür geschlossen hatte, war es stockfinster geworden.

R2 gab einen leisen Pfiff von sich.

"Da hast du recht, R2", flüsterte 3PO. "Ich kann auch Schritte hören. Und sie kommen auf uns zu."

Das Computerschloß an der Außenseite der Tür klickte, dann war ein Piepsen zu hören. Als die Tür sich öffnete, fiel Licht in den Wandschrank. Ein anderer Kloperianer als jener, der sie ihrer Freiheit beraubt hatte, stand draußen; in einem seiner Tentakel hielt er ein Auftragsformular, in einem anderen einen Codeschlüssel.

"Oh, dem Erbauer sei Dank", rief 3PO. "Ich bin C-3PO, und das hier ist mein Partner R2-D2. Wir gehören Präsidentin Leia Organa Solo, der Staatschefin, und ihrem Bruder, dem Jedi-Ritter Luke Skywalker. Man hat uns zu Unrecht hier eingekerkert ..."

"Ihr habt euch unberechtigt Zugang verschafft", sagte der Kloperianer.

"Im Gegenteil", widersprach ihm 3PO. "Wir ..."

"Ist mir ganz gleich", fiel ihm der Kloperianer ins Wort. "Wenn es nach mir ginge, würde ich euch mit den anderen Uraltdroiden ins Recycling stecken. Aber wir haben eure Seriennummern überprüft und festgestellt, daß ihr die seid, die ihr zu sein behauptet. Wenn ihr das nächste Mal hierherkommt, müssen uns eure Besitzer vorher offiziell davon verständigen. Es geht einfach nicht, daß sich irgendwelche alten Droiden hier herumtreiben. Dies ist ein gefährlicher Bereich, und einige meiner Helfer neigen zu übertriebenem Eifer. Sie könnten euch für Schrott halten und zerlegen, um Ersatzteile zu gewinnen."

"Ersatzteile!" erregte sich 3PO. "Ich kann Ihnen versichern, mein Herr, wir sind keineswegs Schrott. Mein Kollege und ich könnten sogar als ..."

"Du bist ein Protokolldroide und wenigstens drei Modellzyklen alt, und der andere ist ein Astromechdroide und sechzehn Modellzyklen alt. Wenn ihr zu unserem Team hier gehören würdet, würden wir euch ganz sicher recyceln."

R2 gab ein Schnarren von sich.

"Aber so wie die Dinge liegen, dürft ihr den X-Flügler sehen. Aber danach müßt ihr verschwinden." Der Kloperianer überkreuzte zwei Tentakel. "Folgt mir!"

3PO beeilte sich, aus dem Wandschrank zu steigen, R2 folgte dicht hinter ihm. Der Kloperianer setzte sich in Bewegung und schlängelte mit hohem Tempo davon. 3PO blieb ein paar Schritte zurück, damit der Kloperianer ihn nicht hören konnte.

"Jetzt siehst du es, R2, ich habe dir gleich gesagt, daß die uns nicht länger festhalten, sobald sie wissen, wer wir sind."

R2 zwitscherte.

"Nun, mir kommt das gar nicht komisch vor", sagte 3PO.

R2 piepste vor sich hin.

"Also schön", räumte 3PO ein. "Ich gebe ja zu, die hätten unsere Seriennummern auch schneller überprüfen können. Aber jedenfalls haben sie es getan, R2, das mußt du doch zugeben. Aber das hier hätte natürlich auch ziemlich unangenehm enden können, das räume ich ein. Recyceln! Und ich dachte immer, daß der Schrotthaufen für alte Droiden bloß eine Legende ist."

R2s Halbkugelkopf drehte sich unablässig hin und her, die darin eingebaute winzige Holokamera flackerte. Er zeichnete alles auf.

"Ich glaube nicht, daß du die Erlaubnis ..."

R2 piepste so laut, daß der Kloperianer sich umdrehte.

"Gibt es Probleme?" fragte er.

3PO sah R2 an. "Nein, keine Probleme", antwortete 3PO. "Überhaupt keine Probleme." Und dann legte er die Hand schwer auf R2s Kopf. Das Klirren von Metall auf Metall hallte durch den Hangar.

Sie passierten Dutzende von X-Flüglern in verschiedenen Stadien des Zusammenbaus. Durch die offenen Hangarschotts waren demontierte Y-Flügler und A-Flügler zu erkennen; und in einem letzten Hangar standen metallisch glitzernde neue Fahrzeuge, an denen Reinigungsdroiden arbeiteten, um das schimmernde Metall auf Hochglanz zu polieren.

Schließlich blieben sie stehen. Der Kloperianer deutete auf einen weitgehend zerlegten, ziemlich mitgenommenen und verschrammten X-Flügler.

R2 stöhnte.

3PO marschierte auf die Überreste des X-Flüglers zu. "Oh, du meine Güte", jammerte er. "Master Luke verläßt sich auf diese Maschine."

"In zwei Tagen ist sie wieder zusammengebaut", versicherte ihm der Kloperianer.

R2 pfiff und piepste.

"Mein Kollege hier will wissen, warum sie überhaupt demontiert werden mußte."

"Anweisung", erklärte der Kloperianer knapp. "Diese alten X-Flügler haben viel zu viele Macken, als daß man sie unentwegt durch die Galaxis fliegen lassen könnte, ohne sie gelegentlich zu überholen."

R2 trillerte.

"Mein Kollege meint, das Schiff habe sich in perfektem Zustand befunden."

"Nun, da täuscht er sich eben", widersprach der Kloperianer. "Eine komplette Generalinspektion ist durch Amateurpflege nicht zu ersetzen."

R2 schrillte.

"R2!" wies ihn 3PO zurecht. "Tut mir leid, Sir. Der X-Flügler hat ihm sehr nahegestanden. Er fürchtet, daß Sie ihn dauerhaft beschädigt haben."

"Ich habe ihn nicht einmal berührt", versetzte der Kloperianer. "Jetzt, wo ihr ihn gesehen habt, könnt ihr eurem Master über seinen Zustand berichten. Dort ist der Ausgang."

3PO nickte. "Komm, R2. Wir müssen mit Master Luke sprechen."

R2 gab einen trillernden Seufzer von sich. Er trat neben den X-Flügler und beugte sich gefährlich nah heran.

"R2!" tadelte 3PO. "Wir haben genug gesehen."

"Vielleicht solltest du eurem Master sagen, daß er den Gedächtnisspeicher dieser Astromecheinheit säubern läßt. Die R2-Einheit ist ohnehin schon veraltet und wird in Hinblick auf die neuesten Änderungen im Schiffsbau in ein paar Monaten völlig überholt sein."

Aus R2s linker, dem Kloperianer abgewandten Seite schob sich ein zylindrischer Manipulatorarm.

"Ich werde Master Luke ganz sicherlich darüber informieren", sagte 3PO. "Diese kleine R2-Einheit hat praktisch von dem Tag an, an dem er sie gekauft hat, nichts als Ärger gemacht."

"Das war bei allen so", pflichtete ihm der Kloperianer bei. "Und jetzt verschwindet, ihr beiden, ehe ich euch selbst hinausschaffe!"

"Ja, Sir! Komm, R2!"

R2s Arm fuhr wieder ein. Er klappte sein drittes Rad aus und rollte auf den Ausgang zu.

"Vielen Dank, Sir, daß Sie uns den X-Flügler gezeigt haben", sagte 3PO und hastete dann hinter R2 her. "Ich werde unserem Master ganz sicher von Ihnen berichten ..." Als die Tür zum Wartungsbereich sich hinter ihnen geschlossen hatte, blieb er stehen. R2 gab einen langen jämmerlichen Klageton von sich.

"Ich glaube, da übertreibst du. Der X-Flügler ist nicht tot – lediglich demontiert." 3PO eilte den Gang hinunter.

R2 rollte piepsend neben ihm her.

"Sein Speicher wurde gelöscht? Aber Master Luke hat doch ausdrücklich angeordnet, daß das Gedächtnis des X-Flüglers nicht angetastet werden darf."

R2 piepste zustimmend.

"Aber das heißt doch nicht, daß hier eine Verschwörung im Gange ist, R2. Organische Geschöpfe können sich irren."

R2 pfiff und schrillte.

"Na schön", meinte 3PO. "Du kannst glauben, was du willst. Aber das mußt du Master Luke selbst sagen. Ich will mit solchen Phantasievorstellungen nichts zu tun haben."

R2 grunzte.

"Still!" wies 3PO ihn an, als sie den Hangar verließen und den oberen Teil der Dockanlage erreichten. "Ich werde Mistress Leia von der Einstellung jenes Geschöpfs informieren. Wenn man uns wegen einer solchen Banalität eingesperrt hat, dann stell dir einmal vor, was mit Droiden passieren könnte, die keine so prominenten Besitzer haben. Es ist eine Schande. So etwas sollte auf Coruscant einfach nicht zulässig sein."

R2 zwitscherte.

"Ich denke keineswegs nur an mich", widersprach 3PO. "Wenn ich nur an mich denken würde, hätte ich dann andere Droiden erwähnt?"

***

Leia war damit beschäftigt, ihr langes, glänzendes Haar zu bürsten; ihre geheilten Hände wirkten in dem weichen Licht vollkommen. Das war der letzten Sitzung im Bactatank zuzuschreiben. Sie würde jetzt keine Beschwerden mehr haben.

Han saß auf der Bettkante und wünschte, sie würde ihn ansehen. Aber sie hatte in dem Augenblick nach der Bürste gegriffen, als ihr Gespräch ernst geworden war.

"Schau, Liebes. Ich werde doch nur eine Woche fort sein."

"Wir stecken hier mitten in einer Krise, Han." Unentwegt bürstete sie ihr Haar. "Und du willst weg und mit deinen Kumpels spielen."

"Ich will nicht *spielen*, Leia. Ich glaube, Jarril ist aus einem bestimmten Grund zu mir gekommen."

"Sicher ist er das. So, wie du mir eure Unterhaltung geschildert hast, konnte er einfach nicht verstehen, was aus dem Draufgänger Han Solo geworden ist."

Han erhob sich abrupt. "Ich denke, daß Jarrils Besuch mit all dem in Verbindung steht."

"Da bin ich anderer Meinung."

Han kauerte sich neben Leia nieder. Sie hörte auf, ihr Haar zu bürsten, und legte beide Hände in den Schoß. Die Verletzungen, die sie erlitten hatte, hatten in ihrem Gesicht keinerlei Spuren hinterlassen; sie sah nur noch blaß und ein wenig abgehärmt aus.

Han legte seine Hände über die ihren. Ihre Haut war kalt, sie zitterte. Dies war die Zeit, ehrlich zueinander zu sein – das galt für beide.

"Leia", hob er an, "ich bin hier nutzlos."

"Nein", widersprach sie und sah auf seine Hände, die die ihren beschirmten. "Du bist niemals nutzlos, Han."

Er legte den Kopf an ihre Schulter, spürte die seidige Weichheit ihrer Haare an seiner Stirn, roch ihr dezentes Parfum. Er wußte nicht, wie er ihr etwas erklären sollte, das sie gewöhnlich auch ohne Worte verstand. Er war ein Mann der Tat. Er mußte handeln.

Dann seufzte sie. "Du willst deinen Beitrag leisten."

Han nickte.

"Und auf Coruscant gibt es nichts, was du tun könntest."

Er ging in die Hocke. Dabei ließ er ihre Hände nicht los, sondern erhöhte noch den sanften Druck. Die Borsten ihrer Haarbürste stachen in seine Fingerspitzen. "Ich habe bereits getan, was ich tun konnte, Leia. Ich bin Jarrils Spur nachgegangen. Er hat Coruscant mit der letzten Welle von Schiffen verlassen, kurz bevor die große Verwirrung ausbrach. Und dann, als die Schilde geöffnet wurden, um Luke einzulassen, ist er entkommen. Allem Anschein nach hat Jarril außer mir mit niemandem gesprochen. Außer mir kannte er hier auch niemanden."

"Vielleicht hatte er überhaupt nichts mit dem Anschlag zu tun."

Han nickte. "Kann sein. Für den Fall gehen deine Ermittler allen möglichen Hinweisen nach."

"Und wenn ein weiterer Anschlag verübt wird, Han?"

"Das ist bis jetzt nicht geschehen. Ich habe seit Tagen darauf gewartet, aber es ist nichts passiert."

"Das ist doch eigenartig, oder nicht?" überlegte Leia. "Ich finde es jedenfalls sehr eigenartig."

"Ich auch."

Sie sah ihn lächelnd an, mit jenem schiefen Lächeln, das sich bei ihr immer dann einstellte, wenn sie wußte, daß sie sich jetzt eigentlich mit ihm streiten sollte, aber es einfach nicht übers Herz brachte.

"Wenn du mich hier brauchst, bleibe ich", sagte Han.

Leia schüttelte den Kopf. "Ich brauche niemanden, du großer Affe."

"Das weiß ich, Euer Gnaden", grinste er. Dann wurde er wieder ernst. "Aber ich meine das wirklich so. Wenn du mich brauchst ..."

"Wir sind viel besser, wenn wir als Team arbeiten, Han."

Auch das wußte er. Er hatte die ganze Zeit versucht, genau das auszudrücken.

"Meine einzige Sorge gilt den Kindern." Sie entzog ihm eine ihrer Hände und legte die Bürste auf den Frisiertisch. "Was ist, wenn der nächste Anschlag gegen sie gerichtet ist? Was ist, wenn R'yet recht hat? Wenn das Attentat mir oder meiner Familie galt?"

"Wenn es dir galt, dann war es als Warnung gedacht", erwiderte Han.

"Wie Jarrils Besuch."

Er nickte.

"Winter sagt, der Stützpunkt auf Anoth ist wieder aufgebaut. Vielleicht sollten wir die Kinder mit ihr dorthin schikken."

"Ein Besuch an dem Ort, wo sie ihre frühe Kindheit verbracht haben?" Han richtete sich auf. "Hältst du es denn ohne sie aus, Leia? Ich werde nicht da sein und die Kinder auch nicht, und du mußt dich ganz allein um die politische Krise kümmern."

Sie atmete tief durch. Ihre Gesichtszüge verrieten ihm, welcher Kampf sich in ihr abspielte. Er wußte, wie wichtig die Familie ihr war, welche Stütze sie ihr bedeutete.

"Ich werde besser arbeiten können, wenn ich weiß, daß alle in Sicherheit sind", sagte sie schließlich.

"Deshalb möchtest du wohl auch, daß ich bleibe, nicht wahr?"

Sie sah ihn nicht an. Er schob ihr Haar beiseite und küßte sie auf den Nacken.

"Ich kann für mich selbst sorgen, Prinzessin."

"Ich weiß", entgegnete Leia und wich seinem Blick weiter aus.

"Du bist diejenige, die am meisten in Gefahr schwebt. Vielleicht solltest du mit Winter und den Kindern nach Anoth gehen."

Jetzt blickte sie auf, sah ihn endlich an. "Das kann ich nicht. Ich habe hier Verpflichtungen. Ich muß dieselben Risiken auf mich nehmen wie der Rest der Regierung."

Das wußte er. Er mußte ebenfalls Risiken eingehen. Ihn zu schützen und ihn zu zwingen, auf Coruscant zu bleiben, wäre ebenso schlimm, als wenn er Leia zwingen würde, nach Anoth zu gehen.

Er wartete, sah zu, wie ihre Miene sich veränderte, als ihr dämmerte, was er getan hatte.

"Du hast mich manipuliert", sagte sie.

Han nickte.

Sie stand auf, schlang die Arme um ihn und zog ihn an sich. Sie hatte während der letzten Tage abgenommen und fühlte sich zart und zerbrechlich an. Er hielt sie an sich gedrückt und wußte, daß in ihrer schlanken Gestalt mehr Kraft schlummerte, als er je besitzen würde. Er mußte auf ihre Fähigkeiten vertrauen, so wie sie den seinen vertrauen mußte.

"Wünschst du dir nicht, daß wir nur ein einziges Mal so ruhig und zufrieden leben könnten wie normale Menschen?" Ihre Stimme war ganz leise, beinahe ein Flüstern.

"Nein", sagte er. Er trat einen halben Schritt zurück, gerade weit genug, um ihr Gesicht betrachten zu können. "Weil wir uns dann nämlich nie begegnet wären, Euer Hoheit."

Leia lachte, und er küßte sie. Lang und voller Hingabe.

Als würde er sie nie wieder küssen können.

* 10 *

Jarrils Schiff entpuppte sich als eine wahre Fundgrube, als ein vollgestopfter exotischer Gemischtwarenladen. Lando schleppte die *Spicy Lady* nach Kessel und brachte dort einen halben Tag damit zu, die Ladung seines alten Weggefährten unter die Lupe zu nehmen. Die Leiche ließ er im Cockpit. Lando war sich noch nicht darüber im klaren, was er mit Jarrils sterblichen Überresten machen sollte. Wahrscheinlich würde er seine Unterlagen nach etwaigen Verwandten durchforsten müssen.

Aber das hatte noch Zeit.

Jarril hatte zum Zeitpunkt seines Ablebens keinerlei Ladung mit sich geführt. So sah es zumindest aus. Aber es war natürlich möglich, daß jemand die Ladung an sich gebracht hatte, während das Schiff noch im Weltraum trieb.

Dennoch fand Lando eine Menge herrenloser Gegenstände. Einzeln waren sie nichts Besonderes, wenn man sie jedoch zusammen betrachtete, ergab sich ein anderes Bild.

Er fand den Griff eines Blasters, den Handschuh eines Sturmtrupplers, eine Laserkanone und Teile eines signalverstärkten Sensorstörsystems Marke Carbanti; er fand Energiezellen und Baupläne für Kanonen, mit denen AT-ATs bestückt wurden; er fand Bolzen für einen Repulsorlift und, was ihn am meisten beunruhigte, eine Schachtel mit Nadeln, wie sie von imperialen Verhördroiden benutzt wurden ... aber keine Kredits, keinen Schmuck, keine Gewürze.

Entweder war Jarril mit ausgesprochen lichtscheuen Geschäftemachern befaßt gewesen, oder er war auf etwas Bedeutsames gestoßen.

Lando versuchte sich einzureden, daß Jarril sich einfach zur falschen Zeit am falschen Ort aufgehalten hatte.

Aber was Lando sich einredete und die Wahrheit waren vermutlich zwei höchst unterschiedliche Dinge.

Er hatte schon beinahe den Beschluß gefaßt, die *Spicy Lady* wieder in den Weltraum zu schleppen und dort treiben zu lassen, und er befand sich bereits auf halbem Weg zu seinem Schiff, als er sich plötzlich an Jarrils Lachen erinnerte. Ein herzhaftes, tiefes, kollerndes Lachen. Lando hatte damals, als Jarril ihn aus dem Run geschmuggelt hatte – praktisch unter Nandreesons Augen hatte er das getan –, geglaubt, Jarril würde sich buchstäblich totlachen.

Ich stehe in deiner Schuld, hatte Lando gesagt.

Und Jarril hatte gegrinst. *Ich weiß, Kumpel. Verlaß dich drauf, eines Tages werde ich dich daran erinnern. Dann kannst du dich revanchieren. Im großen Stil sogar.*

Aber dazu war es nie gekommen. Und jetzt war es zu spät. Seit dem Tag, an dem er in Cloud City erlebt hatte, wie Han Solo zu einem Karbonidrelief erstarrte, hatte er alten Schulden und alten Freundschaften höchste Priorität eingeräumt.

Der alte Lando wäre einfach weggegangen, hätte die *Spicy Lady* dorthin geschickt, wo er sie aufgebracht hatte, und das Ganze schnell vergessen.

Der neue Lando jedoch seufzte, ging an der Hauptluke vorbei und betrat das Cockpit der *Spicy Lady*.

Das Cockpit war ein exaktes Abbild des Cockpits des *Millennium Falken*. Es bot bequem vier Humanoiden Platz und war überdies hoch genug, daß ein Wookiee sich darin bewegen konnte. Blasterschüsse hatten ihre Spuren in den Sitzen hinterlassen und eine der Sichtluken verkohlt. Als Lando das Lebenserhaltungssystem aktivierte, stürzte Jarrils Leiche zwischen den Pilotensessel und die Bordwand und sank auf dem Boden wie ein weggeworfenes Kleidungsstück in sich zusammen.

Lando beugte sich über die Leiche. Ein Blasterschuß aus nächster Nähe, genau wie er es vermutet hatte. Jarrils Augen waren weit offen, vor Entsetzen geweitet. Lando drückte sie sacht zu. Nur zu oft hatte er Angst gehabt, einmal so sterben zu müssen: allein, im Weltraum von jemandem angegriffen, den er verärgert hatte, oder auch von jemandem, den er nicht mal verärgert hatte.

"Mal sehen, was wir für dich tun können, Jarril", flüsterte Lando. Er nahm auf dem Kopilotensessel Platz, so weit von Jarrils Leiche entfernt wie irgend möglich. Dann loggte er sich in den Computer der *Spicy Lady* ein. Dieser Teil des Computers war nicht mit dem Fernsteuerungssystem gekoppelt.

Beim Einloggen erschien auf dem Bildschirm ein Frachtmanifest. Der letzte Benutzer mußte die Datei einfach stehengelassen haben. Das Datum des Manifests lag eine Woche zurück – ansonsten war es leer.

Es war offensichtlich gelöscht worden.

Lando versuchte das Manifest wiederherzustellen, aber wer auch immer es gelöscht hatte, war gründlich dabei vorgegangen. Es gab keine Sicherungskopien irgendwelcher Manifeste. Das einzige, was er finden konnte, waren die Geister der Dateien: Namen und Ausgabedaten.

Jarrils Ladung war so geheim gewesen, daß es nicht einmal persönliche Aufzeichnungen gab.

Lando ließ die Frachtmanifeste sein und wandte sich der Adressendatei zu. Dort sollten die Codes für alle Kontakte Jarrils abgelegt sein. Mit ein paar Anschlägen auf der Tastatur öffnete Lando die Datei.

Er identifizierte alle Namen als alte Bekannte aus Schmugglerzeiten – mit Ausnahme von dreien. Eine Adresse befand sich auf Fwatna und war seit mehr als drei Jahren nicht mehr benutzt worden; eine weitere auf Dathomir und die dritte auf Almania. Als erstes sah er sich die Fwatna-Adresse an. Es handelte sich um eine Kontaktperson namens Dolph, und Jarril hatte NAME ENTFERNT in dem Abschnitt für verborgene Wörter notiert. Nach einer oberflächlichen Überprüfung von Jarrils System gelangte Lando zu dem Schluß, daß dieser eine unbrauchbare Information gelöscht hatte. Lando notierte sich den Namen und die überholte Adresse und setzte seine Suche fort.

Die Adresse auf Dathomir enthielt keinen Namen, sondern lediglich ein paar Notizen, bei denen es sich allem Anschein nach um Raumkoordinaten handelte, sowie ein Ausrufungszeichen, das auf einen großen Fund schließen ließ. Die Adresse war so neu, daß Jarril, wie Lando vermutete, noch gar keine Gelegenheit gehabt hatte, sich näher um den großen Fund zu kümmern, daher die Aufnahme in den Datenspeicher.

Als Lando die Datei über Almania öffnete, fand er heraus, daß Jarril an dem Tag, an dem das Manifest gelöscht worden war, eine Nachricht dorthin abgeschickt hatte. Die Nachricht war ebenfalls gelöscht worden. Aber Jarril hatte die *Spicy Lady* nach den Plänen des *Falken* gebaut; insbesondere, was das Cockpit anging, hatte er sich sklavisch an das Vorbild gehalten. Jarril hatte sich dessen sogar gebrüstet, und das bedeutete, daß er auch sämtliche Hintertüren eingebaut hatte, die Lando beim Bau des *Falken* vorgesehen hatte und die er deshalb wie seine Hosentasche kannte.

Einmal gelöscht hieß nicht immer gelöscht.

Jarril war nie ein brillanter Kopf gewesen. Er hatte nicht nur dieselben Hintertüren wie Lando eingebaut, sondern auch dieselben Codes benutzt. Vielleicht war das sogar schlau. Wer würde schon auf den Gedanken kommen, daß zwei so unterschiedliche Schiffe dasselbe Codesystem benutzten?

Mit Ausnahme von Lando natürlich.

Er brauchte nur einen Augenblick, um die Nachricht zu finden. Er schaltete sie auf den Lautsprecher, worauf ihn der Computer wissen ließ, daß die Nachricht verschlüsselt war – und schriftlich abgefaßt.

Es wurde immer sonderbarer.

Lando dekodierte die Nachricht und brachte sie auf den Schirm. Sie enthielt keinen Adressaten und war nicht signiert. Typisch Schmuggler. Auf diese Weise würde niemand, dem sie zufällig in die Hände fiel, wissen, für wen sie bestimmt war.

LADUNG ABGELIEFERT. SPEKTAKULÄRES FEUERWERK.

Kurz darauf folgte eine zweite Mitteilung.

SOLO WEISS BESCHEID. WIR KÖNNEN AUF SEINE MITWIRKUNG RECHNEN.

Dann nichts mehr. Diese beiden Nachrichten waren die letzten, die Jarril zu Lebzeiten abgesetzt hatte.

Lando kopierte sie beide. Dann sah er zu Jarrils Leiche hinüber. Jarril hatte etwas gewußt, es Han Solo mitgeteilt, und jetzt war er tot. Und das bedeutete, daß nunmehr jemand hinter Han her war.

Jemand, der sich den A-Flügler genommen und die *Spicy Lady* im Weltraum treibend zurückgelassen hatte.

Lando erhob sich aus dem Kopilotensessel. Er mußte mit Coruscant sprechen, und das konnte er von hier aus nicht tun.

***

Brakiss. Luke saß auf der mit Bauschutt bedeckten Treppe. Er war nicht bereit, die Senatshalle zu verlassen, jetzt noch nicht. Nicht, solange er nicht alle Spuren von Emotionen und Fakten in sich aufgenommen hatte, die hier zu holen waren.

Brakiss. Einer von denen, die gescheitert waren. Einer seiner Schüler, die sich der dunklen Seite der Macht zugewandt hatten. Luke erinnerte sich an jeden einzelnen Schüler, der Yavin 4 vor Abschluß seiner Ausbildung verlassen hatte. Einige waren weggegangen, weil es in ihrer Familie irgendwelche Probleme gab. (*Ihr müßt entscheiden, wie ihr ihnen am besten dienen könnt.*) Und derartige Krisen stellten sich natürlich stets zu einem ungünstigen Punkt der Ausbildung ein. (*Dies ist eine gefährliche Zeit für euch. Ihr werdet in Versuchung geführt werden von der dunklen Seite der Macht.*) Luke erinnerte sich an Ben und Yoda. Er, Luke, ließ solche Schüler ziehen, gab ihnen aber den gleichen Rat mit auf den Weg, den Yoda ihm erteilt hatte: *Handle nach dem, was du gelernt.* Und in Gedanken fügte er stets den nächsten Satz hinzu: *Retten kann es dich!*

Manche wurden tatsächlich gerettet. Sie kehrten zurück, um ihre Ausbildung zu beenden. Andere verschwanden einfach. Luke hoffte, daß auch sie irgendwann einmal zurückkommen würden.

Aber keiner von ihnen war auf so spektakuläre Weise verschwunden wie Brakiss. Brakiss gehörte zu jenen Imperialen, die versucht hatten, sich in die Jedi-Akademie einzuschmuggeln, aber im Gegensatz zu den anderen hatte Brakiss über eine echte Begabung für die Macht verfügt. Luke hatte sich alle Mühe gegeben, Brakiss der dunklen Seite fernzuhalten.

Seine Ausbildung hatte gute Fortschritte gemacht: Brakiss' starre Haltung lockerte sich, und Luke gelangte zu dem Schluß, daß er reif war für eine Prüfung, vergleichbar der finsteren Höhle auf Dagobah. Er schickte Brakiss auf eine Reise, auf der dieser sich selbst begegnen sollte. Aber Brakiss ging aus dieser Prüfung voller Zorn hervor, er verließ Yavin 4 und kehrte zum Imperium zurück.

Doch Luke hatte gewußt, daß er Brakiss eines Tages wiedersehen würde. Und er hatte befürchtet, daß es so wie jetzt sein würde.

"Master Luke! Master Luke! Oh, dem Himmel sei Dank, daß wir Sie gefunden haben!" 3POs Stimme riß Luke aus seinen Gedanken. Er sah sich um. Der Protokolldroide stand in der Tür, R2 an seiner Seite. Sie schickten sich an, die Halle zu betreten.

"Nein!" rief Luke mit scharfer Stimme. "Hier drinnen ist es nicht sicher. Wartet draußen auf mich."

"Aber Master Luke ..."

"Ich komme gleich, 3PO."

"Das hoffe ich", entgegnete dieser. Er entfernte sich von der Tür. R2 piepste Luke etwas zu und folgte 3PO. Es mußte also etwas Wichtiges sein. R2 hatte beunruhigt geklungen.

Luke stand auf. Er konnte über die ursprünglichen Sinneseindrücke hinaus nichts von Brakiss wahrnehmen. Und das irritierte ihn. Er war mit derart oberflächlichen Eindrücken nicht vertraut. Aber alles, was er in Verbindung mit dieser Explosion wahrgenommen hatte, war seltsam und fremdartig.

Luke kletterte nach draußen. Einer der Arbeiter im äußeren Gang sah ihn an. "Sind das Ihre Droiden, Master Skywalker?"

Luke nickte.

"Sie sind mir ziemlich erregt vorgekommen."

Luke lächelte. "3PO wirkt immer erregt. Es ist sicherlich nichts Besonderes."

Er ging weiter. 3PO und R2 standen auf dem ebenfalls mit Bauschutt übersäten Rasen und blickten zum Eingang herüber. 3PO drehte sich zu R2 herum und sagte etwas, als Luke unter dem Portal der Halle erschien.

"Was ist denn so wichtig?" fragte er.

"Master Luke, R2 und ich haben in der Wartungshalle etwas Entsetzliches erlebt. R2 wollte unbedingt, daß wir dort hinuntergehen, und dann hat uns dieser schreckliche Kloperianer eingesperrt. Anscheinend hatte er keine Ahnung, wer wir sind. Ich würde damit nicht zu Ihnen kommen, Sir, aber R2 hat darauf bestanden. Er hat gesagt, Sie müßten es unbedingt erfahren ..."

"Was hattet Ihr denn in der Wartungshalle zu suchen? Dort haben doch nur spezialisierte Droiden Zugang."

"R2 hat darauf bestanden", erwiderte 3PO. "Er war in letzter Zeit äußerst ungezogen, und was für Ausdrücke er vor dem Kloperianer gebraucht hat – mir ist dabei fast das Getriebe eingefroren, wenn Sie verstehen, was ich meine, Sir, und ..."

"R2?" fragte Luke.

R2 trillerte, dann öffnete sich unten an seinem Körper eine Klappe, und ein kleiner Manipulatorarm kam hervor. Luke streckte die Hand aus, und R2 ließ ein paar kleine Chips hineinfallen.

Luke kauerte sich nieder und sah sie sich aus der Nähe an. "Das sind die Speicherchips des X-Flüglers."

R2 gab einen klagenden Laut von sich.

"Der X-Flügler ist vollkommen zerlegt, Sir", erklärte 3PO. "Wenn ich gewußt hätte, daß R2 Teile stehlen würde ..."

"Zerlegt?" echote Luke. Er schloß die Hand über den Chips. Der X-Flügler und R2 waren so lange zusammen geflogen, daß ihre Speicher miteinander verbunden waren. Sie verständigten sich in ihrer eigenen, ganz speziellen Sprache. Der X-Flügler war praktisch ein Individuum, soweit das bei einem Schiff überhaupt möglich war. "Wer hat das genehmigt?"

"Nun, ich dachte, Sie ..."

"Ich habe eine Routinewartung genehmigt." Luke richtete sich auf. "Und das muß ausgerechnet jetzt passieren, wo ich den X-Flügler dringend brauche. Wie groß ist der Schaden?"

3PO schüttelte den Kopf. "Es ist eigentlich kein richtiger Schaden."

R2 piepste und quäkte.

"Abgesehen davon, daß er vollkommen zerlegt wurde", räumte 3PO ein.

Luke hielt die Chips fest in der Hand. "Für mich hört sich das an, als würden die den X-Flügler völlig neu zusammenbauen. Weshalb sollten sie sonst die Speicherchips entfernen?"

R2s Pfiff bestätigte diese Meinung.

"Ich verstehe nichts von technischen Dingen, Sir", bemerkte 3PO. "Mir scheint nur, daß eine Routinewartung eben eine Routinewartung ist, zumindest auf Coruscant."

"Und deshalb hat man euch eingesperrt?" Luke schüttelte den Kopf. "Das gefällt mir nicht."

"Besonders angetan waren wir natürlich auch nicht davon, Master Luke. Stellen Sie sich vor, wenn ich denen nicht gesagt hätte, daß wir Ihnen und Mistress Leia gehören, dann steckten wir immer noch in diesem Wandschrank, oder ..." Dabei ging ein ungemein menschlich wirkendes Schaudern durch 3POs goldenen Droidenkörper. "... man hätte womöglich unsere Gedächtnisspeicher gelöscht und uns als Schrott verkauft."

R2 gab abermals einen Klagelaut von sich.

"Das hast du sehr gut gemacht, 3PO, und du auch, R2." Luke gab R2 die Speicherchips zurück. "Bewahre sie gut auf. Ich will mir den X-Flügler selbst mal ansehen. Gemeinsam kriegen wir den schnell wieder flott."

Aber er war davon nicht so überzeugt, wie er vorgab. Eine Routinewartung erforderte keine völlige Demontage. Er hätte bei seiner Ankunft sorgfältiger auf die Formulierung seiner Instruktionen achten müssen. Aber er hatte überhaupt nicht daran gedacht, daß er, seine Droiden oder sein X-Flügler auf Coruscant in Gefahr sein könnten. Auch nicht nach der Bombenexplosion und den eigenartigen Empfindungen, die ihn gequält hatten.

Jemand beobachtete sie. Luke sah sich vorsichtig um. Aber sie waren allein. Trotzdem beobachtete ihn jemand. Dieses Gefühl hatte ihn seit Yavin 4 nicht mehr losgelassen. Jemand beobachtete ihn, schmiedete Pläne und war ihm offensichtlich stets einen Schritt voraus.

Es wurde Zeit, die Dinge wieder unter Kontrolle zu bekommen.

"Komm, R2", sagte Luke. "Wir holen uns jetzt unseren X-Flügler."

"Bei allem gebotenen Respekt, Sir", meldete sich 3PO zu Wort, "ich würde es vorziehen, nicht in diesen Abgrund der Ungerechtigkeit zurückzukehren. Ich glaube, es wäre besser, wenn ich mich wieder meinen eigentlichen Pflichten zuwenden würde."

Luke nickte. "3PO, berichte Leia, was ihr erlebt habt, und sag ihr auch das mit dem X-Flügler. Sag ihr, daß ich ..." Er hielt inne. Es war besser, es ihr selbst zu sagen. Auf die Weise würde er ihr das ganze Ausmaß seines Unbehagens vermitteln können. "Sag ihr, ich werde mit ihr sprechen, ehe ich von hier abreise."

"Sehr gut, Master Luke", sagte 3PO und trottete in seiner typischen Gangart auf den imperialen Palast zu.

Luke war da völlig anderer Meinung. Es war nicht sehr gut. Aber mehr konnte er nicht tun.

Zumindest galt das für den Augenblick.

* 11 *

Der Innere Rat hatte sich im Gesandtschaftsspeisesaal zusammengefunden, einem großen, mit Blattgold verzierten Raum, dessen Dekoration noch aus der Zeit des Imperators stammte. Leia konnte den Abschluß der Ermittlungen kaum erwarten, da anschließend unverzüglich mit dem Wiederaufbau der Senatshalle begonnen werden sollte. Die provisorischen Amtsräume erinnerten sie nur daran, wie sehr sie die vertraute Umgebung vermißte.

Von diesem Raum ging ein antiseptischer Geruch aus, wahrscheinlich, weil man ihn erst vor kurzem gereinigt hatte. Leia hatte sich im letzten Augenblick für diesen Saal entschieden und beabsichtigte, in Zukunft die jeweiligen Sitzungsorte willkürlich und spontan auszuwählen, bis man die Mörder gefangen hatte und der Senat wieder unbehelligt tagen konnte. Wenn es nach ihr ging, sollte niemand Tage Zeit haben, ein weiteres Attentat zu planen.

Leia saß, umgeben von den übrigen Mitgliedern des Inneren Rates, am Kopfende der Tafel. Drei ihrer besten Freunde waren dem Bombenattentat zum Opfer gefallen; einer war im Medizentrum gestorben. Sie fehlten ihr. Han hatte recht gehabt, sie hinterließen eine Lücke in ihrem Leben. Am Morgen hatte sie die Kinder und Winter nach Anoth geschickt. Han war abgeflogen, und sie wußte, daß es nur noch eine Frage der Zeit war, bis auch Luke sie verließ. Sie arbeitete gern allein, aber jetzt, da ihre Familie über die ganze Galaxis verstreut war und so viele ihrer Freunde verletzt oder tot waren, überkam sie ein Gefühl wie in jenen ersten Tagen nach der Vernichtung Alderaans. Sie war allein und hatte niemanden, auf den sie sich verlassen konnte – nur sich selbst.

"Die Nachricht hat inzwischen die Randwelten erreicht", sagte Borsk Fey'lya. Seine melodische Stimme verriet seine Besorgnis. Der Pelz, der sein ganzes Gesicht bedeckte, war an einigen Stellen, wo die Ärzte versengte Partien entfernt hatten, nur wenige Millimeter lang. "Die Randwelten verlangen Rache."

"Um Rache geht es aber nicht", erklärte Leia. "Viel wichtiger ist es, zu verhindern, daß es zu einem weiteren Attentat kommt. Ich hoffe, Sie haben alle Ihren Völkern berichtet, daß Ermittlungen im Gange sind."

"Die Ermittlungen interessieren niemanden", sagte C-Gosf. Sie war zierlich, selbst für eine Gosfambling, eine Rasse kleiner, sanftmütiger, pelziger Wesen von hoher Intelligenz und zurückhaltender Wesensart. Ihre Schnurrbarthaare kräuselten sich um ihr Gesicht, während sie sprach. Leia mußte sich vorbeugen, um sie verstehen zu können. "Wir haben viele Volksvertreter verloren. Angesichts der zahlreichen Schwerverletzten und Toten ist der Senat nicht imstande, Beschlüsse zu fassen, bei denen mehr als nur die einfache Mehrheit erforderlich ist. Wir erreichen kaum die Beschlußfähigkeit."

Leia lehnte sich zurück. Das hatte sie befürchtet.

"Die Sitzungsperiode fängt gerade erst an", merkte Gno an. "Wenn wir uns an ihrem Ende befänden, Leia, würde ich vorschlagen, sie mit den vorhandenen Vertretern abzuschließen. Aber vor uns liegen drei Jahre und mehr, in denen gewisse Planeten unterrepräsentiert sein werden."

"Exodeen hat seinen Seniorsenator und den zweiten Senator verloren", sagte ChoFï. "Jetzt ist nur noch R'yet Coome übrig. Das ist für keinen von uns gut."

"Sie sollten sich nicht von Ihren politischen Vorurteilen blenden lassen, ChoFï", ergriff Garm Bel Iblis das Wort. Sein faltiges Gesicht wirkte erschöpft. "Wir müssen uns an die ehemaligen Imperialen gewöhnen."

"Ich mache mir Sorgen, daß wir noch mehr von ihnen hereinholen, wenn wir Nachwahlen ausschreiben", erklärte Leia.

"Oder wir geben denen, die bereits im Senat sitzen, noch mehr Macht", rief Fey'lya. "Leia, der Senat basiert auf dem Willen der stimmberechtigten Republiken. Sie haben ehemalige Imperiale als Vertreter gewählt, und wir haben nicht das Recht, dagegen etwas einzuwenden."

Leia lächelte bedrückt. "Ja, wahrscheinlich nicht."

"Und wir müssen darauf vertrauen, daß sie in Zukunft die richtige Wahl treffen", fuhr Fey'lya fort.

Dabei vertraute der Bothaner niemandem. Das wußte selbst Leia. "Und was, glauben Ihre gut unterrichteten Kreise, wird geschehen, wenn wir jetzt Nachwahlen ausschreiben?"

Fey'lyas Pelz kräuselte sich, das einzige Anzeichen dafür, daß er Unbehagen empfand. "Den Bothanern würde nichts passieren. Wir hatten unverschämtes Glück."

"Wenn wir die Wahl schnell abhalten", meinte ChoFï, "hätte kein neuer Bewerber Zeit für den Wahlkampf. Vermutlich würden dann die Verlierer der letzten Wahl gewählt."

"Das können Sie unmöglich vorhersagen", wandte C-Gosf ein. "Mein Volk würde jemanden, der einmal verloren hat, niemals wiederwählen. Eine solche Person kann nie wieder kandidieren oder irgendein öffentliches Amt ausüben, das mit Macht verbunden ist. Wenn man auf Gosfambling einmal ein Verlierer war, ist man immer einer."

Leia sah zu C-Gosf hinüber. Ihr war gar nicht bewußt gewesen, welches Risiko ihre Kollegin mit ihrer Bewerbung um einen Senatssitz eingegangen war.

"Was würde man denn auf Gosfambling unternehmen?" fragte Leia.

"Jemand, der bereits ein Amt hat, würde befördert werden", antwortete C-Gosf.

"Das ist ein Problem, mit dem wir uns schon lange auseinanderzusetzen haben", erklärte Gno. "Übertragung eines zentralen Wahlsystems auf verschiedene Kulturen."

"Wir haben Regeln", wandte Fey'lya ein.

"Ja", räumte ChoFï ein, "und deshalb sollten Sie vielleicht besser als wir anderen wissen, wie diese Regeln von verschiedenen Kulturen manipuliert werden."

"Die Bothaner haben nichts Ungehöriges getan."

"Sie meinen nichts *Ungesetzliches*", verbesserte ChoFï.

"Es bringt uns nichts, wenn wir uns untereinander streiten", sagte Leia und seufzte. "Gno hat recht. So wenig mir das auch gefällt, wir müssen überall dort, wo ein Vertreter getötet wurde oder zu schwer verletzt ist, um seinen Amtspflichten nachzukommen, Nachwahlen durchführen. Und wir müssen es bald tun, sonst leidet jede gesetzgeberische Entscheidung, die wir treffen, darunter, daß sie von einem unterbesetzten Senat getroffen wurde. Wir haben schon genug Schwierigkeiten, die verschiedenen Mitglieder der Republik zu einen. Auf zusätzliche Probleme können wir wirklich verzichten."

"Sie sind sich doch darüber im klaren", warnte Bel Iblis, "daß wir mit dieser schnellen Nachwahl auch Probleme schaffen könnten."

"Sie meinen, mehr ehemalige Imperiale als uns lieb ist?" sagte Gno. "Das Risiko müssen wir eingehen. Leia hat recht. Der Senat ist durch das Attentat dezimiert. Im Zustand der Unterrepräsentation weiterzumachen wäre für jene Planeten, die ihre Vertreter verloren haben, ein klares Signal, daß die anderen sie für unbedeutend erachten."

"Wir dürfen nicht ewig Angst vor unseren Kollegen haben", erklärte C-Gosf. "Wir haben dafür gestimmt, ehemalige Imperiale zuzulassen. Dann müssen wir sie jetzt auch akzeptieren."

Leia nickte. Sie sah sich durch die Fakten widerwillig zu ihrer Zustimmung genötigt. "Lassen Sie uns die Wahlen für heute in einer Woche festsetzen", sagte sie, "und die neuen Amtsträger, so schnell es geht, aufnehmen. In allerspätestens einem Monat. Einverstanden?"

Der Vorschlag fand offensichtlich Zustimmung. Leia ließ abstimmen und wandte sich dann dem nächsten Tagesordnungspunkt zu. Aber daß ihr dabei ein kalter Schauder über den Rücken lief, konnte sie nicht vermeiden.

Vielleicht war es genau das, was ihr unsichtbarer Feind gewollt hatte. Einen schnellen Wechsel im Senat, Verwirrung, Zerstörung, und eine große Zahl neuer Gesichter – das alles würde zwangsläufig zur Zersplitterung führen. Und Zersplitterung hatte auch damals geherrscht, als Senator Palpatine im Senat der Alten Republik die Macht übernommen hatte.

Leia würde verhindern müssen, daß es noch einmal zu einer solchen Machtergreifung kam.

***

Femon saß in ihrem Büro auf Almania. Totenmasken von einem Dutzend unterschiedlicher Welten bedeckten die Wände; rot, golden, blau, manche mit vor Schmerzen aufgerissenen Kiefern, andere ernst und gelassen blickend, aber alle strahlten sie etwas Unheimliches aus, das ihr früher einmal angenehm gewesen war.

Doch das war nicht länger der Fall. Beinahe hätte sie sich nach ihrer Rückkehr von Pydyr das Make-up vom Gesicht gewischt, aber das wäre ein deutliches Zeichen dafür gewesen, daß sie den Glauben an Kueller verloren hatte. Daß er jetzt zögerte, den Kampf fortzusetzen, würde ihr Untergang sein. Er hatte gesagt, es sei sein Wunsch, seine eigene Regierung an die Stelle der Neuen Republik zu setzen, und sie hatte ihm von dem Augenblick an geglaubt, als sie seine Bekanntschaft machte.

Er hatte ihr die Schwäche der Neuen Republik ausgemalt und ihr gesagt, ihre Führer akzeptierten zu viele Risiken für ihr Volk und vergeudeten zu viel Zeit damit, Gesetze für Angelegenheiten zu beschließen, die man mit Gesetzen nicht regeln konnte, und zu wenig Zeit damit, wirkliche Veränderungen vorzunehmen.

Femons Familie war vor sechs Jahren ums Leben gekommen, als *Palpatines Auge* ihren Planeten verwüstet hatte. Das imperiale Sternenschiff operierte nach einem alten Computerprogramm, dessen Zielsetzung der Imperator selbst festgelegt hatte. Femons Familie war im Kreuzfeuer ums Leben gekommen, als sie versuchte, andere zu retten, die ins Schiff gelockt wurden. Zu guter Letzt hatte die Neue Republik *Palpatines Auge* unschädlich gemacht, zu spät jedoch, um Femons Familie noch zu retten.

Die Neue Republik hatte sehenden Auges zugelassen, daß zu viel imperiales Kriegsgerät auf besiegten Planeten zurückblieb. Einige Male hatte die Republik sogar zugelassen, daß ehemalige Imperiale in dem Versuch, wieder an die Macht zu gelangen, friedliche Welten bedrohten. Zu oft. Die Neue Republik hatte nie entschlossen gehandelt, hatte nie die Verantwortlichen exekutiert, hatte nie alles Notwendige getan, um die eigene Macht zu stärken.

Kueller hatte gesagt, die Unfähigkeit der Neuen Republik, ihre Feinde zu vernichten, sei das Zeichen einer tödlichen Schwäche. Er hatte gesagt, es sei gleichgültig, wer die Galaxis regiere, solange es nur ein Regiment mit eiserner Faust war.

Und jetzt legte er dieselbe Schwäche an den Tag, die er der Neuen Republik vorgeworfen hatte.

Femon mochte ihn nicht länger unterstützen.

Sie hatte ihn bedrängt, rasch und endgültig zuzuschlagen, auf Pydyr und auch schon davor. Er verfügte über ausreichend Macht. Aber er zog es vor, mit Skywalker und Organa Solo zu spielen.

Sein Verhalten war das eines Mannes, der nach Rache dürstete, Rache für etwas, das Femon nicht begreifen konnte.

Doch das war jetzt gleichgültig. Kueller würde noch zwei Tage auf Pydyr verbringen, sich dort mit seinen Spionen beraten und seine neugewonnenen Reichtümer zählen. Zwei Tage waren mehr als genug Zeit für Femon, um die entscheidenden Maßnahmen zu treffen, die er leichtfertig versäumt hatte.

Sie verfügte über das Wissen, die Anlagen und die Codes. Und sie besaß die Fähigkeit, Kueller zu beseitigen.

Er hatte sich auf Pydyr eine Blöße gegeben, und schon morgen würde Kuellers Totenmaske echt sein.

* 12 *

In dem Hangar roch es nach Öl und Metall, und das erinnerte Luke an die vielen Tage, die er auf Tatooine damit verbracht hatte, den Landgleiter seines Onkels zu reparieren. Er hatte immer großen Spaß daran gehabt, sich über irgendwelche Motoren und Aggregate herzumachen und an ihnen kleine Änderungen vorzunehmen, um sie schneller zu machen oder manchmal auch nur ihren gleichmäßigen Lauf zu verbessern.

Aber das war eine andere Welt und eine andere Zeit gewesen.

R2 glitt lautlos hinter ihm her und schloß immer dichter auf, je tiefer sie in die Wartungshalle eindrangen. Die Verwaltung hatte Luke aufgefordert, hierherzukommen, nachdem man ihm dort lediglich bestätigt hatte, daß sein X-Flügler, wie von ihm verlangt, zur Zeit routinemäßig überholt wurde.

Mit Ausnahme einiger demontierter X-Flügler war der Haupthangar leer. R2 rollte auf die Doppeltür zum Wartungsbereich zu und pfiff.

"Schon gut, R2", sagte Luke. "Wenn ich niemanden finde, werde ich dorthin gehen. Warten wir erst mal ab."

Seine Geduld wurde belohnt, als kurz darauf ein junger blonder Mann – eigentlich noch ein Junge – in Mechanikerkluft aus dem hinteren Teil der Halle auf ihn zukam. Als er Luke sah, wischte er sich die Hände an einem Tuch ab, das einmal weiß gewesen war.

"Der Zutritt ist hier verboten", rief der Junge. Er war nicht viel älter als Luke zum Zeitpunkt des Todes seiner Tante und seines Onkels.

"Ich weiß", erwiderte Luke. "Die Verwaltung hat mich hergeschickt. Allem Anschein nach arbeiten Sie hier gerade an meinem X-Flügler."

Der junge Mann zuckte die Achseln. "Wenn das so ist, dann ist er gerade in der Mache und wird so bald wie möglich fertig sein."

"Er sollte aber gar nicht hier sein."

"Das müssen Sie mit der Verwaltung ..."

"Jetzt passen Sie mal auf ..." Luke trat ins Licht, und man konnte jetzt seinen wallenden Jedi-Umhang sehen. "Ich habe nicht die Zeit, mich hier von einem zum anderen schicken zu lassen. Ich brauche den X-Flügler heute nachmittag. Man hat mir gesagt, er sei völlig zerlegt ..."

"Dann werden Sie ihn erst dann zurückbekommen, wenn er fertig ist. Tut mir leid. Die hätten Sie überhaupt nicht zu mir schicken sollen."

"Das mag schon sein", sagte Luke. "Aber das haben sie nun mal getan. Und jetzt wollen wir sehen, ob wir diese Geschichte aufklären können, oder?"

Der Junge blickte auf. Offenbar hatte er nicht damit gerechnet, daß Luke vernünftig sein würde. R2 kam jetzt näher. "Ihre Astromecheinheit hat hier übrigens nichts verloren, das wissen Sie."

"Das weiß ich", bestätigte Luke. "Aber ich brauche meinen X-Flügler heute. R2 ist mein Partner."

Der Junge verzog den Mund, als ob ihn der Gedanke anwidern würde. "Und Sie wollten eigentlich gar nicht, daß Ihr X-Flügler hier auseinandergenommen wird, oder?"

"Richtig", antwortete Luke. "Ich wollte nur eine Routineinspektion, wie ich sie jedesmal durchführen lasse, wenn ich nach Coruscant komme."

"Haben Sie denn die Mitteilung von General Antilles nicht gesehen?"

Wedge? Was hatte Wedge mit Lukes X-Flügler zu tun? "Anscheinend nicht", sagte Luke.

"Routineinspektionen schließen grundsätzlich die Aufrüstung sämtlicher X-Flügler auf neueste technische Standards für Jäger ein."

"Klingt kostspielig", meinte Luke.

Der junge Mann runzelte die Stirn. "Wo, sagten Sie, kommen Sie her?"

"Gar nichts habe ich gesagt", erwiderte Luke. "Wo finde ich Wedge?"

"General Antilles?" Dem Jungen stand wegen Lukes Respektlosigkeit der Mund offen. "Keine Ahnung. Ich – habe nie mit dem Mann gesprochen. Kennen Sie ihn?"

Luke grinste. "Flüchtig. Wir waren in der Schlacht von Yavin im gleichen Geschwader."

Der Junge ließ seinen Putzlappen fallen. "Entschuldigen Sie, Sir. Ich hatte keine Ahnung. Ich – äh – ich kann eine

Nachricht für ihn im System hinterlegen."

"Ich kann selbst mit ihm Kontakt aufnehmen. Wenn Sie mich jetzt zu meinem Schiff bringen würden."

"Sir, Unbefugte haben hier keinen Zutritt."

"Das haben wir doch alles schon einmal durchgekaut", seufzte Luke. "Mein Name ist Luke Skywalker. Ich will lediglich sehen, in welchem Zustand sich mein X-Flügler ..."

"Luke Skywalker?" Die Stimme des junge Mannes wurde plötzlich schrill. "Der Jedi-Ritter? Warum haben Sie das nicht gleich gesagt, Sir? Ich hätte dann ein paar Beziehungen spielen lassen."

"Es ist nicht Jedi-Art, sich unfair Vorteile zu verschaffen", erklärte Luke, obwohl das nicht ganz der Wahrheit entsprach. "Sehen wir jetzt nach meinem X-Flügler, ja?"

Der Junge schlug ein paar Tasten an seinem Computer an und wischte sich dann die Hände an seinem braunen Mechanikeroverall ab. "Wenn Sie mir bitte folgen würden, Sir."

Luke setzte sich in Bewegung. R2 folgte ihm.

"Vielleicht sollten Sie Ihre Astromecheinheit lieber hier zurücklassen, Sir. Die Anlagen in der neuen X-Flügler-Halle sind nicht sonderlich droidenfreundlich, wenigstens nicht für R2-Einheiten."

"Besteht irgendeine Gefahr für ihn?"

"Nein, Sir. Das nicht. Aber die Kloperianer haben nicht viel übrig für R2-Einheiten."

"Das ist ihm schon aufgefallen, als er das erste Mal hier war. Offenbar hat man ihn für eine Weile unter Arrest gestellt."

"Unter Arrest gestellt?" Der Junge sah sich um, als wollte er sich vergewissern, daß ihnen niemand zuhörte. "Entschuldigen Sie, Sir, aber einen Droiden stellt man doch nicht unter Arrest."

Offenbar fand der junge Mann Lukes Gebaren einigermaßen übertrieben. Luke faltete die Hände über seinem Gewand, so wie Ben das immer getan hatte. "Er ist mehr als bloß ein Droide", sagte Luke. "So wie mein X-Flügler mehr ist als bloß ein taktischer Jäger."

Die X-Flügler-Halle war vom Geruch nach Reinigungsflüssigkeit erfüllt. Rings um ein paar bereits wieder zusammenmontierte Schiffe lagen einzelne Bauteile verstreut. Die neuen Schiffe sahen irgendwie stromlinienförmiger aus. Die lange kegelförmige Nase war unverändert, aber der für die Astromechdroiden vorgesehene hintere Bereich war verschwunden.

Luke spürte, wie sich seine Nackenhärchen aufrichteten. "Sagen Sie mir mehr über die Anweisung von General Antilles."

"Die kam letztes Jahr rein, nachdem der Prototyp des neuen X-Flüglers hier eingetroffen war. Die neue Konstruktion ist im Kampfeinsatz leistungsfähiger. In ihr sind das Computersystem und die Astromecheinheit in *einem* System zusammengefaßt."

"Aber das hat man doch schon vor einer Ewigkeit ausprobiert, nur um festzustellen, daß der Pilot in große Gefahr geraten konnte, wenn die Einheit beschädigt wurde."

Der Junge zuckte die Achseln. "Das Problem ist gelöst. Die Fortschritte, die man allein in den letzten sechs Monaten in der Droiden- und Computertechnik erzielt hat, sind verblüffend. Völlig neuartige Erkenntnisse, habe ich gehört. Wo waren Sie nur, daß Sie nichts davon mitbekommen haben?"

"Auf Yavin 4", antwortete Luke und fühlte sich plötzlich alt und von den Fortschritten der modernen Technik abgeschnitten. "Ich lehre dort."

"Hm", machte der Junge und führte Luke und den Droiden um einen weiteren demontierten X-Flügler herum in den hinteren Teil der Wartungshalle.

"Und Sie modifizieren jeden einzelnen X-Flügler auf diese Weise?" fragte Luke.

"Ja, Sir. Wir haben ähnliche Systeme auf anderen Sternjägern eingebaut." Die Begeisterung, die der Junge ausstrahlte, nahm Luke für ihn ein. Er erinnerte sich noch gut daran, wie er sich selbst einmal für neue Technologien begeistert hatte.

"Und wie kann sich die Republik das leisten?"

Der Junge zuckte wieder die Achseln. Finanzierung war ganz offensichtlich nicht sein Spezialgebiet. "Das weiß ich nicht, Sir. Aber wir machen das jetzt schon seit über einem Monat. Wir haben alle Hände voll zu tun, das kann ich Ihnen sagen. Seit das angefangen hat, habe ich nur einen freien Tag gehabt."

Er blieb vor einer Montageplattform stehen. Der X-Flügler darauf war kaum mehr als Sternjäger zu erkennen. R2 stöhnte leise, als würde er einen sterbenden Freund beklagen.

Luke hatte Mühe, seine Verärgerung zu zügeln. "Wie lange dauert es, bis das Schiff wieder zusammengebaut ist?"

"Sir?" Der Junge wirkte verstört.

"Ich brauche es heute nachmittag. Ist das möglich?"

"Die haben gerade mit dem Computersystem angefangen, Sir. Das wird frühestens morgen fertig. Vielleicht sogar noch später."

"Dann will ich nicht, daß die Umbauten durchgeführt werden", sagte Luke. "Wie lange dauert die Montage, wenn man das Schiff wieder so zusammenbaut, wie es war?"

"Das geht leider nicht, Sir. Befehl von General Antilles. Er sagt, die alten X-Flügler sind nicht mehr stabil genug für den Weltraumeinsatz."

"Meiner schon", versetzte Luke. "Ich verlange mein Schiff unverzüglich zurück."

"Tut mir leid, Sir."

"Entschuldigen Sie", sagte Luke und spürte jene unvermeidbare Aufwallung von Gereiztheit in sich aufsteigen, die ihn jedesmal überkam, wenn er seinen hohen Rang ausspielen mußte. "Ich muß so schnell wie möglich zu einer diplomatischen Mission für meine Schwester Leia Organa Solo, die Staatschefin, aufbrechen – und zwar mit meinem X-Flügler. Ich brauche ihn heute nachmittag."

Der Junge warf einen prüfenden Blick in die Eingeweide des Schiffes. "Es tut mir wirklich leid, Sir. Aber man hat bereits den Gedächtnisspeicher und die Astromechbuchse ausgebaut. Die Einfassung ist noch da, aber die Verbindungsstücke fehlen. Und normalerweise werden die ausgebauten Teile sofort recycelt."

"Die Speicherchips habe ich hier. Meine R2-Einheit hat sie vor einer Weile mitgenommen."

Der Junge rang die Hände. "Sir, wenn Sie einen Blick hineinwerfen wollen ..."

Genau das hatte Luke eigentlich *nicht* tun wollen. Er hatte Angst, das Wrack eines alten Weggefährten vorgeführt zu bekommen. Er kletterte auf die Montageplattform und sah hinein. Der gesamte Astromechbereich war zerlegt worden. Obwohl Luke seit der Schlacht von Endor nicht mehr eigenhändig an einem X-Flügler gearbeitet hatte, erkannte er doch, daß die Maschine bereits zur Hälfte umgerüstet war.

Er strich liebkosend mit der Hand über den Rumpf des X-Flüglers, und R2 gab einen weiteren Klagelaut von sich. "Bauen Sie alles wieder so zusammen, wie Sie sie es vorgefunden haben", wandte Luke sich an den Jungen.

"Aber, Sir ..."

"Ich bringe das mit General Antilles in Ordnung. Sehen *Sie* nur zu, daß ich meinen X-Flügler wiederbekomme."

"Sir, bis zu dem Zeitpunkt, da Sie ihn brauchen, schaffen wir das unmöglich."

Luke nickte. "Das ist mir jetzt auch klar. Besorgen Sie mir einen älteren X-Flügler, einen, den Sie nicht aufgerüstet haben, dann werde ich die Speicherchips selbst einbauen. Für diesen Einsatz muß das eben reichen."

Der Junge wirkte jetzt aufrichtig deprimiert. "Es tut mir leid, Sir. Wir demontieren die X-Flügler sofort, wenn sie hier ankommen. Das ist die bequemste Methode. Wir haben keine einsatzbereite Maschine hier, die Sie verwenden könnten."

"Aber es muß doch auf Coruscant ..." Luke verstummte, als er den Gesichtsausdruck des Jungen sah. Daß etwas in der Neuen Republik glatt lief, gab es einfach nicht. Und wenn es das tat, ließ der Haken nur bis zum Ende auf sich warten.

"Ich kann Ihnen einen Ersatz-X-Flügler geben", sagte der Junge. "Aber das ist dann einer von den neuen. Ihre Chips funktionieren da nicht, und Ihre Astromecheinheit auch nicht."

"Wird R2 in den neuen X-Flügler passen?"

Der Junge schüttelte den Kopf. "Nein, der ist eindeutig nur für eine Person konzipiert."

Luke seufzte. Ihm gefiel diese Situation ganz und gar nicht. Er wollte einen schnellen Sternjäger, einen der entsprechend leistungsstark war und es ihm erlauben würde, unbemerkt einen planetarischen Verteidigungsschirm zu durchdringen. Natürlich könnte er ein größeres Schiff nehmen – wahrscheinlich würde ihm Leia die *Alderaan* überlassen –, aber das erforderte dann auch mehr Mannschaft als lediglich R2. Außerdem würde er auffallen, wenn er auf der *Alderaan* durch die Galaxis reiste, und er würde erklären müssen, weshalb Leia nicht bei ihm war. Han war bereits mit dem *Falken* abgeflogen. Und alle anderen Schiffe trugen die Hoheitszeichen der Neuen Republik.

"Sie werden mit meiner Astromecheinheit zusammenarbeiten", entschied Luke. "R2-D2 kennt diesen X-Flügler besser als irgend jemand sonst. Ich möchte, daß er fertig ist, bis ich zurückkehre."

R2 zirpte klagend.

Luke legte dem kleinen Droiden die Hand auf den Kopf. "Tut mir leid, alter Freund. Ich denke, diese Sache duldet keinen Aufschub. Ich verlasse mich darauf, daß du dafür sorgst, daß der X-Flügler repariert wird."

R2 winselte.

"Und ich werde Leia, 3PO und Wedge darüber informieren, daß du hier bist. Es wird dir nichts passieren." Dann sah Luke den Jungen an. "Oder?"

"Er ist eine überholte R2-Einheit, Sir. Sie ..."

"Nein", fiel Luke ihm ins Wort. "Er ist ein Held der Rebellion. Weder Leia noch ich wären ohne diesen kleinen Burschen hier heute noch am Leben. Sie werden ihn genauso behandeln, wie Sie mich behandeln würden."

"Sir ..."

"Wie heißen Sie, junger Freund?"

Der Junge holte tief Luft. "Cole Fardreamer."

Der Name gab Luke einen Stich. "Sie stammen von Tatooine?"

Der Junge nickte. "Ich bin mit Geschichten über Sie aufgewachsen, Sir. Geschichten darüber, wie großartig Sie sind und daß Sie einmal ein Feuchtfarmer waren. Ich bin überhaupt nur Ihretwegen hier."

Luke war die Vorstellung fremd, daß er so etwas wie ein Vorbild sein könnte. Er wäre am liebsten einen Schritt zurückgewichen. "Und jetzt arbeiten Sie an X-Flüglern."

"Na ja, irgendwo muß man ja anfangen."

Luke nickte. "Richtig." Er atmete tief durch. "Passen Sie gut auf meinen X-Flügler und meine R2-Einheit auf. Sorgen Sie dafür, daß den beiden nichts passiert. Wenn ich zurückkomme, möchte ich, daß beide intakt und einsatzbereit sind."

"Wenn Sie wollen, Sir, ist der X-Flügler morgen um diese Zeit fertig."

Luke sah den Jungen prüfend an. Er zweifelte keinen Augenblick daran, daß Cole sich mit ganzer Kraft einsetzen würde. Aber das würde nicht reichen. "Wenn es ginge, würde ich so lange warten", sagte Luke dann leise. "Aber ich habe das schlimme Gefühl, daß mir die Zeit zwischen den Fingern verrinnt."

***

Smuggler's Run hatte sich auf den ertsten Blick kein bißchen verändert. Der Run war ein Asteroidengürtel, der im

Lauf der Jahre zum Zufluchtsort für Hunderte von Schmugglern geworden war. Der Zugang zum Run war ziemlich kompliziert, und Han wunderte sich selbst darüber, daß er sich nach all den Jahren noch daran erinnerte.

Aber das tat er. Er landete den *Falken* auf Skip 1, dem fünfunddreißigsten Asteroiden im System, der als erster besiedelt worden war. Skip 1 hatte sich immer am besten für menschliches Leben geeignet und war ausnehmend gut geschützt.

Die eigentlichen Schlupfwinkel befanden sich tief im Innern des Skip und waren vor Jahrhunderten von Lebewesen aus dem Stein gehauen worden, an die Han lieber nicht denken wollte. Als er und Chewie durch die alten, vertrauten Gänge in die Tiefe kletterten, erinnerte er sich ganz deutlich an das beklemmende Gefühl, das er damals empfunden hatte. Für ihn hatte es immer eine enge Beziehung zwischen diesem Gefühl des Eingesperrtseins und dem Gefühl, auf der Flucht zu sein, gegeben. Aber jetzt war er nicht auf der Flucht, und doch stellte sich das bekannte Unbehagen ein.

Chewie knurrte.

"Ja-ah", sagte Han. "Man hätte meinen sollen, daß sie dieses Gestanks inzwischen Herr geworden wären."

Die Gänge rochen nach Schwefel, ranzigem Fett und verfaulendem Fleisch. Auch dieser Gestank hatte immer zum Run gehört. Chewie beklagte sich jedesmal darüber, wenn sie hierherkamen.

Der Geruch ging von einem grüngelben Schlamm aus, der in der Mitte der Gänge bis in die zentralen Handelsbereiche floß. Als Han das erste Mal in den Run gekommen war, war er dort selbst Zeuge des ersten und bislang einzigen Versuches geworden, diesem Schlammfluß Einhalt zu gebieten. Ein Bothaner hatte sich damals in den Kopf gesetzt, das Zeug am Ursprungsort einzudämmen. Das tat er, und unmittelbar darauf wurde Skip 1 von dem größten Erdbeben seiner Geschichte durchgeschüttelt.

"Der Felsbrocken hat Blähungen", hatte der Bothaner erklärt. "Entweder lassen wir zu, daß es hier stinkt, oder Skip 1 zerspringt in tausend Stücke."

Die Schmuggler entschieden sich schließlich dafür, mit dem Gestank zu leben. Sie hatten in der ganzen Galaxis kein besseres Versteck gefunden.

Und auch keine Basis, die sich besser verteidigen ließ. Han wußte ganz genau, daß der *Falke* von dem Augenblick an, da er sich dem Run näherte, scharf beobachtet worden war. Was er nicht erwartet hatte, waren die bewaffneten Wachen am Ende des Gangs.

Fünf an der Zahl, alles alte Freunde.

Chewie brüllte empört. Han legte seinem Freund beruhigend die Hand auf den mit dichtem Fell bedeckten Arm. Er musterte die Gruppe. Kid DXo'In, inzwischen völlig kahl, hatte Han zum ersten Mal nach Kessel mitgenommen; Zeen Afit, dessen von tiefen Furchen durchzogenes Gesicht jetzt noch mehr Falten aufwies, als Han in Erinnerung hatte, war derjenige, der Han und Chewie das erste Mal in den Run gebracht hatte; Sinewy Ana Blue, schöner und verführerischer als je zuvor, hatte die Sabaccspiele geleitet, in denen Han eine Menge Kredits gewonnen hatte; Wynni, die Wookiee, die Chewbacca bei dessen ersten Besuch auf Skip 1 zu verführen versucht hatte, sah noch ganz genauso aus wie damals; und Seluss, der Sullustaner, der gewöhnlich mit Jarril unterwegs war, fuchtelte mit seinem Blaster herum, als könnte er es gar nicht erwarten, ihn auch zu benutzen.

Han streckte beide Hände aus. "Begrüßt man so einen alten Kumpel?"

"Du bist kein Kumpel, Solo", antwortete Sinewy Ana Blue.

"Wie lang wird es denn dauern, bis deine Freunde von der Neuen Republik hier erscheinen, um uns zu verhaften", wollte Zeen Afit wissen.

"Habt ihr denn etwas Verbotenes getan?" fragte Han.

Wynni knurrte.

"Man darf doch wohl noch eine bescheidene Frage stellen", konterte Han.

"Nicht, wenn man die Antwort darauf schon weiß", sagte Kid DXo'In.

Chewies Armmuskeln spannten sich. Han ließ sein Fell nicht los.

"Wenn die Republik es auf den Smuggler's Run abgesehen hätte, hätte sie schon längst etwas unternommen."

Seluss' Mausohren schoben sich nach vorn. Er gab ein paar zirpende Laute von sich.

"Ja, ist schon recht", sagte Han. "Als ob für Typen wie euch eine Art Hitliste existierte. Du überschätzt deine Wichtigkeit, Seluss, findest du nicht auch?"

Wynni stieß ein brüllendes Knurren aus. Chewbacca grollte zurück.

"Hör auf, Chewie!" zischte Han. "Die persönlichen Dinge wollen wir mal außer acht lassen."

Chewie grummelte. Han konnte verstehen, daß er verstimmt war: Wynni hatte gegen jeden Verhaltenskodex verstoßen, der den Wookiees heilig war – sie hatte ihre Familie verlassen und zwei Lebensschulden nicht eingelöst und sich ganz auf ihre Schmugglerlaufbahn konzentriert –, aber Han war jetzt nicht daran interessiert, alte Wunden aufzureißen. Ganz besonders nicht, da er und Chewie deutlich unterlegen waren.

"Die persönlichen Dinge gehören aber dazu", widersprach Kid. "Du hast uns vor langer Zeit verlassen und kein Recht, hierher zurückzukommen."

"Ich habe dasselbe Recht wie du", brauste Han auf. "Und seit wann ist es denn ein Privileg, hier im Run zu sein? Ich kann mich noch gut daran erinnern, wie die meisten von uns nicht schnell genug wegkommen konnten."

"Der Run hat sich verändert", sagte Blue.

"Aber riechen tut es hier noch genauso", murmelte Han.

Sie bewegten sich auf ihn zu. Zeen stupste Han mit seinem Blaster an. Chewie knurrte erneut. Wynni fuchtelte mit ihrer Armbrust herum.

"Was? Ihr wollt mich wohl in den *Falken* zurückdrängeln? Oder mich hier an Ort und Stelle niederschießen?" Han packte Seluss' Blaster und zog den kleinwüchsigen Humanoiden zu sich ran. "Ich bin hier auf Einladung deines Partners, Kumpel. Willst du ihn holen?"

Seluss ließ den Blaster los und zwitscherte laut und verärgert. Han hob wie zur Abwehr die rechte Hand – die ohne Blaster.

"Heh, woher sollte ich denn wissen, daß er nicht hier ist? Ich dachte, er würde sich sofort auf den Rückweg machen."

Seluss stieß Han erneut an und gab dabei immer noch schrille Laute von sich. Wenn man bedachte, daß der Sullustaner Han gerade bis zur Hüfte reichte, stieß er erstaunlich fest zu.

Chewbacca knurrte, packte Seluss am Kragen und hob ihn in die Höhe.

"Laß ihn runter, Chewie. Er ist bloß sauer."

"Und dazu hat er auch allen Grund", sagte Zeen. "Jarril ist hier weggegangen, um dich zu besuchen, und seitdem nicht zurückgekommen. Und jetzt bist *du* hier."

Seluss gab keine Ruhe. Er fuchtelte jetzt wie wild mit den Armen und Beinen herum. Chewie hielt ihn am ausgestreckten Arm von sich weg. Seluss sah aus wie eine aufgebrachte Maus.

"Ihr kennt mich. Ich lege keinen rein und bringe niemanden kaltblütig um." Han wurde allmählich ärgerlich. "Ich bin gekommen, weil Jarril mir erzählt hat, daß es Ärger gibt."

"Du bist gekommen, weil Jarril dir etwas von dem Geld gesagt hat", meinte Kid DXo'In.

Wynni stieß einen warnenden Klagelaut aus.

Han wölbte die rechte Augenbraue. "Zuerst bin ich ein Feind des Run, und dann bin ich hinter eurem Geld her? Was denn noch?"

Chewie bellte leise.

"Nein, 'paranoid' ist nicht der passende Ausdruck dafür", sagte Han. "Was habt ihr Typen eigentlich zu verbergen?"

"Seht ihr?" rief Zeen. "Ich habe euch ja gleich gesagt, daß die Neue Republik ihn geschickt hat."

Sinewy Ana Blue stieß Zeen mit dem Ellbogen an. "Seine Frage ist berechtigt. Laß Seluss runter, dann reden wir."

Chewie schüttelte den Kopf. Seluss versuchte, nach ihm zu schlagen, womit er aber lediglich erreichte, daß Chewie ihn noch fester am Kragen gepackt hielt.

"Laß ihn runter, Chewie!" befahl Han.

Chewie jaulte.

"Ich habe gesagt, du sollst ihn runterlassen." Han hatte wirklich keine Lust, sich mit allen anzulegen.

Chewie hielt Seluss über den grünen Schlamm und ließ ihn fallen. Seluss stieß einen Schrei aus, ein ohrenbetäubendes Pfeifen, das die Wookiees dazu veranlaßte, die Hände auf die Ohren zu pressen. Seluss landete im Schlamm, der nach allen Seiten davonspritzte, wobei sich der Gestank noch verstärkte. Han fuhr zurück, und die anderen Schmuggler wischten wütend an sich herum, um das grüngelbe Zeug loszuwerden.

Seluss sprang aus dem Schlamm heraus und griff nach Hans Blaster.

"Heh!" schrie Han.

Chewie wollte den Blaster ergreifen, war aber zu langsam. Seluss feuerte.

* 13 *

Lando wartete fast die ganze Nacht, und es kam ihm so vor, als würde sie nie zu Ende gehen. Er versuchte zu schlafen, aber sein Bewußtsein fütterte ihn die ganze Zeit mit Träumen. Träumen, die ihm nicht behagten. Hauptsächlich Erinnerungsträume von Han, wie er im Karbonid erstarrt war. *Na, wie geht's jetzt weiter – Kumpel?* fragte Han immer wieder. Lando versuchte ihm zu erklären, daß Vader sie alle verraten hatte. Aber er brachte keinen Ton heraus. Und dann überlagerte ein anderer Traum den ersten, und Chewbaccas Hände schlossen sich um seinen Hals, und der Wookiee wiederholte unablässig, daß Lando das alles hätte verhindern können.

Er hätte es ...

... verhindern können.

Er setzte sich auf seiner Pritsche auf und zog sich die dünne goldene Wärmedecke um die Beine. Er fror, und dies trotz der optimal eingestellten Temperatur. Dieser Alptraum hatte ihn jetzt eine Ewigkeit lang verschont. Aber er erinnerte sich noch ganz deutlich an ihn und daran, welche Wirkung er auf ihn ausübte.

Lando hatte dabei jedesmal das Gefühl eisiger Kälte, er fröstelte und bibberte, und ihm war so kalt wie noch nie zuvor in seinem Leben. Und die eisige Kälte kam von innen heraus. Er hatte das Gefühl, als ...

... als hätte man *ihn* in das Karbonid gestoßen und dort sterben lassen.

Lando blickte auf seinen Bildschirm. Keine Antwort von Coruscant. Er hatte Han, Chewbacca, Leia und schließlich sogar Winter Nachrichten hinterlassen. Mehrmals sogar und mit größter Dringlichkeit, doch niemand hatte sich gemeldet. Gewöhnlich antwortete wenigstens einer von ihnen.

Er hatte es auch mit Yavin 4 versucht, weil er dachte, Luke wüßte vielleicht, wo alle steckten, aber er traf nur Streen an, der in Lukes Abwesenheit dafür sorgte, daß an der Akademie alles seinen geregelten Gang ging. Streen erklärte ihm, Luke sei ziemlich eilig nach Coruscant aufgebrochen, den Grund dafür kannte er jedoch nicht.

Daraufhin hatte Lando mehrere Nachrichten an Luke abgesetzt; eine an seinen X-Flügler, die über die vielfältig verschlungenen Wege des Weltraumkommunikationssystems zu ihm zurückgespiegelt wurde, eine weitere nach Coruscant und dann noch eine an den imperialen Palast.

Dann versuchte er es mit Mon Mothma, Admiral Ackbar und Wedge Antilles. Er hatte sogar eine allgemeine Nachricht an sämtliche Mitglieder des Inneren Rates von Coruscant hinzugefügt.

Aber auch darauf hatte er keine Antwort erhalten.

Dabei hätte sich mittlerweile wirklich jemand melden müssen.

Landos Nackenhaare sträubten sich; seine Zähne klapperten. Er stieg aus dem Bett, schlüpfte in seinen dicksten und wärmsten Umhang und schenkte sich eine Tasse heißes Aitha-Proteingetränk ein. Dann nahm er den Becher in der Hoffnung auf Wärme in beide Hände und setzte sich schließlich vor den Computer, in dem Bestreben, die Panik abzuschütteln, die sein Traum ausgelöst hatte, und rief Mara Jade an.

Zu seiner Verblüffung meldete sie sich auf der Stelle. Dabei hatte er eigentlich schon damit gerechnet, daß auch sie verschwunden sein würde. Mara befand sich im Cockpit von Talon Karrdes Schiff, der *Wild Karrde*, hinter ihr konnte man seine Vornskrs sehen.

Sie grinste, als sie seinen Anruf entgegennahm. "Du kannst nicht einmal ein paar Tage ohne mich sein, was Lando?"

"Jeder Augenblick kommt mir vor, als wären es Jahre, Mara", entgegnete er, obwohl ihm in diesem Augenblick überhaupt nicht nach lockeren Sprüchen zumute war.

"Das habe ich auch schon mal überzeugender gehört", sagte sie und wurde plötzlich ernst. "Was ist denn los?"

"Ich versuche seit fast einem ganzen Tag, Han und Leia zu erreichen, ohne Erfolg", berichtete er. Er gab sich jetzt keine Mühe mehr, seine Besorgnis zu verbergen. Er stützte beide Handgelenke auf, damit sie nicht sehen konnte, wie seine Hände zitterten. "Genauer gesagt, ich erreiche auf Coruscant überhaupt niemanden."

"Das ist kein Wunder", antwortete Mara.

Sein Rückgrat versteifte sich. Sie lächelte nicht.

"Du warst wohl in letzter Zeit ziemlich beschäftigt?"

Also etwas Großes, etwas, über das er Bescheid wissen sollte.

"Mach dich nicht über mich lustig, Mara."

"Tu ich nicht, Lando. Keiner redet von etwas anderem, wenigstens nicht in diesem Sektor."

"Was war denn los?"

"Eine Bombenexplosion. In der Senatshalle." Sie preßte die Lippen zusammen. Jetzt kam Karrde hinter ihr ins Cockpit und blieb stehen, als er Lando auf dem Bildschirm entdeckte. "Keine Angst. Nach allem, was ich gehört habe, hat Organa Solo nur kleinere Verletzungen davongetragen, und Han war weder in der Halle noch in ihrer Nähe."

"Und Luke?"

"Der war gar nicht auf Coruscant, als es passiert ist. Aber eine Menge Leute sind gestorben, und noch mehr wurden verletzt. Alle Verbindungen sind gestört." Sie sah sich um. Karrde nahm neben ihr Platz.

Landos Mund war trocken geworden. Seine Ahnung hatte ihn also nicht getrogen, etwas Schlimmes war geschehen, nur daß er noch nicht wußte, wie schlimm es war. "Sagtest du, daß die Senatshalle zerstört ist?"

Sie nickte. "Jeder versucht, Kontakt mit Coruscant aufzunehmen. Die einen wegen politischer Probleme, die anderen, um sich nach Verwandten zu erkundigen. Die Zahl der Anrufe hat einen Teil des Netzes praktisch hochgehen lassen."

"Eine Katastrophe für die Geschäftswelt", bemerkte Karrde.

"Kann ich mir denken", nickte Lando. "Aber der Verkehr nach Coruscant kommt durch?"

Karrde nickte. "Im Augenblick nicht gerade ein besonders erstrebenswertes Ziel, Calrissian. Nach allem, was ich gehört habe, steht ein weiterer Anschlag bevor."

Ich hätte es verhindern können ...

FEUERWERK.

SOLO WEISS BESCHEID.

FEUERWERK.

"Alles klar, Lando?" Maras besorgter Blick erreichte ihn quer durch die ganze Galaxis.

"Han ist unverletzt"?

Sie nickte.

"Wer hat das getan?"

"Wenn man das wüßte", erklärte Karrde, "wäre die Aufregung auf Coruscant nicht so groß."

"Lando?" fragte Mara.

Lando runzelte die Stirn. "Talon, was treibt Jarril eigentlich zur Zeit?"

Karrde lehnte sich in seinem Sessel zurück. Dann sah er zu Mara hinüber. Die zuckte die Achseln. "Ich habe mindestens zwei Jahre nicht mehr mit Jarril gearbeitet, vielleicht sogar länger."

"Das ist keine Antwort", stellte Lando fest.

"Ich denke, du solltest zum Run fliegen", sagte Karrde.

"Dort kann ich nicht hin", herrschte Lando ihn an. "Ich dachte, das wüßtest du."

"Was hat Jarril mit all dem zu tun?" wollte Mara wissen.

"Frag doch deinen Freund da", empfahl ihr Lando.

"Talon?"

"Der Run hat sich in den letzten Jahren sehr verändert", sagte Karrde. "Ich rede nicht gern darüber, Calrissian."

Und ganz sicher nicht über eine ungesicherte Verbindung. Was Karrde sagen wollte, war klar.

FEUERWERK.

Jarril war auf Coruscant gewesen.

SOLO WEISS BESCHEID.

Und jetzt war Jarril tot.

"Danke", sagte Lando. "Ich lasse bald wieder von mir hören."

Er kappte die Verbindung, ehe sie noch etwas sagen konnten. Seine Träume hatten ihn nicht getrogen.

Er durfte das Risiko nicht eingehen, eine Nachricht abzuschicken, die vielleicht nicht an ihr Ziel gelangen würde.

Er mußte nach Coruscant.

Er mußte Han warnen, ehe es zu spät war.

***

Kueller stieß die Tür zu Femons Büro auf. Seine Leibwächter wollten ihm folgen, aber er forderte sie mit einer Handbewegung auf zurückzubleiben. Er wollte, daß sie beobachteten, nicht handelten.

Femon hatte ihre Totenmasken von der Wand genommen. Ohne sie sah der Raum merkwürdig fremd aus. Aber das war nicht das einzige, was sich verändert hatte. Auch Femon sah anders aus. Sie hatte ihr Gesicht vom Make-up gesäubert. Kueller hatte schon beinahe vergessen, wie ihr ungeschminktes Gesicht aussah. Die Jahre waren nicht zu verbergen, aber mit ihrer Alabasterhaut und ihren tiefblauen Augen war sie immer noch eine faszinierende Frau.

Sie schien nicht überrascht, ihn zu sehen.

Aber die fünfzehn Wachen seiner Begleitung schienen überrascht, *sie* zu sehen. Obwohl die Sturmtruppenhelme ihre Gesichter verdeckten, spürte Kueller doch, wie sehr Femons Verwandlung sie schockierte.

"Ich habe für niemanden Bereitschaft angeordnet", sagte er.

Sie erhob sich aus ihrem Sessel. "Aber ich. Es geht Ihnen nur um Ihre Rache, Dolph."

Er erschrak, als er den Namen hörte, ließ es sich aber nicht anmerken. Seine Maske funktionierte wieder, seit er in die künstliche Umgebung von Almania zurückgekehrt war, und das verschaffte ihm ein höheres Maß an Kontrolle über seine Mimik, als einem normalen Menschen möglich war.

"Wir sind noch nicht bereit", fuhr er fort. "Wenn wir es auf Ihre Art tun, wird die Katastrophe unabwendbar sein."

"Und wenn wir es auf die Ihre tun, verlieren wir unseren Vorteil." Sie war beinahe ebenso groß wie er. Wut funkelte in ihren Augen. Er hatte nie damit gerechnet, daß sie ihm einmal Schwierigkeiten machen würde, aber er hätte es vorhersehen müssen. Die besessene Hingabe, mit der sie sich ihrer Mission widmete, dominierte alles andere in ihrem Leben, seine Person eingeschlossen. Sie brauchte den Erfolg, mußte alles in ihrer Umgebung kontrollieren, um Rückschläge für alle Zeiten zu vermeiden.

Aber sein Verständnis ließ kein Mitgefühl in ihm aufkommen, nur ein vages Bedauern darüber, daß sie sich jetzt gegen ihn stellte.

Er wandte sich einem seiner Leibwächter zu. "Der Befehl ist aufgehoben. Anweisung an alle!"

"Das würde ich nicht tun", sprach Femon den Mann an.

Der wandte sich Kueller zu, nickte knapp und sagte: "Wie lautet Ihr Befehl, Mylord."

"Nein!" schrie Femon.

"Danke", sagte Kueller zu dem Mann. Dann trat er, umflattert von seinem schwarzen Umhang, auf Femon zu. Ihr

Körpergeruch war in dem kleinen Raum deutlich wahrnehmbar; so selbstsicher sie sich auch geben mochte, ihre innere Anspannung konnte sie nicht verbergen.

Kueller legte den Kopf ein wenig zur Seite und musterte sie aus dem Augenwinkel. Sie hob das Kinn. Sie wirkte trotzig.

"Sie denken also, es geht mir nur um Rache", sagte er.

"Das denke ich nicht, das weiß ich." Er sah keine Waffe an ihr, aber bestimmt war sie auf alles vorbereitet. Eine Frau wie sie würde nichts dem Zufall überlassen. "Sie und Brakiss haben oft darüber geredet, es Skywalker heimzuzahlen."

"Das habe ich auch immer noch vor."

"Dann tun Sie es, *nachdem* wir die Republik übernommen haben", sagte sie. "Alles ist jetzt dafür bereit."

"Nicht alles", widersprach er.

"Aber es genügt."

Kueller schüttelte den Kopf. "Ungeduld ist der Untergang der meisten Größenwahnsinnigen, Femon."

"Ich bin nicht größenwahnsinnig."

Er lächelte. "Ich auch nicht."

Kuellers Leibwächter beobachteten den Wortwechsel; sie waren offenkundig nicht imstande, ihren Konflikt zu begreifen, daher scharten sie sich dichter um ihren Herrn.

"Ich habe die Geschichte dieser Galaxis studiert, Femon", sagte Kueller mit leiser Stimme. "Haben Sie das auch?"

"Geschichte ist etwas Altes, Verstaubtes, Unbedeutendes", erwiderte sie.

"Das soll vermutlich nein heißen." Sein Lächeln wurde breiter. Als er weitersprach, tat er das mit leiser Stimme, darum bemüht, freundlich zu wirken. "Die Geschichte liefert uns Anschauungsmaterial, Femon, und sie erteilt uns Lektionen. Lektionen darüber, wie man lebt, und Lektionen darüber, wie man stirbt; und Lektionen darüber, wie diese Galaxis funktioniert."

"Ich weiß, wie sie funktioniert."

"So, wirklich?" Er stellte die Frage mit einem drohenden Unterton, und Femon wäre beinahe zusammengezuckt.

Beinahe.

Dann nickte sie. "Ja."

Kueller streckte die Hand aus, griff nach ihrem Haar und schob eine lange schwarze Strähne hinter ihr Ohr. "Dann wissen Sie auch, weshalb ich Skywalker bekämpfe", sagte er beinahe zärtlich.

"Rache", antwortete sie. "Er hat Ihnen und Brakiss vor langer Zeit etwas angetan. Dazu brauche ich keine Geschichte."

"Doch, die brauchen Sie." Kueller ließ die Hand fallen. "Ich hatte meine Rache. Die Eroberung von Almania war meine Rache. Ich kenne saubere Methoden des Tötens, Femon. Weshalb, glauben Sie wohl, habe ich eine Woche damit verbracht, die Führer der Je'har zu foltern?"

"Informationen." Ihre Stimme klang düster.

Er schüttelte den Kopf. "Rache, meine Süße. Meine Rache dafür, daß sie meine Familie hingemetzelt und den Ort, den ich geliebt habe, zerstört haben. Ich dachte, die Je'har sollten eine kleine Kostprobe des Schmerzes erleiden, den sie mir angetan haben. Ich denke, es sollte Ihnen aufgefallen sein, daß ich seither niemanden mehr gefoltert habe."

"Sie haben effektivere Methoden gefunden."

Kueller zupfte an seinen schwarzen Handschuhen und blickte auf seine Hände. Mächtige Hände. "Ich kannte damals schon bessere Methoden. Ich glaubte einfach nicht, daß die Je'har sie verdienten. Ich bin ein vernünftiger Mann, Femon. Daran hätten Sie sich erinnern sollen."

"Sie versuchen, fair zu sein?"

Er unterdrückte ein Lächeln. In dem Augenblick wurde sie schwankend. Sie hatte verloren und war sich dessen noch nicht einmal bewußt. "Sie haben Skywalker aus der Reserve gelockt, um ihm eine Chance zur Selbstverteidigung zu geben?"

"Skywalker benötigt keine Gefälligkeiten." Was er jetzt sagte, galt ebenso ihr wie seinen Leibwächtern. Er hatte sie als Zeugen mitgebracht, um zu erreichen, daß Gerüchte über Femons Verrat durch Berichte über seine Reaktion darauf überlagert wurden. "Skywalker ist der mächtigste Mann in der Galaxis."

Femon lachte. "Ich dachte, das wären Sie, *Dolph*."

"Ich *werde* es sein." Kuellers Stimme klang immer noch gelassen und gleichmäßig. Er fühlte eine erstaunliche innere Ruhe, obwohl ihn Verrat gewöhnlich erzürnte. Er hatte eine hervorragende Ausbildung genossen. In Gedanken nickte er seinem Lehrer, *Master* Skywalker, zu. "Wenn ich Skywalker besiege."

"Es ist also ein Machtkampf?"

Kueller lachte. "Sie vereinfachen alles, Femon. Ihnen fehlt das intellektuelle Vermögen zu differenzieren, weil Sie nicht studiert haben." Er sah nach seinen Leibwachen, die ihn nicht aus den Augen ließen. Einer von ihnen hatte den Griff um seinen Blaster gelockert. Kueller streckte eine Hand aus, umfaßte die Hand des Leibwächters und drückte sie wieder fester um den Kolben der Waffe.

In diesem Augenblick handelte Femon. Sie langte nach einem Kontrollpult, nach der Notfallschaltung, die Kueller installiert hatte und die denjenigen, der den Schalter betätigte, in Sicherheit brachte, während alle anderen im Raum erstickten.

Kueller griff nach der Macht, die in ihm wohnte, und stoppte Femon mit einer schnellen Bewegung seiner linken Hand. Dann verstärkte er seinen Griff, zwang sie ganz in seinen Bann, ihren ganzen Körper, mit Ausnahme von Hals und Kopf.

"Was Sie *nicht* wissen", sagte er ganz ruhig, als würde ihm die Kontrolle ihrer Person keinerlei Mühe bereiten, "ist, daß die Geschichte dieser Galaxis die Geschichte der Macht ist. Über die Alte Republik wachten die Jedi-Ritter, die an Tugend und Ehre glaubten. Aber sie wurden selbstgefällig und ließen zu, daß Palpatine, der die dunkle Seite der Macht entdeckt hatte, sie überwältigte. Er regierte als Imperator und vergaß im Lauf der Zeit die Lektion, die sein eigenes Leben ihn hätte lehren müssen. Als Palpatine sich der jugendlichen Kraft Luke Skywalkers gegenübersah, glaubte er daher, ihn leicht besiegen zu können. Aber Skywalker, der ein außergewöhnliches Talent für die Macht besitzt, hat statt dessen den Imperator getötet."

"Und *Sie* werden Skywalker töten – aus irgendeiner edlen Verpflichtung heraus, die Sie der Geschichte gegenüber empfinden?" Sie schleuderte ihm die Anklage wütend entgegen. Er mußte ihre Tapferkeit bewundern, auch wenn sie in die Irre ging.

"Ich werde Skywalker töten, weil es mir vom Schicksal bestimmt ist", entgegnete Kueller. "Und weil ich diese Galaxis nicht regieren kann, solange er lebt. Das ist es, was ich aus der Geschichte gelernt habe. *Ich* muß das Zentrum der Macht sein; *ich* muß der alleinherrschende König der Macht sein. Um das zu erreichen, muß ich die Jedi besiegen. Ich muß Skywalker besiegen."

"Sie sind ein Narr, Kueller", sagte Femon.

"Nein, ich bin ein geduldiger Mann." Er lächelte. "Ich ..."

Er streckte die rechte Hand aus, hielt in Halshöhe inne, ballte die Faust und ...

"... kontrolliere ..."

Femon rang nach Luft, ihre Augen weiteten sich. Dabei war sie nicht einmal fähig, sich an den Hals zu fassen. Am ganzen Körper zitternd, kämpfte sie gegen Kuellers Griff an.

"... die Macht."

Kuellers Rechte drückte zu, ganz leicht. Das Knacken, mit dem Femons Genick brach, hallte durch den Raum. Dann ließ er sie los, und sie sackte zu Boden. Femon hatte aufgehört, ein Mensch zu sein, sie war nur noch Fleisch, Knochen und Erinnerung.

Kueller stand hoch aufgerichtet über ihr. "Ich werde diese Galaxis beherrschen", sagte er. Dann wanderte sein Blick zu den Leibwächtern, die wie benommen dastanden. "Das sollte sich jeder einzelne von euch einprägen."

* 14 *

Der Schuß prallte von den blastersicheren Wänden ab. Han wollte sich mit einem Sprung in Sicherheit bringen, aber er war nicht schnell genug. Der Feuerstoß streifte sein Hinterteil und prallte dann vor ihm von der Wand ab; die Schmuggler suchten unter großem Geschrei Deckung. Der rote Strahl aus tödlichem Licht verfehlte Chewie, streifte Wynni und verpaßte Zeen einen Kratzer, so daß er schließlich in den giftgrünen Schlamm zischte und übelriechenden Dampf aufsteigen ließ.

Hans Haut brannte, die Augen tränten ihm von dem Gestank, und jetzt fing auch noch seine Nase zu laufen an. Aber er war als erster wieder auf den Beinen, packte Seluss und drückte ihn gegen die angesengte Wand.

"Wo hast du denn schießen gelernt?" herrschte Han ihn an. "Hat dir niemand gesagt, daß diese Wände blastersicher sind? Hast du nicht gelernt, daß es gefährlich ist, in einem geschlossenen Raum zu feuern? Du hättest uns alle umbringen können."

Seluss hob seine winzigen Hände, die in Handschuhen steckten, und schnatterte jämmerlich.

"Mir ist egal, wieviel Sorgen du dir um Jarril machst. Du hast auf mich *geschossen*."

"Han ...", versuchte Zeen ihn zu beruhigen.

"Ich mag es nicht, wenn man auf mich schießt."

"Han ...", versuchte es jetzt Blue.

"Um es ganz deutlich zu sagen, ich werde stinksauer, wenn man auf mich schießt", rief Han.

Seluss' Geschnatter war jetzt so laut geworden, daß es die Schmerzgrenze überstieg. Er kauerte sich nieder und schlug die Hände vor das runde Gesicht.

"Ja, versteck dich ruhig", sagte Han, "wenn ich mit dir fertig bin, wirst du dir wünschen, du hättest nie einen Blaster gesehen."

"Han ..." Das war Kid DXo'In.

"Du wirst dir wünschen, du hättest nie gewußt, was ein Blaster ist", fügte Han hinzu.

Chewie packte ihn am Arm und zog ihn von Seluss weg.

Han schüttelte ihn ab. "Laß mich! Siehst du nicht, daß ich Rache nehme?"

Blue lachte. "Aber nicht sehr wirksam", meinte sie. "Aber uns hast du überzeugt, daß du noch derselbe alte Han bist. Verzeih uns. Hier hat sich so viel verändert, daß wir dachten, auch du hättest dich verändert."

Han stand immer noch in drohender Haltung über Seluss gebeugt. Als ihm klarwurde, was Blue gesagt hatte, richtete er sich auf. "Er hat auf mich geschossen", sagte er noch einmal.

"Und jeder andere hätte zurückgeschossen, ohne lang herumzureden." Blue grinste, so daß man den blauen Kristallzahn sehen konnte, dem sie einen Teil ihres Namens verdankte. "Aber Han Solo schießt nie auf seine Freunde, ganz gleich, wie sie mit ihm umspringen."

Sie fuhr mit dem Finger in den langen Schlitz, den der Blasterschuß in seiner Hose hinterlassen hatte. "Aber ich muß schon sagen, das sieht gar nicht mal übel aus."

Er stieß ihre Hand weg. "Finger weg, Blue!"

"Oh-oh." Ihr Grinsen wurde breiter. "Jetzt sind wir wohl verheiratet? Es hat sich *doch* einiges verändert."

"Bloß mein Geschmack", fuhr er sie an. Seine gute Laune hatte sich offenbar noch nicht wieder eingestellt.

"Von weiblichen Schmugglern zu Prinzessinnen", sagte Zeen. "Da kann man nicht meckern."

Blue richtete sich zu ihrer vollen Größe auf und stellte ihren Prachtkörper zur Schau. "Manche von uns brauchen keinen langen Stammbaum, um zu beweisen, was sie wert sind", sagte sie. "Ich hatte von Anfang an Klasse."

"Die hattest du, Blue", pflichtete Kid DXo'In ihr bei.

Seluss jammerte immer noch erbärmlich und rutschte jetzt an der Wand zu Boden, den Kopf unter den Armen versteckt.

"Ich glaube, Seluss hat sich einfach von der Hitze des Augenblicks hinreißen lassen", bemerkte Blue nach einem Blick auf ihn. "Ich glaube nicht, daß er dir weh tun wollte, Han."

"Das will ich hoffen", erwiderte Han, der noch nicht bereit war, Seluss zu verzeihen. Seine Haut brannte wie Feuer. Er versuchte, sich so zu verrenken, daß er den Schaden begutachten konnte.

Chewie gab glucksende Laute von sich.

"Das ist überhaupt nicht komisch, du Plüschmonster. Es tut weh."

"Komm schon", sagte Blue. "Ich habe da eine Salbe, die wirkt Wunder."

Zeen legte den Arm um Hans Schultern und stieß ihn an. "Danach können wir uns hinsetzen und ein wenig plaudern."

Seluss gab pfeifende Laute von sich.

"Du kannst auch mitkommen", lud Kid DXo'In ihn ein. "Aber komm Han nicht zu nahe."

"Und nehmt ihm seinen Blaster weg, ja", bat Han. "Ich bin noch nicht sehr großzügig gestimmt."

Er schob den eigenen Blaster in das Holster zurück. Das Gehen tat weh, weil seine Haut sich dabei spannte, aber lieber hätte er einen ganzen kalten Tag auf Hoth verbracht, als sich anmerken zu lassen, welche Schmerzen er litt.

Besonders Chewie brauchte das nicht zu wissen.

Sie folgten dem grünen Schlamm in die Zugangskammer von Skip 1. Als Han eintrat, schoben drei Dutzend Schmuggler demonstrativ ihre Blaster in die Holster zurück. Er widerstand der Versuchung, Chewie einen Blick zuzuwerfen. Im Run hatte sich tatsächlich eine Menge geändert.

Drastisch geändert.

Persönliche Auseinandersetzungen waren hier früher nur Sache der unmittelbar Betroffenen gewesen. Aber anscheinend galt diese Regel nicht mehr.

Manche Besucher auf Skip 1, die in Ungnade gefallen waren, kamen nicht weiter als bis zur Eingangskammer. In einem Winkel waren Knochenreste aufgestapelt – die meisten davon Jagdtrophäen –, ausnahmslos Knochen von Tieren, aber Neuankömmlingen wurde manchmal weisgemacht, dieses Schicksal erwarte jeden, der den geheimen Zugang zum Run verriet.

Hinter den Knochenhaufen standen Sabacctische, ein halbes Dutzend, besetzt von Talenten wie Blue, die nur selten verloren. Die Tische waren so präpariert, daß Neuankömmlinge immer den Kürzeren zogen. Sie erfüllten den Zweck, ihn seiner Barschaft zu berauben und ihn auf Nimmerwiedersehen weiterzuschicken. Auf der anderen Seite der Sabacctische befand sich eine in den Fels integrierte gläserne Bar. Bômlas, der Barkeeper, wollte, daß die Kunden seinen gewaltigen Vorrat an Alkoholika aus der ganzen Galaxis bewundern konnten. Bômlas war ein dreiarmiger Ychthytonier – seinen vierten Arm hatte er in einem besonders wilden Sabaccspiel verloren –, aber er war trotzdem noch der schnellste Barkeeper, der Han je unter die Augen gekommen war.

Am hintersten Ende der Höhle war die Hokuumstation für jene Schmuggler, denen der Geschmack nach nichtflüssigen Anregungsmitteln stand. Han hatte dort zum ersten Mal Spicesüchtige gesehen und auch solche, die Glitterstim benutzten. Ihm war die Hokuumstation zuwider, obwohl man im Run große Stücke auf sie hielt. Es kam häufig vor, daß die Kunden der Station sich innerhalb von drei Tagen gegenseitig umbrachten.

Der Imbißstand bildete den Mittelpunkt der Höhle, soweit wie möglich von den übelriechenden Schlammkanälen entfernt. Bei Hans erstem Besuch hatte eine in der ganzen Galaxis bekannte Köchin den Imbiß betrieben, die später in einem Duell mit heißem Kochfett gegen eine Berufskollegin den Tod fand. Hans Gaumen erinnerte sich immer noch an ihre Kochkünste.

"Wer kocht denn jetzt hier?" erkundigte er sich.

Blue rümpfte die Nase. "Der ehemalige Küchenkünstler am Hof von Hapan."

"Dann hißt das Hessen wohl besonders delikaat, no?" warf Kid ein.

"Niemand redet so auf Hapan", widersprach ihm Han.

"Dieser Koch schon", erwiderte Zeen. "Er behauptet, der Lieblingskoch der Königinmutter gewesen zu sein."

Han grinste. "Hatte er ein Empfehlungsschreiben von Isolder?"

"Was?"

Han schüttelte den Kopf. Sein alter Rivale um Leias Gunst hatte sich erneut als Mann der Tat und des guten Geschmacks erwiesen. Er hatte die Königinmutter wieder einmal ausgetrickst. "Ich hoffe, ihr achtet darauf, wie er es mit Gift hält."

Blue zuckte die Achseln. "Er arbeitet mit vielen Giften. Uns ist das egal. Es essen ja ohnehin nur die Neuen dort."

Chewie brüllte.

Zeen lachte. "Nein, Chewbacca, es gibt auch noch richtiges Essen. Zwei Kavernen weiter hinten."

Han warf seinem alten Freund einen Blick zu. Chewie sah so aus, als wollte er sich im nächsten Moment daranmachen, das Mobiliar zu verschlingen. "Ich denke, da sollten wir zuerst hingehen."

"*Ich* denke, wir sollten uns zuerst mal um deine Verletzung kümmern", sagte Blue mit einem anzüglichen Grinsen.

"Finger weg, Blue", wehrte Han ab.

"Du bist ja heute mächtig empfindlich." Blue setzte sich an die Spitze der kleinen Gruppe und führte sie in einen engen Gang um Kaverne 2 herum, der dann unmittelbar in Kaverne 3 führte. "Als du jünger warst, warst du viel netter, Han."

"Als ich jünger war, hast du dich nicht für mich interessiert, Blue."

"Du warst damals so naiv und gutmütig. Ich mag lieber Männer mit ein wenig Erfahrung, Han."

"Die verheiratet sind", ergänzte Zeen.

"Das ist nicht wahr", widersprach Blue.

"Na schön", räumte Zeen ein, "dann eben Männer, die anderweitig gebunden sind."

"Sie ist eben im Herzen eine Schmugglerin", sagte Kid. "Du weißt schon: Heute hier, morgen dort."

"Hübsch artig sein, Jungs", entgegnete Blue und duckte sich unter dem engen Zugang zu Kaverne 3. Han folgte ihr. Es roch nach schmorendem Fleisch, Knoblauch und Zwiebeln, warmen Won-wons nach Wookieeart und sullustanischem Eintopf. In der Höhle herrschte eine feuchte Schwüle, die mit zwei Schichten Blasterschutz bedeckten Wände schwitzten.

"Ich kann mich nicht erinnern, hier schon mal gewesen zu sein", sagte Han.

"Das hat mal Boba Fett und fünf anderen Kopfgeldjägern gehört. Die meisten von Boba Fetts Freunden sind vor sechs Jahren gestorben, und da sind wir auf die Idee gekommen, einen Feinschmeckertempel für uns Stammgäste hier einzurichten", erklärte Kid.

Han schauderte, als Boba Fetts Name erwähnt wurde. Dieser kleine Kopfgeldjäger hatte Han beinahe das Leben gekostet. Er war froh zu hören, daß Fetts finstere Kollegen tot waren.

Die Höhle ließ durch nichts erkennen, daß sie einmal der Schlupfwinkel eines Kopfgeldjägers war. Han zählte achtzehn verschiedene Kochplätze und ahnte einige weitere im Hintergrund. Alle waren sie in Nischen untergebracht, deren Gestaltung an den Heimatplaneten der jeweiligen Küche erinnerte. Die Wookiee-Station dicht neben dem Eingang schmiegte sich an einen nachgemachten Wroshyrbaum (Han hoffte wenigstens, daß er nachgemacht war). Chewie stieß ein entzücktes Brüllen aus und rannte sofort darauf zu. Han sah sich um, bis er die corellianische Nische entdeckte. Sie sah aus, als hätte man sie geradewegs aus der Straße der Schatzschiffe an diesen Ort versetzt – ein rotgrün und purpurfarben gestreiftes Zelt, vor dem eine ähnlich farbenprächtig gekleidete Corellianerin einen Bratspieß drehte. Han kannte sie nicht, während sie ihn sofort identifizierte. Das überraschte ihn nicht. Allem Anschein nach hatten die meisten Corellianer von ihm gehört, was ihm ganz und gar nicht paßte. Er wußte gerne, mit wem er redete.

"Kleiner Abstecher in die Slums, Solo?" fragte die Frau, während sie ihm ein paar Scheiben von dem Braten abschnitt.

"Essen", antwortete er knapp und streckte die Hand nach dem Teller aus. Der Braten roch herrlich. Wie lange es wohl her war, daß er zuletzt corellianisch gegessen hatte – jedenfalls bestimmt nicht mehr, seit die Zwillinge zur Welt gekommen waren.

Sie legte noch etwas corellianisches Gemüse mit Charbotewurzel und einem Löffel Kartoffelreis auf den Teller.

"Sechzehn Kredits."

"Sechzehn?" Er wäre fast an dem Wasser, das ihm im Munde zusammenlief, erstickt. "Auf Corellia würde das keinen halben Kredit kosten."

Die Frau grinste. "Ist wohl eine Weile her, daß Sie Ihrer Heimatwelt einen Besuch abgestattet haben, Solo?"

Er ging nicht auf ihre Bemerkung ein. "Einen halben Kredit", wiederholte er statt dessen.

"Fünfzehn", sagte die Corellianerin.

"Zwei", erwiderte Han.

"Zehn."

"Fünf."

"Abgemacht."

Han zahlte und unterdrückte ein Grinsen. Es war auch lange her, daß er zuletzt um eine Mahlzeit gefeilscht hatte. Er trug seinen Teller zu einem der Tische in der Mitte, wo Chewie sich bereits über eine Schüssel mit Won-wons hermachte. Er hatte auf jeder seiner Klauen fünf runde fettige Won-wons aufgespießt und ließ sie jetzt wie eine Delikatesse über seine Zunge gleiten.

Han hatte einmal Won-wons versucht. Sie schmeckten wie Granitschnecken, nur schleimiger. Immerhin rochen sie ganz gut. Er setzte sich – neben Chewie ...

... und sprang sofort wieder mit einem Schmerzensschrei auf. Seine Wunde schmerzte noch mehr, wenn er sie belastete.

Blue lachte schallend. Sie war gerade mit einem Teller exodeenianischer Pasta an ihren Tisch gekommen. "Ich habe dir doch gesagt, du sollst Salbe drauftun."

"Sehr komisch, Blue."

"Da drüben ist eine Medinotstation." Sie deutete mit einer Kopfbewegung nach links. "Dort könntest du dir Salbe kaufen."

"Ich werde sie aber selbst auftragen", erklärte Han kategorisch.

Blue lächelte kokett. "Ich hätte nie etwas anderes vorgeschlagen."

Jetzt gesellte sich Kid mit einem dampfenden Becher Vayerbok zu ihnen. "Was, hast du den Schmuggel mit gebrochenen Herzen aufgegeben, Blue?"

Sie schüttelte den Kopf. "Macht keinen Spaß. Die Erfahrung hat den Mann hier nicht verändert. Er ist mir immer noch zu gutherzig."

"Ich dachte immer, ein gutes Herz wäre ein unschätzbarer Besitz, Blue", stichelte Kid.

"Kann schon sein, aber diese Typen werden so schnell romantisch und weich. Lädst du deine Frau immer noch zum Dinner bei Kerzenlicht ein, Solo?"

"Na klar", nickte Han. "Und ich kann nur sagen, daß es sich lohnt." Er zwinkerte den anderen zu und schlenderte dann zur Medistation hinüber.

Ein etwas mitgenommener Medidroide schmiß den Laden. Er untersuchte Hans Wunde oberflächlich und sagte dann zu dem vierschrötigen Mann hinter der Medikamentenausgabe: "Blasterverbrennung."

"Das hätte ich ihm auch sagen können", erklärte Han.

"Nein, das hätten Sie nicht", erwiderte der Droide. "Sie sind Schmuggler. Eine ärztliche Diagnose bedarf spezieller Kenntnisse."

"Ganz bestimmt", pflichtete Han ihm bei. "Du warst nicht zufällig in einem früheren Leben ein Protokolldroide?"

"Ganz gewiß nicht", antwortete der Droide. "Ich bin ein FX-Droide. Ich war nie ein Protokolldroide und will auch keiner sein. Das widerspricht meiner Programmierung."

"Das ist unverkennbar." Han trat einen Schritt zur Seite und lehnte sich an die Medikamentenausgabe.

Der vierschrötige Mann knallte einen Topf mit Salbe auf die Theke. "Fünfzig Kredits."

Han grinste. "Die Nachfrage nach Blastersalbe muß hier gewaltig sein. Ich gebe Ihnen fünf Kredits."

Der Mann zog einen Blaster unter der Theke hervor und zielte damit auf Hans Brust. "Wollen Sie, daß Sie die Salbe wirklich brauchen?"

Han wich einen Schritt zurück. "Ich werde Sie einfach bezahlen, wie wäre das?"

"Fünfzig Kredits für das Medikament", beharrte der vierschrötige Mann.

"Und weitere fünfzig für die Diagnose", fügte der Droide hinzu.

"Kommt nicht in Frage", widersprach Han. "An den Blasterschuß erinnere ich mich lebhaft; deine fachmännische Diagnose war völlig überflüssig."

Der Droide wandte dem vierschrötigen Mann sein silbernes Gesicht zu. "Es klappt nie", bemerkte er halblaut.

"Lausiges Timing", meinte der Mann.

Han runzelte die Stirn und schnappte sich den Salbentopf. Dann zwängte er sich in eine kleine Nische neben der Medikamentenausgabe, strich die Salbe auf die Wunde und stöhnte vor Erleichterung, als das Brennen nachließ.

Als er wieder herauskam, hätte es ihn nicht überrascht, wenn der vierschrötige Mann auch noch für die Benutzung der Nische Geld verlangt hätte. Aber das tat er nicht.

Han kehrte zu seinem Platz zurück. Chewie hatte inzwischen seine Won-wons vertilgt, und die Schmuggler waren alle um den Tisch versammelt. Jemand hatte sich über Hans Kartoffelreis hergemacht, aber das störte ihn nicht. Er hatte das pampige Zeug noch nie leiden können.

Er setzte sich – äußerst vorsichtig – und begann zu essen. Es schmeckte köstlich, besser als alles, was er seit vielen Jahren zu sich genommen hatte.

Aber vielleicht war es auch nur die Atmosphäre: die etwas muffigen Höhlenlabyrinthe und die vielen Stimmen, die einander in hundert verschiedenen Sprachen Verwünschungen zuriefen.

"Du hast gesagt, Jarril hätte dich hierher eingeladen", ergriff Kid das Wort.

Han zuckte die Achseln. "Er hat gesagt, daß hier Geld zu verdienen ist."

"Als Ehemann einer Prinzessin braucht man doch kein Geld", kommentierte Blue.

"Doch, wenn ihr Königreich in die Luft gesprengt wurde."

"Das war vor siebzehn Jahren, Solo", meinte Zeen.

"So, tatsächlich? Ihr seid hier offenbar nicht ganz auf dem laufenden."

Wynni grummelte.

"Na schön", sagte Han. "Dann habt ihr also von der Bombenexplosion auf Coruscant gehört."

"Die Senatshalle ist kein ganzes Königreich", bemerkte Kid.

"Kaufst du ihr eine neue?" fragte Zeen.

"So wie du Dathomir gekauft hast?" grinste Blue.

"Immerhin hat es geklappt, Blue."

"Ja-ah, das habe ich auch gehört, Solo", räumte sie ein.

Han schob seinen Teller weg. Das Essen war gut, aber jetzt hatte er genug.

"Also, weshalb bist du hier, Solo?" wollte Zeen wissen.

Han warf Chewie einen Blick zu, der sich die Überreste der Won-wons von den Klauen leckte, als würde ihn das Gespräch überhaupt nichts angehen.

"Jarril ist unmittelbar nach dem Bombenattentat verschwunden. Er ist praktisch im letzten Augenblick durch den Schutzschild um Coruscant geschlüpft. Das und seine Worte über das Geld, das hier so leicht zu verdienen sein soll, haben mich ins Grübeln gebracht. Und seitdem frage ich mich, ob er vielleicht mehr über das Attentat wußte, als er mir gegenüber zugegeben hat."

Seluss stand auf einem Stuhl am anderen Ende des Tisches und zeterte immer noch in Hans Richtung. Dabei fuchtelte der Sullustaner drohend mit seinem Blaster.

Han legte die Hand auf die eigene Waffe. "Ich habe gesagt, ihr sollt ihm die Kanone wegnehmen", wandte er sich an Blue.

"Er weiß ganz genau ..."
"Nimm sie ihm weg!"
"Han, man muß ihm zubilligen ..."
"Ihr sollt ihm die Waffe wegnehmen."
Seluss schimpfte nur noch lauter. Chewbacca holte mit der freien Pranke aus und schlug Seluss den Blaster aus der Hand. Die Waffe rutschte über den Fußboden und prallte gegen den Medidroiden, der einen erschreckten Schrei von sich gab.
Seluss sprang vom Stuhl, als wollte er sich den Blaster zurückholen. Han hob seine Waffe auf Tischhöhe. "Das würde ich an deiner Stelle nicht tun, Pausbäckchen", warnte er. "Setz dich wieder hin, und zwar ganz langsam."
"Han, er ist einfach außer sich", sagte Blue.
"Und mir tut der Hintern weh", antwortete Han ungehalten. Dabei ließ er Seluss keinen Moment aus den Augen. "Setz dich!"
Seluss gehorchte mit einem Blick wie ein verdrießliches Kind, dem man verboten hat, mit seinem Lieblingsspielzeug zu spielen.
"Also, jetzt hör mir mal gut zu. Dabei kann es leicht dazu kommen, daß ich Dinge sage, die dir nicht gefallen. Du wirst mir aber trotzdem zuhören wie ein Erwachsener, und wenn du was zu melden hast, wirst du deine Einwände wie ein Erwachsener vorbringen." Während Han noch sprach, wurde ihm bewußt, daß er den gleichen Ton anschlug, in dem er auch seine Kinder maßregelte, wenn diese besonders aufsässig waren. "Und wenn du damit nicht einverstanden bist, wenn du etwa vorhast, Jarrils Ehre mit der Waffe zu verteidigen, dann mußt du mir das *jetzt* sagen, damit ich dich niederschießen kann und alles erledigt wäre."
"Han, er ist ein alter Freund", erinnerte ihn Blue.
"Von dir vielleicht. Aber nicht von mir."
Seluss starrte Han mit trotziger Miene an.
"Ich habe diesem Knirps nicht mehr vertraut, seit er die Baupläne für den *Falken* gestohlen hat."
Seluss' schrilles Schnattern klang beleidigt.
"Na schön, ich lasse mich gerne korrigieren", sagte Han. "Dann eben seit Lando mir gesagt hat, daß dieser Knirps die Baupläne für den *Falken* gestohlen hat. Auf Einzelheiten kommt es jetzt nicht an, Kumpel. Tatsache ist jedenfalls, daß du nicht ehrlich bist."

"Das ist keiner von uns", meinte Blue.

Chewie brüllte.

"Ach, hör doch auf", wies Blue ihn zurecht. "Spar dir das für jemanden, der dir glaubt, Chewie."

"Laß ihn in Ruhe", forderte Han sie auf. Er beugte sich vor. "Ich will nicht, daß Seluss noch einmal auf mich schießt. Wenn du damit nicht klarkommst, du Spicejunkie, schlage ich vor, wir beenden das Gespräch."

Seluss stand auf und setzte sich in Richtung auf die Sanitätsstation in Bewegung.

"Ohne Blaster", sagte Han.

Seluss schnatterte noch einmal, dann verließ er die Höhle.

"Glücklich hast du ihn jetzt nicht gerade gemacht", sagte Zeen. "Dabei könnte er dir mehr über Jarril sagen als irgendeiner von uns."

"Irgendwie bezweifle ich das", widersprach ihm Han.

***

Die letzte bekannte Adresse von Brakiss befand sich auf Msst, einem kleinen Planeten in der Nähe der Randwelten, der früher einmal ein bedeutender imperialer Stützpunkt war. Theoretisch hatte das Imperium den Planeten nach dem Pakt von Bakura aufgegeben, aber Luke wußte, daß viele Imperiale Msst immer noch als Treffpunkt benutzten.

Allerdings nicht in letzter Zeit.

Luke landete ohne Einweisung in dem milchigweißen Nebel, dem der Planet seinen Namen verdankte. Der neue X-Flügler verfügte über ein hervorragendes Flugleitsystem, aber das glich den Verlust von R2 keineswegs aus.

Die Landebahn auf Msst war einer der wenigen Stellen auf der Planetenoberfläche, wo die Sonne die milchigen Nebelschwaden bis zum Mittag wegbrannte. An diesem Mittag schien das jedoch aus irgendeinem Grund nicht der Fall zu sein, und Luke beschlich der dringende Verdacht, daß er und der Verfasser seiner Flugunterlagen unterschiedliche Vorstellungen darüber hegten, was unter "wegbrennen" zu verstehen war.

Der Nebel war feucht und fahl und reichte ihm bis zur Hüfte, und klamme Kälte drang Luke bis auf die Knochen. R2 wäre von den Nebelschwaden fast völlig eingehüllt gewesen. Der Verzicht auf die Astromecheinheit war eine der größten Schwächen der neuen X-Flügler-Generation. Luke hatte keine Probleme damit, allein zu fliegen, aber hier zu landen, auf einem Planeten, den er noch nie zuvor besucht hatte, und dies ohne jede Begleitung, kam ihm irgendwie unpassend vor. Er fühlte sich in die Enge getrieben, als fehlte ihm jemand, der ihm im Notfall den Rücken stärken konnte. Bis jetzt war ihm gar nicht bewußt geworden, wie sehr er sich, was zahllose Kleinigkeiten anging, auf R2 verließ: kurze knappe Feststellungen, schnelle Positionsangaben und das gute Gefühl, nicht allein zu sein.

Hoffentlich hatte Cole Fardreamer den alten X-Flügler wieder auf Vordermann gebracht, wenn er nach Coruscant zurückkehrte.

Vor Luke ragte, hoch und grau und stählern, eine Ansammlung von Gebäuden aus dem Nebel hervor, die das imperiale Hoheitszeichen trugen, aber die Jahre hatten diese Kennzeichnung verwittern lassen, so daß sie nicht mehr ganz so unheilverkündend anmutete. Die Gebäude schienen verlassen zu sein, aber dafür gab es natürlich keine Gewähr.

Eigentlich hatte Luke gehofft, Brakiss hier vorzufinden, aber er spürte ihn nirgendwo. Wenn er dagewesen wäre, hätte er seine Gegenwart ganz sicher gefühlt; die Macht hätte ihm die Anwesenheit eines jeden verraten, der über ein so ausgeprägtes Talent verfügte wie Brakiss.

Luke dachte oft an Brakiss – meistens ohne jeden konkreten Anlaß –, und zwar seltsamerweise häufig dann, wenn er sich an Ben erinnerte. Wenn Ben von Darth Vader gesprochen hatte, war immer eine Art Wehmut herauszuhören gewesen, ein Anflug von Bedauern, gerade so, als hätte Ben sich gewissermaßen verantwortlich dafür gefühlt, daß er Anakin Skywalker an die dunkle Seite der Macht verloren hatte.

Ich will dich nicht verlieren, wie ich einst Vader verloren habe.

Diese Worte waren Luke in den Sinn gekommen, als Brakiss bei seiner Flucht von Yavin 4 zu seinem Schiff gerannt war, bei seinem Versuch, vor sich selbst davonzulaufen ...

Ich war überrascht, wie stark die Macht in ihm war. Also nahm ich es auf mich, ihn persönlich zum Jedi auszubilden. Ich dachte, ich könnte ihn ebensogut unterweisen wie Joda.

Ich habe mich geirrt.

Die Kälte, die Luke jetzt empfand, erinnerte ihn an das Gefühl tödlicher Kälte, das er auf Yavin 4 empfunden hatte, als all die fernen Stimmen zum Schweigen gebracht worden waren. Sie war wie ein Nachhall der Kälte, die er in der zerstörten Senatshalle empfunden hatte, wie der eisige Hauch von Brakiss' Präsenz.

Luke hatte sich bemüht, Brakiss auf den Pfad der Jedi zu führen. Er hatte versucht, ihn von der dunklen Seite fernzuhalten, er hatte geglaubt, Brakiss würde, wenn er erst einmal das Gute in sich erkannt hätte, auch den Werte des Jedi-Rittertums erkennen.

Ich habe mich geirrt.

Statt dessen war Brakiss geflohen. Später hatte man Luke berichtet, daß er hierher geflohen war, zu den Imperialen, die ihn geschickt hatten, um die Jedi-Akademie zu unterwandern. Luke hoffte, auf Msst eine Spur von Brakiss zu finden; er hatte insgeheim angenommen, Brakiss könnte sich hier niedergelassen haben, um ein zurückgezogenes, einsames neues Leben zu beginnen, so wie Obi-Wan in den Jahren, die er auf Tatooine zugebracht und über Luke Skywalker gewacht hatte.

Aber Luke spürte Brakiss' Präsenz nicht.

Vielleicht jedoch beeinträchtigte irgend etwas auf Msst Lukes Fähigkeiten in der Macht, so wie die Ysalamiri auf Myrkr. Aber die Ysalamiri hatte Luke wahrnehmen können, hier aber fühlte er nichts Lebendiges.

Nicht das geringste.

Nur den kalten, feuchten Nebel.

Und das war noch sonderbarer als alles andere.

Luke wußte aus dem Studium seiner Flugunterlagen, daß das Imperium Msst nicht geschont hatte. Die Besatzer hatten den größten Teil der Vegetation vernichtet, die Bewohner dieser Welt dazu gezwungen, in den Kristallsümpfen zu arbeiten, und ein Heer von Sklavenarbeitern rekrutiert, das Bauten errichten mußte, die niemand brauchte. Aber daß sie auch die wildlebenden Tiere ausgerottet hatten, war aus den Unterlagen nicht hervorgegangen.

Und das bedeutete, daß jemand anders die Fauna kontrollierte.

Und dieser Jemand konnte nur Brakiss sein.

Luke griff nach seinem Lichtschwert und warf einen Blick auf den X-Flügler. Nur die oberen Tragflächen ragten über die wabernde Nebelschicht hinaus. Aber sonst wirkte die Maschine ganz normal.

Er brauchte seinen Überlebenstornister. Er enthielt ein Nebellicht und etwas Proviant. Genug, um bis zu den Gebäuden zu gelangen.

Er drehte sich um ...

... und sah aus dem Nebel unmittelbar vor den Tragflächen seines Schiffes große rosa Blasen aufsteigen, Blasen, die rund und leer wirkten, und an denen unten lange rosa Fäden hingen. Sie schienen ihn nicht zur Kenntnis zu nehmen und stießen gegen den X-Flügler, wie Hände, die in der Dunkelheit herumtasteten.

Luke blieb wie angewurzelt stehen. Wenn das vernunftbegabte Geschöpfe waren, würden sie irgendwie auf äußere Reize reagieren. Die rosa Fäden deuteten darauf ebenso hin wie die vorsichtige Art, mit der die Blasen gegen die Tragflächen stießen. Wahrscheinlich reagierten sie auf Bewegung. Wenn sie hingegen auf Hitze reagierten, hätten sie zuerst ihn und nicht den X-Flügler bemerkt.

Aber das Schiff hatte sich seit einiger Zeit nicht mehr bewegt. Entweder hatte seine Landung die Blasen angelockt oder etwas ganz anderes. Vielleicht die Energiereserven.

Luke hatte keine Ahnung. Aber er konnte nicht zulassen, daß die Blasen sich an seinem Schiff zu schaffen machten. Der X-Flügler war für ihn die einzige Möglichkeit, den Planeten wieder zu verlassen.

Er umfaßte das Lichtschwert mit der Rechten und bewegte sich auf die seltsamen Geschöpfe zu.

Plötzlich verschwand der Nebel rings um ihn mit einem schmatzenden Geräusch, und eine Blase, die dreimal so groß wie der X-Flügler war, stieg vom Boden auf und schwebte über Luke, ihre rosa Fäden betasteten ihn, stachen, sandten Schmerzimpulse durch seinen Körper. Eine instinktive Reaktion zwang Luke mit schützend über den Kopf gehaltenen Armen auf die Knie.

Der Überfall vollzog sich in gespenstischer Stille. Abgesehen von dem schmatzenden Laut, mit dem der Nebel sich auflöste, hatte Luke keinen Ton gehört – auch nicht, als die kleineren Blasen den X-Flügler untersuchten.

Bei jeder Berührung der Fäden spürte er, wie seine Haut gefühlloser wurde. So konnte es nicht weitergehen. Luke hielt weiter die Arme über den Kopf, verdrehte seinen Körper aber so, daß er unter ihnen hervorspähen konnte. Die riesige Blase schwebte über ihm. Ihr Inneres schien hohl zu sein. Die Fäden stachen weiter nach ihm, ein stetiges, offenbar koordiniertes Stechen, das ihn betäuben sollte, schmerzhaft, Zentimeter für Zentimeter.

Die Ränder der Blase wirkten ausgefranst, die Fäden baumelten aus ihrem Inneren wie Schnüre, die aus einem Zelt hängen. Die zackigen Ränder waren ...

Zähne! Es waren Zähne!

Die Blase würde ihr Opfer stechen, bis es sich nicht mehr bewegen konnte, und es dann in ihre Höhlung heben, um es zu zermalmen.

Ein energetisches Summen ließ Lukes Lichtschwert vibrieren. Er schwang den rechten Arm nach oben und durchtrennte mit einem Hieb ein halbes Dutzend Fäden. Sie fielen wie lebende Schnüre rings um ihn zu Boden, fügten ihm überall, wo sie auftrafen, neue Schmerzen zu.

Lukes Muskeln fühlten sich seltsam an, als hätte er sie noch nie benutzt. Aber er schlug weiter um sich, bewegte sich, so schnell sein halbbetäubter Körper es zuließ.

Die einzige Reaktion der Blase darauf war, ihn noch heftiger zu malträtieren. Jede Berührung eines der lebenden Fäden jagte mehr Schmerzen durch seinen Körper. Er wand sich in Krämpfen, ihm war kalt, und doch brannte sein Körper wie Feuer. Er konnte kaum mehr atmen.

Dennoch schickte er seine ganze Energie in seinen Arm, konzentrierte sich ganz darauf, das Lichtschwert zu schwingen. Weitere Fäden fielen herunter, klatschten in der gespenstischen Stille auf den hartgefrorenen Boden.

Das gähnende Maul der riesigen Blase kam immer näher und stieß weißen, kalten Atem in Lukes Richtung, der dem Nebel glich, der die große Blase verborgen hatte. Die Atemwolken verstärkten noch die bittere Kälte, die Luke durchdrang und ihn mit Fühllosigkeit überflutete. Er hatte alle Mühe, in Bewegung zu bleiben, weiterzukämpfen. Seine Schulter schmerzte, er konnte die Hand kaum mehr schließen, Hals und Gesicht waren bereits völlig taub. Er konnte sehen, wie die Fäden ihn stachen, aber vermochte sie nicht mehr zu spüren.

Was für eine bizarre Art zu sterben. Hier, allein, ohne R2. Und niemand würde es je erfahren ...

Ich spüre tödliche Kälte. Seine eigene Stimme hallte in seinem Bewußtsein wider, mischte sich in das Echo der Stimme Yodas.

Jener Ort dort ... von der dunklen Seite der Macht ist er erfüllt ... Deine Waffen ... nicht brauchen wirst du sie.

Dann hörte er die Stimme des kleinen Anakin:

Wir haben das Zimmer heiß *gemacht.*

Luke stellte sich vor, wie Wärme in ihm aufstieg, ihn verließ und in das Zentrum der Blase eindrang. Die Kreatur trieb zurück. Luke sandte mehr Wärme und noch mehr ...

Und dann gab es einen ohrenbetäubenden Knall, als die Blase platzte. Gleich darauf folgte ein Dutzend weiterer Explosionen, als auch die kleineren Blasen zerplatzten.

Rings um Luke regneten rosa Klumpen vom Himmel, zischten, als sie auf den harten Boden trafen. Einige berührten ihn und betäubten ihn vollends. Er versuchte mit der Macht, einen Schild um sich herum aufzubauen, aber dafür war es zu spät.

Luke brach auf einem Haufen des rosafarbenen Gewebes zusammen und sah reglos und voller Entsetzen zu, wie die Masse sich durch seine Flugkombination fraß und sich auf seine erstarrte Haut zubewegte.

* 15 *

Leia lag, umgeben von Schriftstücken, ausgestreckt auf ihrem Bett. Sie trug eine alte Uniformhose und eines von Hans Hemden. Ihr Haar hatte sie gelöst und nur vorne zu zwei kurzen Zöpfe geflochten, damit es ihr nicht in die Augen fiel.

Das Bett, eine große, weiche Matratze mit einer Unzahl Kissen und Decken darauf, war der sicherste Ort, den sie kannte. Sie und Han verbrachten einen großen Teil ihrer Zeit in diesem Raum, und sie spürte seine Anwesenheit, als ob er zugegen wäre. Niemand sonst durfte diesen Raum betreten, ohne dazu ausdrücklich aufgefordert zu werden. Nicht einmal die Kinder.

Manchmal hatte sie das Gefühl, nur an diesem Ort wirklich sie selbst sein zu können.

An diesem Nachmittag war sie gekommen, weil sie das Gefühl hatte, nur hier allein und völlig ungestört sein zu können. Sie spürte, während sie die vor ihr liegenden Ausdrucke studierte, daß sie Hans Anwesenheit brauchte – und wäre sie noch so unbestimmt.

Die Wahlergebnisse.

Als Gno sie am Morgen kontaktiert hatte, um sie wissen zu lassen, daß die Ergebnisse vorlagen, hatte sein Gesichtsausdruck ihr sofort verraten, daß er schlechte Nachrichten überbrachte. Leia hatte um Ausdrucke gebeten und sich dann in ihre Gemächer zurückgezogen. In ihrem Büro wäre sie nur von Gratulanten, Bedenkenträgern und Schadenfrohen heimgesucht worden. Sie brauchte Zeit, um sich mit den neuen Fakten auseinanderzusetzen.

Die Nachwahlen waren, so wie sie das geplant hatte, in aller Eile abgehalten worden. Einige Planeten hatten sich darüber beklagt, daß ihnen nicht genug Zeit blieb, um die Wählerschaft zu mobilisieren (*Genau das, was wir wollen*, hatte Gno gesagt), andere hatten um Erlaubnis gebeten, zuerst um die verstorbenen Senatoren trauern zu dürfen, ehe diese ersetzt wurden. Die Bitte war abgelehnt worden. Je schneller die Regierung wieder handlungsfähig war, um so besser. Manchmal waren selbst Begräbnisfeierlichkeiten genau der Ort, an dem Politik von der Art getrieben wurde, wie sie Leia und ihre Gefolgsleute vermeiden wollten.

Leias Hände zitterten, als sie die Ausdrucke sortierte. Zuerst sah sie sich die Ergebnisse der Planeten an, deren Vertreter schwer verletzt worden waren. Die meisten hatten sich dafür entschieden, den Wünschen der jeweiligen Senatoren zu folgen, und ihnen erlaubt, ihre Stimme durch Bevollmächtigte abzugeben. Wo das nicht der Fall war, und wo es noch nicht feststand, ob die Senatoren je wieder imstande sein würden, ein öffentliches Amt auszuüben, hatte sich die Mehrheit meist für Politiker entschieden, die, wenigstens oberflächlich betrachtet, dieselben Ziele verfolgten wie jene Mandatsträger, an deren Stelle sie traten.

Das Problem lag bei den Planeten, deren Senatoren getötet worden waren. Trotz aller Hast, trotz aller Vorkehrungen hatten nur fünfzehn Prozent sich für Kontinuität entschieden, also Kanditaten gewählt, die eine ähnliche Linie vertraten wie die Verstorbenen. Auf allen anderen Planeten waren ehemalige Imperiale ins Amt gewählt worden.

Das Bombenattentat hatte also dazu geführt, daß die einfache Mehrheit im Senat jetzt bei den Imperialen lag.

Das reichte aus, um jeden Antrag zunächst niederzustimmen, der eine Abstimmung erforderte, aber es reichte nicht, um in jedem einzelnen Fall bis in die letzte Instanz zu bestehen.

Und daß diese Leute innerhalb des Imperiums gelebt hatten, bedeutete noch nicht automatisch, daß sie auch alle gleich abstimmen würden.

Zumindest hoffte Leia das.

Aber wenn sie das taten, würde sie um jede einzelne Stimme kämpfen müssen. Der Senat war jetzt zu einem politischen Gremium geworden, er hatte aufgehört, eine Versammlung von Bundesgenossen zu sein.

Leia würde noch am heutigen Abend eine Stellungnahme zu dem Wahlergebnis abgeben und dabei in höchstem Maße diplomatisch vorgehen müssen. Sie durfte die neuen Vertreter nicht dadurch gegen sich aufbringen, daß sie davon ausging, sie würden sich auf jeden Fall gegen sie stellen, und zugleich mußte sie ihrer eigenen Gefolgschaft ein Gefühl der Sicherheit vermitteln.

Leia legte den Kopf auf eines der vielen Kissen und zerdrückte dabei einige der Papiere. In letzter Zeit sehnte sie sich immer häufiger nach den Tagen der Rebellen-Allianz, Tagen, in denen die meisten Krisen einfach ohne lange Überlegung mit dem Blaster gelöst worden waren, mit der Erfindungsgabe, die der Kampf förderte, mit der Macht der Flotte und aus der Überzeugung heraus, für Wahrheit, Anstand und Gerechtigkeit einzutreten.

Sie verstand sich gut darauf, subtile Töne anzuschlagen. Luke hatte ihr das bestätigt. Han hatte es ihr bestätigt. Sie wußte es. Sie hatte es hundertmal bewiesen.

Aber sie war auch seit jeher eine Frau gewesen, die nicht lange um den heißen Brei herumredete. Sie zog Gradlinigkeit vor – bei sich selbst und bei ihren Freunden. Daß sie diese gerade Linie jetzt verlassen und sich bemühen mußte, die richtigen Worte zu finden, bereitete ihr großes Ungemach.

Ganz besonders jetzt. Sie konnte die Zukunft ihrer Regierung sehen, und dabei würde nichts mehr gradlinig sein. In dem Maße, wie die ehemaligen Imperialen an Macht gewannen, würden die Rebellen sich vorsichtiger ausdrükken müssen, um ihre Kollegen nicht vor den Kopf zu stoßen. Die Geschichte der Rebellion würde teilweise neu geschrieben werden müssen, um künftig aufzuzeigen, daß die Führer des Imperiums die einzigen waren, denen man Korruption nachsagen konnte, und jede dieser feinen Unterscheidungen würde eine neue kleine Lüge nach sich ziehen. Und dieses Lügengebäude würde so lange wachsen, bis die Wahrheit darunter begraben sein würde.

Leia setzte sich auf und schob die Ausdrucke weg. Nein, eine derartige Entwicklung war für sie undenkbar. In ihrer Rede heute abend würde sie klar und deutlich erklären, daß die politische Linie des Imperiums nie die politische Linie der Neuen Republik verdrängen würde. Sie würde jeden einzelnen Repräsentanten daran erinnern, wem er jetzt diente und wie wichtig die Ideale waren, um die sie so erbittert und so lange gekämpft hatten.

Hast du je darüber nachgedacht, Liebling, daß du diejenige sein könntest, die unfair ist?

Leia runzelte die Stirn, als sie Hans imaginäre Stimme vernahm, so wie sie ihn mit gerunzelter Stirn angesehen hatte, als er diesen Satz zu ihr gesagt hatte. Das Imperium war ihr Feind und würde immer ihr Feind bleiben.

Aber das Imperium war tot.

Wer hatte dann die Bombe gelegt?

Es ärgerte sie, daß die Ermittlungen wesentlich langsamer vorankamen, als die Wahlen über die Bühne gegangen waren. Sie hatte gehofft, daß der oder die Verbrecher mittlerweile längst ihrer gerechten Strafe zugeführt worden wären. Aber je mehr sie darüber nachdachte, desto mehr wurde ihr klar, daß sie dabei war, den Überblick zu verlieren.

Das Geheimnis deiner Kräfte, Leia, liegt darin, daß du alles, was du weißt, vergessen mußt. Laß dich von der Macht lenken. Sie hörte Lukes Stimme so klar und deutlich, als stünde er leibhaftig vor ihr. Bei ihren Übungen hatte sie mehrere Male alle Angriffe des ferngelenkten Suchers sogar mit verbundenen Augen pariert; sie hatte in so mancher Schlacht gekämpft und gespürt, wie die Macht sie durchfloß und leitete. Luke behauptete, daß sie sich auch während ihrer diplomatischen Missionen auf die Macht verlassen habe, obwohl sie dies niemals bewußt getan hatte.

Vielleicht war jetzt der richtige Zeitpunkt dafür.

Leia erhob sich von ihrem Bett. Einfach loszulassen kostete sie mehr Kraft, als sie erwartet hatte. Sie war seit ihrem achtzehnten Lebensjahr gegen das Imperium zu Felde gezogen. Das Imperium hatte ihre Heimat vernichtet, ihren geliebten Vater ermordet und ihr anschließend die Erkenntnis aufgezwungen, von zweifelhafter Geburt zu sein, weil sie die Tochter eines "Ungeheuers" war – und deshalb hatte sie sich um Läuterung bemüht, indem sie ihren jüngsten Sohn nach der guten Seite jenes Ungeheuers benannte. Man hatte sie gefoltert, sie war angeschossen und bei Bombenexplosionen verwundet worden, und sie hatte immer wieder gute Freunde an das Imperium verloren.

Und jetzt erwartete man von ihr, daß sie sich um friedliche Koexistenz mit dem Gegner bemühte.

Eines Tages müssen wir die Rebellion hinter uns lassen und eine echte Regierung bilden, hatte Mon Mothma gesagt. Vielleicht war Mon Mothma die Richtige, um eine solche echte Regierung zu führen. Sie hatte die Grundlagen dafür geschaffen; ihre Stärke lag in der Kunst der Überzeugung und in ihrem Talent, in großen Zeiträumen zu denken.

Leia rieb sich die Hände an ihrer abgewetzten Uniformhose. Sie war nicht bereit, irgendein Symbol der Rebellion aufzugeben. Die Rebellion war an die Stelle von allem anderen getreten, das vorher existiert hatte. Das Imperium hatte ihr Zuhause und ihre Freunde genommen, die Rebellion hatte ihr ein neues Zuhause und neue Freunde gebracht. Das Imperium hatte ihre Familie ermordet, die Rebellion hatte ihr eine neue Familie beschert.

Sie konnte das alles nicht hinter sich lassen, und es wollte ihr nicht gelingen, einfach loszulassen. Denn wenn sie ihren Haß auf das Imperium einfach fahrenließ, würde sie vielleicht auch die Liebe verlieren, die sie in der Rebellion gefunden hatte.

Mon Mothma verfügte über die Fähigkeit, solche Leidenschaften außer acht zu lassen, einer der Gründe, weshalb sie zurückgetreten war.

Unsere Führung muß stark und dynamisch sein. Wir brauchen jemanden wie Sie, Leia.

Stark und dynamisch. Leidenschaftlich. Zornerfüllt. Aber Zorn, Furcht und Haß gehörten zur dunklen Seite. Wie oft hatte Luke sie daran erinnert?

Und wo war Luke? Auf der Jagd nach irgendwelchen Phantomen. Genau wie Han. Ihre Kinder befanden sich auf Anoth, Winter war bei ihnen. Immer wenn Leia jemanden brauchte, der ihr den richtigen Weg wies, waren jene, die ihr am nächsten standen, nicht bei ihr.

Mit einem gedämpften Gongschlag meldete sich der Hauscomputer.

Das hatte gerade noch gefehlt. "Ich habe doch gesagt, ich möchte nicht gestört werden."

"Sehr wohl, Madam", antwortete der Hauscomputer mit Hans Stimme, wobei er jedoch für diesen eher ungewöhnliche Worte wählte. Leias Wut war bereits verflogen, sie war beinahe amüsiert. Anakin hatte wieder an den Kontrollen herumgespielt. "Aber Sie haben einen hartnäckigen Besucher. Er behauptet, sein Anliegen sei ungemein wichtig, ein Notfall. Er hat gedroht, meine Stromkreise runterzufahren, wenn ich Sie nicht auf der Stelle verständige."

"Wirklich?" sagte Leia und hatte Mühe, das Gehörte mit der vertrauten Stimme des Computers in Einklang zu bringen. "Hat unser geheimnisvoller Besucher auch einen Namen?"

"Er behauptet, ein gewisser Lando Calrissian zu sein." Anakin hatte sich also nicht nur an der Stimme des Computers zu schaffen gemacht, sondern auch mit seinem Gedächtnisspeicher herumgespielt. Landos Namen hätte der Computer eigentlich kennen müssen. Gut, daß der kleine Computerspezialist nicht zu Hause war, sonst hätte er von Leia etwas zu hören bekommen. Natürlich würde er die Schuld sofort auf Jaina schieben, die häufig tatsächlich nicht ganz schuldlos war. Allerdings hinterließ Jaina gewöhnlich keine Spuren.

"Zeig mir ein Bild", befahl Leia.

Unmittelbar darauf schwebte die holographische Projektion eines Mannes vor ihrem Gesicht. Er trug einen Umhang, der so etwas wie ein Markenzeichen für ihn geworden war, seine dunklen Schmugglerstiefel und ein auffällig gemustertes Seidenhemd. Sein schwarzes Haar war kurzgeschoren, aber das war die einzige Veränderung, die Leia feststellen konnte. Das und seine finstere Miene, die sein sorgfältig gestutzter Schnurrbart nicht verbergen konnte.

"Schick ihn rein!"

Leia verließ das Schlafzimmer und begab sich in den Wohnraum. Seit einigen Jahren hatte Lando aufgehört, jeder Frau den Hof zu machen, die ihm über den Weg lief, aber Leia wollte trotzdem keine Situation provozieren, die ihm einen Vorwand lieferte, mit ihr zu flirten.

Die Wohnräume waren kürzlich nach Jacens Wünschen umgestaltet worden. Er hatte sich darüber beklagt, daß keiner der Sessel bequem war, und Han hatte dem zugestimmt, worauf die beiden den imperialen Palast nach geeigneteren Sitzgelegenheiten abgesucht hatten. Jetzt hatten sie Sessel, von denen keiner zum anderen paßte (*Bequemlichkeit ist wichtiger als Stil, Mom*), dafür waren die neuen Möbel alle ziemlich abgewetzt. Leia wartete vor einer braunroten Couch auf Lando, über die Winter barmherzigerweise eine weiße Decke gebreitet hatte. Er platzte zur Tür herein und sah sich um, als würde er Leia gar nicht wahrnehmen.

"Wo ist Han?"

Er sparte sich jedes "Hallo, Leia. Wie geht es der talentiertesten Prinzessin der ganzen Galaxis?" oder "Du siehst heute wunderschön aus". Wenn sie diesen Ausdruck an ihm nicht schon früher gesehen hätte, so hätte sie diesen Lando wahrscheinlich für einen verkleideten Betrüger gehalten.

"Er ist nicht auf Coruscant. Kann *ich* dir helfen, Lando?"

Lando schüttelte den Kopf. "Wir müssen ihn finden, Leia. Es ist äußerst wichtig."

Ein eisiger Schauder rann ihr über den Rücken. "Sag mir, was los ist, Lando!"

"Ich versuche seit Tagen, dich zu erreichen."

"Seit dem Anschlag sind alle Verbindungen überlastet."

"Ich weiß." Lando verschränkte die Hände hinter dem Rücken und marschierte nervös auf und ab. Seine Miene war so düster wie an jenem schrecklichen Tag in der Karbonidgefrierkammer, als Han beinahe gestorben war und Lando erfahren mußte, daß Vader ihn reingelegt hatte. "Wo ist Han?"

"Sag du mir zuerst, was es für ein Problem gibt."

Er blieb stehen und sah sich ein Bild an, das Jaina als Zweijährige gemalt hatte. Aber obwohl er es mit beiden Augen fixierte, schien er es nicht wirklich zu sehen. "Ich habe ein Schmugglerschiff aufgebracht, das einem ... Kollegen von uns gehört hat. Es war verlassen und ganz offensichtlich sabotiert. Der Schmuggler war tot. Ermordet."

Die Angst, die Leia eisige Schauder über den Rücken gejagt hatte, sackte jetzt in ihre Magengrube.

"Er war gerade von Coruscant gekommen. Und als ich mir seine Logbücher ansah, fand ich diese Nachrichten."

Lando reichte Leia einen kleinen Handcomputer. Sie hielt ihn ins Licht.

LADUNG ABGELIEFERT. SPEKTAKULÄRES FEUERWERK.

SOLO WEISS BESCHEID.

WIR KÖNNEN AUF SEINE MITWIRKUNG RECHNEN.

Sie gab ihm den Computer zurück, sorgfältig darauf bedacht, ihre Unruhe nicht zu zeigen. "Auf wessen Schiff hast du das gefunden?"

"Es gehörte einem Schmuggler namens Jarril. Hast du ihn gekannt?"

"Han ist vor ein paar Tagen abgereist, um ihn zu suchen." Leia sank auf die braunrote Couch, gab sich ganz der Weiche der darüber ausgebreiteten Decke hin. "Warum glaubst du, daß Gefahr besteht, Lando?"

"Jarril ist wegen dieser Nachricht getötet worden, und Han wird darin erwähnt."

"Du glaubst, Han könnte das nächste Opfer sein?"

"Was glaubst *du*, Leia?"

"Ich mache mir Sorgen wegen des 'Feuerwerks'."

"Han würde sich nie auf so etwas einlassen."

Leia blickte zu Lando auf. Er glaubte also auch, daß mit dem Feuerwerk das Bombenattentat gemeint war. "Das weiß ich", sagte sie. "Aber vielleicht hat Jarril es nicht gewußt."

"Jarril hat Han gekannt. Jeder kennt Han. Die Schmuggler haben sich immer bitter darüber beklagt, daß seine Moral durch nichts zu erschüttern sei. Er hat uns immer wieder wegen seines Gewissens in Schwierigkeiten gebracht, auch wenn das keiner zugeben wollte."

"Und euch oft genug aus der Patsche geholfen." Leia biß sich auf die Unterlippe und überlegte. "Han dachte, daß Jarril irgendwie mit der Bombe zu tun haben könnte. Und er hatte recht."

"Han hat für solche Dinge ein gutes Gespür."

Leia nickte. Und sie hatte ihm nicht geglaubt. Aber Jarril war tot. Eine unbedeutende Figur, nicht mehr. Wie Han? "Diese zweite Nachricht ist ziemlich unklar", meinte sie. *Eher sogar ziemlich raffiniert.* "Was, wenn das ein Hinweis darauf ist, daß jemand uns eine Falle stellen will?"

"So etwas habe ich mir auch gedacht. Allerdings trieb Jarrils Schiff ja nicht gerade in einer besonders verkehrsreichen Weltraumregion, und diese Nachricht war für niemanden Bestimmtes dort zurückgelassen, im Grunde war sie sogar bereits gelöscht. Wenn ich mich nicht mit den Zugangscodes seines Schiffs ausgekannt hätte, hätten wir gar nichts in der Hand."

"Wohin hatte Jarril die Nachricht denn abgesetzt?"

"An einen Ort namens Almania. Hast du schon mal davon gehört?"

Leia schüttelte den Kopf.

"Ein Planet am äußersten Rand der Galaxis. Tatooine ist dagegen sozusagen ein Vorort von Coruscant. Almania liegt so weit draußen, daß weder das Imperium noch die Rebellen während der vergangenen Konflikte Anspruch darauf erhoben haben."

"Soll das heißen, daß sich dort jetzt ein imperialer Stützpunkt befindet?" erkundigte sich Leia.

"Ich habe auf Jarrils Schiff einen Sturmtruppenhelm gefunden. Und ein paar äußerst seltsame imperiale Geräte. Aber das ist nicht der Stil des Imperiums. Die haben immer zuerst zugeschlagen und dann erst Fragen gestellt."

"Das Imperium wird aber nicht mehr von Palpatine geführt. Und auch nicht von Vader." Und ebensowenig von Thrawn oder irgendeinem der anderen Thronanwärter, die in den letzten siebzehn Jahren auf den Plan getreten waren. "Vielleicht eine neue Figur, mit einem eigenen Stil."

Mit einem raffinierteren Stil. Mit einem Stil, der den veränderten Zeiten angemessen war. Vielleicht war der neue Herausforderer darauf aus, den Glauben an die Neue Republik zu erschüttern, einige seiner Leute in den Senat einzuschleusen und dann die Macht an sich zu reißen, so wie Palpatine das vor vielen Jahren getan hatte.

Leia fröstelte. "Wir müssen Han erreichen. Wir müssen ihn warnen."

Lando nickte. "Laß du ihm eine Nachricht zukommen, wenn du kannst. Ich werde mich auf die Suche nach ihm begeben. Wo wollte er hin?"

"Smuggler's Run."

Lando sank neben ihr auf die Couch.

"Was hast du, Lando?"

Er holte tief Luft. "Da kann ich unmöglich hin. Ein ziemlich übler Zeitgenosse namens Nandreeson hat dort ein Kopfgeld auf mich ausgesetzt."

Leia spürte, wie ihr der Atem stockte. Wenn Lando nicht in den Run fliegen konnte, würde sie jemanden anderen schicken müssen. Aber wen? So wie Han den Run beschrieben hatte, gab es nur wenige, die den Weg dorthin finden würden.

Lando stand ruckartig auf, sein Umhang flatterte. Es sah beinahe so aus, als würde er fliegen. "Aber das sollte mich nicht davon abhalten, oder?" Er war inzwischen bereits an der Tür. "Was bedeuten unter Freunden schon ein paar Kredits?"

"Es ist nicht notwendig, Lando", sagte Leia leise. "Wir können jemand anderen finden."

"Aber nicht schnell genug", widersprach er. "Und keinen, dem ich zutrauen würde, daß er Han hilft. Nein, ich muß selbst hin."

"Lando ..."

Er hob die Hand, um sie davon abzuhalten, noch mehr zu sagen. "Du kannst mich nicht umstimmen, Leia", beharrte er. "Auf Bespin hätte ich Han aus Habgier und Leichtsinn beinahe umgebracht. Das werde ich nie vergessen."

"Du hast mitgeholfen, Han zu befreien. Du hast dich um die Neue Republik verdient gemacht. Ich glaube, du hast das, was du damals getan hast, inzwischen mehr als wiedergutgemacht."

"Das werde ich nie wiedergutmachen können, Leia", entgegnete er mit einer Miene, wie Leia sie so ernst noch nie an ihm gesehen hatte. Dann grinste er, jenes breite, unverschämte Grinsen, das offenbar irgendwer jeder zwielichtigen Gestalt beibrachte, die Smuggler's Run jemals besuchte. "Aber niemand kann mich davon abhalten, es wenigstens zu versuchen."

***

Cole Fardreamer hatte noch nie zuvor einen alten X-Flügler wieder zusammengebaut – schon gar nicht unter der Aufsicht einer veralteten R2-Einheit. Diese kleine Einheit schien einen eigenen Kopf zu haben; sie piepste ihn jedesmal an, wenn er sich auch nur einen Schritt von dem X-Flügler entfernte. Wenn der Droide Arme gehabt hätte, hätte er sie sicherlich vor seiner weißblauen, an ein Faß erinnernden Brust verschränkt.

Cole versuchte, einen Kloperianer zu Hilfe zu holen, aber die kleine R2-Einheit schaukelte bloß aufgeregt auf ihren Rädern hin und her und quietschte so laut, daß Cole es sich anders überlegte. Skywalker hatte gesagt, die R2-Einheit sei von den Kloperianern "unter Arrest gestellt" worden; eine ungewöhnliche Wortwahl, aber die sehr menschlich anmutende Reaktion der R2-Einheit ließ sie glaubwürdig erscheinen.

Dieser Teil der Wartungshalle war verlassen. Jedesmal, wenn Kollegen von Cole auftauchten, stieß die R2-Einheit einen Pfiff aus, worauf Cole sie begrüßte und, sofern sie sich erkundigten, womit er gerade beschäftigt sei, erklärte, man habe ihn für einen Spezialauftrag abgezogen. Weitere Fragen stellte ihm niemand – mit Ausnahme seines Vorarbeiters, der Cole aber in Frieden ließ, als er erfuhr, daß der "Spezialauftrag" und der X-Flügler Luke Skywalkers Sache waren.

Cole war froh, daß Skywalker nicht gewartet hatte. Die Arbeiten nahmen bereits wesentlich mehr Zeit in Anspruch, als Cole gedacht hatte. Die R2-Einheit hatte sich dazu geäußert – wenigstens vermutete der junge Mechaniker, daß das unanständige Geräusch sich darauf bezog, das die R2-Einheit von sich gab, als Cole versuchte, ihr seine Probleme mit der Wiederherstellung des X-Flüglers zu schildern. Was die R2-Einheit ihm wirklich mitteilen wollte, konnte Cole nicht verstehen. Aber die Laute, die sie von sich gab, waren so ausdrucksvoll, daß er das Gefühl hatte, gar nicht mehr verstehen zu müssen.

Wie hatte Skywalker die Einheit genannt. R2. Als wäre die Typenbezeichnung eine Art Kosename. Cole grinste, als er sich vorstellte, den Droiden R2 zu nennen.

"Jetzt machen wir uns an die Buchse für die Astromecheinheit, R2", erklärte Cole.

Der Droide pfiff und wippte hin und her, aber Cole wußte nicht, ob das seine Reaktion darauf war, daß er die Einheit zum ersten Mal mit Namen angesprochen hatte, oder ob sie dem nächsten Arbeitsschritt galt. Möglicherweise beides.

Cole kletterte hinter das kleine Cockpit der Maschine und löste dort die Schrauben der aktualisierten Astrogations- und Hyperdrivecomputer. Fünf neue Computerausgänge waren in dem X-Flügler installiert worden. Drei davon hatte Cole bereits entfernt. Sobald er die letzten beiden ausgebaut hatte, würde er die Astromechbuchse und den Schleudersitz wieder anbringen müssen. Anschließend würde er die Chips einsetzen, die der Droide immer noch in Gewahrsam hatte, und dann die Flug- und Sensorcomputer neu programmieren müssen. Das waren Arbeiten, wie er sie auf Tatooine durchgeführt hatte, wenn er versuchte, aus beschädigten Teilen, die er vor den Jawas in Sicherheit brachte, X-Flügler zusammenzubauen. Aber ganz war ihm das nie gelungen.

Cole lag jetzt auf dem Bauch und griff in die kleine Vertiefung, wo vorher die Buchse gesessen hatte. Die unnatürliche Körperhaltung verursachte ihm Rückenschmerzen, und außerdem drückte die Metallklappe der Inspektionsöffnung in seinen Bauch. Er mußte seinen rechten Arm unnatürlich verdrehen, um seinen Schraubenschlüssel überhaupt bewegen zu können.

Während das Werkzeug summte, sah er zu, wie die Schrauben sich lösten. Kaum zu glauben, er, Cole Fardreamer, arbeitete tatsächlich an Luke Skywalkers X-Flügler. Er hatte Skywalker ein paarmal auf Coruscant gesehen, aber gehört hatte er von ihm bereits auf Tatooine. Skywalker war in Anchorhead eine legendäre Gestalt – und wenn man den Geschichten vertrauen durfte, die man sich dort über ihn erzählte, so war dort jeder sein Freund gewesen.

Cole hatte sich die Geschichten über Skywalker in der Hoffnung eingeprägt, eines Tages vielleicht einmal in seine Fußstapfen zu treten. Irgendwie hatte er sich dabei nie überlegt, daß Skywalkers Heldentaten in Zusammenhang mit seinen Jedi-Talenten standen. Aber irgend jemand hatte ihn darauf hingewiesen und seinen Träumen ein jähes Ende bereitet.

Cole schüttelte die Schrauben von dem magnetischen Schlüssel, worauf sie klappernd auf den Boden fielen. Die R2-Einheit beobachtete sie scharf, wie sie alles im Auge behielt, was er aus dem Schiff entfernte, als fürchtete sie, er würde jedesmal irgendein unersetzliches Teil verschwinden lassen.

Nachdem seine Luftschlösser zerstört worden waren, hatte Cole in Anchorhead alle möglichen Gelegenheitsarbeiten angenommen. Erst als sich ein Bekannter, der es für besonders komisch hielt, daß er seine Illusionen verloren hatte, über ihn lustig gemacht hatte (*Heh, was ist denn, Fardreamer, kannst wohl kein Held werden, wenn du bloß anderen Leuten die Maschinen reparierst?*), war ihm klargeworden, daß seine Talente genauso wertvoll waren wie die Skywalkers, nur eben auf eine andere Weise. Eine ganze Menge Leute in der Galaxis, eine ganze Menge Fühlender von Bedeutung besaß keine Fähigkeiten in der Macht, und doch leisteten sie auf ihre Weise ihren Beitrag für die Neue Republik.

Er war mit dem nächsten Transportschiff nach Coruscant gereist und hatte der Flotte dort seine Dienste als Mechaniker angeboten. Zu Anfang wies man ihm ziemlich sinnlose Arbeiten zu, Arbeiten, die ein Droide besser als er verrichtet hätte; man verlangte, in der Hoffnung, ihn damit loszuwerden, sogar von ihm, daß er Schrauben nach ihrer Größe sortierte. Aber das war mit ihm nicht zu machen. Und als er unter Beweis stellte, daß er als Monteur wesentlich begabter als der beste Kloperianer der ganzen Reparaturwerft war, ließ man ihn schließlich die Arbeit verrichten, die ihm Spaß machte.

Arbeit, die ihn ironischerweise am Ende doch mit Luke Skywalker zusammenbrachte.

Die letzte Schraube drehte sich aus ihrer Fassung. Cole griff unter die Deckplatte und zog daran. Seine Kraft reichte nicht aus, um sie zu lösen. Er verfügte nicht über den richtigen Hebel.

Die R2-Einheit gab einen klagenden Laut von sich.

Cole versuchte es abermals. Die Deckplatte hätte sich jetzt lösen müssen, aber das tat sie nicht. Er kletterte von dem X-Flügler und wischte sich den Schmutz von seinem Overall.

Die R2-Einheit wippte und pfiff.

"Ich probiere es gleich noch mal", versicherte Cole. "Die Platte will sich einfach nicht lösen."

Aber diese Antwort brachte den kleinen Droiden nicht zum Schweigen. Er machte sich weiter lautstark bemerkbar. Cole betrachtete ihn mit verblüffter Miene. Vielleicht lag eine Fehlfunktion vor. Vielleicht ...

Dann schubste die Einheit ihn beiseite und näherte sich dem X-Flügler. Ein kleiner Metallarm schob sich aus dem zylinderförmigen Körper. Am Ende des Arms war eine Art Klaue zu sehen. Die Klaue griff nach der Platte, und die R2-Einheit zog daran.

"Heh!" protestierte Cole. Der Droide würde die Deckplatte zerbrechen, und das wollte Cole vermeiden, weil er sie dann auf seine Kosten ersetzen mußte.

Aber der Droide hörte nicht auf. Die Platte sprang mit einem lauten Knacken aus ihrer Halterung und hinterließ eine fünf Zentimeter große Lücke. Dann kreiselte der Kuppelkopf des Droiden, beschrieb eine Einhundertachtzig-Grad-Drehung und wandte sich Cole zu.

Die R2-Einheit schnatterte, sie versuchte offenkundig, mit ihm zu kommunizieren.

Cole fragte sich, ob Skywalker wohl alles verstand, was die R2-Einheit zu ihm sagte. Vermutlich. Schließlich half ihm die Macht.

"Okay, okay", sagte Cole. "Ich sehe es mir an."

Er balancierte gefährlich auf der Montageplattform neben dem X-Flügler – sie bot gerade genug Platz für ihn und die R2-Einheit – und spähte hinter das Paneel.

Ein grünblaues imperiales Siegel starrte ihn an.

Cole pfiff zwischen den Zähnen und sah den Droiden an.

Der blickte weise. Kein Wunder, daß Skywalker das kleine Ding so wichtig nahm.

Cole löste ein paar Drähte und Chips von dem Siegel und erstarrte. Das Siegel gehörte zu einer Komponente des neuen Computersystems; tief in dessen Innenleben vergraben, offenbarte sie sich nur jenen, die das System montierten.

Cole wußte nicht, ob die unbekannte Komponente ein spezieller Bestandteil von Skywalkers X-Flügler war oder nicht. Das würde einige Recherchen erfordern; und diese Recherchen würde er unverzüglich anstellen müssen.

Er wußte nämlich, was das für eine Vorrichtung war. Er hatte es in einem der Wracks auf Tatooine gesehen und mit ansehen müssen, wie einer seiner Freunde gestorben war, weil er es aktiviert hatte.

Das imperiale Hoheitszeichen verbarg einen Sprengmechanismus mit besonderen Eigenschaften. Diese Apparatur blieb solange inaktiv, bis ein bestimmter Kommandocode per Spracheingabe oder sonstwie in das angeschlossene System eingegeben wurde. Dann wurde die Energiepolarität in dem System umgekehrt, es kam zu einer Überlastung, der Sprengmechanismus wurde ausgelöst und die größtmögliche Explosion erzeugt, die die Konstruktion der jeweiligen Maschine erlaubte.

Coles Hände zitterten. Skywalker hatte gut daran getan, diesen X-Flügler nicht zu benutzen. Andernfalls wäre er jetzt tot.

* 16 *

"Haut ... du wirst ..." Luke glaubte, Yodas Stimme zu hören. Er lauschte mit äußerster Konzentration, aber die Worte kamen und gingen.

"... glücklich ... bist ..."

Auch Lukes Bewußtsein kam und ging. Er spürte zum ersten Mal wieder Wärme, er hatte das Gefühl, eine Ewigkeit entsetzlich gefroren zu haben. Aber er spürte nichts auf seiner Haut. Es war, als würde er bewegungslos in der Schwerelosigkeit schweben. Er rührte sich nicht, und er berührte nichts. Wie seltsam, sehr seltsam sogar. Er war noch nie ohne jeglichen Tastsinn gewesen.

"... kenne dich ... ich ..."

Lukes Augen waren geschlossen, aber die Struktur der Dunkelheit veränderte sich. Wo er vorher nur Schwärze gesehen hatte, sah er jetzt das Hellbraun, das hinter seinen Lidern erschien, wenn er in der grellen Sonne von Yavin 4 die Augen schloß.

"... fühlen ..."

Er nahm auch Gerüche wahr, und auch sie kamen und gingen. Er bildete sich ein, den Duft des Fleischeintopfes zu riechen, den seine Tante Beru zubereitet hatte, wenn die Schiffe Fleisch nach Anchorhead brachten. Das Fleisch war nie sonderlich frisch gewesen, also ließ sie es zwei Tage lang schmoren und stellte es dann auf den Tisch, als wäre es ebenso kostbar wie das rare Wasser auf ihrer Feuchtfarm.

"... zur Zeit ..."

Obwohl es nicht Yoda war, der sprach, hatte die Stimme dieselben Eigenschaften wie die Yodas, dasselbe tiefe, androgyne Timbre, allerdings fehlte die verdrehte Syntax, die Yodas Sprache zu etwas Besonderem gemacht hatte. Der Sprecher beherrschte seine Sprache, es war Lukes Gehör, das seinem Besitzer den Dienst versagte. Wie ein Droide mit einer Funktionsstörung enthielt es ihm einzelne Worte vor.

Luke konzentrierte sich, griff nach der Macht, fand sie und sensibilisierte seine Sinne.

Blasen.
Zischen.
Klebriges rosa Zeug auf der Haut.
Er zwang seine Augen, sich zu öffnen, spürte, wie sein Herzschlag sich beschleunigte.
Eine alte Frau von fast achtzig Jahren blickte auf ihn herab, ihre runzligen Gesichtszüge verzogen sich zu einem Lächeln. Sie war früher einmal schön gewesen, war es im Grunde noch immer; ihr Haar hatte die Farbe von Silber, und ihre Augen strahlten in einem hellen Blau, wie Luke es nicht gesehen hatte , seit ...
Seit ...
Sein Gedächtnis ließ ihn im Stich.
"Haben Sie keine Sorge", sagte die Frau. "Sie sind über den Berg."
Doch er vernahm nur die Worte "haben", "sind" und "Berg". Den Rest reimte er sich zusammen, indem er ihre Lippen beobachtete.
"Es gibt nicht viele, die die Nebelmacher überleben, und ich habe noch nie jemanden leben sehen, der so mit ihrem Schleim bedeckt war wie Sie. Eine Weile stand es wirklich nicht gut um Sie." Ihre Stimme wurde leiser. "Sie haben Glück, daß ich einen Bactatank habe."
Lukes Bewußtsein war inzwischen vollends zurückgekehrt. Der Bactatank stand auf der anderen Seite des Zimmers, im Wasser konnte man noch Spuren des rosa Schleims erkennen. Dieses Zeug mußte wirklich hartnäckig sein, wenn es sogar in einem Bactatank überdauerte.
In dem Raum befanden sich noch andere medizinische Geräte aus verschiedenen Kulturen. Durch einen Durchgang konnte Luke einen ganz normalen Wohnraum samt Küche erkennen. Er sah auch eine Tür, aber was dahinter lag, blieb seinen Blicken verborgen.
Luke konnte das alles wahrnehmen, ohne den Kopf zu drehen. Er war noch immer ohne Gefühl für seine Umgebung. Er nahm alle Kraft zusammen, reckte den Hals ein wenig und sah, daß er einen halben Meter über dem Bett schwebte. Luftkissen. Er hatte so etwas in imperialen Behandlungszentren gesehen, ohne selbst jemals auf einem gelegen zu haben. Luftkissen kamen vor allem bei Patienten zum Einsatz, die starke Verbrennungen erlitten und dabei den größten Teil ihrer Haut verloren hatten.

Ein Schaudern überlief Luke. Er versuchte, seine Hand zu heben, um nachzusehen, ob sie noch von Haut bedeckt war, aber die Frau schüttelte den Kopf.

"Je mehr Sie sich anstrengen, desto länger dauert es, bis Sie wiederhergestellt sind. Sie können überhaupt nichts spüren, weil die Nebelmacher ihre Opfer betäuben, ehe sie sie fressen. Aber die Betäubung wird bald nachlassen – eine Stunde, vielleicht weniger –, dann können wir essen. Ich habe mich nicht getraut, Sie in diesem Zustand zu füttern. Ich befürchtete, Sie könnten an dem Essen ersticken."

Es war ein eigenartiges Gefühl, ihr zuzuhören, die Hälfte der Worte zu verstehen und den Rest von ihren Lippen abzulesen.

"Ich weiß, daß Sie Fragen haben. Aber es ist besser, wenn Sie nichts sagen." Die Frau griff sich einen Stuhl und trat ein paarmal auf ein Pedal, so daß sich die Sitzfläche auf Lukes Höhe hob, dann setzte sie sich. "Ich werde versuchen, Ihre Fragen zu beantworten."

Er blinzelte in der Hoffnung, ihr damit seine Dankbarkeit zeigen zu können.

"Sie hatten Glück, daß ich Ihre Landung gehört habe. Ich hatte gehofft ..." Sie stockte, schüttelte den Kopf, als wollte sie sich selbst tadeln, und sagte dann: "Es kommt nicht darauf an, was ich gehofft hatte. Ich bin jedenfalls nachsehen gegangen, und da sah ich die Nebelmacher um das Schiff herumschweben. Ich wollte mich gerade abwenden, als dieser große Nebelmacher explodierte."

Bei der Erinnerung daran weiteten sich ihre Augen. In Lukes Erinnerung hallte das Geräusch der Explosion nach, das überraschende *Plopp!*, das ihm das Leben gerettet hatte.

"Das war gut, das muß ich sagen", fuhr die Frau fort. "Sie müssen mir sagen, wie Sie das angestellt haben. Diesen Dingern ist sonst nicht einmal mit Blasterfeuer beizukommen."

Langsam stellte sich Lukes Gehör wieder ein. Er nahm jetzt immer mehr von dem, was sie sagte, akustisch wahr. Außerdem hatte er das Gefühl, einen Luftstrom am Rücken zu verspüren.

"Ich habe mich geduckt. Der Schleim ist nach allen Richtungen gespritzt. Gut, daß ich weit genug weg war, sonst hätte mich das Zeug erwischt. Als ich mich wieder aufrichtete, habe ich *Sie* gesehen."

"Danke", flüsterte er – oder versuchte es wenigstens. Seine Lippen versagten ihm den Dienst.

"Psst", machte sie. "Wenn ich keine Schutzkleidung gehabt hätte, hätte ich Sie einfach dort liegen lassen. Ich wäre vollkommen machtlos gewesen. Bis ich Schutzkleidung geholt hätte, wären Sie längst tot gewesen. Glück. Sie hatten einfach Glück."

Sie war redlich bemüht, nur ja nicht den Eindruck zu erwecken, er schulde ihr Dank. Er würde sie später nach dem Grund dafür fragen.

"Mal sehen. Was könnten Sie sonst noch wissen wollen?" Sie runzelte die Stirn und zupfte an einem silbernen Ring, den sie an der rechten Hand trug. "Sie sind jetzt beinahe einen ganzen Tag lang hier, und Ihr X-Flügler ist nicht beschädigt. Ein paar kleine Kratzer am Rumpf, wo der Schleim hingespritzt ist, sonst nichts."

Luke räusperte sich. Auch sein Gefühl kehrte langsam zurück: Er hörte und spürte das Geräusch gleichermaßen.

Die Frau zuckte die Achseln. "Und dann werden Sie wohl wissen wollen, wer ich bin." Sie holte mit der linken Hand aus und machte eine Bewegung, die den ganzen Raum einschloß, in dem sie sich befanden. "Das meiste von dem Zeug habe ich gestohlen, als die Imperialen hier weggegangen sind. Ich hätte schon längst selbst von hier weggehen sollen, aber ..." Die Pause, die sie machte, war zu lang. Wieder spürte Luke, daß sie etwas zurückhielt. "... ich bin eben hier zu Hause. Wie schrecklich es auch sein mag, ein Zuhause ist eben ein Zuhause, wissen Sie?"

Nein, das wußte er nicht. Er war froh, daß er darauf nicht zu antworten brauchte. Sein Zuhause war Tatooine, aber dort würde er nie mehr leben, obwohl er gar nicht sicher war, ob seine Antwort dieselbe gewesen wäre, wenn Tante Beru und Onkel Owen noch lebten.

"All das Zeug hier kam mir recht gelegen", fuhr die Frau fort. "Im großen und ganzen komme ich damit ganz gut zurecht und kann für mich selbst sorgen. Aber einen Zusammenstoß mit den Nebelmachern, so wie Sie, hatte ich nie. Ich habe noch nie erlebt, daß jemand so etwas überlebt hat."

Der Luftstrom war warm, und das war es auch, was er beim Aufwachen verspürt hatte. Weil er nämlich überhaupt nichts am Leib hatte. Keine Hosen, keine Decke und auch sonst nichts. Luke versuchte sich zu bedecken, aber seine Hände hingen hilflos an seinen Armen.

Sie lachte. "Darüber würde ich mir keine Gedanken machen, Junge. Ich hab schon genug gesehen und noch eine ganze Menge mehr. Ich mußte Sie ausziehen, um Sie in den Tank zu stecken. Und dann habe ich mir gedacht, wir warten mit der Schicklichkeit, bis wir sicher sind, daß Sie wieder in Ordnung kommen."

Lukes Mund war trocken, völlig ausgedörrt, als wäre er in einer Wüste gelandet statt im Nebel. Er leckte sich die Lippen. "Wasser?" keuchte er.

Diesmal kam das Wort verständlich heraus, und er stellte fest, daß sein Mund nicht länger taub war.

"Oh nein." Es schien ihr richtig Spaß zu machen, ihm das Wasser zu versagen. "Das wäre das allerschlimmste, solange Sie noch kein Gefühl haben."

Luke leckte sich die Lippen, um erneut um Wasser zu bitten, doch die Frau wehrte mit einer Handbewegung ab.

"Glauben Sie mir", sagte sie. "Es reagiert mit dem Gift, das der Nebelmacher Ihnen eingespritzt hat. Sie dürfen wirklich nichts trinken."

Aber Luke sehnte sich so danach, geradezu verzweifelt sogar, jetzt, da er wieder Gefühl im Mund hatte. Er strengte sein Bewußtsein an, tastete nach der Macht, stärkte sich, so gut es ging.

Schmerz schoß in seine Zehen, jagte seine Beine hinauf bis in seine Hüften. *Gefühl*, erinnerte er sich. Die Empfindungsfähigkeit kam wieder.

Und er konnte die Lippen bewegen.

"Ich bin hier ...", sagte er langsam.

"Oh, das weiß ich", fiel die Frau ihm ins Wort. "Und hierherzukommen war nicht gerade das Allerklügste, was Sie je getan haben, nicht wahr? Wenn Sie Ihr Gefühl zurückhaben, dann kriechen Sie zurück in Ihren X-Flügler und fliegen wieder weg, nach Hause, zu Ihrer Familie. Das ist besser für Sie."

"Ich bin auf der Suche nach jemandem." Lukes Stimme krächzte wie die eines alten Mannes.

"Nun, Sie haben *jemanden* gefunden." Die Frau ließ den Stuhl, auf dem Sie saß, herunter, stand auf und drehte ein paar Knöpfe an dem Bactatank. "Manchmal", sagte sie, als wollte sie Luke vom Reden abhalten, "vermisse ich Droiden. Aber nur manchmal. Im Augenblick möchte ich keinen in meiner Nähe haben."

Sie sagte das anscheinend, um ihn zu provozieren, weil es in dieser Galaxis nicht nur als eigentümlich galt, Droiden aus dem Weg zu gehen, sondern außerdem ziemlich schwierig war. Man mußte auf einem so abgelegenen Planeten wie Msst wohnen, um es auch nur versuchen zu können.

"Ich suche einen Mann, der hier war, als auch das Imperium noch hier war."

Der rosa Schleim im Tank war verblaßt. Die Frau schaltete einige der anderen medizinischen Geräte ab und ging dann in den Hauptraum, als hätte er überhaupt nichts gesagt.

Luke seufzte und konzentrierte sich. Er spürte seinen Rücken wieder, die Beine, das Gesicht ... Als nächstes nahm er sich Brust und Arme vor. Wenn er die Augen schloß, schaffte er es, seine Hände prickeln zu lassen, als ob er zu lange auf ihnen gelegen hätte. Das Prickeln breitete sich über die Haut aus und erreichte die Schultern.

Langsam und mit größter Vorsicht hob Luke den rechten Arm. Abgesehen von ein paar Schleimspuren, die in den Leuchtpaneelen schimmerten, wirkte seine Haut ganz normal. Daß er sich auf einem Luftkissen nicht aufsetzen durfte, wußte er. Er würde entweder vorsichtig abwärtsgleiten oder den Schalter finden müssen.

Der Schalter befand sich unter ihm. Die Macht half Luke, den Kopf zu drehen, so daß das Luftkissen sich langsam auflöste. Er landete auf dem echten Kissen darunter und unterdrückte einen Schrei, als sich ein stechender Schmerz durch seinen Rücken fraß.

Aber er konnte den Schmerz ertragen. Er *mußte* ihn ertragen.

Luke setzte sich auf. Der Schmerz verlagerte sich. Er ließ bedächtig die Beine über die Bettkante gleiten und sah jetzt, sorgfältig zusammengelegt auf einem Stuhl, seine Kleidung.

Das Lichtschwert lag obenauf.

Er zog sich an. Selbst der leichte Druck, den der Stoff auf der Haut erzeugte, bereitete ihm rasende Schmerzen. Doch er konnte auch das ertragen. Die Frau hatte gesagt, daß die Schmerzen nach einer Weile nachlassen würden.

Dann humpelte er in den Wohnraum.

Seine Gastgeberin saß mit dem Rücken zur Tür auf einem Kissenstapel. Neben ihr stand ein Becher mit einer dampfenden Flüssigkeit. Der Raum war strahlend hell erleuchtet, aber es war kein natürliches Licht. Schwere schwarze Stoffvorhänge bedeckten die Fenster, als wollte die Frau die Außenwelt aussperren.

"Ich kann gehen", sagte Luke mit brüchiger Stimme. "Heißt das, daß ich jetzt auch trinken kann?"

Er hatte gehofft, sie damit zum Lachen zu bringen. Aber sie fuhr herum und sah ihn mit schreckgeweiteten Augen an.

"Sie hätten nicht aufstehen dürfen", fuhr sie ihn an.

Luke brachte ein schwaches Lächeln zuwege. "Schmerz ist eine verblüffende Erfahrung. Aber ich hoffe, daß er bald vergehen wird. Ich mache doch nicht irgend etwas schlimmer, oder?"

Die Frau zögerte kurz und schüttelte dann den Kopf. Dann seufzte sie und stand auf. "Setzen Sie sich, Luke Skywalker. Ich mache Ihnen etwas zu essen."

Daß sie seinen Namen kannte, ließ ihn verblüfft zusammenzucken. Tausend Erklärungen schossen ihm durch den Kopf. Vielleicht hatte sie seinen X-Flügler durchsucht, oder sie kannte ihn aus irgendwelchen alten Nachrichtenholos, aber vermutlich steckte etwas ganz anderes dahinter.

"Sie wissen, weshalb ich hier bin?"

Sie nickte mit kläglicher Miene. "Mein Sohn hat mir gesagt, daß Sie kommen würden."

Luke setzte sich hin, ohne auf den Schmerz zu achten, der von seinen Schenkeln bis in seine Brust schoß.

Brakiss' Mutter.

Und sie hatte Luke das Leben gerettet.

"Er war früher gar kein so schlimmer Junge, Luke Skywalker. Wirklich nicht. Er war ein wunderbares Baby und hat förmlich von innen heraus gestrahlt, so lebendig war er." Die Frau ging in die Küche und machte sich dort zu schaffen. Es war, als würde es sie irgendwie beunruhigen, über ihren Sohn zu sprechen. "Aber dann sind *sie* gekommen."

"Das Imperium."

"Ja. Sie haben ihn mir weggenommen. Als Säugling."

Luke rappelte sich auf, wollte sie trösten, aber sie stand keinen Augenblick still.

"Sie haben ihn zurückkommen lassen, auf Besuch. Aber er hat nie mehr gelächelt. Sein Gesicht war wie eine Maske." Sie schaltete die Küchenmaschine ein. Ein leises Summen war zu hören. "Sie haben ihm etwas weggenommen." Sie drehte sich um, lehnte sich an die Küchentheke und sah Luke an. "*Sie* haben versucht, es ihm zurückzugeben, nicht wahr? Auf dieser Akademie. Sie haben versucht, mir mein Kind zurückzubringen."

Luke spürte eisige Kälte in sich aufsteigen. Das Imperium hatte Brakiss als Säugling an sich gerissen. Sie hatten gewußt, daß er für die Macht sensitiv war. Kein Wunder, daß Brakiss mit sich selbst nicht zurechtgekommen war. Der Verlust seines Selbst, seiner guten Seiten, der Verlust jeglicher Wärme war tiefer gegangen, als Luke hatte ahnen können.

"Ich habe es versucht", entgegnete Luke. "Aber es ist mir nicht gelungen."

"Er war danach noch mal hier, aber er ist nicht geblieben." Die Falten in ihrem Gesicht schienen tiefer geworden zu sein. "Er hat denen auf dem imperialen Stützpunkt alles gesagt, was Sie getan haben. Und das hat an ihm genagt. Früher habe ich nie so etwas wie ein Gewissen bei ihm feststellen können. Und dann machte es ihn bloß zornig."

Die letzten Worte sprach sie ganz leise. Einen Mann wie Brakiss zornig zu machen konnte tödlich sein. "Und dann haben sie ihn hier nicht mehr gebraucht. Also ist er weggegangen. Er hat gesagt, er hätte Fähigkeiten, die er verkaufen könnte. Anschließend habe ich lange nichts von ihm gehört. Bis vor kurzem, als er mir sagte, daß Sie kommen würden, um nach ihm zu suchen."

Der Schmerz wurde allmählich erträglicher. Und auch der Durst. Luke stand immer noch reglos da.

"Er *will*, daß Sie ihn finden, Luke Skywalker." Sie rang die Hände. "Ich denke, Sie sollten nach Hause gehen. Ihn vergessen. Daraus kann nichts Gutes werden. Alles, was an meinem Jungen gut war, ist vor langer, langer Zeit gestorben."

"Nein", widersprach Luke. "Es ist nicht gestorben. Es ist nur tief in ihm vergraben." Und es würde schwerer sein, an dieses Gute heranzukommen, als bei allen anderen, weil

Brakiss sich nicht aus freier Entscheidung der dunklen Seite zugewandt hatte so wie Anakin Skywalker. Jemand anderer hatte die Wahl für ihn getroffen, zu einem Zeitpunkt, da er noch gar nicht bewußt hatte denken können. "Sie wissen doch, wo er ist, oder?"

Die Frau nickte. "Er hat es mir gesagt. Er will, daß Sie zu ihm gehen. Aber Sie sind ein netter Mann, Luke Skywalker. Ich kann Sie nicht dorthin schicken. Mein Sohn will Sie töten."

"Ich weiß", antwortete Luke. "Aber das ist nicht das erste Mal, daß ich mich in Gefahr begebe."

"Aber in eine Gefahr wie diese haben Sie sich noch nicht begeben", sagte sie. "Oh, Luke Skywalker, nicht wie diese."

***

Auf Skip 1 gab es immer freie Schlafplätze. Aber daß sie frei waren, hatte einen Grund, und das war nie ein guter Grund.

Han stieß die Tür des Raums auf, den er sich mit Chewie teilen würde. Chewie grollte.

"Hör auf, dich zu beklagen, du großes Plüschtier. Ich kann auch nichts gegen den Gestank ausrichten." Han stellte seine Reisetasche auf die angeschimmelte Pritsche. Der grüngelbe Schlamm sickerte von den Wänden und sammelte sich in einer Abflußmulde in der Mitte des Bodens. Ansonsten war der Boden eben und frei von Schlamm.

Blue hatte Han versichert, daß dies das beste Zimmer sei, das zur Verfügung stand. Wenn es das beste war, wollte er das schlechteste lieber gar nicht erst sehen.

Chewbacca knurrte und stöhnte, und schließlich ergab er sich in ein klagendes Winseln.

"Dann schlaf doch auf dem *Falken*, wenn du dich dann wohler fühlst. Du weißt, daß das wahrscheinlich dazu führen wird, daß man dich verprügelt und das Schiff auf den Kopf stellt." Han hob die Bettdecke. Der Schimmel hatte auch die Matratze erfaßt. Vielleicht war Chewies Idee, auf dem *Falken* zu schlafen, gar nicht so schlecht.

Chewie brummte.

"Okay. Ich weiß, daß du früher schon auf dem *Falken* geschlafen hast. Aber das war auf Skip 8. Und erinnerst du dich auch, wie ich dich gefunden habe?"

Chewie schüttelte den zottigen Kopf und grummelte irgend etwas.

"Wenn du rausgekonnt hättest, hättest du das schon lange vor meinem Erscheinen getan. Mir brauchst du nichts vorzumachen." Han seufzte. "Hast du deinen Schlafsack mit? Ohne den würde ich mich nicht auf diese Matratze legen."

Chewie nickte und zog seinen Schlafsack aus seinem Bündel. Er rollte ihn auf der Matratze aus und knurrte leise, aber das war nicht für Han bestimmt. Han hörte sowieso nicht hin. Aus Prinzip. Eine Nacht, vielleicht zwei in dieser Absteige, dann konnten sie weiterziehen.

Aber er wollte nicht auf dem Schiff bleiben, zum Teil, weil andere Schmuggler glauben würden, ein bewachtes Schiff berge wertvolle Fracht, und zum Teil, weil niemand auf ihn zukommen würde, wenn er im *Falken* blieb. Jetzt, da bekannt war, daß er sich auf Skip 1 aufhielt, würde sich vielleicht interessanter Besuch einstellen.

"Okay, Chewie, machen wir es uns gemütlich", sagte Han und zog mit großem Getöse seinen Schlafsack aus der Reisetasche, während Chewie unter den Pritschen nach irgendwelchen Lauschvorrichtungen suchte. Er fand drei, ehe er sich die Wände vornahm.

Gräßlich.

Der Schlamm würde an seinem Fell kleben bleiben. Han würde ihm helfen müssen, es wieder sauber zu bekommen. Jedenfalls würde Han das Zeug anfassen müssen.

"Also schön, du Riesenbaby", sagte Han. Er warf Chewie seine Tasche hin, worauf der sich unter heftiger Geräuschentwicklung damit zu schaffen machte.

Han stieg auf die Pritsche, schloß halb die Augen und fuhr mit den Fingern in den grünen Schlamm. Es fühlte sich ebenso ekelhaft an wie auf Crseih Station, wo er den bösen Waru berührt hatte. Der Schlamm war warm und klebrig, und Han wußte, daß es Tage dauern würde, bis er den Gestank von seinen Fingern bekam. Nachdem er Wände und Decke gründlich abgesucht hatte, hatte er weitere vier Lauschvorrichtungen gefunden, von denen zwei verrottet waren.

Trotzdem riß er sie ab.

Dann ließ er sich von Chewie die anderen drei geben. Chewie forderte ihn mit einer Geste auf, sie zu zertreten. Aber Han schüttelte den Kopf.

Er trug sie in den Flur und warf sie in das Zimmer nebenan. Auf die Weise würden die Geräte einige Geräusche aufnehmen, und Han würde nicht noch einmal in den widerwärtigen Schlamm greifen müssen, um nach weiteren Wanzen zu suchen, ehe sie weggingen.

Er wusch sich die Hände in dem Brunnen, den er ein Stück weiter unten im Gang fand, und achtete dabei besonders auf die Fingernägel.

Als er zu ihrem Zimmer zurückkam, stellte er überrascht fest, daß die Tür immer noch geöffnet war. Han zog seinen Blaster, ehe er eintrat.

Drinnen stand Chewie und hielt seine Armbrust auf Seluss gerichtet. Der kleine Sullustaner stand mit erhobenen Händen da. Er wirkte ganz ruhig, aber in seinen großen Augen glänzte die Angst, seine Ohren waren nach vorn gerichtet.

"Gut gemacht", sagte Han zu Chewie, während er eintrat und die Tür hinter sich schloß. "Weißt du, Seluss, es ist leichter, jemanden umzubringen, *nachdem* er eingeschlafen ist."

Seluss schnatterte jämmerlich.

"Ja-ah, ganz richtig. Ich glaube dir, daß du in friedlicher Absicht hier bist, sobald mein Hintern nicht mehr weh tut." Han ließ Seluss nicht aus den Augen und lehnte sich gegen die Tür. "Willst du uns jetzt sagen, warum du hier bist?"

Seluss nickte. Er schnatterte noch erregter, und Han hatte seit der Schlacht von Endor kaum mehr mit Sullustanern geredet. Er sah zu Chewie hinüber und stellte fest, daß der offenbar auch nicht alles verstand.

"Ich werde dich nicht töten, solange du nicht fertig bist", bemerkte Han. "Es liegt also in deinem eigenen Interesse, etwas langsamer zu sprechen."

Die dicken Fleischfalten über Seluss' Mund zuckten. Seine Unterlippe schob sich vor. Er fuhr zu reden fort, aber wesentlich langsamer.

Wesentlich langsamer.

Diesmal verstand Han. Wenigstens kam es ihm so vor. "Damit ich das richtig verstehe", sagte er. "Jarril hat zu dir gesagt, du sollst gleich bei meiner Ankunft auf mich schießen, damit alle glauben, daß wir Feinde sind? Auf die Weise würde dir niemand folgen, und niemand würde auffallen, daß du was mit mir zu bereden hast? Kaufst *du* ihm das ab, Chewie?"

Chewie knurrte.

Han nickte Seluss zu. "Das ist ein wenig schroff formuliert, aber was er meint, ist klar, denke ich. Das war eine dämliche Geschichte. Probier es nochmal, Seluss!"

Seluss trat schnatternd einen Schritt vor. Hans Blaster fuhr wie von alleine aus dem Holster, und Hans Finger krümmte sich um den Abzug.

"Bleib stehen, wo du bist, Freundchen. Ich bin heute einigermaßen reizbar."

Seluss erstarrte und hob erneut die Hände. Er schnatterte – langsam –, und Han hörte aufmerksam zu.

Weil ich zu tief in die Sache verwickelt bin, Han. Viel zu tief, hatte Jarril gesagt. Und Seluss bestätigte das jetzt auf seine eigene schreckhafte Art.

"Was, sagst du, schmuggeln sie? Imperiales Kriegsgerät? Den Schrott, den die Jawas auf Tatooine zusammengetragen haben?" Han runzelte die Stirn. Das ergab doch keinen Sinn, jedenfalls nicht bei den Preisen, die Seluss genannt hatte. "Ich verstehe nicht, weshalb ihr euch beklagt, du und Jarril, meine ich, schließlich werdet ihr anscheinend reich dabei."

Seluss warf einen Blick auf Chewie.

Chewie zuckte die Achseln.

"Na schön, meinetwegen", sagte Han. "Ich sage ja nicht, daß es sich lohnen würde, selbst für soviel Geld zu sterben. Aber woher weißt du, daß zwischen den Todesfällen ein Zusammenhang besteht?"

Seluss schnatterte wieder schneller und stieß dann dreimal den Arm in die Luft. Dann stöhnte er.

"Drei Tote, und alle haben vor ihrem Ableben davon gesprochen? Und sonst gab es keine Gemeinsamkeiten zwischen ihnen?"

Der Laut, den Seluss jetzt von sich gab, war eine Art Knurren, kläglich, wenn man es mit Chewies Grollen verglich, aber dennoch drohend. Chewie trat näher, aber Han wehrte ihn mit einer Handbewegung ab.

"Ich hoffe, du wirst so besorgt um mich sein, wenn *ich* mal nicht zurückkomme, Chewie." Han hob seinen Blaster ein wenig, aber er zielte immer noch auf Seluss. "Ich muß darüber nachdenken."

Im wesentlichen hatte Seluss Jarrils Geschichte bestätigt, aber er hatte ein paar Einzelheiten hinzugefügt: Die meisten Bewohner von Smuggler's Run verkauften zu haarsträubenden Preisen imperialen Schrott, und sowohl Jarril als auch Seluss behaupteten, daß in jüngster Zeit ein paar Schmuggler deswegen den Tod gefunden hatten. Han durchschaute immer noch nicht, worin die Verbindung zu dem Bombenattentat auf Coruscant bestand. Aber daß es eine solche Verbindung gab, lag nun auf der Hand, nur wußte er noch nicht, welche.

Die Tatsache, daß Jarril nicht zurückgekehrt war, machte die ganze Geschichte glaubwürdiger; ebenso wie Seluss' blödsinniger Plan. Jarril neigte zu solchen Tricks, um andere in die Irre zu führen. Seluss hatte Han angegriffen, damit alle glauben sollten, sie wären Feinde, und nicht merkten, daß sie miteinander ins Gespräch kamen. Auf eine verrückte Art war das durchaus logisch.

Han ließ den Blaster sinken.

Chewie jammerte.

"Ist schon gut, Chewie", beruhigte ihn Han. "Ich denke, wir können diesem Knirps vertrauen. Für den Augenblick."

Chewie senkte seine Armbrust, legte sie aber nicht weg.

"Und welche Rolle spiele ich dabei?" fragte Han.

Seluss schnatterte langsam.

"Ich glaube, du hast eher eine Chance, herauszubekommen, wer für den ganzen Schrott bezahlt, als ich."

Seluss schüttelte den Kopf und schnatterte weiter.

"Mittel? *Du* hast sämtliche Mittel hier. Ihr seid es doch, die mit den Käufern verhandelt. Du brauchst doch nur einen Schritt weiterzugehen."

Seluss schüttelte jetzt heftig den Kopf und redete so schnell, daß Han fast nicht mehr mitkam. Fast.

"Alle drei Opfer haben versucht, die Käufer auszuforschen? Und alle drei wurden daraufhin tot aufgefunden?" Han pfiff zwischen den Zähnen. "Und Jarril hat auch versucht, bis zur Quelle vorzudringen?"

Seluss senkte den Kopf. Sein Schnattern klang jetzt fast stockend.

"Jarril kam zu mir." Han seufzte und ließ den Blaster sinken. Und jetzt war Jarril verschwunden. Han gefiel das gar nicht. Wenn Jarril gestorben war, weil er zu ihm gekommen war, dann würde derjenige, der Jarril getötet hatte, als nächstes Han aufs Korn nehmen. "Na prima."

Seluss' Schnattern klang jetzt bedrückt, als wollte er sich entschuldigen.

Chewie blickte ernst. Es sah wirklich schlimm aus. Sehr schlimm.

"Also schön", wandte sich Han an Seluss. "Und was hast du jetzt für einen Plan?"

Seluss sah zuerst Chewie und dann Han an. Dann fuhr er zu schnattern fort.

"Du hast keinen Plan?" Han ließ verärgert seinen Blaster kreisen. Seluss duckte sich. Dabei hatte Han den Finger gar nicht am Abzug. Er begriff nicht, weshalb der Sullustaner dauernd überreagierte. "Du hast keinen Plan. Niemand hat einen Plan. Wie kommt es, daß niemand einen Plan hat?"

Chewie brüllte.

Seluss kauerte sich neben der angeschimmelten Pritsche nieder und schnatterte.

"Du hast gedacht, *ich* hätte einen Plan? Ich habe das doch gerade erst erfahren, Kumpel. Chewie, mach *du* einen Plan!"

Chewie schüttelte den Kopf.

"Ist ja großartig", seufzte Han. "Wirklich großartig. Ich komme hierher, um einem Mann gefällig zu sein, der verschwunden ist. Und der hinterläßt mir nicht einmal einen Plan."

Seluss schnatterte verhalten.

"Vielen Dank", sagte Han. "Aber irgendwie glaube ich, daß das mehr mit Jarrils armseligen Managementfähigkeiten zu tun hat als mit seinem Vertrauen auf meine Intelligenz."

Aber vielleicht hatte es auch etwas mit Jarrils durch und durch echter Angst am Tag des Bombenanschlags zu tun. Vielleicht hatte Jarril gar nicht weiter vorausplanen können.

Seluss preßte die behandschuhten Hände vors Gesicht und beobachtete Han zwischen den Fingern. Chewie tat so, als würde er etwas an seiner Armbrust untersuchen.

"Natürlich werde ich mir einen Plan einfallen lassen", sagte Han. "Tu ich das denn nicht immer?"

Chewie knurrte.

"Qualität kann ich nicht garantieren, du Bettvorleger. Ich garantiere nicht einmal, daß der Plan funktioniert. Ich garantiere bloß, daß ich etwas in Gang setzen werde." Han funkelte die beiden an. "Und das wird für den Augenblick reichen müssen."

* 17 *

Cole Fardreamer entfernte sich rückwärts von Skywalkers X-Flügler und ging schnell zu der nächsten Maschine des gleichen Typs, deren Umbau bereits abgeschlossen war. Die R2-Einheit zwitscherte aufgeregt, als wollte sie ihn maßregeln, weil er seinen Posten verließ.

"Hör zu, R2", sagte Cole. "Wenn wir zusammenarbeiten wollen, wirst du mir vertrauen müssen."

Hatte er das tatsächlich gerade zu einem Droiden gesagt? Cole schüttelte verwundert den Kopf und kletterte auf die Montageplattform des überholten X-Flüglers, dessen Computer mit Schrauben befestigt war, aber er hatte seinen Schraubenschlüssel vergessen.

R2 kam ihm nach, den Schraubenschlüssel in der ausgestreckten Klaue. Ein paar von Coles anderen Werkzeugen baumelten wie Teile einer artesianischen Weltraumcollage an verschiedenen Punkten von R2s Droidenanatomie.

"Danke", nickte Cole der kleinen Einheit mit einem Grinsen zu. "Ich werde dir wohl auch vertrauen müssen."

R2 piepste zustimmend.

Cole entfernte eine Abdeckung, richtete sich auf und pfiff halblaut. Dieser X-Flügler war ebenfalls mit einem Sprengmechanismus versehen. Und das gleiche galt für den nächsten überholten X-Flügler und den danach auch ...

R2 trillerte eindringlich, und Cole nickte. Sie dachten dasselbe: Wenn dieses Problem bei den modifizierten alten X-Flüglern auftauchte, was war dann mit denen der neuen Generation?

Das herauszufinden versprach nicht einfach zu werden. Cole war nicht berechtigt, an den neuen X-Flüglern zu arbeiten. Aber das hatte nicht viel zu bedeuten. Wenn man ihn erwischte, würde er einfach melden, was er festgestellt hatte. Aber wem? Was, wenn jemand im Wartungsbereich von den verdächtigen Vorrichtungen wußte? Vielleicht hatte Skywalker gar nicht so unrecht gehabt, als er behauptete, sein kleiner Droide sei "unter Arrest gestellt" worden.

Cole sah R2 an. Der gab ein leises Jammern von sich.

"Ja-ah, ziemlich verzwickt", meinte Cole. Aber ehe er überstürzt handelte, würde er sich die neuen X-Flügler ansehen müssen. Vielleicht ging es hierbei doch nur um die überholten Modelle.

Cole stand auf der Montageplattform und streckte sich, in der Hoffnung, irgendwo in der Halle einen neuen X-Flügler zu entdecken. Er sah nur ein Exemplar, anscheinend den Prototyp, in seiner angestammten Reparaturbucht. Und da die reguläre Arbeitszeit bereits überschritten war, befand sich außer ihm und R2 niemand mehr in der Halle. Die Wartungsdroiden werkelten im Hauptmontagehangar für X-Flügler; Kloperianer hatte Cole keine gesehen, und die menschlichen Arbeiter waren längst alle nach Hause gegangen.

Nur er nicht.

Es konnte also klappen.

"Kannst du für mich Schmiere stehen, R2?"

Der kleine Droide piepste zweimal beleidigt, wenngleich Cole nicht darüber nachdenken wollte, wie er eigentlich darauf kam, daß der Droide beleidigt klingen konnte. Sie hatten im Laufe des Nachmittags fast unbewußt gelernt, sich zu verständigen. Offensichtlich war der kleine Droide daran gewöhnt, mit Fühlenden zusammenzuarbeiten.

"Okay. Dann wollen wir mal."

Cole stieg von der Montageplattform und half R2 dabei, ebenfalls auf den Boden der Wartungshalle zurückzukehren, was R2 bei seinem tonnenförmigen Körperbau einigermaßen schwerfiel. Dann steuerten beide auf den neuen X-Flügler zu. Einmal drehte sich Cole nach R2 um und sah, wie der kleine Droide noch ein paar Werkzeuge mitnahm, an die Cole gar nicht gedacht hatte. Kein Wunder, daß Skywalker den Kleinen so ungern zurückgelassen hatte. Er war wirklich ein wertvoller Helfer.

"Beeil dich!" zischte Cole.

Er trat an den Bildschirm der Zugangskontrolle und tippte den Code ein, mit dem man die Absperrung der Reparaturbucht öffnen konnte. Der Computer wollte wissen, weshalb er Zutritt verlangte. Er tippte irgendwelches Kauderwelsch über Defekte ein, die an allen neuen X-Flüglern aufgetreten seien, und der Computer öffnete die Verriegelung. Coles Hände zitterten. Er hatte keine Ahnung, wie lange es dauern würde, bis die Wachen auftauchten – oder einer seiner Vorgesetzten.

Wenn es dazu kam, würde er ihnen einfach schildern, was er herausgefunden hatte, ihnen die Sprengkapseln zeigen und gegen jede Logik hoffen, daß sonst niemand auf Coruscant in diese offenkundige Verschwörung verwickelt war.

Dabei sprach alles dafür, daß jemand aus diesem Personenkreis zuerst auf seine Computereingabe reagieren würde.

Cole stieg in das Cockpit des X-Flüglers. Diese Schiffe der neuen Generation waren ein wenig anders gebaut als das ältere Modell, der T-65C-A2. Im neuen Modell, dem T-65D-A1, war das Computersystem direkt aus dem Cockpit zugänglich, was dem Piloten bei Weltraumeinsätzen das Manövrieren erleichtern sollte.

Aber diese Verbesserung galt offenbar nicht für Eingriffe von außen. Coles Nachforschung erwies sich wegen des engen Raums selbst unter Werkstattbedingungen als recht schwierig. Er zwängte sich in einen Winkel des Cockpits und löste ein paar Schrauben. Seine Hände zitterten. Das war das erste Mal, daß er bewußt etwas Verbotenes tat. Zumindest auf Coruscant. Auf Tatooine hatte er gelegentlich an Jägern gearbeitet, zu denen ihm der Zutritt eigentlich verboten war, einfach um herauszubekommen, wie sie funktionierten. Aber auf Tatooine war er auch noch in der Ausbildung gewesen, und das hatten seine Vorgesetzten berücksichtigt. Hier hingegen schnüffelte er seinen Arbeitgebern hinterher.

Die Deckplatte des Computers löste sich und kippte ihm in die Hand. Coles Blick fiel auf Platinen und Schaltkreise, die wesentlich komplizierter aussahen als die, die er bisher zu Gesicht bekommen hatte. R2 beugte sich, so gut das sein zylindrischer Körper eben zuließ, neben ihm über die Öffnung. Plötzlich wurde es hell. Cole blickte auf. R2 hatte einen Scheinwerfer an seinem halbkugelförmigen Kopf eingeschaltet und leuchtete damit in die Öffnung hinter dem Computer.

"Danke", sagte Cole.

Er kniff die Augen zusammen und sah sich in dem Gewirr aus Schaltkreisen um, achtete aber sorgsam darauf, nichts zu berühren. Er würde ganz bestimmt nichts finden, dachte er.

Das imperiale Siegel blitzte im Licht silbrigweiß auf. Cole ließ den Kopf gegen die Seitenwand des Computers sinken. Die X-Flügler waren ohne Ausnahme so hergerichtet worden, daß sie aus der Ferne zur Explosion gebracht werden konnten. Jeder einzelne von ihnen. Er wollte nicht an all die Schiffe denken, die er überholt hatte, all die X-Flügler, die bereits ins All gestartet waren, fliegende Bomben, die nur darauf warteten, daß der Pilot den falschen Hebel berührte oder den falschen Knopf drückte.

Cole drehte sich halb um und sah den kleinen Droiden an. R2 schaltete die Lampe ab. "Kannst du herausfinden, wie viele X-Flügler-Unfälle es gegeben hat, seit das erste dieser Schiffe von Coruscant gestartet ist?" fragte Cole.

R2 piepste zustimmend.

"Dann mal los!" sagte Cole. Er griff nach der Deckplatte des Computers und wollte sie gerade wieder anbringen, als er hinter sich ein knirschendes Geräusch hörte.

R2 ließ sich auf seine Räder herab. Der Droide schnarrte leise. Es klang wie eine Warnung.

Coles Nackenhaare sträubten sich. "Die Meldung hat also gestimmt", vernahm er eine tiefe Männerstimme. "Wir haben hier einen Saboteur. Kommen Sie raus!"

R2 gab einen klagenden Laut von sich. Cole stellte die Deckplatte vorsichtig ab, lehnte sie gegen den Pilotensessel und achtete sorgfältig darauf, keine der Steckverbindungen zu berühen.

"Rauskommen!"

Cole richtete sich langsam auf und nahm die Hände hoch. Ein halbes Dutzend Männer der Sicherheitswache hatte ihn umringt und ihre Blaster auf seinen Kopf gerichtet.

***

Nandreeson lehnte sich auf seiner mit Baquor überzogenen schwimmenden Couch zurück. Die obere Hälfte war nicht richtig eingeschleimt worden und fühlte sich feucht und kalt auf seiner Haut an, seine Beine aber waren warm. Sie hingen im Brackwasser des Teiches, wo die Couch mit Algen getränkt war. Dort wenigstens stimmte die Mischung.

Nandreeson war drei Tage unterwegs gewesen, um Nachforschungen in den äußeren Randwelten anzustellen, wo einer seiner Männer verschollen war. Bei seiner Rückkehr in den Smuggler's Run hatte er feststellen müssen, daß jemand seine alte Couch gegen eine neue ersetzt, sie aber nicht richtig präpariert hatte. Sobald er sich ein wenig ausgeruht hatte, würde er den Rest seines Domizils durchsuchen, um herauszufinden, ob auch noch andere Fehler gemacht worden waren.

Auf den ersten Blick schien alles in Ordnung. Die Luft war so feucht, daß man sie fast mit bloßem Auge erkennen konnte; winzige Mücken tanzten und bildeten eine kleine Wolke, und an der Wand schwärmten eilnianische Süßfliegen. Sie waren fast reif genug zum Verzehr. Allein der Gedanke daran ließ Nandreesons Mund brennen.

Die Lilien auf dem Teich standen in Blüte, und jemand hatte die Algen abgekratzt, wahrscheinlich um sie später zu bearbeiten. In der Mitte stiegen Blasen auf, die, wenn sie platzten, einen schwefeligen Geruch verbreiteten. Dies war sein Zuhause. Es war einfach wunderbar, hier zu sein. Noch eine kleine Weile, dann würde er ein wenig durch die Höhlen schwimmen und nachsehen, ob sich jemand an seinen Eierbänken oder seinen Schatzhorten zu schaffen gemacht hatte.

Aber vorher gab es noch etwas zu erledigen. Er hatte alle seine Leute – mit Ausnahme von Iisner – in ihre Schotenbetten geschickt. Iisner war ebenso wie Nandreeson ein Glottalphib, nur daß sein Maul fünfzehn Zentimeter kürzer und seine Zähne bis auf kleine Stummel abgewetzt waren; seine Augen, dicht über dem Maul, sahen wie kleine Käfer aus; die kleinen Hände schwebten auf der Wasserfläche, und sein Schwanz war um den Sockel der Couch gewunden. Aus seinem rechten Nasenloch hing ein Algenfaden, den er vorhin aufgesogen hatte, als er sich unter Wasser im Teich umsah, um sich zu vergewissern, daß niemand ihn vergiftet oder sich sonstwie daran zu schaffen gemacht hatte. Iisners Kiemen öffneten und schlossen sich, als bekäme er nicht genug Luft.

Über kurz oder lang würde Nandreeson sich Ersatz für ihn besorgen müssen. Iisner wurde alt. Seine Schuppen fielen bereits ab, wenn er zwei oder drei Tage ohne Wasser war. Er hatte sich in seinem Wohnquartier auf der *Silver Egg* einen Schlammteich gebaut, um auf langen Weltraumreisen nicht zu viele Schuppen zu verlieren.

"Es heißt", sagte Nandreeson, "daß Han Solo sich auf Skip 1 aufhält." Eine winzige Flamme zuckte aus dem linken Winkel seines breiten Mauls. Er war hungriger, als er geglaubt hatte.

"Ja", antwortete Iisner. "Er hat sich dort einquartiert. Auf Jarrils Veranlassung."

"Jarril." Nandreeson tauchte sein Maul in das warme morastige Wasser. Das verschaffte ihm etwas Kühlung. Ihm war einfach noch nicht danach, die Süßfliegenwand nach vollreifen Exemplaren abzusuchen. Vielleicht würde er später beim Schwimmen ein rohes Caver-Ei verzehren. "Jarril hat letzte Woche seine Schulden bei mir bezahlt. Dreißigtausend Kredits. Ich war nicht besonders erfreut darüber."

"Dann ist er also zu Geld gekommen."

Nandreeson schüttelte Wasser von seinem Maul. "Jeder ist plötzlich zu Geld gekommen. Ich habe seit Monaten kein größeres Darlehen mehr ausgeben können. Jarril ist nur einer von vielen, die mich ausbezahlt haben. Wenn sich das nicht bald ändert, muß ich die Branche wechseln."

"Vielleicht sollten wir den Run verlassen", meinte Iisner. "Für meinen Geschmack hat sich hier zu viel verändert. Ich mag keine reichen Schmuggler. Sie verderben den Spaß am Geschäft."

Nandreeson lächelte. "Ja, ich muß zugeben, man wird einfach nicht mehr so gefordert. Und wenn ich etwas Besseres wüßte als den Run, dann würde ich auf der Stelle von hier fortgehen. Aber für den Augenblick erfüllt dieser Ort für uns noch seinen Zweck."

"Und was ist mit Glottal?" wollte Iisner wissen.

Nandreesons Blick verfinsterte sich. Sein Heimatplanet mit seinen Teichen und Sümpfen, den Süßkäfern und Farnen, den dunklen Wäldern und der klebrigfeuchten Luft stellte eine große Verlockung für ihn dar. Aber auf Glottal würde er nur einer unter tausend reichen 'Phibs sein; hier hingegen war er der einzige reiche 'Phib und einer der mächtigsten Verbrecherbosse in der ganzen Galaxis. Und dieser zweite Ruhmestitel würde auf Glottal überhaupt nichts bedeuten.

"Ich bin noch nicht bereit, nach Glottal zu gehen", entgegnete er. Zum Sterben würde er dorthin zurückkehren. Er würde laichen und sein Vermögen seinen überlebenden Nachkommen hinterlassen. "Nein. Ich brauche ein neues Geschäft. Und einen neuen Zeitvertreib."

"Sie könnten ja anfangen, mit imperialem Kriegsgerät zu handeln."

Nandreeson schwenkte eines seiner Augen herum und starrte Iisner damit an. "Ich ziehe bare Kredits und funkelnde Preziosen vor. Der Markt für Kriegsgerät ist beschränkt. Sobald der Käufer findet, was er sucht, oder seine eigene Produktion in Betrieb nimmt, hat dieser unverhoffte Reichtum ein Ende. Und dann werden eine ganze Menge Schmuggler, die sich übernommen haben, wieder dringend Geld brauchen." Er lächelte. "Vielleicht reagieren wir zu schnell auf die Unwägbarkeiten des Marktes. Geduld, mein Junge. Geduld ist die Tugend der Weisen."

Iisner ließ sich tiefer ins Wasser gleiten und schwamm ans andere Ende des Teichs. Die Zacken an seinem Rücken hoben sich über die Wasseroberfläche, und ein paar Schuppen fielen ab. "Sie haben auf mich nie den Eindruck gemacht, allzuviel von dieser Tugend zu besitzen", bemerkte er aus der Sicherheit seiner neuen Position heraus.

Nandreesons Zunge schoß vor und schnappte sich einen Mundvoll Mücken. Er röstete sie mit seinem Atem und schluckte sie hinunter. Ein kleiner Appetithappen. Er würde heute eine reichliche Abendmahlzeit brauchen.

"Ich *bin* geduldig", sagte er. "Ich bin sogar sehr geduldig. Und Geduld zahlt sich aus. Ich verweise nur auf Calrissian."

"Calrissian hat sich seit siebzehn Jahren nicht im Run blicken lassen."

Nandreeson verschluckte die letzte Mücke. Sein Magen rumorte. "Aber er wird bald hier sein."

"Das wissen Sie nicht", widersprach Iisner.

Nandreeson wandte ihm sein anderes Auge zu. Iisner tauchte so weit ins Wasser ein, bis nur noch seine Augen und die Oberseite seines Kopfes zu sehen waren. "Und ob ich das weiß. Und obwohl ich Ihren Rat schätze, kann ich mich Ihrer Skepsis nicht anschließen. Calrissian wird kommen, weil Solo hier ist."

Iisner blies Wasser durch die Nase. Der Algenfaden segelte durch die Luft und landete auf dem moosbedeckten Felsen neben dem Teich. Dann stemmte er sich weit genug in die Höhe, um sprechen zu können. "Solo und Calrissian sind keine Partner. Sie sind nie gemeinsam unterwegs gewesen. Bevor Solo geheiratet hat, ist er nur mit dem Wookiee gereist."

"Sie passen nicht auf." Nandreeson ließ sich wieder tiefer in das warme Wasser gleiten. Der obere Teil der schlecht temperierten Couch ließ ihn frösteln. "Seit Calrissian Cloud City verloren hat, haben er und Solo sich angesichts einer neuen imperialen Bedrohung jedesmal verbündet."

"Und?"

"Und?" Nandreeson stach unter Wasser eine Schwefelblase an. Sie teilte sich in mehrere kleinere Blasen, die an die Oberfläche stiegen. "Und, mein lieber Iisner, was hat sich im Run geändert?"

Iisners Mund öffnete sich weit genug, um ein ganzes Büschel Wasserlilien zu verschlucken. "Das imperiale Kriegsgerät?"

"Exakt", pflichtete Nandreeson ihm bei. "Und wer in der Neuen Republik weiß, wie man den Run finden kann, ich meine, außer Solo und seinem Wookiee?"

"Calrissian." Iisner hauchte das Wort, als wäre es heilig. "Sie haben einen Plan, nicht wahr?"

"Natürlich", erwiderte Nandreeson. Er lächelte, und dabei zuckten Flammenzungen aus seinem Mundwinkel. "Obwohl ich in diesem Fall vielleicht gar keinen brauche."

* 18 *

Am Rand des Asteroidengürtels, in dem sich der Smuggler's Run versteckte, drosselte Lando die Geschwindigkeit der *Glücksdame*. Wenn er weiterflog, würde er in den Bereich der Scanner der Schmuggler eintreten; dann würden sie wissen, daß er in der Nähe war. Seine Aufwallung von Heldentum erschien Lando plötzlich eher wie ein Gesellenstück in Sachen Dummheit. Er hatte sich jetzt über zehn Jahre lang davor gehütet, dem Run zu nahe zu kommen. Was hatte ihn jetzt plötzlich auf die Idee gebracht, einfach dort aufkreuzen zu können?

Zudem ganz allein.

Alle guten Absichten der gesamten Galaxis würden ihn nicht vor Nandreeson schützen; und das galt auch für sein Versprechen, irgendwann zurückzuzahlen, was er dem Glottalphib schuldete. Was ihm vor Jahren wie ein Gebot seines Stolzes und seiner Selbstachtung erschienen war, kam ihm jetzt wie sinnlose Angeberei vor. Na schön, er hatte es geschafft, eine der versteckten Kammern in Nandreesons privatem Lagerraum auszurauben. Er hatte der feuchten, stinkenden Luft getrotzt, dem schlammigen Wasser und den gefährlichen Lilienwurzeln. Er hatte fast vier Minuten lang den Atem angehalten und in den Taschen seines Taucheranzugs genügend Reichtümer nach draußen geschafft, um Jahre davon leben zu können.

Das Geld war ihm etwa zu dem Zeitpunkt ausgegangen, als Vader ihn aus Cloud City vertrieben hatte. Und Landos persönliche Definition von Mut und Tapferkeit hatte seit damals einen erheblichen Wandel erfahren. Der Erfolg in der Schlacht von Endor hatte ihm wesentlich mehr bedeutet als die Genugtuung, Nandreeson eins ausgewischt zu haben.

Seit Lando sich auf die Seite der Rebellen geschlagen hatte, hatte er gelernt, daß seine persönlichen Mutproben im Vergleich mit Leias Tapferkeit wenig bedeuteten, die ihr Zuhause und ihre Familie verloren und es doch fertiggebracht hatte, den Kampf fortzusetzen, ohne auch nur einen

Augenblick lang innezuhalten; oder im Vergleich mit Lukes Courage, der das Böse in sich selbst entdeckt und ihm getrotzt hatte; oder Hans Kühnheit, der sich sehenden Auges in ausweglose Situationen begeben und immer wieder den Sieg davongetragen hatte.

Er selbst würde das diesmal vielleicht nicht schaffen.

Lando stand auf und ging ein paarmal im Cockpit auf und ab. Er hatte Droiden mitgebracht. Ein halbes Dutzend Exemplare verschiedener Bauart, und Leia hatte ihn darüber hinaus überredet, Kredits mitzunehmen, um Informationen damit zu kaufen.

Außerdem war in den geheimen Schmugglerabteilen der *Glücksdame* ein kleines Waffenarsenal versteckt. Vielleicht würden die Schmuggler seine Waffen finden, vielleicht aber auch nicht. Ein Spieler war Lando geblieben – sonst wäre er nicht dorthin gekommen, wo er heute war.

Er blieb stehen, beugte sich vor und betrachtete den Run durch den Transparistahl des Cockpits. Aus dieser Distanz sah es so aus, als hätte ein begnadeter Künstler seinen Pinsel mit Glitzerfarbe über die Schwärze des Weltraums gezogen. Die Asteroiden funkelten im Licht eines nahen Sterns, und der viele Abfall bildete eine milchige Spur, die von Asteroid zu Asteroid führte.

Den Run gab es schon seit einer halben Ewigkeit. Für jemanden, der nicht Bescheid wußte, war es schier unmöglich, sich Zugang zu verschaffen. An dieser so malerisch wirkenden Bahn, die aus Schrott und Unrat aller Art bestand, waren mehr imperiale Schiffe gescheitert als irgendwo sonst. Der Imperator hatte mehrmals versucht, den Run zu finden, weil er gehofft hatte, die Bewohner des Asteroidengürtels dazu überreden zu können, in seine Dienste zu treten. Aber diejenigen seiner Schiffe, die nicht gegen Felsbrocken prallten, waren von den Abwehrbatterien der Schmuggler in ihre Atome zerlegt worden.

Schmuggler arbeiteten nur für sich selbst, für niemand anderen.

Das war etwas, was der Imperator nie begriffen hatte.

Aber Lando wußte es.

Das Gefühl eisiger Kälte, das ihn seit der Entdeckung der *Spicy Lady* nicht mehr losgelassen hatte, war hier noch ausgeprägter. Zum fünfzehntenmal überprüfte er die Umweltkontrollen. Sie funktionierten einwandfrei.

Wenn er jetzt die Nerven verlor und ausstieg und Han etwas zustieß, würde das sein Gewissen noch mehr belasten als die Qualen, die er damals erlitten hatte, als Vader Han in Karbonid eingefroren hatte. Einen Freund zweimal im Stich zu lassen war einfach undenkbar. Wenn die Dinge umgekehrt lägen, würde Han, ungeachtet der Mißverständnisse, die es zwischen ihnen gegeben hatte, auch in der größten Gefahr Mittel und Wege finden, um Lando zu retten.

Lando mußte das gleiche tun.

Er dachte an das Leben im Run; an die feuchten, übelriechenden Kammern in Skip 1, die Spieltische, die Betrügereien; an die Zweikämpfe, die dafür gesorgt hatten, daß er sich stets den Rücken freihielt; an die Freunde, die er dort hatte ... oder zu haben glaubte. Nandreeson konnte jeden kaufen, wenn nur der Preis stimmte.

Jeden außer Han.

Lando brauchte bloß Han zu finden, ihn zu warnen und dann wieder mit ihm zu verschwinden. Die beiden ersten Schritte würden vielleicht gar nicht so schwierig sein. Wohl aber der dritte. Aber erst dann würde Landos Mission erfüllt sein, und das war das einzige, worauf es ankam.

Trotzdem wäre es dumm, sich keinen Fluchtweg offenzuhalten.

Lando tippte eine kodierte Nachricht ein, sandte sie an Mara und eine Kopie an Leia mit der Bitte, sie an Mara weiterzuleiten. Auf die Weise war sein Fluchtweg gesichert.

Dann nahm er wieder auf dem Pilotensessel Platz, schnallte sich an und richtete die Nase der *Glücksdame* auf den Smuggler's Run. Er jagte die Maschinen auf Höchstleistung und zwang seinem Schiff damit ein Tempo auf, wie es nur wenige Schiffe in der Galaxis durchhalten konnten. Als der rasende Sturz auf den Run begann, beugte Lando sich unter seine Konsole, holte seinen Mehrzwecklaserschlüssel heraus und montierte die Deckplatte ab. Er baute drei Chips aus, steckte sie in die Tasche und sah dann zu, wie die Energieversorgung aller lebenswichtigen Abschnitte des Schiffes ausfiel.

Die *Glücksdame* raste manövrierunfähig durch den Weltraum.

Lando schaltete das Schiffskom ein und schickte dem Run eine Kopie des offiziellen Frachtmanifests der *Glücksdame* – für einen Schmuggler das Äquivalent eines Notrufs.

***

Luke landete den X-Flügler auf einem breiten metallischen Streifen auf der nördlichen Halbkugel von Telti. Rings um ihn ragten große Metallkuppeln aus der kahlen, von Sand gepeitschten Landschaft. Als Luke das erste Mal etwas über Telti las, hatte er gedacht, es würde hier wie auf Tatooine aussehen, ein Wüstenplanet also, aber als er landete, erkannte er schnell, daß er sich geirrt hatte.

Tatooine war voller Leben. Der Sand war voll von Leben. Selbst die beiden Sonnen verliehen Tatooine ein eigenes lebendiges Gepräge.

Aber Telti war ein Mond. Telti besaß keine Atmosphäre und kein eigenes Leben. Die Erde, die den durch den Weltraum kreisenden Ball bedeckte, war steril, und doch war der Mond mit Kuppelbauten und Landeplätzen aus Metall übersät. Lukes Computer hatte ihm beim Landeanflug gezeigt, daß die einzelnen Gebäude unter der Oberfläche durch eine Unzahl von Gängen miteinander verbunden waren.

Er griff nach seiner Atemmaske, als der Landestreifen sich in Bewegung setzte, und sah sich reflexartig um, um R2s Reaktion mitzubekommen.

Aber R2 war nicht da.

Luke war sich nie im Leben einsamer vorgekommen. Seit er Brakiss' Mutter verlassen hatte, war er keinem lebenden Wesen begegnet. Sie hatte ihm den Kurs nach Telti verraten und ihn immer wieder vor ihrem Sohn gewarnt.

Luke hatte bisher ausschließlich via Computer mit Telti kommuniziert. Selbst die Landekoordinaten hatte der Mond direkt an die Navigationseinheit abgesetzt. Luke hatte mehrmals versucht, Brakiss zu erreichen, aber ihm war jedesmal beschieden worden, daß jegliche verbale Kommunikation mit dem Mond gesperrt war. Absichtlich.

Es kamen nur selten Besucher nach Telti, und sie waren dort nicht willkommen.

Aber Luke hatte erwartungsgemäß keine Schwierigkeiten gehabt, eine Landeerlaubnis zu erhalten. Brakiss erwartete ihn bereits.

Luke wollte wissen, weshalb das so war.

Irgend etwas war hier im Gange, etwas, das weit über eine gescheiterte Beziehung zwischen Lehrer und Schüler hinausging. Brakiss war für irgend jemanden tätig – vermutlich für das Imperium – und hatte den Auftrag, Luke Skywalker in eine Falle zu locken.

Und Luke würde sich locken lassen.

Aber die Falle würde nicht hinter ihm zuschnappen.

Der Landestreifen bewegte sich immer noch nach Art eines Förderbandes und schob sich sehr langsam auf einen Kuppelbau in der Nähe zu. Luke hätte jederzeit wieder starten können. Diese Bewegung hatte nichts mit der Falle zu tun, sie war ein alltäglicher Vorgang auf Telti.

Die gewölbte Wand vor ihm öffnete sich wie ein Fächer. Im Inneren der Kuppel war kein Licht zu erkennen, ebensowenig wie vorher auf dem Landestreifen.

Aber Luke spürte eine Präsenz in der Macht.

Brakiss.

Nicht in der Kuppel, aber auf Telti.

Er wartete.

Wenn Luke Brakiss spüren konnte, dann war es nur eine Frage von Augenblicken, bis Brakiss Luke spüren konnte. Falls er nicht ohnehin schon über Lukes Eintreffen unterrichtet war.

Und dann würde Luke vielleicht endlich Antworten auf seine Fragen erhalten.

Als er die Informationsspeicher aufgerufen und nach Telti gesucht hatte, war er auf nichts Bemerkenswertes gestoßen. Der Eintrag in den Unterlagen der Neuen Republik besagte lediglich, daß Telti eine verlassene Bergwerkskolonie war, deren Bodenschätze vom Imperium abgebaut worden waren. Lediglich eine einzige Produktionsanlage war dort noch in Betrieb, die allem Anschein nach mit der Neuen Republik Geschäfte machte.

Die meisten Informationen über den Mond hatte Luke von Brakiss' Mutter bekommen. Sie hatte gesagt, daß Brakiss endlich richtige Arbeit hatte. Sie sorgte sich, Lukes Anwesenheit würde Brakiss' Zukunftschancen zunichte machen.

Wahrscheinlich meinte sie, daß er Brakiss vielleicht töten würde, hatte Luke gedacht. Jetzt war er sich da nicht mehr so sicher.

Er schaltete die vorderen Scheinwerfer des X-Flüglers ein. Sie beleuchteten das Innere der Kuppel. Sie war leer, groß genug, um Dutzende von Schiffen aufzunehmen. In den Boden waren Landeplattformen eingelassen. Dahinter gab es ein offenes Schott.

Und nichts bewegte sich. Überhaupt nichts.

Das Gefühl völliger Leblosigkeit hielt an. Mit Ausnahme von Brakiss spürte Luke keinerlei Leben auf dem Mond. Kein Pflanzenleben und auch kein Tierleben. Nichts. Nicht einmal Insekten.

Luke atmete tief und machte ein paar mentale Entspannungsübungen, wie er sie auf der Akademie lehrte. Er hatte etwas ganz anderes erwartet. Er hatte damit gerechnet, außer Brakiss auch noch andere Lebewesen hier anzutreffen.

Eigentlich hätte ihn das beruhigen sollen, aber das tat es nicht.

Das Förderband zog den X-Flügler in die große Kuppel, dann schloß sich die Wand lautlos wieder hinter ihm. Luke sah sich nicht um. Er hatte seine Wahl getroffen und würde daran jetzt nichts ändern.

Nachdem die Kuppel wieder geschlossen war, flammten überall Lichter auf. Einige beleuchteten die Landeplattformen von unten, andere von oben, und in der Decke wurde eine Reihe Leuchtpaneele hell; dann verriet ihm ein zischendes Geräusch, daß die Atmosphäre sich änderte. Luke warf einen Blick auf seine Monitore. Die Luft war jetzt atembar.

Er klappte die Kabinenkuppel des X-Flüglers hoch. Die ihn umgebende Luft war wärmer, als er erwartet hatte, und sie roch schwach nach Metall, Rost und Schmiermitteln. Der Rost überraschte ihn. Damit hatte er nicht gerechnet.

Als er sich aus dem Cockpit stemmte, hatte er das Gefühl, schon einmal in diesem Raum gewesen zu sein. Dann wurde ihm bewußt, daß das in Anchorhead gewesen war, als Junge, damals, als Jabba der Hutt sich an legalen Geschäften versucht hatte. Er hatte mit Landgleitern gehandelt, und Luke war mit seinem Onkel Owen dortgewesen, um einen zu kaufen.

Jabbas Lakaien hatten die Landgleiter in einem großen, weiten Raum abgestellt und Scheinwerfer auf sie gerichtet, Scheinwerfer, die nur die gepflegten Stellen beleuchteten, so daß man die Beulen, den Schmutz und die Schrammen nicht sehen konnte. Onkel Owen hatte damals nichts gekauft und seinem Mündel erklärt, daß die Fahrgestellnummern an allen Landgleitern abgeschliffen worden waren. Erst Jahre später war Luke klargeworden, daß es sich um gestohlene Fahrzeuge gehandelt hatte.

Wochen später waren Luke und sein Onkel zurückgekehrt. Jabba hatte sein Geschäft inzwischen liquidiert, und nur die Plattformen und die Scheinwerfer waren zurückgeblieben.

Es machte Luke allmählich ein bißchen nervös, daß niemand ihn begrüßte. Eine normale automatisierte Anlage hätte längst einen Droiden zu ihm geschickt.

Brakiss.

Er wußte genauso wie Luke, daß dies kein normaler Besuch war.

Ehe Luke sich auf den Metallboden herunterließ, schloß und verriegelte er die Kabinenkuppel des X-Flüglers. Gegen einen entschlossenen Saboteur war damit zwar nicht viel auszurichten, aber immerhin würde diese Sicherung einen Droiden abschrecken.

Brakiss verfügte über andere Möglichkeiten, Luke das Leben zu erschweren.

Lukes Hand tastete nach dem Lichtschwert an seiner Hüfte. Die kaum spürbare Last wirkte ungemein beruhigend auf ihn. Er trug nur ein weites Hemd und enganliegende Uniformhosen. Seinen Jedi-Umhang hatte er im Schiff gelassen. Er wollte durch nichts behindert sein, und ein flatternder Umhang konnte sich leicht irgendwo verfangen.

Lukes Mund war trocken. Er hatte mit einer Konfrontation gerechnet und nicht damit, völlig ignoriert zu werden.

Aber Brakiss gehörte immer noch dem Imperium an, und daher liebte er Spielchen. In dieser Hinsicht hatte er sich offenbar nicht geändert.

Luke atmete tief durch und ging auf das offene Schott im Hintergrund zu. Wahrscheinlich wurde er beobachtet. Brakiss würde jede seiner Bewegungen registrieren, von dem kurzen Griff ans Lichtschwert bis zum Aktivieren der Sicherungsverriegelung des X-Flüglers. Er würde wissen, daß Luke sich an diesem Ort nicht sonderlich wohl fühlte.

An dem Schott blieb Luke stehen. Der Rahmen sollte ihm vor möglicherweise vorhandenen Holokams Sicherheit bieten. Er griff mit der Macht hinaus und suchte nach Brakiss; dessen Präsenz war deutlich wahrnehmbar und doch irgendwie vage. Luke war nicht imstande, einen bestimmten Punkt als seinen Aufenthaltsort zu lokalisieren. Aber das überraschte ihn nicht. Brakiss' Mutter hatte Luke gesagt, daß ihr Sohn ihn erwarte. Und das hieß, daß Brakiss genug Zeit gehabt hatte, sich vorzubereiten.

Er kannte eine Menge Tricks, einige, die Luke ihn gelehrt, und andere, die das Imperium ihm beigebracht hatte. Jedes für die Macht sensitive Wesen konnte seine Präsenz innerhalb eines endlichen Bereichs aufspalten und verbergen. Die Tatsache, daß Luke Brakiss überhaupt wahrnehmen konnte, bedeutete, daß er sich ganz in der Nähe befand.

Luke trat durch das Schott in den nächsten Raum – und blieb stehen.

Von der Decke hingen Tausende goldener Hände herab. Die rechten Hände hingen so, daß die Handfläche nach vorn gerichtet war, die linken zeigten die Fingerknöchel. Die Daumen wiesen alle in dieselbe Richtung. Die künstlichen Hände funkelten im Licht. Noch mehr goldene Hände lagen auf Laufbändern. Und alle befanden sie sich in einem halbfertigen Montagezustand. An einige waren bereits Unterarme montiert worden, und man konnte Mechanismen sehen, die denen in Lukes rechtem Handgelenk glichen. Neben den Laufbändern lagen noch nicht montierte Finger; Stapel goldener Armsockel warteten darauf, an goldenen Schultern befestigt zu werden.

3PO könnte an einem solchen Ort entstanden sein. Irgendwo in einem dieser Kuppelgebäude wurden vielleicht die Kuppelköpfe der R2-Einheiten montiert. Die Vorstellung, daß die Existenz von Geschöpfen, die in seinem Leben eine so bedeutsame Rolle gespielt hatten, einmal einen so banalen Anfang genommen haben sollte, bereitete Luke Unbehagen.

Unheimliche Stille erfüllte den Raum. Die Laufbänder waren abgeschaltet, die Klimaanlage lief völlig lautlos, und nichts rührte sich. Die Hände hingen reglos wie Stalaktiten von der Decke, Stalaktiten, die an etwas Lebendiges gemahnten.

Luke blickte zur Decke. Die Arme ruhten in Metallschienen, ohne direkt mit *irgend etwas* verbunden zu sein.

Luke empfand eine große Erleichterung.

"Hallo?" rief er.

Seine Stimme hallte von dem Metall, das ihn umgab, wider und kehrte in winzigen blechernen Silben zu ihm zurück.

"Hal-lo?"

Luke hatte keine Ahnung, wie es jetzt weitergehen sollte. Er dachte nicht daran, den Geistern des falschen Brakiss zu folgen, um den realen aufzuspüren. Wahrscheinlich wollte Brakiss ihn durch eine Folge von ähnlichen Räumen führen – und einer würde mit Beinen angefüllt sein, ein anderer womöglich mit Oberkörpern –, um damit irgend etwas zu beweisen.

Aber was das war, würde Luke erst dann erfahren, wenn er Brakiss selbst gegenüberstand.

"Hallo?" rief er abermals. Er würde hierbleiben, in der Nähe des offenen Schotts und seines Schiffs, bis er Antwort erhielt.

Obwohl er fast sicher war, daß eine Antwort ausbleiben würde.

* 19 *

Brakiss verfolgte Lukes Bewegungen auf vierfache Weise: mit den Überwachungsgeräten, die er auf ganz Telti installiert hatte, mit dem Computersystem, mit einer Gruppe speziell konstruierter Gladiatordroiden, die Luke lautlos einkreisten, und mit der Macht. Die letzte Methode war die verläßlichste. Lukes Anwesenheit fühlte sich an, als hätte jemand einen Felsbrocken in den unbewegten Teich von Brakiss' Welt geworfen. Obwohl Brakiss gewußt hatte, daß Luke kommen würde, war er erstaunt, welche Kraft diese Störung besaß.

Brakiss stand in seinem Kommunikationszentrum unter dem Scheitelpunkt der Kuppel der Protokolldroidenfabrik. Teile von Versuchsdroiden hingen von der Kuppeldecke: Augen, die lauschten, Hände, die sahen, Münder, die zupacken konnten. Am liebsten waren ihm die Augen. Sie brauchten keinen Droidenkörper; sie registrierten alles, was um sie herum geschah, und gaben ihre Eindrücke weiter. Darüber hinaus machten sie den meisten Geschöpfen, die ihre Augen zum Sehen benutzten, angst. Brakiss wußte noch nicht recht, wie er die Augen einsetzen würde. Aber er war guter Dinge, daß ihm ein angemessener Verwendungszweck einfallen würde.

Er verstand sich auf solche Dinge. Telti hatte seine kreativen Fähigkeiten geweckt. Wenn Kueller Brakiss nur erlaubt hätte, diese Produktionsanlage ohne den Einsatz der Macht zu betreiben. Kueller hatte Brakiss versprochen, daß er nie mehr nach Almania zurückkehren mußte. Aber im allgemeinen hielt Kueller seine Versprechen nicht, ganz besonders nicht gegenüber Brakiss. Kueller wußte genau, daß machtsensitive Mitstreiter nur schwer zu finden waren, und er war fest entschlossen, jeden einzusetzen, den er sich gefügig gemacht hatte. Und der talentierteste unter ihnen war Brakiss.

Also hatte Brakiss den Auftrag erhalten, Skywalker in Kuellers Falle zu locken.

Brakiss setzte sich. Der Sessel paßte sich seiner Körperform an und stützte ihn. Auf den Bildschirmen sah er, wie zehn Luke Skywalkers "Hallo!" in einen leeren Raum riefen; leer, abgesehen von dem zu großen Vorrat an Droidenhänden. Selbst den mächtigen Skywalker schienen diese Hände verwirrt zu haben.

Er hatte sich kein bißchen verändert. Dabei hätte er sich verändert haben müssen. Immerhin waren Jahre vergangen. Brakiss hatte gehört, daß Skywalker an Bord von *Palpatines Auge* beinahe den Tod gefunden hatte. Und doch sah er völlig unverändert aus. Sein narbiges Gesicht wirkte immer noch irgendwie jungenhaft, sein Körper war schlank und kraftvoll, und er strahlte immer noch dasselbe Selbstbewußtsein aus wie früher.

Jenes Selbstbewußtsein, das er ausgestrahlt hatte, als er Brakiss zwang, der dunklen Seite der Macht gegenüberzutreten.

Brakiss schluckte. Wenn er an diesen Augenblick dachte, als er allein gewesen war mit sich selbst und dem Bösen, mit dem Skywalker ihn brutal konfrontiert hatte, durchlief ihn immer noch ein Beben, und wenn er länger daran dachte, dann hatte er das Gefühl, sein Hirn müsse zerspringen. Brakiss war vor dieser Prüfung geflohen, davongerannt, so schnell er konnte. Und als er zu seiner Mutter zurückgekehrt war, fand er sie im Schatten des Imperiums lebend. Er hatte dem Imperium Bericht erstatten müssen, und das hatte er getan, unter der Bedingung, daß er danach seiner Wege gehen konnte.

Brakiss hatte wertvolle Informationen mitgebracht und einen beschädigten Verstand, also ließ das Imperium ihn ziehen. Und er war geflohen, immer weiter, bis Kueller ihn schließlich gefunden und wieder einen ganzen Menschen aus ihm gemacht hatte.

Aber er forderte einen hohen Preis dafür.

Skywalker.

Brakiss beugte sich vor und schnippte sein Kom an. Kueller antwortete sofort, ein kleines Bild auf Brakiss' Holoblock. Dieser Kueller sah so winzig aus, als könnte Brakiss ihn mit der Faust zerquetschen, und doch ging von dem winzigen Bild eine solche Kraft aus, daß Brakiss unwillkürlich seinen Sessel zurückschob.

"Er ist hier", sagte er.

Kuellers Totenmaske lächelte. "Gut. Schicken Sie ihn zu mir."

Brakiss leckte sich die Lippen. "Ich hatte gedacht ... ich dachte ... daß *ich* ihn vielleicht töten könnte. Ich habe noch eine Rechnung mit ihm offen. Er ..."

Kueller machte eine wegwerfende Handbewegung. Sein skelettartiges Grinsen wurde breiter. "Nur zu. Töten Sie ihn."

Ein eisiger Schauer überlief Brakiss. Das war zu leicht gegangen. "Aber hatten Sie nicht gesagt, Sie würden ihn selbst töten?"

Kueller zuckte die Achseln. "Nun, ich bezweifle, daß Sie dazu in der Lage sind. Aber wenn Sie es tun, bleibt mir nur eins zu tun. Dann muß ich *Sie* töten."

Kuellers Stimme klang so zuversichtlich und ruhig, daß Brakiss noch ein Stück weiter zurückwich. "Ich dachte, wir arbeiten zusammen."

"Das tun wir auch", erwiderte Kueller. "Aber wer auch immer den großen Jedi-Ritter Luke Skywalker tötet, wird danach die stärkste Gewalt in der Galaxis sein. Wenn Sie Skywalker töten, kommt diese Ehre Ihnen zu. Damit lassen Sie mir keine Wahl, als Ihnen diese Ehre wieder wegzunehmen."

"Aber der Imperator wollte, daß Vader Skywalker tötet."

"Der Imperator ist lange tot, Brakiss." Kuellers Lächeln war vergangen. "Es wäre gut für Sie, wenn Sie sich daran erinnern würden."

Brakiss nickte.

"Und denken Sie auch *daran*, Brakiss", ermahnte ihn Kueller. "Ich werde es wissen, wenn Skywalker stirbt."

Kuellers Holobild erlosch. Einen Augenblick lang hing noch ein Glühen über dem Holoblock, dann war auch die letzte Spur seiner machtvollen Präsenz verblaßt. Brakiss hob seine Faust über das verschwundene Bild und ließ sie wütend auf den Holoblock niederkrachen. Schmerz fuhr durch seinen Arm. Noch war er Kueller nicht gewachsen. Aber eines Tages würde er es sein.

Das war nur eine Frage der Zeit.

Brakiss preßte die schmerzende Hand gegen die Brust und starrte auf die Bildschirme. Skywalker hatte unterdessen zu rufen aufgehört. Er sah sich jetzt mit gerunzelter Stirn und halbgeöffnetem Mund in dem gewölbten Rund der Kuppel um, seine Augen waren glasig, die Augen eines Menschen, dessen körperliche Sinne durch den Gebrauch der Macht ersetzt waren.

Hatte er Kuellers Präsenz gespürt?
Unsinn. Niemand konnte über eine so große Distanz etwas wahrnehmen.
Nicht einmal Skywalker.
Oder doch?
Brakiss fuhr herum. Er schnippte mit den Fingern, und ein Protokolldroide trat ein. Dieser Droide, C-9PO, war ein neueres Modell, das Brakiss für seine eigenen Zwecke modifiziert hatte. Die letzte Speicherlöschung, die vor zwei Monaten durchgeführt worden war, in Verbindung mit einer Spracherweiterung machte diesen Droiden zu einem Werkzeug, dessen Nützlichkeit mit Worten nicht zu fassen war.
Skywalker würde das niemals verstehen.
Oder vielleicht doch?
"C-9PO", sagte Brakiss, "wir haben einen Gast."
"Ich weiß, Sir." Der Droide hielt die vorgeschriebenen zwei Meter Abstand ein, hinter seinen goldenen Augen strahlte ein inneres Licht.
"Führe ihn in die Montagehalle und laß ihn dort auf mich warten."
"Aber Sir, Gäste gehen nicht in die Montagehalle."
Er funkelte C-9PO an. Der Droide starrte ungerührt zurück. Es gab Dinge, die sich an Protokolldroiden nie änderten, ganz gleich, wie oft man an ihnen Speicherlöschungen vornahm.
"Dieser hier ist kein Käufer."
"Was ist er dann, Sir? Damit ich weiß, wer Zutritt zur Montagehalle hat."
Ja, was ist er? Brakiss lächelte, aber es war ein Lächeln ohne jeden Humor. Es war unmöglich, Skywalker einer Kategorie zuzuordnen, die der Protokolldroide verstehen würde.
"Er ist ein Jedi-Meister, 9PO. Er ist nicht in Fabrikgeschäften hier."
"Ah", kommentierte C-9PO. "Dann ist dies eine persönliche Angelegenheit. Ich verstehe." Er drehte sich um und tänzelte aus dem Raum. Die kleineren Füße der C-9POs stellten keine Verbesserung gegenüber den normalgroßen Füßen der C-1 bis C-8-Modelle dar. Nicht im geringsten.
Er würde darauf zurückkommen müssen.
Aber es brachte Brakiss nichts, wenn er sich mit den Droiden befaßte. Gewöhnlich half ihm das, auf andere Gedanken zu kommen. Aber nicht jetzt. Skywalkers Präsenz umgab ihn.

Je schneller er es schaffte, daß Skywalker Telti wieder verließ, um so besser.

***

Sie flogen mit dem *Millennium Falken* nach Skip 5. Seluss wollte einen der Skipper nehmen, aber Han erinnerte ihn daran, daß *er* für die Planung zuständig war. Er war nicht bereit, auch nur zehn Meter ohne den *Falken* zurückzulegen.

Er war zu dem Entschluß gelangt, daß er der Sache selbst auf den Grund gehen mußte. Irgend etwas stimmte hier nicht. Schmuggler trieben Handel mit *wertvollen* Gegenständen. Und jetzt bezahlte ihnen offenbar jemand das Zehnfache des üblichen Preises für Schrott – Schrott, wie ihn jeder Verbrecherboß, der sich auch nur einigermaßen auf sein Handwerk verstand, mit Leichtigkeit auf Dutzenden von Planeten finden konnte.

Das Imperium oder das, was davon übriggeblieben war, hatte aufgehört, Kriegsgerät herzustellen. Dafür hatte die Neue Republik gesorgt, indem sie jede Fabrik geschlossen hatte, die sie finden konnte. Man hatte die Prototypen und die Konstruktionsunterlagen sichergestellt und dann vernichtet. Und falls es doch noch irgendwelche imperiale Produktionsstätten gab, dann würde besagter Verbrecherboß dafür bezahlen, sich dort mit modernen imperialen Waffen ausrüsten zu lassen.

Oder war an dem alten Zeug etwas Besonderes? Etwas, das ihm irgendwie großen Wert verlieh?

Han war ziemlich sicher, daß er herausfinden würde, was dieses Besondere war, wenn er sich den Schrott ansah, den die Schmuggler verkauften. Zum ersten Mal seit langer Zeit bedauerte er, 3PO nicht an seiner Seite zu haben. Der "Professor" hätte ihn bestimmt über die Unterschiede bei imperialen Kriegsgerät aufklären können, und wenn nicht 3PO, gab es ja auch noch R2.

Es war ein eigenartiges Gefühl, ohne die vertrauten Helfer zu reisen.

Skip 5 war bereits aufgegeben worden, als Han noch ein regelmäßiger Gast im Run gewesen war. Die Höhlen von Skip 5 waren zwar riesengroß, aber sie bestanden aus Sonnenstein und wiesen deshalb eine Raumtemperatur von etwa vierzig Grad Celsius auf, eine Temperatur, die Menschen nur kurze Zeit ertragen konnten und die für die meisten der größeren Spezies, die den Run bewohnten, sogar tödlich war. Etwa zehn Jahre vor Hans Zeit hatte eine Bande menschlicher Schmuggler monatelang in den Höhlen gelebt. Am Ende hatten sie sich gegenseitig massakriert, und manche behaupteten, die Hitze hätte zu diesem Gemetzel geführt.

Han war nie zuvor auf Skip 5 gewesen. Er hatte nur davon gehört.

Deshalb war er auch auf die schiere Größe des Asteroiden und darauf, in welchem Maße er erschlossen und ausgebaut worden war, nicht vorbereitet.

Das Landefeld in dem Höhlensystem unmittelbar unter der Oberfläche von Skip 5 war groß genug, um dort bequem sechs Luxusliner gleichzeitig unterzubringen. Wenn man einmal von Coruscant absah, hatte Han eine Landefläche dieser Größe seit Jahren nicht mehr zu Gesicht bekommen. Neben den Dutzenden von Frachtern, die mit offenen Frachträumen dastanden und darauf warteten, daß die Binärheber ihre Ladung hineinhievten, wirkte der *Falke* winzig; allein einige der Container waren so groß wie das Cockpit des *Falken*.

Han sah zu Chewie hinüber, der einen erstaunten Klagelaut von sich gab. Seluss, der hinter ihnen saß, schnatterte aufgeregt.

"In diesen Containern könnte alles mögliche sein, Seluss", sagte Han. "Und ich will wissen, was."

Seluss schnatterte weiter.

Han ignorierte ihn. Er wußte, daß niemand freiwillig einen der Frachtcontainer für ihn öffnen würde, ganz besonders nicht jetzt, da man ihn verdächtigte, dem Schmugglerberuf und damit auch der Schmugglerehre den Rücken gekehrt zu haben. Aber er wollte die Verladehalle und die einzelnen Ladebuchten dort inspizieren. Er konnte immer noch nicht glauben, daß Schmuggler sich freiwillig zusammengetan hatten, um einen einzigen geheimnisvollen Kunden im Verband zu beliefern. Sein Gefühl sagte ihm, daß nur wenige sich darauf eingelassen hatten. Die übrigen taten nur so und lieferten die Ware auf eigene Rechnung ab. Wenn er nachsah, würde er herausfinden, wer von Skip 5 aus operierte und wer nicht. Und dann konnten er und Chewie sich auf die

Spur derer setzen, deren Abwesenheit ihm verdächtig vorkam. Er hoffte insgeheim, daß einer dieser Schmuggler in seiner Schuld stehen würde. Dann würde er das Geheimnis ihres rätselhaften Kunden vielleicht lüften können, ohne daß eine persönliche Konfrontation mit diesem erforderlich wurde.

"Ihr bleibt hier", wandte sich Han an Chewie. "Ich bin bald wieder da."

Chewie knurrte.

"Das haben wir doch alles schon besprochen", wies Han ihn zurecht. "Ich bin nicht bereit, den *Falken* unbewacht hier zurückzulassen. Und mit Seluss allein gehe ich nicht in den Skip."

Seluss schnatterte.

"Bloß weil deine Erklärung plausibel ist, heißt das noch lange nicht, daß ich dir auch vertrauen muß", erklärte Han. Er erhob sich aus dem Pilotensessel. "Wenn ich nicht bald zurück bin, Chewie, verschwindest du von hier."

Chewie brüllte.

"Das ist mein Ernst, Chewie."

Chewie schüttelte sein mächtiges Haupt und gab einen Klagelaut von sich.

"Ja-ah, ich weiß. Eine Lebensschuld", sagte Han. "Und warum schließt das nicht ein, daß du auch auf mich hörst?" Er griff nach seinem Blaster. "Paß auf den *Falken* auf, Chewie. Ich verlasse mich lieber auf meinen eigenen Verstand, als ewig auf Skip 5 festzusitzen. Ist das klar?"

Chewie grummelte etwas, wandte sich aber wieder der Steuerkonsole zu. Seluss ergriff Hans Hemdsärmel und schnatterte.

"Ja, ich weiß, daß du weißt, wonach du suchst, Mäusegehirn", sagte Han. "Das heißt aber noch lange nicht, daß ich dasselbe suche."

Er schüttelte Seluss' Hand ab und verließ das Cockpit. Chewie hatte unterdessen die Rampe ausgefahren, und Han trat aus dem *Falken* in die riesige Höhle.

Die Hitze war so drückend, daß er das Gefühl hatte, gegen eine Wand zu laufen. Der Schweiß brach ihm am ganzen Körper aus und ließ seine Kleidung an der Haut kleben. Er wünschte, er hätte Trinkwasser mitgenommen, wollte aber deshalb nicht noch einmal ins Schiff zurückkehren.

Außerdem würde er auch nicht lange fortbleiben. Er würde die Strapaze schon überstehen.

Und es war nicht das erste Mal, daß er sich in solch brütender Hitze bewegen mußte; vergleichbare Temperaturen hatte er bereits in geschwächtem Zustand und ohne Schutzkleidung ausgehalten. Am schlimmsten war es auf Tatooine gewesen, als er an der Hybernationskrankheit gelitten hatte. Damals war er blind gewesen, und die Sonne hatte ofenheiß auf ihn heruntergebrannt, und rings um ihn war eine Schlacht im Gang gewesen. Er hatte selbst darüber gestaunt, daß er damals überlebt hatte. Eigentlich wunderte er sich sogar heute noch darüber.

Han versuchte, tief durchzuatmen, aber der Atem stockte ihm in der Lunge. Er versuchte es noch einmal und eilte die Rampe des *Falken* hinunter.

Die Schmuggler beobachteten ihn von den Ladebuchten aus. Blastermündungen folgten ihm. Zwei Binärheber hielten in ihrer Bewegung inne, als er vorüberging. In unmittelbarer Umgebung der Droiden und der aktiven Raumschifftriebwerke wurde es noch heißer. Und dabei war dies ein relativ offener Raum nahe der Oberfläche. Im Innern des Skip würde es noch schlimmer sein.

Han zwängte sich durch eine offene Tür in einen engen Gang. Die Sonnensteinwände waren hier mit einem Kühlbelag beschichtet, und deshalb sank die Temperatur ein paar Grad. Er nutzte den Augenblick, um sich den Schweiß vom Gesicht zu wischen und tief durchzuatmen. Dann überprüfte er seinen Blaster, weil er nicht sicher war, wie gut der in der Hitze funktionieren würde.

Aber die Anzeigen verrieten ihm, daß alles in Ordnung war.

"Haben Sie vor, dieses Ding zu benutzen?"

Han blickte auf. Auf einem in die Wand eingelassenen Pult hinter dem Eingang des Gangs saß ein schlanker Mensch, dem das Haar in goldenen Locken bis auf die Schultern fiel. Er trug Netzhosen und kein Hemd. Seine Brust war über und über mit Tätowierungen bedeckt. Eine Hand ruhte auf der Oberfläche des Pults; die andere konnte Han nicht sehen. Wahrscheinlich hielt er unter dem Pult einen Blaster versteckt.

"Ich will nur sichergehen, daß er funktioniert, falls ich ihn brauche", erklärte Han.

"Ist das da draußen Ihr Schiff?"

"Ja." Han sprach ohne jeden Ausdruck. Noch wußte er nicht, ob der Mann Freund oder Feind war.

"Schrecklich klein für ein Frachtschiff."

"Das ist ein prima Frachter", antwortete Han.

"Aber sicher", nickte der Mann, keineswegs überzeugt.

Han atmete tief durch. "Haben Sie ein Problem mit meinem Schiff?"

"Nein", antwortete der Mann. "Es ist nur so, daß dieses Dock hier gewöhnlich von größeren Schiffen benutzt wird. Alte Maschinen landen auf der andere Seite von Fünf."

"Nun, bis jetzt hat mir keiner die Regeln erklärt", bemerkte Han. "Nächstes Mal nehme ich die andere Seite."

Der Mann hob seinen Blaster und legte ihn auf sein Knie. "Wenn Sie mir nicht sagen, was Sie hier wollen, wird es kein nächstes Mal geben, Kumpel."

"Ein Freund hat mich hergeschickt, um seine Ladung zu inspizieren. Er hat mein Schiff gechartert; ich soll damit seine Sachen vom Run abholen."

"Hat Ihr Freund einen Namen?"

Inzwischen hatte auch Han seinen Blaster gezogen. "Seluss. Er ist Sullustaner, und sein Partner ist verschwunden. Mitsamt ihrem Schiff."

"Davon habe ich gehört", sagte der Mann. Sein Blaster hatte sich noch nicht bewegt, und sein Finger krümmte sich noch nicht um den Abzug. "So was ist in letzter Zeit häufiger vorgekommen."

"Daß Schmuggler verschwinden?"

"Daß sie nicht zurückkommen." Der Mann zuckte die Achseln. "Ich schätze, die machen ihren Schnitt und steigen dann einfach aus dem Geschäft aus."

"Ich dachte, aus diesem Geschäft kann man nicht aussteigen", meinte Han.

Der Mann schüttelte das lange Haar über die Schulter. "Ah, es gibt schon welche, die aussteigen. Manche setzen sich zur Ruhe, andere gehen einfach weg. Das ist ganz normal. Schmuggler haben so etwas wie eine romantische Ader. Und der Gedanke, alt zu werden, ist ihnen unangenehm. Weil es dann einfach nicht mehr so viel Spaß macht wie in ihrer Jugend. Und jetzt, da eine Menge Geld im Umlauf ist, kann man ihnen das nicht mal verübeln."

"Sie sehen mir aber noch gar nicht so alt aus", sagte Han.

"Ich will mich auch noch nicht zur Ruhe setzen."

"Was machen Sie dann hier? Bis jetzt habe ich auf Skip 5 noch nie Wachen gesehen." Han war noch nie auf Skip 5 gewesen, aber das mußte er dem tätowierten Mann ja nicht unbeding auf die Nase binden.

"Ich habe auch nie behauptet, daß ich eine Wache bin." Der Mann rutschte von dem Pult herunter. "Ich dachte nur, daß Ihr Schiff ein bißchen zu nahe bei meinem steht. Ich wollte mich vergewissern, was Sie vorhaben, ehe ich lade."

"Welches Schiff ist denn Ihres?" wollte Han wissen.

"Das, unter dem Sie geparkt haben."

Han sah sich um. Er war neben dem einzigen Großfrachter auf der Landefläche gelandet. Der gepanzerte, klobige Frachter ließ die anderen Schiffe wie Spielzeug aussehen. Der *Falke* stand unter dem hinteren Laderaum des Frachters. "Wie haben Sie denn dieses Monstrum in den Run gebracht?"

"Habe ich gar nicht", antwortete der Mann in einem Ton, der es nicht ratsam erscheinen ließ, weitere Fragen zu stellen. Han brauchte auch keine zu stellen. Jarril hatte recht gehabt: Der Run hatte sich sehr verändert. In der Vergangenheit hätte ein Schmuggler niemals das Schiff eines anderen gestohlen. Heutzutage schien man sich damit sogar zu brüsten.

Han war froh, daß er Chewie auf dem *Falken* zurückgelassen hatte.

"Also", fuhr er fort, "wollen Sie mich jetzt hier durchlassen oder nicht?"

Der Mann zuckte die Achseln. "Ich habe nicht versucht, Sie aufzuhalten."

"Na ja, dann sind Sie ein ziemlich überzeugender Schauspieler", knurrte Han und trat in den Gang. Er rostete langsam ein. Er hatte sich inzwischen so an Coruscant gewöhnt, daß er überhaupt nicht auf die Idee gekommen war, in dem Mann etwas anderes als eine Wache zu sehen. Schmuggler benutzten keine Wachen, höchstens ihre eigenen. Er mußte umdenken, ein paar Dinge vergessen und versuchen, wieder zu denken wie früher, während seiner aktiven Schmugglerzeit. Sonst würde er das hier vielleicht nicht überleben.

Der Gang wand sich vor ihm tiefer in die fast undurchsichtige Dunkelheit. Der Kühlbelag ließ die Strahlung des

Sonnensteins nicht durch. Trotzdem war die Luft hier trokken, unangenehm trocken. Han vermißte die allgegenwärtige Feuchtigkeit und ein bißchen sogar den Gestank von Skip 1.

Aber nur ein bißchen.

Seine Stiefel scharrten auf der isolierenden Schicht; der Blaster fühlte sich rutschig an, und der Schweiß an seinen Händen machte es ihm fast unmöglich, irgend etwas festzuhalten. Allmählich paßten sich seine Augen der Dunkelheit an. Im Sand des leicht abwärts geneigten Gangs waren Fußabdrücke verschiedener Größen zu sehen. Weiter unten hörte er die Geräusche von großen Maschinen und Stimmen, die eine Sprache sprachen, die er schon lange nicht mehr gehört hatte. Dann schlug ihm der Gestank entgegen. Es stank nach Schmiermitteln, Öl, Reinigungsflüssigkeit und irgend etwas besonders Widerwärtigem, wie in einer Gondargrube.

Jawas.

Aber das konnte unmöglich sein. Jawas lebten nur auf Tatooine und verließen ihren Planeten niemals. Das einzige Mal, daß sie das seines Wissens doch getan hatten, war auf *Palpatines Auge* gewesen, als Luke dort auf Jawas gestoßen war, die Tatooine jedoch nicht aus freien Stücken verlassen hatten.

Vielleicht die hier auch nicht.

Han stapfte tiefer in den Gang hinein, immer darauf bedacht, die Wand im Rücken zu haben. Vor ihm, hinter einer Biegung, wurde es jetzt heller, Hitze schlug ihm entgegen und machte den Gestank noch unerträglicher. Hier unten war der Sonnenstein nicht unter einem Kühlbelag verborgen.

Han schluckte und befeuchtete sich die Lippen. Er nahm sich vor, nur einmal ganz kurz hinzusehen und dann zum *Falken* zurückzukehren. Seine Hand schloß sich fester um seinen Blaster. Jawas waren nicht gerade seine Lieblingsgeschöpfe, nicht mal unter den günstigsten Voraussetzungen.

Der Sonnenstein blendete ihn, als er um die Ecke bog. Die Hitze hüllte ihn ein wie die Arme einer Geliebten. Er blieb stehen, bis seine Augen sich an das grelle Licht gewöhnt hatten. Dann schob er sich vorsichtig weiter, wobei er darauf achtete, kein unnötiges Geräusch zu verursachen.

Der Gang öffnete sich zu einer großen Höhle. Die Decke wölbte sich einige Stockwerke über Han – weit genug weg, daß der Sonnenstein den täuschend echten Eindruck von richtigem Sonnenlicht vermittelte; die Wände der beiden unteren Stockwerke waren mit dem Kühlbelag beschichtet. Das Ganze sah aus, als hätte man ein Stück von Tatooine hierher ins Zentrum von Skip 5 verpflanzt.

In der Mitte der großen Höhle stand ein Sandkriecher. Seine keilförmigen Türen waren geöffnet, und Jawas gingen ein und aus. Ihre Augen glühten rot unter ihren Kapuzen, ihre Gewänder waren unten ausgefranst, und sie redeten pausenlos aufeinander ein, während sie Teile von Sturmtruppenuniformen in den Sandkriecher verluden. Jawas im Inneren des riesigen Gefährts reinigten die Uniformen, während andere damit beschäftigt waren, Droiden zu reparieren und wieder einsatzfähig zu machen. Im Sand lagen weitere Teile von Sturmtruppenuniformen, ein paar Blaster und Teile einer imperialen Fähre verstreut.

Han vergaß völlig, wie heiß ihm war. Er beugte sich so weit nach vorn, wie er nur konnte, und entdeckte durch die Öffnungen in der Wand in der Nachbarschaft weitere schattige Höhlen, und er sah Sandkriecherspuren, die von ihm wegführten. Nach ein paar Augenblicken hob ein Jawa seine kleine Hand, erteilte einen Befehl, und die übrigen Jawas trugen die restlichen Uniformen an Bord. Die Teile der Fähre hatten sie offenbar nicht gesehen. Der Sandkriecher setzte sich ruckend in Bewegung und schob sich auf seinen breiten Ketten nach vorn. Als er an Hans Versteck vorbeirasselte, preßte der sich, um nicht gesehen zu werden, gegen die Wand des Gangs.

Dabei nahm hier niemand Notiz von ihm.

Nachdem die Jawas verschwunden waren, ging Han ein paar Schritte weit in die Höhle hinein und kauerte sich nieder. Der Sand war heiß, ganz wie er es erwartet hatte. Er nahm eine Handvoll und ließ ihn durch die Finger rinnen. Er sah zu, wie kleine Steinchen mit dem Sand herabrieselten, bis er eine Schraube herausfilterte. Er wischte den Sand weg und betrachtete die Schraube. Imperiale Arbeit – vielleicht fünfundzwanzig Jahre alt –, wie sie gewöhnlich auf Frachtschiffen verwendet wurde.

Han warf die Schraube weg und grub tiefer im Sand. Er fand weitere kleine Teile Schrott, bis er auf die unterste Schicht des Kühlbelags stieß.

Das bedeutete, daß der Sand absichtlich aufgeschüttet worden war. Und auch das imperiale Gerät hatte irgend jemand hier abgeladen.

Das Ganze ergab keinen Sinn.

Han blieb noch einen Augenblick lang in der Hocke und dachte nach. Irgendwo hier mußte es einen Hinweis geben. Und irgend etwas mußte er bereits übersehen haben. Etwas von Bedeutung.

Die Hitze brannte schier unerträglich auf seinem Rücken. Das Poltern eines weiteren Sandkriechers ließ ihn aufblikken. In der nächsten Höhle wurde gerade die Klappe eines weiteren dieser schweren Landfahrzeuge geschlossen.

Wenn Skip 5 ebenso groß war wie Skip 1, konnten die Jawas tagelang durch das Labyrinth von Höhlen fahren, ohne einander zu begegnen. Sie mochten sogar glauben, sich auf einem kleinen, isolierten Teil von Tatooine zu bewegen. Und solange sie schrottreifes Gerät fanden, das sie einsammeln und reparieren konnten, würden sie zufrieden sein.

Solange es Orte gab, an denen sie damit Handel treiben konnten. Oder wo man sie irgendwie dafür bezahlte.

Jawas machten gern Tauschgeschäfte, aber Kredits bedeuteten ihnen nicht viel. Was ihr Leben lebenswert machte, war das Sammeln, das Instandsetzen und der Weiterverkauf von Schrott. Was für eine großartige, ideale und doch bestechend einfache Methode, gebrauchte imperiale Kriegswaffen praktisch kostenlos reinigen und reparieren zu lassen. Wer auch immer sich das ausgedacht hatte, mußte ein brillanter Kopf sein.

Ein Gestank wie von verfaulendem Fisch schlug Han entgegen, und er zog die Hand aus dem Sand. Giftgrüner Schlamm, Jawas – fast alles, was er bisher im Run erlebt hatte, war vor allem mit üblen Gerüchen verbunden gewesen. Wer konnte ahnen, was noch in diesem aufgeschütteten Sand steckte? Er selbst wollte es jedenfalls lieber nicht wissen.

Han wischte sich die Hände an den Hosen ab und drehte sich um. Chewbacca zielte mit dem Rücken zu ihm mit seiner Armbrust auf den Eingang des Gangs.

"Ich dachte, ich hätte dir gesagt, du sollst im *Falken* bleiben."

Chewies gebot ihm mit einer Prankenbewegung Schweigen. Han hob den Blaster. Seluss war nirgends zu sehen. Wenn Chewie diese kleine Ratte im *Falken* zurückgelassen hatte, konnte er etwas erleben.

Schließlich ließ Chewie die Pranke sinken. Er sprach leise in Wookiee, eine Folge knurrender und klagender Laute, die er mit anmutigen Gesten unterstrich. Die ganze Zeit ließ er den Gang nicht aus den Augen, als rechne er damit, daß jeden Augenblick jemand dort auftauchen würde.

Han hörte ihm zu, und sein Gesichtsausdruck verdüsterte sich. Chewie hatte Han verschwinden sehen und dann drei Männer, die ihm in den Gang gefolgt waren. Als Chewie Han gefunden hatte, war dieser jedoch allein gewesen.

Und das war noch nicht alles. Die meisten Schiffe in den Ladebuchten des Skip 5 wurden nicht *beladen*, sondern *entladen*.

Niemand löschte hier, im Smuggler's Run, seine Ladung. Das war ein ungeschriebenes Gesetz und darüber hinaus höchst unklug.

"Ich muß irgendwas nicht mitgekriegt haben, Chewie", sagte Han. "Wo steckt Seluss?"

Chewie deutete mit einer Kopfbewegung in Richtung des Gangs.

"Dort oben? Du hast ihm einen Blaster gegeben?"

Chewie zuckte die Achseln und knurrte leise.

"Da magst du recht haben. Wenn du ihn allein im *Falken* gelassen hättest, wäre ich äußerst sauer gewesen", meinte Han.

Chewie gab einen Klagelaut von sich und wischte sich mit einer Pranke über die Nase.

"Du solltest endlich aufhören, dich über den Gestank zu beschweren, du großer Teddybär", sagte Han. "Wenn ich an die Hitze und die Jawas denke ..."

"Was ist, wenn Sie an die Hitze und die Jawas denken, General Solo?" ertönte eine Stimme hinter ihm.

Han wirbelte herum und hob den Blaster. Sechs Glottalphibs standen hinter ihm, ihre großen Füße versanken im Sand. Alle sechs waren größer als Chewie. Fünf von ihnen hatten ihre Sumpfschocker auf ihn gerichtet, kurzläufige, mit Schlamm und vertrockneten Algen bedeckte Waffen.

Han hatte einmal einen Schuß aus einem Sumpfschocker abbekommen, und es hatte so höllisch weh getan, daß er das nie wieder erleben wollte.

"Sie sollten Ihren Blaster sinken lassen, General Solo", sagte der unbewaffnete Glottalphib. Beim Sprechen kräuselte Rauch aus seinem Maul. Er war ebenso groß wie die anderen, aber seine Schuppen waren im Gegensatz zu dem normalen Gelbgrün seiner Spezies grauschwarz gesprenkelt. Er hatte die winzigen grünen Hände über der Brust verschränkt. "Sonst könnte jemand auf den Gedanken kommen, daß Sie uns bedrohen. Sie würden uns doch nicht bedrohen, oder General Solo?"

Han sah sich nicht um, wußte aber aus Erfahrung, daß Chewie seine Armbrust auf sie gerichtet hatte. Er hatte nie zuvor gegen sechs Glottalphibs gekämpft. Selbst mit einem Wookiee auf seiner Seite standen die Chancen ausgesprochen schlecht.

"Ich bin Ihnen gegenüber im Nachteil", sagte er. "Sie scheinen zu wissen, wer ich bin, aber ich habe keine Ahnung, wer Sie sind."

"Unsinn, General Solo. Mit wie vielen Glottalphibs hatten Sie denn im Laufe Ihrer Karriere bereits zu tun?"

"Es waren genug, um euch Typen voneinander unterscheiden zu können, Kumpel. Und *Ihnen* bin ich noch nie begegnet." Er bemühte sich, Zeit zu gewinnen, und das wußten sie beide. Der einzige Glottalphib von Rang und Namen war Nandreeson, und der war praktisch der unumschränkte Herrscher über Skip 6.

"Ein so bedeutendes Versäumnis lasse ich mir nur selten zuschulden kommen, General Solo." Der Glottalphib lächelte, und dabei zuckte eine winzige Flammenzunge aus seiner Nase. "Mein Name ist Iisner. Ich bin für Nandreeson tätig. Er hat gehört, daß der Konkubinatspartner der großen Prinzessin Leia im Run weilt, und würde sich gern mit Ihnen treffen."

Hans Finger krümmte sich um den Abzug. Die Formulierung sollte ihn zornig machen, das wußte er. Dabei war er ohnehin schon zornig. "Ich bin kein Konkubinatspartner", widersprach er unwillkürlich. Chewie knurrte eine Warnung. "Ich bin ihr Mann."

"Ah ja", meinte der Glottalphib. "Die menschlichen Gewohnheiten sind so pervers. Ich habe die Besitzbedürfnisse

Ihrer Gattung nie begriffen. Besser für die Erbmasse, wenn man seine Eier dort läßt, wo jeder zufällig vorbeikommende Mann sie befruchten kann."

"Sie haben doch nicht Ihre Sumpfschocker auf mich gerichtet, um mit mir über Paarungsgewohnheiten zu diskutieren." Aus dem Augenwinkel begutachtete Han die nächste Höhle. Die Klappe des Sandkriechers hatte sich geschlossen. Das schwere Fahrzeug würde sich jetzt jeden Augenblick in ihre Richtung bewegen.

"Nein, ich bin gekommen, um Sie nach Skip 6 einzuladen."

"Eine Einladung, hinter der fünf Sumpfschocker stehen, ist keine Einladung", sagte Han. "Das ist ein Befehl."

Das Lächeln des Glottalphib wurde breiter. Wieder zuckte eine Flamme, diesmal länger, aus seinem rechten Nasenloch. "Ja, ich nahm an, daß Sie es so sehen würden. Unsere Gebräuche sind so unterschiedlich. Aber wir bitten Sie aus Freundlichkeit und höflichem Interesse zu uns. Wir erfahren so wenig über die Neue Republik. Es wäre nett, aus dem Munde des – Ehemanns einer großen Führerin der Neuen Republik Neuigkeiten vernehmen zu dürfen."

Chewies geknurrte Warnungen wurden lauter. Diesmal verkniff sich Han eine ärgerliche Entgegnung. Leia *war* eine große Führerin.

"Nehmen Sie die Sumpfschocker weg, rufen Sie Ihre Handlanger zurück, dann komme ich vielleicht mit."

"Ah, General Solo. Ich kann doch nicht auf ein Vielleicht hin so drastische Änderungen vornehmen." Wieder zuckte eine Flamme aus dem linken Nasenloch des Glottalphib. Jeder neue Ausbruch steigerte die Hitze in der Höhle.

Der Sandkriecher hatte ihre Höhle fast erreicht. Der Boden zitterte, aber die Glottalphibs schienen es nicht zu bemerken.

"Okay", sagte Han. "Nehmen Sie die Sumpfschocker weg, rufen Sie Ihre Handlanger zurück, und Chewie und ich folgen Ihnen nach Skip 6."

"Wir haben keine Landeflächen für konventionelle Schiffe, General Solo."

"Dann sollte Nandreeson vielleicht zu mir kommen. Ich verfüge auf Skip 1 über angemessene Gegebenheiten." Han wich ganz langsam immer weiter zurück. "Und jetzt habe ich noch etwas zu erledigen, wenn Sie mich bitte entschuldigen würden."

"Nicht so überstürzt, General Solo", sagte der Glottalphib.

"Nichts ist wichtiger als das, was wir von Ihnen wollen."

Der Sandkriecher kam jetzt in die Höhle gerollt. Der Glottalphib drehte sich überrascht um.

Han stieß Chewie an. "Lauf!" rief er.

Sie rannten beide in den Gang und nahmen die Steigung. Blaues Licht aus den Sumpfschockern traf auf die Sonnensteinwände und strahlte noch mehr Hitze ab. Chewie brüllte. Han stieß ihn von hinten an. Plötzlich wurde es finster um sie; dann zuckten Flammen über den Sonnenstein, genau an der Stelle, die sie vor einem Augenblick hinter sich gelassen hatten.

Han feuerte zurück. Der Blasterschuß peitschte durch die Öffnung des Gangs, verfehlte aber sein Ziel. Chewies breite Pranken rutschten im Sand aus. Han mußte ihn immer wieder weiterstoßen. Die Glottalphibs waren inzwischen gefährlich nahe herangekommen. Wieder fuhr dicht neben Han eine Flamme in die Wand und brannte den Kühlbelag weg. Glühende Hitze hüllte die Fliehenden ein.

"Hier lang!"

Han blickte auf. Eines der flachen Elemente der Isolierschicht war zur Seite geklappt worden, und der langhaarige blonde Mann vom Eingang steckte den Kopf durch die Lücke.

"Schnell!" drängte er. "Wir haben nur Sekunden."

Chewie brüllte protestierend.

Wieder schlugen neben ihnen Flammen ein. Diesmal hielt der Kühlbelag, begann jedoch unter der gewaltigen Hitze rot zu glühen. Sie würden es niemals schnell genug durch den Gang schaffen, um den Flammen und den Sumpfschockern zu entkommen. Han wußte nicht, wer dieser Bursche war, aber im Augenblick war alles besser als in Glottalphib-Frikassee verwandelt zu werden.

"Los, Chewie, beeil dich!"

Chewie protestierte abermals, und Han schubste ihn durch die Öffnung in der Wand. Der Mann zog Chewie hinein, und Han kroch hinter ihm her und landete auf einem Haufen von duftendem Wookieefell. Sie befanden sich in einer schmalen Nische, die mit Sonnenstein ausgekleidet war und besonders hell leuchtete. Der Mann griff um Han herum und zog das lose Element der kühlenden Verschalung über die Öffnung.

"Sehen wir zu, daß wir hier rauskommen, ehe wir bei lebendigem Leib gebraten werden", sagte der Mann.

"Dagegen ist nichts einzuwenden", erklärte Han. Gemeinsam waren sie Chewie beim Aufstehen behilflich. Die Nische war so eng, daß er nicht aufrecht stehen konnte. Der Mann quetschte sich durch einen schmalen Spalt hinter ihnen, und Han folgte ihm. Chewie bückte sich und wollte sich ebenfalls hindurchzwängen.

Dann brüllte er.

Er steckte fest.

Plötzlich glühte der Kühlbelag hinter ihnen rot. Vermutlich hatte ihn ein Flammenstrahl getroffen. Die Hitze nahm weiter zu. Hans Kehle war völlig ausgetrocknet, und sein Hemd völlig durchgeweicht. Er hätte doch noch einmal ins Schiff zurückkehren und Wasser mitnehmen sollen.

Aber wenigstens hielt die Verschalung.

Er streckte die Hand aus und zerrte an Chewies pelzigem Arm.

"Lassen Sie ihn los", forderte der Mann. "Wir müssen hier raus."

"Entweder wir alle drei oder keiner von uns", antwortete Han, obwohl er nicht recht wußte, wie er das durchsetzen sollte. "Du mußt dich noch kleiner machen, Chewie."

Der Wookiee brüllte wieder.

"Dann sagen Sie ihm, daß er wenigstens den Mund halten soll."

"Halten *Sie* doch den Mund!" herrschte Han den Blonden an.

Chewie krümmte sich in dem schmalen Durchgang und stieß mit den Knien gegen die Wand.

"Okay", sagte Han. "Jetzt weiß ich, wie wir es machen. Stemm die Beine gegen die Wand, und drück dich durch den Spalt."

Chewie murmelte ein paar ausgewählte Wookieeverwünschungen von der Art, bei der Han immer so tat, als würde er sie nicht verstehen, und unternahm dann, was Han ihm geraten hatte. Seine Armbrust stieß heftig gegen die Wand, dann konnte man hören, wie Fell zerriß. Aber Chewie rutschte nach und nach auf Han zu und war plötzlich auf der anderen Seite und frei.

Ein dickes Büschel Wookieehaare hing an der Sonnensteinwand. Chewie gab einen weiteren Klagelaut von sich. An seinem Rücken fehlte ein ganzes Stück Fell.

"Ihr Freund jammert ja ganz schön rum", sagte der Mann. Er hatte sich nicht von seinem Platz tiefer in der Felsspalte entfernt.

Chewie knurrte.

"Das ist ein Wookiee, mein Freund", belehrte Han ihn. "Soll heißen, ich würde an Ihrer Stelle darauf achten, ihn nicht wütend zu machen."

"Mit Wookiees komme ich klar."

Han grinste. "Wer das sagt, hat noch nie mit einem Wookiee zu tun gehabt."

"Wollen Sie jetzt, daß ich Ihnen helfe oder nicht?" fragte der Mann.

"Ich weiß nicht", entgegnete Han. "Was bringt es Ihnen ein, wenn Sie mir helfen?"

"Ein Gefühl der Befriedigung, General. Und jetzt kommen Sie!" Der Mann zwängte sich durch eine weitere schmale Öffnung und durchquerte dann, ehe Han noch Gelegenheit hatte, ihm zu antworten, eine größere Höhle. Der Mann wußte, mit wem er es zu tun hatte.

Er hatte es die ganze Zeit gewußt.

Und das machte Han nervös.

Han spähte durch die Felsspalte. Die Höhle sah aus, als wäre sie nicht von Menschenhand geschaffen, ebensowenig wie der Felsspalt. Der Sonnenstein strahlte hell.

Und es war heiß.

"Denkst du, du schaffst es, Chewie?"

Chewbacca nickte.

"Denkst du, wir sollen ihm vertrauen?"

Chewie schüttelte den Kopf und gab einen klagenden Laut von sich.

"Du hast recht. Bis diese Verschalung abkühlt, kann es eine Ewigkeit dauern. Und während dieser Zeit sitzen wir hier fest, in dieser Hitze. Und nichts könnte schlimmer sein, stimmt's?"

Chewie schüttelte den Kopf, als könne er nicht glauben, daß Han das gesagt hatte. Han konnte es selbst nicht glauben.

"Du zuerst, Bettvorleger. Auf die Weise kann ich nachhelfen, wenn du steckenbleibst."

Und etwaige Verfolger abwehren. Han wußte nicht, warum Nandreeson hinter ihm her war, aber er hatte nicht vor, zu warten, bis er das herausgefunden hatte.

Chewie manövrierte sich durch die zweite Felsspalte, ohne diesmal allzuviel Fell dabei zu verlieren. Han folgte ihm. Die Höhle, die der Mann bereits hinter sich gelassen hatte, war groß. Chewie hatte keine Probleme, aufrecht darin zu stehen.

Die Hitze war hier nicht ganz so schlimm. Han wischte sich über das Gesicht. Ihm war ziemlich mies zumute. Der Mann war weg, aber seine Spuren führten quer durch die Höhle.

Als ob sie eine Wahl gehabt hätten. Andere Fluchtwege gab es nicht; also folgten sie seinen Spuren mit schußbereiten Waffen. Aus einem Seitengang strömte kühle Luft. Der Mann erwartete sie. Er saß auf einem Stapel Isolierbeschichtung; sein Blaster ruhte auf einem Knie.

"Ich dachte schon, Sie würden es nicht schaffen", sagte er.

"Manchmal ist der Feind, den wir kennen, weniger gefährlich, als der, den wir nicht kennen", antwortete Han.

"Sie glauben mich also zu kennen." Der Mann lächelte.

Han schüttelte den Kopf. "Hätte nicht viel gefehlt, und wir wären dort hinten geblieben, bis die Isolierschicht abgekühlt wäre."

"Sie würden sich lieber mit Nandreesons Leuten auseinandersetzen als mit mir?"

"Ich weiß nicht, was Sie wollen", sagte Han. "Und auch nicht, wer Sie sind."

Der Mann streckte ihm die Hand entgegen. "Mein Name ist Davis."

"Namen helfen uns nicht weiter", wehrte Han ab. "Ich kenne Sie trotzdem nicht."

"Ich kenne Sie eigentlich auch nicht, General, aber ich weiß, wer Sie sind."

"Und damit sind Sie mir gegenüber eindeutig im Vorteil."

"Sie haben kein großes Vertrauen zu anderen, was? Ich versuche gerade, Ihnen aus der Patsche zu helfen."

"Das muß sich erst noch zeigen. Wo gehen wir hin?"

"Diese Gänge führen uns auf Umwegen zu dem Landefeld, wo Ihr Schiff liegt."

"Und wo Nandreesons Leute warten", sagte Han. "Die nehmen nämlich an, daß ich den *Falken* nicht zurücklasse."

"Haben Sie denn vor, ihn zurückzulassen?"

"Ich beabsichtige lediglich, unberechenbar zu sein." Han ließ seinen Blaster sinken. "Sagen Sie mir, was diese Jawas hier machen."

"Jetzt?" fragte Davis.

"Jetzt", nickte Han.

Der Blonde seufzte. Dann schob er seinen Blaster ebenfalls ins Holster. "Ein paar Schmuggler haben die Jawas hergebracht, um Kriegsgerät zu säubern und zu reparieren."

"Gratis?"

Davis schüttelte den Kopf. "Jawas arbeiten nie gratis. Aber sie arbeiten billig. Für die Schmuggler ist es wesentlich einfacher, es auf die Weise zu machen, als die Arbeit selbst zu tun – oder jemand anderen dafür zu bezahlen."

"Also lassen sie ihr Zeug einfach im Sand liegen, bis die Jawas es aufsammeln, reparieren und an sie zurückverkaufen?"

"Es funktioniert", meinte Davis.

"Das kommt ganz darauf an, wie man 'funktionieren' definiert", bemerkte Han. "Jawas reparieren den alten Kram, der ihnen in die Hände fällt, nie besonders zuverlässig."

"Aber sie trennen alles, das noch funktioniert, von dem unbrauchbaren Schrott, und das reicht den Typen hier völlig."

"Und wer kauft diesen Schrott?" wollte Han wissen.

"Keine Ahnung", behauptete Davis. "Und es lohnt sich auch nicht, sich danach zu erkundigen." Er sah sich um. "Ich meine wirklich, wir sollten nicht länger hierbleiben. Ihren sullustanischen Freund haben die vermutlich bereits umgebracht, und jetzt durchsuchen sie die Höhlen und Gänge nach Ihnen."

"Seluss kann auf sich selbst aufpassen", sagte Han. "Und wahrscheinlich erwarten die mich bei meinem Schiff."

"Das war ein ziemlich großes Aufgebot. Vielleicht haben sie sich verteilt."

"Woher wissen Sie, wie viele es waren?"

"Ich habe sie gesehen, als sie in den Gang kamen, Solo. Ich wußte, daß sie hinter irgend etwas her waren."

"Sie sind aber nicht durch den Gang gekommen."

"Nein, sind sie nicht."

"Dann kennen sie sich hier gut aus."

"Viele Wege führen zum Sand, Solo, nicht nur der eine Gang oder das System von Höhlen."

Chewie tat grollend seine Zustimmung kund. Han atmete tief durch. Er haßte Skip 5. Die Hitze war unerträglich, selbst in den tieferen Höhlen. "Sie sind nur sechs", überlegte er. "Und wir sind zu dritt. Ich schätze, wir können uns an ihnen vorbei zum *Falken* mogeln."

Davis schüttelte den Kopf. "Das sind Nandreesons Leute. Wenn Sie im Ladebereich auf sie schießen, werden die meisten Schmuggler dort auf *Sie* schießen."

Chewie grollte.

"Hast du eine bessere Idee, Bettvorleger?"

Chewie knurrte und vollführte eine knappe Geste.

"Das könnte klappen", meinte Han. "Das könnte tatsächlich klappen."

"Was?" fragte Davis. Wookiee verstand er also offensichtlich nicht. Irgendwie fühlte sich Han dadurch erleichtert.

"Führt von hier aus ein anderer Weg in den Sand?"

Davis nickte. Er zog die Stirn kraus.

Han lächelte. "Na prima", sagte er. "Ist schon lange her, daß ich mit den Jawas Geschäfte gemacht habe."

* 20 *

Zuerst sah Luke den Droiden gar nicht, der auf ihn zukam. Seine goldene Gestalt verschwand fast zwischen all dem Gold der nach unten langenden Hände, der tastenden Finger und angewinkelten Arme. So kam es, daß Luke zuerst das Klappern der Schritte des Droiden auf dem Metallboden hörte, ehe er ihn sah.

Und dann entdeckte er plötzlich seine Augen, die in dem spitzen Gesicht glühten. Er sah aus wie ein Droidengott, der einem goldenen Meer entstieg, seine in Wirklichkeit ganz normalen Schritte wirkten wie der weit ausschreitende Gang eines geborenen Führers. Aber er war im Unterschied zu den Einzelteilen ringsum lediglich ein fertigmontierter Droide.

"Jedi Skywalker?" sagte er, und es klang wie eine Feststellung. Seine Stimme war auf derselben Frequenz wie die von 3PO moduliert, aber ohne dessen leicht hektischen, affektierten Tonfall. Er gehörte auch nicht derselben Modellreihe an wie dieser, erkannte Luke sofort. Das Gesicht war schmaler, das Kinn spitzer und die Nase ausgeprägter.

"Ich bin Luke Skywalker", nickte Luke.

"Sie sollen mitkommen."

Luke nickte. Er verschränkte die Hände hinter dem Rükken und folgte dem Droiden. Die Bewegung tat ihm gut. Einen Augenblick lang hatte er eine andere Präsenz gespürt, eine, die ihm zugleich vertraut und fremd war. Beinahe so, als ob ein Freund plötzlich zu jemand anderem geworden wäre. Spuren des Freundes blieben zurück, und doch war er eine andere Person. Wenn Luke auf Yavin 4 gewesen wäre, hätte er sich die Zeit genommen, seine Gefühle zu analyieren, um die Spuren der Person zu finden, die er gekannt hatte. Aber dafür hatte er jetzt weder die Zeit, noch war dies die friedliche Umgebung, die er dazu brauchte. Er würde das seinem Unterbewußtsein überlassen müssen. Sein Bewußtsein war anderweitig beschäftigt.

Brakiss war nicht weit.

Und Brakiss hatte Angst.

Der Droide führte Luke an dem zum Stillstand gekommenen Laufband vorbei. Die überall sichtlich ungeordnet herumliegenden Gliedmaßen schienen ihm nichts auszumachen.

"Was ist das hier für eine Anlage?" erkundigte sich Luke.

"Das Feld für die Prüfung der Hände und Arme der Protokolldroiden. Wir arbeiten an neuen Händen, mit dem Ziel größerer Empfindlichkeit für die Fingerspitzen und größerer Flexibilität für die Gelenke. Im letzten Jahr haben wir große Fortschritte in der Droidentechnik gemacht, Innovationen in allen Funktionsbereichen, in denen man Droiden einsetzen kann." Was der Droide sagte, klang wie ein eingeübtes Verkaufsgespräch, vielleicht war er tatsächlich dazu konstruiert, andere Droiden zu verkaufen.

"Bist du normalerweise mit dem Verkauf betraut?"

"Oh nein. Ich bin bloß eine Protokolleinheit, Jedi Skywalker. Ich führe gelegentlich Gäste durch die Anlage und bin auf die Beantwortung von Fragen programmiert."

"Wie lange ist Brakiss denn schon hier?"

Der goldene Kopf des Droiden drehte sich zu Luke herum. "Das weiß ich nicht, Sir. Mein Gedächtnisspeicher ist häufig gelöscht worden."

Luke unterdrückte ein Schaudern. Ihm waren Speicherlöschungen immer barbarisch vorgekommen. Wenn er zuließ, daß R2 und 3PO einer solchen Behandlung unterzogen wurden, würde er zwei gute Freunde verlieren. Möglicherweise hatte dieser Droide früher einmal eine ausgeprägtere Persönlichkeit gehabt.

Aber das bestätigte Luke zumindest, daß Brakiss hier war.

Der Droide führte Luke durch eine Tür in einen mit goldenen Beinen angefüllten Raum. An keinem der Beine waren Füße befestigt. Sie standen auf dem Boden, wie unbenutzte Schuhe, alle mit kleinen Vorsprüngen an der Oberseite, um sie an den Fußgelenken mit den dazugehörigen Beinen verbinden zu können, die von der Decke herabhingen. Genau wie die Arme in dem angrenzenden Raum wirkten sie auf eine beängstigende Art beweglich. Man konnte den Eindruck gewinnen, die Beine würden, wenn nur jemand die Füße daran befestigte, im nächsten Moment von ganz alleine losmarschieren.

"Dies ist die Testanlage für die Füße und Beine der Protokolldroiden", erklärte der Droide.

"Das sehe ich", sagte Luke. "Du brauchst mir nicht den Standardvortrag zu halten. Es reicht, wenn du mir ein paar Fragen beantwortest."

"Wie Sie wünschen, Jedi Skywalker."

Luke duckte sich unter einem Paar besonders tiefhängender Füße. "Wie groß ist diese Anlage?"

"Die Protokolleinheit nimmt dieses ganze Gebäude ein, Jedi Skywalker."

"Nein." Luke tippte mit dem Finger an ein Bein. Es fühlte sich kalt und hart und leblos an. "Ich meine *die ganze* Droidenfabrik."

"Die Fabrik umfaßt den ganzen Mond, Jedi Skywalker. Wir produzieren hier sämtliche Typen von Droiden. Gibt es einen Typ, der Sie besonders interessiert?"

Luke schüttelte den Kopf. "Dieser Teil der Fabrik scheint mir verlassen."

"Wir haben gerade einen großen Auftrag für MD-10er erhalten. Die meisten Einheiten in den Abteilungen für Medidroiden sind besetzt."

"Zehner?" fragte Luke. "Ich habe nur MD-5er gesehen."

"Die Fünfer sind ein älteres, nicht so leistungsfähiges Modell. Das Imperium hat kurze Zeit das Modell MD-6 benutzt. MD-7 bis MD-9 waren Prototypen, die nur in ganz geringem Maße eingesetzt wurden. Als dann die Entwicklung des MD-10 abgeschlossen war, glich das im Bereich der Droiden für den medizinischen Einsatz einer Revolution. Jetzt stellen wir ausschließlich Zehner her."

Das war wieder ein Teil des Standardvortrags. Der Droide schob Luke durch eine weitere Tür in einen Saal mit Köpfen. Goldene Köpfe mit dunklen Augen. Die Köpfe waren übereinandergestapelt wie Ziegel in einer Mauer. Ihre Münder waren halb offen, als wollten sie im nächsten Moment zu sprechen anfangen.

Oder zu schreien.

Einige Köpfe waren hohl, oder es fehlte der hintere Teil des Schädels. Chips, Droidenhirne und Schaltmodule hingen in dichten Bündeln von der Decke.

"Macht dir ein solcher Raum nicht angst?"

Der Droide drehte den Kopf zu Luke herum. "Jedi Skywalker, wir haben viele innovative Änderungen an Droiden vorgenommen, aber keine davon verleiht einem Droiden menschliche Empfindungen. Sie wissen genau wie ich, daß ein Droide mit menschlichen Emotionen vollkommen unbrauchbar wäre."

Luke erinnerte sich daran, wie ausdrucksvoll R2 schreien und wie nervös 3PO plappern konnte, und trotzdem erschienen sie ihm in höchstem Maße brauchbar.

"Außerdem", fuhr der Droide fort, "müssen wir alle akzeptieren, was wir sind."

Das stimmte natürlich. Luke mußte bloß daran denken, wie sehr er mit sich gerungen hatte, ehe er die Tatsache akzeptiert hatte, daß Darth Vader sein Vater war.

Das Thema gefiel ihm nicht. Auch bei dem Gedanken, daß er sich inzwischen ziemlich weit von seinem X-Flügler entfernt hatte, war ihm nicht wohl. "Wohin führst du mich?"

"In die Montagehalle. Es ist eine große Ehre für Sie, in diese Halle geführt zu werden. Die meisten unserer Gäste dürfen da nicht hinein."

Luke war gar nicht so sicher, ob er sich wirklich geehrt fühlen sollte. Er fühlte immer noch Brakiss' Gegenwart. Brakiss war jetzt näher und spürbar im Begriff, seine Angst unter Kontrolle zu bringen. Luke konnte nicht recht erkennen, ob diese Angst ihm oder jemand anderem galt. In der Vergangenheit hatte Brakiss nie Angst vor ihm gehabt.

"Wie weit ist die Montagehalle von hier entfernt?"

"Nicht weit, Jedi Skywalker. Aber wir müssen dazu die der Öffentlichkeit zugänglichen Bereiche verlassen. Von jetzt an dürfen Sie nichts, was Sie sehen, berühren."

Luke nickte. Das würde ihm leichtfallen. Ihm war beinahe zumute, als würde er durch einen Droidenfriedhof gehen und die Skelettüberreste von Freunden sehen, die vor langer Zeit von ihm gegangen waren.

Der Droide machte einen Bogen um ein Hauptschott und öffnete eine kleinere Tür daneben. Luke bemerkte sie erst, als der Droide sie berührte. Sie war praktisch unsichtbar in die Metallwand eingelassen, und dicht davor waren ein paar goldene Köpfe so aufgestapelt, daß der Türgriff hinter ihnen verborgen war.

Sie traten ein. Die Beleuchtung war hier schwächer. Es roch nach Hydraulikflüssigkeit. Die Wände waren roh und vom Boden bis zur Decke mit Regalen vollgestellt, in denen kleinere Droidenteile lagerten, alle goldfarben und daher vermutlich für Protokolldroiden bestimmt: Fingerspitzen,

Fingergelenke und Chips, alle nach Typen und Nummern geordnet. Als Luke an einem Regal mit Augen vorbeikam, erwachten diese flackernd zum Leben. Plötzlich war der Gang von goldenem Licht erfüllt.

"Die sind für das neueste Protokolldroidenmodell. Diese Augen sind zugleich Bewegungsdetektoren und auf die Körperwärme von Fühlenden abgestimmt." Trotz seiner Speicherlöschung schien der Droide sich einen gewissen Stolz bewahrt zu haben.

"Und was ist mit Lebensformen ohne Körperwärme wie Glottalphibs oder Verpinen?"

"Denen wird dieser Droide helfen, Fremde zu registrieren", antwortete der Droide.

Luke betrachtete ein Regal mit Augen. Sie schienen ihn anzusehen. Ihre Form war nicht mehr rund, sondern oval. "Diese Augen werden hier gemacht?" fragte er.

Im Innern der Augen bewegte sich etwas, als er sprach. Bei jedem Wort flackerte ein kleiner Glühfaden. Diese Augen waren nicht nur Bewegungsdetektoren, sie waren außerdem eine Art Wanzen. Was für eine seltsame Eigenschaft und noch dazu eine, die er nicht verstand. Weshalb sollten Augen hören können? Protokolldroiden verfügten doch über ein Gehör.

"Selbstverständlich", antwortete der Droide. "Alle Teile werden hier hergestellt." Jetzt bemerkte er, daß Luke die Augen ansah. "Kommen Sie, Jedi Skywalker. Wir dürfen uns nicht verspäten."

Bis zu dem Augenblick hatte Luke nicht gewußt, daß es für sie so etwas wie einen Zeitplan gab.

Da die Augen sowohl für Bewegung als auch für Geräusche empfindlich waren, konnte er nicht einfach eines davon in einer Tasche verschwinden lassen. Er würde das, was er hier gesehen hatte, also in seinem Gedächtnis speichern und später darüber nachdenken müssen.

Als er und der Droide die Augen hinter sich ließen, verloschen die grellen Lichter, lediglich die schwache Deckenbeleuchtung erhellte die Umgebung. Der Inhalt der Regale, die Luke zu sehen bekam, wurde immer geheimnisvoller, je weiter sie gingen. Chips mit Nummern, Drähte mit Farbkodierung, winzige Stücke aus Metalldraht. Aber nichts davon war so interessant und so unheimlich wie die Augen.

Schließlich weiteten sich die Wände mit den Regalen zu einem langgestreckten Saal; Regale türmten sich über zusammengekoppelten Computerkonsolen. Vor den Computern standen keine Stühle, und die Tastaturen befanden sich ein gutes Stück über Hüfthöhe. Sie wurden also im Stehen bedient. Von Droiden.

Bis jetzt hatte Luke in der ganzen Anlage kein einziges lebendes Wesen zu sehen bekommen. Das einzige Lebewesen, dessen Präsenz er spürte, war Brakiss.

Brakiss war jetzt ganz in der Nähe, und er hatte die Kontrolle über sich selbst zurückgewonnen.

Der Droide ging mit winzigen tänzelnden Schritten weiter. Luke hatte keine Mühe, mit ihm Schritt zu halten. Er stellte keine weiteren Fragen, und der Droide lieferte von sich aus keine weiteren Informationen. Am Ende des Saales angelangt, öffnete er eine neue Tür.

"Es ist mir nicht erlaubt, die Montagehalle zu betreten. Dort sind nur spezielle Droiden zugelassen. Master Brakiss erwartet Sie. Ich werde hier sein und Sie zu Ihrem Schiff zurückbegleiten, wenn Sie fertig sind."

Luke bedankte sich bei ihm und veranlaßte den Droiden damit, erstaunt den Kopf zu neigen. Dann trat Luke durch die Tür.

Über der Montagehalle wölbte sich eine undurchsichtige Kuppel, die drei Stockwerke hoch war. In die tragenden Glieder in der Kuppelwand waren Leuchtstreifen eingelassen, deren Licht von der gegenüberliegenden Wand zurückgeworfen wurde, so daß die Halle taghell erleuchtet war. Übereinander angeordnete Fließbänder traten aus allen Richtungen aus den Wänden und vereinigten sich in einem vertikalen Rohr in der Mitte der Kuppel. Das Rohr war undurchsichtig und groß genug, um einem Sondendroiden Raum zu bieten. Nur überdimensionierte Droiden, beispielsweise Binärheber, würden nicht in das Rohr passen.

Das Rohr verschwand in den Tiefen des Gebäudes. Der Boden war transparent, und Luke konnte unter sich die zumeist deaktivierten fertigen Droiden sehen, wo sie die Endabnahme erwarteten, ehe sie an die jeweiligen Besteller ausgeliefert wurden.

Die Förderbänder waren ausgeschaltet. In der Montagehalle war es vollkommen still. Nur Lukes Atem war zu hören.

Und der von Brakiss.

Brakiss stand zwischen zwei Förderbändern. In dem großen Saal wirkte er klein. Er trug eine silberne Uniform und dazu passende silberne Stiefel. Ein silbernes Lichtschwert hing an seiner Hüfte.

Luke hatte vergessen, wie eindrucksvoll Brakiss aussah. Brakiss' blaue Augen durchdrangen alles, was sie fixierten. Seine Nase war gerade, seine Haut makellos und seine Lippen schmal. Leia hatte einmal gesagt, er sei einer der bestaussehenden Männer, die sie je zu Gesicht bekommen hätte.

Damit hatte sie recht.

"*Master* Skywalker." In Brakiss' Stimme schwang kein Funke Respekt mit. Er blieb stehen, wo er war. Wenn Luke den Abstand zwischen ihnen beiden verringern wollte, würde er es selbst tun müssen.

"Brakiss." Luke ließ die Ruhe der Macht durch sich fließen. "Sie haben Ihre Ausbildung niemals abgeschlossen."

"Sie sind doch nicht so weit gereist, um mit mir *darüber* zu sprechen", entgegnete Brakiss.

"Glauben Sie?" Luke verschränkte die Hände hinter dem Rücken. Es tat gut, das Gewicht des Lichtschwerts an der Hüfte zu spüren. "Weshalb bin ich dann hierher gekommen?"

"Spielen Sie keine Schülerspielchen mit mir, Skywalker", sagte Brakiss. "Sagen Sie mir einfach, was Sie wollen."

"Ihre Mutter hat mir gesagt, daß Sie mich erwarten", antwortete Luke.

"Sie haben ihr doch nichts zuleide getan?" Die Besorgnis in Brakiss' Worten verblüffte Luke. Dieser Zug an ihm war ihm bisher entgangen.

"Selbstverständlich nicht", erwiderte Luke. "Ihre Mutter ist eine brave Frau, Brakiss. Sie macht sich Sorgen um Sie."

"Sie hat sich nie Sorgen um mich gemacht", verneinte Brakiss, und Luke spürte den Schmerz, den uralten Schmerz, der Brakiss auf Yavin 4 davon abgehalten hatte, sich selbst gegenüberzutreten. Brakiss gab seiner Mutter die Schuld dafür, daß das Imperium ihn als Kind für seine Zwecke mißbraucht hatte. Nicht dem Imperium. Seiner Mutter, weil sie es nicht verhindert hatte.

Aber Luke hatte keine Zeit für alten Familienzwist. "Haben Sie mich erwartet, Brakiss?"

"Irgendwann einmal, ja, Skywalker. Sie lassen Ihre Schüler nie einfach weggehen."

"Das ist jetzt Jahre her", sagte Luke. "Schüler treffen ihre eigenen Entscheidungen. Sie sind nicht der einzige, den ich verloren habe."

"Aber ich war der einzige Angehörige des Imperiums, der gegen Sie bestanden hat", erinnerte Brakiss ihn und richtete sich zu seiner ganzen Größe auf.

Luke sah sich um. Durch die helle Beleuchtung wirkte die Montagehalle luftig und offen, viel großzügiger als die Räume, die er vorher durchschritten hatte. "Dies hier ist eine imperiale Anlage, nicht wahr?"

"Nein", brauste Brakiss auf. "Sie gehört mir."

"Dann haben Sie sich schließlich doch vom Imperium losgesagt." Luke lächelte. "Sehen Sie, Brakiss, Ihr Aufenthalt auf Yavin 4 hat doch sein Gutes gehabt."

"Ich habe nichts mehr mit dem Imperium zu tun, weil das Imperium nicht mehr existiert", entgegnete Brakiss.

"Es gibt immer noch vereinzelte Enklaven", wandte Luke ein.

Brakiss machte eine wegwerfende Handbewegung. "Kleine Grüppchen ohne Macht und Bedeutung, die sich nicht von der Vergangenheit lösen können. Ich habe hier ein neues Leben angefangen, Skywalker. Ich brauche Sie nicht."

"Ich habe nie behauptet, daß Sie mich brauchen", meinte Luke. "Aber Sie besitzen ein Talent für die Macht, Brakiss. Ein Talent, das Förderung braucht und nicht den Haß der dunklen Seite."

"Ich habe aufgehört, die Macht zu benutzen, Skywalker."

"Warum tragen Sie dann immer noch ein Lichtschwert?"

Brakiss' Hand griff an das Schwert, ließ es aber gleich wieder los, als wäre ihm erst in diesem Augenblick bewußt geworden, was er tat. "Was wollen Sie, Skywalker?"

Luke trat einen Schritt vor. Die Förderbänder beengten ihn. Er konnte nur auf Brakiss zugehen oder ihm den Rükken zuwenden. "In letzter Zeit haben sich zwei tragische Dinge ereignet. Die eine Tragödie war, daß Millionen Lebewesen auf einen Schlag gestorben sind; die zweite war ein Bombenattentat auf Coruscant, bei dem eine große Zahl von Senatoren getötet wurde. In beiden Fällen habe ich Ihre Präsenz verspürt. Irgendwie stehen Sie damit in Verbindung, Brakiss. Ich muß wissen, wie."

Brakiss schüttelte den Kopf. "Ich lebe jetzt hier. Ich gehe einer normalen Arbeit nach und verdiene mit dieser Anlage gutes Geld. Ich arbeite nicht mehr für das Imperium."

"Ich habe nie gesagt, daß das Imperium mit diesen Vorgängen zu tun hatte. Ich bin nicht einmal sicher, was genau vorgefallen ist. Ich dachte, Sie könnten mir vielleicht helfen."

Brakiss' Augen verengten sich. "Warum sollte ich Ihnen helfen?"

"Weil in Ihnen immer noch ein Funken des Guten glimmt, Brakiss, vergraben unter all dem, was das Imperium Sie gelehrt hat. Am Ende ist auch Darth Vader zum Licht zurückgekehrt. Sie könnten das auch."

Brakiss' Kinn zitterte. Seine Lippen öffneten sich, und er trat unwillkürlich einen Schritt zurück. Einen Augenblick lang konnte Luke den jungen Brakiss sehen, das Kind Brakiss, den Brakiss, den die Jahre der Ausbildung durch die dunkle Seite verschüttet hatten, den Menschen, den Luke auf Yavin 4 beinahe berührt hätte.

Aber dann verlosch das Bild wieder. Brakiss' Gesicht erstarrte zur Maske. Es war, als hätten sich vor jenem fernen Teil seiner Person schwere Türen geschlossen, als würde er das alles nicht nur vor Luke verschließen wollen, sondern auch vor sich selbst. Brakiss fletschte die Zähne wie ein wildes Tier und riß das Lichtschwert von der Hüfte. Eine grellrot flammende Klinge fuhr heraus. Brakiss rannte auf Luke zu, hieb auf ihn ein.

Luke hielt im gleichen Augenblick sein Lichtschwert in der Hand. Er parierte Brakiss' Schlag und schmetterte dessen Lichtklinge gegen eines der Förderbänder. Funken flogen. Brakiss reagierte schnell, schlug erneut zu, aber Luke blockierte seinen Schlag.

Die Lichtschwerter summten und klirrten, als sie aufeinanderprallten. Schlag, Parade, Schlag, Parade ... Irgendwie waren Brakiss' Kräfte in den letzten Jahren gewachsen.

Brakiss versuchte es mit ein paar Finten, winzigen Bewegungen, die die Parade herausforderten, und ließ dann sein Lichtschwert im Kreis tanzen. Luke bewegte sich nicht schnell genug, und Brakiss' Lichtschwert versengte sein Hemd, verfehlte seine Haut nur um Millimeter. Dann stand Lukes Abwehr wieder.

In der Montagehalle sprühten die Funken von den Klingen der Lichtschwerter; ihre Hitze ließ die Ränder der Förderbänder glühen. Luke konzentrierte sich auf Brakiss' Bewegungen, beschränkte sich auf die Verteidigung und verzichtete auf den Angriff.

Jetzt schwang Brakiss sein Lichtschwert von links nach rechts, versuchte Lukes ungeschützte Flanke zu treffen. Doch der blockierte jeden Angriff. Die Hiebe wurden heftiger, die Bewegungen jedoch fahriger. Brakiss war Luke unterlegen, aber er war ein guter, kräftiger Kämpfer. Sie würden beide erschöpft sein, ehe dieser Zweikampf zu Ende war.

Dann spürte Luke einen Anflug von Angst. Er blickte überrascht auf. Die Angst ging von Brakiss aus, aber sie galt nicht Luke.

Brakiss hielt inne und hob seine Klinge, so wie Ben es im Bauch des ersten Todessterns getan hatte.

Im Gegensatz zu Vader deaktivierte Luke sein Schwert auf der Stelle. Das Summen verstummte, und nur der keuchende Atem der beiden Kämpfer hallte von den Wänden der fast leeren Halle wider.

"Machen Sie ein Ende, töten Sie mich", herrschte Brakiss den Jedi an.

"Ich habe nicht den Wunsch, Sie zu töten", erwiderte Luke. "Ich würde Sie lieber wieder mit nach Yavin 4 nehmen."

"Töten Sie mich, Master Skywalker." In Brakiss' Stimme war jetzt keine Spur von Sarkasmus mehr zu hören. "Töten Sie mich. Machen Sie *jetzt* ein Ende!"

"Wir müssen uns alle selbst in die Augen sehen", erinnerte Luke seinen Widersacher. Er streckte die linke Hand aus. "Kommen Sie mit mir nach Yavin 4. Ich werde Ihnen helfen."

Brakiss schüttelte den Kopf, als würde er aus tiefem Schlaf erwachen. "Für mich ist es zu spät", sagte er.

"Es ist niemals zu spät."

Brakiss lächelte, ein wehmütiger Zug stahl sich in seine Züge. "Für mich schon." Er schluckte. "Ich gehöre nicht nach Yavin 4. Ich gehöre hierher. Für mich ist es besser, keine Kontakte zu haben, allein zu sein."

"Kommen Sie mit, Brakiss", wiederholte Luke. "Sie können hier nicht glücklich werden."

"Glücklich?" echote Brakiss. "Nein, glücklich nicht. Aber ich bin zufrieden. Hier kann ich schöpferisch tätig sein. Und das genügt mir." Er schob sein Lichtschwert in die Scheide zurück. "Man hat mich dafür bezahlt, eine Nachricht an Sie zu übermitteln. Deshalb sind Sie meiner Spur gefolgt. Sie sollen nach Almania gehen. Dort finden Sie die Antworten, die Sie suchen."

"Wer will, daß ich nach Almania gehe?"

Ein Frösteln durchlief Brakiss – eine kaum merkliche Bewegung, aber Luke sah sie nicht nur, sondern er fühlte sie auch. Brakiss fürchtete sich nicht vor *ihm*. Er hatte Angst vor dem, in dessen Auftrag er Luke diese Botschaft überbracht hatte, vor dem, der Luke auf Almania erwartete.

"Wenn ich Sie wäre, Master Skywalker", fuhr Brakiss fort, "würde ich nach Yavin 4 zurückkehren. Ich würde alles andere vergessen. Werden Sie so wie Obi-Wan, und ziehen Sie sich zurück. Überlassen Sie das Kämpfen denen, die keine Skrupel haben, denn sie werden ohnehin gewinnen."

Dann drehte er sich um und verließ die große Montagehalle.

Luke befestigte sein Lichtschwert wieder am Gürtel und wartete, hoffte darauf, daß Brakiss wieder zurückkehren würde. Aber er kam nicht zurück. Luke machte ein paar Schritte, um ihm zu folgen, und blieb dann stehen. Er konnte Brakiss nicht helfen. Noch nicht. Brakiss hatte erneut sein Angebot abgelehnt, nach Yavin 4 zurückzukehren.

Aber es war nicht aussichtslos. Brakiss war in Bewegung geraten. Irgendwann einmal würde er kommen: der Brakiss, der zu kämpfen aufgehört hatte, der Brakiss, der diese letzten Worte gesprochen hatte. Das war der Brakiss, den Luke zu retten versuchte.

Luke hatte nie an einem Menschen eine solche Aura der Niederlage gespürt. Aber vielleicht war es das gar nicht. Vielleicht spürte er ja keine Aura der Niederlage, sondern Brakiss versuchte, ihm eine versteckte Nachricht zukommen zu lassen.

Vielleicht aber auch nicht.

Almania. Luke hatte den Namen noch nie gehört.

Aber er wußte, daß er dorthin gehen mußte.

Und daß er bei dem Versuch sterben konnte.

***

Brakiss spürte, wie die Tür sich hinter ihm schloß. Er lehnte sich an die Metallwand des Versorgungstunnels und gab sich ganz dem Zittern hin, das seinen ganzen Körper erfaßt hatte. Er wollte nie wieder zwischen Skywalker und Kueller stehen.

Nie wieder.

Der Grat war viel zu schmal, um sich darauf zu bewegen, und Skywalker verstand sich darauf, in ihm zu lesen wie in einem offenen Buch. Skywalker hätte ihn beinahe überzeugt, daß es für ihn das beste wäre, nach Yavin 4 zurückzukehren. Im Laufe weniger Minuten hätte Brakiss fast alles aufgegeben.

Für Skywalker.

Nie wieder.

Wenn Kueller das zuließ, würde er der Macht entsagen. Er würde weiterhin Droiden herstellen, würde das Leben leben, das seine Mutter sich für ihn wünschte. Ein stilles Leben im verborgenen.

Es war das Beste, was er für sich erhoffen konnte, solange Kueller und Skywalker in diesem Universum existierten. Er besaß nicht dieselben Kräfte wie sie, und das wußte er.

Er bedeckte sein Gesicht mit den Händen. Kueller hatte gewollt, daß er Skywalker dazu überredete, nach Almania zu gehen, aus freien Stücken und weil er selbst das wollte. Statt dessen hatte er Skywalker davor gewarnt. Wenn Skywalker in seiner Nähe war, waren seine Gefühle in Verwirrung. Es war beinahe so, als besäße Skywalker die Fähigkeit, ihn mit wenigen Worten, einem Blick, einer Idee umzustimmen.

Am Ende ist auch Darth Vader zum Licht zurückgekehrt. Sie könnten das auch.

Sie könnten das auch.

Aber etwas hatte Vader unter Druck gesetzt und veranlaßt, sich von der dunklen Seite abzuwenden. Und es ging das Gerücht, daß Skywalker für diese späte Wandlung verantwortlich war.

Wenn das der Fall war, dann waren Skywalkers Kräfte größer, als Kueller und Brakiss es für möglich hielten. Brakiss war mit dem Wunsch in diese Begegnung gegangen, Skywalker zu töten. Statt dessen hatte er Skywalker mitten im Kampf angefleht, *ihn* zu töten.

Wie erniedrigend.

Wie demütigend.

Master Skywalker übte immer noch Kontrolle über ihn aus. Und er hatte ihn gewarnt, nicht nach Almania zu gehen.

Was würde Kueller sagen, wenn Skywalker der Warnung folgte?

Was würde Kueller tun?

Brakiss war bei dem Gedanken nicht wohl.

Eigentlich wollte er es auch gar nicht wissen.

* 21 *

Cole Fardreamer ließ den Laserschlüssel fallen. Er landete klirrend im Cockpit des X-Flüglers. Dann sah er die Sicherheitsleute an, von denen er keinen kannte, und sagte: "Mein Name ist Fardreamer. Ich arbeite hier."

R2 hatte sich unterdessen dichter an den X-Flügler herangeschoben. Er gab einen klagenden Laut von sich.

"An den neuen X-Flüglern sind nur Kloperianer zugelassen", belehrte ihn der kloperianische Wächter. Er hielt drei Blaster in seinen Tentakeln.

"Das ist nicht ganz richtig", widersprach Cole. "An den X-Flüglern arbeiten auch Ingenieure, und ich wurde beauftragt, das Computersystem dieser Maschine zu überprüfen."

"Von wem?" wollte der Kloperianer wissen.

"Luke Skywalker", erklärte Cole. "Der Bruder der Präsidentin Organa Solo."

Der Kloperianer gluckste. Einer der menschlichen Wächter ließ den Blaster sinken. "Dafür gibt es keinerlei Beweise", wies ihn der Mon Calamari an seiner Seite zurecht. "Dieser Mann bleibt verdächtig."

"Und außerdem, wie käme ein Held der Rebellion dazu, *hier* Anweisungen zu erteilen?" fragte der Kloperianer.

"Wenn er der Ansicht ist, daß jemand sich an seinem Schiff zu schaffen macht, hat er das Recht, Anweisungen zu erteilen", erklärte Cole. Er wußte, daß seine Argumentation auf schwachen Beinen stand, aber er durfte jetzt nicht klein beigeben. Er mußte sie überzeugen. Besonders freundlich sahen die Wächter nicht gerade aus mit ihren Blastern, die sie noch immer auf ihn gerichtet hielten. Ihm war beinahe, als wäre er wieder auf Tatooine, in den Tagen, als Jabba der Hutt dort das Sagen hatte. Coruscant hatte er sich anders vorgestellt.

"Niemand hat sich an dem Schiff zu schaffen gemacht", versicherte der Kloperianer.

"Und ob", widersprach ihm Cole. "Da, sehen Sie selbst." Er deutete mit einer Kopfbewegung ins Innere des X-Flüglers. Der Kloperianer glitt nach vorn und spähte hinein.

"Ich sehe nichts."

"Dann schauen Sie noch mal genau hin", blieb Cole beharrlich. "Da sitzt eine Sprengkapsel mit einem imperialen Siegel im Steuerungscomputer."

Der Mon Calamari kam jetzt ebenfalls näher und richtete seine riesigen Augen auf den Computer. "Das Imperium hat niemals auf diese Weise auf sich aufmerksam gemacht", meinte er. "Das imperiale Siegel könnte dort angebracht worden sein, um uns in die Irre zu führen."

"Es gibt Gerüchte, daß die neuen Senatsmitglieder, die, die früher zu den Imperialen gehört haben, für den Bombenanschlag verantwortlich sind", bemerkte ein anderer Wächter. "Was ist, wenn das gar nicht stimmt? Wenn jemand bloß den Eindruck erwecken wollte, daß es so ist?"

Der Kloperianer stieß Cole mit einem seiner Blaster an. "Wer hat dich dafür bezahlt, diesen X-Flügler zu sabotieren, Mensch?"

"Niemand", antwortete er.

"Skywalker?"

"Luke Skywalker ist ein Held der Neuen Republik", protestierte Cole. Die Frage schockierte ihn.

"Skywalker ist über jeden Vorwurf erhaben", bestätigte der Mon Calamari. "Aber für diesen Jungen hier gibt er eine gute Deckung ab."

"Ich brauche keine Deckung", wehrte sich Cole.

"Hör auf, Junge. Je mehr du sagst, desto tiefer redest du dich in dein Unglück. Wir haben dich auf frischer Tat dabei ertappt, wie du dieses Schiff sabotiert hast."

"Das ist nicht wahr." Cole hatte unwillkürlich die Stimme erhoben. Aus dem Augenwinkel sah er, wie R2 sich langsam von ihm entfernte. Er mußte weiterreden, um sie von dem Droiden abzulenken. "Ich hatte das Problem gerade in einem überholten X-Flügler entdeckt und wollte mich vergewissern, was mit den neuen Maschinen ist. Also habe ich mir den Prototyp hier angesehen. Wenn ich ein Schiff sabotieren wollte, würde ich wohl eines auswählen, das bereits in Dienst gestellt wurde, oder?"

"Ich habe wirklich keine Ahnung, was du tun würdest, Junge", erwiderte der Mon Calamari.

"Was er sagt, ist vielleicht nicht ganz von der Hand zu weisen", meinte die zierliche Frau, die neben dem Kloperianer stand und die bis jetzt stumm geblieben war. "Wir wissen nicht, ob er sabotiert oder experimentiert hat."

R2 war mittlerweile hinter einem der anderen X-Flügler in Deckung gegangen. Cole konzentrierte sich darauf, nicht in die Richtung des kleinen Droiden zu schauen.

"Darüber haben wir nicht zu entscheiden", sagte der Mon Calamari. "Dafür sind andere zuständig."

"Ganz richtig", nickte Cole. "Verständigen Sie General Antilles. Er sollte informiert werden."

"Du kennst General Antilles?"

"Nein, aber ich arbeite für ihn."

"Wir werden zu deinem Vorgesetzten gehen", erklärte der Kloperianer, "und der wird uns bestimmt sagen, daß du nicht befugt bist, irgendwelche Veränderungen vorzunehmen."

R2 hatte jetzt die Wand erreicht. Sein kleiner Manipulatorarm fuhr aus, und er koppelte ihn mit einer Computerkonsole.

"Luke Skywalker hat gesagt, wenn jemand Einwände gegen meine Arbeit erhebt", erklärte Cole in der Hoffnung, damit durchzukommen, "soll ich den Betreffenden an General Antilles verweisen."

Der Mon Calamari seufzte. "Darüber dürfen wir uns nicht einfach hinwegsetzen."

"Doch, das sollten wir", widersprach der Kloperianer. "Es ist eine offensichtliche Lüge."

"Heh!" schrie plötzlich einer der anderen Wächter. "Was macht denn dieser Droide da?"

Cole hatte keine Chance, darauf zu antworten. Der Kloperianer richtete alle drei Blaster auf R2 und feuerte ohne ein weiteres Wort. Er hatte auf volle Energie geschaltet, und R2 stieß einen langgezogenen Schrei aus, als ihn grelles rotes Licht flackernd einhüllte. Eine Flamme zuckte aus der Abdeckplatte der Computerkonsole, die im nächsten Moment, als sich die Platinen dahinter überhitzten, aus der Wand gesprengt wurde. R2s Manipulatorarm wurde aus der Verbindung gerissen und der kleine Droide wippte ein paarmal vor und zurück. Als das rote Licht verblaßt war, hatte er unübersehbar Schlagseite. Aus seinem Kopf stiegen Rauchwölkchen auf.

"R2!" rief Cole. "R2!"

Der Droide reagierte nicht.

Cole starrte die Wächter mit dem Gefühl an, einen großen Verlust erlitten zu haben, und dachte im gleichen Augenblick, wie absurd das war und daß Skywalker ihm jetzt wohl nie wieder vertrauen würde.

"Sie haben einen nicht wiedergutzumachenden Fehler gemacht", sagte Cole düster. "Sie haben gerade Luke Skywalkers Lieblingsdroiden zerstört."

***

Die Jawas überließen ihnen im Austausch gegen eine Handvoll Kredits drei Blaster und einen schon ziemlich mitgenommenen Düsenschlitten. Zuerst waren sie nicht bereit, mit Han und Chewbacca zu verhandeln, bis sich Davis einschaltete. Dann entwickelte sich eine hitzige Diskussion. Die Jawas waren offensichtlich daran gewöhnt, mit Davis zu verhandeln.

Han war das nicht, und er hatte immer noch das Gefühl, dem Burschen nicht vertrauen zu können. Aber er hatte keine Wahl.

Zumindest im Augenblick.

Der Düsenschlitten hing gut in der Luft, war aber ziemlich träge. Er paßte um ein Haar in den Gang, der zum *Falken* führte. Chewie hing nach vorn gebeugt über dem Fahrzeug, die rechte Pfote an der Unterseite, um Kollisionen mit dem Gangboden zu vermeiden. Sie hatten nicht vor aufzusteigen, ehe sie nicht die kleine Kammer erreicht hatten, in der Han den mysteriösen Davis zum ersten Mal getroffen hatte.

Han wollte den Düsenschlitten als Ablenkungsmanöver einsetzen, damit Chewie sich den Weg zum *Falken* freischießen konnte. Han bezweifelte, daß Davis ihnen helfen würde, sobald sie die Ladebucht erreicht hatten.

Deshalb gab er Davis den Blaster, der äußerlich die größten Beschädigungen aufwies. Sie verfügten jetzt über zwei Blaster, und Chewie hatte einen Blaster und seine Armbrust. Auf die Weise würden sie den Glottalphibs an Feuerkraft überlegen sein, und der Düsenschlitten würde ihnen einen zusätzlichen Überraschungseffekt liefern.

Zumindest hoffte Han das.

Er übernahm die Vorhut im Gang. Man konnte an den Wänden Brandspuren sehen, die der heiße Atem der Glottalphibs hinterlassen hatte, der Boden war mit trockenen Schuppen übersät. Han war für seine Stiefel dankbar; die

Schuppen bohrten sich wie Dornen in die Sohlen. Er konnte sich gut vorstellen, wie es wäre, hier barfuß gehen zu müssen.

Glücklicherweise wurde Chewie durch sein zottiges Fell und die dicken Fußballen vor ernsthaften Verletzungen geschützt.

Im Gang war es zu heiß, es roch nach Schwefel und totem Fisch. Han rechnete jeden Augenblick damit, daß ein Glottalphib auftauchte, das Feuer auf sie eröffnete und ihrem Leben ein Ende machte. Chewie empfand offensichtlich dasselbe. Er hielt seinen Blaster schußbereit.

Bis jetzt hatte Han noch keine Spur von Seluss gesehen. Allem Anschein nach hatte der Sullustaner es geschafft, irgendwie an den Glottalphibs vorbeizukommen.

"Die sind wahrscheinlich weg", flüsterte Davis.

"Das bezweifle ich", widersprach Han. Glottalphibs waren für ihre Hartnäckigkeit bekannt. Außerdem liebten sie alles, was glitzerte. Aber sie hatten sich nicht um das Zeug gekümmert, das im Sand verstreut lag.

Sie waren hinter Han hergewesen. Und er wollte wissen, warum.

Schließlich erreichten sie den Hauptgang. Er war dunkel. Die Tür zum Verladebereich war verschlossen.

Der Gestank nach totem Fisch war hier noch intensiver.

Chewie gab einen klagenden Laut von sich.

Han nahm die Klage seines Freundes über den Gestank zur Kenntnis, antwortete aber nicht darauf. Der Wookiee hatte recht. Ein Glottalphib konnte sich hier ohne Mühe so verstecken, daß sie ihn nicht sehen würden. Und bei all dem Lärm, den sie im Gang gemacht hatten, würden sie ihn auch nicht mehr überraschen können.

Plötzlich flammte ein Licht auf. Davis hielt eine kleine Leuchtstange in der Hand, die den Raum wie eine Fackel erhellte. Die Wände waren versengt, der steinerne Schreibtisch zerschlagen.

Die Glottalphibs mußten also draußen auf sie warten, hinter der verschlossenen Tür.

Han sah zu Chewie hinüber. Die beiden dachten dasselbe.

Chewie schob den Düsenschlitten heran. Han stieg auf. Der Motor unter dem Sattel klapperte. Die Kontrollen fühlten sich locker an. Jawas konnten zwar alles reparieren, aber sie leisteten nicht gerade Qualitätsarbeit. Hoffentlich war dieses Ding wenigstens schnell. Wenn nicht, war es nur eine Frage von Sekunden, bis sie alle tot wären.

"Laß mir einen Augenblick Zeit, sie auseinanderzutreiben. Dann fängst du zu schießen an."

Chewie nickte. Davis blieb stumm. Der Wookiee legte die Pfote auf die Verriegelung der Tür. Han packte die Lenkstange des Düsenschlittens mit beiden Händen und beschleunigte.

"Jetzt, Chewie!" zischte er.

Chewie zog die Tür auf, und Han preschte davon. Zwischen seinen Schenkeln heulte der Motor auf, und der Düsenschlitten schoß doppelt so schnell, wie Han es erwartet hatte, in den Verladebereich.

Im nächsten Augenblick mußte er einem Binärheber ausweichen. Er zog die Maschine in die Höhe und schaffte es gerade noch, an der Tragfläche eines uralten Frachters vorbeizuschrammen. Vor ihm ragte eine riesige Wand auf – und plötzlich wurde ihm bewußt, daß das Davis Frachter war. Er zog den Düsenschlitten wieder in die Höhe und kreiste, so schnell das alte Gefährt dies zuließ.

Das Röhren der Maschine wurde von lautem Geschrei übertönt. Die Glottalphibs hatten den *Falken* umstellt. Han fegte im Sturzflug auf sie zu, eine Hand am Lenker, mit der anderen feuernd, was sein Blaster hergab.

Ein Glottalphib spie ihm ein Maul voll Feuer entgegen, und Han ließ den Düsenschlitten kreiseln – Boden, Schiff, Himmel, Boden, Schiff, Himmel –, und plötzlich schoß er wieder auf den Glottalphib zu. Der 'Phib mußte sich mit einem Sprung in Sicherheit bringen. Ein anderer feuerte einen Blaster auf Han ab, und dieser schoß zurück und traf den 'Phib am Maul. Er wurde nach hinten geschleudert, prallte gegen die Bordwand des *Falken,* und Han verlor ihn aus den Augen.

Der Düsenschlitten raste immer noch auf den *Falken* zu. Er fegte im Zickzack zwischen den abgestellten Frachtschiffen hindurch und duckte sich unter Robotkränen weg. Die Bugpartie des Düsenschlittens prallte gegen einen Container, worauf dieser aufplatzte und, als er unter ihr wegtauchte, imperiale Blastermunition auf Han herabergnen ließ.

Als er den Düsenschlitten schließlich wendete, hatte er den Landeplatz bereits zur Hälfte überquert und konnte

Chewie deshalb nicht beistehen. Er konnte den Wookiee oder den *Millennium Falken* nicht einmal sehen.

Han steckte den Blaster weg, packte die Lenkstange wieder mit beiden Händen und steuerte den Düsenschlitten zum *Falken* zurück, fegte unter offenen Ladeluken und tief herabreichenden Aufbauten von Frachtern hindurch. Die Containerstapel, an denen er entlangraste, waren sehenswert. Viele Frachtbehälter waren offen, und er konnte Sturmtruppenhelme, imperiale Blaster und andere Waffen erkennen.

Jetzt schossen auch die Schmuggler auf Han, riefen ihm Verwünschungen nach und nannten ihn einen Verrückten. Der Düsenschlitten hatte zu stottern angefangen, gehorchte den Kontrollen aber noch. Han konnte also noch weitere Ausweichmanöver fliegen, aber nicht mehr lange.

Die Glottalphibs umringten immer noch den *Falken*, aber sie hatten sich jetzt alle zu Han herumgedreht, spieen Feuer und schossen mit ihren Blastern auf ihn. Han stieg hoch, ließ sein Gefährt gleich darauf durchsacken und wich zur Seite aus, um den Schüssen zu entgehen. Er hatte seinen Blaster erneut gezogen und schoß ebenfalls, aber mit wenig Erfolg. Die Haut der Glottalphibs ließ Blasterfeuer abprallen, und es war reines Glück gewesen, daß er den ersten 'Phib am Maul getroffen hatte. Aber jetzt würde er präzise zielen müssen.

Dann kippte ein Glottalphib nach vorn, ein Bolzen aus Chewies Armbrust ragte aus seinem Rücken. Ein zweiter stürzte, ebenfalls von Chewie getroffen. Davis schlich sich von hinten an den Glottalphib heran, der neben der verschlossenen Luke des *Falken* stand, tippte ihm auf die Schulter und schoß ihm dann ins Maul, als er sich umdrehte.

Ein Teffer von unten warf den Düsenschlitten zur Seite. Er jagte auf den *Falken* zu, und Han kämpfte darum, ihn wieder unter Kontrolle zu bekommen – sonst würde die Maschine frontal gegen den *Falken* prallen. Han ließ den Blaster fallen und ergriff den Lenker mit beiden Händen. Es gelang ihm, den Düsenschlitten wieder zu stabilisieren, und als er aufblickte, sah er, daß er auf den Eingang zu dem ausgedehnten Höhlensystem zuraste.

Er riß die Lenkstange in die Höhe, worauf die Maschine zu stottern begann.

"Jetzt komm schon, alte Klapperkiste", murmelte Han und hieb mit der flachen Linken auf den Motor.

Der Düsenschlitten hustete erneut und stieg etwas höher, so daß er die Felswand knapp verfehlte.

Han riß das Gefährt herum und sah einen fünften 'Phib tot zu Davis' Füßen liegen.

Die anderen Schmuggler schossen immer noch auf ihn. Chewie brüllte, sie sollten an Bord gehen. Als der Motor zum dritten Mal stotterte, richtete Han den Bug des Düsenschlittens auf den *Falken* aus. Dann ging das Motorengeräusch in ein unregelmäßiges Knattern und Krachen über, ehe es ganz verstummte.

Er flog aus dem Sattel, zog instinktiv die Beine an und schützte den Kopf mit den Armen. Wenn er jetzt unglücklich aufprallte, würde das sein Ende bedeuten. Finale.

Der Boden raste ihm entgegen. Er duckte sich, landete, schürfte sich Ellbogen, Knie und die Schienbeine auf dem harten Metall auf. Dann schrie er, Chewie brüllte, rings um ihn peitschten Blasterschüsse.

Eine Hand packte ihn in der Achselhöhle und zog ihn hoch. Er konnte sich kaum bewegen.

"Alles okay, Kumpel?" fragte Davis.

Han nickte.

Der Düsenschlitten schwebte über ihm, als wollte er ihn auslachen. Dann traf ein Blasterschuß den Motor, und die Maschine explodierte. Brennende Wrackteile trudelten nach allen Seiten. Han und Davis duckten sich unter den *Falken*, um nicht getroffen zu werden.

Jede Bewegung tat höllisch weh.

Chewie fuhr die Rampe aus. Er stand oben und winkte sie hinein. Davis und Han rannten die Rampe hinauf, und Han spürte, wie ihm das Blut aus den Schürfwunden an seinen Beinen über die zerfetzte Hose rann.

"Was ist mit Ihrem Schiff?" fragte er Davis.

Davis grinste. "Strenggenommen ist es noch nicht mein Schiff."

"Na großartig", keuchte Han. Sie rannten in das Innere des Falken, während Chewie bereits dabei war, die Rampe einzuziehen. Han stürzte ins Cockpit, Chewie dicht hinterher.

"Was ist mit Seluss?" fragte Han.

Chewie brüllte.

"Das ist mir egal. Wir müssen ihn finden, ehe wir von hier abhauen."

"Dafür ist keine Zeit", wandte Davis ein.

"Ich lasse ihn nicht im Stich", antwortete Han.

"Sehr edelmütig, aber das kann Ihr Tod sein."

"Bis jetzt war es das nicht", bemerkte Han. "Such ihn Chewie!"

Aber Chewie reagierte nicht.

"Davis, suchen Sie Chewie."

Keine Reaktion. Hans Hände lagen auf den Kontrollen. Seine aufgeschürften Ellbogen brannten. Seine Haut fühlte sich an wie Feuer. Durch den Transparistahl des Cockpits konnte er Schmuggler auf sein Schiff zulaufen sehen.

"Mir gefällt das nicht, Leute", sagte Han. "Leute?"

Er drehte sich um. Hinter ihm war niemand. Er fuhr die Triebwerke des *Falken* hoch und trat in den Gang hinaus und traf auf den grauschuppigen Glottalphib, der Chewie und Davis mit seinem Blaster in Schach hielt. Chewies Fell rauchte, und es stank nach versengten Haaren.

Hinter ihnen lag Seluss auf dem Boden. Seine winzigen Hände waren gefesselt, und das Seil war um ihn herumgewickelt und führte zu seinen Füßen hinunter, die ebenfalls gefesselt waren. Sein Mund war äußerst unfachmännisch mit Klebeband verklebt. So unfachmännisch, daß er noch schnattern konnte, ein wenig gedämpft, aber unüberhörbar.

"Es ist nicht meine Schuld", brachte er heraus.

* 22 *

Leia eilte durch die Vorhalle zum Ballsaal. Sie hatte sich hastig das Haar nach hinten gekämmt und sich umgezogen und trug jetzt einen eleganten Hosenanzug. Als sie die Aufforderung erreichte, hatte sie gerade mit ihrem Lichtschwert und einem Fechtdroiden geübt: eine Dringlichkeitssitzung des Inneren Rats, die unverzüglich stattfinden sollte. Sie hatte sich umgezogen und war, so schnell sie konnte, durch die Halle geeilt.

Trotzdem würde sie zu spät kommen. Und Leia Organa Solo verspätete sich nie.

Meido hatte die Sitzung einberufen. Vor ein paar Tagen hatte ihn eine überwältigende Mehrheit von Senatoren in den Inneren Rat gewählt. Außer ihm waren noch zwei weitere ehemalige Imperiale auf die durch den Bombenanschlag freigewordenen Sitze nachgerückt.

Meido handelte durchaus innerhalb seiner Befugnisse: Jedes Mitglied des Inneren Rats konnte eine Sitzung einberufen. Aber Juniormitglieder maßten sich das für gewöhnlich nicht an. So etwas machte man einfach nicht. Aber künftig würde die Tradition einer neuen Ordnung weichen müssen, sofern Leia nicht dafür sorgte, daß die Tradition schriftlich in der Geschäftsordnung des Inneren Rats verankert wurde.

Wieder etwas, was sie tun mußte. Wieder etwas, wofür sie keine Zeit hatte.

Sie schlitterte um eine Ecke und erreichte den Ballsaal. Die Türen waren geschlossen. Sie kam zu spät. Sie atmete tief durch. Meido hatte sie zuletzt verständigt und es ihr damit unmöglich gemacht, pünktlich zu sein. Damit hatte er sie aus dem Gleichgewicht gebracht, und genau das war seine Absicht gewesen. Ebenso wie die dringende Einberufung der Sitzung. Aber sie würde ihm nicht die Genugtuung verschaffen, sich die Verärgerung anmerken zu lassen. Mit lächerlichen Tricks wie diesen würde er ganz gewiß nicht weiterkommen.

Leia fuhr sich glättend durchs Haar und zog ihre Tunika zurecht. Sie wartete, bis ihr Atem wieder gleichmäßig ging, schob dann die Doppeltür auf und trat in den Ballsaal.

Für eine Sitzung des Inneren Rats war der Saal viel zu groß, für den ganzen Senat dagegen reichte er aus. Der Rat hatte auf dem Podium Platz genommen, auf dem gewöhnlich die Musiker Aufstellung nahmen. Man hatte einen Tisch aufgestellt, auch das, ohne ihre Anweisung abzuwarten.

Meido saß auf Leias Platz am Kopfende der Tafel. Es gab hier keine förmliche Sitzordnung; im alten Konferenzsaal hätte er das nie tun können. Aber hier konnte er ein Mißverständnis vorschützen, und wenn sie sich auf einen anderen Sessel setzte, nahm sie damit seinen Machtzuwachs widerstandslos hin.

Das würde sie nicht tun, so sehr sie diese Spielchen auch haßte, zu denen sie sich gezwungen sah.

Das Gespräch verstummte, als sie eintrat. Gno saß auf seinem üblichen Platz neben ihrem Sessel. Ebenso C-Gosf. Beide wirkten ein wenig verstört. Leia nickte ihnen zu, und dann sah sie Meido an. Seine Augen funkelten in seinem roten Gesicht. Die weißen Linien auf seiner Haut wirkten jetzt noch heller als je zuvor.

"Mir ist bewußt, Senator Meido", begann Leia, "daß die politischen Gepflogenheiten Ihres Volkes sich von den unseren unterscheiden. Aber wir führen den Senat, den Inneren Rat und die Regierung der Neuen Republik nach den Regeln der Alten Republik. Es würde Ihnen gut anstehen, diese Regeln zu lernen."

"Ich fürchte, ich verstehe Sie nicht, Frau Präsidentin." Meidos Stimme klang glatt und ausdruckslos. Sein Gesicht demonstrierte Unschuld und Harmlosigkeit.

Leia stieg die drei Stufen zum Podium hinauf. Sie legte eine Hand auf die Rückenlehne seines Sessels und lächelte auf ihn hinab. "Ich dachte, Sie hätten vielleicht aus Unkenntnis gehandelt. Die Staatschefin wird stets zuerst von jeder Sitzung verständigt. Tatsächlich ist es sogar üblich, daß man ihr Sitzungen vorschlägt und sie selbst diese dann einberuft. Ich bin sicher, unsere Kollegen sind hier, weil sie wissen, daß Sie die Tradition noch nicht verinnerlicht haben."

"Ich habe lediglich satzungsgemäß gehandelt", erwiderte Meido.

Leia nickte. "Ich verstehe. Jetzt wissen Sie für künftige Sitzungen Bescheid." Sie wandte sich den übrigen Mitgliedern des Inneren Rats zu. "Verzeihen Sie meine Verspätung, meine Freunde. Ich habe erst vor wenigen Augenblicken von dieser Sitzung erfahren." Sie wartete, die Hand immer noch auf der Stuhllehne. Gno beugte sich zu Meido hinüber.

"Senator, die Sitzung läßt sich einfacher vom Kopfende der Tafel aus leiten."

Meidos weiße Linien wurden noch weißer. Er erhob sich und nahm einen anderen Platz an der Tafel ein. Wwebyls und R'yet Coome, die beiden anderen neuen Ratsmitglieder, sahen ihm mit finsterer Miene zu.

Leia nahm mit königlicher Miene auf ihrem Sessel Platz und nickte Gno kurz zu, um ihm dafür zu danken, daß er ihr die Möglichkeit gegeben hatte, eine peinliche Situation zu bereinigen. "Nachdem Sie nun diese Sitzung einberufen haben, Senator, denke ich, können wir auf weitere Formalitäten verzichten und gleich erfahren, was Ihnen so dringend erscheint."

Meido verschränkte seine zweifingrigen Hände ineinander und legte sie auf den Tisch. Er wirkte so demütig und bedrückt, daß Leia sofort erkannte, daß er immer noch versuchte, sein Spiel mit ihr zu treiben. "Die ersten Ergebnisse unserer unabhängigen Ermittlungen liegen vor", sagte er.

"So früh?" staunte C-Gosf. "Unsere Leute sind immer noch dabei, den Schutt wegzuräumen. Sie sagen, daß sich die Ermittlungen überaus umfangreich gestalten, und sie wollen sich erst dann abschließend äußern, wenn ihnen alle Fakten zur Verfügung stehen."

"Eine äußerst lobenswerte Zurückhaltung", sagte Meido. "Aber eine sehr wichtige Information fehlt ihnen." Er beugte sich vor, seine dicht beeinanderliegenden Augen starrten Leia an. "Frau Präsidentin, wo befindet sich Ihr Ehemann?"

Leias Unbehagen wuchs. Ihre Hände waren eiskalt. "Er und Chewbacca gehen im Zusammenhang mit dem Bombenattentat einer Spur nach."

"Aber *wo* sind Sie, Frau Präsidentin?"

Sie würde die Wahrheit nicht verschweigen können, so sehr sie sich das auch gewünscht hätte. "Sie sind in den Smuggler's Run geflogen."

"Smuggler's Run?" Meidos Mundwinkel schoben sich nach oben. Ganz leicht. Kaum merklich. "Ihr Mann hat doch früher einmal ... Geschäfte im Smuggler's Run gemacht, nicht wahr?"

"In dieser Sitzung geht es nicht um Han", erwiderte Leia.

"Ich fürchte doch, Frau Präsidentin. Bitte beantworten Sie meine Frage. Hat Ihr Mann früher Geschäfte im Smuggler's Run gemacht?"

Leia gefiel die Richtung nicht, die diese Sitzung nahm. Meido kontrollierte das Geschehen, und sie wußte immer noch nicht, worauf er hinauswollte. "Natürlich hat er Geschäfte im Run gemacht, Senator. Damals, als Sie noch für das Imperium tätig waren."

Ihre Worte hingen im Saal. Sie klangen kleinlich, und vielleicht waren sie das auch. Aber die Neue Republik hatte nie über Han zu Gericht gesessen, weil er einmal ein Schmuggler war, ebensowenig wie sie nicht über Luke und Leia wegen ihrer verwandtschaftlichen Beziehung zu Vader zu Gericht gesessen hatte. Meido hätte es wirklich gut angestanden, auf Hinweise auf die Vergangenheit zu verzichten.

"Ich habe lediglich unter der Herrschaft des Imperiums gelebt", erklärte Meido. "Ich habe nie eine verantwortliche Position bekleidet. Ich war nie eine prominente Persönlichkeit wie Ihr Mann. Ein erfolgreicher Schmuggler, der, wie es scheint, seinen Beruf nie ganz aufgegeben hat."

Die Kälte stieg jetzt von Leias Händen in ihre Arme. Jetzt wußte sie, wohin dieser Disput führen würde. Sie wollte Meido nicht in diese Richtung folgen, aber sie wußte, worum es ihm ging. Sie wußte es.

"Sie sollten jetzt besser sagen, worauf Sie hinauswollen", mischte sich C-Gosf ein. "General Solo ist ein Held der Republik."

"Worauf ich hinauswill, ist ganz einfach", erklärte Meido. "General Solo steht hinter dem Bombenattentat auf den großen Versammlungsraum des Senats."

Leia schlug mit beiden Händen auf den Tisch, ehe sie aus ihrem Sessel in die Höhe schoß. "Ich war in dieser Halle. Wollen Sie andeuten, daß mein Mann versucht hat, mich zu töten?"

Gno ergriff ihren Ärmel. Sie schüttelte ihn ab. Im Saal war es totenstill geworden.

"Sie sind nicht ernsthaft verletzt worden, Frau Präsidentin."

"Und Sie ebenfalls nicht, Meido. Ist das ein Verbrechen?"

"Die Hauptwucht der Explosion hat die Sitze und nicht den eigentlichen Saal getroffen. Wenn er wußte, daß Sie dort sein würden ..."

"Ich würde an Ihrer Stelle schweigen", sagte Gno. "General Solo genießt hohen Respekt. Die Liebe und Zuneigung, die er seiner Familie entgegenbringt, ist allgemein bekannt. Er hat, vielleicht mit Ausnahme von Präsidentin Organa Solo und ihrem Bruder, sein Leben öfter als jeder andere für die Neue Republik aufs Spiel gesetzt. Im Imperium mögen solche Spielchen populär gewesen sein, aber hier sind sie das nicht. Unsere Arbeit hier im Rat basiert auf gegenseitigem Respekt. *Respekt*, Meido, nicht auf unbestätigten Vorwürfen."

Die rote Farbe war jetzt fast völlig aus Meidos Zügen verschwunden. Die weißen Linien gingen jetzt ineinander über. "Ich bringe hier keine unbestätigten Vorwürfe vor. Es tut mir leid, aber so ist es nicht. Ich wünschte, es wäre so."

Seine Stimme klang ruhig und leidenschaftslos, und das blieb keinem seiner Zuhörer verborgen. Seine politischen Freunde hatten sich in ihre Sessel zurückgelehnt.

"Sie sagten, dies sei erst ein vorläufiger Bericht", meinte Gno. "Sie können unmöglich Beweise haben."

"Doch, die habe ich", entgegnete Meido. Er blickte zu Leia auf. "Es tut mir leid, Frau Präsidentin. Wirklich."

Leia glaubte ihm das sogar. Sie glaubte, daß es ihm leid tat. Vielleicht konnte sie sein Bedauern durch die Macht spüren, oder vielleicht war es durch seine Körpersprache wahrnehmbar, aber das wußte sie nicht. Sie ließ sich langsam auf ihren Sitz sinken.

Meido reichte jedem der Sitzungsteilnehmer ein Blatt Papier. "Meine Leute haben diese Nachricht abgefangen. Ich habe sie an Ihre persönlichen Computer gesandt. Sie können durch Ihre eigenen Systeme überprüfen lassen, daß die Nachricht authentisch ist."

Leia nahm das Blatt entgegen. Ihre Hand zitterte.

LADUNG ABGELIEFERT.

SPEKTAKULÄRES FEUERWERK.

SOLO WEISS BESCHEID.

WIR KÖNNEN AUF SEINE MITWIRKUNG RECHNEN.

Lando. Lando hatte sie erneut verraten. Sie hatte im Laufe der Jahre gelernt, ihm Vertrauen entgegenzubringen, aber sie hatte sich dabei nie ganz wohl gefühlt.

Nein! Lando würde Han niemals verraten. Was hatte er gesagt? Daß er nie wiedergutmachen könnte, daß er Han einmal verraten hatte. Niemals.

Diese Nachricht mußte Meido auf irgendeinem anderen Wege erreicht haben.

"Da steht aber nicht, daß Han in das Bombenattentat verwickelt ist", sagte sie.

"Ein Schiff mit dem Namen *Spicy Lady* hat das übermittelt, und zwar im gleichen Augenblick, als es unseren Raum am Tage des Bombenattentats verlassen hatte", berichtete Meido. "Die *Spicy Lady* ist Eigentum eines Schmugglers namens Jarril, den man zur Zeit der Bombenexplosion in Gesellschaft Solos gesehen hat. Kurz nach dem Abflug Jarrils hat auch Solo Coruscant verlassen, allem Anschein nach auf der Suche nach Jarril."

Das sah schlecht aus. Sie hatte gleich gewußt, daß es schlecht aussah, als Lando ihr die Nachricht gezeigt hatte. Damals hätte sie etwas tun können, aber Lando hatte ihr versichert, alles unter Kontrolle zu haben.

"Das ist kein Beweis", meldete sich Gno zu Wort.

"Aber äußerst verdächtig", meinte R'yet Coome. "Ich würde vorschlagen, daß wir einen Haftbefehl gegen Solo ausstellen lassen."

"Das können wir nicht", warf C-Gosf ein. "Er ist ein Held."

"Er ist ein Verräter", konterte Meido.

"Er ist mein Mann", sagte Leia. "Er würde nie etwas tun, bei dem ich zu Schaden kommen könnte. Jemand versucht, ihm etwas anzuhängen." Sie faltete ihre bebenden Hände im Schoß. "Was enthält Ihr Bericht sonst noch?"

"Nur vorläufige Ergebnisse, Frau Präsidentin", antwortete Meido. Seine Stimme klang immer noch sanft, als würde er um Nachsicht bitten. Er bezichtigte ihren eigenen Ehemann des Versuchs, sie zu ermorden und alles zu zerstören, wofür sie gemeinsam gearbeitet hatten, und doch tat er so, als würde er sie bedauern.

"Was sind das für Ergebnisse, Senator?" Leias Stimme klang eisig.

"Daß es mehr als einen Detonationspunkt gegeben hat."

"Das wissen wir", sagte Leia. "Das haben unsere Ermittlungen auch ergeben. Haben Sie außer dieser Nachricht noch etwas, was meinen Mann mit dem Attentat in Verbindung bringt?"

"Man hat ihn gesehen, wie ..."
"Haben Sie ...?"
Gno legte die Hand auf Leias Arm. Sie schüttelte ihn ab.
"Haben Sie Beweise, daß er eine Bombe versteckt hat? Haben Sie Beweise, daß Jarril mit diesem Bombenattentat in Verbindung steht? Wissen Sie, ob Jarril diese Nachricht abgeschickt hat oder jemand anders? Können Sie beweisen, daß das Ganze nicht bloß ein Komplott ist, um meinen Mann zu belasten oder Zwietracht zwischen uns zu säen?"
"Leia", sagte Gno mit leiser Stimme.
"Mir scheint das alles schlüssig", erwiderte Meido.
"Nein, das ist es ganz und gar nicht", widersprach Leia. "Es ist reine Spekulation. Ich könnte noch heute eine Nachricht formulieren und senden, die den Eindruck erwecken würde, daß *Sie* die Bombe gelegt haben. So etwas läßt sich ganz leicht machen. Mein Mann und ich sehen uns häufig mit seltsamem Verhalten konfrontiert. Ich glaube nicht, daß wir irgendwelche Entscheidungen treffen sollten, solange wir nicht die ganze Wahrheit kennen."
"Leia", sagte Gno abermals.
Sie drehte sich so heftig zu ihm herum, daß das Band in ihrem Haar sich löste. "Was?" fragte sie.
"Sie können in dieser Sache nicht objektiv sein."
"Objektiv?" Leia zitterte am ganzen Körper und hatte alle Mühe, ihre Wut unter Kontrolle zu halten. "Dieser Mann, dieser ehemalige *Imperiale,* hat gerade meinen Mann des Hochverrats bezichtigt, und Sie sagen, ich soll objektiv sein?"
"Ja", nickte Gno, "das sage ich. Sie sind die Regierungschefin. Wir sind darauf angewiesen, daß Sie ruhig und gelassen bleiben."
"Ruhig? Gelassen? Dies ist jetzt nicht die Zeit für Ruhe und Gelassenheit, Gno. Wir haben jetzt genau die Situation, die wir befürchtet haben, als wir die Imperialen in dieses Gremium aufgenommen haben. Sie säen Zwietracht zwischen uns, können Sie das denn nicht erkennen?"
"Leia", mahnte Gno.
Meidos ganzes Gesicht war jetzt weiß geworden. Nur um seine Augen und den Mund waren noch ein paar rote Linien zu erkennen. "Es tut mir leid, Frau Präsidentin."
"Ich werde Ihre Entschuldigung nicht annehmen. Wie können Sie es wagen ...?"

"Er kann es wagen, weil er angemessen handelt." C-Gosf trat jetzt neben Leia und legte ihr den dünnen Arm um die Schulter. "Es ist besser, wenn er das hier diskutiert, im Inneren Rat, als mit den anderen Senatoren. Es ist besser, wenn wir alles tun, was in unseren Kräften steht, um diese Gerüchte zum Verstummen zu bringen, als zuzulassen, daß sie sich über ganz Coruscant verbreiten. Denn wenn das geschieht, wird General Solo immer unter Verdacht stehen, selbst wenn wir später sicher sind, daß er unschuldig ist."

Alle ihre Gefolgsleute schlugen sich auf die Seite Meidos. "Es tut mir leid, Frau Präsidentin", sagte dieser noch einmal.

"Han hat mit all dem nichts zu tun", herrschte Leia ihn an.

"Leia", bat Gno inständig, "ich glaube, Sie sollten an dieser Diskussion nicht teilnehmen. Wenn es um die geht, die wir lieben, kann keiner von uns objektiv sein, so sehr wir uns auch darum bemühen."

Ihr Herz schlug wie wild. "Sie glauben Meido. Sie glauben ihm."

"Ich glaube, wir müssen dem nachgehen, Leia." Gno wandte den Blick von ihr ab. "Es tut mir leid. Aber die Anschuldigung ist zu ernst, als daß man einfach darüber hinweggehen könnte."

Leia sah sich im Saal um, ließ den Blick über ihre engsten Verbündeten in der Regierung schweifen. Vertraute Gesichter und drei ihr nicht vertraute Gesichter, die nach dem Bombenanschlag hinzugekommen waren. Meido, R'yet und Wwebyls musterten sie argwöhnisch. Ihre Freunde blickten mitfühlend; selbst die, die sich normalerweise gegen sie stellten, ließen ihr Bedauern erkennen.

"Und mehr braucht es nicht?" fragte sie. "Eine Anklage, und schon spricht man einen Mann schuldig, schuldig eines Verbrechens, das er nicht begangen hat? Dies ist kein Beweis. Und selbst wenn es einer wäre – Sie alle kennen Han. Sie wissen, daß er dazu nicht fähig ist."

"Leia, bitte, machen Sie es uns nicht so schwer", forderte Gno.

"Was soll ich denn Ihrer Meinung nach tun, Senator?" fragte sie und wählte die förmliche Anrede. "Soll ich zurücktreten?"

"Nein", entgegnete er. "Sich nur aus Verfahren, die Han betreffen, heraushalten."

"Und wenn ich das nicht tue?"

Gno wandte den Blick von ihr ab. C-Gosf drückte Leia kurz an sich und ließ sie dann los. "Denken Sie darüber nach, Leia. Wir treffen uns morgen früh. Bis dahin ist die Nachricht nicht mehr ganz so erschütternd."

"Sie ist nicht erschütternd", sagte Leia und stand auf. "Was mich erschüttert, ist, wie bereitwillig Sie alle diesen Unsinn glauben."

"Verzeihen Sie, Frau Präsidentin", sagte Meido. "Aber derjenige, der die Bombe gelegt hat, muß Zugang zum Sitzungssaal gehabt haben, und den hatten nur sehr wenige. Es wird also mit Sicherheit jemand sein, dem wir alle vertrauen. Das kann ich garantieren – allein schon den äußeren Umständen nach zu urteilen. Und ich glaube, sobald Sie sich beruhigt haben, werden Sie das auch erkennen."

Leia stand langsam auf, setzte all das ein, was sie am Hof ihres Vaters gelernt hatte, legte es in den Blick, mit dem sie Meido musterte. "Als ich achtzehn war, stand ich neben Großmufti Tarkin, als dieser aus den Tiefen des Weltraums einen Befehl erteilte, mit dem er Alderaan, meinen Heimatplaneten, mit einem einzigen Energiestrahl des Todessterns einfach auslöschte. Bis zu jenem Augenblick hatte ich geglaubt, die Vernichtung eines ganzen Planeten im Zeitraum eines Augenblicks sei unmöglich. Sagen Sie mir also nicht, was die Wahrheit sein muß, Meido. Ich bin machtsensitiv. Wenn mein Mann mich oder die Republik verraten würde, würde ich das wissen. Und das gleiche gilt für meinen Bruder, der ein Jedi-Meister ist. Wir wissen immer noch nicht, was an jenem Tag im Senat geschehen ist. Und bis wir das wissen, können wir nicht sicher sein, ob uns ein Freund verraten oder ob jemand eine neue Waffe an uns erprobt hat. Aber an Ihrer Stelle würde ich auf der Stelle aufhören, mit Beschuldigungen um mich zu werfen, für die es keine Grundlage gibt. Solche Beschuldigungen führen nur zu Zwietracht zwischen uns. Und dabei müssen wir jetzt mehr denn je geschlossen handeln."

Ihr Blick wanderte um die Tafel, verharrte kurz bei jedem Mitglied des Rates. Borsk Fey'lya lehnte sich in seinem Sessel zurück, seine Augen funkelten; Bel Iblis wich ihrem Blick aus; ChoFi studierte seine Hände; C-Gosfs Schnurrbarthaare zitterten, doch auch sie wich Leias Blick aus. Gno war der einzige unter ihren Freunden, der ihr zulächelte, als könnte er sie damit ermutigen.

Sie würden nichts über das hinaus unternehmen, was sie bereits getan hatten. Sie konnte darauf zählen, daß sie sich das angebliche Beweismaterial anhörten, mehr nicht.

Leia nickte. "Die Sitzung ist bis morgen früh vertagt. Bis dahin", setzte sie dann hinzu, "erwarte ich Antworten. Keine Anklagen, sondern konkrete Informationen. Habe ich mich klar ausgedrückt?"

Leia gab ihnen keine Gelegenheit, darauf zu antworten. Sie drehte sich um und verließ aufrecht und stolz den Saal. Aber als sie allein war, gab sie sich dem unkontrollierten Zittern ihres Körpers hin.

Es hatte angefangen. Die Einigkeit, die sie höher schätzte als alles andere, zeigte, außer in ihrer Familie, erste Risse.

Und sie hatte gewußt, daß es dazu kommen würde.

***

Als die *Glücksdame* auf Skip 1 landete, wanderte Landos Blick über das Landefeld und suchte den *Millennium Falken*. Die Aufbauten des Schiffs waren so unverwechselbar, daß es selbst von anderen leichten corellianischen Frachtern auf einen Blick zu unterscheiden war. Aber solche Schiffe sah Lando nirgendwo.

Der Teufel sollte Solo holen. Das war typisch für ihn, einfach zu verschwinden, da Lando doch beschlossen hatte, wie ein Held zu handeln. Trotzdem sah er keine andere Möglichkeit, ihn aufzuspüren.

Er konnte nur hoffen, daß Han nicht bis über beide Ohren in irgendwelchen Scherereien steckte.

Die *Glücksdame* setzte mit einem leichten Ruck auf. Ohne Fernsteuerung, und einzig und allein auf einen Traktorstrahl vertrauend, zu landen erwies sich als heikler, als Lando vermutet hatte. Er fluchte halblaut und widerstand dem Drang, sein Schiff durchzuchecken.

Als die *Glücksdame* sich stabilisiert hatte, ging er zur Ladeluke und öffnete sie von innen.

Sinewy Ana Blue stand draußen, eine Hand auf die schmale Hüfte gestützt. Sie sah in Shorts und einem eng zusammengeknoteten Hemd gut aus, ein wenig älter vielleicht, aber keine Spur weiser. Lando grinste. Er hatte Blue nie widerstehen können.

"Diese Ladeliste war eine der peinlichsten, die ich je zu Gesicht bekommen habe", begrüßte sie ihn. "Du warst offensichtlich nicht sehr erfolgreich, seit du von hier weggegangen bist."

"Für Plaudereien habe ich jetzt keine Zeit, Blue", antwortete Lando. "Ich muß diese Kiste hier wieder in Ordnung bekommen und verschwinden, bevor Nandreeson erfährt, daß ich hier bin."

"Dafür ist es wahrscheinlich schon zu spät", meinte Blue. "Nandreeson überwacht alle Schiffsbewegungen im weiten Umkreis des Run. Du könntest höchstes Glück haben, daß er im Augenblick anderweitig beschäftigt ist."

"Ja-ah, na schön. Ich hatte ja keine andere Wahl", sagte Lando. "Die meisten Steuerkreise sind ausgefallen. Das muß erst mal repariert werden."

Blue schüttelte den Kopf. "Bei einer so armseligen Ladung sehe ich da keinen Weg. Da ist nichts dabei, das den Handel lohnt. Was hast du denn sonst noch?"

"Nichts. Ich bin schon lange nicht mehr im Geschäft."

Blue grinste. "Richtig. Du bist ja ehrlich geworden. Wie Solo. Also raus mit der Sprache, Lando. Bist du hier, weil dein alter Kumpel hier ist?"

"Ich bin hier, weil die *Glücksdame* kaputt ist." Er durfte sich jetzt keine Blöße geben. "Warum fragst du nach Han?"

"Weil er und sein Partner, das Fellknäuel, hier vor ein paar Tagen aufgetaucht sind. Da habe ich mir gedacht, du würdest auch bald aufkreuzen."

"Und da Solo sie zurückgewiesen hat, hofft sie jetzt, daß sie statt dessen bei dir landen kann." Kid DXo'In schob sein fast kahles Haupt zur Luke herein. "Wie geht's denn so, Calrissian?"

"So lala."

"Ja. Ich habe schon von deinem Gasbergwerk auf Bespin gehört. Wenn man die Schmuggelei aufgibt, hat das seine Vorteile, wie?"

"Die Tibanna-Gasmine habe ich ans Imperium verloren", erwiderte Lando.Er bückte sich unter der halbgeöffneten Einstiegsluke, trat nach draußen und blieb stehen. Zwei Dutzend Schmuggler standen auf der Landefläche und hatten ihre Blaster auf ihn gerichtet. Lando wölbte die rechte Augenbraue. "Leute, da fühlt man sich als alter Freund ja richtig willkommen."

"Du bist kein Freund, Calrissian", sagte Zeen Afit. Er stand dicht neben Kid unten an der Rampe. "Du bist hier, um uns auszuspionieren."

"Für wen?"

"Für den, der am meisten zahlt", versetzte Kid.

"Keine Anschuldigungen, solange du keine Beweise hast", wies Blue ihn zurecht.

"Ich will bloß die *Glücksdame* reparieren lassen", wiederholte Lando, obwohl der Vorwand jetzt selbst ihm fadenscheinig vorkam.

"Tatsächlich?" sagte Zeen. "Du weißt doch, wie es hier läuft. Du hast nicht einmal genug Ladung, um Banthascheiße damit zu bezahlen, geschweige denn Reparaturen."

"Das weiß ich selbst", nickte Lando. "Aber ich habe eine Menge Kredits zu bieten."

"Warum hast du das dann nicht gleich gesagt?" rief jemand.

"Also , wenn man zu meiner Zeit im Run Geld angeboten hat, hat das bedeutet, daß man nicht hierhergehört."

Blue kam die Rampe hinauf und hakte sich bei Lando ein. "So ist es auch heute noch, Lando", sagte sie. "Laß dich von denen nicht einschüchtern."

"Tu ich auch nicht", antwortete er. "Aber ich will wissen, ob ich die Reparaturen hier kriege oder nicht?"

"Das wird dich einiges kosten", erklärte Zeen. "Zehntausend Kredits."

"Zehntausend?" Lando zog Blue an sich. "Du weißt ja noch nicht mal, was kaputt ist."

"Das brauche ich auch nicht", grinste Zeen. "Ich habe mir bloß gedacht, daß du wahrschweinlich was dagegen hast, wenn Nandreesons Leute deinem Schiff zu nahe kommen. Die Zehntausend sind für den Schutz."

Lando schnaubte geringschätzig. "Als ob *du* mich vor Nandreeson schützen könntest. Wie viele von seinen Schergen haben denn jetzt ihre Blaster auf mich gerichtet?"

"Gar keiner", antwortete Kid. "Nandreeson hat Skip 6. Wir lassen ihn nicht auf Skip 1."

"Richtig", nickte Lando. "Und ihr Jungs arbeitet jetzt alle umsonst."

"Lando, hier hat sich einiges verändert", meinte Kid.

"Aber so viel nun auch wieder nicht. Ihr solltet mich nicht für dumm verkaufen, bloß weil ich eine Weile nicht hier war, das wäre nämlich beleidigend, und ich beleidige euch ja auch nicht. Ich habe ein ernsthaftes Problem mit meinem Schiff, sonst wäre ich nicht im Run. Bringt mir also den besten Mechaniker, den es hier gibt, und ich bewache die *Glücksdame* selbst."

"Wieviel zahlst du denn?"

"Was es eben kostet, das hier schnell wieder in Ordnung zu bringen", entgegnete Lando. Dann sah er Blue mit gerunzelter Stirn an. Sie schien er mühelos überzeugt zu haben, auch wenn ihm das bei den anderen nicht gelungen war. "Was hast du da von wegen Solo gesagt?"

"Du weißt, daß er hier ist, Lando."

"Ich sehe aber den *Falken* nirgendwo."

"Ich wußte nicht, daß du das Schiff suchst."

"Wie sollte er denn sonst hergekommen sein?"

"Lando, jetzt stell dich nicht dumm!"

"Ich stelle mich nicht dumm. Willst du dir mein Schiff selbst ansehen? Ich habe schon eine ganze Weile nicht mehr mit Han gesprochen. Ich versuche zur Zeit, auf Kessel ins Gewürzminengeschäft einzusteigen." Er löste sich von ihr und zupfte sich seinen Umhang zurecht. "Aber wenn Han hier ist, würde ich ihn gern sehen. Chewie kennt sich mit der *Glücksdame* genauso aus wie mit dem *Falken*. Er könnte mir bei den Reparaturen behilflich sein, dann würde ich sonst niemanden belästigen müssen."

Blue betrachtete Lando einen Augenblick lang prüfend, und ihren einzigartigen Augen entging nicht die winzigste Kleinigkeit. Dann lächelte sie langsam und verführerisch. "Für mich warst du immer ein Geheimnis. Das gefällt mir an einem Mann."

"Dir gefällt alles an einem Mann", meldete sich Zeen vom Landefeld aus zu Wort. "Glaub dem bloß nicht. Lando ist wegen Han hier. Irgend etwas ist hier im Gange."

Lando schüttelte den Kopf. "Ich weiß, daß ich *dich* nicht überzeugen kann, Zeen. Aber wenigstens Blue glaubt mir. Bringt mich zu Han, dann laß ich euch alle in Frieden."

Zeen trat auf die Rampe und versperrte Lando den Weg, seinen Blaster hatte er auf dessen Herz gerichtet. "Du wirst nirgends hingehen, Calrissian. Du wirst von Nandreeson gesucht, und du warst seit beinahe zwanzig Jahren nicht mehr im Run. Damit bist du zu einem Außenseiter geworden. Und Außenseiter mögen wir hier nicht besonders."

Landos Mund wurde trocken. "Und ich mag es nicht, wenn man mit einem Blaster vor meinem Bauch herumfuchtelt, Zeen. Würdest du ihn bitte wegnehmen?"

"Geht leider nicht, Calrissian."

"Weg mit dem Blaster, Zeen!" befahl Blue. "Ich übernehme die Verantwortung für ihn."

"Na schön", willigte Zeen ein. "Dann bleib mit ihm auf seinem grandiosen Schiff, und wir alle warten, bis Solo zurückkehrt. Dann kann Calrissian uns in Frieden verlassen."

"Warum hast du eigentlich solche Angst vor mir, Zeen?" fragte Lando.

"Weil wir nicht wollen, daß Nandreesons Leute hier auftauchen", erklärte Zeen.

"Zu spät." Die Stimme, die vorher bereits einmal gesprochen hatte und die Lando nicht hatte unterbringen können, meldete sich erneut. Ein Rek trat aus der Gruppe. Sein gertenschlanker Körper war in der Menge untergegangen, aber seine orangeroten Augen flammten wie die Positionsleuchten eines Frachters. Seine Finger, die dünn wie eine Peitschenschnur waren, hielten einen Blaster, der auf Lando gerichtet war. "Sie kommen mit, Calrissian. Nandreeson wird entzückt sein, Sie zu sehen."

Ein weiterer Rek trat vor, dann noch einer und wieder einer, bis die ganze Schmugglergruppe von dreißig Reks umstellt war.

"Sehr erfreut sogar", sagte einer der Reks. "Im Wert von fast zwei Millionen Kredits."

"Wow", machte Blue. "Wenn ich gewußt hätte, daß du so viel wert bis, hätte ich dich selbst ausgeliefert."

Auch Lando war von der Summe überrascht. "Als ich zuletzt davon gehört habe, waren es nur fünfzigtausend."

"Kommen Sie freiwillig mit", sagte der erste Rek, "dann rühr ich Ihr Schiff nicht an."

"Was nützt mir das?" fragte Lando. "Wenn ich tot bin, brauche ich es nicht mehr." Er griff nach seinem Blaster, aber ein tentakelartiges Gebilde schlang sich um sein Handgelenk. Er blickte an sich herunter. Ein weiterer Rek hatte den Arm um ihn gelegt. Sein geschlitzter Mund öffnete sich zu einem typischen Reklächeln. Diesmal handelte es sich um einen weiblichen Rek, wie ihm ihre purpurfarbenen Augen verrieten.

"Ich würde es an Ihrer Stelle gar nicht erst versuchen, großer Junge", warnte sie. "Sie sind Nandreeson auch tot noch eine Million Kredits wert."

"Also gut", wandte sich Lando an Blue. Sie war jetzt seine einzige Hoffnung. "Ich will dir nichts mehr vormachen. Ich muß Han finden. Er steckt tief im Schlamassel."

"Kann man wohl sagen", meinte die Rekfrau. "Wir treffen uns mit ihm auf Skip 6. Das gibt sicher ein freudiges Wiedersehen."

Blue entfernte sich mit hocherhobenen Händen nach rückwärts. "Tut mir leid, Lando", sagte sie. "In Nandreesons Geschäfte mische ich mich nie ein."

"Du bist mir eine feine Freundin", schimpfte Lando.

"Ich habe nie behauptet, deine Freundin zu sein", sagte Blue. "Bloß eine Interessentin. Du hättest nie hierherkommen sollen, Lando."

"Als ob ich das inzwischen nicht selbst wüßte", antwortete er.

* 23 *

Vier neue Sprachen an einem Tag. 3PO saß an seinem Computer in der Solo-Wohnung. Da die Kinder nicht zu Hause waren, gab es für ihn keine Verpflichtungen, und er nutzte die Zeit, um in den neuen Sprachen aufzuholen. Zwei stammten von erst kürzlich entdeckten Planeten, zwei waren neue Droidensprachen. Das machte dann achtzehn neue Droidensprachen in der letzten Woche oder zwei Komma fünf sieben eins Sprachen pro Tag.

Die Computerstation befand sich in der Nähe der Kinderzimmer. 3PO hatte davor Platz genommen, weil Jaina einmal von ihm verlangt hatte, daß er das tat. Anakin hatte die Wände mit Klebebildern von Helden der Alten Republik verziert. 3PO hatte ihn gebeten, sie wieder zu entfernen, aber Anakin hatte es "vergessen", ein Wort, das er häufig benutzte, wenn er in Wirklichkeit etwas nicht tun wollte.

In der unteren Ecke des Bildschirms blitzte ein winziges Icon auf. Es war eine kleine R2-Einheit. 3PO drückte mit einem goldenen Finger eine Taste, worauf das Icon den ganzen Bildschirm ausfüllte. Dann drückte er eine weitere Taste, und das Icon verwandelte sich in eine hektisch flakkernde Botschaft.

NOTFALL
NOTFALL
NOTFALL

Mit der Y-Taste war ein Spezialcode verbunden. 3PO öffnete die Anwendung, worauf der Schirm sich mit Binärdaten füllte. Die Nachricht kam von R2. Er befand sich mit jemandem namens Cole Fardreamer im Wartungsbereich, und man bezichtigte sie der Sabotage. Die Nachricht war aktuell und wiederholte sich ohne Unterlaß.

3PO schlug zwei weitere Tasten an. R2 war immer noch online. 3PO setzte dazu an, eine Antwort abzusenden, als der Bildschirm sich verdunkelte.

R2 war verschwunden.

***

Kueller wunderte sich darüber, wie schnell die Kredits verschwanden. Er saß an seinem Schreibtisch auf Almania. Die Vorhänge waren offen, und unter ihm funkelten die Lichter der Stadt. Die Türme der Je'har waren schwarze Flecken vor der nächtlichen Skyline. Leere. Ruinen. Ein Zeichen von Kuellers gewaltiger Macht.

Aber um diese Macht aufrechtzuerhalten, würde er Geld brauchen. Er würde die Schätze von Pydyr auf dem freiem Markt verkaufen müssen. Seine Agenten hatten bereits angefangen, diskret mit den größten Sammlern in der Galaxis Fühlung aufzunehmen. Wenn er die Häuser von Pydyr im Paket verkaufen konnte und die Juwelen von Pydyr als ein weiteres Paket und die Kleidung von Pydyr als ein drittes, würde er dabei genug Kredits einnehmen, um Phase drei seiner Operation zu Ende zu führen.

Phase eins war beendet, und Phase zwei war im Gang.

Kueller lehnte sich in seinem Sessel zurück. Seine Handschuhe lagen auf dem Tisch neben den fünf kleinen Computerbildschirmen. Seine Hände wirkten im künstlichen Licht blaß. Die Hände eines jungen Mannes. Nicht die Hände des mächtigsten Mannes in der Galaxis.

Noch nicht.

Aber bald. Sehr bald.

Mit einem diskreten Gongschlag meldete sich seine private Leitung. Er berührte den Bildschirm. Brakiss' Gesicht erschien. Sein blondes Haar war zerzaust, und sein Blick war gequält. Brakiss hatte also Skywalker gegenübergestanden. Kueller verstand die Zeichen zu deuten.

"Also", sprach Kueller, ohne darauf zu warten, daß Brakiss etwas sagte, "er hat in Ihrem gequälten Herzen Fragen aufgeworfen."

Brakiss zuckte zusammen. Wenn Skywalker imstande war, Brakiss in Versuchung zu führen, einen Mann, der das Imperium von ganzem Herzen geliebt hatte, dann konnte er jeden in Versuchung führen. Kueller hatte die richtige Wahl getroffen: Skywalker und alle, die an ihn glaubten, mußten vernichtet werden. Das war der nächste Schritt. Nur damit konnte er seinen Erfolg sichern.

"Ist *er* jetzt Ihr Meister, Brakiss?" fragte Kueller.

"Nein!" Die Frage schien Brakiss so zu erschrecken, daß

er von seinem Bildschirm zurückfuhr. Sein Bild wurde kleiner. Brakiss selbst schien Kueller jetzt kleiner.

"Wer ist dann Ihr Meister, Brakiss?"

"Niemand", antwortete Brakiss. Sein Mund war eine dünne Linie, seine Augen blickten tieftraurig und von Angst erfüllt. "Ich will jetzt raus, Kueller. Ich bin fertig."

Kueller ließ seine Totenmaske lächeln, obwohl er äußerst verstimmt war. "Was hat Skywalker mit Ihnen gemacht?"

"Nichts."

"Warum haben Sie dann so plötzlich den Glauben verloren?"

"Nicht plötzlich, Kueller. Sie wollten nicht, daß ich ihn töte."

"Trotzdem haben Sie es versucht."

Wieder zuckte Brakiss zusammen.

Kueller beugte sich vor. Er wußte, daß seine Totenkopfmaske jetzt Brakiss' ganzen Bildschirm ausfüllte. "Sie haben es versucht und es nicht geschafft. Und Skywalker hat Sie aus der ganzen Güte seines Jedi-Herzens heraus leben lassen. Und jetzt sind Sie Ihrem alten Meister dankbar und fragen sich, wie irgend jemand ihn wohl besiegen könnte, und Sie zweifeln daran, ob ihn überhaupt jemand besiegen sollte. Habe ich recht, Brakiss?"

"Ich hasse Skywalker", erwiderte Brakiss.

Kueller schüttelte den Kopf. "Sie hassen Skywalker nicht. Was Sie hassen, ist das Gefühl, das er in Ihnen ausgelöst hat. Sie hassen sich selbst, Brakiss. Sie hassen das, was Sie geworden sind."

Brakiss schob sein Kinn vor. "Er sagt, ich könnte auf die Akademie zurückkehren. Er sagt, ich könnte die dunkle Seite aufgeben. Er sagt, Vader habe das auch getan."

"Natürlich hat Vader das getan", bestätigte Kueller ruhig und scheinbar unbewegt, obwohl er Brakiss am liebsten zerrissen hätte, weil er Skywalker zugehört hatte. "Vader war tödlich verwundet, er wußte, daß er sterben mußte. Skywalker war bei ihm. Es gab keinen Imperator mehr. Vader war nichts mehr geblieben. Er war ohne Kraft und ohne Hoffnung. Er nahm das an, was Skywalker ihm anbot. Er hatte keine andere Wahl."

"Skywalker sagt, daß er die sehr wohl gehabt hätte."

"Skywalker hat versucht, Macht über Sie zu gewinnen, Brakiss. Ist ihm das gelungen?"

Brakiss verschränkte die Arme. "Sie können das nicht erkennen?"

Kueller lächelte. Er war froh, daß er nicht den Holoprojektor benutzt hatte. Auf dem Bildschirm wirkte er größer, mächtiger, und dessen bedurfte er in diesem Augenblick. "Ich denke, Skywalker hätte Sie zurückholen können, wenn er das wirklich gewollt hätte. Er ist nicht an Ihnen interessiert. Für ihn sind Sie nichts. Sie sind nicht einmal wert, daß man Sie tötet."

Brakiss zuckte erneut zusammen. Er war also tatsächlich in Skywalkers Bann geraten, hatte es Skywalker leicht gemacht, ihn zu töten. Aber das hatte der tugendhafte Luke Skywalker natürlich nicht getan.

"Skywalker will *mich*", versicherte Kueller. "Er weiß, daß er mich besiegen muß, wenn er seine Autorität nicht verlieren will."

"Er weiß doch nicht einmal, daß Sie existieren", meinte Brakiss. Das klang trotzig, trotzig genug jedenfalls, um noch länger von Nutzen zu sein.

"Oh doch, das weiß er", sagte Kueller. "Sie haben ihn doch zu mir geschickt, oder?"

"Ich habe ihn vor Ihnen gewarnt." Brakiss' Augen weiteten sich, kaum daß die Worte über seine Lippen gekommen waren. Offenbar hatte er nicht vorgehabt, Kueller davon zu erzählen.

"Gut", sagte Kueller. "Dann ist es um so wahrscheinlicher, daß Skywalker jetzt zu mir kommen wird. Das haben Sie gut gemacht, Brakiss."

"Gut?" Brakiss wirkte benommen, als er die Frage stellte.

"Ja", nickte Kueller. "Sie haben es sogar noch besser gemacht, als ich gehofft hatte."

"D-d-dann darf ich ... hierbleiben?" stammelte Brakiss wie ein kleines Kind. Er liebte die Droidenfabrik. Sie vermittelte ihm ein Gefühl des Friedens, und Kueller fand das sehr nützlich.

"Wollen Sie das denn?" fragte er.

Brakiss nickte, ganz langsam, als habe er Angst, Kueller seine Gefühle zu offenbaren.

"Dann dürfen Sie natürlich bleiben, Brakiss. Sie haben mir gute Dienste geleistet."

"Und Sie werden keinen anderen herschicken?"

Kueller lächelte. "Es braucht doch niemand zu kommen.

Telti gehört Ihnen, Brakiss. Ich werde Sie weiterhin unterstützen, und Sie werden weiterhin für mich arbeiten, wie Sie das immer getan haben. Und wir werden nie mehr über Skywalker, die Akademie oder Yavin 4 reden. So wollen Sie es doch, oder?"

"Ich möchte, daß Skywalker mich in Ruhe läßt."

"Sie werden auf Telti immer allein sein. Das ist zwar eine Vergeudung Ihrer Talente in der Macht, aber das wird Ihr Schaden sein, Brakiss, nicht meiner. Sie sind nicht länger nützlich für mich."

"Und Skywalker?" Brakiss kam einfach nicht los von ihm. Skywalker mußte starken Eindruck auf ihn gemacht haben. Mehr als Kueller lieb war.

"Skywalker gehört jetzt mir", sagte Kueller. "Aber bald wird er niemandem mehr lästig fallen, nie mehr."

* 24 *

Der Glottalphib lächelte Han an. Zwischen seinen langen gelben Zähnen quoll Rauch hervor und verfehlte nur knapp die Wände des *Falken*. "Nun, General Solo", sagte er. "So begegnen wir uns wieder."

Han hatte einige Mühe, sich an seinen Namen zu erinnern. "Sie sind in der Minderzahl, Iisner."

Chewie knurrte immer noch. Sein Fell hatte aufgehört zu rauchen, aber der Flammenhauch des Glottalphib hatte ein paar kahle Stellen darin hinterlassen. Der Wookiee streckte die Arme zur Decke, während Davis die Hände erhoben hatte. Seluss preßte sich an die Bordwand.

"Ich glaube nicht, daß ich in der Minderzahl bin", meinte Iisner. "Ein kräftiger Flammenstoß, und Ihre Freunde hier können Ihnen nicht mehr helfen. Und während ich sie noch brate, kann ich meinen Blaster auf Sie richten. Man stelle sich vor, ein Held der Rebellion, der seinen Blaster vergessen hat."

Han stieß eine Verwünschung aus. Sein Blaster lag im Cockpit.

"Wie kann man nur so etwas sagen, General Solo", tadelte Iisner ihn. "Wo ich Ihnen doch lediglich einen Höflichkeitsbesuch abstatte."

Han ließ Iisner nicht aus den Augen. Er mußte Zeit gewinnen. Der *Falke* war sein Schiff; wenn er nur einen Augenblick Zeit bekam, sich einen Plan auszudenken, würde er sie alle hier rausholen.

"Anscheinend muß ich Ihnen stets Lektionen über gute Manieren erteilen", sagte Han. "Die Drohung, meine Freunde zu töten, zeugt jedenfalls nicht gerade von Höflichkeit."

"Das tue ich lediglich, um mich selbst zu schützen", antwortete Iisner. "Mein Boß würde es nicht verstehen, wenn Sie seine Einladung ablehnten."

Chewbacca fuhr langsam seine Krallen aus. Ihre Spitzen berührten jetzt die niedrige Decke. Han achtete darauf, sich nichts anmerken zu lassen, und hoffte inständig, daß Iisner Chewie nicht bemerken würde.

"Was will Nandreeson von mir?"

Iisner atmete leicht aus. Kleine Flammenzungen leckten um die grauen Schuppen an seinen Nüstern. "An Ihnen persönlich ist er genaugenommen gar nicht interessiert. Eher an Ihrer Position. Er glaubt, daß er der Neuen Republik helfen kann."

"Oh, tatsächlich? Ist ja interessant."

Iisner nickte. "Er verfügt über Informationen, die für Ihre Leute möglicherweise wertvoll sein könnten."

Chewie schob eine seiner Krallen in eine schmale Fuge zwischen der Bordwand und der Luke eines geheimen Frachtraums.

"Informationen welcher Art?" fragte Han.

"Also, General Solo, ich würde es Ihnen ja sagen, wenn ich Bescheid wüßte. Aber ich bin lediglich ein Helfer, ein Untergebener ohne eigene Entscheidungsgewalt. Man hat mich nur angewiesen, Sie nach Skip 6 zu bringen ..."

"Und ich habe Ihnen schon einmal gesagt, daß ich bereit bin, mich mit Nandreeson auf Skip 1 zu treffen."

Chewie hatte eine weitere Kralle in den Zwischenraum gezwängt. Das Ganze ging qualvoll langsam vor sich. Seluss hatte sich unterdessen noch näher an Chewies Beine herangeschoben. Davis ließ Iisners Blaster nicht aus den Augen. Wenn Chewie jetzt nicht schnell handelte, würde Davis vermutlich etwas unternehmen. Und dann würde es zur Katastrophe kommen.

"Ich muß Ihnen die Wahrheit sagen, General Solo ..." Als Iisner "Solo" sagte, kam Dampf aus seinem Mund. "Nandreeson reist nicht gern zu den anderen Skips. Die Räumlichkeiten sind, ich will mal sagen, nicht zufriedenstellend."

"Ich verlange ja nicht, daß er hier übernachtet", erwiderte Han. "Wenn er will, können wir uns auch auf dem *Falken* treffen. Ich habe einfach nicht die Absicht, nach Skip 6 zu gehen. Ich habe vor langer Zeit gelernt, mich Nandreesons persönlichem Revier fernzuhalten. Damit will ich Sie natürlich nicht beleidigen, Iisner."

"Das haben Sie auch nicht. Ihr Freund Calrissian hätte klug daran getan, wenn er dieselbe Zurückhaltung an den Tag gelegt hätte."

Chewie hatte zwei weitere Krallen in die Fuge gezwängt.

"Nandreeson ist immer noch ungehalten über Lando?" erkundigte sich Han.

"'Ungehalten' ist vielleicht nicht ganz die angemessene Formulierung", meinte Iisner. "Man könnte eher sagen, er hat mit ihm 'ein Hühnchen zu rupfen', um eine archaische Formulierung Ihrer Sprache zu benutzen."

"Ja, das kann ich mir vorstellen", sagte Han. "Aber sagen Sie Ihrem Boß, daß diese Sache mit mir nichts zu tun hat."

Er nickte Chewie zu, der jetzt seine ganze Wookieekraft einsetzte. Iisner blickte irritiert auf, und die Luke des verborgenen Frachtraums fiel ihm auf den Kopf. Eine Flamme schoß aus seinem Mund. Chewie duckte sich nach links weg, Davis nach rechts, und Seluss erweckte den Eindruck, als wollte er in ein nicht vorhandenes Mauseloch kriechen. Die Flammen versengten die Wand und die Oberseite von Seluss' Kopf. Davis krachte gegen Han, und beide rollten den Gang hinunter. Unter der Tür brüllten die Flammen hervor, erhitzten das Metall und verbrannten weitere Hautpartien Hans.

Er fluchte, griff nach den Sprossenelementen der Wandverkleidung und zog sich daran in die Höhe, um von dem heißen Metall wegzukommen. Davis rannte fluchend ins Cockpit. Chewbacca trat auf die Ladeluke und wuchtete sein ganzes Gewicht auf Iisner. Seluss stieß schnatternd immer wieder seinen Kopf, von dem Rauchfäden in die Höhe kräuselten, gegen die Wand.

Chewie griff hinunter und zog Seluss zu sich heran, drückte die Verbrennungen des kleinen Sullustaners gegen seine fellbedeckte Brust. Die Metallplatten des Bodenbelags leuchteten kirschrot, es roch nach verbranntem Fleisch und angesengtem Glottalphib.

Dann wurden die Flammen schwächer und verloschen schließlich ganz. Han hangelte sich an der Wand entlang, sorgfältig darauf bedacht, den Boden nicht zu berühren. Als er bei Chewie angelangt war, beugte er sich hinunter und nahm Iisner den Blaster weg. Der Glottalphib leistete keinen Widerstand. Der Blastergriff war glühendheiß.

"Solo?" war Iisners Stimme von unten zu hören. "Sagen Sie Ihrem Freund, er soll von mir runtersteigen."

Wieder leckten Flammen unter der Tür hindurch.

"Laß ihn raus, Chewie!"

Chewie schüttelte den Kopf und brüllte. Han richtete den Blaster auf Iisner.

"Ich komme schon klar", rief Han. "Geh mit Seluss in die Vorratskammer und sieh dort nach, ob du den Verbandskasten findest. Wir müssen irgend etwas gegen seine Verbrennungen tun."

Chewie grollte einen Protest.

"Geh schon!"

Chewie schlang einen zottigen Arm um Seluss und griff mit der anderen Pfote nach den Wandsprossen. Dann folgte er Hans Beispiel und arbeitete sich seitwärts den Gang entlang.

Iisner kroch unter der Ladeluke hervor. Brust und Arme zeigten rautenförmige Verbrennungen entsprechend der Struktur des Bodenbelags. An seinem Rücken lösten sich die grauen Schuppen. Er wirkte schwach und benommen.

"Sagen Sie mir, was Nandreeson von mir will", forderte Han. "Die Wahrheit, wenn ich bitten darf."

Iisner kletterte auf die Tür und lehnte sich gegen die Wand. Rauch quoll aus seiner Nase. Er wirkte geschlagen. "Er wollte Sie dazu benutzen, an Calrissian heranzukommen."

"Lando?"

Iisner nickte. "Er hat sich gedacht, wenn Sie hier sind, würde Calrissian auch nicht weit sein."

"Manchmal lebt Nandreeson wirklich in der Vergangenheit", kommentierte Han. "Lando und ich sind selten zur gleichen Zeit am gleichen Ort."

Noch mehr Schuppen lösten sich von Iisners Haut. "Ich brauche ein Wasserbad."

"Eine Frage noch", sagte Han, "dann können Sie zurück zu Ihren Leuten. Wer steckt hinter den vielen Kredits, die neuerdings im Smuggler's Run im Umlauf sind?"

"Nicht Nandreeson", antwortete Iisner. Seine Stimme klang matt. Zwischen seinen Zähnen flackerten kleine Flämmchen, als ob er sie nicht mehr kontrollieren könnte. "Nandreeson ist das alles zuwider."

"Warum macht er dann nicht Schluß damit?"

"Dazu ist die Sache viel zu groß." Iisners kleine Hand hob sich. "Ich brauche Pflege, Solo."

"Na schön", sagte Han und deutete mit dem Blaster auf die Tür. "Verschwinden Sie!"

Iisner tastete sich vorsichtig über die nur langsam abkühlenden Bodenplatten. Als er die Tür erreicht hatte, drückte ihm Han die Mündung des Blasters in den Rücken. "Sie haben vergessen, mir zu sagen, wo die Kredits herkommen."

"Das werden Sie nicht glauben, Solo."

"Kommt auf einen Versuch an."

Iisners großer Kopf fuhr herum, und sein breites Maul klappte auf. Unter den Zähnen bildete sich eine Flamme, doch dann traf ihn ein Blasterschuß in die Kehle. Der Glottalphib fiel mit aufgerissenen Augen nach hinten. Er war zweifellos tot.

Han drehte sich um.

Davis stand im Gang. Er trug Schutzstiefel, wie Bergleute sie tragen, und hielt immer noch seinen Blaster in der Hand.

"Was, zum Teufel, sollte denn das?" fragte Han.

"Er wollte Sie töten."

"Er wollte mit mir reden."

Davis schüttelte den Kopf. "Glottalphibs sind schwer zu töten, Solo. Er wollte Sie braten und dann den *Falken* nach Skip 6 bringen, damit Calrissian glauben sollte, Sie wären dort."

"Woher wissen Sie das?" fragte Han.

"Weil ich so etwas nicht zum erste Mal sehe", sagte Davis. "Die erwecken bei ihrer Beute den Eindruck, sie würden sterben, und dann schlagen sie zu. Wenn ich nicht geschossen hätte, wären Sie jetzt gut durch."

"Oder vielleicht bloß ein wenig klüger", meckerte Han. "Verdammt bequem, Iisner in *dem* Augenblick zu töten. Für wen arbeiten Sie, Davis?"

"Für mich, Solo."

"Für sich und wen noch?" Han hatte sich jetzt herumgedreht, sein Blaster war auf Davis gerichtet.

Davis war die Bewegung nicht entgangen. Er legte seine Waffe weg. Ganz langsam. Dann richtete er sich ebenso langsam auf, die Handflächen nach vorn, um zu zeigen, daß er unbewaffnet war. "Ich arbeite für niemanden."

"Schön", sagte Han. "Was machen Sie dann hier?"

Davis schluckte. Er hatte die Hände erhoben, genauso wie vorher, als Iisner ihn mit dem Blaster bedroht hatte. "Ein Kumpel von mir ist auf Skip 5 ums Leben gekommen. Ich will herausbekommen, warum."

"Das kaufe ich Ihnen nicht ab." Der Boden schien jetzt einigermaßen abgekühlt zu sein. Han setzte vorsichtig einen

Stiefelabsatz darauf. Die Gluthitze hatte sich inzwischen verflüchtigt. "Ich nehme es Ihnen ja nicht übel, daß Sie's auf einen Versuch ankommen lassen. Wahrscheinlich haben Sie auf mein Mitgefühl gehofft. Aber das ist mir ein wenig zu offensichtlich. Probieren Sie es noch mal."

Davis schüttelte den Kopf. "Ich bin ganz ehrlich zu Ihnen, Solo. Mein Freund ist in einer Explosion auf der Landefläche da draußen ums Leben gekommen, ein paar Tage, bevor Sie hier eingetroffen sind."

"Und Sie, als netter Kumpel, versuchen das Rätsel ohne großen Aufwand zu lösen." Han setzte jetzt auch den anderen Fuß auf den Boden. Es tat gut, wieder festen Grund unter den Füßen zu spüren.

"Genau wie Sie, Solo."

"Sie scheinen ja eine ganze Menge über mich zu wissen."

Davis nickte. "Ich wußte, daß Sie hier auftauchen würden. Genauso wie Nandreesons Leute das wußten. Alle beobachten Sie, Solo. Jeder erwartet, daß Sie den Run irgendwie verraten."

Hans Hand schloß sich fester um den Kolben seines Blasters. "Wir sprechen jetzt nicht von mir. Sie sind das Thema. Und das, was Sie hier machen."

"Ich, äh – also eigentlich bin ich hierhergekommen, um Sie zu treffen."

"Hier, auf Skip 5?"

"Ja."

"Ich dachte, Ihr Kumpel ist hier ums Leben gekommen?"

"Ist er auch", versicherte Davis. "Aber darum habe ich mich schon gekümmert. Es sah aus wie ein Unfall. Aber in letzter Zeit hat es eine ganze Menge solcher Unfälle gegeben. Für meinen Geschmack zu viele. Und als ich dann hörte, daß Sie hier Nachforschungen anstellen, weil ein Kumpel von Ihnen sein Leben verloren hat, da dachte ich mir, vielleicht ..."

"Ich bin nicht hier, um Nachforschungen über einen Toten anzustellen", fiel Han ihm ins Wort. "Ich bin hier, weil Jarril mich darum gebeten hat."

"Und wo ist er?" fragte Davis.

Seluss schnatterte. Han sah sich um. Der Kopf des kleinen Sullustaners war dick verbunden. Chewie stand hinter ihm, an einigen Stellen seines Fells konnte man dicke gelbe Salbe sehen.

"Sehen Sie?" fuhr Davis fort. "Selbst Ihr sullustanischer Freund sagt, daß Jarril tot ist. Und er sollte das eigentlich wissen."

"Gar nichts weiß der", widersprach Han. "Er stützt sich bloß auf Vermutungen, so wie wir anderen auch. Übrigens, Seluss, ich hätte gern gewußt, wie du in den *Falken* gekommen bist? Und, was noch wichtiger ist, wie ist Iisner hineingekommen?"

Seluss schnatterte und versuchte dabei, nach hinten zu entweichen, wobei er schützend die Pfoten hob, als fürchtete er, Han würde ihn schlagen. Chewie versperrte ihm den Weg.

"Ich hatte es dir ausdrücklich verboten, und doch bist du zurückgekommen", sagte Han, "und du hast einen Code von Jarrils Schiff benutzt, nicht wahr?" Das bedeutete, daß Jarril immer noch die *Spicy Lady* hatte. Han konnte versuchen, das Schiff anzupeilen, um herauszufinden, ob Jarril sich irgendwo in der Nähe aufhielt.

Seluss schnatterte, daß es nicht seine Schuld sei.

"Aber klar", spottete Han. "Es ist reiner Zufall, daß ein Glottalphib dir in den *Falken* gefolgt ist." Er seufzte. "Diese Partnerschaft funktioniert einfach nicht, Seluss."

Der Sullustaner schnatterte weiter.

"Wenn wir nach Skip 1 kommen, wanderst du in die Krankenstation und ich sehe zu, daß ich hier verschwinde."

"Mit der Entscheidung würde ich mir noch etwas Zeit lassen", mischte Davis sich ein. "Ich hätte gern Ihre Hilfe."

"Na klar", unkte Han. "Sie müssen ja einen Mord aufklären."

"Ich brauche ein Schiff. Ich möchte gern das Ihre chartern."

Han lächelte. "Ich habe den *Falken* schon jahrelang nicht mehr aus der Hand gegeben, mein Junge. Und jetzt habe ich das auch nicht vor. Außerdem könnten Sie sich auch ein weniger auffälliges Schiff aussuchen."

"Ich will den *Falken*", blieb Davis hartnäckig. "Ich brauche die Unterstützung der Neuen Republik. Die brauche ich unbedingt, wenn ich Sie zu dem Lieferanten führen soll."

Han studierte Davis einen Augenblick lang. Der Mann war noch ziemlich jung, aber nicht zu jung. Er war ganz offensichtlich herumgekommen. Und er log. Das spürte Han.

"Nein", sagte er. "Und jetzt nehmen Sie Ihren Glottalphib und verschwinden Sie aus meinem Schiff."

"Er ist nicht *mein* Glottalphib", erwiderte Davis.

"Jetzt schon. Sonderpreis. Nehmen Sie ihn und verschwinden Sie."

"Hören Sie, Solo. Sie brauchen mich. Ich kenne mich im Run aus."

"Ich bin selbst ein paarmal hiergewesen", sagte Han. "Chewie und ich kommen allein zurecht. Und jetzt verschwinden Sie aus meinem Schiff, ehe Chewie Ihnen dabei behilflich ist."

Davis klappte den Mund auf, aber Chewies drohendes Gebrüll übertönte seine Worte. Davis machte fast einen Satz auf Han zu. "Schon gut. Ich gehe ja schon. Aber falls Sie es sich anders überlegen ..."

"Das werde ich nicht", sagte Han. Er schlug auf die Kontrollen, und die Tür fuhr in die Höhe. Davis schickte sich zu gehen an. "Und vergessen Sie Ihren Freund hier nicht."

Davis warf Han einen bösen Blick zu, packte Iisner dann an einem seiner schlaffen Arme und zerrte den toten Glottalphib über die Rampe hinunter. Han wartete, bis die großen Füße des Glottalphib verschwunden waren, dann schloß er die Einstiegsluke.

Seluss starrte ihn an, als ob Han gerade seinen letzten Kredit verschenkt hätte.

"Ich weiß, was ich tue", versicherte Han.

Seluss schnatterte leise und verzog sich dann ins Cockpit. Chewie folgte ihm. Han schob seinen Blaster ins Holster und gab sich redlich Mühe, seines Zorns Herr zu werden. Er brauchte niemanden, der ihm seine Lage erklärte. Nandreeson würde Jagd auf ihn machen, weil er Iisner und die anderen getötet hatte. Und Han war der Lösung des Rätsels, wer hinter den vielen Kredits steckte, noch keinen Millimeter näher gekommen.

Aber er konnte Davis nicht vertrauen. Dazu war er in einem allzu günstigen Zeitpunkt aufgetaucht. Und Han haßte allzu günstige Zeitpunkte.

Irgend etwas war hier im Gange. Und jetzt, da ihm auch noch Nandreeson im Nacken saß, lief die Uhr für ihn ab.

"Okay", sagte Han, als er ins Cockpit eilte. "Wir fliegen zurück nach Skip 1."

Und vielleicht, wenn er Glück hatte, sehr viel Glück, würde er dort ein paar Antworten auf seine Fragen erhalten.

***

Der Gestank war schier unerträglich. Es roch sauer und Übelkeit erregend nach abgestandenem Wasser, verrotteter Vegetation und fauligen Eiern. Sieben Reks umringten Lando. Statt ihn zu fesseln, hatten sie ihre peitschenähnlichen Arme um ihn geschlungen und hielten ihn damit fest. Ihre Haut fühlte sich an wie lauwarmes Gummi, nur daß er spüren konnte, daß Leben darin pulsierte. Bis zu dieser Reise war er noch nie einem Rek so nahe gekommen. Sie hatten ihn in ihrem kleinen Schiff, das an eine Seifenblase erinnerte, hierhergebracht, hatten die Strecke zwischen den Asteroiden durchquert, als bewegten sie sich auf einer Fernstraße auf Coruscant. Und jetzt befanden sie sich in einem riesigen Raum, der weniger den Eindruck einer Höhle als den eines tropischen Alptraums erweckte.

Die Luft war so feucht, daß sie auf Landos Haut kondensierte und seine Kleidung sich klebrig anfühlte. Von den Wänden tropfte Wasser. Wo er auch hinsah, wimmelte es von Insekten. Fliegen summten um seinen Kopf, und in der Luft sirrten kleine schwarze Wolken von Mücken. Die Reks führten ihn an einem schmalen Felssims entlang, von dem aus man auf einen brackigen Tümpel hinuntersehen konnte. Unter der Wasseroberfläche konnte man in den Fels gehauene Treppenstufen und mit Moos bedecktes Mobiliar erkennen. Dieser Teil der Höhle war überraschenderweise verlassen, aber Lando wußte, daß Nandreeson irgendwo in der Nähe auf ihn wartete.

Die Reks würden ihr Kopfgeld in Empfang nehmen und Lando dem mächtigsten Verbrecherboß im Run übergeben, einem Verbrecherboß, der ihn jetzt seit fast zwanzig Jahren mit seinem Haß verfolgte.

Der Felssims fühlte sich schlüpfrig an. Landos Stiefel waren für Metallböden gemacht, nicht für von Wasser und Schlamm besudelten Stein. Doch die Reks sorgten dafür, daß er das Gleichgewicht nicht verlor. Wenn sie ihn losließen, konnte er jeden Augenblick in das von grünen Algen bedeckte Wasser abstürzen. Der Gedanke ließ ihn schaudern.

Sie bogen um eine Ecke und befanden sich plötzlich in einer separaten Kammer. An den Wänden waren Stühle aus dem Felsgestein gehauen. Fliegen, so groß wie Landos

Daumen, krabbelten über das strähnige Moos. Hier tanzten noch mehr Mücken in der Luft, und ein Rudel Wasserkäfer huschte über die Wasserfläche. Auch der Schwefelgestank war in der Kammer noch stärker ausgeprägt und leicht mit Ozon untermischt.

Nandreeson wartete am anderen Ende des Tümpels. Rings um ihn wuchsen in dicken Kolonien Algen aus dem Wasser, sein schuppiger Körper war von Wasserlilien bedeckt. Die Felsen an der Wand hinter ihm zeigten Brandspuren.

Nandreeson hatte sich nicht verändert. Sein langes grünes Maul war mit Schuppen von Fingernagelgröße bedeckt, die Augen standen dicht beieinander, und die knopfartigen Vorsprünge auf seiner Stirn verliehen ihm einen irgendwie fragenden Gesichtsausdruck. Seine winzigen Hände trieben neben den Wasserlilien. Die Schuppen an seiner Brust waren goldfarben, eine Folge des Kontaktes mit dem schlammigen Wasser. Wie es schien, saß er auf einer Couch, die auf dem Grund des Tümpels ruhte.

"Calrisssssian", sagte Nandreeson mit einem Lächeln und ließ bei dem Zischlaut Dampf aus seinem Mund entweichen. "Sie sehen wohlhabend aus."

"Ich sehe aus, als wäre ich von Gummischlingpflanzen eingehüllt", erwiderte Lando. Bloß keine Angst zeigen, nahm er sich vor. Nandreeson brauchte nicht zu wissen, daß Landos Herz mit doppelter Geschwindigkeit raste.

"Ah, ja. Meine treuen Reks." Nandreeson nickte ihnen zu. Lando konnte spüren, wie sie sich ein Stück von ihm entfernten. Allem Anschein nach hatten sie Angst vor den Flammen, die jederzeit aus Nandreesons Mund schießen konnten. "Werft Calrissian in die Suppe und geht zu eurem Schiff zurück. Eure Kredits werden euch dort erwarten."

"Nein ...", setzte Lando an, aber das Wort war noch nicht ganz über seine Lippen, als er auch schon durch die Luft sauste. Die Reks hatten ihn ohne Umschweife in die Höhe katapultiert. Er flog durch einen Schwarm Mücken, und die Hälfte geriet ihm in den Mund und ließ ihn fast erstikken. Nachdem er ins Wasser geklatscht war, spuckte er sie wütend aus.

Das Wasser war heiß und schleimig und schmeckte nach angeschimmeltem Brot. Lando sank schnell, schrammte über moosbedeckten Felsen und spürte, daß es immer heißer wurde, je tiefer er tauchte. Eine Blase stieg an ihm vorbei nach oben, und dann wurde ihm plötzlich angstvoll bewußt, daß dieser Tümpel von einer unterirdischen Wärmequelle gespeist wurde, in die er hineingezogen zu werden drohte.

Er schlug mit den Armen um sich und verfing sich in seinem Umhang. Panik. Panik. Panik ist der sicherste Weg in den Tod, dachte er. Er bekam keine Luft mehr, seine Brust drohte zu zerspringen. Aber er konnte das durchstehen. Er wußte, daß er es konnte. Er griff an die Schließspange seines Umhangs und öffnete sie, worauf das Cape in den Spalt glitt, aus dem die Blase aufgestiegen war. Aber wenigstens konnte er sich jetzt bewegen. Er legte den Kopf zur Seite. Das Licht von den Lampen an der Decke der Höhle fiel flirrend durch das grünliche Wasser. Er schwamm nach oben auf das Licht zu. Seine Lungen brannten, lechzten nach Luft, die Arme schmerzten, und vor seinen Augen tanzten schwarze Punkte. Der Augenblick der Panik hatte ihn eine Menge Luft gekostet. Er glaubte schon, er würde es nicht mehr schaffen, als er plötzlich durch die Wasseroberfläche stieß, faulig schmeckende Brühe ausspie und nach Luft schnappte.

Irgendwie hatte Lando die Orientierung verloren. Nandreeson war jetzt hinter ihm, und er sah an der Längsseite des Tümpels sechs Glottalphibs sitzen, deren untere Extremitäten im Wasser hingen. Ihre Mäuler standen offen. Sie grinsten.

Sie grinsten ihn an.

"Was gibt's denn da zu glotzen?" fragte Lando, zu benommen, um sich eine zupackende Beleidigung einfallen zu lassen.

"Sie natürlich, Mensch", antwortete Nandreeson hinter ihm. "Mir war nie bewußt, daß die Kreaturen Ihrer Gattung so wasserscheu sind."

"Lügner." Lando trat Wasser. Er drehte sich langsam um und starrte Nandreeson an. "Und das hier ist kein Wasser, sondern eine widerwärtige schlammige Brühe."

Nandreeson winzige Augen folgten jeder seiner Bewegungen. "Das Produkt jahrelanger Experimente", sagte er stolz. "Ich kann nur hoffen, daß Ihre Körperchemie das empfindliche Gleichgewicht meines Schwimmbeckens nicht zerstört hat."

"Daran hätten Sie vorher denken sollen, ehe diese Gummimänner mich auf Ihren Befehl hin hier reingeworfen haben", entgegnete Lando. Er suchte die Ränder des Teichs ab, den Felsbrocken säumten, jeder einzelne größer als sein Kopf, die mit einem grünlichen, schlüpfrig aussehenden Moos bedeckt waren. Die einzige Treppe befand sich in der Nähe des Höhleneingangs auf der ihm abgewandten Seite des Teichs, hinter den Wachen. Aber das war jetzt unwichtig. Er wollte mit seinen Kräften haushalten und nicht Wasser treten, bis seine Energie aufgezehrt war.

Lando drehte sich um, schlug mit den Beinen und begann elegant zu kraulen, wie er es als Junge gelernt hatte. Eine Flammenzunge zuckte vor ihm über die Wasserfläche, Dampf stieg auf und nahm ihm die Sicht. Dann schlug eine Hitzewelle über ihm zusammen. Er hielt inne.

"Ah, Calrissian. Sie sehen, was es Ihnen einbringt, mir nicht zu gehorchen."

"Sie haben mit keinem Wort gesagt, daß ich in diesem Schlammloch bleiben muß." Lando schwamm von der Dampfschwade weg und hielt auf Nandreeson zu.

Nandreesons Maul klappte auf, die Zunge kam zum Vorschein und schnappte sich einen Mundvoll Mücken. Er schluckte und stöhnte wohlig. "Ich habe aber auch nicht gesagt, daß Sie sich von der Stelle rühren dürfen. Sie gehören jetzt mir, Calrissian. Daran sollten Sie sich besser gewöhnen."

"Also gut", sagte Lando. "Lassen Sie mich aus diesem Tümpel raus, dann können wir über den Preis meiner Freiheit diskutieren."

Aus Nandreesons Nasenloch züngelte eine kleine Flamme. Lando hatte vor langer Zeit gelernt, daß solche winzigen Flammenzungen Einblick in die Gemütsverfassung eines Glottalphibs gestatteten. "Der Preis Ihrer Freiheit, Calrissian, ist Ihr Tod."

Landos Arme schmerzten. Er stellte die Armbewegungen ein und hielt sich mit Beinstößen über Wasser. Die Zähflüssigkeit der schlammigen Brühe verlieh ihm Auftrieb. Aber wenn er noch lange hier bleiben sollte, würde er einen Teil seiner schwereren Kleidung ablegen müssen. "Jetzt dramatisieren Sie die Dinge ein wenig, Nandreeson. Ich war ein junger Schmuggler und wollte zeigen, was ich drauf hatte. Ich hatte damals keine Ahnung, wen ich bestohlen habe. Ich habe über die Jahre versucht, alles an Sie zurückzuzahlen, aber Ihre Schergen waren nicht bereit, eine Nachricht an Sie weiterzuleiten. Jetzt bin ich hier. Lassen Sie uns vernünftig miteinander reden. Ich werde Ihnen zurückzahlen, was ich Ihnen weggenommen habe, und die Zinsen dazu. Bei zehn Prozent Zins über zwanzig Jahre mit Zinseszins machen Sie einen beträchtlichen Gewinn."

"Ich bin nicht an Gewinn interessiert", erklärte Nandreeson. Die Flammen, die aus seiner Nase fuhren, waren jetzt länger.

"Machen Sie keine Witze", antwortete Lando. Er war bis zum Kinn in die Brühe eingesunken und mußte den Hals recken, um den Mund über Wasser zu halten. "Sie sind immer an Gewinn interessiert."

"Na schön." Nandreeson zog seinen langen schuppigen Körper aus dem Wasser. "Ich will ehrlich zu Ihnen sein, Calrissian, da Sie ja nicht mehr lange zu leben haben. Ich *bin* an Profit interessiert, und ich *werde* Profit aus Ihnen schlagen. Nachdem Sie tot sind, wird alles, was Sie besitzen, mir gehören. Sie haben keine Erben, keine Lebensgefährtin und keine Familie. Niemand wird mir daher irgend etwas streitig machen. Niemand wird das wagen."

"Ich glaube nicht, daß das der Neuen Republik gefallen wird."

"Ich glaube nicht, daß man mich hindern wird." Nandreeson saß auf dem schlammbedeckten Felsvorsprung und ließ die großen Füße im Wasser baumeln; mit einer seiner winzigen Hände schnappte er sich eine Fliege von der Wand. "Die werden mehr als genug damit zu tun haben, sich gegen eine neue Rebellion zu wehren."

Lando schaufelte wieder Wasser mit den Händen. Er war bei guter Kondition, aber schon lange nicht mehr im Wasser gewesen. Seine Muskeln schmerzten bereits von der ungewohnten Belastung. "Neue Rebellion?"

"Ja, genau." Nandreeson fing sich eine weitere Fliege und mampfte versonnen. "Jede Regierung hat irgendwann einmal mit einer bewaffneten Rebellion zu tun. Für Ihre Freunde auf Coruscant kommt diese Rebellion eben ein wenig früher."

"Wir haben seit dem Untergang des Imperiums gegen die zersplitterten Imperialen gekämpft", sagte Lando. "Die werden bald aufgeben."

"Sicher werden sie das", pflichtete Nandreeson ihm bei. Die Flammen in seinem Maul waren jetzt verloschen. Er lächelte wieder. "Aber ich spreche hier von einer *Rebellion*, Calrissian. Von innen heraus. Sie erinnern sich doch. So, wie Ihre Freundin Leia Organa Solo operiert hat, als sie noch dem imperialen Senat angehörte. Eine Rebellion, bewaffnet, zu allem bereit und mit idealistischen Zielen."

Landos Bewegungen wurden langsamer. "Es gibt keinen Anlaß zum Aufstand", sagte er. "Die Republik ist eine gute Regierung, und sie behandelt das Volk gut."

"Tatsächlich?" fragte Nandreeson. "Die Bewohner des Run sind nicht gut zu sprechen auf die Neue Republik. Sie sind besorgt, daß sie den freien Handel stören könnte."

"Der Run hat immer schon jede Regierung gehaßt, ob es nun das Imperium war oder die Alte Republik. Schmuggler hassen alles, was nach Regeln und Vorschriften riecht", wandte Lando ein.

"Und dann gibt es natürlich Orte wie Almania, einen Planeten, der eurer Neuen Republik ein Notsignal sandte, als die Je'har, die den Planeten beherrschten, alle, die sich ihnen widersetzten, systematisch abschlachteten. Die Republik hat auf diesen Hilferuf nicht geantwortet."

"Die Neue Republik mischt sich nicht in lokale Auseinandersetzungen ein", erwiderte Lando.

"Selbst wenn eine lokale Regierung Völkermord begeht? Also wirklich, Calrissian, dafür, daß Ihre Neue Republik so viele Helden hat, gibt sie ein ziemlich jämmerliches Bild ab."

"Wie wollen denn Sie das beurteilen?" fragte Lando. "Sie sind doch nicht mehr als ..."

Rings um ihn schossen Flammen ins Wasser und ließen Rauch und Dampf aufsteigen. Er hustete und wischte sich mit der Hand über das Gesicht. Wenn ihm jetzt nicht bald etwas einfiel, würde er ertrinken, ehe dieser Tag vorbei war.

Die Flammen verloschen, und der Rauch löste sich langsam auf.

"Sie sollten sich wirklich überlegen, was Sie sagen", sagte Nandreeson. "Ihr Leben liegt in meiner Hand."

"Das habe ich mittlerweile kapiert, Nandreeson. Jetzt lassen Sie mich hier raus, damit wir verhandeln können."

"Ich habe mich anscheinend nicht klar genug ausgedrückt", meinte Nandreeson. "Ich werde nicht mit Ihnen verhandeln." Der Glottalphib ließ sich ins Wasser gleiten und schwamm auf Lando zu. Er hielt sich weit genug von ihm entfernt, daß Lando ihn nicht packen konnte, blieb aber nahe genug, um mit einem einzigen Flammenstoß dessen Gesicht verbrennen zu können. "Als Jabba der Hutt starb, hätte ich der einflußreichste Verbrecherboß der ganzen Galaxis werden können, und der wäre ich auch geworden, wenn Sie nicht gewesen wären."

"Ich bin seit Jahren nicht in Ihre Nähe gekommen."

"Genau. Nandreeson ist der größte Verbrecherboß im Run. Nandreeson ist in der ganzen Galaxis wohlbekannt. Aber Nandreeson ist nicht allmächtig. Nandreeson kann übertölpelt werden. Man stelle sich vor, ein Schwachkopf wie Lando Calrissian hat Nandreeson ein Vermögen gestohlen, als Calrissian praktisch noch ein kleiner Junge war. Und wenn das einmal möglich war, dann ist es wieder möglich." Wieder züngelten Flammen aus Nandreesons Nase. Lando wich sehr langsam vor Nandreeson zurück.

"Wenn Sie mich umbringen, wird das daran nichts ändern", sagte Lando.

"Oh doch, das wird es. Meine Kollegen hier werden verbreiten, wie Sie gestorben sind, wie Sie gelitten haben und wie Sie am Ende um Gnade gebettelt haben. Vielleicht verstümmeln wir sogar Ihre Leiche – Menschen empfinden das als widerwärtig, nicht wahr? – und stellen sie auf Skip 1 zur Schau. Und dann werde ich natürlich Ihren gesamten Besitz beschlagnahmen, und niemand wird sich mir widersetzen. Niemand wird mehr sagen, daß man mich übertölpeln kann, sondern es wird heißen, daß Nandreeson lange abwartet, bis er Rache nimmt, aber daß seine Rache dann sehr, sehr süß ist."

Lando schüttelte den Kopf, bekam dabei Wasser in den Mund und spuckte es aus, haarscharf an Nandreeson vorbei. "Um die letzten zwanzig Jahre auszugleichen, würden Sie mich hundertmal töten müssen." So konnte man Nandreeson nicht überzeugen, besonders jetzt nicht, da in seinem Maul wieder Flammen züngelten.

"Sie glauben wohl, ich werde Ihnen einen Gefallen tun, wie, Calrissian?" fauchte Nandreeson, und das Feuer hüllte sein ganzes Gesicht ein. "Sie glauben, ich würde Ihre Intelligenz schätzen, Ihren Mut, Ihre überlegene Geschicklichkeit, die es Ihnen erlaubt hat, mich zu täuschen. Sie glauben,

Sie werden entkommen. Aber Sie müssen wissen, daß ich die letzten zwanzig Jahre damit verbracht habe, Sie zu *hassen*."

Eine Flammenzunge kam Lando so nahe, daß er untertauchen mußte, um ihr zu entgehen. Seine Lungen schmerzten immer noch vom letzten Mal. Nandreeson hatte sich nicht bewegt. Er hatte auch keinen neuen Flammenvorhang über das Wasser gelegt. Lando wollte gerade auftauchen, als ihm plötzlich eine Erkenntnis kam. Seine Lungen hätten sich längst erholt haben müssen. Allenfalls das Wassertreten hätte ihn ein wenig anstrengen dürfen, aber sein Atem hätte schon lange wieder normal sein müssen.

Der Sauerstoff mußte hier sehr rar sein. Oder von irgend etwas verunreinigt. Oder die Glottalphibs brannten ihn weg. Angesichts der körperlichen Belastung und der dünnen Luft hatte Lando nicht so viel Zeit, wie er geglaubt hatte.

Er sah sich im Wasser um, entdeckte aber nur Algen, grüne Partikel und die Füße von Glottalphibs, die ins Wasser hingen, aber keine Fluchtmöglichkeit, sofern er es nicht mit dem Spalt versuchen wollte, aus dem die Blasen aufstiegen. Und er war nicht sicher, ob er die Hitze ertragen würde.

Er tauchte wieder auf und blies fauliges Wasser aus Mund und Nase.

"Sich unter Wasser zu verstecken wird Ihnen nichts nützen", höhnte Nandreeson. "Dort komme ich viel leichter an Sie heran."

"Wenn Sie mich töten wollen, Nandreeson", erwiderte Lando, "dann sollten Sie es hinter sich bringen." Wenn Nandreeson ihn jetzt angriff, würde er Lando vielleicht unbeabsichtigt einen Fluchtweg weisen.

"Das würde Ihnen so passen, wie? Sie werden *langsam* sterben, Calrissian, und ich werde jeden Augenblick genießen."

"Na schön, wenn Sie sich etwas Besonderes für mich ausgedacht haben, Nandreeson, dann fangen Sie an." Je schneller sie ihn aus dem Wasser und aus dieser Höhle herausholten, um so besser würde es für ihn sein.

"Ich habe schon damit 'angefangen', wie Sie das so schön formulieren." Nandreeson lächelte ihn jetzt an, seine schuppigen Lippen hatten sich geöffnet und zeigten seine rauchgeschwärzten spitzen Zähne. "Wir werden sehen, wie lange Sie in meiner Welt überleben, Calrissian. Glottalphibs leben im Wasser. Wir essen dort. Wir schlafen dort. Wir paaren uns dort. Menschen können, so wie ich das sehe, Wasser nur schwer über einen langen Zeitraum ertragen."

"Ich ertrage es ganz gut."

"Aber wenn Sie nicht vorsichtig sind, wird es Sie umbringen. Wie lang können Sie schwimmen, Calrissian? Ohne Nahrung, ohne auszuruhen und ohne Hilfe. Wie lange?"

Eine Angst, von der Lando nie gewußt hatte, daß er sie überhaupt empfinden konnte, stieg in ihm auf. Er konnte nicht ewig schwimmen. Er würde ertrinken. "Ich kann lang genug überleben", erwiderte er trotzig.

Und das war die Wahrheit. Er würde lang genug überleben, um Nandreeson zu zeigen, wer der bessere war, und er würde bei diesem Versuch sterben.

* 25 *

Die Sicherheitsleute hatten Cole erlaubt, aus dem Prototyp der neuen X-Flügler-Generation zu steigen. Darüber hinaus hatte er sie dazu überreden können, mit General Antilles Verbindung aufzunehmen. Nicht, daß Cole gewußt hätte, was er dem General sagen sollte, wenn dieser ihn überhaupt anhörte.

Skywalkers Droide stand zusammengesunken bei dem Computerterminal, aus seinem kuppelförmigen Kopf stieg gekräuselter Rauch auf. Wenn die Blastertreffer so schlimm waren, wie es ausgesehen hatte, hatten sie möglicherweise den Gedächtnisspeicher des Droiden beschädigt, jenen Teil also, den Skywalker, wie er gesagt hatte, am meisten schätzte.

"Jetzt haben wir lange genug gewartet", sagte der kloperianische Wächter. "Bringen wir ihn in die Arrestzelle, wie andere Saboteure auch."

"Nein." Die Stimme kam aus dem hinteren Bereich der Halle. Die Wachleute drehten sich um. Cole ebenfalls. Da stand General Antilles. Er trug Paradeuniform, sein dunkles Haar war sorgfältig gekämmt. Seine zwei Leibwächter standen neben ihm. Er sah sich in der weiten Halle um. Sein Blick blieb für einen Moment an Cole hängen, prüfend, abschätzend, und wandte sich dann, nachdem er festgestellt hatte, daß er den jungen Mann nicht kannte, dem Droiden zu. "Ist das R2-D2?"

Der Mon Calamari zuckte die schmalen Schultern.

"Nun?" drängte General Antilles.

Die Wachen sahen Cole an.

Er musterte sie prüfend und gewann den Eindruck, daß er mit einer Antwort nichts riskieren würde. "Ja, Sir. Luke Skywalker hat ihn bei mir zurückgelassen, damit er die Reparaturarbeiten an seinem X-Flügler überwacht."

General Antilles legte die Hand auf R2s Kuppelkopf und ließ sie dann langsam daran hinabgleiten, als würde er den Zustand des Droiden aufrichtig bedauern. "Sie! Sorgen Sie dafür, daß dieser kleine Kerl wieder funktioniert", wandte er sich an den Kloperianer.

"Entschuldigen Sie, Sir", mischte Cole sich ein, "aber R2 hat mit den Kloperianern schlechte Erfahrungen gemacht. Er – es – *er* sagt, sie hätten vor ein paar Tagen versucht, ihn zu entführen."

Die Augen des Generals verengten sich. "Wer hat R2 das angetan?"

"Ich", meldete sich der Kloperianer. "Das Ding hat zu fliehen versucht."

"Fliehen?" wiederholte der General.

"Wir haben diese beiden dabei ertappt, wie sie den X-Flügler-Prototyp sabotieren wollten", ergänzte die weibliche Wache. "Sie haben eine Sprengkapsel in den Steuerungscomputer eingebaut."

"R2 soll das getan haben?" sagte der General. "Das kann ich kaum glauben. Wer sind Sie, junger Mann, und warum haben Sie nach mir gerufen?"

Cole schluckte. "Mein Name ist Cole Fardreamer, Sir. Normalerweise arbeite ich an den X-Flüglern. Als ich mit Luke Skywalker sprach, hatte ich den Eindruck, daß er eine sehr hohe Meinung von Ihnen hat, und deshalb dachte ich, als die hier auftauchten, daß wenigstens Sie mir zuhören würden."

"Haben Sie den Prototyp sabotiert?"

Cole schüttelte den Kopf. "Ich habe bloß etwas überprüft. R2 und ich haben eine Sprengkapsel im X-Flügler des Jedi-Meisters gefunden und in einem zweiten überholten X-Flügler ebenfalls, und ich dachte, in den neuen könnten auch welche sein, da wollte ich mich vergewissern ... Aber dann tauchten die Wachen auf, und sie wollten nicht auf mich hören, Sir."

Der Mon Calamari ging auf den X-Flügler zu und deutete auf den Computer. "Wenn Sie sich das ansehen, Sir, werden Sie sehen, was dieser junge Mann und sein Droide vorhatten. Auf der Rückseite dieses Computers wurde ein imperiales Siegel angebracht – an einer Sprengkapsel."

General Antilles beugte sich über das kleine Schiff. Er untersuchte den Steuerungscomputer. Cole konnte seine Hände nicht sehen und wußte daher nicht, ob der General irgendeine gefährliche Stelle berührte. Coles Herz schlug wie wild.

"Seien Sie vorsichtig, Sir", warnte er. "Eine falsche Bewegung, und alles fliegt in die Luft."

"Danke", sagte der General. Aber er rührte sich nicht von der Stelle. Totenstille hatte sich über die Wartungshalle gelegt. Cole konnte seine eigenen Atemzüge hören und das Rascheln der Uniform des Generals, als dieser sich wieder aufrichtete. "Dieser imperiale Mechanismus wurde in den Computer eingeschmuggelt."

Jetzt stand er aufgerichtet da, ein schlanker, energiegeladener Mann, der zu viele Kämpfe gesehen, zu viele schwere Tage erlebt hatte. Wieder bohrte sich sein Blick in den Coles.

"Wo haben Sie den Computer montiert?"

"Das habe ich gar nicht, Sir. Die werden komplett angeliefert. Wir bauen sie nur ein."

Mit einem Zischen öffnete sich die Tür, und ein Protokolldroide kam herein, die goldenen Hände in einer menschlichen Geste des Erschreckens erhoben.

"Oh du meine Güte, oh du meine Güte", rief der Droide immer wieder und blieb vor R2 stehen. "Die haben R2 zerstört."

"So schlimm wird es schon nicht sein", erwiderte eine Frau, die hinter dem Droiden hereinkam. Sie war klein und zierlich, und ihr langes Haar schwebte wie eine Wolke um ihren Kopf. Sie trug eine ausgefranste Drillichhose und ein viel zu großes Hemd. Cole brauchte einen Augenblick, bis er erkannte, daß er die Präsidentin Leia Organa Solo vor sich sah. Aus der Nähe wirkte sie jung, verletzlich und schön – eine Prinzessin, gewiß, aber keine mächtige politische Führungspersönlichkeit. Und ganz sicherlich nicht die Veteranin eines halben Dutzends Schlachten gegen das Imperium.

"Leia", begrüßte General Antilles sie.

Ihr Blick wanderte zu ihm, und sie lächelte; ein Lächeln freilich, das die tiefen Linien der Erschöpfung in ihrem Gesicht nur noch deutlicher erkennen ließ. "Wedge. Was machst du denn hier?"

"Wir haben da ein kleines Problem", antwortete der General.

"Ja, das sehe ich." Sie hatte Cole bis jetzt offenbar noch gar nicht bemerkt. Sie ging auf R2 zu. Der goldene Protokolldroide stand lamentierend und wehklagend über den kleinen Droiden gebeugt und warf ihm vor, daß er sich wieder einmal unnötig in Gefahr begeben hätte, um gleich darauf zu jammern, daß er sich von dem Schaden wohl nie ganz erholen würde. Die Staatschefin ging vor R2 in die Hocke. "R2?" Sie rieb einen Rußfleck von seinem Kopf, den einer der Blasterschüsse hinterlassen hatte. "R2?"

"Er ist erledigt, Mistress Leia. Die Kloperianer haben ihn zerstört."

"Er ist ganz sicher beschädigt, 3PO, aber ich denke, wir kriegen ihn schon wieder hin." Die Staatschefin klappte einen von R2s Wartungsdeckeln auf und legte einen Schalter um. Der kleine Droide stieß einen Schrei aus, und sie trat zurück. Der Protokolldroide kippte einfach um, und R2 wippte aufgeregt auf seinen Rädern vor und zurück.

Die Präsidentin tätschelte seinen Kopf. "Ist ja gut, R2. Das wird schon wieder."

Aber der kleine Droide hörte nicht auf zu kreischen. Das schrille Klagen fuhr den Sicherheitsleuten durch Mark und Bein, und General Antilles hielt sich mit beiden Händen die Ohren zu. Cole hatte das Gefühl, sein Innerstes werde nach außen gekehrt. Es war seine Schuld, daß der kleine Droide zu Schaden gekommen war, weil er ihn in diese Affäre hineingezogen hatte.

Der Protokolldroide setzte sich auf. "R2, wenn du nicht mit diesem nutzlosen Geschrei aufhörst, muß Mistress Leia dich wieder abschalten."

R2s Kopf kreiselte ein paarmal hin und her, dann verstummte er. Aber dann sah er den Kloperianer und zwitscherte aufgebracht. Das Zwitschern wurde immer lauter und steigerte sich zu einem neuen Kreischen.

"Aufhören, aufhören, aufhören!" rief der Protokolldroide und stand auf. "Ich werde übersetzen. Er sagt, er sei von einem Kloperianer angegriffen worden und dies sei jetzt das zweite Mal und er könne, wenn noch einmal ein Kloperianer in seine Nähe kommt, für nichts garantieren."

"Sie können wegtreten", sagte General Antilles zu dem kloperianischen Wächter.

"Aber Sir, Sie werden mich vielleicht brauchen. Dieser Mann hat einen Sabotageakt verübt ..."

"Sie sollen wegtreten. Ich gebe Ihnen den guten Rat, zu verschwinden, ehe ich mir Ihren Namen und Ihre Wachnummer geben lasse."

Der Fischmund des Kloperianers verzog sich zu einer Schnute. Dann nickte er, drehte sich um und watschelte hinaus, die Tentakel in einer für Kloperianer typischen Geste höchster Verstimmung an die Seiten gedrückt.

"Weshalb hat er R2 verletzt?" fragte die Präsidentin und sah den General an.

"Das wollte ich gerade klären", antwortete Antilles. "Allem Anschein nach haben die Wachen diesen jungen Mann und R2 dabei ertappt, wie sie sich an diesem X-Flügler zu schaffen gemacht haben. Die Wachen behaupten, sie wollten Sabotage verüben."

"So etwas würde R2 nie tun", stellte die Präsidentin fest.

"Trotzdem befindet sich im Innern des Steuerungscomputers eine imperiale Sprengkapsel."

"Eine Sprengkapsel?" Die Präsidentin sprach das Wort im Flüsterton aus. Sie eilte auf den neuen X-Flügler zu und beugte sich wie eine erfahrene Pilotin über die Maschine. Dann sah sie Cole an. Ihr Blick war noch fordernder als der des Generals. Plötzlich begriff Cole, weshalb niemand sich aus freien Stücken mit Leia Organa Solo anlegte.

"Haben Sie diesen X-Flügler sabotiert?" fragte sie mit eisiger Stimme.

Cole schüttelte den Kopf. Sein Mund war plötzlich völlig ausgetrocknet. "Nein, Ma'am. R2 und ich haben die Sabotage festgestellt."

"R2? Und wie kommen *Sie* an R2?"

R2 piepste zuerst und trillerte dann anhaltend.

"Er sagt, Master Luke habe ihn hier zurückgelassen, damit er mit Master Fardreamer zusammenarbeitet", übersetze der Protokolldroide.

"Sind Sie Fardreamer?" erkundigte sich die Präsidentin.

"Ja, Ma'am."

"Und in welcher Beziehung stehen Sie zu meinem Bruder?"

"Ich war dabei, seinen X-Flügler zu reparieren."

"Das hier ist aber nicht sein X-Flügler."

"Nein, Ma'am."

"Was stimmt denn nicht mit Lukes X-Flügler?" wollte General Antilles wissen.

Cole schluckte. Diesen beiden Rede und Antwort zu stehen war fast noch schlimmer, als in die Blastermündungen der Sicherheitswachen zu blicken. "Gar nichts, Sir. Er sollte überholt werden, so wie Sie das befohlen haben, und dann ist der Jedi-Meister Skywalker hier hereingekommen und hat sich darüber beschwert, daß wir an seinem X-Flügler herumgepfuscht hätten. Er sagte, sein Schiff wäre ein Sondermodell, und er wollte nicht, daß wir ihn überholen, und ich sollte den alten Zustand wiederherstellen. R2 hat er dagelassen, damit er mir hilft. Und als ich den Steuerungscomputer ausgebaut habe, fand ich eine imperiale Sprengkapsel. Da die Computer komplett montiert angeliefert werden, dachte ich, der Mechanismus wäre vielleicht gar nicht speziell für den Jedi-Meister bestimmt, sondern für alle X-Flügler. Also habe ich mir den Computer in einem anderen überholten Schiff angesehen und dort dasselbe gefunden. Und dann habe ich mich gefragt, was mit den Maschinen der neuen Generation ist, und der einzige X-Flügler, zu dem ich mir Zugang verschaffen konnte, war der Prototyp. Also kam ich hierher."

"R2", sagte die Präsidentin, ohne sich umzudrehen. "Stimmt das?"

R2 begann heftig zu schaukeln. Er versuchte, zu ihr zu rollen, aber es wollte ihm nicht gelingen. Er piepste kläglich.

"Du solltest ihr besser antworten und dir später Sorgen über deinen Gesundheitszustand machen", mischte sich der Protokolldroide ein.

R2 piepste wieder, dann zirpte er und wippte schließlich auf seinen Rollen vor und zurück, als wollte er seine Aussage damit bekräftigen.

"R2 bestätigt die Darstellung dieses jungen Mannes", sagte der Protokolldroide. "Er hat Sorge, daß diese neuen Computer Teil eines Komplotts sind, um die besten Piloten in der Flotte zu teffen. Er schlägt vor, herauszufinden, wer den Umbau der X-Flügler angeordnet hat ..."

"Das war ich", meldete sich General Antilles zu Wort.

"Du liebe Güte", murmelte der Protokolldroide.

Das traf den Nagel auf den Kopf. Das Gesicht der Präsidentin war rot angelaufen, als sie sich dem General zuwandte. "Du hast *was*, Wedge?"

Der General zuckte die Achseln. "Nun, nicht ich allein natürlich", erklärte er. "Es hat eine Konferenz der Stabschefs gegeben. Wir hatten Probleme mit den X-Flüglern. Hauptsächlich Probleme mit der Technik, die auf Alterung zurückzuführen waren. Da die Preise für elektronische Komponenten gesunken sind, dachten wir, wir könnten einige X-Flügler überholen und außerdem dringend benötigte neue Schiffe kaufen."

"Darüber bin ich nicht informiert worden", bemerkte die Präsidentin.

"Es existiert ein Aktenvermerk darüber", erläuterte der General. "Es handelte sich ja schließlich nicht um eine politische Entscheidung."

"Mag sein", räumte die Staatschefin ein, "aber diese Anschaffungen müssen doch sehr teuer gewesen sein. Die Neue Republik ist nicht reich."

"Das versuche ich dir ja gerade klarzumachen", fuhr der General fort. "Die Kosten für dieses Projekt waren ungewöhnlich niedrig. Deshalb habe ich mich ja dafür eingesetzt. Ich dachte, es würde uns nützen. Jedenfalls hat es das Risiko für die X-Flügler-Piloten reduziert, weil wir so die Stabilität der Maschinen verbessern konnten."

Leia Organa Solos Lippen waren nur noch ein dünner Strich, ihre Augen verengten sich. Sie dachte nicht daran, vor versammelter Mannschaft mit Antilles zu streiten. Statt dessen wandte sie sich Cole zu. "Glauben Sie, daß diese Sprengkapseln in sämtlichen X-Flügler eingebaut wurden?"

Cole schluckte. Die Frau war großartig, ihr Stil war völlig anders als der ihres Bruders. Wo dieser seine Wünsche mit täuschender Weichheit, beinahe bittend, vorbrachte, spürte man bei ihr unnachgiebige Härte. Cole hätte ihr nie widersprochen, wie er es bei ihrem Bruder getan hatte.

"Diese Sprengkapsel steckte in einem der neuen Steuerungscomputer, Ma'am, und wir haben in sämtlichen X-Flüglern, die wir überholt haben, die Computer ausgetauscht."

"Wenn Sie den ganzen Tag über mit diesen neuen Computern beschäftigt waren, warum haben Sie die Manipulation dann erst jetzt entdeckt?"

"Weil ich bisher nie Anlaß hatte, einen Computer zu zerlegen", erwiderte Cole.

"Wedge", sagte die Präsidentin, "eine aufrichtige Antwort, bitte! Wessen Idee war es, die Steuerungscomputer zu ersetzen?"

"Die meine", erklärte er.

"Wedge", der warnende Unterton in ihrer Stimme war jetzt nicht mehr zu überhören. "Wir haben keine Zeit für Spielchen. Ich muß die Wahrheit wissen."

"Leia." Er legte seine Hand auf ihren Arm. "Es *war* meine Idee. Ich habe die Probleme mit den alten X-Flüglern entdeckt; ich hatte die Idee, sie zu überholen; ich bin sogar derjenige, der mit den Einkäufern im Waffenamt gesprochen hat. Ich war es, Leia."

"Ich will einfach nicht glauben, daß du die Anweisung für Sabotageakte erteilt hast."

"Das habe ich auch nicht."

Seine Worte hingen fast greifbar in der Luft. Die Wachen sahen betreten weg. Nur der goldene Protokolldroide beobachtete die Vorgänge genau, seine Augen registrierten jede Einzelheit.

Cole biß sich auf die Unterlippe. Er mußte einfach das Wort ergreifen. "Verzeihen Sie bitte, Ma'am", hob er an, "aber der General könnte die Anweisung erteilt haben, ohne von der Sabotage zu wissen."

"Das ist mir durchaus bewußt", sagte die Staatschefin. "Die Computer werden komplett montiert geliefert?"

"Richtig, Ma'am", nickte Cole. "Und zwar in einem Zustand, daß man schon gezielt nach den Sprengkapseln suchen muß. Ich hätte sie nicht gefunden, wenn Luke Skywalker nicht ausdrücklich gegen den Computeraustausch protestiert hätte. Und selbst da habe ich sie noch nicht sofort entdeckt. Das war R2."

"Mistress Leia", schaltete sich der Protokolldroide ein, "die Kloperianer haben ausdrücklich verboten, daß Astromechdroiden den Wartungsbereich betreten."

R2 trillerte.

Die Präsidentin schloß kurz die Augen und fragte dann: "Wie lange geht das jetzt schon so?"

"Eine ganze Weile", erklärte General Antilles. "Ich könnte mich vergewissern."

Sie schüttelte den Kopf. "Luke war lange genug auf Coruscant, daß wir davon ausgehen können, daß der Austausch nach seinem letzten Flug durchgeführt wurde. Aber der liegt schon eine Weile zurück. Mr. Fardreamer, wie viele X-Flügler wurden Ihrer Ansicht nach bereits mit dem neuen Computersystem ausgestattet?"

"Die meisten, Ma'am", erwiderte Cole. "Ich war überrascht, hier einen X-Flügler zu finden, der so alt ist wie der des Jedi-Meisters und der noch nicht ganz überholt worden war."

"Die meisten." Die Stimme der Staatschefin war nur noch ein Flüstern. Ihre Hände waren so fest ineinander verschlungen, daß die Knöchel weiß hervortraten. "Und was ist mit den neuen X-Flüglern? Wie viele davon sind im Einsatz?"

"Praktisch alle, Leia", antwortete der General.

"Ich möchte, daß alle Maschinen überprüft werden. Alle. Und außerdem möchte ich, daß auch alle überholten X-Flügler überprüft werden."

"Du glaubst doch nicht, daß in jedem X-Flügler eine Bombe steckt", sagte der General.

"Genau das glaube ich", erklärte die Präsidentin. "Und ich verlange, daß jede einzelne entfernt wird."

"Das könnte dazu führen, daß unsere ganze X-Flügler-Flotte einige Zeit nicht einsatzfähig ist."

"Besser vorübergehend nicht einsatzfähig als zerstört", sagte die Präsidentin. "Können Sie das übernehmen, Mr. Fardreamer?"

"Ja, Ma'am." Cole richtete sich auf. "Aber ich glaube, unser Problem ist wesentlich größer."

Das Gesicht der Präsidentin erstarrte zur Maske, ihre Augen waren geweitet, während sie darauf wartete, daß er diese Behauptung näher erläuterte.

"Nicht alle X-Flügler befinden sich hier bei ihren Staffeln. Einige sind weit weg."

Sie schluckte. "Glauben Sie, daß diese Schiffe per Fernsteuerung gesprengt werden könnten?"

Er begriff ihre Frage. Wenn eine Fernsteuerung erforderlich war, konnte man davon ausgehen, daß die nicht auf Coruscant stationierten X-Flügler in Sicherheit waren.

"Nein, Ma'am. Die Sprengkapsel ist so eingestellt, daß sie erst dann detoniert, wenn eine bestimmte Kombination von Kommandos gegeben wird."

"Kennen Sie diese Kombination?"

Cole schüttelte den Kopf.

"Dann ist jeder einzelne X-Flügler-Pilot in Gefahr", stellte die Präsidentin fest.

"Ich werde sofort Anweisung erteilen, daß sie Startverbot erhalten", sagte der General.

"Sie müssen dafür sorgen, daß auch Jedi-Meister Skywalker informiert wird", erinnerte Cole ihn.

"Luke?" Die Panik, die die Präsidentin erfaßte, war ihrer Stimme deutlich anzuhören.

"Ja, Ma'am. Bei dem X-Flügler, mit dem er gestartet ist, handelt es sich um ein exaktes Duplikat des Prototyps hier, bis hin zum Steuerungscomputer."

"Oh, Luke", stöhnte Leia Organa Solo. Dann blickte sie zu General Antilles auf. "Ich weiß nicht einmal, wo er ist."

Der General legte den Arm um sie. "Wir werden ihn finden", versprach er. "Wir haben gar keine andere Wahl."

***

Almania füllte Lukes Bildschirm aus. Ein großer blauweißer, von Wolken eingehüllter Planet. Almanias drei Monde waren kleiner als der Planet und auch von anderer Farbe. Bei zwei von ihnen mischte sich ein großer Anteil Grün in das Blau.

Lukes Karten hatten diesem verraten, daß alle drei Monde von alten Kulturen bewohnt waren. Die Kultur Pydyrs war die berühmteste, sowohl wegen ihrer Erlesenheit als auch dank ihres Reichtums. Von den anderen beiden hatte er noch nie zuvor gehört, übrigens auch von Almania selbst nicht, bevor Brakiss den Planeten erwähnt hatte.

Eigenartigerweise vertraute er auf das, was Brakiss ihm gesagt hatte. Es war noch immer Gutes in Brakiss, ein Teil seines Wesens, gegen den er ankämpfte, der aber unleugbar vorhanden war. Luke war allerdings besorgt, daß Brakiss seine gute Seite eines Tages niederringen und seine nicht unbeträchtlichen Talente ganz dem Bösen widmen würde. Doch er, Luke, konnte nicht mehr tun, als Brakiss wissen lassen, daß er stets für ihn da sein würde. Seine Studenten gehen zu sehen war die schwerste Last im Amt des Lehrers, zuzulassen, daß sie ihre eigenen Fehler machten, ihren eigenen Weg fanden und ihrer inneren Stimme folgten. Und in Brakiss' Vergangenheit gab es viel, gegen das er ankämpfen mußte. Luke konnte nur hoffen, daß er irgendwann einmal die richtige Wahl treffen würde.

Brakiss hatte von Lukes Vergangenheit gesprochen – abgesehen von dem, was er über Almania gesagt hatte: *Sie sollen nach Almania gehen. Dort finden Sie die Antworten, die Sie suchen.* Und später: *Überlassen Sie das Kämpfen denen, die keine Skrupel haben, denn sie werden ohnehin gewinnen.*

Wer auch immer wollte, daß Luke nach Almania kam, mußte skrupellos und brutal sein, so skrupellos und brutal, daß er Brakiss Angst einjagte. Nicht einmal Luke hatte ihm jemals Angst eingejagt. Nicht auf so fundamentale Weise. Ein Teil von Brakiss respektierte Luke, sonst hätte er ihn niemals gewarnt. Aber wer auch immer Brakiss dafür bezahlt hatte, Luke nach Almania zu locken, wurde von ihm nicht respektiert, sondern gefürchtet.

Auch das stimmte Luke nachdenklich. Doch noch nachdenklicher machte ihn Brakiss' Warnung.

Er hatte sich während des Fluges mit Almania befaßt. Viel gab es da nicht zu lernen. Almania lag am äußeren Rand der Galaxis, abseits von den Zentren der Macht. Weder das Imperium noch die Neue Republik hatten dem Planeten große Beachtung geschenkt. Das Imperium hatte einmal mit Pydyr Fühlung aufgenommen und um finanzielle Unterstützung für einen Feldzug gebeten, aber Pydyr hatte darauf mit einer sorgfältig formulierten Note geantwortet, die darauf hinauslief, daß man sich nicht einmischen wollte. Normalerweise hätte so etwas den Imperator wütend gemacht, aber in diesem Fall hatte Palpatine auf Konsequenzen verzichtet. Pydyr war bei all seinem Reichtum zu weit vom Imperium entfernt, als daß sich die Mühe gelohnt hätte.

Während Pydyr sich als neutrale Macht sah, hatte Almania sich zu einer losen Verbindung mit der Rebellen-Allianz und später mit der Neuen Republik bekannt. Jene Je'har, die Almania während der Kämpfe gegen das Imperium regierten, hatten einige Rebellenstützpunkte, darunter den auf Hoth, mit Waffen und finanziellen Mitteln versorgt. Aber kurz nachdem die Neue Republik Großadmiral Thrawn besiegt hatte, war es bei den Je'har zu einem Führungswechsel gekommen, und die Verbindung nach Almania war abgerissen. Es hatte Berichte über scheußliche Brutalitäten unter dem neuen Regime Almanias gegeben. Andere sprachen sogar von Massakern. Aber niemand hatte die Republik um Hilfe ersucht, dazu war es erst viel später gekommen. Aber zu der Zeit hatte die Neue Republik mit der Yevetha-Krise alle Hände voll zu tun gehabt, und Almania war in Vergessenheit geraten.

Irgend etwas am zeitlichen Ablauf der Ereignisse irritierte Luke. Bevor er sich seine Zuflucht in den Manari-Bergen gebaut hatte, aber nach der Zeit mit Callista, hatte er eine große Zahl vielversprechender Schüler unterwiesen, darunter auch Brakiss. Brakiss hatte die Akademie damals, nach dem almanianischen Machtwechsel, verlassen, und Luke hatte sofort eine Beziehung zwischen Brakiss und Almania vermutet, aber nichts gefunden, was diesen Verdacht bestätigt hätte. Auch in dem, was Brakiss' Mutter ihm erzählte, hatte es keinen Hinweis darauf gegeben. Das Imperium war auf Almania nie aktiv geworden, daher konnte Brakiss in der Zeit, als er dem Imperium gedient hatte, nicht dort gewesen sein.

Oder doch?

Schließlich war Brakiss ein ehemaliger Spion.

Hatte er irgend etwas mit dem Führungswechsel bei den Je'har zu tun gehabt? Er hatte Luke gewarnt, ihm gesagt, er würde in eine Falle tappen, und Brakiss selbst war Teil jener Falle. Aber galt das auch für die Warnung? So viel Täuschung hatte Luke nicht gespürt.

Was er gespürt hatte, war Angst.

Überlassen Sie das Kämpfen denen, die keine Skrupel haben. Sie werden ohnehin gewinnen.

In der Vergangenheit jedoch war es nicht so gekommen. In der Vergangenheit hatte Luke sie besiegen können. Von Vader bis Palpatine, von Thrawn bis Daala, von Waru bis Nil Spaar – Luke und seine Freunde hatten gegen brutale und rücksichtslose Feinde gekämpft und sie besiegt. Yoda hatte ihn gelehrt, daß in der Macht große Stärke lag, Stärke, die aus dem Mitgefühl, nicht aus dem Haß erwuchs. Mit ihrem Haß schwächten die Skrupellosen sich selbst.

"Sie werden *nicht* siegen", flüsterte Luke die Antwort auf Brakiss' Behauptung und wünschte, er hätte daran gedacht, diese Worte in der Droidenfabrik auszusprechen. "Das verspreche ich."

Allerdings wußte Luke noch nicht, was ihn erwartete. Aber er dachte an den Schmerz der Vernichtung, den er empfunden hatte, und an die Furcht, die sich auf Coruscant und in der ganzen Neuen Republik ausbreitete.

Als er sich Almania näherte, spürte er einen deutlich ausgeprägten eisigen Hauch. Er prüfte die Temperatur in dem X-Flügler. Normal. Die Kälte kam von innen heraus, aus seinen Eingeweiden, breitete sich in ihm aus, erfaßte sein Herz. Sie war ganz anders als die tödliche Kälte, die wie eine Welle über ihm zusammengeschlagen war, als all jene fernen Lebewesen mit einem Schlag gestorben waren.

Und doch glich sie ihr.

Die Kälte ergriff Lukes Rücken und die Schultern. Er näherte sich Pydyr. Er öffnete einen Kanal, darauf gefaßt, daß man ihn zum Anhalten auffordern würde, weil er sich einem Mond näherte, der sich für Neutralität entschieden hatte.

Aber sein Kom empfing nichts.

Keine Zerhackersignale.

Keine örtlichen Sendungen.

Nichts.

Überhaupt nichts.

Dabei hätte er etwas auffangen *müssen*.

Er scannte den Himmelskörper. Die Gebäude waren da, und er bekam auch einige Signaturen von Lebensformen. Aber nur etwa zehn.

Zehn Lebewesen auf dem ganzen Mond.

Wo Tausende hätten sein sollen.

Millionen.

Die Kälte drohte sein Herz zum Erstarren zu bringen. Die Erschütterung der Macht war von hier ausgegangen. Von Pydyr.

Er mußte dieser Sache auf den Grund gehen. Almania konnte noch einen Tag warten.

Dann spürte er eine Präsenz in der Macht, wie zarte Fäden, die nach ihm tasteten. Irgendwie kam sie ihm vertraut vor, aber zu weit entfernt, um sich klar zu manifestieren. Es fühlte sich an, als würde diese Präsenz durch eine dichte Atmosphäre gefiltert. Er hatte das schon einmal gespürt.

Auf Telti.

Unmittelbar bevor er Brakiss gegenübergestanden hatte.

Aber dies war nicht Brakiss. Das wußte er. Dies war jemand anders. Jedoch jemand, der ihm in gleicher Weise vertraut war.

Und der viel kräftiger, ausgeprägter war, um aus so großer Entfernung wahrnehmbar zu sein.

Die Wahrnehmung hatte allerdings auch etwas Bösartiges, das ihm nicht vertraut war. Er hatte so etwas bisher nur einmal gespürt. Bei Imperator Palpatine. Aber das hier war nicht Palpatine. Das war jemand anders. Jemand, den Luke einmal gekannt hatte ...

Er tippte die Koordinaten für Pydyr in den Navcomputer ein, und der X-Flügler beschrieb einen Bogen, wich von seinem vorherigen Kurs ab und steuerte auf den Mond zu. Dort würde er Antwort auf seine Fragen erhalten.

Das Gefühl verstärkte sich, teils vertraut, teils fremd. Die dunkle Seite war in der Umgebung von Almania stark ausgeprägt, so als würde der ganze Planet davon buchstäblich überflutet. Lukes Mund fühlte sich trocken an. Vielleicht sollte er nach Coruscant zurückkehren und Hilfe holen. Leia, Han, irgend jemanden. Hier allein zu handeln würde heikel und riskant sein.

Aber mit Pydyr würde er zurechtkommen. Mit nur zehn Lebensformen auf dem ganzen Mond war die Wahrscheinlichkeit gering, daß sie ihm alle gleichzeitig entgegentreten würden. Er wollte herausfinden, was auf Pydyr geschah, und dann die nächste Entscheidung treffen.

Der X-Flügler tauchte in die Atmosphäre ein. Diese Seite von Pydyr lag im hellen Schein des Mutterplaneten. Luke sah unter sich mächtige Gebäude und breite Prachtstraßen, breit genug, um einen X-Flügler darauf zu landen.

Leere Straßen.

Ein seltsamer Schauder lief über Lukes Rücken. Er übernahm die Kontrollen vom Navcomputer und leitete das Landemanöver manuell ein. Diese Landung erforderte seine erfahrene Hand, selbst die automatischen Lenksysteme würden ihm hier nicht helfen.

Auf dem Bildschirm blitzte ein Licht auf. Doch als er hinsah, war es bereits wieder verschwunden. Er runzelte die Stirn, wünschte sich für einen Moment einmal mehr seinen alten X-Flügler zurück und richtete dann seine ganze Aufmerksamkeit wieder auf die Landung; eine Präzisionslandung, wie er sie seit Jahren nicht mehr durchgeführt hatte. Er zog den Knüppel zu sich heran ...

... und spürte, wie der X-Flügler unter ihm erbebte.

Die Gebäude zu beiden Seiten waren jetzt ganz nahe. Wieder lief ein Zittern durch das Schiff, und der Computer schaltete sich ab. Die Bildschirme wurden dunkel. Luke tastete nach dem Hebel für den Schleudersitz und stellte fest, daß keiner da war.

Und ein Notkatapult für Droiden fehlte natürlich ebenfalls.

Luke griff nach der Kabinenkuppel. Er würde sie von Hand öffnen müssen. Eine andere Wahl hatte er nicht. Der Boden raste ihm entgegen ...

... und der X-Flügler explodierte.

* 26 *

Diesmal war es Leia, die den Inneren Rat einberief. Sie entschied sich dafür, die Sitzung im Speisesaal der Gesandten abzuhalten. Das X-Flügler-Problem erforderte eine schnelle Entscheidung, und deshalb hatte sie Räumlichkeiten gewählt, die dicht bei den Wartungshangars lagen.

Der Boden der Eingangshalle war auf Hochglanz poliert und die um die Säulen angeordneten Pflanzen liebevoll gepflegt. Der Speisesaal wurde häufig für Staatsbankette benutzt, und deshalb achtete man darauf, daß besonders der Eingangsbereich stets einen repräsentativen Eindruck machte.

Leia war der förmliche Charakter dieses Gebäudeteils zuwider, obwohl sie an seiner Gestaltung mitgewirkt hatte.

Als sie und Wedge vor der Freitreppe standen, die in den Speisesaal hinaufführte, überkam sie plötzlich ein Gefühl eisiger Kälte. Ihr wurde schwarz vor Augen, sie taumelte und mußte sich am Mahagonigeländer festhalten, um nicht zu straucheln.

Dann bildete sich vor ihr in der Luft ein Gesicht. Dasselbe bleiche Gesicht, das sie unmittelbar vor dem Bombenattentat gesehen hatte. Die schwarzen, leeren Augen erweckten den Eindruck eines amüsierten Lächelns.

Leia, vernahm sie eine ihr fremde Stimme. *Leia*.

Dann brach sie zusammen, ihre Ellbogen und Knie trafen hart auf die Marmorstufen der Freitreppe. Sie hatte keine Gewalt mehr über sich, sank ganz zu Boden und spürte, wie die Marmorkanten sich in ihre schon etwas fadenscheinige Uniformhose drückten.

"Leia!" rief Wedge. Er beugte sich über sie, seine starken Hände packten ihre Schultern. "Fehlt dir was?"

Ihre Zähne klapperten. "Du mußt sofort das Gebäude evakuieren."

"Was?"

"Das Gebäude evakuieren", wiederholte sie eindringlich.

"Und weshalb soll ich das tun?"

"Dieses Gesicht." Sie richtete sich auf. Ihre Hände zitterten. "Ich hatte dieselbe Vision, ehe die Bombe in der Senatshalle hochging."

Aber beim ersten Mal war es anders gewesen. Sie hatte Schreie gehört, und eine Woge eisiger Kälte war über ihr zusammengeschlagen, das Echo der Zerstörung, die Luke nach Coruscant geführt hatte, vor dem Bombenanschlag.

"Also gut", sagte Wedge. "Ich ..."

"Nein, warte!" Leia fuhr sich mit der Hand über das Gesicht. Wer auch immer hinter jener Totenkopfmaske steckte, wollte, daß sie in Panik geriet. Sie mußte überlegen. Sie mußte ihre Gefühle in den Griff bekommen, mußte logisch denken. "Das ist eine außerplanmäßige Unterredung. Niemand kann wissen, daß wir hier sind."

"Trotzdem", meinte Wedge, "könnten wir den Sitzungsort wechseln."

Leia schüttelte den Kopf. Sie war immer noch desorientiert, aber es war nicht mehr so schlimm wie noch vor Sekunden. Sie zog sich an Wedges Arm in die Höhe. "Nein. Das Gefühl war diesmal anders. Dieses Gesicht ... es hat mich vor etwas anderem gewarnt."

Und dann war ihr, als brauchte sie bloß zuzufassen, um dieses Andere mit Händen zu greifen. Beinahe, aber nicht ganz. Doch sie war sich sicher, daß es nur eine Frage der Zeit war, bis sie es erkennen würde.

"Laß uns die Sitzung abhalten", sagte sie.

"Also gut." Wedges Stimme klang verwirrt, aber er hatte sich offenbar damit abgefunden, daß es jetzt keinen Sinn hatte, weitere Fragen zu stellen. "Aber wir sollten wenigstens ein paar zusätzliche Wachen aufstellen."

Leia schüttelte den Kopf. "Das haben wir vor dem Bombenattentat auch getan. Möglicherweise hat diese Vision etwas mit Streß zu tun. Vor der Senatssitzung stand ich auch unter Streß."

"Und jetzt auch?"

Leia lächelte. "Diese Sprengkapseln bereiten mir Kopfzerbrechen, Wedge. Da hat jemand eine Möglichkeit gefunden, in mein eigenes Zuhause einzudringen. Coruscant ist nicht länger sicher."

"Das war es im Grunde nie, Leia."

"Ich weiß. Aber bis vor kurzem konnte ich wenigstens meiner Arbeit nachgehen, ohne das Gefühl haben zu müssen, daß ein Todesurteil über mich verhängt wurde. Jetzt mache ich mir dauernd Sorgen: um die Kinderzimmer, um jeden Flur, um Han und den *Falken*. Wenn sich jemand an den X-Flüglern zu schaffen gemacht hat, woran hat er sich dann noch vergriffen? Was werden wir noch alles entdekken, Wedge?"

"Ich denke, entscheidend ist jetzt, daß wir herausbekommen, wer dafür verantwortlich ist."

"Ja, wahrscheinlich." Leia richtete sich auf und schob die Schultern zurück, nahm unwillkürlich Haltung an. "Und ich denke, ich weiß das auch."

Wedge sagte nichts. Er hatte sich in der Wartungshalle eindeutig geäußert. Er war der gleichen Meinung wie einer der Wachleute: Wenn das Imperium etwas unternahm, hinterließ es keine so deutlichen Spuren.

Sie stiegen die Treppe zum Speisesaal der Gesandten hinauf, gingen aber betont langsam. Die anderen Mitglieder des Inneren Rats waren bereits versammelt, hatten aber noch nicht Platz genommen. Leia sagte nichts, als sie an ihnen vorbei zu ihrem Stuhl ging, sich setzte und dann wartete, bis sie ebenfalls Platz genommen hatten.

Wedge stand hinter ihr und war ihr Stütze und Beistand.

Sie eröffnete die Sitzung.

"Die Anwesenheit eines Nichtmitglieds", sagte R'yet Coome, "verstößt gegen die Regeln."

"General Antilles ist auf mein Ersuchen hier", erklärte Leia. "Wir haben heute nachmittag eine recht beunruhigende Entdeckung gemacht."

Wedge griff in eine Gürteltasche und präsentierte der Versammlung ein paar der Sprengkapseln. C-Gosf zeigte mit einem Finger ihrer zarten rechten Hand darauf. "Was ist das?"

"Die haben wir in unseren X-Flüglern gefunden. Allem Anschein nach ist das ganze Geschwader damit ausgestattet", erklärte Leia.

"Es handelt sich um Sprengkapseln", fügte Wedge hinzu.

"Mit imperialer Kennzeichnung", entfuhr es Gno. Er war sichtlich erschrocken.

Meidos purpurrotes Gesicht änderte seine Farbe nicht. Er musterte die Sprengkapseln und lächelte Leia dann zu. "Ein hübscher Versuch, Frau Präsidentin."

Das Gefühl eisiger Kälte stellte sich wieder ein. "Versuch?"

"Versuch", wiederholte er. "Wir klagen General Solo an, und Sie finden etwas, um den Verdacht auf das Imperium zu lenken. Wirklich sehr passend."

"Was haben diese Geräte mit dem Bombenattentat auf die Senatshalle zu tun?" fragte Wwebyls.

Meido warf ihm einen vernichtenden Blick zu. "Eine ganze Menge, Wwebyls. Die Präsidentin versucht uns zu überzeugen, daß ihr Gatte nichts mit den X-Flüglern zu tun hatte, und wir sollen daraus den Schluß ziehen, daß er auch nichts mit dem Bombenattentat zu tun hatte."

Leia ballte unter dem Tisch die Fäuste. Meido legte es offenbar um jeden Preis darauf an, sich gegen sie zu stellen. "General Antilles hat veranlaßt, daß sämtliche X-Flügler-Staffeln zu ihren Stützpunkten zurückkehren, aber es gibt einige, mit denen keine Verbindung hergestellt werden konnte. Ich möchte ein allgemeines Notsignal an alle Planeten der Neuen Republik senden, damit wir auch diese Piloten erreichen und sie vor der Gefahr warnen können."

"Wodurch werden diese Sprengkapseln ausgelöst?" erkundigte sich Gno.

"Das wissen wir nicht", antwortete Leia. "Daran wird noch gearbeitet."

"Und sie stecken in allen X-Flüglern?"

"Das nehmen wir an."

"Du meine Güte", stöhnte Fey'lya. "Wenn in jedem X-Flügler so ein Ding steckt, wo dann noch überall?"

"Das ist eine gute Frage", lobte Meido. "Warum fragen wir nicht die Präsidentin."

"Woher soll Leia das denn wissen?" wollte C-Gosf wissen.

"Wenn sie ihren Einbau veranlaßt hat, wird sie darüber wohl Bescheid wissen."

"Jetzt gehen Sie aber zu weit", rief Bel Iblis tadelnd. "Sie sollten sich bei der Präsidentin entschuldigen."

Leia brachte Bel mit einer Handbewegung zum Schweigen. "Ich würde wirklich gern hören, weshalb Senator Meido glaubt, daß ich plötzlich zur Verräterin an der Neuen Republik geworden bin."

"Ihr Ehemann, Frau Präsidentin, und sein Attentat auf die Senatshalle. Sie haben ja selbst gesagt, daß er nichts ohne Ihre Billigung unternimmt."

"Was werfen die Han denn vor?" flüsterte Wedge.

"Hochverrat", zischte ChoFi.

"*Han Solo?"* Wedge schrie das förmlich hinaus. "Das ist ja wohl das Dümmste, was ich je gehört habe. Han Solo hat sein Leben für die Rebellen-Allianz eingesetzt, als diese Feiglinge sich noch hinter dem Imperium versteckt haben. Sie, Meido, haben nicht das Recht ..."

"Wedge", unterbrach Leia ihn mit leiser Stimme, "Du bist Gast hier. Niemand hat dir das Wort erteilt."

"Ich kann einfach nicht glauben, daß du dir diesen Blödsinn gefallen läßt", sagte Wedge.

"Nicht jeder hier ist der Ansicht, daß das Blödsinn ist", erklärte Meido. "Wer wäre besser imstande, die Neue Republik zu verraten, als jemand, der das Vertrauen aller genießt? Sie vergessen anscheinend, daß Palpatine Senator war, als er die Alte Republik gestürzt hat."

"Das hat niemand von uns vergessen", widersprach Gno. "Aber darum geht es hier nicht."

"Tatsächlich?"

"Ich glaube, Sie sind einfach übereifrig", sagte Fey'lya an Meido gewandt. "Ich weiß, Sie wollen allen beweisen, daß Sie Ihres Ratssitzes würdig sind, aber Angriffe auf Präsidentin Organa Solo sind dazu nicht die richtige Methode. Die Staatschefin und ich waren in der Vergangenheit nicht immer einer Meinung" – dabei schickte er ein Lächeln in Leias Richtung – "aber ich würde Ihre Integrität niemals in Zweifel ziehen."

"Das ist auch gar nicht notwendig", erwiderte Meido. "Ich bin froh, daß Sie diese Sitzung einberufen haben, Frau Präsidentin. Ich selbst stand kurz davor, den Rat anzurufen. Sie sollten wissen, daß man sich im Senat mit einem Mißtrauensantrag befaßt. Es wird in Kürze zu einer Abstimmung kommen."

"Was meint er mit Mißtrauensantrag?" fragte Wedge.

"Das bedeutet", erklärte C-Gosf, "daß die Regierung erklären wird, daß sie zu Leias Führung kein Vertrauen mehr hat. Wenn das Mißtrauensvotum durchkommt, wird Leia zurücktreten müssen, die Mehrheit wird ihren Rücktritt erzwingen."

"Das können sie nicht", erregte sich Wedge und wandte sich an Leia. "Du bist die gewählte Nachfolgerin Mon Mothmas."

"Doch, das können sie", korrigierte Gno ihn. "Gewählt oder nicht, der Mißtrauensantrag wurde durch eine Abstimmung im Senat ratifiziert."

Das alles ging für Leia viel zu schnell, und sie hatte das Gefühl, als würde ihr die Kontrolle über die Situation entgleiten. Mit den großen, offenkundigen Gefahren konnte sie sich auseinandersetzen, aber all diese kleinen Ränke und Fallstricke, die überall versteckt waren – selbst in kleinen Sprengkapseln, die jemand in Computer eingebaut hatte –, das war ihr einfach zuviel. Leias Fingernägel bohrten sich in ihre Handflächen – zum Glück war sie imstande, wenigstens den Anschein von Ruhe und Gelassenheit zu wahren, selbst wenn in ihrem Innern ein Aufruhr tobte. Sie würde das Heft wieder in die Hand bekommen. Und hier und jetzt würde sie damit anfangen.

Sie sah Meido an. "Worauf stützt sich der Mißtrauensantrag?"

"Auf die vorläufigen Erkenntnisse hinsichtlich des Bombenattentats", entgegnete er.

"Tatsächlich?" Leias Stimme war jetzt kalt und schneidend. Es gelang ihr, hochmütig und majestätisch zu wirken, obwohl sie Meido am liebsten in Stücke gerissen hätte. "Und wie ist der Senat an diese Ergebnisse gekommen, die doch einzig und allein im Inneren Rat diskutiert wurden?" Plötzlich trat Totenstille ein.

"Ich – äh – ich weiß nicht, Frau Präsidentin", stotterte Meido. Jetzt verblaßte die purpurne Färbung seines Gesichts. Diese Eigenart seiner Rasse gefiel Leia. Sie verriet seine wahren Empfindungen.

"Sie wissen es nicht?" fragte sie. "Und doch wird der Senat eine Abstimmung abhalten, die auf Dingen beruht, die in einer geschlossenen Sitzung des Inneren Rats behandelt wurden? Eine Abstimmung, von der *ich* nichts gewußt habe. Wie haben Sie davon erfahren?"

"Frau Präsidentin", sagte R'yet leise, "Meido, Wwebyls und ich sind neu im Inneren Rat. Wir kennen nicht alle Regeln."

"Bei der letzten Sitzung habe ich dieses Argumet noch gelten lassen", erwiderte Leia grimmig. "Diesmal akzeptiere ich es nicht. Sie kennen die Regeln, doch Sie haben sich ganz offensichtlich dazu entschlossen, ein anderes Spiel zu spielen. Nun, ich sage Ihnen, daß Sie damit nicht durchkommen. Dies ist nicht das Imperium. Wir spielen hier mit offenen Karten."

"Außer", murmelte Meido, "wenn es um Sabotage geht."

"Präsidentin Leia Organa Solo hat nichts Unrechtes getan", sagte Gno.

"Und Han auch nicht", fügte Leia hinzu.

"Die Beweise, die wir besitzen, sprechen eine andere Sprache."

"Diese Beweise könnten gefälscht sein. Wenn man bedenkt, mit welcher Selbstverständlichkeit Sie sich über die Regeln des Senats hinwegsetzen, würde es mich nicht wundern, wenn Sie sich genauso über die Gesetze hier auf Coruscant hinweggesetzt hätten."

"Zu einem solchen Vorwurf haben Sie kein Recht, *Prinzessin*", fuhr Meido auf.

"Und Sie hatten nicht das Recht, geheime Dokumente aus diesem Kreis weiterzugeben, *Senator*." Leia ignorierte die Verwendung ihres früheren Titels, wenngleich sie wußte, daß Meido damit auf die Arroganz anspielte, die die Aristokratie in der Vergangenheit häufig an den Tag gelegt hatte – auch wenn das Herrscherhaus von Alderaan diesem Vorwurf niemals ausgesetzt war.

"Dieser Streit führt uns nicht weiter", mahnte Fey'lya. "Es gibt wichtige Dinge, die wir besprechen müssen: die Sabotage der X-Flügler, das Bombenattentat auf die Senatshalle, das Mißtrauensvotum und die Indiskretionen einiger Ratsmitglieder." Er wandte sich den neuen Mitgliedern zu. "Ich stelle den Antrag, die neuen Mitglieder aus diesem Kreis auszuschließen, wenn es noch einmal zu Indiskretionen dieser Art kommen sollte."

"Ich unterstütze den Antrag", sagte Gno.

"Gut", erklärte Leia. "Wer für den Antrag ist, soll mit Ja stimmen."

Sämtliche Mitglieder des Rates mit Ausnahme der drei Neuzugänge riefen im Chor: "Ja!"

"Gegenstimmen?" fragte Leia mit zuckersüßer Stimme.

Leise kam Meidos Nein, ebenso das von R'yet Coome und Wwebyls.

"Der Antrag ist angenommen. Falls weitere Informationen in falsche Hände gelangen, werden Sie umgehend aus diesem Gremium verwiesen. Ist das klar?"

"Oh ja, und ob das klar ist", erwiderte Meido. "Sie geben uns die Schuld für alles, Prinzessin, weil wir unter Ihren früheren Feinden gelebt haben. Jetzt braucht nur irgend jemand eine Indiskretion zu begehen, und wir werden ausgestoßen. Wie bequem für Sie. Genauso bequem wie es diese mit imperialen Siegeln versehenen Sprengkapseln sind. Was wird Ihnen noch alles einfallen, um den Wandel im Senat zu behindern?"

"Das ist nicht fair", erklärte C-Gosf.

"Nein, ist es das nicht?" Die weißen Linien in Meidos Gesicht leuchteten. "Ich denke, das ist eigentlich ohne Belang, weil die verehrte Prinzessin diesem erlauchten Kreis nicht mehr angehören wird, wenn er das nächste Mal zusammentritt. Sie wird abgewählt, und mit ihrer Führung wird Schluß sein. Aber das ist ein geringer Preis dafür, Prinzessin, daß Sie Ihre Kollegen getötet haben."

"Das habe ich nicht getan", erwiderte Leia. Sie zitterte und verbarg die Hände unter dem Tisch, damit niemand es bemerkte. "Ich kann nicht glauben, daß Sie mir gegenüber einen solchen Vorwurf erheben."

"Und ich kann nicht glauben, daß Sie uns wirklich für einfältig genug halten, zu glauben, daß Sie Ihre feindselige Haltung gegenüber Ihren ehemaligen Feinden jemals aufgeben könnten. Wie viele imperiale Soldaten haben Sie auf Endor getötet, Prinzessin? Wie viele subalterne Bürokraten sind bei der Explosion des Todessterns umgekommen?"

"Das waren keine Unschuldigen", wandte Bel Iblis ein.

"Nein?" rief Meido. "Sehr viele von ihnen haben nur getan, was man ihnen befohlen hat."

"Wenn ihre Aufgabe darin bestand, eine Mordmaschine zu lenken, dann haben sie den Tod verdient", sagte C-Gosf.

"Hoffentlich glauben Sie das nicht wirklich", entgegnete Fey'lya. "Sonst müßte nämlich logischerweise auch jeder Sternjäger-Pilot sterben. Die X-Flügler sind Sternjäger. Sie sind dafür gebaut, andere Raumschiffe zu zerstören und Fühlende zu töten. Ebenso wie der Todesstern, der konstruiert war, um Planeten zu zerstören. Daß man sowohl einen X-Flügler als auch einen Todesstern auch dazu benutzen kann, um Reisende von einem Ort zum anderen zu transportieren, ist dabei nebensächlich."

Leia stockte der Atem. Sie schüttelte den Kopf. Die Zwietracht, die in diesem Raum herrschte, ging ihr nahe, und sie fühlte sich schuldig. "Senator Meido hat nicht ganz unrecht. Die Dinge sind nicht so einfach, wie sie scheinen. Nicht einmal, wenn ein Mitglied dieses Rates der Sabotage bezichtigt wird. Soll der Senat ruhig über den Mißtrauensantrag abstimmen. Man kann alles in den Mantel der Politik hüllen, aber ich verlasse mich darauf, daß man sich daran erinnert, was ich geleistet habe. Ich habe dieser Republik seit der Schlacht von Endor gedient und der Allianz gegen den Imperator seit meinem achtzehnten Lebensjahr. Und ich habe sowohl der Rebellion als auch der Republik *gut* gedient. Sie können sich so vieler Winkelzüge bedienen, wie Sie wollen, Meido; Sie können nach Herzenslust im Hintergrund Ihre Fäden ziehen; Sie können die Einheit vernichten, die diesen Kreis von Anfang an ausgezeichnet hat. All das mag Ihnen persönlichen Einfluß verschaffen, aber der Neuen Republik wird es nur Schaden zufügen. Ich hoffe, Sie verstehen das. Ich hoffe, Sie berücksichtigen das bei dem, was Sie tun."

"Ich weiß genau, was ich tue", erwiderte Meido. "Ich habe nicht die Absicht, der Neuen Republik Schaden zuzufügen, ich will ihr helfen."

"Dann lassen Ihre Methoden eine Menge zu wünschen übrig", erklärte Leia.

"Ganz wie die Ihren, Prinzessin. Ganz wie die Ihren."

***

Nacht hatte sich über Coruscant gesenkt. Die Straßenbeleuchtung brannte, aber sie warf nur ein schwaches Licht auf die Schutthalden vor den Toren der beschädigten Senatshalle. 3PO blieb an der Absperrung stehen, aber R2 rollte unbeirrt weiter, die Lampe an seinem Kopf warf einen fahlen Lichtbalken in die Dunkelheit.

"Ich gehe keinesfalls weiter", erklärte 3PO kategorisch. "Dieser Blasterbeschuß hat deine Stromkreise beschädigt. Ich werde dich Mistress Leia melden."

R2s Antwort darauf war ein sehr menschlich klingendes unanständiges Geräusch.

"R2, wirklich, das ist Unsinn. Master Cole ist ein tüchtiger Techniker aber kein Spezialist für Droidenreparatur. Er kann unmöglich wissen, ob deine Speicher beschädigt sind. Du mußt dich von einem Fachmann untersuchen lassen. Ich kenne dich gar nicht wieder."

3PO wartete außerhalb der Absperrung. R2 richtete seinen Scheinwerfer auf einen Trümmerhaufen und rollte dann weiter.

"R2!"

R2s antwortete mit einem schrillen Pfeifen.

3PO seufzte. "Du defekter kleiner Knirps! Du hast kein Recht, so etwas zu mir zu sagen. Wo ich mir doch bloß Sorgen um dich mache."

R2 pfiff dreimal hintereinander.

"Du trägst *nicht* die Interessen der Republik im Herzen. Du hast gar kein Herz."

R2 verschwand in dem zerstörten Gebäude.

"Du darfst da nicht hinein!" rief 3PO. "Das ist gefährlich. Das Dach wird über dir einstürzen."

R2s nächster schriller Pfiff hallte aus den Ruinen zu 3PO hinaus.

"Hast du etwas gefunden?" fragte der Protokolldroide neugierig und murmelte: "Wie kann R2 etwas finden, wenn doch Spezialisten schon alles auf den Kopf gestellt haben?" Er stieg über die Absperrung. "Ich komme, R2!"

R2 antwortete nicht. 3PO lehnte sich etwas zur Seite und stützte eine goldene Hand auf ein Trümmerstück. "R2, so warte doch!"

Ein Pfiff und ein Piepsen.

"Ich beeile mich ja", antwortete 3PO und fügte dann leise hinzu: "Sklaventreiber."

Ein großer Schutthaufen versperrte den Eingangsbereich. Es handelte sich um Teile der Decke, Permabeton und Mauerwerk, das bei der Explosion eingestürzt war. Man konnte noch deutlich Blutspuren darauf erkennen.

Zwischen den Trümmern blitzte und funkelte etwas: Teile von Droiden – hauptsächlich Protokolldroiden – lagen über den Boden verstreut; Hände ragten aus Mauerresten; verkohlte Köpfe starrten blicklos in die Finsternis.

R2 zirpte eine Warnung.

"Ich passe schon auf Drähte auf", meinte 3PO. "Obwohl es mich wundern würde, wenn sie noch unter Strom stünden. Aber es wäre wirklich sehr hilfreich, wenn du herkommen und mir den Weg beleuchten würdest."

R2 piepste.

"Nein, ich bin nicht unvernünftig."

R2 piepste abermals.

"Nein, ich *folge* dir nicht, ich passe auf dich auf. Irgend jemand muß das ja tun. Du hast ernsthafte Schäden davongetragen, und ich bin immer noch nicht sicher, ob du richtig bei Strom bist."

Die Antwort darauf war wieder das menschlich anmutende unanständige Geräusch.

"Mir ist egal, wie du mich nennst. Die meisten Droiden würden drei Tage Wartung brauchen, bloß um die Brandspuren von ihrer Außenhülle entfernen zu lassen. Und du rennst nach ein paar Augenblicken davon und brummelst, du hättest die Erklärung für das Bombenattentat. Ich begreife einfach nicht, wie man ein Rätsel lösen kann, bloß weil man einen Blasterschuß abbekommen hat."

3PO bog um die Ecke. R2 stand an einem Schutthaufen, der dicht vor der Tür des großen Versammlungsraums aufgetürmt war. Der Boden war hier bereits einigermaßen von Trümmern befreit, und man konnte Elektronikteile, Metallstücke und zerstörte Kommunikationsgeräte herumliegen sehen. Gesplitterte Möbel lagen oben auf dem Schutthaufen: Schreibtische für vielgliedrige Senatoren, Sitzstangen für vogelähnliche Repräsentanten und Translatoren für diejenigen, die nicht Basic sprachen.

R2 hatte einen Manipulatorarm mitten in den Schutthaufen hineingeschoben, sein Scanner war ausgeklappt und blitzte, während er sich hin und her bewegte, der Scheinwerfer an seinem runden Kopf war auf den Schutthaufen gerichtet.

"Die Ermittlerteams haben sich die Trümmer ganz bestimmt angesehen", meinte 3PO. "Das ist wieder typisch für dich. Du nimmst das alles zu wichtig. Manchmal frage ich mich wirklich, R2, wie Master Luke dich ertragen kann. Du bist viel zu exzentrisch geworden."

R2 trillerte.

"Nein, natürlich will ich nicht, daß er dich gegen einen neuen Droiden austauscht. Diese neuen Droiden sind alle so überspannt." 3PO trat neben den Schutthaufen, an dem R2 sich zu schaffen machte.

Der kleine Droide gab einen verhaltenen Klagelaut von sich.

"Du hast recht gehabt?" fragte 3PO. "Womit denn?"

R2 zog den Manipulatorarm aus dem Schutthaufen. Die seitlich daran befestigte Klaue hielt eine kleine Sprengkapsel desselben Typs, wie er in den X-Flüglern gefunden worden war.

"Der Mechanismus trägt ein imperiales Siegel", bemerkte 3PO. "Oh du meine Güte. Das wird Mistress Leia aber gar nicht gefallen."

R2 pieptse einmal mehr.

"Nein, mir gefällt das auch nicht. Werden uns diese imperialen Ungeheuer denn nie in Frieden lassen?"

R2 gab keine Antwort. Er legte die Sprengkapsel auf ein von Schutt befreites Stück des Bodens und stocherte erneut in den Trümmern herum.

"Ich dachte, du hättest gefunden, was du suchst. Wir sollten jetzt von hier verschwinden und jemanden über unseren Fund informieren." 3PO bewegte sich auf die Tür zu. Als er in die Dunkelheit trat, drehte er sich um. R2 durchsuchte immer noch den Schutthaufen. "R2, du hast getan, was du konntest. Wir müssen Mistress Leia verständigen."

R2 zwitscherte lang und laut.

"Was meinst du damit, ich würde das nicht verstehen? Ich verstehe ganz genau."

R2 zirpte.

Der Protokolldroide kehrte um. Ein Steinbrocken fiel von der Decke, und er duckte sich. "Hier ist es gefährlich. Es reicht jetzt."

R2 piepste.

"Wovon muß es mehr geben? Die Sprengkapsel ist alles, was du ... oje." 3PO lehnte sich an einen Schutthaufen und sprang im nächsten Moment, als der ins Rutschen kam, mit einem Satz zurück. "Ich verstehe. Die Sprengkapsel in den X-Flüglern war an die Steuerungscomputer angeschlossen. Du mußt wissen, womit *dieser* Mechanismus gekoppelt war. Dann mach Platz. Wir werden gemeinsam nachsehen. Und ich kann nur hoffen", fügte er nach kurzer Pause hinzu, "daß wir dabei nicht in die Luft fliegen."

* 27 *

Luke schlang beide Arme schützend um den Kopf, während er durch die Luft geschleudert wurde. Rings um ihn schossen brennende Trümmerstücke durch die Atmosphäre von Pydyr. Er hatte das Cockpit des X-Flüglers bereits aufgeklappt gehabt, als das kleine Schiff explodierte, sonst hätte er sich wahrscheinlich an dem bruchsicheren Glas der Kabine den Schädel eingeschlagen.

Luke hatte das Gefühl, eine Ewigkeit lang zu fallen. An einigen Stellen, wo ihn glühende Trümmerstücke getroffen hatten, brannte seine Haut. Er konnte seinen Sturz nicht kontrollieren, und es gab auch nirgends eine weiche Stelle, auf der er hätte landen können. Er spannte seine Muskeln an und setzte alle Kräfte ein, die die Macht ihm verlieh. Aber irgend etwas behinderte ihn. Ihm war, als würde er durch Watte sinken.

Und dann landete er. Mit den Beinen voran. Er hörte das Knacken, als die Knochen in seinem linken Fußgelenk splitterten. Er zog den Kopf ein, ließ sich abrollen, spürte das harte Pflaster am Rücken, an den Schultern. Er rollte weiter, bis er gegen ein Gebäude prallte und einen Augenblick liegen blieb. Der Schock des Aufpralls nahm ihm den Atem.

Das Rumpfteil des X-Flüglers war ganz in seiner Nähe aufgeschlagen. Weitere Wrackteile regneten rings um ihn vom Himmel herab. Funken flogen. Das Gebäude, neben dem er abgestürzt war, hatte Feuer gefangen: Vorhänge brannten, Rauch stieg dicht an den Ziegelmauern empor, schwärzte sie. Brennende Wrackteile waren überall auf der mit Sandsteinplatten belegten Straße verstreut.

Der Rauch roch beißend, durchdringend. Schweiß rann Luke über das Gesicht. Sein ganzer Körper schmerzte, und er hatte immer noch Mühe, Atem zu holen. Um ihn tanzten Funken. Er kniff die Augen zusammen, um besser sehen zu können, erkannte Stoffstücke in den Flammen und stieß eine Verwünschung aus.

Die Rückseite seiner Flugkombination stand in Flammen.

Er wälzte sich auf den Rücken, versuchte, die Flammen zu ersticken, während er eilig die Verschlüsse löste. Seine Hände zitterten. Er konnte sich nicht schnell genug bewegen. Die Hitze an seinem Rücken tat scheußlich weh. Lukes Finger arbeiteten fieberhaft, bis er die Verschlüsse schließlich doch geöffnet hatte. Er zog das Oberteil der Kombination bis zu den Hüften hinunter, drehte sich dann herum und schlug mit seiner künstlichen rechten Hand auf den brennenden Stoff ein.

Die Flammen verloschen.

Er schloß die Augen.

Er war gerade noch mal davongekommen.

Ganz in der Nähe war das Knistern und Prasseln von Flammen zu hören. Dann, aus einiger Entfernung, ein lautes Krachen, als ein Teil des X-Flüglers in sich zusammenfiel.

Niemand war gekommen, um den Brandherd zu sehen.

Niemand war gekommen, um das Feuer zu löschen.

Niemand war gekommen, um ihm zu helfen.

Die Anzeige auf dem Bildschirm hatte also gestimmt. Pydyr war verwaist.

Luke schlug die Augen auf und versuchte, sich ein Bild von dem Schaden zu machen. Sein linkes Fußgelenk war gebrochen und inzwischen auf doppelte Größe angeschwollen. Seit seinen Erlebnissen auf *Palpatines Auge* war sein linkes Bein geschwächt. Auch sein Knie schmerzte, schien aber intakt zu sein. Er wies außerdem eine Menge Schürfwunden auf. Zu viele, um sie zu zählen, sogar zu viele, um überhaupt zuzulassen, daß er sie spürte. An innere Verletzungen wollte er gar nicht erst denken. Seine linke Hand hatte Brandwunden abbekommen – er mußte mit seiner menschlichen Hand in die Flammen gegriffen haben –, sein Rücken brannte wie Feuer. Und er war durstig. Ein schlechtes Zeichen.

Aber wenn die Bevölkerung von Pydyr auch verschwunden war, die Gebäude waren noch da. Also würde er wahrscheinlich irgendwo Wasser finden.

Vielleicht würde er sogar Brandsalbe auftreiben, etwas, um die Schmerzen an seinem Rücken und an seiner Hand zu lindern.

Noch immer ließ sich niemand sehen. Das Feuer loderte hell in dem seltsamen Licht des Mondes, die Funken schwärmten wie winzige Insekten. Er mußte hier weg. Die Flammen breiteten sich aus, hatten bereits das ganze Gebäude erfaßt, gegen das er geprallt war.

Die Leere, die ihn umgab, beunruhigte ihn. Er tastete nach seinem Lichtschwert und fand es, ein wenig angesengt, aber unversehrt.

An Lukes rechter Hand war die künstliche Haut weggebrannt, so daß man den Mechanismus darunter sehen konnte. Er ballte die Hand zur Faust und stützte sich zum Aufstehen auf seine Fingerknöchel. Die Kraft in seinem Arm würde ihm für den Augenblick genügen. Er benötigte etwas, das er als Stütze benutzen konnte. Aber immerhin war er in der Lage zu humpeln.

Er stützte sich an der Gebäudewand ab und bewegte sich von den Flammen weg. Sein Durst war unterdessen noch stärker geworden, aber er versuchte, ihn nicht zur Kenntnis zu nehmen.

Die ihn umgebende Leere erschreckte ihn mehr als der Absturz. Vermutlich war das teilweise auf den Schock zurückzuführen; und doch ging von seiner Umgebung etwas Unheimliches aus, wie er es in seinem Leben bisher nur selten empfunden hatte. Diese Straße war dafür bestimmt, daß sich Lebewesen auf ihr bewegten; diese Gebäude hatten den Sinn, Familien ein Heim zu bieten, sie sollten von Gelächter, von Gesprächen und Wärme erfüllt sein; die Straße sollte angefüllt sein mit Stimmen, mit Händlern, die ihre Waren feilboten, mit Passanten, die ihren Geschäften nachgingen; die Gerüche einer fremden Küche, exotische Düfte, ja selbst der Geruch fremdartigen Abfalls sollte hier in der Luft liegen.

Statt dessen biß Luke nur der Rauch des zerstörten X-Flüglers in der Nase, und das einzige Geräusch, das an seine Ohren drang, war das Knistern der Flammen und sein angestrengter Atem.

Luke duckte sich unter einen Torbogen und lehnte sich an. Der Bogen war ebenfalls aus Ziegeln gebaut und mit winzigen Steinen geschmückt. Er lehnte die Stirn dagegen. Punkte tanzten vor seinen Augen. Er wußte nicht, wie man Verbrennungen richtig behandelte. R2 war stets in seiner Nähe gewesen, wenn er Informationen brauchte, darüber hinaus ein Medipack für Notfälle und auf den bewohnten Planeten ein ganzes Heer ärztlichen Personals.

Hier gab es nichts und niemanden.

Nur ihn selbst.

Selbst auf *Palpatines Auge* hatte er Callista gehabt.

Luke verdrängte jeden Gedanken an Callista aus seinem Bewußtsein. Er konnte es sich nicht leisten, an sie zu denken, ganz besonders jetzt nicht.

Er atmete ein paarmal tief durch, bis sein Atem wieder einen steten Rhythmus gefunden hatte, und betrat das Gebäude jenseits des Torbogens. Bis hierher war der Rauch noch nicht vorgedrungen; daß es hier trotzdem scharf roch, war auf seine angesengte Kleidung zurückzuführen.

Er befand sich in einer Eingangshalle, die mit braunen bearbeiteten Fliesen ausgelegt war. Die Wände waren mit Fresken bedeckt, die vorwiegend humanoide Wesen mit ovalen Gesichtern und mandelförmigen Augen, langgestreckten Armen und kleinen Mündern zeigten, die nie zu lächeln schienen. Und doch drückten diese Gesichter Lebensfreude aus. Hölzerne Stühle standen in der Eingangshalle. Sie waren mit Staub bedeckt.

In einem Ständer neben der Tür waren ein paar Spazierstöcke zurückgelassen worden. Luke zog einen heraus und lehnte sich darauf, dankbar, sein Gewicht auf etwas stützen zu können.

Er mußte Wasser finden. Er spürte, daß ihm schwindlig wurde. Von seinem Rücken ging ein pulsierender Schmerz aus. Er bog um eine Ecke, bewegte sich vorsichtig auf den langen roten Läufern, die den Boden bedeckten. Abgesehen vom Staub war das Haus makellos sauber. Es wirkte bewohnt und gepflegt.

Was war mit seinen Bewohnern geschehen?

Luke durchschritt zwei weitere Torbögen und kam durch einige elegant eingerichtete Räume, ehe er eine Küche entdeckte. Sie ähnelte den Küchen der wohlhabenden Bürger auf Coruscant. An den Wänden hingen moderne Geräte. Eine Konsole mit Knöpfen, Skalen und Tastaturen anstelle der primitiven Geräte, die er auf Yavin 4 benutzte. Die Töpfe und Pfannen hier dienten nur der Dekoration. Aber nahe der Kochstelle fand er einen Wasserrecycler und einen Wasserreiniger. Er taumelte darauf zu, griff nach einem Porzellanbecher und schaltete den Recycler ein.

Ein ächzendes Geräusch zuerst, dann ein gleichmäßiges Summen, und im nächsten Augenblick verfügte er über klares, frisches Wasser.

Luke trank in langen Zügen. Ein Glas, dann ein zweites, ein drittes. Noch nie hatte er etwas so Köstliches getrunken. Das Schwindelgefühl ließ jetzt nach, und langsam kehrte wieder Klarheit in seine Gedanken ein. Er studierte die Konsole. Wenn sie denen auf Coruscant glich, würde er damit nicht nur Kücheninformationen abrufen können, sie würde ihm auch verraten, was für Vorräte sich im Haus befanden, ihm die Geschichte der Besitzerfamilie und eine Übersicht über die Geschichte Pydyrs liefern. Außerdem war sie mit Sicherheit an die Nachrichtennetze angeschlossen und konnte ihm daher alles verraten, was er wissen mußte.

Luke beugte sich vor und aktivierte die Konsole mit der rechten Hand. Abgesehen von den verkohlten Überresten künstlicher Haut bestanden seine Finger jetzt ganz aus Metall. Er hoffte, daß die Konsole nicht per Fingerabdruck- oder Netzhautscan in Gang gesetzt werden mußte.

Der Bildschirm erwachte zum Leben.

FREMDER. SIE SIND NICHT IN UNSEREN UNTERLAGEN.

Luke tippte: ICH BIN HIER NEU. DEINE BESITZER SIND VERSCHWUNDEN.

DAS WISSEN WIR. HIER WAR ES STUMM, ABER WIR HABEN ANWEISUNG, NUR IN NOTFÄLLEN INFORMATIONEN AN FREMDE ZU GEBEN.

DIES IST EIN NOTFALL, schrieb Luke. ICH BIN VERLETZT, VIELLEICHT TÖDLICH. ICH BRAUCHE ÄRZTLICHE VERSORGUNG. GIBT ES HIER EIN MEDISET?

WIR HABEN EINEN MEDIDROIDEN.

Luke zuckte zusammen. Er hatte keine Droiden gesehen.

DIE DROIDEN SIND ANSCHEINEND EBENFALLS VERSCHWUNDEN. HAST DU MEDIZINISCHE INFORMATIONEN IN DEINEN SPEICHERN?

SICHER, FREMDER. UND IN DEM SCHRANK ÜBER DER KONSOLE, DIE DU GERADE BENUTZT, BEFINDET SICH EIN MEDISET.

Luke suchte das Mediset, fand es und entnahm ihm Brandsalbe. Er sehnte sich nach einem Droiden, wußte aber, daß er sich selbst versorgen mußte. Er säuberte seine Wunden, zuckte dabei mehrere Male zusammen und strich dann Brandsalbe auf und verband die Verletzungen. Als er damit fertig war, schiente er seinen Knöchel.

Dann blickte er auf. Der Bildschirm zeigte eine einzige Zeile Text: BITTE, FREMDER. SAG UNS, WOHIN UNSERE MEISTER GEGANGEN SIND.

Luke schüttelte den Kopf und tippte: DER PLANET IST VERLASSEN.

Der Bildschirm schaltete sich mit einem kleinen Klagelaut ab. Einen Augenblick lang hatte er das Gefühl, R2 sei bei ihm. R2 hätte ähnlich reagiert. R2 würde es als Verlust empfinden, wenn Luke starb.

Wie seltsam. Die Veränderung war so schnell eingetreten, daß diese Familie nicht einmal mehr die Zeit gehabt hatte, ihren Hauscomputer zu informieren. Luke fühlte sich an das Kältegefühl und die fernen Stimmen erinnert. Der Todesstern hatte den Planeten Alderaan vernichtet, diese neue Waffe hatte den Planeten unbeschadet gelassen, aber erbarmungslos alles Leben zerstört.

Oder zumindest alles humanoide Leben.

Wieder spürte er eine Präsenz in der Macht, dieselbe Präsenz, die er gespürt hatte, als er in das Almania-System eingeflogen war. Sie beobachtete ihn.

"Zeig dich!" sagte Luke.

Aber niemand kam.

***

Han landete den *Falken* am äußersten Rand des Landefeldes von Skip 1. Er ließ Chewie den Sullustaner in die Krankenstation bringen, ohne sich damit zu verpflichten, auch für Seluss' Versorgung aufzukommen. Han hoffte, daß Chewie sich gegen Bezahlung selbst ein wenig verarzten lassen würde. Das versengte Fell des Wookiees beunruhigte ihn.

Han hing jetzt mit dem Kopf nach unten unter der Hauptenergieversorgung des *Falken*. Das zerschrammte Metall sah nicht so aus, als ob sich jemand daran zu schaffen gemacht hatte. Aber er wollte ganz sicher sein. Auf dem Rückflug nach Skip 1 hatte er das Schiff gescannt, um sich zu vergewissern, daß Seluss, die Glottalphibs oder Davis nichts daran verändert hatten. Spuren offenkundiger Sabotage waren nicht zu entdecken gewesen, aber das hieß noch lange nicht, daß keine stattgefunden hatte.

Han fühlte sich im Run alles andere als wohl, und seine paranoiden Instinkte waren über das normale Maß hinaus geweckt.

Er mußte sich Informationen über Davis und die Jawas verschaffen, aber das hatte Zeit, bis Chewie zurück war. Han hatte nicht vor, den *Falken* noch einmal zu verlassen. Aller Wahrscheinlichkeit nach würde er darauf angewiesen sein, blitzschnell von hier zu verschwinden. Es entsprach nicht Nandreesons Art, einfach aufzugeben, wenn er sich einmal etwas in den Kopf gesetzt hatte.

Die Schiffsrampe zischte. Han griff nach seinem Blaster und zog sich aus dem Wartungsschacht der Energieversorgung heraus. Dann hörte er Chewbacca seinen Namen bellen.

"Hier hinten bin ich, Chewie!"

Chewie brüllte, und Han seufzte. Nur einmal, ein einziges Mal, würde er gern das tun, wonach ihm gerade der Sinn stand, und sich nicht aus dem Konzept bringen lassen.

"Ich gehe in den Skip, sobald ich hier fertig bin", sagte er.

Chewie brüllte erneut.

"Ungeduldiger Bettvorleger", brummte Han. Aber er kletterte ganz aus dem Wartungsschacht und trat auf das Bodengitter. "Ich komme ja schon."

Als er um die Ecke bog, stellte er fest, daß Chewie den *Falken* verlassen hatte. Die Rampe schloß sich bereits wieder, und Han duckte sich unter dem oberen Lukenrand hindurch.

Chewie wartete unten.

"Du hättest ruhig warten können", rief Han.

Chewie führte einen langen, haarigen Finger seiner rechten Hand an den Mund, dann zeigte er auf etwas. Han blickte in die Richtung, die der Wookiee ihm wies. Auf der anderen Seite des Landeplatzes arbeiteten Schmuggler, genau wie auf Skip 5. Han sah Chewie mit finsterer Miene an, stieg dann von der Rampe und schob sich an ein paar anderen wartenden Schiffen vorbei.

Unter der Tragfläche eines umgebauten Gizerfrachters fand Han Deckung. Das Metall war verrostet und pockennarbig; von hier aus konnte er seine Umgebung beobachten, ohne selbst gesehen zu werden.

Er erkannte Zeen Afit, der Computerteile trug; Blue ging hinter ihm und transportierte Bildschirme; Wynni kam ein paar Meter dahinter mit vier verschraubbaren Stühlen; zwei weitere Schmuggler, Sullustaner beide, balancierten die zugehörigen Polster auf dem Kopf.

Sie waren offensichtlich damit beschäftigt, ein Schiff auszuschlachten. Während Hans aktiver Zeit in der Branche hatten Schmuggler so etwas nie getan, es sei denn, der Schiffseigner hatte sie betrogen oder war plötzlich verstorben.

Irgend etwas an diesem Ausbau von Schiffsteilen hatte Chewie gestört, aber Han konnte das Schiff von seinem Versteck aus nicht genau erkennen. Nachdem die Prozession vorübergezogen war, schlüpfte er unter der Tragfläche hervor und schob sich näher heran.

Das Schiff kam ihm irgendwie bekannt vor. Es handelte sich um eine Raumjacht, die schon bessere Tage gesehen hatte. Die Flanken waren zerbeult, und der Rumpf anscheinend von einer schwierigen Landung beschädigt. Den Namen hatte man abgekratzt, aber Han konnte ihn immer noch entziffern.

Glücksdame.

Lando war also hiergewesen.

Im Smuggler's Run.

Und dafür konnte es nur einen einzigen Grund geben.

Han.

Aber Han war frei.

Lando würde seine Schmugglerfreunde nie betrügen, zumindest nicht absichtlich, und bei all ihrem Gehabe waren die Schmuggler im Run Landos Freunde, soweit Schmuggler überhaupt Freunde sein konnten.

Und daraus konnte man nur einen Schluß ziehen.

Lando war allein gekommen ...

... und Nandreeson hatte ihn bereits erwartet.

* 28 *

Femon hätte ihn ausgelacht und gesagt, er habe Angst vor seinen eigenen Phantasiegebilden. Manchmal vermißte Kueller sie. Sie war eine sehr lange Zeit mit ihm zusammengewesen, und er konnte im Geist immer noch ihre Stimme hören, wie sie ihn tadelte.

Er vermißte sie, aber es tat ihm nicht leid, daß er sie getötet hatte. Es gab Dinge, die einfach getan werden mußten.

Kueller stand in seinem Kontrollzentrum auf Almania, an exakt der Stelle, an der Femon gestorben war. Er hatte ihre Lieblingstotenmasken von den Wänden entfernt und an ihrer Stelle einige seiner eigenen dort angebracht. Seine Wachen standen hinter ihm und sahen stumm zu. Seine Leute glaubten an ihn, aber für ein Attentat brauchte es nur einige wenige Fanatiker. Er hatte keine Lust, dauernd auf der Hut sein zu müssen, und deshalb hatte er seine treuen Wachen. Sie würden ihn schützen, und sie würden keine Fehler machen.

Er machte ihnen angst.

Aber Luke Skywalker machte er keine angst.

Kueller zog sich einen Stuhl heran und setzte sich, streckte seine langen Beine unter die Konsole. Der Bildschirm zeigte das Wrack von Skywalkers X-Flügler. Es war in der Nähe einiger der edelsten Häuser von Pydyr abgestürzt, Häuser, deren Reichtum Kueller noch nicht ausgebeutet hatte. Ein paar Augenblicke lang hatte Kueller sich davor gefürchtet, diesen Reichtum vielleicht preisgeben zu müssen, aber dann dachte er, daß selbst das ein geringer Preis für Skywalkers Ende wäre.

Skywalker. Verletzt und auf Pydyr.

Perfekt.

Kueller drückte einen Knopf und sagte zu einem seiner Untersekretäre im Kommunikationsbereich: "Ich will eine interstellare Verbindung nach Coruscant. Ich will, daß Sie Präsidentin Leia Organa Solo kontaktieren und ihr mitteilen, daß es um ihren Bruder geht. Sie soll auf mich warten."

"Ja, Sir", antwortete der Untersekretär. Das Bild verlosch.

Kuellers Blick wanderte wieder zu dem Haus, in das Skywalker sich geschleppt hatte. Femon hätte ihn getadelt: *Vor was haben Sie Angst, Kueller?* Sie hätte sicher nicht damit gerechnet, daß der hinkende Mann mit den Verbrennungen am Rücken den Absturz überleben würde.

Ein Geringerer als er hätte auch nicht überlebt.

Kueller hatte damit gerechnet, daß Skywalker nach Almania kommen würde. Seine Entscheidung, statt dessen auf Pydyr zu landen, hatte ihn überrascht, ebenso wie die Explosion des X-Flüglers. Kueller hatte auf dem Bildschirm alles mitverfolgt.

Er hatte es in seinen Eingeweiden gespürt.

Zumindest wußte er jetzt, daß die Sprengkapseln funktionierten. Er hatte bloß nicht damit gerechnet, daß Skywalker zufällig das Zerstörungskommando auslösen würde.

Kueller hatte die Wellen der Macht blockiert, so gut er konnte. Er wollte, daß Präsidentin Organa Solo fühlte, daß etwas nicht stimmte, aber er wollte nicht, daß sie erfuhr, was geschehen war. Bei Skywalker wäre dies ein sinnloses Unterfangen gewesen, aber Organa Solo hatte ihre Jedi-Ausbildung vernachlässigt. Es gab Defizite, die Kueller zu seinem Vorteil nutzen konnte.

Und nachdem er mit ihr gesprochen hatte, würde er Skywalker aufsuchen. Obwohl der Mann verletzt war, obwohl er alles verloren hatte, würde er immer noch ein ernstzunehmender Gegner sein.

Aber Skywalkers Verletzungen schufen neue Möglichkeiten. Sie schwächten seinen Körper und seine Entschlußkraft. Vielleicht würde er auf einen schnellen Einsatz seiner Kräfte angewiesen sein und nicht dazu imstande sein. Vielleicht würde Kueller schaffen, was der Imperator nicht geschafft hatte. Vielleicht würde es Kueller gelingen, Luke Skywalker auf die dunkle Seite zu ziehen.

Und dann würden sie gemeinsam herrschen: Kueller als Imperator und Luke als *sein* Darth Vader.

Eine höchst passende Lösung.

***

Leia fühlte sich, als wäre sie wieder in dem Rebellenstützpunkt auf Hoth. Sie und Wedge saßen nebeneinander, und die Computerkonsolen vor ihnen summten. Admiral Ackbar arbeitete an einem weiteren Terminal, daneben andere hochrangige Militärs. Sie waren damit beschäftigt, die X-Flügler aufzuspüren, die Coruscant nach der Instandsetzung bereits verlassen hatten. Admiral Ackbar hatte vorgeschlagen, Offiziere niedrigerer Rangstufen für diese Aufgabe einzusetzen, aber davon wollte Leia nichts wissen. Daß sie den Weggefährten hier vertrauen konnte, wußte sie, aber von den anderen Offizieren kannte sie nicht viele und wußte deshalb auch nicht, ob sie verläßlich waren.

Zu viele Leben standen auf dem Spiel. Sie mußte Gewißheit haben, daß alles richtig gemacht wurde.

Außerdem lenkte sie das wenigstens für den Augenblick von ihrem Zorn auf Meido ab. Über den Mißtrauensantrag würde am nächsten Tag entschieden werden, und Senator Gno wollte, daß sie kämpfte. Und das würde sie: mit einer mobilisierenden Ansprache unmittelbar vor der Abstimmung. Sie konnte sich aus den Tagen der Alten Republik an Abstimmungen über Mißtrauensanträge erinnern. Bei solchen Anträgen wurde oft nach Gefühl abgestimmt. Wenn es ihr gelang, die verbliebenen Senatoren emotional auf ihre Seite zu ziehen, würde sie die Abstimmung überstehen.

Aber im Augenblick mußte sie sich beschäftigen, obwohl sie dabei allem Anschein nach nicht so viel bewirkte, wie das normalerweise der Fall war. Leias Verdruß über Meido wurde von einem Gefühl tiefer Unruhe überlagert. Das Totenkopfgesicht, das sie in der Eingangshalle erneut gesehen hatte, tauchte immer wieder vor ihrem inneren Auge auf, und dabei überkam sie jedesmal eine die tiefsten Gründe ihres Wesens erfassende Angst, als ob Han oder eines der Kinder in ernster Gefahr schwebte. Sie hatte Kontakt mit Anoth aufgenommen, und Winter hatte ihr versichert, daß die Kinder wohlauf waren. Und wenn Han etwas Ernsthaftes zugestoßen wäre, würde sie das wissen.

Wenigstens redete sie sich das ein.

"Frau Präsidentin Organa Solo." Ein Lieutenant beugte sich über ihre Computerstation. Er sah unglaublich jung aus, und seine Stimme zitterte. Sie hatte sich immer noch nicht daran gewöhnt, daß allein ihre Position andere nervös machte. "Eine Nachricht für Sie. Möchten Sie sie allein entgegennehmen?"

Sie sah sich um. Diese Leute hier waren ihre Freunde. Sie vertraute jedem einzelnen von ihnen voll und hatte keine Geheimnisse vor ihnen. "Nein, ich nehme sie hier entgegen."

"Ich lasse sie durchstellen. Sie ist holokodiert." Der junge Lieutenant wandte sich ab.

Wedge blickte auf. Seine Stirn lag in Falten. "Holokodierung. Das habe ich seit dem Imperium kaum mehr gesehen."

Leia nickte und schob ihren Stuhl zurück. Auf dem Boden zwischen den Stationen war eine freie Stelle. Dort würde das Holo erscheinen.

Plötzlich lief ein Zittern durch die Luft, dann glättete sie sich und wurde zu einer durchsichtigen Wand. "Es kommt aus großer Distanz", bemerkte Admiral Ackbar.

Leia starrte wie gebannt auf die Stelle am Boden. Das Gefühl der Unruhe, das sie seit der jüngsten Sitzung im Inneren Rat verfolgt hatte, steigerte sich noch.

Schließlich setzten sich die Luftwirbel zu einem Gesicht zusammen.

Leia stöhnte auf. Das bleiche Totenschädelgesicht ihrer Visionen. Seine Augen waren dunkel, endlos tiefe Höhlen, sein Mund ein schmaler schwarzer Strich. Die Wangen waren eingefallen, und die Stirn schimmerte wie entblößter Knochen. Das Gesicht füllte die Mitte des Raums.

"Leia Organa Solo." Der Mund bewegte sich, als er die Worte sprach. Dies war keine starre Maske wie jene, die Vader getragen hatte.

"Ich bin Präsidentin Organa Solo", sagte sie und erhob sich.

Der Antwort ging ein kurzes Schweigen voran. "Mein Name ist Kueller. Ich bin sicher, daß Sie noch nie von mir gehört haben, aber Sie haben meine Präsenz gespürt."

Ein Schauder lief Leia über den Rücken. Wie konnte er das wissen?

"Sie haben sie gespürt, als ich in einem einzigen Augenblick das gesamte Volk von Pydyr vernichtete, ohne etwas so Plumpes wie einen Todesstern oder einen Sternzerstörer dafür einzusetzen. Ich ziehe elegante, schlichte Waffen vor. Sie nicht auch?"

Leia reckte das Kinn vor. Sie mußte diesem Verrückten ein Bild der Majestät und der Furchtlosigkeit zeigen. "Was wollen Sie?" Sie sprach mit derselben kalten, schneidenden Stimme, mit der sie zu Meido gesprochen hatte.

Wieder eine Pause. Dann lächelte die Totenkopfmaske. "Ihre Aufmerksamkeit, Exzellenz." Leia hatte das Gefühl, daß die Maske ein Teil von Kueller war und doch nicht ganz zu ihm gehörte. Wieder überkam sie ein Gefühl eisiger Kälte.

"Die haben Sie. Für den Augenblick."

"Gut." Kuellers Gesicht verlosch. An seine Stelle trat eine wogende transparente Fläche.

"Haben wir die Verbindung verloren?" fragte Wedge.

Admiral Ackbar schüttelte den Kopf. "Nein. Er tut irgend etwas. Das liegt an der Entfernung, so wie die Verzögerungen, ehe er spricht. Diese Übertragung braucht eine Menge Zeit."

"Wir können ohne Zeitverzögerung mit der ganzen Galaxis kommunizieren", warf der junge Lieutenant ein.

"Nicht mit allen Bereichen", widersprach Wedge mit leiser Stimme.

Die Luft vibrierte wieder und verdichtete sich zu einer kleinen Gestalt, die auf dem Boden zusammengebrochen war. Am Rand des Bildes war ein kleines brennendes Gebäude zu sehen, in der Ferne verglühte Metall.

Leia ging vor dem Holo in die Hocke. Die Gestalt war Luke. Seine Flugkombination war zerissen. Sein Rücken sah aus wie rohes Fleisch. Er bewegte sich nicht.

Eine Welle von Schmerz und Zorn schlug über ihr zusammen. Sie taumelte zurück, spürte, wie sich Angst in die Welle mischte und fühlte über all dem Lukes Präsenz.

Luke!

Leei ...

Lukes geistige Stimme wurde jäh abgeschnitten. An ihre Stelle trat ein tiefes, kehliges Lachen, das Leia noch nie zuvor gehört hatte.

Lukes Bild erlosch. Jetzt war wieder die wellige durchsichtige Wand zu sehen. Und dann das Totenkopfantlitz, auf dessen Lippen das Lachen erstarb.

"Keine mentalen Tricks, Präsidentin Organa Solo. Ihr Bruder lebt. Noch."

"Was haben Sie mit ihm gemacht?" fragte sie.

Der Totenschädel grinste. Das Bild war so groß, daß sie das Gefühl hatte, sie könnte in dieses Grinsen hineinstürzen und nie wieder herauskommen. "Nichts habe ich getan. Sein Schiff hat sich bequemerweise selbst vernichtet."

"Der X-Flügler", flüsterte Wedge. Admiral Ackbar brachte ihn mit einer Handbewegung zum Schweigen.

"Ich hätte es vorgezogen, wenn er etwas näher bei mir gelandet wäre, aber das hat er nicht. Dennoch, er befindet sich jetzt auf meinem Grund und Boden und wird auch dort bleiben. Es sei denn, Sie tun zwei Dinge. Zum ersten müssen Sie Ihre unfähige Regierung auflösen und, zum zweiten, mir die Regierungsgewalt übertragen."

"Weshalb sollten wir das tun?"

"Weil ich Ihren Bruder sonst töten werde."

Leia fröstelte. Ihr war eiskalt. "Glauben Sie wirklich, daß ich Millionen Leben gegen ein einziges tausche, wieviel es mir auch bedeuten mag?"

"Ich kenne Ihr Herz, Frau Präsidentin. Ihr Bruder bedeutet Ihnen ebensoviel wie Ihr Mann. Ebensoviel wie Ihre Kinder. Ich könnte sie auf der Stelle töten, wenn Sie das vorziehen. Würde Ihnen das bei der Entscheidung helfen?"

Leia schluckte schwer. Sie würde nicht zulassen, daß er sie mit leeren Drohungen einschüchterte. Aber sie mußte vorsichtig sein, für den Fall, daß es keine leeren Drohungen waren. "Sie sind zu weit entfernt, um derartige Drohungen auszusprechen, Kueller."

Das Totenkopfgrinsen wurde breiter. "Stellen Sie mich auf die Probe, Frau Präsidentin? Ich warne Sie. Ich bluffe nicht."

"Was wollen Sie wirklich?"

"Ich glaube, daß Ihre Regierung schon vor Jahren aufgehört hat, effektiv zu arbeiten. Ich will, daß diese Galaxis wieder mit starker Hand geführt wird."

"Und Sie sind der Mann, der das bewirken kann?" fragte Leia.

Das Grinsen verschwand, und der Totenkopf blickte ernst. "Ich bin die *Person*, die das bewirken kann, Frau Präsidentin. Auf meiner Heimatwelt habe ich das getan. Und ich vermag es an jedem anderen Ort."

"Ich habe nie von Ihnen gehört", sagte Leia. "Woher weiß ich, daß Sie zu solcher Weisheit fähig sind?"

"Niemand hatte je von dem jungen Luke Skywalker gehört, ehe er Sie vom Todesstern gerettet hat; oder von dem tollkühnen Han Solo, ehe er sich Skywalker und Obi-Wan Kenobi angeschlossen hat. Es gab sogar Planeten, die vor der Rebellion nie von *Ihnen* gehört hatten, Frau Präsidentin. Manchmal braucht ein Ruf eine Weile, bis er sich verbreitet."

"Was werden Sie tun, wenn ich es ablehne, Ihnen die Regierungsgewalt über die Neue Republik zu übertragen?"
Wieder das Grinsen. "Dann werde ich Ihren Bruder töten. Und Ihren Mann. Und Ihre Kinder."
Leia legte die Hände hinter den Rücken und setzte ein Jedi-Mantra ein, um ihre Gefühle unter Kontrolle zu halten. Angst und Wut würde sie erst später empfinden. Jetzt war sie als Führungspersönlichkeit gefragt – die beste Führungspersönlichkeit, die die Neue Republik je gekannt hatte. Und manchmal bedeutete das, daß man wissen mußte, wann man die richtige Frage zu stellen hatte. "Und was ist, wenn ich mich immer noch weigere?"
Der Totenkopf kippte zur Seite, und ein Teil seiner Stirn verschwand aus dem Holorahmen. Sie hatte diesen Kueller verblüfft. "Sie weigern sich?"
"Ich habe mich noch nicht entschieden", erwiderte sie, und ihre Stimme blieb dabei völlig ruhig. "Ich möchte einfach wissen, welche Wahl ich habe."
"Dann werde ich Ihre Untertanen vernichten, Frau Präsidentin."
"Weshalb sollten Sie den Wunsch haben, das zu tun?" wollte Leia wissen. "Selbst wenn es Ihnen gelänge ... Es wäre niemand mehr da, über den Sie herrschen könnten."
"Es gibt immer andere, neue Welten. Mit dem Reichtum, den mir die Neue Republik einbringen wird, kann ich diese Welten finden."
"Sie können nicht alle Bürger der Neuen Republik töten", warf Wedge ein. "Der Imperator hat versucht, alle in Angst und Schrecken zu versetzen, bis sie sich seiner Herrschaft beugten, und er hat Jahre dazu gebraucht."
Das Grinsen des Totenschädels wurde breiter. "Ich kann alle mit einem Schlag töten."
"Wir sprechen von Hunderten von Welten", sagte Admiral Ackbar. "Sie können nicht so viele Lebewesen gleichzeitig umbringen."
"Ah, doch, das kann ich." Der Totenschädel drehte sich zur Seite und blickte auf etwas, das nur er sehen konnte. Und dann starrte er plötzlich Admiral Ackbar an und gab einen Befehl in einer Sprache, die Leia nicht kannte.
Sie warf Wedge einen verwirrten Blick zu. Der zuckte die Achseln, und in dem Augenblick überflutete sie eine Welle des Schreckens. In den Schrecken mischte sich eisige Kälte

und die Schreie zahlloser Stimmen. Sie verspürte ein intensives Gefühl des Schocks und des Verrats, das so tief ging, daß sie beinahe die Fassung verlor. *Nicht schon wieder*, dachte sie. Sie taumelte unter der Last der Empfindung. *Aufhören!* dachte sie. Vielleicht schrie sie es auch. Sie wußte es nicht. Die Kälte wurde noch grimmiger.

Und dann waren die Stimmen plötzlich stumm.

Leia fand sich auf dem Boden sitzend, und über ihre Wangen rollten Tränen, von denen sie nicht wußte, daß sie sie vergossen hatte. Die anderen im Raum starrten sie erstaunt an. Wedge war ihr beim Aufstehen behilflich. "Was ist passiert?"

Der holographische Totenkopf blickte triumphierend. Die Schwärze in den Augenhöhlen schien Leia jetzt noch tiefer, die Energie, die von ihm ausstrahlte, noch übermächtiger.

Machtsensitiv. Kueller konnte die Macht einsetzen.

Die dunkle Seite der Macht.

Als sich diese Erkenntnis in ihr verdichtet hatte, lächelte die Totenmaske. "Ich bin stärker, als Sie es je sein werden, Frau Präsidentin. Ich bin mächtiger, als Sie sich jemals vorstellen können."

"Was haben Sie mit ihr gemacht?" brüllte Wedge.

"Mir fehlt nichts." Leia zwang sich, ihrer Stimme nichts von ihrer tiefen Qual anmerken zu lassen. Sie ließ Wedges Arm los.

"Ich habe Präsidentin Organa Solo gar nichts getan. Ich habe Ihnen lediglich eine Demonstration meiner Fähigkeiten gegeben. Die Überbevölkerung ist ein großes Problem, finden Sie nicht auch? Ich habe die Galaxis gerade von wenigstens einer Million überzähliger Leben befreit. Mehr Platz für den Rest."

"Eine Million?" murmelte Ackbar fassungslos.

"Das ist meine zweite Demonstration. Sie erinnern sich doch an jenes Gefühl vom ersten Mal, nicht wahr, Frau Präsidentin?"

"Wie können Sie so etwas tun?" fragte Leia. "Das waren fühlende, atmende Wesen."

"Nun, genaugenommen haben die meisten von ihnen nicht geatmet", erwiderte Kueller, "wenigstens nicht so wie Sie. Aber Sie brauchen sich nicht länger um ihre Atmung zu sorgen, ob nun durch Lungen oder Kiemen oder Luftlöcher. Sehen Sie jetzt, welcher Nutzen der Galaxis aus mir erwächst?"

"Nein", hauchte Leia.

"Ich werde mich mit Ihnen nicht über Methoden streiten, Frau Präsidentin. Sie haben meine Forderungen gehört. Entweder geben Sie nach, oder ich werde Ihren Bruder binnen drei Tagen töten."

"Sie können Luke Skywalker nicht töten", fuhr Wedge dazwischen.

"Warum nicht? Weil er ein Jedi-Meister ist? Oder weil er Ihr Freund ist?"

Wedge gab keine Antwort.

Die leeren Augen der Totenmaske wandten sich wieder Leia zu. "Sie haben drei Tage Zeit, Frau Präsidentin. Ich gewähre Ihnen diese Zeit, weil ich Sie respektiere." Der Kopf nickte. "Bis dann, Frau Präsidentin."

Dann war das Bild verschwunden.

Leia ließ sich zu Boden sinken. Eine Million Leben. Eine Million Leben mehr, als Demonstration für sie. So wie Großmufti Tarkin die Bereitschaft des Todessterns "demonstriert" hatte.

Tarkin hatte ihren Vater getötet. Kueller bedrohte ihre Familie.

Sie würde nicht zulassen, daß er triumphierte. Han und Luke und ihre Kinder würden zu ihr nach Hause kommen. Und die Neue Republik würde weiterhin von ihr regiert werden. Sie wußte nur noch nicht, wie sie das anstellen sollte.

* 29 *

Luke hatte gerade zu Ende gegessen. Er hatte sich aus den im Haus noch vorhandenen Konserven eine kleine Mahlzeit zubereitet. Jetzt ruhte er sich aus und bemühte sich, so gut er konnte, wieder zu Kräften zu kommen. Das Gefühl, beobachtet zu werden, hatte sich gelegt, wenigstens für den Augenblick. Aber er ahnte, daß es sich bald wieder einstellen würde.

Und es hatte etwas mit Almania zu tun.

Er würde eine Weile warten und dann erneut den Hauscomputer befragen. Hoffentlich gab es hier irgendwo einen Bactatank oder ein pydyrianisches Äquivalent, etwas, das den Heilprozeß beschleunigen würde. Er konnte sich jetzt nicht mit Jedi-Übungen begnügen, und er wußte, daß er all seine Kraft brauchen würde.

Sobald er den Bactatank gefunden hatte, würde er sich auf die Suche nach einem neuen Schiff machen. Er wußte nicht, ob er sich dann nach Almania begeben oder lieber nach Yavin 4 zurückkehren sollte, bis er ganz wiederhergestellt war. Er wußte nicht, wieviel Zeit ihm zur Verfügung stand. Er war nicht einmal sicher, wonach er eigentlich suchte, und das erzeugte in ihm ein Gefühl des Unbehagens.

Diese ganze Geschichte erzeugte ein Gefühl des Unbehagens in ihm.

Luke?

Leia, sie streckte aus weiter Ferne suchend ihre geistigen Fühler nach ihm aus. Er spürte deutlich ihre Besorgnis.

Leia?

Aber die Verbindung brach plötzlich ab, zerriß, wie er es noch nie zuvor erlebt hatte. Er konnte sie nicht länger fühlen. Er tastete in die Macht hinaus, suchte ihren vertrauten Geist, aber sie war nicht da. Es war, als hätte jemand eine Mauer um ihn errichtet.

Leia?

Sie konnte unmöglich tot sein, oder? Ihre Botschaft war von Besorgnis geprägt gewesen, aber Luke glaubte, Sorge um *ihn* gespürt zu haben, und nicht etwa Furcht um ihr eigenes Leben.

Leia?

Er suchte die Kinder und konnte sie fühlen, spürte, wie sie vergnügt auf Anoth herumtobten. Selbst seine Schüler auf Yavin 4 konnte er spüren, nur Leia nicht.

Und auch niemanden, der ihr nahestand. Irgend etwas blockierte ihn. Mit Absicht.

Luke seufzte. Noch etwas, das er ergründen mußte. Noch etwas, das an seinen Kräften zehrte. Er rieb sich die Augen und atmete tief durch, dann versuchte er es noch einmal. Er beugte sich in dem Sessel nach vorn, der für eine kleinere Gestalt gemacht war als die seine, als das Entsetzen ihn traf und zurückwarf. Er stieß einen Schmerzensschrei aus, als sein verbrannter Rücken hart mit dem Boden in Berührung kam. Aber das war ein physischer Schmerz, der im Vergleich zu der eiskalten Pein, die sein Bewußtsein überflutete, bedeutungslos war. Schmerz, Angst, der Schock des Verrats – alles auf einmal –, in Tausenden von mentalen Stimmen, die plötzlich und unwiderruflich zum Schweigen gebracht wurden.

Eisige Kälte durchströmte ihn. Dann erinnerte er sich an Anakin: *Wir haben das Zimmer heiß gemacht.*

Heiß.

Er schickte Hitze in die Kälte, kämpfte sie nieder, zuckte unter dem Schmerz zusammen, preßte die Arme an den Kopf, um sich vor der klebrigen rosa Masse zu schützen, vor dem Stechen, vor der Kälte, vor der schrecklichen Todesnot.

Tod.

Tod.

Die Kälte verging und ließ am Ende bloß einen säuerlichen Geschmack in Lukes Mund zurück. Er hob den Kopf, wußte nicht, wie lange er auf dem Boden gelegen hatte.

Es war wieder geschehen. Ein weiterer Planet vernichtet.

Er tastete erneut nach Leia, spürte sie aber nicht. Nur die Mauer: hart, fest, mächtig.

Luke stand zitternd auf. Er mußte einen Computer finden, der mit den Netzen verbunden war, oder sonst etwas, das ihm Informationen liefern konnte. Obwohl er tief in seinem Innern wußte, das Coruscant nichts zugestoßen war.

Die Erschütterung war tiefer, kälter, mächtiger als die erste gewesen. Näher.

Viel näher.

Und er wußte sogar, von wo die Erschütterung der Macht ausgegangen war.

Von Almania, von der Präsenz, die dort auf ihn wartete.

***

"Wer war denn das?" fragte Admiral Ackbar.

"Ich weiß es nicht", antwortete Leia. Ihre Hände fuhren über den Kampfanzug, dann schob sie sich eine Haarsträhne aus dem Gesicht. Sie saß wieder an ihrer Computerstation, wo sie vergeblich versuchte, mit Han Kontakt aufzunehmen, und mit den Kindern, deren Kindermädchen unverzüglich antwortete. Winter berichtete, daß sie die Erschütterung auch gespürt hatten, aber diesmal hätte sie gewußt, wie sie ihnen beistehen mußte. Sie erzählte außerdem, daß Luke ihnen nach seiner Ankunft auf Coruscant geholfen hatte und daß sie jetzt zwar verstört wären, aber nicht so verschreckt wie beim ersten Mal.

Leia sprach mit den Kindern, beruhigte sie und versicherte ihnen, daß sie in Ordnung war, und unterbrach die Verbindung.

"Diese Totenkopfmaske kam mir irgendwie bekannt vor", überlegte Wedge.

"Im Nationalmuseum auf Alderaan gab es eine Sammlung solcher Masken", entgegnete Leia. "Diese stammt von einem der fernsten Punkte der Galaxis."

"Woher wissen wir, daß es eine Maske ist?" fragte der junge Lieutenant. "Der Mund hat sich ganz natürlich bewegt."

"Wir wissen es nicht", sagte Leia. "Aber kennen Sie irgendein Volk, das so aussieht? Oder das solche Masken benutzt?"

"Auf Anhieb nicht", erwiderte Admiral Ackbar, "aber wir könnten Nachforschungen anstellen."

"Wir müssen eine ganze Menge Nachforschungen anstellen", meinte Leia. "Wir müssen auch herausbekommen, von wo diese Übertragung kam." Wieder war ihr eine Haarsträhne in die Stirn gefallen, die sie energisch zurückschob. Ihre Hände zitterten noch immer. "Und außerdem müssen wir herausbekommen, wer die Opfer waren."

"Ich habe nichts gespürt", bemerkte Wedge.

"Ich weiß. Dieser Kueller, wer auch immer das ist, besitzt gewisse Fähigkeiten in der Macht. Er hat gewußt, daß ich diesen millionenfachen Tod spüren würde. Darin bestand ja seine Demonstration."

"Woher wissen wir, daß es sich dabei nicht bloß um eine Simulation gehandelt hat, etwas, das in Ihnen nur den Eindruck mannigfaltigen Todes erweckt hat?" fragte Admiral Ackbar.

"Auch das wissen wir nicht", erklärte Leia. "Aber ich kann mir nicht vorstellen, daß irgend jemand über eine derartige Gabe verfügt." Sie schauderte, spürte immer noch die eisige Kälte, die ihr Herz lähmte.

"Es gab keine Berichte über explodierte Planeten", meldete der junge Lieutenant, "weder jetzt noch unmittelbar vor dem Bombenanschlag auf die Senatshalle."

"Kueller hat gesagt, er habe eine 'elegante Waffe' eingesetzt", meinte Wedge. Er setzte sich wieder. "Wir suchen nach etwas zu Großem. Wir müssen herausfinden, von welchen Planeten wir in letzter Zeit nichts gehört haben, und uns um alle ungewöhnlichen Vorkommnisse im nahen Weltraum kümmern."

"Es gibt eine große Zahl von Berichten über Weltraumkollisionen im Anflugbereich um Auyemesh", berichtete Ackbar.

"Und keine Antwort von ihrer Raumverkehrskontrolle", ergänzte Wedge aufgeregt.

"Wir haben außerem keinen Kontakt zu *irgend jemandem* auf dem Planeten", fügte der junge Lieutenant hinzu.

"Wo liegt Auyemesh?" erkundigte sich Leia.

"Auyemesh ist ein winziger Planet in einem weit entfernten System", erklärte Ackbar, "auf der Coruscant zugewandten Seite des Almania-Systems."

"Almania?" Leia fühlte sich unwillkürlich unbehaglich, wenn sie über irgend etwas in der Galaxis nicht im Bilde war. Sie glaubte, jeden Ort zu kennen. War das jenes Almania, das Lando erwähnt hatte?

"Davon habe ich auch noch nie gehört", sagte Wedge, "und ich dachte immer, ich wäre schon überall gewesen."

"Das System liegt jenseits der Randwelten", fuhr Ackbar fort. "Die Alte Republik wollte Almania als Mitglied gewinnen, aber einige Senatoren haben sich dagegen ausgesprochen und gesagt, die Entfernung zu dem System wäre zu groß."

"Große Entfernung", flüsterte Leia. "Admiral, Sie sagten doch, dieses Holo sei von weither zu uns gekommen."

Ackbar nickte. "Das Almania-System ist weit genug entfernt, um einen Verzögerungseffekt, wie wir ihn vorhin beobachtet haben, zu erklären. Und bei einer solchen Distanz wäre die Verwendung der Holokodierung sehr sinnvoll, weil sie die anderen offensichtlichen Nachteile der Entfernung ausgleichen würde."

"Weil die Holokodierung häufig langsamer als die normalen Kommunikationskanäle arbeitet", nickte Wedge. "Genau. Nur Experten können den Unterschied zwischen Kodierproblemen und Distanzproblemen erkennen."

"Nun gut", sagte Leia. "Das wäre ein erster Hinweis."

"Frau Präsidentin", schaltete sich der Lieutenant ein, "ich habe den Namen Kueller mit unseren Datenbanken verglichen. Nichts."

"Versuchen Sie es weiter", erwiderte Leia.

"Probieren Sie es mit allen Dateien und nicht nur mit den aktuellen", fügte Admiral Ackbar hinzu.

"Leia", ließ sich Wedge jetzt wieder vernehmen. Er sprach sehr leise. "Der Computer hat die Bauwerke rings um Luke identifiziert. Sie sind pydyrianisch."

"Pydyrianisch?"

Wedge nickte. "Almania-System."

"Leia?" ergriff Admiral Ackbar wieder das Wort. "Damit haben wir wohl die Bestätigung. Die Übertragung kam von Almania."

"Almania", wiederholte sie. "Was kann denn jemand, der so weit weg ist, von uns wollen?"

"Ich denke, das liegt auf der Hand", sagte Wedge. "Die Frage ist nur: Wieso kennt dieser Kueller dich?"

"Vielleicht kennen Sie ihn auch?" vermutete Ackbar. "Vielleicht hat er deshalb sein Gesicht hinter dieser Maske verborgen."

"Falls es eine Maske war", sagte Leia. Sie war immer noch nicht überzeugt. Sie hatte ein gutes Stimmengedächtnis, und an die Stimme Kuellers erinnerte sie sich nicht. Und bei Holokodierung wurde gewöhnlich alles ganz authentisch wiedergegeben, auch die Stimme.

"Wir haben etwas über Kueller", meldete der Lieutenant. "Aber es wird Ihnen nicht gefallen."

"Sagen Sie es mir trotzdem", bat Leia.

"Kueller war ein almanianischer Armeegeneral, aber das ist Hunderte von Jahren her. Er hat zuerst die Herrschaft über Almania an sich gerissen und dann den ganzen Sektor erobert. In späteren Jahren war er ein von seinem Volk geliebter Führer, dem der Ruf besonderen Mitgefühls und ausgeprägter Entschlußkraft vorauseilte. Aber zu Anfang, noch auf seinem Eroberungsfeldzug, war er einer der brutalsten Kriegsherren in der Geschichte der Galaxis. Wenn es darum ging, seine Macht zu festigen, schreckte er vor nichts zurück", berichtete der Lieutenant.

"Dann ist *dieser* Kueller jemand anders, der sich einen Namen aus der Geschichte zugelegt hat", überlegte Wedge.

"Das paßt zu seinen Absichten", sagte Ackbar. "Wenn er die Neue Republik erobern will, dann signalisiert er uns damit, daß er dabei mit aller Brutalität und ohne irgendwelche Skrupel vorgehen wird. Und danach, so will er uns glauben machen, wird er mitfühlend und entschlußfreudig sein."

"Entschlußkraft und Skrupellosigkeit passen durchaus zusammen", sagte Leia, "Mitgefühl und Skrupellosigkeit jedoch nicht. Gibt es eine Verbindung zum Imperium?"

"Nicht, soweit ich das im Augenblick feststellen kann", antwortete der Lieutenant. "Almania ist sehr weit entfernt. Der Imperator hat das System im Grunde genommen ignoriert."

"Aber es könnte ein gutes Versteck für versprengte Imperiale abgeben", meinte Ackbar. "Ich werde das überprüfen."

"Es hat Berichte von Sturmtruppen in dem Sektor der Galaxis gegeben", meldete der Lieutenant.

"Sturmtruppen?" echote Leia. "Nimmt das denn nie ein Ende?"

"Leia!" rief Ackbar. "Wir bekommen jetzt weitere Berichte von Auyemesh. Die Besatzungen von Schiffen, die dort landen konnten, haben Berge von Leichen gefunden. Sie waren gerade dabei, weitere Details durchzugeben, als jegliche Kommunikation mit dem Planeten plötzlich abbrach."

"Ein weiteres Massaker?" fragte Leia.

Ackbar schüttelte den großen Kopf. "Nein. Es war, als hätte jemand gewollt, daß nur gerade soviel Information durchkam, um anschließend sofort die Verbindungen zu kappen."

"Wir müssen darauf vorbereitet sein, daß das Ganze sich als ein Riesenschwindel entpuppt."

"Aber ein ziemlich komplizierter Schwindel, meinst du nicht auch, Wedge?" fragte Leia. "Nein, dieser Kueller ist echt. Ich habe dieses Gesicht schon früher gesehen. Er verfolgt mich jetzt schon eine ganze Weile. Er ist echt, und er meint es ernst. Wir müssen zusehen, daß wir mehr über ihn erfahren."

Die Emotionen, die sie bis jetzt unterdrückt hatte, stiegen nunmehr unaufhaltsam in ihr hoch. Sie warf einen Blick auf ihren Bildschirm, um zu sehen, ob Han unterdessen auf ihren Ruf geantwortet hatte. Nichts. Aber er hatte ihr gesagt, daß er, solange er sich im Run aufhielt, nicht erreichbar sein würde.

Der Run war weit von Almania entfernt. Sie konnte nur hoffen, daß er in Sicherheit war.

"Admiral Ackbar, würden Sie bitte Verbindung mit Mon Mothma aufnehmen und sie bitten, mich möglichst bald in meinen Räumen aufzusuchen?" bat Leia. Sie zitterte und fühlte sich außerstande, sich selbst darum zu kümmern. Sie wollte allein sein. "Sobald ich mit ihr gesprochen habe, melde ich mich wieder bei Ihnen."

"Und Sie fühlen sich wohl, Leia?" wollte Ackbar wissen.

Leia lächelte gequält. "Ich glaube nicht, daß irgend jemand von uns sich wohl fühlen wird, solange wir nichts gegen diesen Verrückten unternommen haben."

"Das werden wir", ermutigte Ackbar sie im Brustton der Überzeugung.

Sie wünschte sich sehnlichst, diese Überzeugung mit ihm teilen zu können. Dieser Kueller verfügte über ausgeprägtere Fähigkeiten in der Macht als irgend jemand, dem sie in all den Jahren begegnet war. Mit Ausnahme von Exar Kun vielleicht, der jedoch nur ein Geist gewesen war. Kueller indessen war ein lebendes Wesen. Er setzte das Mittel des Massenmordes ein, um seinen eigenen abgründigen Haß zu befriedigen. Die dunkle Seite fraß die Menschen von innen heraus auf, aber dabei verlieh sie ihnen ein Übermaß an Kraft.

Offenbar war Kueller stärker als sie selbst. Stärker sogar als Luke.

Luke.

Das Echo seiner geistigen Stimme hallte immer noch in ihrem Bewußtsein wider. Wahrscheinlich war er auf Pydyr.

Sie würde ihm helfen, und wenn es das letzte war, was sie tat.

* 30 *

Ein loses Bündel aus Chips, angekohlten Drähten und Metallstücken prasselte auf 3PO herunter. Das Gewicht aktivierte die Sensoren in seiner Brust. Sie leuchteten auf und warnten, daß die Last entfernt werden mußte, wollte er ernsthafte Beschädigungen vermeiden.

"R2?" 3POs Stimme klang gedämpft.

Aber kein vertrautes Piepsen antwortete ihm. R2 hatte nicht einmal bemerkt, daß 3PO ein Mißgeschick widerfahren war. R2 zirpte leise auf der anderen Seite des Gangs vor sich hin und wühlte mit all seinen Manipulatorarmen in einem Schutthaufen herum.

"R2! Hallo, R2!"

Endlich antwortete R2 mit einem schrillen Pfiff.

"Nicht erst in einem Augenblick! Jetzt! Siehst du nicht, daß ich hier feststecke?"

R2 trillerte. Dann rollte er auf 3PO zu, wobei er sich vorsichtig bewegte, um herabgestürzten Trümmern auszuweichen.

Eine Tür öffnete sich, und R2s Kuppelkopf fuhr herum.

"Schnell, R2!" 3PO war allem Anschein nach nicht imstande, sich allein zu befreien.

Ein Kloperianer schob sich in den Raum. Er trug die Uniform eines Wächters.

Plötzlich ging R2s Zirpen in ein ergebenes Winseln über. Der Kloperianer musterte den Schutthaufen mit mürrischer Miene.

"R2!"

R2 winselte.

Der Kloperianer grunzte und fegte dann den Schutt von 3PO. Der setzte sich auf. "Das wurde auch langsam Zeit ..."

Als er den Kloperianer entdeckte, verstummte er.

"Was machst du hier?" fragte der Kloperianer. "Hier ist der Zutritt verboten."

"Ich – äh – ich konnte mich nicht mehr bewegen", stammelte 3PO.

"Ja, das habe ich bemerkt. Aber vorher. Wie bist du hier reingekommen?"

"Ich bin *ihm* gefolgt."

R2 schnarrte.

"Irgend etwas hier drinnen schien sein Interesse geweckt zu haben. Als ich ihn danach fragte, hat er gesagt, er habe etwas oder jemanden gesehen, und da dachte ich, wir sollten das untersuchen. Wir haben doch sicherlich nichts Unrechtes getan?"

Der Kloperianer verschränkte vier seiner Tentakel über der grauen Brust. Dann setzte er eine finstere Miene auf, was den ohnehin zahlreichen Falten in seinem Gesicht hundert weitere hinzufügte. "Der Zutritt ist hier verboten, weil es gefährlich ist. Nicht einmal ich sollte hier reinkommen. Fühlende könnten hier den Tod finden. Aber da du ja ein Droide bist, macht das wahrscheinlich nichts. Es sei denn, ich werde getötet. Also verschwindet jetzt einfach von hier!"

"Mit dem größten Vergnügen, Sir", entgegnete 3PO. "Mit dem größten Vergnügen."

Er wischte die letzten Schuttreste von seinem goldfarbenen Körper, richtete sich auf und zockelte davon. "Komm mit, R2!"

R2 pfiff.

"Was es auch sein mag, es wird warten müssen", antwortete 3PO. "Der freundliche Kloperianer hier hat gesagt, daß wir gehen müssen, und deshalb werden wir gehen. Schluß mit diesem heroischen Unsinn. Überlaß das Master Luke und Mistress Leia."

R2 piepste nachhaltig.

"Ja, ja, du hast ja recht. Droiden können auch Helden sein, aber nicht, wenn sie den Anweisungen eines Kloperianers nicht gehorchen."

R2 zirpte und schnarrte.

"Ich würde vorschlagen, du sparst dir diese Ausdrücke auf, bis wir unter uns sind", flüsterte 3PO. "Erinnerst du dich noch an unseren letzten Zusammenstoß mit einem Kloperianer?"

"Alles klar?" erkundigte sich der Kloperianer. Er schickte sich an, ihnen zu folgen.

"Ausgezeichnet, Sir, ausgezeichnet. Ich versuche nur, diese Astromecheinheit dazu zu bewegen, daß sie mir folgt. Er behauptet hartnäckig, daß es hier ein Problem gibt."

"Ganz recht, und dieses Problem besteht darin, daß dieses Gebäude bald einstürzt", sagte der Kloperianer, "zumindest dieser Abschnitt. Ich sage das diesen Ermittlern jedesmal, wenn sie hier rumschnüffeln, aber sie hören nicht auf mich."

"Ermittler?" wollte 3PO wissen. "Haben die sich mit dem Bombenattentat befaßt?"

"Womit denn sonst?" fragte der Kloperianer zurück. "Sie arbeiten in der Senatshalle, die jeden Augenblick einstürzen kann. Es gibt sogar Risse im Dach. Es würde mich nicht wundern, wenn ich abends meine Schicht antrete, und ein paar von denen sind tot, weil ihnen das Dach auf den Kopf gefallen ist."

"Sie meinen, die haben die Vorhalle nie untersucht?"

"Bei dem Tempo, mit dem die arbeiten, werden die nie über das Eingangsportal hinauskommen. Wenigstens nicht zu meinen Lebzeiten, und vielleicht erlebt ihr das auch nicht mehr." Dann lachte der Kloperianer, ein quietschendes, beinahe Übelkeit erregendes Geräusch.

Er war ihnen den ganzen Weg gefolgt. Als sie draußen angelangt waren, wollte er hinter ihnen schließen, was von dem großen Portal übriggeblieben war. "Ihr solltet jetzt schnell zu euren Besitzern zurückkehren, ehe ich euch als verschwunden melde. Das ist, wie ihr wißt, die übliche Methode bei unbeaufsichtigt herumstreunenden Droiden."

"Vielleicht auf Kloper", murrte 3PO, "aber nicht auf Coruscant."

"Deine Dateien wurden in letzter Zeit anscheinend nicht aktualisiert, Protokolldroide. Zur Zeit herrscht abends eine allgemeine Ausgangssperre, auch für Droiden. Seit dem Bombenattentat hat sich hier einiges geändert, das kann ich dir sagen. Früher konnte man den Leuten einmal vertrauen, wenigstens denen, die nicht mit dem Imperium in Verbindung standen. Aber jetzt nicht mehr. Ein solches Attentat auf die Regierung! Ich bin wirklich froh, daß es am Tage passiert ist. Wenn das während meiner Schicht geschehen wäre ..."

"... wäre bestimmt niemand getötet worden", fiel ihm 3PO ins Wort.

R2 gab leise glucksende Piepstöne von sich.

Der Kloperianer blinzelte ihn aus seinen Fischaugen an und löste dann zwei seiner vier verschränkten Tentakel voneinander. "Was du da sagst, hat was für sich, Droide, tatsächlich, ja. So habe ich das noch gar nicht gesehen. Wahrscheinlich ist das der Grund, weshalb ihr Logikkreise habt und ich nicht. Ich habe wieder einmal nur an mich gedacht. Das werfen mir meine Frauen auch immer vor."

"Das kann ich mir vorstellen", erklärte 3PO. "Äh, vielen Dank, daß Sie mich gerettet haben. Mein Kollege hatte nicht einmal bemerkt, daß ich in Schwierigkeiten geraten war."

"Er war viel zu sehr damit beschäftigt, Teile zu sammeln", meinte der Kloperianer. "Denk bloß nicht, daß ich das nicht bemerkt habe. Ich mag ja keine Logikkreise haben, aber ich kriege es mit, wenn ein Droide für Schmuggler arbeitet. Das nächste Mal kommt ihr mir nicht mehr so leicht davon, wenn du verstehst, was ich meine."

"Wir arbeiten nicht für Schmuggler", setzte 3PO an, aber R2 unterbrach ihn mit einem langgezogenen Pfeifen. 3PO funkelte ihn an. R2 pfiff erneut. "Also wirklich, R2 ..."

"Mir ist egal, für wen ihr arbeitet", meinte der Kloperianer. "Das mußte nur mal gesagt werden. Laßt euch nie wieder hier blicken. Wenigstens nicht in meiner Schicht."

"Oh, keine Sorge", versicherte 3PO. "Das tun wir ganz bestimmt nicht. Komm jetzt, R2." Er legte die Hand auf R2s runden Kopf und schob den Droiden nach vorn. Sie überquerten die Absperrung zur Straße. Der Kloperianer sah ihnen vom Portal her nach. "Ich wußte nichts von einer Ausgangssperre, du, R2?"

R2 piepste, dann trillerte er und schloß mit einem langgezogenen Schnarren.

"Mir gefällt das auch nicht", sagte 3PO, "aber ich denke, wir sollten jetzt nach Hause zurückkehren."

R2 ließ seinen Kopf hin und her kreisen, seine persönliche Version einer Verneinung. Er streckte einen Manipulatorarm aus und zeigte 3PO vier weitere Sprengkapseln.

"R2!" stöhnte 3PO auf. Dann senkte er die Stimme: "Wenn man uns damit erwischt, wird man dir und Master Cole ganz bestimmt wieder Sabotage vorwerfen."

R2 schnarrte abermals.

"Mir ist egal, ob sie kleiner sind. Sie sind trotzdem Beweismaterial, oder nicht?"

R2 trillerte.

"Ich glaube, das ist der beste Vorschlag, den du seit heute morgen gemacht hast", erwiderte 3PO. "Wir wollen Mistress Leia suchen. Sie wird uns helfen. Und in Zukunft unterbrichst du mich gefälligst nicht, wenn ich ihren Namen nennen will. Wenn wir das gleich beim ersten Mal getan hätten, als wir auf Kloperianer trafen, wären uns einige Scherereien erspart geblieben."

R2 schnaubte verächtlich.

"Und rede nicht so mit mir. Du bist auf deine alten Tage richtig vulgär geworden. Das ist ja noch schlimmer als damals auf Tatooine."

R2 trillerte indigniert.

"Ja, ich weiß. Du warst im Einsatz. Aber jetzt bist du nicht im Einsatz, oder? Du versuchst bloß, dich wichtig zu machen. Weil es dich beunruhigt, daß Master Luke dich nicht mehr für die Navigation seines X-Flüglers braucht."

R2 piepste leise.

"Es gibt keinerlei Garantie dafür, daß in allen X-Flüglern eine Sprengkapsel versteckt ist", sagte 3PO. "Ich bin sicher, Master Luke nimmt sich eine neue Maschine, wenn er zurückkommt. Es heißt, daß die neuen X-Flügler viel besser sind."

R2 winselte.

3PO blieb stehen. "'Wenn er zurückkommt?' Was soll das heißen?"

R2 trillerte eine Erklärung.

"Oh", machte 3PO. "Ich verstehe. Daran hatte ich gar nicht gedacht. Aber du glaubst doch nicht, daß Master Luke einen X-Flügler mit einer Sprengkapsel nehmen würde? Er würde das doch merken, oder?"

R2 gab einen Klagelaut von sich.

"Du lieber Himmel", seufzte 3PO. "Das ist ja ein noch größerer Schlamassel, als ich gedacht hatte."

***

Seiner Schätzung nach hatte Lando fast einen ganzen Tag lang Wasser getreten. In Wirklichkeit gab es jedoch keine Möglichkeit, die verstrichene Zeit zu bestimmen. Er konnte nur danach urteilen, wie oft Nandreeson aß. Und Nandreeson aß häufig. Hier eine süße Fliege, dort einen Mundvoll Mücken und dann wieder eine Müllschnepfe als Leckerbissen zwischendurch. Lando hatte nie eine solche Menge ekelerregender Nahrung gesehen, aber er benutzte Nandreesons Nahrungsaufnahme als Zeitmaß, einfach um sich zu beschäftigen.

Und das mußte er. Wassertreten war anstrengend. Aber es erforderte keinerlei Geistesgegenwart.

Sein Bewußtsein hatte sich schon vor einer Weile dem Thema Überleben zugewandt; seine Konzentration war von seinen Gliedmaßen zu seinem Magen gewandert und hatte sich schließlich ganz seinem verzweifelten Schlafbedürfnis zugewandt. Er ließ sich nicht oft treiben, weil er Angst davor hatte, einzuschlafen. Und doch mußte er ausruhen. Wenn er sich auf dem Rücken treiben ließ, zählte er die Watumbafledermäuse an der Decke. Sie waren grau, ständig in Bewegung und stellten eine echte Herausforderung an seine Wachsamkeit dar. Seiner Schätzung nach waren es etwa dreihundertfünfzig, aber die Insektenpopulation im Raum strafte dieses Ergebnis Lügen. Watumbafledermäuse ernährten sich von Algen und Felsstaub, und sie waren Wirte für verschiedene parasitäre Insekten, darunter die Parfimücken, die in der Nähe der Decke schwärmten. Aber wenn es dreihundertfünfzig Watumbafledermäuse waren, dann müßte die Höhle eigentlich schwarz von Parfimücken sein.

Vielleicht hatte Nandreeson sie bereits alle verzehrt.

Landos Arme fühlten sich an, als wären sie länger und schwerer geworden; seine Beine schmerzten, und die Lunge brannte bei jedem Atemzug. Und Hunger hatte er auch. Wenigstens war das Wasser, obwohl ekelerregend, frisch genug, um trinkbar zu sein: kein Salz, das ihn vergiften konnte, und auch keine anderen Mineralien, die den Durst noch verstärkt hätten. Das Wasser würde ihn am Leben erhalten, bis ihm ein Plan eingefallen war.

Er dachte über die Watumbafledermäuse nach, über irgend etwas, das mit Watumbafledermäusen, Glottalphibs und Süßfliegen zu tun hatte, etwas, woran er sich nicht mehr richtig erinnern konnte.

Aber es würde ihm schon noch einfallen.

Zwei Glottalphibs bewachten den Tümpel, seit die Reks ihn hineingeworfen hatten. Nandreeson verbrachte einen Großteil seiner Zeit an dessen Rand, verschwand aber gelegentlich, um seinen Geschäften nachzugehen. Lando sah darin ein gutes Zeichen. Wenn Nandreeson wirklich glaubte, daß er bald starb, würde er seine Geschäfte vor seinen Augen abwickeln. Aber Nandreesons Zweifel daran reichten aus, um ihn hin und wieder eine andere Höhle aufsuchen zu lassen. Und diese Zweifel verliehen Lando Zuversicht.

Lando tauchte einmal mehr den Kopf unter Wasser. Die Wärme des Tümpels machte ihn müde, also versuchte er auf diese Weise, wach zu bleiben. Beim Auftauchen kühlte er dann jedesmal ein wenig ab. Er ließ sich wieder auf dem Rücken treiben. Die Glottalphibs beobachteten jede seiner Bewegungen.

Wenn Nandreeson ihn bewachen ließ, konnte das nur bedeuten, daß sein Vorhaben, Lando in diesem Tümpel ertrinken zu sehen, nicht narrensicher war. Es mußte noch einen anderen Weg aus dem Pfuhl geben, außer den Stufen in der Nähe von Nandreesons Couch. Oder Nandreeson glaubte, daß Lando einen Weg finden würde, seine Wachen zu überwältigen und zu entkommen. Vielleicht war Nandreeson während all der Jahre zu der Überzeugung gelangt, daß Lando ein gefährlicherer Gegner war, als er in der Vergangenheit geglaubt hatte.

Lando enttäuschte ungern jemanden. Er würde sich Nandreesons Befürchtungen würdig erweisen müssen, würdig, den Haß des Verbrechers über all die Jahre hinweg wachgehalten zu haben.

Wenn ihm nur ein Fluchtplan einfallen würde.

Er döste, spürte, wie sein Körper langsam in den Schlaf glitt. Er wälzte sich zur Seite, tauchte in die stinkende Flüssigkeit ein. Sie schockierte ihn schon lange nicht mehr. Die Erschöpfung forderte ihren Tribut.

Lando war ein gesunder Mann von guter körperlicher Verfassung. Aber in einem Punkt hatte Nandreeson recht: Menschliche Wesen waren nicht dafür bestimmt, lange Zeit im Wasser zu existieren, ganz besonders nicht ohne Nahrung und ohne Schlaf.

Schließlich würde Lando das Bewußtsein verlieren, unter die Wasseroberfläche sinken und ertrinken. Kein besonders ruhmreicher Tod. Nicht einmal besonders aufregend. Aber zutiefst befriedigend für Nandreeson.

Lando wälzte sich wieder auf den Rücken. Die Watumbafledermäuse wuselten durcheinander. Er mußte sich konzentrieren.

Er mußte jetzt rasch eine Lösung finden.

Oder er würde sterben.

* 31 *

Leia ging in ihrem Arbeitsraum auf und ab. Immer noch keine Antwort von Han. Sie sah alle paar Augenblick nach, wußte aber jedesmal im voraus um die Vergeblichkeit ihres Tuns. Han mußte noch im Smuggler's Run sein. Er würde eine Nachricht von ihr sicher nicht einfach ignorieren, und das bedeutete, daß er sie noch nicht erhalten hatte.

Auyemesh war viel zu weit entfernt. Es war völlig unmöglich, daß Han zu dem Zeitpunkt der Vernichtung allen Lebens auf dieser Welt durch Kueller dortgewesen war.

Wenigstens hoffte sie das.

Und beim Verlassen des Run hätte er sofort Verbindung mit ihr aufgenommen.

Was sie unmittelbar vor seiner Abreise zu ihm gesagt hatte, war ihr voller Ernst gewesen. Manchmal wünschte sie sich wirklich, sie wären ein normales Ehepaar mit ganz alltäglichen Sorgen. Dann würde es nichts Besonderes mehr sein, mit den Kindern gemeinsam zu Abend zu essen, und nicht nur eine kostbare Ausnahme. Sie würde jede Nacht neben ihrem Mann einschlafen und nicht nur alle zwei Monate ein paar Nächte.

Andererseits hätte sie ihr Leben auch nicht aufgeben wollen.

Außer in Augenblicken wie diesem.

Der Computer ließ einen Gongschlag ertönen. "Mistress Leia," meldete sich die Maschine mit 3POs Tonfall und Hans Stimme. Sie hatte sich nicht die Mühe gemacht, ihn zu reparieren, nachdem Anakin daran herumgebastelt hatte. Der kleine Streich vermittelte ihr das Gefühl, ihrem Sohn näher zu sein. "Mon Mothma ist hier und wünscht Sie zu sprechen."

"Laß sie herein", erwiderte Leia.

Leia warf wieder einen Blick auf die eingegangenen Nachrichten. Nur eine Aktualisierung der Nachrichtenübersicht von Admiral Ackbar. Jede Verbindung zu Auyemesh war abgerissen, keine Antwort von Pydyr, obwohl das Kommunikationssystem des Mondes nicht blockiert war, und alle Versuche, mit Kueller auf Almania Kontakt aufzunehmen, hatten lediglich dazu geführt, daß der Bildschirm seine Totenkopfmaske zeigte, ansonsten aber stumm blieb.

"Leia?" Mon Mothma stand an der Tür. Sie wirkte gealtert; man konnte ihren Gesichtszügen immer noch die Schmerzen ablesen, die sie erlitt, nachdem Botschafter Furgan sie vergiftet hatte. "Ich kam, so schnell ich konnte."

Leia nickte, konnte jedoch ein paar Augenblicke lang keinen Ton herausbringen. Mon Mothma war die einzige unter ihren Freunden auf Coruscant, die das Dilemma begreifen konnte, dem sich Leia ausgesetzt sah. Doch nicht einmal Mon Mothma würde bei all ihrem Einfühlungsvermögen ganz verstehen, wie tief die inneren Wunden waren, die die Vernichtung von Auyemesh Leia beigebracht hatte. Die Empfindungen, die seit der Vernichtung Alderaans in ihr schlummerten, waren neu in ihr erwacht. Empfindungen, für deren Verarbeitung Leia damals ebensowenig Zeit gehabt hatte wie heute.

"Kind, was kann ich tun?"

Leia schluckte und zwang sich dann zu einem wehmütigen Lächeln. "Genau darüber wollte ich mit Ihnen reden", sagte sie. "Ich brauche Ihre Hilfe."

"Wir werden diesen Wahnsinnigen unschädlich machen, ehe er Ihre Familie angreifen kann", versicherte Mon Mothma.

Leias Hände waren feucht. Sie wischte sie an ihren Uniformhosen ab. "Hören Sie zu", bat sie.

Mon Mothma nickte.

"Kueller hat mit mir Kontakt aufgenommen. Nicht mit der Regierung. Mit mir. Er hält meinen Bruder gefangen."

"Haben wir uns vergewissert, daß das stimmt?" fragte Mon Mothma.

"Luke hat zuletzt mit Yavin 4 gesprochen, nachdem er einen Ort namens Telti verlassen hatte. Er teilte mit, Kurs auf Almania genommen zu haben, und wollte sich nach seiner Ankunft dort erneut melden. Seitdem hat niemand mehr etwas von ihm gehört."

Mon Mothma seufzte tief und ließ sich auf den Hocker vor Leias Frisierkommode sinken. "Also blufft Kueller nicht, wie ich gehofft hatte?"

"Das tut er möglicherweise trotzdem", entgegnete Leia. "Es kann durchaus sein, daß Luke in seiner Nähe ist und *ihn* bedroht, anstatt sein Gefangener zu sein. Wir sind zu weit entfernt, und wir haben keine eigenen Leute dort. Es gibt keine Möglichkeit, uns selbst davon zu überzeugen, was dort geschieht."

Mon Mothma nickte.

"Mir scheint", fuhr Leia fort, "daß es Kueller um etwas Persönliches geht. Er wird meine Familie vernichten, wenn er nicht bekommt, was er will. Bürger der Neuen Republik zu bedrohen ist ihm wahrscheinlich erst später in den Sinn gekommen."

"Ackbar hat mir eine Aufzeichnung des Holos gezeigt", berichtete Mon Mothma. "Ich hatte den gleichen Eindruck."

Leia setzte sich auf die Bettkante. "Ich glaube, daß Kueller ein ausgebildeter Jedi ist."

Mon Mothmas Augen weiteten sich. "Haben Sie dafür Beweise?"

"Nichts Konkretes", sagte Leia. "Aber er hatte schon vorher Kontakt mit mir aufgenommen – auf eine Weise, die Luke seine Schüler lehrt –, und er hat es fertiggebracht, die Verbindung zwischen mir und Luke zu blockieren."

"So wie die Ysalamiri?" fragte Mon Mothma.

"Ja. Oder jemand, der in der dunklen Seite bewandert ist." Leia ließ den letzten Satz einen Augenblick lang in der Luft hängen. "Auf Yavin 4 existieren keine Aufzeichnungen über einen Kueller von Almania. Aber Luke hat eine ganze Anzahl Schüler verloren – die Ausbildung zum Jedi ist hart –, und der Gedanke, daß der eine oder andere von ihnen sich der dunklen Seite zuwendet, ist nicht abwegig."

"Aber warum sollte Kueller *Sie* bedrohen?"

Leia runzelte die Stirn. Es war schwer in Worte zu kleiden. "Wir sind die prominentesten unter den Jedi, Luke und ich", erwiderte sie. "Luke hat die Tradition der Jedi-Ritter zu neuem Leben erweckt, und ich erziehe neue Jedi. Luke hat immer wieder bewiesen, daß seine Kräfte ausreichen, um jemanden zu besiegen, dessen Stärke auf der dunklen Seite liegt."

"Aber wenn Kueller Sie vernichtet, dann zerstreut er die Jedi in alle Winde und wird selbst zum stärksten Beherrscher der Macht in der ganzen Galaxis."

"Das denkt er zumindest", nickte Leia.

"Das klingt plausibel."

"Ja." Leia lächelte plötzlich in sich hinein. "Aber ich bin ein wenig durcheinander. Es könnte auch wesentlich einfacher sein. Vielleicht begreift Kueller einfach nicht, wie die Neue Republik funktioniert. Möglicherweise denkt er, ich sei eine autokratische Herrscherin, deren Wort Gesetz ist. Auf die Weise könnte er mich erpressen, indem er meine Familie bedroht."

"Er kennt Sie nicht sehr gut, nicht wahr?" meinte Mon Mothma leise. "Drohungen gegen Ihre Familie machen Sie nur stärker."

Leia rieb sich die brennenden Augen. Sie wollte kein Mitgefühl. Zumindest jetzt nicht. Später vielleicht, wenn sie Zeit hatte. "Jedenfalls", nahm sie den Faden wieder auf und ging dabei bewußt nicht auf Mon Mothmas letzte Bemerkung ein, "ist die Lösung dieselbe. Ich muß als Staatschefin zurücktreten."

Mon Mothmas Hände verkrampften sich in ihrem Schoß. "Das dürfen Sie nicht, Leia. Ich habe Nachricht von meinen Gewährsleuten im Senat. Wenn Sie jetzt nicht kämpfen, verlieren Sie die Vertrauensabstimmung. Die suchen jemanden, dem sie die Schuld für den Bombenanschlag anhängen können, irgend jemanden. Und sie werden Han die Schuld geben. Und das bedeutet, daß sie *Ihnen* die Schuld geben."

"Ich habe mir das gründlich überlegt." Leia rieb sich die Hände, eine Angewohnheit, die sie bereits vor Jahren abgelegt hatte. "Wenn ich abtrete, ist die Abstimmung nichtig, stimmt das?"

"Nun, formal ist sie nur dann nichtig, wenn Sie zurücktreten, Leia. Wenn Sie Ihr Amt nur zeitweilig zur Verfügung stellen, geht die Abstimmungsprozedur weiter."

Leia nickte. Das hatte sie befürchtet, aber es war ohne Belang. Es kam jetzt nur auf Luke an. Und darauf, ihre Kinder zu schützen.

Und Han.

Zum ersten Mal, seit sie an die Spitze der Neuen Republik getreten war, konnte sie als private Bürgerin mehr für ihre Familie tun als in einem öffentlichen Amt.

"Dann werde ich zurücktreten", beharrte sie. "Die Abstimmung über das Mißtrauensvotum wird abgesetzt, und

Kueller kann die Neue Republik nicht länger als Vorwand dafür gebrauchen, meine Familie unter Druck zu setzen."

"Und wenn er es tatsächlich auf die Neue Republik abgesehen hat?" fragte Mon Mothma.

"Dann werden wir das herausfinden. Dann wird er mit etwas anderem drohen. Aber ich wette, daß er über die anderen Spitzen unserer Regierung nicht so gut informiert ist. Ich wette, daß ich ihn mit meinem Rücktritt aus dem Konzept bringe."

"Damit haben Sie wahrscheinlich recht."

Leia leckte sich die Lippen und drehte sich dann zu der älteren Frau um. "Ich möchte, daß Sie meinen Platz einnehmen."

"Ich bin keine gewählte Volksvertreterin mehr", wandte Mon Mothma ein.

"Das waren Sie auch nicht, als Sie den provisorischen Rat wieder ins Leben riefen", antwortete Leia. "Wir haben für eine solche Situation mit Ausnahme von Neuwahlen keine festgelegte Verfahrensweise. Und Nachwahlen haben gerade erst stattgefunden. Wir brauchen nicht schon wieder welche. Ich möchte, daß Sie an meine Stelle treten. Niemand wird sich dem widersetzen. Dazu genießen Sie zu hohen Respekt."

"Noch vor ein paar Tagen hätte man das auch über Sie gesagt."

Leia schüttelte den Kopf. "Die Opposition gegen meine Regierung begann, als die Imperialen in den Senat gewählt wurden. Eigentlich überrascht mich das gar nicht sonderlich. Es tut weh, aber jeder muß irgendwann die Macht abgeben."

"Dieser neue Senat wird sich nicht einfach eine willkürlich festgelegte Führung aufzwingen lassen."

"Wahrscheinlich nicht", räumte Leia ein. "Aber Sie können sie davon überzeugen, daß eine Krisensituation besteht. Setzen Sie einen Termin für Wahlen fest, und kündigen Sie an, an der Spitze einer Übergangsadministration zu stehen. Ich werde die Regierungsgewalt mit einer Aufzeichnung formell an Sie übertragen."

"Eine Aufzeichnung, Leia? Warum nicht morgen eine Sondersitzung einberufen?"

"Weil ich dafür keine Zeit haben werde."

Mon Mothma legte ihren feingeschnittenen Kopf etwas zur Seite. "Was haben Sie vor, mein Kind?"

Leia sah ihr gerade in die Augen. "Ich werde mich auf die Suche nach meinem Bruder begeben."

***

Skip 6 hatte die Form eines riesigen brodelnden Schlammlochs, das inmitten des Asteroidengürtels schwebte. Aus der Oberfläche des Skip quoll dicker Schlamm, einzelne Schlammpartikel begleiteten den Asteroiden sogar als Trabanten auf seiner Reise durch den Weltraum. Mit dem *Falken* dort zu landen wäre unmöglich gewesen. Aber Han war nicht mit dem *Falken* gekommen. Er hatte an Sinewy Ana Blues Gewissen (oder das, was davon noch übrig war) appelliert, und sie hatte ihm schließlich ihren Skipper geliehen.

Schmuggler, die den Großteil ihrer Zeit im Run verbrachten, bauten Schiffe, die perfekt für diesen Asteroidengürtel geeignet waren. Es waren wendige kleine Fahrzeuge, die nicht sehr viel Ladung aufnehmen konnten, aber die es den Schmugglern erlaubten, sich schnell von einem Teil des Gürtels zum anderen zu bewegen. Die Schiffe konnten auf jeder Art von Oberfläche, auch auf Schlamm, landen und unter den meisten Umweltbedingungen auch wieder starten, selbst in den immerwährenden Felsstürmen, die um Skip 52 tobten.

Blues Schiff war speziell für ihre persönlichen Bedürfnisse umgebaut worden. Der Laderaum war größer als der der meisten Schiffe, und auch das Mannschaftsquartier war geräumiger; trotzdem war der Skipper im Vergleich zum *Falken* eher ein Landgleiter. Chewie mußte sich förmlich zusammenkrümmen, um hineinzupassen.

Alle saßen ziemlich beengt: Han hatte Zeen, Kid, Wynni und Chewie mitgenommen. Blue war auch mitgekommen, weil sie, wie sie sagte, Lando nicht den Reks überlassen wollte. Han hatte Zeen und Kid – mit vorgehaltenem Blaster – daran erinnern müssen, wie tief sie in Landos Schuld standen. (Das schloß auch das neue Mobiliar in ihren persönlichen Gemächern ein. Lando konnte sich ja später mit ihnen auseinandersetzen, falls er von seinem Rendezvous mit Nandreeson zurückkehrte.) Wynni war mit von der Partie, weil Chewie dabei war. Chewbacca hatte dagegen protestiert, aber Han setzte ihm solange zu, bis er sich damit abfand. Die Rettung Landos stand an erster Stelle. Unerwünschte romantische Annäherungen abzuwehren kam erst später.

Trotzdem fragte sich Han, während er sich gegen die unverkleidete Metallwand von Blues Skipper preßte, ob er die richtige Entscheidung getroffen hatte. Die beiden Wookieefelle vor ihm nahmen ihm den Atem, und Wynnis Rücken versperrte ihm die Sicht. Das Mannschaftsquartier, das etwa die Größe des Waschraums des *Falken* hatte, stank nach verschwitzten Menschen und erregten Wookiees. Die Hitze war unerträglich.

Blue hatte den Skipper sanft in dem Schlammsumpf abgesetzt. Aber es hätte auch nichts geändert, wenn die Landung unsanft ausgefallen wäre. Sie waren so dicht zusammengedrängt, daß es schon einer Explosion bedurft hätte, um die Gruppe zu sprengen. Und um alles noch schlimmer zu machen, brauchte Blue eine ganze Weile, bis sie die Tür des Quartiers geöffnet hatte.

Zeen und Kid taumelten nach draußen, aber Wynni hielt Chewbacca zurück, der versuchte, sie abzuschütteln.

"Wynni", empfahl Han mit betont ausdrucksloser Stimme, "vielleicht wartest du damit, bis ihr allein seid."

Ihr Fell sträubte sich sofort, was bei Wookiees dem Erröten der Menschen entsprach. Sie ließ Chewies Arm los, und der rannte so schnell davon, wie es einem Wookiee mit steifen Gelenken möglich war.

Wynni brüllte Han an, aber der zuckte nur die Achseln. "Ich will mich nicht in eure romantische Beziehung mischen, Wyn", sagte er. "Aber Chewie hat eine Partnerin, und mir geht es nur darum, Lando in einem Stück hier rauszuholen."

Wynni knurrte etwas Abfälliges über ihre Chancen, aber Han ignorierte das. Wynni hatte Lando nie sonderlich gut leiden können, war aber eine wahre Künstlerin im Umgang mit der Armbrust, einer für Auseinandersetzungen mit Glottalphibs besonders gut geeignete Waffe.

Han war schon einmal hiergewesen, vor der Rebellion, sogar noch vor Chewie. Es hatte damals einen Streit mit Nandreeson gegeben, den er mehr oder weniger aus seinem Gedächtnis verdrängt hatte. Als er und Blue über einer Karte von Skip 6 gebrütet hatten, war ihm schnell klargeworden, daß der Skip sich kein bißchen verändert hatte.

Es gab Tunnels, die in Nandreesons Bau führten, aber die wurden mit Sicherheit bewacht. Die einzigen anderen Zugänge waren Schlammrutschen, was Chewie zu einem weiteren Protest veranlaßt hatte: Sein Fell würde dabei verkleben und ihn, wenn er trocknete, in seiner Beweglichkeit einschränken. Wynni hatte Spezialanzüge für sie beide mitgebracht, aber sie war nicht gewillt, Chewie einen zu überlassen, wenn sie ihm nicht beim An- und Ausziehen helfen durfte. Der Wookiee hatte Han einen hilflosen Blick zugeworfen und dessen breites Grinsen mit einem kehligen Knurren beantwortet. Aber am Ende gab er klein bei, nachdem Han ihm zugesichert hatte, ihm dabei zu helfen, sich aus dieser Vereinbarung wieder herauszuwinden – wenngleich dieser keine Ahnung hatte, wie er das bewerkstelligen sollte.

Jedenfalls noch nicht.

Die Wookiees waren im Laderaum und legten die Spezialanzüge an. Han hätte liebend gern auch einen solchen Anzu gehabt. Er lief zur Einstiegsluke des kleinen Schiffes. Der Rest der Mannschaft hatte sich bereits dort versammelt und musterte das Schlammloch, das ihnen als Rutschbahn dienen sollte. Warmer, feuchter Schlamm blubberte aus der Öffnung, an deren Seiten Dampf aufstieg.

"Und da sollen wir durch?" fragte Zeen.

"Würdest du dich lieber mit den Reks herumbalgen?" hielt Han dagegen.

"Am liebsten würde ich hier auf euch warten."

"Es gibt keine Garantie, daß Calrissian noch am Leben ist", bemerkte Kid.

"Nandreeson war jahrelang sauer auf Lando", erklärte Han. "Er gönnt ihm ganz bestimmt keinen schnellen Tod."

"Han hat recht", pflichtete Blue ihm bei. "Solange ist Lando noch nicht verschwunden. Er ist ganz sicher noch am Leben. Vielleicht ist nicht mehr viel von ihm übrig, aber er lebt."

"Wenn wir das tun", sagte Zeen, "können wir Nandreeson nie mehr unter die Augen treten."

"Ist das ein Problem?" fragte Han.

"Ich will einfach nicht, daß dieses schuppige Scheusal Jagd auf mich macht", erwiderte Zeen.

"Wenn er auf jemanden Jagd macht", meinte Kid mit einem süßlichen Lächeln, "dann wird es unsere liebe Sinewy

Ana Blue sein. Schließlich sind wir mit ihrem Schiff in diesem Schlammloch gelandet."

"Vielen Dank", sagte Blue. "Das heißt, daß Han und ich gehen werden, aber ihr Jungs kommt besser mit. Euer Leben wäre ohne mich unerträglich."

"Ganz sicherlich wäre es nicht mehr so interessant", stimmte Zeen ihr zu.

"Und wahrscheinlich weniger gefährlich", ergänzte Kid.

Im Laderaum brüllte Chewbacca. Zwei große zottige Pfoten packten die Ränder der Einstiegsluke und hievten Chewie nach draußen. Er sah aus wie ein Riesenbaby im Strampelanzug, wie Leias Kinder in der ersten Zeit nach ihrer Geburt, nur daß sein Anzug silberfarben war und nicht mit Spitzen besetzt. Das Fell war zurückgekämmt und unter der Kapuze des Anzugs verborgen. Die Bänder am Hals, an den Handgelenken und den Knöcheln waren so eng geschnürt, daß Han unwillkürlich grinsen mußte.

"Was meinst du, wenn ich dieses Ding mit Helium aufpumpe, wirst du dann ein riesiger Wookieeballon?" fragte er.

Chewie knurrte. Wynnis Nähe hatte seine Laune ohnehin schon in den Keller befördert, und Hans Witze taten ein übriges.

"Du siehst wirklich bezaubernd aus, Chewbacca", rief Blue. "Ein bißchen übertrieben vielleicht, findest du nicht?"

Wieder kam ein tiefes Grollen aus Chewies Kehle, und er griff nach der Kapuze.

"Nein", sagte Han. "Mir ist völlig gleichgültig, wie peinlich dir das ist. Du läßt das Ding jetzt an. Und klapp die Gesichtsmaske runter."

Chewie schüttelte den Kopf.

"Klapp sie runter, Chewie. Du willst doch sehen können, oder?"

Chewie knurrte.

Han hob in einer zugleich resignativen und schützenden Geste die Hände. "Okay, okay. Brauchst ja nicht gleich böse zu werden. Ist ja dein Fell und deine Entscheidung."

"Die Armbrust ist eingewickelt, wie du es verlangt hast", sagte Zeen. "Die von Wynni habe ich auch hier. Wo bleibt sie eigentlich?"

Wynnis Knurren kam aus der Tiefe des Laderaums.

Han unterdrückte ein Grinsen. "Was hast du mit ihr angestellt, Chewie?"

Chewie zuckte die Achseln, nahm seine Armbrust und hängte sie sich über die Schulter. Die Waffe selbst war geschützt, der Schulterriemen nicht.

Blue schob sich an ihm vorbei und sah in den Laderaum. "Chewbacca! Das ist wirklich nicht komisch. Binde sie los!"

Chewie warf Han einen kläglichen Blick los.

"Wir brauchen sie, Kumpel. Tut mir leid."

Chewie drückte den Knopf neben der Ladeluke. Das Schott hob sich langsam, bis man ein lebendiges rosa Paket, bestehend aus einem weiblichen Wookiee mit Gesichtsmaske und über der Brust verschränkten Armen, sehen konnte, dessen Handgelenke von den Armschließen des Spezialanzugs wie von Fesseln festgehalten wurden. Die Beine der Wookiee waren überkreuzt und an den Knöcheln zusammengebunden.

Sie fluchte, so daß sich die Maske bei jedem Atemzug aufblähte, und die Flüche ihrer Sprache waren obszöner als alles, was Chewie selbst in größter Not je von sich gegeben hatte.

Blue wollte sie losbinden.

"Warte!" sagte Han.

Er riß Wynnis Gesichtsmaske ab. Ihre blauen Augen waren zu schmalen Schlitzen verengt. Sie verwünschte Chewie, seine Vorfahren, seine Frau, seine Kinder und sein Schiff.

"Vorsicht!" warnte Han sie. "So redet niemand über den *Falken*. Zumindest nicht in meiner Gegenwart."

Wynni schnaubte. Blue stieß sie von hinten an. "Wenn du da raus willst, hältst du jetzt besser den Mund."

"Versprich mir, daß du Chewie in Frieden läßt, dann binden wir dich los", sagte Han.

Wynni preßte ihre mächtige Schnauze zusammen.

"Versprich es!" zischte Blue.

Wynni nickte einmal kurz.

"Chewie, und du versprichst, daß du Wynni in Frieden läßt", sagte Han.

Chewbacca heulte.

"Du sollst es versprechen", wiederholte Han.

Chewie überkreuzte die Arme, so daß der Stoff über seinen Schultern zum Zerreißen gespannt war. Er knurrte.

"Das wär's dann", meinte Han. "Binde sie los, Blue!"

Blue zog an den Schnüren, und Wynnis Arme fielen herunter; ihre Pfoten fuhren aus den Ärmeln, und sie stürzte sich auf Chewbacca, der einen Schritt zurückwich. Wynni stolperte. Han und Blue fingen sie auf, ehe sie aufprallte.

Die Wookiee war schwer. Han wäre unter ihrem Gewicht beinahe zu Boden gegangen. Sie schnappte knurrend und brüllend um sich. "Entschuldige dich, Chewie."

Chewbacca schüttelte den Kopf.

Wynni schlug mit der Pranke nach Hans Bein, verfehlte ihr Ziel und schlug erneut zu. "Entschuldige dich, verdammt, sonst bringt sie mich um!"

Chewie stieß einen Klagelaut aus, den man als Entschuldigung werten konnte.

Wynni hörte auf, um sich zu schlagen. Dann stützte sie sich auf Han, und Blue und knurrte, worauf Zeen sich vorbeugte, um ihre Füße zu befreien.

"Ich denke, wir sollten die Wookiees hier zurücklassen", schlug Kid vor.

Chewie jaulte.

"Das halte ich für keine so gute Idee", erwiderte Han. Er streckte sich. Wynni war stark, vielleicht sogar stärker als Chewie. "Ich denke, ihr beiden solltet eure Meinungsverschiedenheit austragen, wenn wir nach Skip 1 zurückgekehrt sind. Bis dahin herrscht Waffenstillstand, ist das klar?"

Chewie nickte. Wynni blickte finster. Ihre rosa Kapuze hatte sich verschoben, das Fell hing ihr in die Augen. Sie wischte die zottigen Strähnen weg.

"Wynni, ist das klar?"

Sie nickte.

"Gut", sagte Han. "Hoffen wir, daß wir den Reks mit diesen kleinen Spielchen nicht die Zeit verschafft haben, die sie brauchen, um uns hier aufzuspüren."

"Du meinst, Nandreeson weiß, daß wir hier sind?" fragte Zeen.

"Glaubst du etwa, daß auf diesem Skip irgend etwas geschieht, ohne daß Nandreeson darüber Bescheid weiß?" fragte Han zurück.

"Nein, wahrscheinlich nicht", antwortete Zeen und reichte Wynni ihre Armbrust. "Dann wollen wir mal."

"Irgend jemand muß die Führung dieses Einsatzes übernehmen", sagte Han.

"Du bist der einzige mit militärischer Erfahrung", warf Blue ein. "Du bist einstimmig gewählt."

Han verspürte Erleichterung. Chewie und Wynni hatten gerade seinen schlimmsten Alptraum in Szene gesetzt. Das letzte, was er sich wünschte, war, daß sie unten ankamen und ein neuer Streit darüber ausbrach, was als nächstes zu tun wäre.

"Also schön", nickte er. "Auf in den Schlamm."

"Mit dir lernt man wirklich interessante Orte kennen", sagte Blue, hielt sich mit einer Hand die Nase zu und sprang aus der Luke des Skippers. Sie landete mitten in dem Schlammloch und rutschte in die Tiefe, ihre langen Haare flatterten ihr hinterher.

"Mann, einen Tag wie diesen habe ich mir schon lange gewünscht", meckerte Zeen. "Zuerst besudeln wir uns über und über mit Schlamm, und dann legen wir uns mit Nandreeson an. Und das alles für Calrissian, den ich heiß und innig liebe. Das nächste Mal, Solo, wenn du so etwas vorhast, bringst du besser deine Freunde von der Regierung mit."

Zeen sprang und landete am Rand des Schlammlochs. Er verlor das Gleichgewicht und rutschte rücklings in die Öffnung.

Kid machte sich sprungbereit, aber Wynni schubste ihn zur Seite und sprang ohne ein weiteres Wort. Sie landete so schwungvoll, daß der Schlamm bis ins Innere des Skippers spritzte. Han bekam eine Ladung ins Gesicht. Der Schlamm war heißer, als er erwartet hatte, und er roch ein wenig nach faulen Eiern. Er wischte sich mit dem Unterarm die Spritzer aus dem Gesicht.

"Chewie", fragte er mit ausgesuchter Liebenswürdigkeit, "willst du als nächster springen?"

Chewie grollte.

"Dann eben ich", erklärte Kid und sprang. Er rutschte in das Loch, als wäre es speziell für ihn präpariert worden.

Chewie knurrte abermals.

Han schüttelte den Kopf. "Ich springe als letzter. Das ist besser so. Auf die Weise kann ich mich um Probleme kümmern, die wir vielleicht hier oben bekommen. Wenn ich es nicht bis unten schaffe, könnt *ihr* Lando rausholen."

Chewie schnaubte und hielt sich mit einer Pranke die Nase zu – eine Geste, die bei Blue entschieden anmutiger ausgesehen hatte. Er schloß die Augen, trat vor, verlor das Gleichgewicht und plumpste bäuchlings in den Schlamm.

Han bekam die nächste Ladung ab, und Chewie brüllte überrascht auf. Er taumelte, versuchte aufzustehen und rutschte dann über die Kante des Schlammlochs.

Han wischte sich erneut das Gesicht, aktivierte die Automatik der Einstiegsluke – Blue hatte es ihm gezeigt – und sprang. Der Schlamm war heiß und klebrig, und er war im nächsten Moment von Kopf bis Fuß damit bedeckt, trotzdem glitt er rasch durch den glitschigen Schacht. Darin gab es Luft, sumpfige, abgestandene, übelriechende Luft, aber immerhin Luft, die er atmen konnte, solange Mund und Nase frei blieben. Han zirkulierte um die eigene Achse und arbeitete sich wie ein Korkenzieher immer tiefer in das Schlammloch hinein. Das Licht von oben verblaßte, und bald umgab ihn totale Finsternis. Eingehüllt in stinkenden Schlamm, glitt er immer schneller in die Tiefe.

Vielleicht hatte er einen Fehler gemacht. Vielleicht waren diese Schächte länger, als er gedacht hatte. Vielleicht verengten sie sich, und seine Freunde steckten bereits in der Mitte fest, ineinander verkeilt und mit dem Erstickungstod ringend.

Dann hatte er eine schreckliche Vision von Chewie und Wynni, die, während ihnen die Luft ausging, miteinander rangen und dabei Zeen und Kid töteten; Blue wäre als erste natürlich längst zerquetscht worden.

Doch dann sauste er, begleitet von einer Schlammfontäne, aus dem unteren Ende des Schlammschachts, flog durch relativ kühle Luft und landete mit dem Gesicht voran in dem schmutzigsten Wasser, das er je gesehen hatte. Er sank mit offenen Augen, sank wie ein Boot mit einem Loch im Rumpf. Um ihn wirbelte Sediment auf; Sediment, Algen und langes schwarzes Haar.

Blue zappelte immer noch unter Wasser. Ihr Fuß hatte sich in einem Spalt verfangen. Ihre Augen waren geweitet, die Backen aufgeblasen, aber noch hatte sie keine Panik erfaßt, noch nicht. Ihre Hände zerrten an den Wassergewächsen, die ihre Knöchel fest umfangen hielten.

Han zog eine kleine Vibroklinge aus dem Stiefel, schwamm auf sie zu und griff beruhigend nach ihrem Arm. Er schnitt das Zeug weg und zerrte an ihrem Fuß. Sie spie einen Mundvoll Luft aus, der in Blasen rings um sie zur Oberfläche sprudelte, und geriet jetzt doch in Panik, stieß sich von seinem Rücken ab, um an die Oberfläche zu gelangen.

Das geschah mit solcher Wucht, daß nunmehr Hans Arm in den Spalt geriet, in dem vorher Blues Fuß gesteckt hatte. Die Hitze ließ seine Haut prickeln, aber sein Arm verfing sich wenigstens nicht. Er zog ihn wieder heraus und schwamm nach oben, wobei er das Gefühl hatte, seine Lunge müßte platzen.

Er schnappte keuchend nach Luft. Sie war warm und feucht und schmeckte großartig, aber irgendwie bekam er nicht genug davon. Die Luft war zu dünn.

"Hübsch hier, Solo", sagte Zeen. Er trat Wasser neben Kid, dessen kahler Schädel mit grünen Algen bedeckt war.

"Ja-ah, hättest uns ruhig warnen können, daß wir schwimmen müssen", meinte Kid.

Die Luft in Chewies Anzug verlieh ihm Auftrieb, so daß er an der Wasseroberfläche trieb. Wynnis Anzug hatte offenbar ein Leck. Beide Wookiees hatten die Kapuzen abgestreift, und nasse Wookiees sahen irgendwie eingeschrumpft aus.

Han spürte, wie sich auf seinem Gesicht ein Lächeln breitmachen wollte, aber Chewie knurrte dagegen an.

"Wo ist Blue?" fragte Han.

"Hier, du Sohn einer Abfallschute." Sie trat wütend Wasser. Wenn sie weiterhin so wild um sich schlug, würde ihr bald die Luft ausgehen. "Ich wäre da unten fast krepiert."

"Komm schon, Blue. Irgendwie wärst du schon rausgekommen."

"Ja, aber wozu?" Dabei spuckte sie aus. Ihr schwarzes Haar hing ihr in klatschnassen Strähnen ins Gesicht, und ihr Make-up war verschmiert. Sie sah um Jahre jünger aus. Nur ihr blauer Zahn erinnerte daran, daß sie Sinewy Ana Blue war. "Diesmal werde ich nicht reich werden. Wahrscheinlich sind Nandreesons Leute schon dabei, meinen Skipper auszurauben. Und aus diesem Felsentümpel gibt es keinen Ausweg. Ist euch das überhaupt schon aufgefallen?"

Han sah sich um. Das Wasser reichte bis an den Rand der Höhlenwände. Aber er sah Spuren von Glottalphibs. Algen. Lilienpolster. Mücken.

"Es muß einen geben." Er paddelte und bog um eine Felswand. Er fand sich in einer noch größeren Höhle. Sechs Glottalphibs hockten auf dem Felssims, der den Teich umgab, und ein weiterer – Nandreeson – steckte bis zu den Hüften im Wasser.

Und in der Mitte des Tümpels trieb Lando, sein Kopf war über der Wasseroberfläche gerade noch zu sehen. Sein Gesicht war vor Erschöpfung grau, schwarze Ringe umschatteten seine Augen, seine Bewegungen wirkten träge. Trotzdem brachte er sein berühmtes Lächeln zustande.

"Hübsche Rettungsexpedition, Han", sagte er.

"Du solltest nie an jemandem rumnörgeln, der dir gerade einen Gefallen tut", antwortete Han. Jetzt kam Chewie geschwommen, dicht gefolgt von Wynni. Der Geruch nach feuchtem Wookieefell überlagerte alle anderen Gerüche.

"Solo", grollte Nandreeson. "Ich hatte die Hoffnung schon fast aufgegeben, Ihrer habhaft zu werden. Aber ich hatte Calrissian, und das genügte mir. Aber da Sie schon mal hier sind ..." Er machte eine Bewegung mit einer seiner winzigen Hände, und alle sechs Glottalphibs spieen Feuer ins Wasser.

Han tauchte unter und sah zu, wie die Algen auf der Wasseroberfläche verbrannten. Er hatte immer noch nicht genug Atemluft. Chewie war offenbar oben geblieben. Er plantschte und wühlte das Wasser auf, bis die Flammen erloschen waren.

Han tauchte wieder auf.

"Weshalb hast du dich nicht vorher angekündigt?" sagte Lando. "Wir hätten eine Begrüßungsparty arrangieren können."

"Spar dir die faulen Witze, Kumpel", schimpfte Han. "Es war reines Glück, daß ich überhaupt rausbekommen habe, daß du hier bist."

"Ach ja? Glück für wen?"

"Für mich natürlich", warf Nandreeson ein. "Jetzt bekomme ich endlich die Gelegenheit, mich an Calrissian zu rächen, und ich kriege seinen Kumpel Solo noch als Zugabe. Wenn ich Sie töte, Solo, steigert das mein Prestige. Der Begleiter der Prinzessin ..."

"Ehemann", murmelte Han.

"Das ist ein beträchtlicher Erfolg für mich."

"Was geht hier eigentlich vor?" fragte Han. "Spielt er Wasserhockey, und du bist der Puck?"

"So in etwa", erklärte Lando. "Er hat vor, mir beim Ertrinken zuzusehen."

"Nett", meinte Han. "Nicht sonderlich dramatisch, aber immerhin einfallsreich."

"Eigentlich nicht", widersprach Lando. "Er ist ein Glottalphib. Ihm fällt Ertrinken als erstes ein, weil sich sein ganzes Leben im Wasser abspielt."

"Ich brauche Ihre Kommentare nicht", sagte Nandreeson.

"Und außerdem hat diese Methode den Vorteil, daß es kein Entkommen gibt", fuhr Lando unbeirrt fort.

"Ich sehe eine Fluchtmöglichkeit", widersprach Han. "Neben Nandreeson gibt's eine Treppe."

"Ja", pflichtete Lando ihm bei, "wenn wir an die Treppe rankommen. Aber seine heißmäuligen Kumpel haben was dagegen."

"Du hast nicht gründlich genug darüber nachgedacht."

"Aber *Sie* haben das?" Nandreeson beugte sich vor und erzeugte damit Wellen um seinen Körper. "Sie sind ja erst ein paar Augenblicke hier, Solo. Und Sie wollen mich bereits durchschaut haben?"

"Da gibt es nicht viel zu durchschauen, Nandreeson", erklärte Han. "Sie sind habgierig, unersättlich und nicht besonders schlau. Wenn Sie auch nur halb so viel Hirn hätten, wie Jabba hatte, würde Ihnen längst der ganze Run gehören."

"Das tut er", erwiderte Nandreeson.

Han schüttelte den Kopf. "Nein. Wenn der Run Ihnen gehören würde, wie hätte ich es dann geschafft, ein Team zusammenzustellen?"

"Haben Sie nicht."

Han spürte eine Berührung an seinem Arm und drehte sich um. Zeen hielt ihn mit einer Hand fest und richtete mit der anderen einen Blaster auf ihn; Kid hatte seinen Blaster auf Chewie gerichtet, und Wynni hatte die schußbereite Armbrust angelegt.

"Großartige Rettungsexpedition", seufzte Lando. "Wirklich klasse. Genaugenommen die gelungenste Rettung, die ich je erlebt habe."

"Ich habe dich gewarnt wegen deiner blöden Witze", sagte Han und warf dann Chewie, der ebenso benommen wirkte, wie er sich selbst fühlte, einen Blick zu.

"Wissen Sie, Solo", triumphierte Nandreeson, "Sie haben recht. Ertrinken ist wirklich nicht sehr originell. Ich bin es müde, einem Mann dabei zuzusehen, wie er langsam stirbt. Wir wollen die Sache ein wenig beschleunigen, oder?"

Han hob beide Hände. "Also, Nandreeson, ich habe nicht gemeint ..."

Als die Schießerei anfing, zog er den Kopf ein.

* 32 *

Luke fand keinen Bactatank, dafür aber etwas Besseres: einen pydyrianischen Heilstab. Er hatte völlig vergessen, daß Pydyr der Ort war, an dem der Heilstab erfunden worden war. Vor der Verbreitung der Bactatanks in der ganzen Galaxis hatte man überall Heilstäbe benutzt, die auf vielen Planeten auch heute noch bevorzugt wurden.

Luke fand den Heilstab im Obergeschoß des Hauses, in das er eingedrungen war. Er war lang, dünn und weiß. Wenn man irgendeine Stelle damit rieb, hinterließ der Stab dort einen weißen Rückstand. Der Computer hatte ihm versichert, daß dieser Rückstand heilende Eigenschaften besaß. Als Luke damit vorsichtig über seinen verletzten Rücken strich, fand er heraus, daß er auch über lindernde Kräfte verfügte. Die Brandwunden schmerzten bald kaum mehr.

Wenn er nur seine Hand hätte reparieren können. Er hatte den größten Teil der künstlichen Haut abgezogen, aber die beweglichen Metallteile erinnerten ihn auf schmerzhafte Weise daran, welchen Preis er für die Wandlung zum Jedi bezahlt hatte.

Luke war fast fertig mit dem Heilstab, als er eine Störung in der Macht verspürte. Eine vertraute Präsenz näherte sich, jene Präsenz, die er auf Telti gespürt hatte, die ihn beim Eintreffen im almanianischen Weltraum beunruhigt hatte und die ihn von Coruscant fort an diesen fernen Ort am Rande der Galaxis gelockt hatte.

Ein Schüler. Soviel stand für ihn jetzt fest. Er war stolz darauf, sich an alle seine Schüler erinnern zu können, aber dieser hier gab ihm Rätsel auf. Wenn er ehrlich war, so konnte er sich nur an jene Schüler deutlich erinnern, die die Ausbildung abgeschlossen hatten, während jene, die ihn vor der Zeit verlassen hatten, zu undeutlichen Gesichtern verblaßt waren.

Er legte den Heilstab beiseite und schlüpfte wieder in sein Hemd. Das Lichtschwert hatte er die ganze Zeit an seinem Gürtel gelassen. Er sah in den Spiegel. Sein Rücken war mit einer weißen Masse bedeckt, die zu schäumen begonnen hatte. Der Computer hatte ihn darauf hingewiesen, daß Ruhe erforderlich war, um die Wirkungsweise des Heilstabs nicht zu beeinträchtigen, und Luke hoffte, daß er Gelegenheit zum Ausruhen bekommen würde.

Langsam hinkte er die Treppe hinunter. Er war immer noch steif von dem Sturz, und seine Muskeln schmerzten. Die Nebelmacher hatten ihn geschwächt, und die Verbrennungen und der Absturz hatten noch mehr Kräfte verzehrt. Wenn er im Augenblick über zehn Prozent seines normalen Potentials verfügte, konnte er sich glücklich schätzen.

Größe bedeutet nichts, hatte Yoda ihm beigebracht.

Er hoffte sehr, daß das auch für Stärke galt.

Die Präsenz war unterdessen näher gekommen. Die dunkle Seite war stark in ihr. Er konnte die Wellenbewegungen spüren, eine Kraft, wie er sie seit seinem Zusammentreffen mit dem Imperator bei keinem lebenden Wesen mehr gespürt hatte. Einen derart begabten Schüler hatte er niemals unterwiesen, da war er sich ganz sicher. Wer auch immer das sein mochte, er hatte diese Kräfte erst entwikkelt, nachdem er die Akademie verlassen hatte.

Kräfte von solchem Ausmaß, daß ein Mann wie Brakiss ihn fürchtete, ein Mann, der immerhin so machtsensitiv war, daß das Imperium ihn bereits als Säugling in seine Obhut genommen hatte, um ihn in der dunklen Seite auszubilden.

Leia hatte Luke einmal gefragt, was es für ein Gefühl war, wenn er die Nähe von jemandem spürte, den die dunkle Seite in ihren Bann gezogen hatte. Als junger Jedi war er nicht dazu ausgebildet worden, dieses Gefühl zu verstehen. Erst später, als seine eigenen Kräfte wuchsen, hatte er es begriffen. Aber er hatte es nicht erklären können.

Jetzt konnte er es.

Es war ein Gefühl, als würde an einem schönen Tag ohne jede Vorwarnung ein Tornado zuschlagen; ein Gefühl wie ein Schwall kalter Luft in einem warmen Zimmer; ein Gefühl, als ob jemand, den man sehr liebte, auf einmal gestorben sei.

Luke gab dieser Empfindung nach und spürte ihren Ursprung auf. Er fühlte die Präsenz immer stärker werden, je näher sie ihm kam. Er griff nach seinem Stock, humpelte aus dem Haus nach draußen in das helle Sonnenlicht von Pydyr und blieb in der Nähe des Torbogens stehen.

Auf der Straße stand ein Mann. Er war größer als Luke – viele Leute waren größer als Luke –, und er trug einen langen schwarzen Umhang, auf Hochglanz polierte Militärstiefel und eine Rüstung, die an die Rüstungen des Imperiums erinnerte. Nur sein Gesicht war anders. Er trug eine Hendanyn-Totenmaske. Luke hatte solche Masken bisher nur in Museen gesehen. Die Maske paßte sich der Haut an. Die Hendanyn trugen solche Masken, wenn sie alt geworden waren, zum Teil, um den Alterungsprozeß zu verbergen, zum Teil, um persönliche Erinnerungen zu speichern. Die Daten, die die Maske dabei aufnahm, konnten nach dem Tod ihres Trägers mit dieser abgelöst und konserviert werden. Die Hendanyn-Masken, die Luke gesehen hatten, waren jedoch niemals benutzt worden.

Diese hier paßte sich dem Gesicht des Mannes perfekt an: die Backenknochen waren hoch, die Augen schwarz und leer, die Lippen schmal und hart. Die Maske war weiß mit schwarzen Konturen, und in den Winkeln der Augenhöhlen blitzten winzige Juwelen. Hinter den Juwelen waren, wenn Luke sich richtig erinnerte, die speziellen Chips verborgen, die die persönlichen Erinnerungen des Trägers absorbierten.

"Sie erkennen mich immer noch nicht, *Master* Skywalker?"

Die Tiefe und die Resonanz der Stimme waren ihm fremd, der Tonfall hingegen kam ihm irgendwie vertraut vor. Dies war die Stimme eines Erwachsenen, doch Luke hatte sie gekannt, als der Mann noch ein Heranwachsender gewesen war, als eine noch nicht voll augereifte Stimme.

"Dolph?" riet er und wußte in dem Augenblick, als er den Namen aussprach, daß er richtig lag.

Der Mund der Totenkopfmaske schloß sich. Luke spürte die Überraschung des Mannes. Dolph hatte sich augenscheinlich darauf verlassen, daß er ihn nicht erkennen würde.

"Sie sind besser, als ich dachte", hallte die Stimme des Mannes über die Straße. Ein trockener Windhauch ließ seinen Umhang hinter ihm flattern. "Aber mein Name lautet jetzt Kueller."

Alles hing davon ab, was Luke in den nächsten Sekunden tun würde. Dolph war ein außergewöhnlich talentierter Schüler gewesen, der immer etwas von der Dunkelheit in sich getragen hatte. Eine solche Dunkelheit war nicht ungewöhnlich. Alle Schüler Lukes hatten gegen das Böse in sich ankämpfen müssen. Die meisten hatten diesen Kampf gewonnen. Aber Dolph war nicht lange genug auf der Akademie geblieben, um seine Gaben zu entwickeln oder die Dunkelheit zu verbannen. Er verließ Yavin 4 mitten in der Nacht, nachdem er eine Nachricht von zu Hause erhalten hatte.

"Sie sind weggegangen, ehe ich Gelegenheit hatte, Ihnen mein Beileid zum Tod Ihrer Familie auszusprechen", sagte Luke.

Dolph – Luke war noch nicht bereit, ihn Kueller zu nennen – lächelte. Die Totenkopfmaske bildete seine Mimik verblüffend authentisch ab. "Vielen Dank, *Master*", erwiderte er, und dann erlosch sein Lächeln ebenso schnell, wie es aufgetaucht war. Der Effekt war erstaunlich. Die Totenkopfmaske war so konstruiert, daß sie primitive Angst bei jenen erzeugte, die ihrer ansichtig wurden. Das Schwinden des Lächelns ließ Luke beinahe – beinahe – einen Schritt zurückweichen. Einen Schwächeren hätte dieser Effekt überwältigt.

"Aber", fuhr Dolph fort, "Ihr Mitgefühl ist nicht nur unaufrichtig, es kommt überdies zu spät. Die Je'har haben meine Familie auf brutale Weise hingemetzel; ihnen war kein rascher Tod vergönnt. Sie haben meine Eltern auf der Brücke, die zu ihrem Palast führte, gepfählt und in der Hitze verfaulen lassen. Es dauerte eine Woche, bis sie tot waren. Ich habe erst davon gehört, als alles vorbei war. Aber die Je'har haben dafür gesorgt, daß ich die Leichen fand. Sie können sich nicht vorstellen, was es bedeutet, wenn man die verbrannten und zerschlagenen Skelette der Menschen sieht, die einen großgezogen haben, umgeben von einem Gestank, wie er an einem lebenden Wesen völlig undenkbar ist. Sie wissen nicht, was das in einem Menschen bewirkt."

In Lukes Bewußtsein stieg die Erinnerung an Tante Beru und Onkel Owen auf, wie er sie zuletzt gesehen hatte. Ihre Leichen waren zur Unkenntlichkeit verbrannt gewesen, Rauch war von den toten Körpern aufgestiegen. In den Jahren danach hatte er sich lediglich damit trösten können, daß sie Seite an Seite gestorben waren, so wie sie gelebt hatten.

"Nein", sagte Luke, "wahrscheinlich weiß ich nicht, was das in einem Menschen bewirkt." Er wußte nur, was es in *ihm* bewirkt hatte. Es hatte ihn gezwungen, im Zeitraum eines Augenblicks erwachsen zu werden und gegen die böse Macht anzutreten, die den Tod seiner Familie verursacht hatte.

Aber all das hatte kein Monstrum aus ihm gemacht. Er konnte das Leid nachfühlen, das Dolph erlitten hatte, aber nicht seine Reaktion darauf.

"Als ich nach Hause kam", fuhr Dolph unbeirrt fort, so als hätte Luke überhaupt nichts gesagt, "habe ich meine Familie begraben und den Je'har Rache geschworen. Und ich habe Rache genommen, ohne Ihre Hilfe. Ich bin mächtiger geworden, Skywalker. Und ich werde mächtiger sein als Sie."

"Ist das von Bedeutung für Sie?" fragte Luke. Er stützte sich schwerer auf seinen Stock, als das eigentlich nötig war. Er wollte, daß Dolph seine Stärke unterschätzte.

"Natürlich ist es das", erwiderte Dolph. "Ihre Regierung hat die Greueltaten der Je'har gebilligt. Ihre Schwester hat Handelsbeziehungen mit ihnen aufgenommen und sie als ganz normale Administration behandelt und nicht als Terroristen, wie sie es verdient hätten. Die Je'har als das zu entlarven, was sie wirklich waren, erforderte mein Handeln, zuerst allein und dann mit meinen eigenen Gefolgsleuten."

"Und was waren sie?" fragte Luke.

"Ungeheuer", flüsterte Dolph. "Ungeheuer, Skywalker. Aber das können Sie nicht verstehen."

"Nein", sagte Luke. "Ich verstehe es nicht." Er trat ein paar Schritte näher an Dolph heran, dessen Umhang sich im Wind bauschte, so daß Luke das Lichtschwert an seiner Seite sehen konnte. "Sagen Sie mir, Dolph, worin besteht der Unterschied zwischen den Je'har und Ihnen?"

Der Mund der Totenkopfmaske wurde schmal, ließ das Gesicht fast starr erscheinen. "Amüsiert es Sie, in Rätseln zu sprechen, Skywalker? Oder tun Sie das, um Zeit zu gewinnen?"

"Ich tue es", erwiderte Luke, "weil ich wirklich neugierig bin. Sie haben jedes Leben auf diesem Planeten ausgelöscht. Ich vermute, daß Sie in der kurzen Zeit, die ich jetzt hier bin, einen weiteren Planeten vernichtet haben. Die

Je'har haben Lebewesen ermordet, die mit ihrer Politik auf Almania nicht einverstanden waren. Mord ist Mord, Dolph, wenigstens für mich. Wie halten Sie es damit?"

Die Maske bebte, als wollte sie sich von dem Gesicht lösen. "Mein Name ist Kueller."

"Ihr Name ist Dolph", beharrte Luke. "Und ich werde nur zu Dolph sprechen. Der Dolph, den ich kennengelernt habe, war ein begabter, warmherziger Junge, der eine große Zukunft vor sich hatte. Das ist die Person, mit der ich reden werde."

"Jener Dolph ist tot. Die Je'har haben ihn ermordet, als sie seine Familie ermordet haben."

"Und haben Kueller an seiner Stelle zurückgelassen?"

"Ja", flüsterte Dolph.

"Aber Sie brauchen Kueller nicht", fuhr Luke fort. "Kueller hat Ihnen zu überleben geholfen. Aber jetzt brauchen Sie ihn nicht mehr. Sie haben mich. Kommen Sie mit, Dolph. Kehren Sie mit mir nach Yavin 4 zurück. Wir können dort die Wunden heilen, die die Je'har Ihrem Herzen zugefügt haben."

Die Totenkopfmaske blieb unbewegt. Obwohl die echten Augen dahinter funkelten, konnte Luke ihre Form und ihre Farbe nicht erkennen. Dann verschwand das Funkeln wieder.

"Sie können die Wunden heilen?" fragte die Totenkopfmaske sarkastisch. Das Aufblitzen der Augen kehrte nicht wieder. Nur noch tiefe, schwarze Höhlen waren zu sehen. "Sie können meine Familie wieder zum Leben erwecken, Skywalker? Das bezweifle ich. Nicht einmal Jedi-Tricks können die Toten in die Welt der Lebenden zurückbringen."

"Wir alle erleben tiefen Schmerz", erklärte Luke. "Das ist der Preis des Lebens. Es kommt allein darauf an, wie wir mit diesem Schmerz umgehen."

"Ich habe meinen eigenen Weg gefunden, damit umzugehen", entgegnete Dolph. "Und den werde ich auch weiterhin beschreiten. Ich werde dafür sorgen, daß nie wieder eine Macht wie die Je'har in der Galaxis erscheint."

"Und wie wollen Sie das erreichen?"

Dolphs behandschuhte Rechte vollführte eine weit ausholende Geste. "Die Je'har des Universums werden verschwinden und mit ihnen jene, die ihnen dienen. Wie Ihre Schwester und ihre Regierung."

"Leia hatte nichts mit dem Mord an Ihrer Familie zu tun", sagte Luke.

"Stimmt." Dolphs Stimme wurde noch leiser. "Sie war nur eine der wenigen, die ihn hätten verhindern können."

Der Haß hatte sich so tief in ihn hineingebrannt, daß er die dunkle Seite nährte. Kein Wunder, daß er so schnell so stark geworden war.

Luke blieb ein paar Meter von Dolph entfernt stehen. "Brakiss hat gesagt, Sie wollten, daß ich hierher komme."

Dolph nickte. Er ließ den Arm langsam sinken. "Ich möchte Sie vor die Wahl stellen, Master Skywalker. Ich brauche Ihre Stärke in der Macht. Schließen Sie sich mir an und helfen Sie mit, dieses Universum von verdorbenen Geschöpfen wie den Je'har zu säubern. Gemeinsam können wir erreichen, daß das Böse verschwindet und das Gute regiert."

"Ich schließe mich Ihnen an", erwiderte Luke, "wenn Sie sich von der dunklen Seite lossagen."

Dolph lachte. Es war ein tiefes, hallendes, eiskaltes Lachen. "Sie hätten das schon vor langer Zeit lernen müssen, Skywalker. Es gibt keine dunkle Seite. Die Regeln, die Sie der Macht auferlegt haben, stammen von einem schwachen, verängstigten alten Mann, der sie Ihnen aufgebürdet hat, damit Sie niemals Ihr volles Potential entwickeln. Schließen Sie sich *mir* an, Skywalker, und Sie können werden, was Ihnen von Anfang an bestimmt war – der mächtigste Mann der Galaxis. Die Macht wird mit Ihnen sein. Sie wird Sie leiten. Sie wird Ihnen alles geben, was Sie sich wünschen."

"Das hat sie schon", sagte Luke.

"Hat sie das wirklich?" fragte Dolph mit sanfter Stimme. "Hat sie das wirklich, Master Skywalker? Ihre Schwester hat drei Kinder und einen Mann, der sie liebt. Für Sie gibt es niemanden, den Sie umarmen können. Sie haben Gefährten, aber keine Familie. Sie lehren Tricks, die Sie vor langer Zeit selbst gelernt haben, und suchen die Galaxis nach immer neuen Herausforderungen ab. Sie haben kein echtes Zuhause. Ist es das, was Sie sich wünschen, Skywalker?"

"Man kann das Leben eines jeden so schildern, daß es sich anhört, als sei er gescheitert, Dolph", antwortete Luke. "Ich genieße mein Leben, ich bin dankbar dafür und möchte nichts daran ändern."

"Nicht einmal zum Besseren?"

"Nicht auf Ihre Art", sagte Luke.

"So sei es denn." Die Maske verhärtete sich und wurde ein Teil von Dolph. Luke konnte die physische Umformung sehen und wußte jetzt, daß er Kueller vor sich hatte, den Mann, in den Dolph sich verwandelt hatte. Es war sinnlos, mit dem Jungen zu streiten, den Luke einmal gekannt hatte.

Langsam zog Kueller sein Lichtschwert. Ein Zischen hallte die Straße entlang. Die Klinge flammte blau.

"Ich möchte nicht mit Ihnen kämpfen, Dolph", sagte Luke.

"Sie werden nicht mit Dolph kämpfen", erwiderte Kueller und schlug auf Luke ein. Der griff blitzschnell nach seinem Lichtschwert und parierte Kuellers Schlag. Das elektrische Klirren der Schwerter erfüllte die Luft und ließ rings um die Kämpfenden die Funken tanzen. Jede Bewegung versetzte Lukes Rücken einen Stich, aber er konzentrierte sich ganz auf die Klinge: parierte, verteidigte sich, blockierte, ohne je anzugreifen. Er würde warten, bis Kueller sich eine Blöße gab, ehe er zuschlug.

Kuellers Hiebe kamen von links, dann von rechts, schließlich zielte er auf Lukes Herz. Aber Luke blockte immer wieder ab. Kueller trieb ihn zurück, auf das Haus zu. Luke stolperte mit seinem schwachen Bein, ging in die Knie. Schmerz zuckte durch seinen Schenkel. Kuellers Lichtschwert fuhr auf Lukes Schulter herab, aber der rollte sich unter dem Schlag weg und spürte das Brennen, als der rauhe Stein der Straße sich in seine Wunden rieb.

Er stemmte sich wieder in die Höhe und schlug nach Kueller, versengte seinen Umhang. Die Lichtschwerter ließen die Luft knistern. Schweiß rann Luke über das Gesicht. Seine Kräfte schwanden. Er hatte in den letzten Tagen zu viel durchgemacht. Aber er konzentrierte sich auf Kuellers Bewegungen, lebte für Kuellers Bewegungen, blockierte sie, kam ihnen zuvor und hielt stand.

Mit fünf schnell aufeinanderfolgenden Stößen trieb Kueller Luke erneut zurück. Luke parierte, parierte, parierte, konnte aber das Gleichgewicht nicht halten. Sein Knöchel war gebrochen und trug sein Gewicht nicht mehr. Kueller stieß nach Lukes linker Seite. Luke wich aus, und Kueller stieß erneut zu. Lukes Knöchel knickte ein, aber er stürzte nicht. Kueller setzte nach und schlug Luke das Lichtschwert aus der Hand.

Dann hielt er seine blaue Klinge unter Lukes Kinn. Luke konnte die Hitze spüren, das elektrische Prickeln riechen.

"Ich sollte Sie jetzt töten", sagte Kueller.

Lukes Atem ging schwer, aber er empfand keine Furcht. Er konnte sein Lichtschwert mit der Macht an sich reißen und den Kampf fortsetzen, aber irgendwie wußte er, daß Kueller noch nicht bereit war, ihn zu töten.

Er begegnete Kuellers blicklosen schwarzen Augenhöhlen. "Mich zu töten bringt Ihnen keine Kraft."

Die Maske lächelte in ihrer knochenbleichen Imitation des Todes. "Oh doch, das wird es, Master Skywalker."

"Nein. Ein Jedi begrüßt den Tod, er fürchtet ihn nicht."

"Sagen Sie das mir, Skywalker, oder sich selbst?"

"Ihnen, Dolph."

"Ich bin nicht Dolph!"

"Wie Sie meinen", sagte Luke. Er stand auf seinem gebrochenen Knöchel; das ganze Bein war inzwischen taub.

"Ich sollte Sie töten", wiederholte Kueller, "aber ich brauche Sie, um Ihre Schwester hierher zu locken."

"Sie wollen doch nicht allein gegen uns beide antreten, Dolph."

Kueller schnippte mit den Fingern. Dutzende von Sturmtruppen, deren weiße Uniformen in der Sonne blitzten, traten aus den Gebäuden ringsum. "Bringt ihn nach Almania!"

"Eine ganze Menge Soldaten für einen einzigen Mann", bemerkte Luke belustigt.

"Ich weiß, wer Sie sind, Skywalker." Kuellers Schwertspitze wich nicht von der Stelle unter Lukes Kinn. "Ich werde Sie niemals unterschätzen."

Die Sturmtruppen umringten Luke. Er spannte seine Muskeln an, wollte sich mit einem Sprung befreien, als er einen Stich im Nacken spürte. Seine Hand fuhr an die Stelle, er drehte sich überrascht um und sah einen Sturmtruppler hinter sich, der einen Injektor in der Hand hielt.

"Gute Nacht, Master Skywalker", sagte Kueller, als Luke bewußtlos zu Boden sank.

***

Leia hatte die Vorbereitungen der *Alderaan* fast abgeschlossen. Das Schiff war speziell für sie gebaut worden, ein

Fluchtfahrzeug, wenn sie es brauchte, ein Schiff in der Not, wenn die Umstände es erforderten, so wie das der Fall gewesen war, als Hethrir ihre Kinder gestohlen hatte. Die *Alderaan* trug keine sichtbare Markierung, und nur wenige kannten ihren Namen. Sie konnte lediglich anhand ihrer Nummer identifiziert werden, und als Besitzerin war eine Frau namens Lelila in das Register eingetragen. Lelila war der Spitzname, den Leia als Kind getragen hatte, ihre zweite Identität, eine Identität, die ihr vor nicht allzu langer Zeit auf der Suche nach ihren Kindern von Nutzen gewesen war.

Sie würde ihr auch jetzt nützlich sein, wenn sie die Suche nach ihrem Bruder antrat.

Luke? Wieder erhielt sie keine Antwort auf ihre mentale Botschaft.

Das Holo hatte einen augenscheinlich schwer verletzten Luke gezeigt. Vielleicht war er inzwischen sogar tot. Vielleicht hatte er die Explosion seines X-Flüglers nicht überlebt.

Vielleicht, vielleicht, vielleicht ... Aber damit konnte sie nicht leben. Man hatte ihren Bruder schon oft tot gesagt, und in Leia war mit der Zeit die Erkenntnis gereift, daß er auch unvorstellbare Gefahren zu überleben vermochte. Das hatte sie erstmals erfahren, als sie und Lando ihn, mit dem Kopf nach unten an einer Wetterfahne an der Unterseite von Cloud City hängend, aufgelesen hatten.

Sie schickte eine letzte kodierte Nachricht über alle Komkanäle, um R2 zu finden. Wahrscheinlich befand er sich immer noch in Reparatur. Diese Kloperianer hatten ihn jetzt schon zweimal fast zerstört, und sie hatte Anweisung hinterlassen – eine ihrer letzten Amtshandlungen –, daß die Kloperianer solange ihrer Pflichten in den Docks und Wartungshangars enthoben werden sollten, bis eindeutig bewiesen war, daß sie nicht in die Verschwörung gegen die Republik verwickelt waren. Leia verdächtigte sie auf Grund des Verhaltens, das sie ihren Droiden gegenüber an den Tag gelegt hatten. Andernfalls hätte sie sie, wie jeder andere, wahrscheinlich für unschuldige Opfer gehalten.

Wenn R2 jetzt nicht bald auftauchte, würde sie allein abfliegen. In der augenblicklichen Situation kam es in erster Linie auf schnelles Handeln an. Wenn Luke zwar am Leben, aber ernstlich verwundet war, würde er möglicherweise nicht imstande sein, sich selbst zu verteidigen. Seine Kräfte erschienen seiner Umgebung manchmal wie Zauberei, aber Leia wußte sehr wohl, daß Luke tief im Innern ebenso ein Mensch war wie jeder andere auch.

Und ebenso verletzbar.

Selbst die größten Jedi-Ritter waren nicht gegen den Tod gefeit. Sie hatte mit ansehen müssen, wie Obi-Wan gestorben war, als er sein Lichtschwert hob und sich damit die Blöße gab, die es Darth Vader erlaubte, ihn zu töten.

Dieses Bild hatte sie all die Jahre verfolgt. Für Luke war jener Moment ein Symbol für Bens Macht – für Leia hingegen war er ein Beispiel dafür, daß auch den Kräften ihres Bruders Grenzen gesetzt waren.

Sie hatte zu seinen Lebzeiten nie mit Obi-Wan Kenobi gesprochen. Erst als er zu einer geisterhaften Vision geworden war, so wie ihr leiblicher Vater und Yoda. Damals war Obi-Wan ihr nicht sehr mächtig erschienen. Ein Führer, ein Lehrer, aber nicht mehr.

Es klopfte an der Schiffsluke, und Leia wirbelte herum. Niemand außer Mon Mothma wußte, daß sie hier war, und Mon Mothma würde ganz bestimmt nicht hierherkommen. Und R2, falls er Leias Nachricht erhalten hatte, würde nicht erst anklopfen.

Sie tippte auf ihren Außenschirm. Da stand Wedge in Generalsuniform, das Haar zurückgekämmt, die Mütze unter den Arm geklemmt. Er wirkte sehr offiziell.

Ihr Mund wurde trocken. Es war albern, vor einem Freund Angst zu haben, und doch war Angst genau das, was sie in diesem Moment empfand. Sie wollte nicht, daß er sie aufforderte zu bleiben, und sie wollte auch nicht, daß er jemanden von ihrer Abreise verständigte – wenigstens nicht so früh.

Trotzdem konnte sie sich nicht vor ihm verleugnen. Sie öffnete und wartete im Cockpit auf ihn.

Er mußte sich beim Eintreten ducken. "Leia? Mon Mothma schickt mich."

"Ich werde nicht bleiben, Wedge", entgegnete sie. "Du kannst auf mich einreden, soviel du willst. Luke ist in Gefahr, Han kann ich nicht erreichen, und bis der Senat sich entschließt, Hilfe zu schicken, wird Luke tot sein."

Wedge legte seine Mütze auf den Kopilotensessel. "Ich weiß, Leia. Vor mir brauchst du dich nicht zu rechtfertigen.

Mon Mothma hat mich nicht geschickt, um dich an der Abreise zu hindern. Sie schickt mich, damit ich dich begleite."

Leia schüttelte den Kopf. "Das wird nicht notwendig sein, Wedge. Es ist besser, wenn ich allein gehe. Aber ich wäre dir dankbar, wenn du R2 finden könntest."

"Du verstehst mich nicht", sagte Wedge. "Mon Mothma schickt mich und eine Flotte mit."

Plötzlich versagten Leias Beine ihr den Dienst. Sie lehnte sich gegen die Steuerkonsole. "Eine Flotte? Das darf sie nicht. Das erfordert die ausdrückliche Billigung des Senats."

"Formal ja", bestätigte Wedge. "Aber wie du sehr wohl weißt, gibt es immer Mittel und Wege ..."

"Aber das ist ein viel zu großes Wagnis. Die Imperialen im Senat werden sie kreuzigen."

"Wenn wir schnell handeln, werden sie es gar nicht erfahren" sagte Wedge. "Und bis sie Einspruch erheben, wird die Flotte längst abgeflogen sein."

"Und dann werden sie Mom Mothma vor die Tür setzen. Wedge, genau das wollte ich verhindern, als ich sie gebeten habe, an meine Stelle zu treten."

"Hab Vertrauen zu Mon Mothma, Leia. Sie hat es fertiggebracht, eine zerstrittene Gruppe von Rebellen unter einen Hut zu bringen und daraus eine echte Regierung zu formen. Sie verfügt über ihre eigene Schliche."

Das ließ Leia aufhorchen. Sie runzelte die Stirn. "Was hat sie denn vor?"

"Sie entsendet eine Flotte. Die Schiffe werden bereits einsatzbereit gemacht. Sie ist der Ansicht, daß wir diesen Kueller schnellstmöglich loswerden müssen. Und unter deiner Führung können wir das, Leia."

"Und was ist daran so trickreich?"

"Wenn wir gewinnen, wird der Sieg auf dein Konto gehen. Das wird den Mißtrauensantrag, sobald du zurückkehrst, im Keim ersticken und dir eine Möglichkeit eröffnen, Staatschefin zu bleiben."

"Und wenn wir verlieren?"

"Wird sie leugnen, irgend etwas von diesem Unternehmen gewußt zu haben, und behaupten, wir hätten auf eigene Faust gehandelt, um die Neue Republik zu retten, und wären gescheitert." Wedge beugte sich zu Leia hinüber. Seine Miene zeigte Ernst und Aufrichtigkeit. "Wenn wir scheitern, Leia, ist es ohnehin gleich, was irgendwer über uns denkt."

"Nicht für meine Kinder", erwiderte Leia.

"Deine Kinder werden in guten Händen sein. Mon Mothma weiß sehr wohl, wie wichtig sie sind. Für das, was wir vorhaben, ist es ein Glück, daß sie sich nicht auf Coruscant aufhalten. Es bedeutet, daß Mon Mothma alle Informationen beliebig manipulieren kann."

"Eine Flotte", überlegte Leia, die langsam die Tragweite dieses Plans begriff. Mit einer Flotte würde sie vielleicht wirklich eine Chance haben. Kueller würde damit rechnen, daß sie nachgab oder auf seine nächste Nachricht wartete. Wenn er sie so gut kannte, wie er glaubte, dann würde er vielleicht sogar erraten, daß sie alles daransetzen würde, Luke zu retten. Aber auf die Idee, daß sie mit einer ganzen Flotte erscheinen würde, kam er bestimmt nicht. "Was ist mit den X-Flüglern?"

"Die meisten sind nicht einsatzfähig", erklärte Wedge. "Aber ein paar haben wir umgebaut. Im wesentlichen werden wir uns auf Headhunter, A-Flügler, B-Flügler und Y-Flügler stützen müssen."

"Das klingt nach einer großen Flotte", sagte Leia.

"Luke ist nicht irgendwer."

Sie lächelte. "Und Mon Mothma hat sich die Holoaufzeichnung angesehen und glaubt, daß Kueller eine große Gefahr darstellt. Du hast offenbar vergessen, wie oft ich an ihrer Seite gekämpft habe, Wedge. Sie hat nie viel vom Abwarten gehalten. Sie glaubt an den Kampf. Sie glaubt an den Vorteil, der in der Überraschung liegt."

"Dann sollten wir zusehen, daß wir starten", meinte Wedge. "Willst du das Flaggschiff?"

Leia schüttelte den Kopf. "Ich habe nie ein militärisches Kommando innegehabt, Wedge. Du leitest diesen Einsatz. Ich nehme die *Alderaan* und werde mich ganz auf Luke konzentrieren. Du kannst Kueller daran erinnern, daß wir das Imperium besiegt haben. Ein kleiner, unbedeutender Volksverhetzer auf einem weit entfernten Planeten stellt keine Bedrohung für uns dar."

"Du glaubst doch nicht wirklich, daß er schwach ist?" fragte Wedge.

"Nein", antwortete Leia mit einem bedrückten Lächeln. "Ich glaube, er stellt eine der größten Bedrohungen dar, denen wir je ausgesetzt waren."

* 33 *

Das Wasser brodelte vom Blasterfeuer. Während Han untertauchte, packte Chewie Wynnis Armbrust. Han sah nicht, ob es Chewie gelang, sie ihr zu entwinden, weil er sich ganz darauf konzentrierte, tief zu tauchen, Zeens Beine zu ergreifen und ihn unter Wasser zu ziehen.

Zeen trat nach ihm, aber Han ließ nicht locker. Er zog mit aller Kraft und schaffte es, Zeen zu sich herunterzuziehen. Zeens Blaster sank langsam neben ihm nach unten, während sein Besitzer mit beiden Armen auf Han einschlug. Han begnügte sich damit, seine Beine festzuhalten. Seine Lunge brannte zwar von der Anstrengung, aber Zeens Mund stand offen. Er würde es nicht so lange aushalten wie Han.

Zeens Faust traf Hans Kinn, doch die Wucht des Schlages wurde vom Wasser gemildert. Han ließ Zeens Beine los, packte seine Schultern und drückte ihn in die Tiefe. Zeen versuchte seinerseits, Han zu packen, verfehlte ihn aber. Der Schwung, mit dem Han ihn hinuntergedrückt hatte, und der Sog vom Grund des Tümpels zogen Zeen noch tiefer unter Wasser.

Han tauchte auf. Lando hielt Kid im Würgegriff, die beiden rangen miteinander, tauchten immer wieder unter, um gleich darauf Wasser spuckend wieder aufzutauchen. Rings um sie zischten Blasterschüsse ins Wasser. Chewbacca hatte mit Wynnis Armbrust das Feuer auf die Glottalphibs eröffnet. Einer lag tot auf dem Felssims, ein weiterer trieb mit dem Gesicht nach unten im Wasser, das sich um ihn herum schwarz färbte. Die anderen Glottalphibs spieen Feuer in den Tümpel und brachten das Wasser zum Kochen. Die Hitze war unvorstellbar. Han konnte nicht sagen, ob sein Gesicht mit Wasser aus dem Tümpel oder mit Schweiß bedeckt war.

Nandreeson feuerte mit seinem Blaster auf sie. Wynni war bewußtlos, trieb aber auf dem Rücken in der fauligen Brühe, die Wookieeschnauze in die Luft gestreckt.

Han riß Kid den Blaster weg, versetzte ihm einen Fausthieb ins Gesicht und drückte ihn in die Tiefe, wie er es mit Zeen gemacht hatte. Dann schnappte er sich Lando und zog ihn in die Höhe.

"Tief durchatmen, Kumpel."

Lando japste, nickte aber und schwamm davon. Han reichte ihm Kids Blaster und zog dann den eigenen aus dem Holster. Er trat Wasser und feuerte auf die übriggebliebenen Glottalphibs, zielte auf ihre Mäuler.

Aus dem Augenwinkel sah er Lando auf dem Rücken treiben, sorgfältig zielen und einen Schuß zur Decke abgeben.

Han wirbelte herum und wollte ihn gerade ermahnen, gefälligst keine Ladung zu vergeuden, als eine Million Watumbafledermäuse sich von der Höhlendecke herabstürzte. Chewbacca brüllte und verschränkte die Arme schützend über dem Kopf. Die Fledermäuse klatschten aufs Wasser, tauchten in den Rauch ein und folgten dann gefräßig den Flammen.

Die Glottalphibs fingen im Chor zu trompeten an und schlugen mit ihren winzigen Armen auf die Fledermäuse ein. Das Feuer erlosch. Nandreeson tauchte unter, und Han wollte ihm nach, aber Lando griff nach seinem Arm.

"Nicht", rief er. "Er will, daß wir ihm unter Wasser folgen, damit er uns besser umbringen kann."

Die Watumbafledermäuse verschlangen das Feuer, während sie auf die verbliebenen Glottalphibs zuflatterten. Die ersten Fledermäuse hatten bereits einen der Glottalphibs erreicht und flogen in sein Maul. Der 'Phib trompetete noch lauter, worauf sich nur noch mehr Fledermäuse auf ihn stürzten. Plötzlich hörte er auf zu lärmen, fiel auf den Rücken und zerquetschte dabei ein paar der Watumbas. Die anderen flogen davon und hinterließen einen grauen, ausgetrockneten Glottalphib. Die drei restlichen Glottalphibs flohen mit lauten, ängstlichen Trompetenstößen aus der Höhle.

Han stieß Chewie von hinten an. "Das sind Watumbafledermäuse, du Kindskopf. Sie fressen Algen, Insekten und Feuer, keine Wookiees."

Chewie winselte.

"Jetzt komm endlich", drängte Lando. Er wollte weiterschwimmen, hielt aber plötzlich inne, als wäre ein Seil an seinem Fuß befestigt. "Heh, was soll das ...?"

Dann ging er unter.

"Nandreeson!" rief Han und tauchte ebenfalls. Nandreeson hielt Lando am Fuß fest und sah interessiert zu, wie er panisch um sich schlug. Han packte Lando an der Hand und zog daran, aber Lando bewegte sich nicht von der Stelle. Han hielt den Zeigefinger an die Lippen, bedeutete ihm, stillzuhalten und tauchte wieder auf.

"Gib mir die Armbrust", sagte Han zu Chewie.

Der Wookiee brüllte.

"Zum Streiten ist jetzt keine Zeit. Nandreeson bringt ihn sonst um."

Chewie stieß einen Klagelaut aus, tauchte dann und lud dabei die Armbrust. Han schwamm um Lando herum, hielt ein paar Meter von Nandreeson entfernt inne und trat dann nach dem breiten Maul des Glottalphib.

Lando lief bereits rot an. Er gab Han durch Zeichen zu verstehen, daß er erstickte. Han ignorierte ihn. Er trat erneut nach Nandreeson, der aufbrüllte. Als er das Maul öffnete, zog ein Energiebolzen eine lange Blasenspur durchs Wasser und bohrte sich schließlich in Nandreesons Rachen.

Feuer zuckte aus seinem Maul, doch das Wasser löschte die Flammen. Er ließ Landos Bein los, und Lando schoß an die Wasseroberfläche. Nandreeson gab gurgelnde Laute von sich, tastete hektisch nach seinem Maul und sank in den Schlamm am Boden des Tümpels ein.

Han wartete nicht länger. Er zupfte an Chewies Spezialanzug, und sie tauchten beide wieder auf. Lando war bereits an den Treppenstufen angelangt und kletterte hinauf. Er erreichte den Felssims, lehnte sich zurück und schloß die Augen.

"Ich hätte nicht gedacht, daß ich jemals wieder sitzen würde."

"Es ist noch nicht vorbei", sagte Han. Er mußte sich beim Klettern an den Felsen festhalten. Die Stufen waren schlüpfrig.

"Das ist es allerdings noch nicht", ließ sich Blue vernehmen. Sie klammerte sich hinter ihnen auf dem Felsvorsprung an die Wand. "Habt ihr schon überlegt, wie wir zu meinem Skipper zurückkommen?"

Chewie brüllte.

Blue zuckte dazu nur die Achseln.

"Du tanzt wohl auf zwei Hochzeiten, Blue?" fragte Han, Chewies Bemerkung ein wenig höflicher formuliert wiederholend.

Sie lächelte strahlend. "Ich war der Ansicht, daß es in meinem Interesse lag, erst mal abzuwarten, wer dieses kleine Scharmützel gewinnt. Was meinst du, Han?"

"Ich meine, wenn man dir trauen könnte, hättest du an unserer Seite gekämpft, Blue."

"Du solltest das Mädel nicht überfordern", mischte sich Lando mit von Erschöpfung belegt klingender Stimme ein. "Immerhin hat sie nicht auf uns geschossen."

"Siehst du, Han? Wenigstens einer, der mich versteht."

"Damit wird Schluß sein, sobald er überall in deinem Skipper Teile der *Glücksdame* entdeckt."

Lando schlug die Augen auf und fuhr hoch. "Du hast mein Schiff ausgeplündert? Gib mir den Blaster, Han. Diese Frau hat den Tod verdient."

Blue hob beide Hände; nur mit Daumen und Zeigefinger der rechten Hand hielt sie ihren Blaster. "Ich dachte, du wärst tot. Nandreeson hatte nicht vor, dich leben zu lassen."

"Dir fehlt der rechte Glaube, Blue", rief Lando.

"Du hättest auch nicht anders gehandelt", erwiderte sie mit einem strahlenden Lächeln.

"Erwischt", grinste Han.

"Vielleicht vor Cloud City", erklärte Lando. "Jetzt bin ich einer von den Guten."

"Aber verdammt unvorsichtig", meinte Han und ließ sich neben ihm nieder. "Weshalb bist du überhaupt hierhergekommen?"

"Um dich rauszuholen, Kumpel. Ich hatte gehört, daß du hier Scherereien hast. Ich wollte dir helfen."

"Über euer Privatleben können wir uns später unterhalten. Ich würde jetzt lieber erfahren, wie ihr hier rauszukommen gedenkt", warf Blue ein.

"Wie bist du auf den Felssims gekommen?" fragte Han.

"Geklettert", antwortete die Frau. "Du hast anscheinend die Sprossen am Höhleneingang übersehen."

Chewie brüllte zustimmend. Er patschte die Treppen hinauf, richtete sich über Han auf und heulte.

"Schon gut, schon gut, wir gehen ja", antwortete Han.

"Und wie willst du von hier wegkommen?" wollte Lando wissen.

Warum glaubte eigentlich jeder, daß er in jeder Lebenslage einen Plan zur Hand hatte? Han seufzte. "Ich hatte gedacht, du wüßtest vielleicht, wo Nandreeson seinen Lieblingsskipper geparkt hat."

"Er hat mich damit herbringen lassen, aber bei dem Schiff sind ein paar Reks zurückgeblieben."

"Die sollten inzwischen eigentlich verschwunden sein", meinte Blue. "Denen sind Watumbafledermäuse genauso zuwider wie den Glottalphibs."

"Das stimmt nicht ganz, Blue", widersprach Lando. "Glottalphibs lieben Watumbafledermäuse, weil auf ihnen alle möglichen Glottalphib-Delikatessen als Parasiten leben. Sie mögen es bloß nicht, wenn die Watumbafledermäuse sie bemerken."

Blue lachte. "So kann man es auch ausdrücken."

Chewie stapfte bereits auf den Höhleneingang zu. Er blieb kurz auf dem breiten Felssims stehen und schälte sich aus dem Spezialanzug, den Wynni ihm gegeben hatte, und warf ihn dann mit einem äußerst ausdrucksvollen und unaussprechlich vulgären Wookieefluch ins Wasser.

Blue sah zu Wynni hinüber. "Meinst du, sie kommt zurecht?"

Chewbacca fügte seiner Verwünschung eine weitere hinzu.

"Wir wollen sie auf den Felssims ziehen", sagte Han. "Dann hat sie, wenn Nandreesons Schläger zurückkehren, wenigstens eine Chance."

Chewbacca fluchte abermals, stapfte dann aber quer über den Felsvorsprung und zog Wynni mit einem Stock, den er vom Boden aufgehoben hatte, zu sich heran. Dann beugte er sich vor und hievte sie grunzend an Land.

"Nett von dir, Chewie. Ich dachte schon, ich müßte dir noch ein wenig zureden", sagte Han.

Chewbacca knurrte.

"Weißt du", sagte Lando leise, "du hast mir mal gesagt, daß man niemals einen Wookiee verärgern soll."

"Richtig", sagte Han.

"Aber selbst scheinst du von deinem Rat nicht viel zu halten."

"Er steht lebenslang in meiner Schuld", entgegnete Han. "Mich zu töten würde ihn seine Ehre kosten."

"Ja, mag sein", sagte Lando, "aber würde ihn das auch davon abhalten, dir die Arme auszureißen?"

"Bis jetzt hat es das. Aber wir wollen ihn nicht auf dumme Gedanken bringen, ja?"

Chewbacca knurrte erneut und ließ Wynni dann liegen. Sie war immer noch bewußtlos, aber Han sah, wie sich ihre Brust unter dem rosa Anzug hob und senkte. Blue stieg vorsichtig über sie hinweg. Obwohl sie einige Zeit in dem schmutzigen Wasser geschwommen war, sah sie frisch und adrett aus. Selbst ihr nasses Haar machte den Eindruck einer wohlgeordneten Frisur.

Sie hielt ihren Blaster in der einen Hand und tastete sich mit der anderen an der Felswand entlang.

"Wo ist der Skipper?" fragte sie.

"Zwei Höhlen weiter", sagte Lando. "Ich gehe voraus."

Er sah aus, als könnte er keinen Finger mehr rühren. Han hatte Landos Haut noch nie so grau gesehen. Trotzdem kletterte er über die Felsbrocken, als ob er sich noch kein bißchen angestrengt hätte. Allem Anschein nach war der Gedanke an die Freiheit ein großer Ansporn.

"Was ist mit den anderen Glottalphibs?" erkundigte sich Han.

"Um die brauchen wir uns, glaube ich, keine Sorgen zu machen", meinte Lando. Dann standen beide nebeneinander im Zugang zur benachbarten Höhle. Dutzende von Glottalphibs lagen dort niedergestreckt auf den Felsen oder trieben im Wasser. Die meisten hatten die langen Mäuler weit geöffnet, so daß man die bloßen Knochen in ihrem Rachen sehen konnte.

"Und das haben die Watumbas getan?" fragte Han. "Dann begreife ich nicht, weshalb die Glottalphibs sich diese Biester halten?"

"Manchmal muß man für ein gutes Essen ein gewisses Risiko eingehen", kommentierte Lando.

Der Gestank nach Rauch, toten Glottalphibs und verfaulender Vegetation war betäubend.

Chewie knurrte.

"Ich weiß, ich weiß", sagte Han. "Es stinkt."

"Das ist stark untertrieben", bemerkte Blue. Sie hielt sich die Nase zu. "Wenn diese Kreaturen anfangen zu verwesen, möchte ich nicht mehr hier sein."

Sie arbeiteten sich vorsichtig an den Leichen vorbei. Auch die Felsöffnung zur nächsten Höhle war von toten Glottalphibs fast verstopft, aber dahinter warteten fünf unbewachte Skipper.

Blue lächelte. "Typisch Reks. Wirklich reizende Kerlchen. Sie denken bloß an sich."

"Genau wie du, was, Blue?" grinste Han.

Sie tätschelte seine Schulter. "Ab und zu lasse ich mich auch zu einer guten Tat hinreißen, Solo. Schließlich hat mich ja niemand gezwungen, euch herzubringen."

Er schob ihre Hand weg. "Du hättest dir ein wenig mehr Mühe geben können, mir zu helfen, Blue. Ich habe dir immerhin das Leben gerettet."

"Eine Hand wäscht die andere, Han. Ich dachte, wir wären quitt."

Lando und Chewie musterten die Skipper. "Der hier ist startbereit", stellte Lando fest. "Wenn du weißt, wie man diese Dinger kurzschließt."

"Es gibt immer einen Zugangscode", sagte Blue. "Und in Nandreesons Fall liegt der ja wohl auf der Hand."

Sie schob sie beiseite und musterte die Spracheingabe.

"Du denkst doch nicht etwa, daß das Ding Stimmerkennung hat, oder?" fragte Han.

Blue lachte. "Alle Glottalphibs klingen gleich." Sie schnippte gegen die Anlage. "Was war Nandreesons Lieblingsbeschäftigung, Lando?"

"Was fragst du mich?" ereiferte er sich. "Ich habe den Kerl seit Jahren nicht mehr gesehen."

"Ich dachte, du kanntest seine Obsessionen", sagte sie.

"Nur eine davon", erwiderte Lando.

"Genau." Blue lehnte sich an das Eingangsschott und sagte: "Calrissian töten!" Dabei gelang es ihr recht überzeugend, die nasal klingenden Laute der Glottalphibs zu imitieren.

Das Schott glitt zurück. Blue grinste. "Also, Gentlemen, fliegen wir nach Skip 1 zurück und sehen wir nach, ob die Schmuggler während unserer Abwesenheit den *Millennium Falken* ausgeräumt haben."

***

3PO und R2-D2 waren in die Wohnung der Solos zurückgekehrt und hatten dort festgestellt, daß Leia abgereist war. Der Computer informierte die Droiden, daß sie ihre Position als Staatschefin aufgegeben und Anweisung hinterlassen hatte, die Wohnung abzuschließen, bis ein Mitglied der Familie zurückgekehrt sei, und warf sie anschließend hinaus.

Mon Mothma hatte den Platz von Mistress Leia eingenommen, und die Droiden warteten jetzt mit einer Unzahl von Senatsgehilfen, Gratulanten und Stellungssuchenden in ihrem Vorzimmer. Es herrschte drangvolle Enge.

3PO lehnte an der Wand, dicht neben einer Metallskulptur, die verdächtig an die Innereien eines Droiden erinnerten, und R2 wippte neben ihm ungeduldig vor und zurück. Sie waren die einzigen Droiden, mit Ausnahme des Empfangsdroiden, einem neuen, "weiblichen" Modell, das es ablehnte, 3PO überhaupt zur Kenntnis zu nehmen. Der Empfangsdroide setzte ausschließlich Fühlende auf seine Liste, angefangen mit dem kloperianischen Wachmann, den Leia seines Amtes enthoben hatte (und vor dem R2 sich jetzt hinter einem Ychthytonier versteckte) bis zu einer geflügelten Agee, die nur so zum Spaß hereingeflattert kam.

Als der Kloperianer zu Mon Mothma vorgelassen wurde, begann R2 heftig zu schaukeln.

"Beruhige dich, R2", sagte 3PO. "Mon Mothma wird uns ganz sicher empfangen. Sie weiß, wie wichtig wir sind."

R2 ließ ein schrilles Pfeifen hören, worauf alle Gespräche im Vorzimmer verstummten und aller Augen sich den beiden Droiden zuwandten. 3PO hob beide Hände, als ob nichts geschehen sei, und die Gespräche setzten wieder ein. Nur der Empfangsdroide starrte 3PO an, als habe dieser gerade den letzten Rest guten Benehmens über Bord geworfen.

"Jetzt hast du es geschafft", tadelte der Protokolldroide seinen kleinen Begleiter. "Mit deinen schlechten Manieren bringst du es noch dahin, daß man uns hier rauswirft."

R2 trillerte und wippte hin und her, wobei seine Räder auf dem Fliesenboden klappernde Geräusche erzeugten.

"Das ist ein wenig melodramatisch, selbst für dich, niemand wird gleich sterben, bloß weil wir hier Schlange stehen müssen."

R2 schnarrte, und der Ychthytonier blickte auf ihn herab.

"Dein kleiner Freund ist ein wenig erregt."

3PO nickte. "Er glaubt, daß wir ..."

R2 schrillte.

Der Ychthytonier hielt sich alle vier Hände über die Ohren; einige der menschlichen Wartenden zuckten zusammen; die geflügelte Agee flog ebenso schnell aus dem Raum, wie sie hereingekommen war.

"Jetzt ist aber Schluß", rief der Empfangsdroide mit femininer Stimme und stand auf. "Ihr Droiden könnt jetzt gehen."

"Siehst du, was du angestellt hast?" zischte 3PO. "Jetzt muß ich den Empfangsdroiden davon überzeugen, daß wir bleiben müssen. Das wird nicht leicht sein, bei all den Ausdrücken, die du ihm an den Kopf geworfen hast. Die meisten Droiden, ganz gleich welchen Typs, mögen es nicht, wenn man sie als Verräter bezeichnet, weißt du. Der hier tut schließlich nur seine Arbeit – und übrigens recht gut, wie ich vielleicht bemerken darf."

3PO ließ R2 stehen und bahnte sich einen Weg zum Empfangspult. Der Droide dahinter stand aufrecht da, die bronzefarbenen Arme vor der Brust verschränkt. "Ihr habt hier nichts verloren", sagte die weibliche Stimme. "Die Präsidentin hat heute nur für wichtige Dinge Zeit."

"Unser Anliegen ist wichtig", erwiderte 3PO.

"Für dich sicherlich. Aber was auch immer das Problem sein mag, es kann warten."

"Ich fürchte, das kann es nicht", erwiderte 3PO. Seine Stimme wurde leiser. "Du mußt wissen, mein Kollege und ich haben die Ursache der Bombenexplosion in der Senatshalle entdeckt. Wir wollten das Präsidentin Leia Organa Solo melden, aber sie ist zurückgetreten. Also haben wir ihre Nachfolgerin aufgesucht."

"Wahnvorstellungen", meinte der Empfangsdroide. "Dein Typ hätte schon vor einer Generation abgeschafft werden sollen. Es hieß, daß er zu Übertreibungen neigt. Bis jetzt wollte ich das nicht glauben."

"Das ist keine Übertreibung," rief 3PO und richtete sich zu seiner ganzen Größe auf, "sondern nichts als die Wahrheit. Du solltest den Unterschied eigentlich kennen."

"Wenn du jetzt nicht von meinem Pult zurücktrittst, werde ich dich gewaltsam entfernen lassen", keifte der Empfangsdroide.

"Das wirst du nicht", sagte 3PO. "Ich bin der persönliche Droide von Präsidentin Leia Organa Solo, und mein Kollege gehört ihrem Bruder, dem Jedi-Meister Luke Skywalker. Wir sind über eure jämmerlichen bürokratischen Mätzchen erhaben. Wenn du dich mit uns anlegst, legst du dich mit jemandem an, der zu den wichtigsten Leuten auf Coruscant gehört."

"Dein Kollege? Meinst du damit den Astromechdroiden, der vor ein paar Minuten so unhöfliche Geräusche von sich gegeben hat?"

"Ja", antwortete 3PO. "Er ist ein wenig exzentrisch, aber er ist der Veteran mehrerer Schlachten und sehr prominent."

"Nun, dann solltest du ja keine Schwierigkeiten haben, ihn zu finden", bemerkte der Empfangsdroide.

"Ihn zu finden?"

"Er hat sich entfernt, als du an mein Pult gekommen bist."

3PO fuhr herum. "R2? R2!"

Im Vorzimmer war Stille eingetreten, weil alle Bittsteller die Auseinandersetzung zwischen dem Empfangsdroiden und 3PO verfolgt hatten. In der Nähe der Skulptur, bei der R2 gewartet hatte, war eine Lücke entstanden. Der Ychthytonier deutete mit seinem oberen linken Arm auf die Tür. "Stimmt", sagte er. "Dein kleiner Freund ist abgehauen. Zum Turbolift der Piloten, glaube ich."

"Zum Turbolift der Piloten?" echote 3PO. "Du meine Güte, du meine Güte." Er setzte sich in Bewegung, blieb dann noch einmal stehen und drehte sich zu dem Empfangsdroiden um. "Ich erwarte von dir, daß du Mon Mothma darüber informierst, daß wir hier waren. Wenn du das nicht tust, werde ich persönlich dafür sorgen, daß man dich degradiert und du als Übersetzer für mechanische Müllpressen eingesetzt wirst."

Dann eilte er hinaus und rief nach R2. Die Halle wimmelte von weiteren Bittstellern, die alle zu Mon Mothma wollten. Offenbar hatte der Führungswechsel zur Folge, daß jetzt jeder Opportunist auf Coruscant herausfinden wollte, ob Mon Mothma sich irgendwelcher Anliegen annahm, die Mistress Leia bereits abgelehnt hatte. C-3PO schob sich an einigen jungen Menschen, einem Gosfambling und einem Llewebum vorbei und blieb dann vor dem Turbolift der Piloten stehen, der so genannt wurde, weil er unmittelbar zu den Hangars führte. Die Piloten des Imperators hatten rund um die Uhr bereit sein müssen. Die geringste Bedrohung für das Imperium, und die Piloten waren im Turbolift kilometerweit in die Tiefe gerast und gestartet, um Coruscant zu verteidigen. Die Neue Republik hatte diese Einrichtung für nützlich gehalten und unverändert beibehalten.

Die Liftkabine kehrte zurück.

"R2", sagte 3PO leise. "Wenn ich dich erwische, werde ich vorschlagen, daß man dich irgendwo festschraubt."

Die Türen des Turbolifts glitten auf, und 3PO stieg ein. Er drückte den Expreßknopf und hielt sich an der Haltestange fest, als die Kabine in die Tiefe sauste. Als sie unten angelangt war, gingen die Türen auf. 3PO spähte nach draußen.

Die Türen zu den Pilotenquartieren standen offen. Die Deckplatte des Computersperrsystems lag auf dem Boden. R2 hatte es eilig gehabt; normalerweise befestigte er solche Dinge wieder. Am anderen Ende des riesigen Hangars summten Maschinen.

3PO eilte den Gang entlang. Er war verlassen. Dann erreichte er die Wartungshalle. Dutzende von X-Flüglern, alle in verschiedenen Stadien der Instandsetzung, warteten hier. Master Lukes Schiff stand in der Nähe der Hangartore, als erwarte es dort die Rückkehr seines Piloten.

Hinter Lukes Sternjäger konnte man weitere Schiffe sehen, an denen offenbar ebenfalls gearbeitet wurde. Von R2 keine Spur.

"Du liebe Güte", seufzte 3PO. "Das gefällt mir gar nicht."

Er stieg über Energiekabel und Computerteile. Dann bewegte sich etwas in der Wartungsbucht nebenan. 3PO eilte darauf zu und entdeckte R2 neben einem leichten Frachter, der so aussah, als sei er gerade erst fertigmontiert worden. Außerdem hatte sich jemand die Zeit genommen, die Karbonspuren und den Weltraumschmutz abzuwischen.

"Was denkst du dir eigentlich, R2?"

R2 pfiff.

"Ich kann keinen Frachter fliegen. Du weißt genau, daß Droiden das nicht können. Wir brauchen Hilfe, R2."

R2 trillerte.

"Man ignoriert dich nicht. R2, du mußt bloß jemanden suchen, der etwas zu sagen hat!"

R2 piepste erneut. 3PO eilte auf den Frachter zu.

"R2, wirklich. Daß du nicht sofort mit Mon Mothma sprechen konntest, heißt noch lange nicht, daß du nicht warten solltest. Es hätte sicher nur noch einen Augenblick gedauert, und sie hätte dich vorgelassen ."

R2 trillerte.

"Natürlich hast du Zeit. Man hat immer Zeit."

R2 jammerte.

"Aber so schlimm kann es doch gar nicht sein, R2."
R2 schnarrte.
"Laß *mich* mit Mon Mothma reden", sagte 3PO. "Ich bin sicher, sie wird jemanden schicken ..."
R2 gab einen langen unanständigen Laut von sich.
"Also wirklich, R2, ich muß schon sagen. Was wolltest du denn? Warten bis der Besitzer zurückkehrt? Du hast doch keine Ahnung, was für ein Mensch dieses Ding fliegt ..."
R2 piepste indigniert.
"Also schön", resignierte 3PO. "Dann weiß ich eben nicht, was du vorhattest. Aber ich glaube, wenn wir den korrekten Weg einschlagen ..."
R2 trillerte. Es klang beinahe vergnügt.
Hinter ihnen waren Schritte zu hören.
3PO drehte sich um.
Da stand Cole Fardreamer und wischte sich die Hände an einem Lappen ab. "Da Master Skywalker gar nicht hier ist, nehme ich an, daß die geheimnisvolle Botschaft, die Luke Skywalker für mich im Systemcomputer abgelegt hat, in Wirklichkeit von dir stammt, R2."
R2 trillerte fröhlich.
"R2", sagte 3PO leise, "du weißt doch, daß es dir verboten ist, dich an den Systemen zu schaffen zu machen. Und noch dazu mit Master Lukes Code!"
"Ich denke, du solltest später mit ihm schimpfen. Die Nachricht klang dringend", meinte Cole.
R2 drehte den Kopf und piepste.
"R2 möchte wissen, wem der leichte Frachter hier gehört", übersetzte 3PO, "obwohl ich keine Ahnung habe, warum er das wissen will. Offen gestanden, Master Fardreamer, R2 hat sich, seit auf ihn geschossen wurde, äußerst sonderbar verhalten."
"R2 hat einen gut funktionierenden Instinkt", sagte Cole, verließ seinen Standort am Eingang der Wartungsbucht und kam näher. "Dieser Frachter ist gestohlen und von uns sichergestellt worden. Ich habe ihn ein wenig aufpoliert. Eigentlich gehört er niemandem. Ich denke, wir werden versuchen, ihn zu verkaufen."
R2 gurgelte und wippte vor und zurück.
"R2", wies 3PO ihn zurecht. "Wirklich, Master Fardreamer, er ist kaum wiederzuerkennen."
Cole lächelte. "Es ist besser, du übersetzt für mich."

3PO warf R2 einen Blick zu. Der winselte. "Na schön, meinetwegen", erwiderte 3PO. "R2 glaubt zu wissen, wer das Bombenattentat auf die Senatshalle verübt hat. Er sagt, wenn wir nicht sofort dorthin gehen, gibt es einen weiteren Anschlag."

"Wohin? Zur Senatshalle?"

"Nein", antwortete 3PO beinahe ärgerlich, als hätte Cole sich gerade als ziemlich begriffsstutzig erwiesen. "An den Ort, von dem die Sprengkapseln kamen."

R2 trillerte eindringlich.

"Er möchte wissen, Sir, ob Sie uns helfen können."

Cole Fardreamer musterte den leichten Frachter mit gefurchter Stirn. "Ich weiß nicht", entgegnete er nach einer Weile. "Aber ich kann es ja mal versuchen."

* 34 *

An Bord von Leias kleinem Schiff befanden sich sechs Militärpersonen. Wedge hatte darauf bestanden, daß sie mitkamen – für den Fall, daß sie angegriffen wurde, hatte er gesagt –, aber Leia argwöhnte, daß sie in Wirklichkeit auf sie aufpassen sollten. Wedge und Mon Mothma wußten nicht genau, was sie vorhatte, und wollten sie auf diese Weise daran hindern, irgend etwas Verrücktes zu tun.

Aber bis jetzt hatte sie sich noch nie von jemandem daran hindern lassen, zu tun, was sie für richtig hielt.

Und das würde sie auch dieses Mal nicht zulassen.

Ein junger Lieutenant, Tchiery, hatte darauf bestanden, das Schiff zu steuern, aber Leia hatte sein Ansinnen zurückgewiesen. Sie mußte ihre unmittelbare Umgebung unter Kontrolle halten. Dies war *ihre* Mission, wenn sie auch zugelassen hatte, daß Wedge die Flotte führte. Sie wollte den Kurs und den Plan kennen und kein Jota davon abweichen.

Es sei denn, sie wollte es so.

Sobald sie Almania erreicht hatte, würde sie wissen, was zu tun war.

Ihre neuen Mannschaftsmitglieder befanden sich in der Kombüse und diskutierten dort, was es zum Abendessen geben sollte. Im Cockpit herrschte paradiesische Stille, und das verschaffte Leia die Möglichkeit nachzudenken. Im Kopilotensessel konnte man immer noch Tchierys Körperabdruck erkennen. Er war ein Farnym. Farnyms waren rund wie Kegelkugeln, doch ihre ungewöhnliche Körpergestalt barg unglaubliche Kräfte. Sie hatten ein kurzes Fell, einen kleinen Mund und große, orangefarbene Augen. Tchiery bildete da keine Ausnahme. Außerdem hatten sie einen ungewöhnlichen Körpergeruch, etwa wie Ingwer mit Sandelholz vermischt, und dieser Geruch hing, noch lange nachdem Tchiery das Cockpit verlassen hatte, in der Luft.

Die Flotte war fächerförmig hinter der *Alderaan* ausgeschwärmt, insgesamt dreißig Schiffe. Wie Mon Mothma die

Tatsache rechtfertigen wollte, daß Wedge den Großteil der einsatzfähigen Einheiten mobilisiert hatte, überstieg Leias Vorstellungsvermögen. Wedge und seine Kommandanten flogen in drei großen Schiffen, die jeweils von Geschwadern kleinerer Schiffe begleitet wurden, hauptsächlich A- und B-Flügler. Es war wirklich erstaunlich, wie Wedge und Admiral Ackbar in so kurzer Zeit eine aus so vielen Schiffen bestehende Armada aufgestellt hatten.

Admiral Ackbar hatte sich dafür entschieden, auf Coruscant zu bleiben. Er würde ihre Spuren, so gut es ging, verwischen, aber Meido und seine Fraktion würden früher oder später unweigerlich mitbekommen, daß gleichzeitig dreißig Schiffe Coruscant verlassen hatten. Was sie hingegen nicht bemerken würden, war der Start der winzigen, ungekennzeichneten *Alderaan*. Darauf baute Leia. Sie wollte nicht, daß irgend jemand erfuhr, daß sie an dieser Mission teilnahm, wenigstens solange nicht, bis es zu spät war, die Schiffe zurückzurufen.

Sie lehnte sich im Pilotensessel zurück, griff in ihr langes Haar und band es rasch zu einem Pferdeschwanz zusammen. Das war das dritte Mal, daß sie dies tat. Immer wieder hatte sie ihr Haar gelöst; eine nervöse Angewohnheit aus Kindertagen, von der sie geglaubt hatte, sie inzwischen abgelegt zu haben. Seit der Vernichtung des zweiten Planeten durch Kueller war unvermutet eine ganze Reihe solcher Angewohnheiten wiedergekehrt. Leia würde sich nach ihrer Rückkehr mit den tieferen Gefühlen auseinandersetzen müssen, die sich hinter diesen nervösen Ticks verbargen. Dessen war sie sich bewußt.

Falls es eine Rückkehr geben würde.

Sie hatte keine Ahnung, welche Art Waffe Kueller einsetzte. Die Planeten blieben unversehrt, aber ihre Bewohner schienen einfach zu verschwinden. Also konnte es sich weder um einen Todesstern noch um einen Sonnenhammer handeln und auch nicht um eine andere große, singuläre Waffe, die ihr Ziel mit einem Schlag zerstörte. Und keine Flotte der Welt wäre in der Lage, diese unbekannte Waffe außer Gefecht zu setzen, wenn deren Kommandanten nicht wußten, worauf sie überhaupt feuern sollten.

Ebenso unmöglich war es, Almania zu bombardieren und zu vernichten, denn damit würde sich die Republik auf das moralische Niveau des Imperiums herablassen.

Leia war keineswegs überzeugt, daß Wedge sich das alles gründlich und im Detail überlegt hatte. Sobald sie den almanianischen Raum erreicht hatten, würde sie sein Militärpersonal mit einer Nachricht zu seinem Schiff, der *Yavin*, zurückschicken. Keine Flächenbombardements, solange das Ziel nicht lokalisiert war. Wenn über dieses Ziel jedoch kein Zweifel bestand, würde sie diese Nachricht natürlich nicht überbringen lassen; andernfalls jedoch wollte Leia die Mannschaft zu Wedge zurückschicken und selbst in der Atmosphäre von Almania verschwinden.

Um Kueller allein aufzuspüren ...

... weil sie nach wie vor nicht sicher war, ob er es auf die Neue Republik oder auf ihre Familie abgesehen hatte. Er war stark in der Macht, und das machte ihn zu einem nicht zu unterschätzenden Feind. Zum tausendsten Mal wünschte Leia sich, sie hätte auf Luke gehört und ihre Jedi-Ausbildung abgeschlossen. Durch Verhandlungen würde sie Kueller nicht bezwingen können, wenigstens nicht auf lange Sicht. Aber vielleicht würde sie ihn mit Lukes Hilfe im Kampf besiegen können.

Sie zog einmal mehr den Knoten aus ihrem Haar, und es fiel ihr wieder auf den Rücken. Die Sterne sahen unverändert aus. Selbst mit Hyperantrieb war die Entfernung nach Almania beinahe unvorstellbar groß. Es war erstaunlich, daß Kueller seinen Planeten überhaupt als Teil der Neuen Republik betrachtete. So weit abseits liegende Planeten bestanden gewöhnlich auf ihrer Unabhängigkcit. Almania hattc seine Unabhängigkeit vom Imperium bewahrt, und es wäre eigentlich zu erwarten gewesen, daß der Planet diese Politik unter der Neuen Republik fortsetzte.

Wieder ein Detail, das keinen Sinn ergab.

Es gab so viele Details hinsichtlich dieser Welt Almania, die keinen Sinn ergaben. Das mochte teilweise daran liegen, daß die Kenntnisse über den Planeten sehr lückenhaft waren. Vermutlich hatten die Je'har sich nur der Form halber und zum Schutz ihrer Regierung mit der Rebellion verbündet und nicht etwa, weil ihnen der Kampf gegen das Imperium am Herzen lag. Und soweit Leia wußte, hatte sich kein einziger Almanianer jemals den Streitkräften einer der beiden Seiten angeschlossen.

Aber es hieß, daß Almania vor einigen Jahren ein Hilfeersuchen an ihre Regierung gesandt und darauf keine Antwort erhalten habe. Vielleicht war das der Grund, warum Kueller die Neue Republik ins Visier nahm.

Vielleicht ging es wirklich nicht um ihre Familie.

All diese quälenden Sorgen ... Leia hatte das Gefühl, an tausend Fronten gleichzeitig zu kämpfen. Sie hatte R2-D2 vor der Abreise nicht finden können, und dabei hatte sie sich so auf ihn verlassen. Es wäre wirklich großartig gewesen, den kleinen Droiden auf der *Alderaan* dabeizuhaben; 3PO hätte ebenfalls nützlich sein können, zumindest, um sie gelegentlich abzulenken. Aber beide Droiden waren verschwunden. R2 hatte den Wartungsbereich kurz nach ihrem Auftritt dort verlassen, mit 3PO im Schlepptau. Seitdem hatte die beiden niemand mehr zu Gesicht bekommen.

Ebenso wie niemand etwas von Han gehört hatte, der all ihre Nachrichten unbeantwortet ließ. Schließlich hatte sie ihm eine Botschaft hinterlassen, in der sie ihm mitteilte, daß sie einige Zeit nicht erreichbar sein, sich aber bald auf die Suche nach ihm begeben und ihn ganz sicher auch finden werde. Es war wichtig, daß die Flotte Kommunikationsstille hielt, aber diese Notwendigkeit beunruhigte Leia. Hans Mission im Smuggler's Run dauerte bereits viel zu lange, und die geheimnisvolle Nachricht, mit der er in Mißkredit gebracht werden sollte, drängte Leia die bange Frage auf, ob diese Verzögerung ein schlechtes Zeichen war.

Lando hatte sie ebenfalls nicht erreichen können. Lando, der sein Leben für das Hans aufs Spiel gesetzt hatte. Sie konnte nur hoffen, daß er seinen alten Kumpel gefunden hatte und daß die beiden hinter dem- oder denjenigen her waren, die es auf Han Solo abgesehen hatten.

Und dann war da noch Luke. Leia hatte, seit sie die Holoübetragung von Kueller gesehen hatte, ihre geistigen Fühler nach ihm ausgestreckt, aber abgesehen von jenem klagenden, schmerzerfüllten Ruf hatte sie nichts von Luke gehört, und sein Schweigen lastete schwer auf ihr.

Hin und wieder wurde Leia von merkwürdigen Schmerzen geschüttelt. Ihr linker Fußknöchel versagte ihr den Dienst und jagte einen stechenden Schmerz durch ihr Bein, als sie das Cockpit durchcheckte. Aber als sie die schmerzende Stelle untersuchte, war dort keinerlei Verletzung festzustellen. Kurz nach dem Start hatte sie sich entspannt in die Pilotenliege sinken lassen und unwillkürlich einen verhaltenen Schrei ausgestoßen, als ob sich tausend Nadeln in ihren Rücken bohrten. Aber auch diese Empfindung war nur von kurzer Dauer, und sie hatte keine sichtbaren Spuren einer Verletzung (oder gar von Nadeln im Rückenpolster ihres Sessels) entdecken können. Doch beide Male hatte sie, ehe der Schmerz verebbt war, das Bild Lukes vor ihrem geistigen Auge gesehen.

Er war am Leben. Daran zweifelte Leia keinen Augenblick. Aber sie wußte auch, daß er schwerverletzt und allein war.

Sie mußte bald mit ihm Verbindung aufnehmen. Obwohl sie die Maschinen der *Alderaan* bis an den Rand ihrer Leistungsfähigkeit strapazierte, ging es ihr nicht schnell genug.

Leia mußte ihren Bruder erreichen, ehe er starb – oder ehe etwas noch Schlimmeres geschah.

***

Luke erwachte in einem spärlich beleuchteten Raum. Er lag auf dem Bauch, und sein Rücken schmerzte höllisch. Er hatte stechende Kopfschmerzen und einen scheußlichen Geschmack im Mund. Das Mittel in dem Injektor hätte eigentlich nicht wirken dürfen, tat es aber doch, was Luke hauptsächlich seinem geschwächten Zustand zuschrieb. Seine Kraft hatte nicht ausgereicht, um mit Dolph/Kueller zu kämpfen und sein Bewußtsein gegen die Wirksamkeit des Betäubungsmittels zu verteidigen.

Und jetzt war er hier eingesperrt.

Wo auch immer das sein mochte.

Luke blinzelte. Seine Augen fühlten sich verklebt an, sein ganzer Körper war immer noch wie ausgetrocknet, und diese Empfindung verstärkte sich mit jeder Bewegung, mit jedem Stich, der durch seinen Kopf fuhr. Aber immerhin hatte er sich ein wenig ausruhen können und war wieder einigermaßen zu Kräften gelangt. Er konnte die Schwäche überwinden, und er würde sich jetzt verteidigen können.

Seine Pritsche befand sich nur wenige Zentimeter über dem Boden, der mit Erde bedeckt war, aber darunter waren Dielenbretter aus Holz zu erkennen. Wie sonderbar.

Bräunlichgraues Licht fiel durch ein Gitter in der Decke. Vermutlich befand sich darüber ein weiterer Raum, sonst wäre es heller gewesen.

Luke setzte sich unter Qualen langsam auf, eine Bewegung, die ihn schmerzhaft an die Verletzungen an seinem Rücken erinnerte. Sein X-Flügler war zerstört, explodiert über Pydyr, aber darüber hinaus hatte er sich nicht zusammenreimen können, was mit ihm geschehen war.

Aber im Schlaf hatte ihm sein Unterbewußtsein zu der folgenden Erkenntnis verholfen: Auf Telti mußte sich jemand an seinem Schiff zu schaffen gemacht haben. Brakiss konnte es nicht gewesen sein. Er hatte sich die meiste Zeit in Lukes Nähe aufgehalten. Aber vielleicht einer der Droiden, auf Anweisung von Brakiss.

Und wenn der X-Flügler wie geplant mit Luke an Bord über Almania explodiert wäre, dann hätte sich Brakiss damit jener beiden Männer entledigt, die er fürchtete: Luke Skywalker und Kueller.

Luke strich sich über das Gesicht und stieß dabei mit der Hand an etwas, das ihn kitzelte. Er senkte die Hand. Stroh. Er sah nach unten. Die Pritsche war mit Stroh bedeckt.

Wie sonderbar.

Und seine Hände waren nicht gefesselt.

Seine Füße ebensowenig.

Aber sein Lichtschwert war verschwunden.

Kueller nahm also an, daß von diesem Ort eine Flucht nicht möglich war, aber er glaubte zugleich, daß Luke das Lichtschwert benutzen könnte. Und das bedeutete, daß Luke nicht lange allein bleiben würde.

Er richtete sich langsam auf, bewegte sich ganz vorsichtig, damit die bohrenden Kopfschmerzen nicht in Schwindel übergingen. Eine provisorische Beinschiene erlaubte es ihm, wenigstens einen Teil seines Gewichts auf seinen Knöchel zu verlagern. Langsam schlurfte er tiefer in den Raum hinein.

Er erkannte jetzt, daß dieser Raum zu einer ganzen Flucht von Räumen gehörte. Die Decken waren so hoch, daß es mit seinem verletzten Knöchel aussichtslos war, so hoch zu springen, und die Wände waren glatt. Und doch strömte von irgendwoher frische Luft herein und trug den Geruch von rohem Fleisch zu ihm.

Bei dem Gedanken an solche Nahrung drehte sich ihm der Magen um, aber er wußte, daß Essen für ihn jetzt von unschätzbarem Wert sein würde, nicht so sehr wegen der Nährstoffe, sondern auf Grund der Flüssigkeit. Luke folgte dem widerwärtigen Geruch und entdeckte noch mehr Stroh auf der anderen Seite des Raums, in dem er erwacht war, und im Stroh Büschel langer weißer Haare. Er nahm schwach einen animalischen Geruch wahr.

Der angrenzende Raum war dunkel. Der Fleischgeruch war hier ausgeprägter und mischte sich in die tierischen Ausdünstungen. Luke war nicht überzeugt davon, daß ihm das, was er finden, auch gefallen würde. Er kniff die Augen zusammen, um sie an das herrschende Zwielicht zu gewöhnen.

Nichts.

Der Raum war noch karger ausgestattet als der erste, es gab da nur einen Haufen Stroh und keine Pritsche. Der Geruch nach rohem Fleisch kam aus einer Ecke, in der ein paar große leere Schüsseln standen, die jedoch kein Fleisch enthielten. Offenbar hatte hier etwas jüngst seine Mahlzeit beendet, und nur der Geruch hing noch in der Luft.

Die feinen Härchen in Lukes Nacken richteten sich auf. Er sah nichts und niemanden, aber sein Gefühl sagte ihm, daß er nicht allein war.

Ein Gefühl, das ihm nicht behagte.

Luke hinkte zu seiner Pritsche zurück und setzte sich. Er hatte keine Ahnung, wie lange er ohne Bewußtsein gewesen war. Ebensowenig wußte er, wo er sich befand. Seine einzige Hoffnung bestand darin, eine der Wachen zu überwältigen, die Dolph/Kueller ohne Zweifel aufgestellt hatte, und eines seiner Schiffe zu stehlen, um damit zu fliehen.

Aber ehe er das tat, mußte er herausfinden, aus welcher Quelle Kueller seine beunruhigenden Kräfte schöpfte. Diese Quelle mußte sich irgendwo in Kuellers Nähe befinden, denn er würde sich ganz bestimmt nicht weit von diesem geheimnisvollen Kraftborn entfernen, worum es sich dabei auch immer handeln mochte.

Aus dem Raum nebenan war etwas zu hören, das wie ein leises Schnuppern klang. Luke blickte überrascht auf. Eine große weiße Kreatur saß in der Tür, füllte sie fast ganz aus. Wenn dieses fremdartige Lebewesen sich auf die Hinterbeine stellte und sich streckte, würde es möglicherweise das Gitter in der Decke erreichen können. Aber offenbar verspürte es nicht den Wunsch, das zu tun.

Das Schnuppern hielt an, und schließlich ging Luke auf, daß die Bestie Witterung aufnahm.

Sie hatte *ihn* gewittert.

Er blieb sitzen und rührte sich nicht. Daß er überhaupt nicht gefesselt war, beunruhigte ihn. Das konnte nur bedeuten, daß Kueller dieses Monstrum als sein Schicksal ausersehen hatte.

Jetzt erhob es sich auf alle viere, und Luke sah, daß es zweimal so groß wie er war. Neben diesem Ungeheuer würde Chewbacca beinahe wie ein Zwerg wirken. Das Monstrum hatte ein kleines Gesicht (im Vergleich zu seiner Körperfülle), kurze Ohren und blaue Schlitzaugen. Seine Schultern waren breit, sein Rücken flach. Es war über und über weiß behaart, und bei jeder Bewegung fiel ihm ein Büschel Haare aus. Es hatte einen langen, dünnen Schwanz, doch Luke vermutete, daß in diesem Schwanz einige Kraft steckte.

Wenn er sich nicht bewegte, würde es ihm vielleicht nichts zuleide tun. Die meisten Lebewesen ergriffen schreiend die Flucht, wenn sie sich einem solchen Ungeheuer gegenübersahen. Aber in den meisten Fällen war es am besten, wenn man einfach abwartete und sich still verhielt.

Die Bestie kam näher. Geifer tropfte aus ihrem Maul, fiel klatschend auf den Boden und bildete dort beachtliche Pfützen. Das Monstrum fuhr zu schnuppern fort, folgte dem Weg, den Luke eingeschlagen hatte zur Tür und dann zu seinem Lager aus Stroh.

Luke bemühte sich, seinen eigenen Atem unter Kontrolle zu halten und keinen Laut von sich zu geben. Er wollte sich kraft der Macht unsichtbar machen, wußte aber nicht, wie er dem großen weißen Ding diese Vision übermitteln sollte. Er konnte nicht feststellen, ob es über die dazu notwendige Intelligenz verfügte.

Das Monstrum folgte seiner Witterung vom Stroh zu der Pritsche und blieb dann schnuppernd vor Luke stehen. Geifer klatschte auf die Füße des Jedi, durchtränkte sie mit warmer, schleimiger Flüssigkeit. Luke bewegte sich nicht.

Die Größe dieser Bestie war wirklich erstaunlich. Wenn Luke sich streckte, würde er ihr allenfalls bis zum mächtigen Brustkasten reichen.

Die Kreatur folgte der Witterung, schien Luke schließlich wahrzunehmen und schob die Schnauze vor – sie war so riesengroß, daß die kalte Nase ihn von der Stirn bis zum Bauch bedeckte. Luke widerstand dem Drang, die Schnauze einfach wegzuschieben, und blieb reglos sitzen, zwang sich, ganz ruhig zu bleiben. Das Monstrum schnupperte und hielt einen Augenblick an Lukes Rücken inne. Er schloß die Augen. Der nasse Schleim aus der Nase des Monsters floß über seine Arme, sammelte sich in einer Pfütze zu seinen Füßen. Er hätte in den Körperflüssigkeiten dieses Monstrums leicht ertrinken können.

Dann gab die Bestie einen kleinen seufzenden Laut von sich und wich ein Stück zurück. Offenbar hatte sie zwischen Luke und dem Stroh und der Pritsche keinen Unterschied feststellen können. Wenn er es fertigbrachte, noch eine Weile reglos dazusitzen, würde er es geschafft haben.

Die Kreatur legte den Kopf zur Seite. Ihre Augen funkelten ihn an, und Luke stellte Augenkontakt her.

Das war ein Fehler.

Mit einer blitzschnellen Bewegung schnappten die Kiefer des weißen Ungeheuers nach Luke und bissen zu.

Mit aller Kraft.

* 35 *

Lukes Beine verschwanden im Maul des Thernbee. Kueller wandte sich vom Bildschirm ab. Mit Ausnahme seines neuen Assistenten war Kueller allein in Femons Kontrollraum auf Almania. An der Wand schimmerten die Masken. Ihm gefiel es hier nicht. Er konnte immer noch ihre Präsenz spüren. Er würde einen anderen Raum zu seinem Kommandozentrum machen müssen.

"Ich will, daß ihn jemand die ganze Zeit bewacht."

Sein neuer Assistent, Yanne, ein schlanker Mann, dessen graues Haar über dem von Falten gezeichneten Gesicht erkennen ließ, daß er um Jahre älter als Kueller war, beugte sich vor. "Ich glaube nicht, daß das notwendig sein wird."

Kueller hatte Yanne ausgewählt, weil Yanne einer der wenigen unter seinen Leuten war, die ihre eigene Meinung äußerten und nicht nur das, was Kueller hören wollten. Für den Augenblick war das ein erfrischender Wesenszug.

"Wirklich, Sir, den Mann könnte jetzt nur noch ein Wunder retten. Das Thernbee wird mit ihm spielen, einen Knochen nach dem anderen zerquetschen, ihm gelegentlich die Illusion eines Auswegs lassen, ihn aber nie wirklich entkommen lassen."

"Ich weiß, wie ein Thernbee tötet", sagte Kueller. Er war unter diesen großen weißen Ungeheuern aufgewachsen, die jedem Besucher der Berge von Almania gefährlich wurden. "Ich will eine Wache."

"Das ist Vergeudung von Personal", bemerkte Yanne.

Kueller nickte, als ob er zugehört hätte. "Sie haben recht. Wir sollten am besten vier Wachen vor die Thernbeekäfige stellen."

"Vier! Sir, das kann nicht Ihr Ernst sein. Selbst wenn der Mann das Thernbee überlebt, wäre er zu schwach, um irgendwelchen Schaden anrichten zu können. Es wäre viel besser, wenn wir den Großteil unserer Leute in Kampfposition bringen. Es gibt Berichte ..."

"Ich kenne die Berichte", unterbrach Kueller ihn. "Ich bin vorbereitet. Aber der Mann dort unten ist Luke Skywalker.

Ich habe ihn nur deshalb zu dem Thernbee gesperrt, weil ich ihn lebend brauche, bis seine Schwester hier eintrifft. Aber solange Luke Skywalker lebt, besteht das Risiko, daß er seinen Gegner besiegt. Und *darauf* müssen wir vorbereitet sein."

"Er war schon verletzt, als wir ihn dort hineingesteckt haben. Das Thernbee braucht ihn bloß ein paarmal anzuschubsen, und schon ist er tot."

"So einfach wird das nicht sein", widersprach Kueller.

"Kein Mensch ist so widerstandsfähig", meinte Yanne.

Kueller drehte sich zu ihm herum. Er war von Yannes Widerspruchsgeist plötzlich nicht mehr so angetan. Er starrte den Mann an, bis Yannes Gesicht aschfahl wurde.

"Sie ausgenommen, Mylord."

Kueller lächelte. Ein tödliches Lächeln. "Ich würde Ihnen sehr empfehlen, sich das gut zu merken."

"Ja, Sir."

"Vier Wachen, Yanne. Rund um die Uhr."

"Jawohl, Sir. Ich kümmere mich sofort darum, Sir." Eine kurze Verbeugung, und er eilte zur Tür hinaus.

Kueller wandte sich wieder dem Bildschirm zu.

Die Kinnladen des Thernbee waren immer noch geschlossen. Kueller setzte sich, um abzuwarten, bis Skywalker wieder auftauchte.

***

Cole hatte eine Weile gebraucht, um R2 davon zu überzeugen, daß er sich in Geduld üben mußte. Der kleine Droide verlangte hartnäckig, Coruscant sofort zu verlassen. Und 3PO war von R2s Plan, den leichten Frachter zu entführen, nicht sonderlich erfreut.

Das Problem war, daß Cole nicht befugt war, den Frachter zu benutzen. Und er hielt sich auch nicht für befugt, ohne Erlaubnis einfach von Coruscant zu verschwinden.

Er versprach R2, daß er sich eine solche Erlaubnis und zusätzliche Hilfe beschaffen würde. Die beiden Droiden hatten es nicht geschafft, zu Mon Mothma vorgelassen zu werden. Möglicherweise würde auch Cole die Interimspräsidentin nicht dazu bewegen können, sie zu empfangen, aber er wußte, wo er den Hebel ansetzen mußte.

Über den Computer im Wartungsbereich versuchte er, Kontakt mit General Antilles aufzunehmen. Nachdem er sechs verschiedene Computersysteme durchprobiert hatte, erhielt er endlich Antwort.

"Ich bedaure, Fardreamer", tönte eine mechanische Stimme. "General Antilles ist augenblicklich nicht zu sprechen."

Cole hatte so etwas noch nie gehört. "Er hat mir gesagt, ich soll mich bei ihm melden, wenn etwas Dringendes anliegt. Und dies hier *ist* dringend. Es ist sogar dringender als dringend. Bitte, sagen Sie ihm ..."

"Das kann ich nicht, Fardreamer. Dringend oder nicht, im Augenblick werden alle Nachrichten lediglich aufgezeichnet." Die Stimme klang ziemlich mißgelaunt, und in der nächsten Sekunde wurde die Verbindung unterbrochen.

"Oh, du meine Güte, du meine Güte, du meine Güte", lamentierte C-3PO.

R2 quietschte und wippte vor und zurück, seine Räder klapperten auf dem Boden.

"R2 sagt, wir haben nicht viel Zeit."

"Ich tue, was ich kann, R2", erklärte Cole. "Es hat doch keinen Sinn, jetzt zu starten und dann von der Raumkontrolle wegen Diebstahls eines Schiffes sofort gestoppt zu werden."

"Damit hat er vollkommen recht, R2", versuchte 3PO den kleinen Astromechdroiden zu beschwichtigen.

Cole ignorierte die beiden und sandte eine Nachricht an Präsidentin Leia. Das System erwiderte darauf, daß Präsidentin Leia Organa Solo ihr Amt zu Verfügung gestellt habe und daß alle ihre Nachrichten an Mon Mothma weitergeleitet würden. Und als Cole versuchte, Mon Mothma zu kontaktieren, stieß er auf dieselbe Mauer wie vorher C-3PO und R2-D2.

"Ihr habt mir nicht gesagt, daß Präsidentin Leia zurückgetreten ist", sagte Cole.

"Das wußten wir selbst nicht, wir haben es erst erfahren, als wir versuchten, sie zu finden. Nach diesen Sprengkapseln hat sich alles geändert." 3PO schüttelte den Kopf. "Manchmal wünsche ich mir, ich wäre nie mit R2 mitgegangen."

"Um die Sprengvorrichtungen zu finden?"

"Nein", murmelte 3PO. "In diese Rettungskapsel."

Cole wußte nicht, was 3PO damit meinte, und beschloß, auch nicht danach zu fragen. Mon Mothma zu kontaktieren klappte also auch nicht. Schließlich probierte er es mit Admiral Ackbar. Die Antwort, die er erhielt, war ähnlich seltsam. Admiral Ackbar, so ließ sein Adjutant ihn wissen, befand sich in einer Unterredung, und der Adjutant hatte keine Ahnung, wann er, wenn überhaupt, zu sprechen sein würde.

Cole hielt einen Augenblick lang den Kopf gesenkt und hoffte, 3PO würde denken, er sei noch immer mit dem Komsystem beschäftigt. In Wirklichkeit wollte er sich einen Moment konzentrieren.

Präsidentin Leia zurückgetreten.

Admiral Ackbar nicht erreichbar.

General Antilles nicht erreichbar.

Mon Mothma nicht erreichbar.

Irgend etwas höchst Beunruhigendes war im Gange.

Als er das letzte Mal nicht auf R2 gehört hatte, hatte das dazu geführt, daß sie beinahe alle getötet worden waren. Ganz zu schweigen von den Piloten draußen in den nicht inspizierten X-Flüglern, die jeden Augenblick explodieren konnten.

R2 jammerte.

"Er sagt, wir können nicht länger warten", erklärte 3PO. "Er erinnert Sie daran, daß Sie versprochen haben, uns zu helfen. Ich persönlich, Master Fardreamer, würde nicht darauf bestehen, daß Sie dieses Versprechen einlösen. Schließlich haben Sie ja alles getan, was in Ihrer Macht steht. R2 ist allerdings ein wenig exzentrisch ..."

"Und er hat jedesmal recht gehabt, wenn er uns auf etwas hingewiesen hat", fiel Cole dem Protokolldroiden ins Wort. Er legte die Hand auf R2s kuppelförmigen Kopf. "Ich habe versucht, den Dienstweg zu beschreiten. Ich glaube, jetzt ist es an der Zeit, diesen Weg zu verlassen."

R2 zwitscherte vergnügt und wieselte auf den leichten Frachter zu.

"3PO", sagte Cole, "kennst du den Code der Präsidentin?"

"Sir, dieser Code ist geheim und wird jeden Tag geändert. Ich ..."

"Kennst du den Code der Präsidentin?"

"Selbstverständlich", nickte C-3PO. "Und die Codes ihres Mannes und ihrer Kinder."

"Ich brauche nur den ihren. Ohne diesen Code können wir Coruscant nicht verlassen."

"Oh, ich kann nicht mitkommen, Sir. Ich habe schon genug Scherereien. Mistress Leia erwartet von mir, daß ich hierbleibe."

"Die Präsidentin ist zurückgetreten, 3PO, und hat dir nichts davon gesagt. Ich denke, sie wird dir dankbar sein, wenn du hilfst, ein weiteres Bombenattentat zu verhindern. Bei dem ersten hätte sie schließlich beinahe den Tod gefunden."

3PO legte den goldenen Kopf zur Seite, als wollte er versuchen, Coles Gedaken zu lesen. "Was Sie da sagen, hat etwas für sich, Master Fardreamer."

"Das will ich meinen."

R2 im Inneren des Frachters trillerte dazu.

"Gehen wir", sagte Cole aufmunternd.

3PO kletterte auf die Einstiegsrampe und betrat den Frachter.

"Ich glaube, das wird mir noch leid tun", sagte er.

* 36 *

Chewbacca flog als Kopilot mit Blue. Nach den Erfahrungen, die sie auf Skip 6 gemacht hatten, war Han nicht bereit, weitere Risiken einzugehen. Er kannte Blue zwar schon so lange wie Kid, aber bei weitem nicht so gut.

Daß seine alten "Freunde" ihn verraten hatten, tat weh, ganz gleich wie man versuchte, ihre Handlungen zu rechtfertigen. Er saß im Luftatmersektor von Nandreesons Skipper. Dieser Skipper war größer und schlanker als der von Blue und verfügte im Unterdeck über einen Teich. Aber weder Han noch Lando verspürten die geringste Lust, jemals wieder auch nur in die Nähe von schlammigem Wasser zu kommen. Sie saßen im oberen Teil des Schiffes in einem winzigen Raum, der mit alten angeschimmelten Sitzmöbeln (bei denen Han vermutete, daß sie aus trockengelegten Tümpeln stammten) und mit von Schimmel bedeckten Tischen bestückt war.

Lando ruhte sich neben ihm aus. Sein alter Freund hielt die Augen geschlossen. Lando hatte abgenommen, und seine sonst stets wie aus dem Ei gepellte Kleidung war völlig durchgeweicht.

Han seufzte und ließ die letzten Ereignisse noch einmal Revue passieren. Aber wie er es auch drehte und wendete, er hätte nicht anders handeln können. Kid und Zeen hatten ihn in der Absicht begleitet, ihn zu verraten. Sie waren nicht seine Freunde, das hatten sie gleich bei seiner Ankunft klargemacht. Vielleicht hatten sie da sogar versucht, ihn zu warnen und ihn dazu zu veranlassen, diesen gefährlichen Boden wieder zu verlassen.

Jetzt war auch klar, wie Nandreesons Leute ihn auf Skip 5 hatten finden können.

Chewbacca hatte gesagt, seiner Ansicht nach hätte Wynni ihnen vielleicht geholfen, wenn er ihr nicht die kalte Schulter gezeigt hätte. Han war da nicht so sicher. Vermutlich wußte sie, daß Chewie seiner Frau unverbrüchliche Treue hielt, sonst hätte sie sich wahrscheinlich schon vor Jahren von Chewie zurückgewiesen gefühlt. Wenn man mit Wynni zu tun hatte, gab es immer Komplikationen, weil sie nie das tat, was man von einer Wookiee erwartete.

Nicht einmal, wenn das Ende nah war.

Han fragte sich, wie sie sich fühlen mochte, so allein in Nandreesons Bau.

Aber er war froh, daß sie wenigstens noch am Leben war. Der Tod von Zeen und Kid würde, ganz gleich, was sie ihm getan hatten, für alle Zeiten auf seinem Gewissen lasten.

"Du hattest keine andere Wahl", sagte Lando. Seine Stimme klang rauh, und seine Erschöpfung war nicht zu übersehen. Er hatte sämtliche für Menschen bestimmten Vorräte in Nandreesons Skipper aufgegessen und Wasser in solchen Mengen getrunken, als hätte er nicht gerade erst eine halbe Ewigkeit im Wasser zugebracht.

"In welcher Hinsicht?" wollte Han wissen.

"Da fragst du noch?" Lando schlug die Augen auf und stützte sich auf die Ellbogen. Sein Gesicht war jetzt nicht mehr ganz so grau wie vorher. "Wegen Kid und Zeen. Sie waren nie deine Freunde."

"Hör auf, mich zu trösten."

"Das tue ich gar nicht. Ich möchte ja nur, daß du die Dinge richtig siehst." Lando lehnte den Kopf an die Stahlwand. "Du hast nie hierhergehört, Han. Das haben wir alle gewußt. Kid und Zeen haben von Anfang an versucht, dich umzukrempeln. Wahrscheinlich dachten sie, sie könnten aus dir so jemanden machen, wie sie selbst sind. Aber für dich gab es da einfach Grenzen. Und das hat sie wahrscheinlich so wütend auf dich gemacht."

"Ich habe doch alles getan, was sie wollten", sagte Han.

"Nein, hast du nicht. Für dich war der Profit nie das allerwichtigste. Das wolltest du dir zwar nicht anmerken lassen, aber man hat es einfach irgendwie gespürt. Und das war es auch, was dich damals dazu gebracht hat, dich mit Luke Skywalker auf dieses Himmelfahrtskommando einzulassen. Er hat mir davon erzählt. Du hättest jederzeit aussteigen können – aber das hast du nicht getan."

"Das war eine Ausnahme."

"Nein, das war die Regel. Erinnerst du dich an diese Geschichte mit dem Wookieesklaven, den du gefunden hast?"

"Chewbacca zählt nicht. Das waren außergewöhnliche Umstände."

"Ja-ah", brummte Lando. "Genauso außergewöhnlich wie sonst auch immer. Und diese Typen hat das wütend gemacht, Han. Mit jedem Atemzug, den du getan hast, hast du ihnen gezeigt, daß das Leben, das sie führten, schmutzig, häßlich und von Haß erfüllt war."

Han spürte die Leidenschaft in Landos Worten und drehte sich zu ihm um. Er sah, daß Lando ihn anstarrte. "Hast *du* mich auch gehaßt?"

"Nein", erwiderte Lando. "Aber ich habe mich oft geschämt."

Er stemmte sich von der Pritsche und ging ein paar Schritte. Dann stieß er einen Schrei aus, bückte sich und griff an seine Waden. Sein Gesicht war auf einmal wieder ganz grau geworden. Han stand auf und half Lando dabei, sich wieder auf die Pritsche zu setzen.

"Wer hätte gedacht, daß man vom Wassertreten Wadenkrämpfe kriegt?"

"Jeder, der einmal Gymnastik betrieben hat", meinte Han. "Du hättest Nandreeson bitten sollen, daß er dir ein paar Minuten Zeit für ein Aufwärmtraining gibt, ehe er dich in diesen Tümpel befördern ließ."

"Sehr komisch."

Han machte sich an Landos Bein zu schaffen, streckte es, massierte die Muskeln. "Jetzt übertreibe es bloß nicht, Kumpel. Kannst von Glück reden, daß du noch am Leben bist."

"Ich bin zäh", sagte Lando.

"Ich würde eher sagen, du bist dumm. Was hast du dir eigentlich dabei gedacht, als du wieder in den Run gekommen bist?"

"Ich mußte dich finden, Han." Lando streckte sein anderes Bein aus. "Du kannst jetzt aufhören."

"Warum? Was ist denn so wichtig, daß du dein Leben dafür riskierst?"

"Jemand hat es auf dich abgesehen, alter Freund", antwortete Lando leise. "Jemand, der es so hinzustellen versucht, als wärst du für das Bombenattentat auf die Senatshalle verantwortlich."

"Während Leia an einer Sitzung teilnahm? Jeder, der mich kennt, weiß, daß ich so etwas niemals tun würde."

Lando lächelte. "Kid und Zeen würden dem wahrscheinlich zustimmen. Aber die meisten Imperialen im Senat kennen dich nicht. Im Imperium war so etwas ganz normal."

"Man würde aber doch ziemlich massive Beweise brauchen, damit man mir die Schuld in die Schuhe schieben könnte."

Lando schüttelte den Kopf. "Massiv ist nicht so wichtig wie die richtige Art von Beweisen. Du hast Glück, daß ich vorher bei Leia war." Dann erzählte er Han von der *Spicy Lady* und von der Nachricht, die er an Bord des Schiffes gefunden hatte.

Han seufzte. "Jarril ist also tot?"

Lando nickte. "Das war kein schöner Anblick."

"Ich glaube, er hat so etwas befürchtet, als er zu mir kam. Ich glaube, er hat gespürt, daß ihm nicht mehr viel Zeit blieb."

"Vielleicht war er Teil des Komplotts."

Han schüttelte den Kopf. "Dazu war er zu verstört. Er hat versucht, mich auf die Schmugglerart um Hilfe zu bitten, indem er mir Geld anbot, aber ich wollte nicht. Und dann bat er direkt darum."

"Vielleicht weil er mußte."

"Vielleicht hatte er keine andere Wahl. Vielleicht wußte er, daß sie schon hinter ihm her waren. Sie haben ihn ja allem Anschein nach auch gefunden und auf Coruscant getötet. Jarril hätte so eine Nachricht nie abgesetzt."

Lando schüttelte den Kopf. "Jarril ist tot. Seine Motive sind jetzt unwichtig. Wichtiger ist, daß jemand dich da hineinziehen wollte."

"Meinst du, es waren die Imperialen im Senat, um Leia loszuwerden?"

"Kommt mir eigentlich nicht sehr wahrscheinlich vor, weil sie dann ihre eigenen Leute in die Luft gesprengt hätten, meinst du nicht auch, Han?"

"Und diese Verkäufe von altem imperialem Kriegsgerät haben auch damit zu tun", sagte Han.

Lando schloß die Augen. "Hast du jemals von Almania gehört?"

"Erst von dir", antwortete Han.

"Ich auch nicht", erklärte Lando. "Seltsam, findest du nicht?"

"Seltsam?"

"Jemand hat sich große Mühe gegeben, einen Ort praktisch unsichtbar zu machen, von dessen Existenz wir nicht mal wußten. Wenn jemand sich solche Mühe gibt, etwas zu verstecken, dann lohnt es sich meistens, ein wenig genauer nachzusehen."

"Da hast du recht", nickte Han. "Vielleicht sollten wir dort als nächstes Station machen."

"Vorausgesetzt, daß wir noch unsere Schiffe haben", schränkte Lando ein.

"Das werden wir", sagte Han. "Das verspreche ich dir."

***

Luke schlüpfte zwischen den Zähnen des weißhaarigen Monstrums hindurch und zog die Beine in dem Augenblick an, als es zubiß. Sein Maul war riesengroß und an der Oberseite flach und von Furchen durchzogen. Selbst jetzt, da es die Zähne zusammengepreßt hatte, war noch Platz genug darin.

Wenn die Zunge nicht gewesen wäre. Sie stieß Luke immer wieder klatschend gegen den harten Gaumen, als wollte sie ihn in den Rachen schubsen und hinunterwürgen. Jedesmal, wenn er auf das Maul des Ungeheuers zuglitt, schmetterte ihn die Zunge wieder gegen den Gaumen. Er hatte das Gefühl, daß diese Kreatur ihre Nahrung gewöhnlich unzerkaut verschlang.

Alles im Innern dieses Mauls war schleimig. Es gab nichts, woran er sich festhalten konnte. Und als die riesige Zunge ihn das nächste Mal gegen den Gaumen drückte, krallte er sich mit beiden Händen in das Gaumensegel.

Das Monstrum jaulte auf und stieß ihn hart mit der Zunge an. Luke ließ los, die Kiefer klappten auf, und er segelte durch die Luft, prallte gegen die Wand und rutschte daran zu Boden.

Das Monster ragte über Luke auf, irgendwie wirkte sein riesiges Gesicht beleidigt. Es tastete mit seiner Pranke nach ihm, die Klauen ausgefahren, so daß er sich nicht einfach wegrollen konnte. Es drehte ihn auf den Rücken und beschnupperte ihn erneut, als könnte es gar nicht glauben, daß etwas so Winziges ihm solche Schmerzen zugefügt hatte.

Luke streckte beide Hände aus und drückte damit gegen die Nase des Monstrums, versuchte, es wegzuschieben. Die Bestie schnüffelte und leckte ihn dann ab, als wollte sie seine Verwendbarkeit als Nahrung testen. Lukes ganzer

Körper roch jetzt so, wie es im Innern des Monstrums gerochen hatte, eine Kombination aus rohem Fleisch, schmutzigen Zähnen und Geifer. Und er konnte unmöglich entkommen.

Das Monstrum tappte ein paar Schritte zurück, betrachtete Luke einen Augenblick lang und versetzte ihm dann einen so heftigen Hieb, daß er über den Holzboden rutschte und gegen die Wand auf der anderen Seite krachte. Holzsplitter von der Größe eines Taschenmessers steckten in seinen Armen und im Rücken. Er hatte sich von seinem letzten Sturz noch nicht erholt, nicht einmal richtig Atem schöpfen können, und war jetzt wie benommen, unfähig, sich zu bewegen, und triefnaß.

Aber er mußte sich bewegen. Dieses Ding durfte ihn nicht besiegen. Ein Jedi-Ritter würde nicht auf so schreckliche Weise sterben. Schließlich hatte er ganz allein gegen einen riesigen Rancor und gegen Tusken-Räuber gekämpft. Er konnte alles überleben.

Alles.

Wieder kam das Monstrum auf ihn zu. Luke richtete sich langsam auf und zog einen der Splitter aus seinem Arm. Als sich die Pranke des Monstrums wieder hob, rammte Luke den Splitter in den weichen Ballen an deren Unterseite.

Das Monstrum stieß eine schauerliches Gebrüll aus und schüttelte seine verletzte Tatze. Die weißen Haare fielen ihm aus wie Schnee. Jetzt stand die Bestie auf drei Beinen und biß in die Pranke des vierten.

Luke hatte nicht vor, abzuwarten, was als nächstes geschehen würde.

Er rannte, so schnell sein verletzter Knöchel das zuließ, um das Monstrum herum auf die Pritsche zu. Aber er fand keine Möglichkeit, sich zu verstecken. Das Gitter in der Decke war zu hoch, als daß er es mit dem verletzten Knöchel erreichen konnte, und wenn er sich unter die Pritsche zwängte, würde das Monstrum dort sicherlich zuerst nachsehen.

Luke humpelte in den nächsten Raum, der erst recht kein geeignetes Versteck bereithielt. Er brauchte einen Moment, bis seine Augen sich an die Dunkelheit angepaßt hatten, dann stellte er fest, daß die Räume sich offenbar immer weiter fortsetzten, Raum um Raum ... und irgendwo aus dieser unbekannten Tiefe mußte das Monstrum gekommen sein. Vielleicht warteten dort weitere seiner Artgenossen.

Aber eine dieser Kreaturen war mehr als genug. Die bloße Vorstellung eines ganzen Rudels glich einem Alptraum.

Das Monster wimmerte im Nebenraum. Luke konnte durchaus verstehen, wie ihm zumute war. Er nutzte die kurze Atempause, um die restlichen Splitter aus seinem Fleisch zu ziehen. Er reihte sie wie lange Messer neben sich auf, die einzige Waffe, die ihm gegen diese Bestie zur Verfügung stand.

Mit Ausnahme seines Verstandes.

Dieses riesige Lebewesen schien es nicht darauf abgesehen zu haben, ihm etwas zuleide zu tun. Es war erst unangenehm geworden, als Luke angegriffen hatte. Allem Anschein nach versuchte die Bestie herauszubekommen, mit wem oder was sie es zu tun hatte. Wenn es Luke gelang, sie davon zu überzeugen, daß er nicht der Kategorie Nahrungsmittel angehörte, hatte er vielleicht eine Chance.

Die Frage war bloß, wie er das anstellen sollte.

Das Monstrum hatte jetzt aufgehört zu wimmern und bewegte sich abermals schnuppernd auf Luke zu. Offenbar hatte es den Splitter aus seiner Tatze gezogen. Luke verteilte seine provisorischen Dolche kreisförmig um seinen Körper. Er würde damit lediglich Zeit gewinnen, aber Zeit war etwas, was er dringend brauchte.

Er hatte nicht vor, sich von diesem haarigen Ungeheuer umbringen zu lassen.

Diese Genugtuung wollte er Kueller nicht verschaffen.

* 37 *

Kueller stand in seinem Observatorium auf Almania und hielt Ausschau. Er hatte die große Kuppel der Je'har in eine Kommandozentrale umgebaut, als er seinen konventionellen Krieg gegen dieses Volk geführt hatte. Nach der Ermordung ihrer Anführer hatte er systematisch ihre Gefolgsleute vernichtet und das Geschehen auf den Bildschirmen beobachtet, die ihn umgaben. Jetzt zeigten ihm die Schirme verschiedene Ansichten des nahen Weltraums. Die Schirme auf seiner rechten Seite vergrößerten die endlose Schwärze des Alls um das Hundertfache; die zu seiner Linken zeigten eine Armada von Raumschiffen, die aus dem Hyperraum in den almanianischen Raum eingetreten war.

Ein Dutzend seiner besten Gefolgsleute war im Raum versammelt. Yanne stand neben ihm. "Mylord, ich denke, wir sollten unsere eigenen Leute hinaufschicken. Das sind Schlachtschiffe der Neuen Republik. Sie könnten Almania vernichten."

"Das werden sie nicht", sagte Kueller.

"Trotzdem", beharrte Yanne. "Ich denke, wir sollten vorsichtig sein."

"Und sie wissen lassen, daß wir sie gesehen haben?"

"Dazu sind sie zu weit entfernt. Sie werden nichts merken."

Kueller seufzte. Seine Helfer waren bei dem geringsten Anlaß besorgt, etwas könnte schiefgehen, statt auf den Erfolg zu vertrauen. Er hatte gelernt, daß er am besten damit fuhr, wenn er sich in gleicher Weise auf Erfolg und Scheitern einstellte.

"Also gut", sagte er. "Schicken Sie drei Sternzerstörer und die entsprechenden Begleitschiffe, und ... Yanne?"

"Ja, Mylord?"

"Wenn sie scheitern, werden Sie mit ihnen gescheitert sein."

Yannes graue Haut wurde weiß, aber seine Stimme blieb ruhig. "Ja, Mylord."

Er drehte sich um und erteilte einer seiner Wachen die entsprechende Anweisung. Der Mann nickte, schlug die Hacken zusammen und ging hinaus.

Die Flotte der Neuen Republik war am Himmel noch nicht zu sehen. Sie würde erst als eine Armada von Wracks im Weltraum sichtbar sein, und selbst dann würde man in der Atmosphäre nur das Aufblitzen verglühender Wrackteile erkennen können.

Auf den Bildschirmen zu seiner Linken sah Kueller, wie ein winziges Schiff sich aus der Formation löste. "Bravo, Frau Präsidentin", sagte er, "bald werden Sie mit Ihrem jämmerlichen Bruder reden können, so lange Sie wollen."

"Sir?" sagte Yanne.

Kueller ignorierte ihn. Er konzentrierte sich nicht nur auf die Bildschirme, die ihn umgaben, sondern auch auf seine Gefühle. Die dunkle Seite hatte ihre Vorteile. Er wußte, daß die Lenker der Flotte verunsichert waren, weil sie nicht wußten, was sie erwartete.

Er lächelte.

Sie würden nichts finden.

"Yanne."

"Ja, Mylord?"

"Ist alles bereit?"

"Selbstverständlich, Mylord."

"Dann machen Sie sich jetzt an die Ausführung. Jetzt gleich."

Yanne beeilte sich, dem Befehl Folge zu leisten. Kueller wippte locker vor und zurück und griff dann nach dem Fernschalter unter seinem Umhang. Wenn Yanne die Befehle nicht befolgte, würde Kueller selbst handeln. Er hatte die Wahrheit gesagt, als er mit Präsidentin Leia Organa Solo gesprochen hatte. Er zog wirklich elegante, schlichte Waffen vor.

Wie elegant und wie verfeinert würde sie in Kürze erfahren.

***

Niemand hatte etwas aus dem *Falken* entfernt, obwohl die aufgestemmten Schotts und eine Brandspur an Hans persönlich entwickeltem Sicherheitssystem in der Nähe der vorderen Tragestütze darauf hindeuteten, daß irgendwer es versucht hatte. Die *Glücksdame* war nicht so gut davongekommen. Der größte Teil ihrer Inneneinrichtung war verschwunden, und ein Teil der Hardware, der ohne Mühe ausgebaut werden konnte.

Lando als wütend zu bezeichnen wäre nach Hans Ansicht einer starken Untertreibung gleichgekommen.

Han blieb auf der *Glücksdame* und reparierte die Antriebssysteme mit allem, was er finden konnte. Das Cockpit war bereits wieder funktionsfähig, aber eine Menge nützlicher technischer Spielereien waren verschwunden. Lando und Chewbacca hatten sich aufgemacht, Skip 1 nach den restlichen Geräten und Landos verschwundenen Droiden abzusuchen. Han bestand darauf, daß sie innerhalb eines Tages abfliegen sollten, falls sie bis dahin nicht genug Teile fanden, um die *Glücksdame* wieder einwandfrei herzurichten. Ein Gefühl der Dringlichkeit hatte ihn erfaßt, das er sich nicht recht zu erklären vermochte.

Blue hatte sich erboten, ihnen zu helfen, aber Han lehnte ihr Angebot ab. Sie hatte sich als die loyalste unter seinen alten Freunden erwiesen, aber das bedeutete nicht mehr sehr viel. Vielleicht hatte Lando recht gehabt. Vielleicht war er tatsächlich bei allen unbeliebt gewesen. Aber er mochte nicht in alten Erinnerungen herumstochern. Einst waren sie Freunde gewesen – und inzwischen war einfach zu viel Zeit vergangen. Es gab kein Zurück, auch wenn er das gewollt hätte.

Und ob er das überhaupt wollte, wußte er nicht zu sagen. Die Sehnsucht nach der guten alten Zeit, die sich gelegentlich in allzu ruhigen Augenblicken auf Coruscant einstellte, galt mehr einer romantisch verklärten Vergangenheit als den tatsächlichen Ereignissen.

Han hatte gerade den Hyperantrieb neu montiert, als er spürte, wie sich seine Nackenhaare sträubten. Er griff sich an den Hals und fühlte, wie ihm ein Schauer über den Rükken lief. Das Gefühl machte ihn unruhig, es erinnerte ihn zu sehr an das, was Leia und Luke ihm über die Macht erzählt hatten; an etwas, das seine Kinder empfanden, er aber nicht mit ihnen teilen konnte.

Irgend etwas war geschehen oder würde geschehen oder konnte vielleicht geschehen sein. Han kroch aus dem Wartungsschacht der *Glücksdame*.

Dann hallten ein paar dröhnende Explosionen durch das Schiff. Die *Glücksdame* erbebte in ihren Grundfesten, und Han schlitterte auf die andere Seite des Gangs. Weitere Explosionen folgten und dann immer mehr. Er lag reglos da, die Arme schützend über dem Kopf, aber im Innern des Schiffes geschah nichts.

Überhaupt nichts.

Es war ganz genauso wie bei der Explosion in der Senatshalle: Panik rings um ihn, aber keinerlei Schäden in seiner unmittelbaren Nähe.

Aber Leia war bei der ersten Explosion verletzt worden.

Han stemmte sich hoch. "Chewie!" schrie er. "Lando?"

Natürlich kam keine Antwort. Er war allein in der *Glücksdame*. Er griff nach seinem Blaster, öffnete das Hauptschott und betrat ...

... ein Szenario der Verwüstung. Der Landeplatz für die Skipper lag in Trümmern. Es sah aus, als wäre ein wahrer Bombenregen auf ihn niedergegangen. Aber der Landeplatz war eine riesige Höhle, die man aus dem Felsgestein herausgetrieben hatte, und die Decke schien vollkommen unversehrt. Was auch immer hier passiert war, hatte seine Ursache im Innern des Skip.

Bei vielen der Schiffe brannten kleine Feuer. Ein Metallstück war an der Wand des *Falken* angeschmolzen, aber der Boden unter dem Schiff stand nicht in Flammen. Bei der *Glücksdame* war ebenfalls kein Feuer zu sehen.

Han sah überall Schmuggler liegen, auf dem Rücken, auf der Seite, tot, teils mit abgerissenen Gliedmaßen. Einige Schiffe hatten Löcher, deren Größe auf umherfliegende Felsbrocken schließen ließ, aber diese Löcher waren von innen heraus entstanden. Über dem Knistern der Flammen konnte Han das Stöhnen und Jammern der Überlebenden hören. Dicker schwarzer Qualm füllte die Höhle im Innern des Asteroiden und nahm ihm den Atem.

Er kehrte in die *Glücksdame* zurück und schnappte sich eine Atemmaske, die die Plünderer zum Glück übersehen hatten. Was mochte im Rest des Skip auf ihn warten. Die Explosionen konnten den Asteroiden ernsthaft beschädigt haben – schließlich waren Asteroiden ohnehin ziemlich instabil. Und das, was hier geschehen war, konnte das Ende des Skip sein.

Han verließ die *Glücksdame* und rief nach Chewbacca und Lando. Er hatte keine Ahnung, wo die beiden hingegangen waren. Sie waren hinter den entwendeten Teilen der *Glücksdame* her, hatten aber nicht gesagt, wen sie verdächtigten. Han hatte lediglich erwähnt, daß er Kid und Zeens mit Diebesgut beobachtet hatte. Wahrscheinlich hatten sie zuerst deren Quartiere durchsucht und waren dann tiefer ins Innere des Skip eingedrungen.

Hoffentlich nicht zu tief, dachte Han. Einige dieser Gänge waren eng und ohne jegliche Stützen aus dem nackten Felsgestein herausgehauen, das auf Erschütterungen wie diese äußerst empfindlich reagieren mochte.

Als Han von der Rampe auf den Boden trat, griffen Hände nach seinen Füßen, und Stimmen, die er nicht kannte, riefen nach ihm. Er blieb einige Male stehen, um auf dem Boden liegende Schmuggler von Trümmern zu befreien, die auf ihnen gelandet waren, und half ihnen dabei, sich aus der unmittelbaren Umgebung der Brände zu entfernen. Der Rauch war inzwischen so dick geworden, daß er kaum mehr etwas sehen konnte. Wenn er den *Falken* und die *Glücksdame* retten wollte, würde er schleunigst dafür sorgen müssen, daß wenigstens der *Millennium Falke* wieder raumtüchtig wurde.

Aber das bedeutete, daß er Chewie und Lando sich selbst überlassen mußte. Dabei drängte sich ihm ein Bild auf, wie Chewie unter einem Felsbrocken begraben lag, während Lando neben ihm von abstürzenden Steinen zermalmt wurde. Die Chance, sie überhaupt zu finden, war äußerst gering, das wußte Han.

Aber er mußte es versuchen.

Er stieg über Wrackteile und glühendes Metall hinweg. Diese Verwüstung erinnerte stark an die verheerenden Folgen des Attentats auf Coruscant. Nur daß er dort nur eine Explosion und hier mehrere gehört hatte.

Die Schreie der Verletzten wurden immer kläglicher. Er selbst schien einer der wenigen Unverletzten in diesem Bereich des Skip zu sein. Er konnte diese Opfer nicht einfach ihrem Schicksal überlassen. Er mußte ihnen irgendwie helfen und hoffen, daß irgend jemand anders sich ebenso um Chewie und Lando bemühte.

Er arbeitete sich an ein paar Brandherden vorbei zum *Falken* durch, ging hinein, schnappte sich den Feuerlöscher und kam Schaum versprühend wieder heraus. Der Schaum löschte die Feuer in der Nähe und hinterließ ausgeglühte Metallteile und ein paar angekohlte Leichen.

Han spürte, wie ein Würgen in ihm hochstieg, aber er machte weiter. Zuerst mußten die Brände gelöscht werden, weil sonst der ganze Sauerstoff aufgebraucht würde, und das mußte unweigerlich dazu führen, daß der Rauch noch dichter wurde und weitere Menschen starben. Wenigstens versuchte er sich das einzureden, mußte es sich einreden, während er immer mehr Hilferufe hörte.

Tentakel, Hände, Finger – Fühlende aller Art versuchten nach ihm zu greifen. Beinahe schämte er sich dafür, daß er unversehrt geblieben war. Er arbeitete schneller und schneller, versuchte, immer mehr Feuer zu löschen. Der Rauch wurde jetzt dünner, zumindest in dem Bereich, in dem er sich abmühte, und als er aufblickte, sah er, daß Blue ganz dicht bei ihm mit einem Feuerlöscher aus ihrem Skipper dasselbe tat.

Sie war genau wie er mit Ruß und Asche bedeckt, wies aber im Gegensatz zu ihm einige Prellungen auf und blutete an beiden Armen. Das Rückenteil ihrer Bluse war zerrissen, und er sah Verbrennungen an ihren Rippen. Ihre Lippen bewegten sich, während sie arbeitete, und Tränen liefen ihr über die Wangen.

Er hatte Blue noch nie so fassungslos gesehen.

Er überließ ihr die Brände auf ihrer Seite und nahm sich anderer Feuer an. Immer mehr Schmuggler kamen eilig aus ihren Schiffen gerannt. Ein sullustanisches Schiff versprühte Schaum aus einer Düse. Langsam verloschen die Feuer und gaben den Blick auf rauchende Trümmer und Leichen frei, und auf Verwundete, die durch das Chaos taumelten wie lebende Tote.

Han wischte sich mit dem Armrücken den Schweiß vom Gesicht. Er war schon jetzt erschöpft, überwältigt von der gewaltigen Aufgabe, den Run aufzuräumen.

All die Leben zu retten.

Er packte sich einen Ssty, der sich durch einen Haufen rauchender Wrackteile grub. Abgesehen von ein paar kleinen verbrannten Partien auf seinem Fell wirkte der Ssty einigermaßen wohlauf, ebenso schockiert wie Han, aber nicht schwer verletzt.

"Holen Sie die Medidroiden. Alle!" rief er. "Wir werden eine Hilfsstation auf der *Glücksdame* einrichten."

"Droiden?" Der Ssty ließ seinen kleinen Kopf zu ihm herumkreisen. Seine Augen waren rotgerändert. "Das ist ein übler Witz, mein Herr." Er drehte sich aus Hans Griff und fuhr zu graben fort.

Han versuchte sich mit gefurchter Stirn auszumalen, wie Droiden angriffen und Waffen abfeuerten, aber das gab keinen Sinn. Das war nicht möglich. Er hatte selbst schon

Seite an Seite mit Droiden gekämpft und wußte, daß sie zwar clever waren, sich aber nie gegen ihre Herren und Meister wandten.

Nie.

"Wonach graben Sie eigentlich?" wollte er wissen.

"Nach meiner Gefährtin", antwortete der Ssty.

Han spürte, wie sein Herz kurz aussetzte, und erinnerte sich an Leia in den Ruinen des Senatsgebäudes, an jenes schreckliche Gefühl, das ihn erfaßt hatte, als er dort hingerannt war, das Gefühl, daß er gerade das Wichtigste verloren hatte, was es in seinem Leben gab. Ohne zu zögern, griff er mit bloßen Händen in die heißen Metallstücke und räumte Trümmer zur Seite, für die die Kräfte des Ssty nicht ausreichten. "Die Droiden haben uns angegriffen?"

"Sie ...", die Stimme des Ssty war nur noch ein heiseres Flüstern, "sie sind explodiert."

All die Explosionen, das waren die Droiden gewesen. "Sämtliche Droiden?"

"Einige von ihnen." Der Ssty grub jetzt noch schneller. "Genug."

Han zog ein großes Metallstück zur Seite. Darunter lag eine Ssty, die Arme über dem Kopf, die Klauen ausgefahren ...

... die Augen weit geöffnet.

Mit einem lauten Schrei zog der Ssty seine Gefährtin aus den Wrackteilen. Ihre untere Hälfte war plattgedrückt. Sie war eindeutig tot.

"Es tut mir leid", sagte Han. Die Worte reichten nicht aus, und der Ssty hörte sie nicht. Seine lauten Schreie mischten sich jetzt in die der anderen, und das blaue Zeug färbte seinen weißen Pelz. Er wischte immer noch Haare von den leblosen Augen seiner Gefährtin und wiegte sie hin und her, als könne er sie damit wieder zum Leben erwecken.

Han entfernte sich, er brachte es nicht übers Herz, dem Kleinen in seinem Schmerz zuzusehen.

Die Droiden waren explodiert.

Dasselbe Bild wie in der Senatshalle. All die Senatoren mit ihren Protokolldroiden, ihren Übersetzerdroiden, ihren Assistenzdroiden. Mehrere gleichzeitige Explosionen würden wie eine einzige große Explosion klingen. Und sie würden keine verwertbaren Spuren hinterlassen, weil die Bomben und jene, die sie in sich getragen hatten, zerstört waren.

Han wankte auf den *Falken* zu. Er hatte Mühe, klar zu denken. Keine Medidroiden. Sie würden sich also mit den medizinischen Notfallmitteln begnügen müssen, die im Run vorhanden waren. Niemand würde hierherkommen, um zu helfen. Niemand würde ohne einen exakten Lageplan Zugang finden.

Eine unbeschreibbare Katastrophe.

"Han!"

Die Stimme klang beruhigend vertraut. Unten an der Rampe des *Falken* warteten Lando und Chewbacca. Landos Hemd war versengt, und das Fell auf Chewbaccas Brust war fast verschwunden, aber sie waren darüber hinaus sichtlich unbeschadet.

Han war sein ganzes Leben noch nie so froh gewesen, jemanden zu sehen. "Ich dachte, ihr wärt tot", sagte er.

"Das haben wir von dir auch angenommen."

"Was machen wir jetzt?"

Lando schüttelte den Kopf. "Es gibt hier zwar noch ein paar uralte FX-7er, aber die sind total überlastet. Und ein Großteil des medizinischen Personals hat den Tod gefunden, als die neuen Medidroiden explodierten."

Chewbacca knurrte.

"Das habe ich mir auch überlegt, Chewie", nickte Han. "So war es auch auf Coruscant, wobei die Explosion irgendwie auf ein Gebäude beschränkt blieb. Aber ich kann mir nicht vorstellen, aus welchem Grund die Attentäter es jetzt auf den Run abgesehen hatten."

"Das hatten sie auch gar nicht", widersprach Lando. "Die meisten Droiden hier sind gestohlen."

Han spürte einen eisigen Schauder seinen Rücken hinunterrinnen. "Du meinst, dieser Anschlag galt in Wirklichkeit einem anderen Ziel?"

"Wahrscheinlich", nickte Lando.

Han wollte darüber am liebsten gar nicht nachdenken. Nicht jetzt. Die Schreie waren noch lauter geworden, der Rauch hatte sich weitgehend gelegt. Blue war unterdessen immer näher an den *Falken* herangekommen. Ihr Gesicht war von Tränen überströmt. Ihre Augen blickten glasig. Sie bewegte sich roboterhaft.

"Hör zu", sagte Han. "Ich denke, wir sollten auf der *Glücksdame* eine Art Lazarett einrichten. Das Schiff ist praktisch leer. Also ist genügend Platz vorhanden, und wir können die am schwersten Verwundeten von hier wegbringen."

"Wer wird denn schon Schmugglern helfen wollen?" fragte Lando.

"Da werden wir schon jemanden finden", antwortete Han. "Dafür werde ich sorgen. Wir sollten unser Vorhaben mit sämtlichen unbeschädigten Schiffen koordinieren. Hier im Run reichen die Möglichkeiten nicht aus, um einer solchen Katastrophe Herr zu werden."

"Aber die *Glücks* ...", begann Lando.

"Wird ohnehin überholt werden müssen", fiel Han ihm ins Wort. "Ich bin sicher, daß die gestohlene Ausrüstung ohnehin nicht mehr in erstklassigem Zustand ist."

Lando nickte. Er war erschöpft. "Ich werde alles vorbereiten", versprach er.

"Danke", nickte Han und bedeutete Chewie dann mit einer Geste, daß er Lando begleiten sollte. Dann wandte er sich Blue zu.

Sie war verschwunden.

Han atmete tief durch, blickte in die Runde, suchte sie. Hoffentlich war sie nicht irgendwo zusammengebrochen.

Dann entdeckte er sie. Sie saß im Schneidersitz auf einem Trümmerhaufen und hielt eine verkohlte Leiche in den Armen. Sie weinte nicht mehr, wirkte aber völlig leblos, als habe ihr jemand einen Dolch ins Herz gestoßen.

Han bahnte sich einen Weg zu ihr. Jetzt, da er wußte, was geschehen war, vermochte er einige der Trümmer zu erkennen: lange Kranteile, die zu binären Lastenhebern gehörten; Buchsen zum Anschluß an Computersysteme; Räder von R5-Einheiten ... Die Droiden hatten sich selbst gesprengt, um ihre Master zu vernichten.

Aber wie? Und warum?

Er blieb neben Blue stehen. Die Leiche, die sie in den Armen hielt, war kaum zu erkennen. Ein Arm war abgetrennt. Erst als Han sich niederkauerte, sah er das Gesicht.

Davis.

Seine Augen standen offen, von unsäglichem Schrecken geweitet. Han drückte sie zu.

Jetzt sah Blue ihn an. Ihr Gesicht war immer noch von Tränen verschmiert. Aber sie sah so aus, als würde sie nie wieder weinen. "So hatte das nicht ablaufen sollen", sagte sie mit ausdrucksloser Stimme.

Han fröstelte. Wollte er wirklich wissen, was sie damit sagen wollte? Er fragte dennoch. "Was denn?"

"Davis." Sie erstickte fast an dem Wort. "Du solltest ihm vertrauen. Er hätte dich hier rausgebracht."

Hans Schenkel schmerzten. Er war diese kauernde Haltung nicht gewöhnt. "Du hast ihn gekannt?"

"Ich habe ihn geliebt." Ihre Stimme war jetzt nur noch ein Flüstern. "Weißt du, das, was Kid gesagt hat, hat nicht gestimmt. Was mein Herz anging, war ich nie eine Schmugglerin. Ich habe ein Herz. Zumindest hatte ich eines." Sie senkte den Kopf. "So etwas sollte niemandem zustoßen."

"Nein", pflichtete Han ihr mit leiser Stimme bei. "So etwas sollte niemandem zustoßen."

Vielleicht hatte er sie mißverstanden. Vielleicht war es das, was sie gemeint hatte, als er neben sie getreten war: daß so etwas wie dieser Anschlag an Niedertracht nicht zu überbieten war und daß jemand, der sich so etwas ausdachte, ein Ungeheuer sein mußte.

"Was ist geschehen, Blue?"

Die Frau schüttelte den Kopf. "Die Kredits, Han. Du hast ja keine Ahnung, was so viele Kredits anrichten können."

Wieder überkam ihn eisige Kälte. Davis wirkte nicht friedlich. Er sah aus, als ob er einen qualvollen Tod erlitten hätte. Blue konnte es vermutlich auch erkennen. "Sag es mir", bat Han.

"Man hat erwartet, daß du ihm vertrauen würdest. Ich hätte wissen sollen, daß du nicht so leicht zu überzeugen bist, aber meine Erinnerung hat mich getrogen, Han. Ich hatte dich als einen netten Kerl in Erinnerung, einen tüchtigen Kerl. Aber ich hatte vergessen, daß du ein Einzelgänger bist. Ich hatte vergessen, daß du deinen eigenen Kopf hast und dir nicht gern vorschreiben läßt, wie du etwas anpackst."

"Warum hat man von mir erwartet, daß ich ihm vertraue, Blue?"

"Du solltest dich auf die Suche nach dem Kriegsgerät begeben, den Abschluß eines Handels beobachten und die Sache bis zu ihrem Ursprung verfolgen."

"Und wo liegt dieser Ursprung?"

"Auf Almania", flüsterte sie.

Han glitt näher an Blue heran. "Hatte Jarril etwas damit zu tun?"

"Nicht freiwillig. Als Seluss herausbekam, daß er den Run verlassen hatte, beschlossen wir, daraus Nutzen zu ziehen. Du hättest da gut ins Bild gepaßt."

"Wem, Blue?"

Sie streichelte über Davis' verbrannten Schädel. Er hatte kein einziges Haar mehr auf dem Kopf. Selbst im Tod wirkte er noch verletzbar.

"Wem?" wiederholte Han.

"Die Kredits, Han. Du verstehst das mit den Kredits nicht."

"Doch, das tue ich", widersprach er. "Das tue ich sehr wohl." Er verstand, daß Kredits manche Leute verrückt machten; sie brachten sie dazu, zu vergessen, was wirklich von Bedeutung war, und machten sie zu Geschöpfen ohne Herz. Aber so sehr Blue auch protestieren mochte, er glaubte ihr nicht. Sie hatte kein Herz. Nicht, wenn sie ein Teil dieses Komplotts war.

"Sein Name ist Kueller. Er will deine Frau."

"Leia?"

Sie nickte. "Und ihren Bruder."

Hans Blick verfinsterte sich. "Aber weshalb?"

"Weil er die Neue Republik haßt. Er ist der Ansicht, daß sie den Menschen mehr Schaden zufügt als Nutzen bringt."

"Und er hat *das hier* getan?"

Blue erstarrte förmlich. Ihre Hand, die immer noch mechanisch über Davis' Kopf strich, stockte mitten in der Bewegung. Sie schloß die Augen.

"Blue?"

"Es hieß, daß es sich um eine saubere Waffe handelt, Han. Niemand hat gesagt, daß sie solchen Schaden anrichten würde."

"Du wußtest, daß das hier geschehen würde, nicht wahr?"

Blue schüttelte den Kopf. "So dumm bin ich nicht. Wirklich. Ich würde nie zulassen, daß meinen Freunden so etwas passiert. Davis."

Han ballte die Fäuste. Es drängte ihn, auf irgend etwas einzuschlagen, jemandem weh zu tun, aber er mußte sich im Zaum halten. "Was hat dieser Kueller mit Leia vor?"

"Er will sie und Skywalker beseitigen. Er will der Meister der Macht in der Galaxis sein und über alle Planeten herrschen."

"Er will Imperator sein?"

Sie schüttelte den Kopf. "Er ist ein guter Mann."

"Das soll Palpatine auch einmal gewesen sein", erwiderte Han. Er stemmte sich in die Höhe, weil er die Nähe zu Blue nicht mehr ertrug.

"Er ist nicht so, Han."

Han schüttelte den Kopf. "Du hast mich falsch eingeschätzt, Blue. Wieso kannst du nicht auch diesen Kueller falsch eingeschätzt haben? Du hast nur noch die Kredits gesehen."

"Ich habe dein Leben gerettet", sagte sie. "Und Davis auch."

"Weil ihr mich gebraucht habt, um Leia in den Tod zu locken. Das zählt nicht, Blue."

"Han, bitte ..."

Er schüttelte den Kopf und trat ein paar Schritte zurück. Dann wurde ihm plötzlich etwas klar, und er blieb stehen. "Wenn das hier nicht so hätte ablaufen sollen, was ist dann schiefgegangen?"

"Ich hatte es vergessen", flüsterte Blue, "das mit den gestohlenen Droiden."

"Gestohlen? Von wo?"

"Überall. Schmuggler stehlen ständig Droiden. Das weißt du doch."

"Aber *diese* Droiden, die explodiert sind, wo wurden sie gestohlen?"

Blue blickte zu ihm auf und sah ihn an, als ob er sich das eigentlich selbst hätte zusammenreimen müssen, als ob er es längst hätte wissen müssen. Und Han fürchtete, daß er es tatsächlich längst wußte, wartete aber darauf, daß sie es aussprach.

"Coruscant", flüsterte sie. "Sie wurden auf Coruscant gestohlen."

* 38 *

Die Flotte bewegte sich stetig weiter. Kueller beobachtete sie kommentarlos auf seinen Bildschirmen. Der Raum war nur schwach beleuchtet, nur die Bildschirme und die Leuchtpaneele an den Stationen spendeten ein wenig Licht. Die durchsichtige Kuppel offenbarte den schweigenden Nachthimmel über Almania. Der Gedanke, daß er dort oben in nur wenigen Augenblicken mühelos eine Schlacht gewinnen würde, verlangte Kueller einige Vorstellungskraft ab.

Yanne hatte den Befehl erteilt, und Kueller hatte die Zahlenreihen über das Display seines Fernschalters wandern sehen.

Seitdem war zu viel Zeit verstrichen.

Zuerst fragte er sich, ob die Flotte sich vielleicht nur noch den Trägheitsgesetzen folgend weiterbewegte. Als jedoch die Welle aus Tod und eisiger Kälte ausblieb, wurde ihm bewußt, daß überhaupt nichts geschehen war.

"Yanne", wandte er sich an seinen Helfer, um sich zu vergewissern, "haben Sie den Befehl erteilt?"

"Ja, Sir."

Dann erfaßte ihn die Welle doch noch, schreckenerregend kalt, aber nur schwach, so als läge ihr Ursprung in weiter Ferne. Der Effekt wirkte merkwürdig zerdehnt: ein paar Tote und dann noch ein paar und etwas später noch einmal eine Handvoll. Kueller hob die Arme, fühlte die Kraft in sich aufwallen, aber es stellte sich keine Befriedigung ein. Die Droiden, die er speziell für die Flotte von Coruscant präpariert hatte, befanden sich offenbar nicht am vorgesehenen Ort.

Langsam ließ er die Arme sinken. Yanne beobachtete ihn mit seltsamen Blicken, als hätte er ihn noch nie zuvor gesehen. Kueller war versucht, den alten Mann aufzuheben und ihm als Zeichen seiner Macht den mageren Hals zu brechen. Aber er wußte, daß ihm das nichts einbringen würde.

Die Schiffe kamen näher, immer näher. Es waren zu viele. Wenn er zuließ, daß sie zu nahe herankamen, würden sie Almania vernichten.

"Unsere Schiffe sind in Position", meldete Yanne.

"Gut", nickte Kueller und ignorierte Yannes triumphierenden Tonfall. Der kleine Mann wollte, daß Kueller eine Niederlage erlitt, er wollte, daß Kueller besiegt wurde. Aber dazu würde es nicht kommen. "Ich will, daß sie als erstes die imperialen Kriegsschiffe entdecken; sie sollen denken, daß sie immer noch gegen das Imperium kämpfen."

"Wird ihnen das nicht einen psychologischen Vorteil liefern, Sir?"

Kueller lächelte. "Einen psychologischen Nachteil, Yanne. Das Imperium wird zu einem Feind, der nie stirbt. Sie werden gegen das Imperium Strategien einsetzen, die sie uns gegenüber nie anwenden würden."

"Und das ist zu unserem Vorteil?"

"Den Charakter des Angriffs zu verbergen ist immer ein Vorteil." Er beugte sich vor. "Ich werde die Schlacht von hier aus führen. Ich möchte, daß Sie herausfinden, was schiefgegangen ist, weshalb unsere Waffe nichts bewirkt hat."

"Sie haben sich zu sehr auf diese eine Waffe verlassen", erwiderte Yanne.

Kueller schüttelte den Kopf. "Die Droiden sind explodiert, Yanne, aber sie sind *woanders* explodiert. Ich will, daß Sie mir sagen, wo und was an Bord dieser Flotte geschehen ist."

Yanne sah Kueller einen Augenblick lang an. Kuellers Blick wurde finster. Schließlich sagte Yanne: "Ja, Sir."

Sein Verhalten war nicht länger akzeptabel. Yanne war ein fähiger Mann. Aber mit dieser aufsässigen Einstellung würde er denselben Weg gehen, der Femon in den Tod geführt hatte. Aber weil er Kueller so gut gedient hatte, stand ihm eine Warnung zu.

Eine symbolische Warnung.

Kueller hob die rechte Hand und ballte sie zur Faust.

Yanne griff sich an die Kehle. Er würgte, die Zunge hing ihm halb aus dem Mund, seine Augen traten hervor.

Kueller ließ los.

Yanne sank auf die Knie und keuchte.

"Sie sollten bedenken, mein Freund, daß ich mächtiger bin, als Sie es jemals sein werden."

"Ich ... habe das ... nie vergessen ... Mylord."

"Ihr Verhalten läßt das nicht erkennen. Ich schätze Ihre Meinung und Ihre Ideen. Sorgen Sie dafür, daß mir die Weisheit Ihres Rates erhalten bleibt."

"Ja ... Sir." Yanne richtete sich langsam auf. An seinem Hals, wo Kuellers imaginäre Hand ihn gepackt hatte, waren Würgemale zu sehen. "Ich ... werde mir ... Mühe geben ... diesen Verlust ... zu verhindern."

"Ausgezeichnet." Kueller drehte Yanne den Rücken zu. "Führen Sie Ihre Befehle aus."

"Ja, Sir."

Kueller spürte, wie Yanne ihn noch einen Augenblick lang anstarrte, ehe er den Raum verließ. Als Yanne gegangen war, winkte Kueller eine der Wachen zu sich heran.

Die Frau senkte sichtlich verängstigt den Kopf. "Ja, Mylord?"

"Hole mir Gant."

"Ja, Mylord." Sie schlug die Hacken zusammen und verschwand.

Gant war bei weitem nicht so talentiert wie Yanne, und zwischen ihm und Femon lagen Welten. Aber Gant würde Kuellers nächste Wahl als Berater sein. Am besten würde er jetzt gleich mit seiner Ausbildung anfangen, denn Kueller hatte das Gefühl, daß Yanne nicht mehr lang an seiner Seite weilen würde.

***

Diesmal fühlte sich die Kälte an, als würde jemand mit Eiswürfeln nach ihr werfen. Mit zitternder Hand schaltete Leia die *Alderaan* auf Autopilot und wunderte sich zugleich darüber, daß sie dazu fähig war, während sie rings um sich den Tod spürte. Diese Welle war nicht so stark wie die vergangenen, hielt aber länger an, und das machte sie nur um so schrecklicher.

Sie konnte sie nicht exakt lokalisieren, aber die Gefühle waren dieselben: ein plötzlicher Schock, das Gefühl, verraten worden zu sein, gefolgt von Angst, und dann nichts, nur eine sich ausbreitende Welle tödlicher Kälte.

Leia bereitete sich darauf vor, Kuellers Gesicht zu sehen. Aber erstaunlicherweise erschien es diesmal nicht. Statt dessen fühlte sie Lukes Gegenwart.

Es war eine schwache Empfindung: eine, die großen Schmerz und große Anstregungen verriet, aber dennoch eine klare Empfindung. Luke war tatsächlich am Leben.

Er war am Leben.

Leia tastete nach ihm.

Luke?

Und erhielt keine Antwort. Aber anstatt sich dadurch entmutigen zu lassen, verlieh ihr die kurze Empfindung neuen Mut. Wenigstens war sie nicht wieder nur auf eine undurchdringliche Barriere gestoßen.

Er war am Leben.

Leia schluckte. Sie trat jetzt in den almanianischen Raumsektor ein. In Kürze würde die Flotte auf dem Überwachungssystem Kuellers erscheinen. Ihre Zeit würde knapp bemessen sein, und sie würde schnell handeln müssen.

Sie war immer noch allein im Cockpit. Sie hatte ihre militärischen Begleiter nicht zu sich gelassen, ihnen aber versprochen, ihre Hilfe in Anspruch zu nehmen, sobald die Schlacht begonnen hatte. Unterdessen hätte sie eigentlich müde werden müssen, verspürte aber ein seltsames Hochgefühl. Sie genoß dieses Gefühl und erinnerte sich daran, daß sie einige Male in ihrem Leben so hochgestimmt gewesen war. Das erste Mal an dem Tag, an dem sie Han kennengelernt hatte, nach dem schrecklichen Erlebnis mit dem imperialen Folterdroiden und nachdem sie mitangesehen hatte, wie Alderaan sich in einen Feuerball verwandelte. Obwohl sie alles verloren hatte, war sie danach noch imstande gewesen, durch die Korridore des Todessterns zu hasten, sich den Zugang zu dem Müllschacht freizuschießen und sich zum *Falken* durchzukämpfen.

Han nannte diese Fähigkeit den Kern der Stärke in ihr. Aber es war mehr als das. Ganz gleich, was auch geschah, sie würde nie aufgeben. Sie würde Risiken auf sich nehmen und gewinnen, ebenso wie Han. Das hatte sie bewiesen, als sie im vorigen Jahr die Flotte nach Koornacht geschickt hatte.

Und jetzt würde sie es wieder tun müssen.

Nur daß sie diesmal ihr eigenes Leben aufs Spiel setzte. Ihres und das von Luke.

Leia hoffte nur, daß es ihr gelingen würde, mit ihm Kontakt aufzunehmen, ehe sie Almania erreichte. Ihr ganzer Plan hing davon ab, daß sie wußte, wo sie ihn finden würde.

In dem Augenblick, fast als hätte es ihre Gedanken gelesen, erschien auf der Konsole vor ihr das Lichtsignal, das eine persönliche Nachricht anzeigte, die auf dem privaten Kanal hereinkam, den sie und Luke benutzten, seit Leia die *Alderaan* übernommen hatte.

Leia schaltete jegliche Sprechverbindung zum Rest des Schiffes ab und wies den Computer an, die Nachricht für sie abzuspielen.

Sie sah auf den Schirm.

KODIERT, las sie. PERSÖNLICH.

Sie bestätigte die Kodierung. Die *Alderaan* wußte, wer sie war. Es war also kein Netzhautscan erforderlich. Der Computer verzichtete auf alle weiteren Präliminarien und fragte: NACHRICHT WURDE IN BINÄRSPRACHE EMPFANGEN. SOLL ICH ÜBERSETZEN?

Luke hatte noch nie ein Lebenszeichen in Binärsprache übermittelt. Aber sie wußte nicht, in welcher Situation er sich befand. Vielleicht war dies für ihn die einzige Methode, Verbindung mit ihr aufzunehmen.

Sie bat den Computer, den Text zu übersetzen, und wartete, bis die Nachricht über den Bildschirm lief.

DROIDEN NEUESTER BAUART GEFÄHRLICH. ZUR SICHERHEIT ALLE DROIDEN ABSCHALTEN. WIEDERHOLE: DROIDEN NEUESTER BAUART GEFÄHRLICH. ZUR SICHERHEIT ALLE DROIDEN ABSCHALTEN.

Keine Unterschrift. Aber die Nachricht glitt endlos über den Bildschirm, wiederholte sich immer wieder.

Leia studierte den Text. Er ergab keinen Sinn. Wenn Luke sich in einer so gefährlichen Situation befand, wie sie annahm, würde er keine solch absurde Nachricht an sie absetzen. Es sei denn, er hätte sie doppelt kodiert.

Oder der Inhalt der Nachricht entsprach der Wahrheit.

Sie schauderte und drückte den Summer für die Kombüse. "Lieutenant Tchiery ins Cockpit, bitte!"

Der Lieutenant bestätigte und unterbrach die Verbindung. Gleich darauf erschien er im Cockpit, wobei seine Kugelgestalt kaum durch die für Menschen bestimmte Türöffnung paßte. Leia zeigte ihm die Nachricht, erklärte die Begleitumstände und fragte ihn nach seiner Meinung.

Tchiery sah zuerst sie an und blickte dann erneut auf den Bildschirm. "Diese Nachricht macht durchaus Sinn, Frau Präsidentin", meinte er. "Denken Sie nur an die Sprengkapseln in den X-Flüglern."

Sie nickte. Daran hatte sie auch schon gedacht. "Wie wichtig sind die Droiden für die Mission der Flotte?"

"Wichtig", antwortete Tchiery. "Aber wir kommen auch ohne sie zurecht. Wir haben nicht viele X-Flügler im Einsatz, und der Großteil der Arbeit wird immer noch von Fühlenden erledigt."

"Dann möchte ich, daß Sie und Ihr Team die Nachricht persönlich an die Flotte weiterleiten."

"Ich werde zwei Offiziere hier zurücklassen."

"Nein", widersprach Leia und hoffte in selben Augenblick, daß sie ihren Einwand nicht zu überstürzt vorgebracht hatte. "Wir müssen unbedingt Kommunikationsstille halten. Ich habe diese Nachricht nur dank des privaten Codes erhalten, den mein Bruder und ich verwenden. Wenn Sie zwei Offiziere hierlassen und die Nachricht war wirklich wichtig und es passiert etwas, dann werden wir uns ewig Vorwürfe machen. Ich komme schon klar, bis sie die Nachricht weitergeleitet haben."

"Ma'am, ich habe Anweisung, auf Sie aufzupassen."

Leia lächelte. Sie hatte nichts anderes erwartet. "Ich bin immer ganz gut damit gefahren, auf mich selbst aufzupassen. Deshalb ändere ich jetzt Ihre Befehle, Lieutenant. Und für einen langen Disput haben wir keine Zeit. Ich werde jetzt so schnell wie möglich an einem der Schiffe in unserer Nähe andocken."

"Ja, Ma'am." Der Lieutenant nickte und verließ das Cockpit.

Leia seufzte und lehnte sich in ihre Andruckliege. Einen Augenblick noch und sie würde allein sein. Die Sache mit den Droiden würde sie Wedge überlassen. Er würde wissen, was zu tun war.

Und er würde es tun, nachdem sie Kurs auf Almania genommen hatte.

Allein.

* 39 *

Die seltsam zerdehnte Agonie aus einem fernen Sternensystem hatte seine Energiereserven beinahe aufgebraucht. Luke hatte einmal mehr Hitze dagegen ins Feld geführt, aber nun war er am Ende seiner Kräfte.

Er lehnte an der Wand, um ihn herum lagen die Holzsplitter, die er sich aus der Haut gezogen hatte. Im Nebenraum war das Schnuppern des Monstrums zu hören – eine beständige Bedrohung, aber für den Augenblick hatte er Ruhe.

Als wüßte das Monstrum, daß er litt.

Er war müde und benommen, und sein Rücken tat immer noch weh, obwohl die Schmerzen mittlerweile ein wenig nachgelassen hatten. Seinen Knöchel spürte er überhaupt nicht mehr. Nur wenn er darauf stand, schoß ein scharfer Schmerz durch sein Bein, und allein die Beinschiene hielt ihn aufrecht. Er brauchte dringend Wasser. Die Verbrennungen zehrten an seinen Kräften.

Kueller wollte sie beide haben, ihn und Leia.

Und wenn Luke nicht bald etwas unternahm, würde er sie auch bekommen.

Und das hieß, daß er schleunigst hier raus mußte.

Wieder ließ sich das Schnuppern vernehmen. Luke verstand die fremdartige Kreatur nicht. Sie hatte augenscheinlich gefressen, ehe man Luke mit ihr eingesperrt hatte. War sie also hier, um ihn zu bewachen und festzuhalten? Oder war er dazu bestimmt, morgen die Mittagsmahlzeit des Monstrums abzugeben?

Jetzt war der weiße Kopf am Eingang zu sehen. Das riesige Gesicht zeigte einen fragenden Ausdruck. Im nächsten Moment streckte das Monstrum eine Pranke aus, und ein paar große Blutstropfen fielen auf den Boden, aber das Biest schien nicht verärgert zu sein.

Allerdings hatte es auch keinen verärgerten Eindruck gemacht, als es versuchte, Luke zu verschlingen. Vielleicht war es nur eine große, fröhliche Freßmaschine.

Ein winselnder Laut kam aus dem Maul des Monstrums. Dann streckte es seine verletzte Pranke aus. Luke hob einen seiner Holzsplitter, aber das Monstrum schlug ihm die primitive Waffe aus der Hand und versetzte ihm einen Hieb, daß er wieder einmal durch die Luft flog und auf dem Rükken landete. Der Schmerz des Aufpralls ließ ihn aufschreien.

Er versuchte sich aufzurichten. Das Monstrum ragte dicht neben ihm auf und starrte auf ihn herab. Sein Gesicht kam immer näher.

Luke hatte keine Waffen mehr.

Das Monstrum öffnete das Maul.

Luke duckte sich.

***

R2-D2 führte Cole und C-3PO zu einem kleinen Mond. Auf Telti existierte nach den Angaben von Coles Navcomputer seit den Tagen der Alten Republik eine Produktionsstätte für Droiden und eine dazugehörige Wiederaufbereitungsanlage. Telti war dem Imperium erst spät beigetreten, nachdem Palpatine gedroht hatte, den Mond zu zerstören. Doch Telti hatte weiterhin an jedermann mit ausreichend Kredits Droiden verkauft, und das auf Neutralität bedachte Geschäftsgebaren der Droidenfabrik hatte sich, abgesehen von der kurzen Phase der imperialen Bedrohung, niemals geändert. Nach dem Waffenstillstandspakt von Bakura hatte Telti einen Antrag auf Beitritt zur Neuen Republik gestellt, der angenommen worden war. Seitdem galt der Mond als ruhiges und unauffälliges Mitglied.

Deshalb fühlte Cole sich ziemlich unbehaglich bei dem Gedanken, daß er hier auf die bloße Vermutung eines Droiden hin mit einem Schiff eintraf, das man nach strengen Maßstäben als gestohlen betrachten konnte. R2 andererseits schien ganz gelassen. Er befand sich jetzt in der Schiffslounge und verhielt sich während des ganzen Fluges ruhig, nachdem er gleich nach dem Start von Coruscant im Cockpit eine Verbindung mit dem Bordcomputer hergestellt hatte. Cole vermutete, daß R2 weitere Nachrichten übermittelte. Cole beobachtete R2, wie er eine Botschaft an Präsidentin Leia schickte, wobei er Luke Skywalkers Code benutzte. Cole wußte nicht, mit wem der kleine Droide sonst noch Kontakt aufnahm, vertraute aber darauf, daß R2 die richtigen Empfänger auswählte.

Diese Botschaften würden helfen. Cole war wirklich nicht sonderlich scharf darauf, alles ganz alleine in die Hand nehmen zu müssen.

Als das Schiff in den Orbit über Telti eintrat, erbat er sofortige Landeerlaubnis.

Er erhielt keine Antwort.

"Vielleicht benutzen sie nur vollautomatische Anlagen", sagte 3PO. Er saß auf dem zweiten Sitz, dem Passagiersitz hinter dem Pilotensessel, was zur Folge hatte, daß 3POs Stimme direkt in Coles Ohr schallte. "Das wäre nicht ungewöhnlich. Die Fabrik auf Tala 9 hat lange Zeit überhaupt keine Fühlenden zugelassen. Sie haben deren Mitwirkung dadurch zu verhindern versucht, daß sie für die Landecodes ausschließlich Droidensprachen verwendeten. Allerdings nur, bis zwei Schiffe im Orbit kollidierten, weil ihre Systeme nicht darauf abgestimmt waren ..."

Cole hörte einfach nicht mehr hin. Das war die einzige Möglichkeit, dem unablässigen Geplapper des Protokolldroiden zu entgehen. Erneut bat er um die Erlaubnis zur Landung.

"... und dann haben sie auf Casfield 6 festgestellt, daß der Gebrauch von Droidensprachen bei Landecodes Fehlfunktionen in Schiffscomputern hervorrief, als ..."

Und noch einmal.

"... sechs Schiffe explodierten. Ein schwerer Schlag für die Offens, wie ich gehört habe. Sie hatten gerade erst begonnen, den Weltraum zu bereisen ..."

Und noch einmal.

"... als ihre Königin, eine sechstausend Jahre alte Frau, die nur durch ..."

"Teilen Sie mit, was Sie wollen, Frachter." Die Stimme aus dem Lautsprecher klang künstlich. Sie verfügte allerdings nicht über 3POs Modulationsbreite.

"Das ist ein neues Modell eines Navigatordroiden, Sir. Ich erkenne den Tonfall."

Cole brauchte einen Augenblick, bis ihm bewußt wurde, was 3PO gesagt hatte. Schließlich hatte er sich die letzten Minuten große Mühe gegeben, ihn zu ignorieren.

"Frachter. Was wollen Sie hier?"

"Ich – äh – ich bin Cole Fardreamer. Ich muß mit Ihrem Geschäftsführer sprechen."

"Persönlich oder geschäftlich?"

"Wie bitte?"

"Wünschen Sie ein persönliches Gespräch, oder möchten Sie von einem Verkäufer empfangen werden?"

Der zweite Teil der Frage verblüffte Cole. "Persönlich", antwortete er.

Die Automatenstimme teilte ihm die Landekoordinaten mit. Cole vergewisserte sich, daß der Computer sie korrekt eingab, und spürte, wie ein Ruck durch den Frachter ging, als er auf den neuen Kurs einschwenkte.

"Hochinteressant", bemerkte 3PO. "Offenbar verkaufen sich die Droiden hier selbst. Manche Droiden sind geschäftlich recht begabt, wissen Sie. Aber den meisten fehlt das Feingefühl für das, was Fühlende als 'ein Bombengeschäft' bezeichnen."

Cole führte einen Oberflächenscan durch. "Bombengeschäft?"

"Nun ja", erwiderte 3PO. "Droiden verstehen sich nicht darauf, die Unwahrheit zu sagen, wissen Sie, und wir sind auch nicht am Gewinn interessiert. Es gibt auch keine Droiden, die als Schmuggler tätig sind. Zumindest habe ich nie davon gehört."

Der ganze Mond war von kuppelförmigen Bauwerken bedeckt, deren Unterbauten bis tief unter die Oberfläche reichten. Die Landekoordinaten, die die künstliche Stimme durchgegeben hatte, bezeichneten einen Ort in der Nähe eines kleinen Landeplatzes, allem Anschein nach so etwas wie ein öffentlicher Empfangsbereich.

"Als ich noch auf Tatooine lebte", sagte Cole, der eigentlich nicht sonderlich an Konversation interessiert war, aber 3PO beschäftigen wollte, "erzählte man mir, daß Jabba der Hutt Droiden hatte, die mit ihm zusammenarbeiteten."

"Zusammenarbeiten ist etwas ganz anderes. Ein Droide muß seinem Master dienen. Das ist seine primäre Funktion. Sogar ich habe einmal ganz kurze Zeit für Jabba den Hutt gearbeitet. Ich habe ihm als Dolmetscher gedient. Eine äußerst widerwärtige Arbeit, wie ich Ihnen versichern kann. Stellen Sie sich nur mal vor, was der Hutt gesagt hat ..."

Cole steuerte den Frachter auf den Landeplatz zu. Die Bauwerke erwiesen sich als so groß und massiv, wie es aus der Entfernung den Anschein gehabt hatte, und überall waren Droiden zu sehen.

"... mein Partner R2-D2 hat Getränke serviert. Wirklich äußerst erniedrigend. Ich bin nicht sicher, ob er je ganz darüber hinweggekommen ist."

Der Frachter landete auf den Koordinaten, die die künstliche Stimme Cole übermittelt hatte. Kuppelwände schoben sich aus dem Boden und schlossen sich über dem Schiff; ringsum flammten leuchtende Hinweistafeln in verschiedenen Sprachen auf.

PERSÖNLICHE DROIDEN MÜSSEN AUF DEN SCHIFFEN BLEIBEN.

DIES IST EINE FABRIK IN FUNKTION. VERLASSEN SIE DIE GEKENNZEICHNETEN WEGE NICHT.

WARTEN SIE BEI IHREM FAHRZEUG. SIE WERDEN VON EINEM VERTRETER ABGEHOLT.

SCHIFFE WERDEN VOR DEM START GESCANNT.

DIEBSTAHL WIRD NACH INTERGALAKTISCHEM RECHT MIT DEM TODE BESTRAFT.

Der letzte grelle Schriftzug war mit einem imperialen Hoheitszeichen gekennzeichnet. Offenbar hatten die Verantwortlichen der Teltifabrik es nicht für notwendig gehalten, diesen speziellen Hinweis zu entfernen.

Die Kuppel schloß sich mit einem Klacken über ihnen. Dann flammte an den Kontrollen ein Licht auf: Am Heck des Schiffes war eine Luke geöffnet worden.

"R2", sagte 3PO. "Master Cole, Sie müssen ihn aufhalten!"

Cole schüttelte den Kopf. "R2 hat uns hierhergebracht. Wir müssen ihm vertrauen, 3PO."

"Aber die Hinweistafeln. Die werden ihn ganz bestimmt deaktivieren."

Was 3PO da sagte, war nicht ganz von der Hand zu weisen. Cole öffnete das Schott des Laderaums. "Nicht, wenn wir sie ablenken", meinte Cole, verließ das Cockpit und den Frachter. 3PO folgte ihm.

"Du folgst R2", sagte Cole mit leiser Stimme. "Paß auf ihn auf."

"Aber Sir, hier steht doch ausdrücklich, daß es mir verboten ist, das Schiff zu verlassen."

"Deshalb möchte ich ja, daß du jetzt gehst. Wenn jemand dich aufhält, mußt du versuchen, ihn davon zu überzeugen, daß du hierher gehörst. Und wenn das nicht funktioniert, sagst du, ich hätte dich gezwungen, das Schiff zu verlassen, und daß du glaubst, ich wollte dich hier zurücklassen."

"Das wollen Sie aber doch nicht, oder, Sir? Ich weiß, daß inzwischen ein Protokolldroide eines neueren Modells auf dem Markt ist, aber Mistress Leia ..."

"Du gehörst mir nicht, also kann ich dich auch nicht verlassen, 3PO. Geh jetzt!"

"Ja, Sir." 3PO zockelte in die Richtung, die Cole ihm gewiesen hatte. Cole sah ihm kurz nach und fragte sich, wie ein Droide es fertigbringen konnte, so verletzt zu wirken, ohne zu seufzen, zu schniefen oder sonstige menschliche Laute von sich zu geben.

Dann tastete er nach seinen Blastern, vergewisserte sich, daß sie an Ort und Stelle waren, und sah sich um. Überall leuchtende Hinweistafeln. Die Kuppel war durchsichtig und öffnete den Blick zum Himmel. Der Landeplatz war von Fußwegen gesäumt, und überall an den Gebäuden konnte man Türen sehen, auch in den oberen Stockwerken. Wahrscheinlich gab es überall Alarmanlagen, und er wurde auf Schritt und Tritt beobachtet. Hoffentlich war 3PO so schlau, wie er stets behauptete, denn es würde sicherlich gleich jemand kommen und ihn aufhalten.

Eine kleine Tür öffnete sich in der Nähe des Frachters. Ein Mann kam heraus und schritt auf Cole zu. Der Mann trug einen Umhang und hatte eine ähnlich undefinierbare Ausstrahlung, wie Cole sie schon an Skywalker wahrgenommen hatte, nur daß dem Charisma dieses Mannes etwas Dunkles anhaftete. Cole hätte das, was er wahrnahm, nicht beschreiben können, aber er wußte, es war da.

Der Mann war schlank, groß und sehr blond. Außerdem sah er verblüffend gut aus, und das war etwas, was Cole erschreckte. Cole hatte keinen Blick dafür, ob jemand attraktiv war, ob es sich nun um einen Mann oder eine Frau handelte, und jetzt hatte er im Lauf nur einer Woche bereits zweimal auf äußere Reize reagiert. Zuerst bei Präsidentin Organa Solo und jetzt bei diesem Mann. Doch dabei mußte es sich um eine Attraktivität handeln, die über das Offensichtliche weit hinausging.

"Hallo", begrüßte der Mann ihn. Er hatte eine angenehme, warme Stimme. "Mein Name ist Brakiss. Ich leite diese Fabrik." Er ging auf Cole zu und streckte ihm die Hand entgegen.

Cole ergriff sie, obwohl er dabei einen inneren Widerstand überwinden mußte. "Cole Fardreamer."

Brakiss musterte ihn ebenso eingehend, wie Cole vorher Brakiss gemustert hatte. "Es kommt selten vor, daß Leute in Frachtern sich für Droiden interessieren. Wollen Sie kaufen oder verkaufen, Fardreamer?"

"Keines von beiden" erwiderte Cole. Er hatte ein seltsames Gefühl, als würde sein Verstand etwas langsamer arbeiten als sonst. Etwas drängte ihn, diesen Mann sympathisch zu finden. Ja, er hatte sogar das Gefühl, ihn schon immer gekannt zu haben, aber zugleich erfüllte ihn ein so tiefes Mißtrauen, daß es ihm förmlich den Magen umdrehte. "Ich habe ein Problem entdeckt und dachte, Sie könnten mir vielleicht bei seiner Lösung behilflich sein."

"Ein Problem, Fardreamer? Besitzen Sie einen Droiden aus unserer Produktion?"

"Genaugenommen nicht", sagte Cole. Er sah sich um. Auf dem Landeplatz, der gerade noch verwaist gewesen war, waren jetzt Dutzende von Droiden zu sehen. Bei den meisten handelte es sich um solche, die er mit dem Imperium in Verbindung brachte: schwarze Attentatsdroiden, Sondendroiden, Kampfdroiden mit mächtigen Armen, die dafür bekannt waren, ohne jegliche Kontrolle zu operieren. Er befand sich hier in einer Droidenfabrik, rief er sich ins Gedächtnis. Und Brakiss wollte mit diesem Aufgebot wahrscheinlich demonstrieren, daß Tricks jedweder Art sinnlos waren. Cole hatte noch immer die Ohren gespitzt, um vielleicht irgendwo aus der Ferne 3POs empörte Stimme zu hören, aber bis jetzt war alles still geblieben.

"Ich dachte", meinte Cole, "wir könnten uns vielleicht irgendwo unter vier Augen unterhalten."

"Die meisten Kunden stören sich nicht an meinen Droiden", entgegnete Brakiss.

"Nun, Sie werden meine Sorge gleich verstehen. Bitte, können wir uns irgendwo *allein* unterhalten?"

Brakiss winkte, und die Droiden verschwanden ebenso lautlos, wie sie erschienen waren. "Also gut."

"Ich nehme an, Sie haben hier Holokams", sagte Cole.

Brakiss lächelte, die bloße Andeutung eines Lächelns, ohne jeden Humor. "Wir haben überall Beobachter, Mr. Fardreamer. Ganz gleich, wohin ich Sie auch bringe. Es wird immer jemand da sein, der uns zusieht. Das dient meiner Sicherheit ebenso wie der Ihren."

Cole wollte sich umsehen. Er wollte wissen, wo 3PO abgeblieben war, aber er ließ es bleiben und hielt sich stattdessen mit einer Hand an der Wand des Frachters fest und beugte sich dann zu Brakiss vor. "Jemand sabotiert Ihre Droiden", flüsterte er.

Brakiss' Augen weiteten sich, und er trat einen Schritt zurück, hatte sich aber gleich wieder im Griff. "Was?"

Cole nickte. Er hielt Brakiss die Hand hin, in der er ein paar winzige Sprengkapseln hielt. "Wir haben diese Kapseln hier in Droiden gefunden, die nach Coruscant geliefert worden waren, und herausgefunden, daß diese Droiden von hier kamen."

"Was ist das?" Brakiss wirkte jetzt wieder ruhiger und erweckte den Eindruck, daß nichts ihm die Fassung rauben konnte. Cole wußte nicht recht, wie er jene erste Reaktion einschätzen sollte: Hatte der Mann wirklich keine Ahnung, oder tat er nur so?

"Sprengkapseln", antwortete Cole. "In Verbindung mit dem richtigen Befehl, einer bestimmten Handlung oder dem entsprechenden Code führen sie zur Explosion der Droiden."

"Explosion." Brakiss fuhr sich mit der Hand an den Mund. Cole glaubte, daß Brakiss oberflächlich erregt war, aber darunter spürte er Zorn oder etwas ähnliches wie Zorn ...

... und wieder jene Dunkelheit.

Eine Dunkelheit, die er nicht zu deuten vermochte.

"Ja, allerdings", sagte Cole. "Möglicherweise sabotiert einer Ihrer Arbeiter ..."

"Meine Arbeiter sind allesamt Droiden", unterbrach Brakiss ihn. "Sie sind nicht imstande, ihrem Master oder sich selbst Schaden zuzufügen."

Cole spürte, daß sein Mund mittlerweile völlig ausgetrocknet war. Noch immer war nichts von 3PO oder R2 zu hören. Vielleicht waren sie unbehelligt durchgekommen. Vielleicht waren die Sicherheitsvorkehrungen hier gar nicht so scharf, wie es den Anschein hatte. "Diese Sprengkapseln befanden sich im Innern der Droiden", erklärte Cole.

"Ja", sagte Brakiss. Sein Gesicht hatte sich jetzt verfinstert. "Wir haben höchst unterschiedliche Kunden. Handelt es sich um eine unmittelbar für Coruscant vorgesehene Lieferung?"

"Das weiß ich nicht", erwiderte Cole und verspürte einen Anflug von Erleichterung. Brakiss glaubte ihm also. "Ich weiß nur, daß die Droiden von hier stammen."

Brakiss nickte. "Und Sie sind auf direktem Wege hierhergekommen?"

"Ja, so schnell ich konnte."

"Warum hat nicht jemand von Ihren Leuten sofort Kontakt mit mir aufgenommen?"

Das war eine gute Frage, und Cole wünschte, er hätte eine gute Antwort darauf. "Wir – äh – ich dachte ..."

"Daß Sie mich erpressen könnten?" Wieder dieses feine, humorlose Lächeln. "Unwahrscheinlich, Fardreamer. Das haben Sie sich nicht reiflich überlegt. Ich habe die volle Kontrolle über Telti. Es wäre schlauer gewesen, sich an einem anderen Ort mit mir zu treffen."

"Ich hatte nicht an Erpressung gedacht."

"Selbstverständlich nicht." Brakiss' Stimme klang sanft, beinahe einschmeichelnd. Er konnte äußerst liebenswürdig sein, wenn er es wollte. "Sie sind ganz zufällig hergekommen, allein, in einem Frachter, der auf jemand anderen eingetragen ist, ohne irgendwelche Anweisungen oder vorangegangene Kontakte seitens der Regierung der Neuen Republik. Mir kommt das äußerst verdächtig vor."

"Die Regierung hat mich geschickt, in der Hoffnung, daß Sie mit mir zusammenarbeiten", widersprach Cole. "Wir haben – äh – gehofft, das alles vertraulich abwickeln zu können. Droiden gibt es überall, und wenn bekannt würde, daß sie gefährlich sind, könnte das für große Unruhe sorgen."

"Ja, in der Tat, das könnte es, Mr. Fardreamer." Brakiss verschränkte die Hände hinter dem Rücken. Dabei verschob sich sein Umhang, und Cole konnte jetzt sehen, daß er ein Lichtschwert trug, ähnlich dem, das er bei Luke Skywalker gesehen hatte. "Sie lügen nicht sonderlich überzeugend. Vielleicht möchten Sie mir sagen, weshalb Sie eine altmodische R2-Einheit und einen alten Protokolldroiden mitgebracht haben."

Cole war tatsächlich kein guter Lügner. Das war eine Fähigkeit, um die er sich nie bemüht hatte. Bisher hatte er dazu auch wenig Anlaß gehabt.

"Sie begleiten mich", sagte Cole.

"Ich verstehe", sagte Brakiss. "Sie haben Ihre Droiden allein losgeschickt. Haben Sie diese Anweisung nicht gelesen?" Er deutete auf die Hinweistafel mit der Leuchtschrift: PERSÖNLICHE DROIDEN MÜSSEN AUF DEN SCHIFFEN BLEIBEN.

"Das habe ich erst zu spät gesehen", antwortete Cole. "Es wird ihnen doch nichts zustoßen, oder?"

"Dafür kann ich nicht garantieren", sagte Brakiss. "Das hier ist eine Produktionsanlage, und Droiden kommen oft zur Erneuerung und für Reparaturen hierher. Es könnte leicht geschehen, daß man ihre Speicher löscht oder sie versehentlich demontiert."

"Ich bin sicher, daß Sie das verhindern können", sagte Cole, obwohl er davon keineswegs überzeugt war.

"Natürlich kann ich das," nickte Brakiss, "wenn Sie mir sagen, wer Sie geschickt hat und weshalb."

"Das habe ich doch bereits", erwiderte Cole.

Brakiss lächelte wieder. Diesmal wirkte sein Lächeln fast grausam. Sein ganzer Charme war verflogen. "Vielleicht möchten Sie es noch einmal versuchen."

Cole wollte gerade antworten, als sein Blick auf den Landeplatz fiel, und er sah, daß die Droiden zurückgekehrt waren. Aber nicht die Droiden, die er vorher gesehen hatte. Diesmal sah er modifizierte Attentatsdroiden. Ihre obsidianschwarzen Gesichter hatten keine sichtbaren Augen; ihre Arme waren Blaster; weitere Waffen ragten aus ihrer Brust.

"Wer sind die?" fragte Cole.

"Meine persönliche Armee", erklärte Brakiss. "Ich werde nicht zögern, sie einzusetzen, wenn Sie mir nicht sagen, weshalb Skywalker Sie geschickt hat."

"Skywalker?"

"Dieser Protokolldroide gehört seiner Schwester; der Astromechdroide gehört ihm. Wenn Sie Wert auf Ihr Leben legen, werden Sie mir jetzt verraten, was er im Schilde führt."

"Nichts", sagte Cole voller Aufrichtigkeit. "Ich bin auf eigene Faust hier."

Brakiss legte den Kopf zur Seite, als lausche er auf all die Dinge, die Cole nicht gesagt hatte.

"Allein durch die Galaxis zu reisen ist gefährlich, Faradreamer."

Cole brachte ein schwaches Lächeln zustande. "Das wird mir allmählich klar", meinte er.

* 40 *

Droiden wurden häufig an Orten wie diesem konstruiert.

Deshalb verzichtete R2-D2 auch darauf, neugierig seinen Kopf kreisen zu lassen, als er aus dem Frachter blickte. Es war offensichtlich, daß ihn das, was er sah, nicht überraschte.

Er öffnete die Heckluke und rollte nach draußen. Als er auf dem Boden angelangt war, drehte sich sein Kuppelkopf suchend hin und her.

R2 fuhr seinen optischen Sensor aus und scannte seine Umgebung. Dann wandte sich sein Kopf dem Astromechbereich achtzig Meter zu seiner Linken zu. Er rollte eine Betonrampe hinunter; die ganze Anlage war offensichtlich für Droiden gebaut.

Am Ende des Weges stieß er auf C-9PO, der von Brakiss geschickt worden war, um R2 abzufangen, während dieser selbst Cole in Empfang nahm.

"Oh", sagte 9PO. "Du bist keiner von uns, oder?"

R2 gab keine Antwort.

"Du solltest woanders hingehen, um dich überholen zu lassen. Ich bin sicher, man hätte sich deiner Probleme auch auf Coruscant annehmen können."

R2 wurde schneller. Der Zugang zum Astromechgebäude war verschlossen. R2s optischer Sensor suchte nach anderen Zugängen.

Das Astromechgebäude schien nur selten genutzt zu werden, was angesichts der neuen Entwicklung, die Astromecheinheiten für X-Flügler und ähnliche Schiffe überflüssig machte, auch kein Wunder war. Aber Astromechdroiden wurden auch für andere Zwecke eingesetzt, nicht nur für die Navigation, und irgendwo mußten diese moderneren Einheiten ja gebaut werden.

R2 bog nach links ab und folgte der Betonrampe nach unten. C-9PO eilte hinter ihm her.

"Veraltete Droiden haben keinen Zugang zu dieser Anlage", rief er. "Du mußt sofort anhalten."

R2 rollte unbeirrt weiter. Der abschüssige Weg ließ ihn sogar noch schneller werden. Der Protokolldroide konnte unmöglich mit ihm Schritt halten.

"Mein Master hat mir Anweisung gegeben, dich warten zu lassen." 9PO war offenbar beunruhigt.

Der Weg gabelte sich, und R2 entschied sich für die rechte Seite. Sie führte zu einer offenen Tür. Er fegte hinein, bremste und blieb stehen.

9PO rief: "Der Wartungsbereich ist oben." Er wiederholte diesen Satz mehrere Male und sagte dann, wie im Selbstgespräch: "R2-Einheiten. Wirklich schrecklich. Die hören nie zu, wenn man ihnen etwas sagt."

R2 lehnte sich gegen die Wand. Er schaltete einen winzigen Scannerstrahl ein, um nach einem Computer zu suchen. Das Paneel an der Wand diente lediglich dem Öffnen und Schließen der Tür. Wer auch immer die Anlagen auf diesem Mond entworfen hatte, mußte dabei an Droiden gedacht haben.

Aber R2 konnte keine Verbindung herstellen.

Da hörte er von oben die affektierte Stimme des Protokolldroiden erklären: "Ich habe ihn hier unten verschwinden sehen. Ich glaube, wir müssen eine Suchaktion starten. Diese R2-Einheit reagiert nicht rational."

R2 scannte den Raum mit einem Lichtstrahl. Hauptsächlich Schrott, haufenweise korrodierter Draht und angerostete Bauteile. Am anderen Ende stand eine weitere Tür offen. Er rollte auf die Tür zu, und 9POs Stimme wurde schwächer.

R2 tauchte tiefer ins Innere der Droidenfabrik von Telti ein und nahm, allein und ohne Hilfe, Kurs auf das Unbekannte.

***

Leia hatte zu lange gebraucht, um Almania zu erreichen. Sie hatte den Planeten eine Weile umkreist, bis sie Luke gespürt hatte. Dann fand sie eine Andockbucht nahe dem Ort, an dem sie seine Präsenz gespürt hatte. Die Andockbucht war ideal für die *Alderaan* geeignet: die richtige Größe, die richtige Konstruktion, selbst die richtigen Gewichtsvoraussetzungen. Sie hatte keine Mühe, ihr Schiff in die Bucht zu manövrieren. Dann saß sie stumm in der Dunkelheit und wartete, daß irgend etwas schiefging. Sie war so aufgeregt, daß sie sich nicht länger auf ihr Gefühl verlassen wollte.

Und ihr Gefühl sagte ihr, daß mit diesem Planeten etwas nicht stimmte, daß hier irgend etwas gründlich schiefgelaufen war. Dieses Gefühl hatte sie in dem Augenblick erfaßt, als sie unterhalb der Überwachungssensoren des Planeten unentdeckt und unbeobachtet in die Atmosphäre eingetreten war.

Das hatte sie beunruhigt. Sie schickten ihrer Flotte Schiffe entgegen und bewachten nicht einmal ihren eigenen Himmel? Leia hielt dieses Vorgehen für eine List, wie sie Vader gut angestanden hätte, für eine Falle. Während der Vorbereitungen zur Landung hatte sie nach Nadelschiffen oder anderen Flugkörpern Ausschau gehalten, die sich hinter Wolken verstecken und plötzlich angreifen konnten.

Und auch hier, in der Andockbucht, war niemand zu sehen.

Der Planet machte einen verlassenen Eindruck. Und genau *das* war es, was sie so sehr beunruhigte.

Selbst die Bucht schien auf den zweiten Blick seit einer Ewigkeit nicht mehr benutzt worden zu sein. Von den Wänden hatten sich die Fliesen gelöst, und als die *Alderaan* aufgesetzt hatte, war eine mächtige Staubwolke aufgestiegen. Niemand überwachte die Ausgänge oder den Himmel über der näheren Umgebung. Wenn Leia auf Kollisionskurs mit einem Gebäude gegangen wäre, hätte sie niemand gewarnt.

Für einen Planeten, der soeben der Neuen Republik den Krieg erklärt hatte, kam ihr das äußerst seltsam vor.

Es sei denn, Kueller griff auf dieselben Tricks zurück, die die Rebellen im Kampf gegen das Imperium angewandt hatten: Immer das Unerwartete tun, den Gegner überraschen.

Das würde darauf hindeuten, daß Kueller mit unterlegenen Streitkräften operierte. Kleine Flotten bedienten sich stets solcher Guerillataktiken; das verschaffte ihnen entscheidende Vorteile.

Leia wünschte sich, mit Wedge Kontakt aufnehmen zu können. Er würde seinen Angriff völlig anders staffeln, wenn er wüßte, daß Kueller nur über geringe Streitkräfte verfügte, und Leia hielt angesichts dieser Lage einen Frontalangriff für angebracht. Wenn Wedge jedoch glaubte, daß Kueller eine große Armada befehligte, so würde er es mit strategischen Mitteln versuchen und möglicherweise die Kampfpläne für den Ernstfall einsetzen, die Coruscant im Laufe der Jahre entwickelt hatte.

Leia konnte niemanden in ihrer Umgebung spüren. Sie holte ihr Lichtschwert und ihren Blaster und aktivierte die Alarmanlage der *Alderaan*. Anschließend machte sie die Selbstzerstörung scharf, für den Fall, daß irgend jemand, der nicht zu den wenigen Befugten gehörte, das Schiff ungeachtet der Alarmanlage betreten sollte. Damit waren Luke und Wedge die einzigen, die das Schiff außer ihr nutzen konnten.

Dann trat sie nach draußen.

Die Luft roch abgestanden. Bei jedem Schritt wirbelten Staubwolken auf. Die Geräte rings um sie waren verrostet; die Computerverschalungen aufgerissen. Diese Andockbucht war nicht bloß verlassen, man hatte sie mutwillig zerstört. Jemand hatte verhindern wollen, daß sie jemals wieder benutzt wurde.

Leia ging zum Tor der Bucht. Man hatte es aufgestemmt. Winzige Fußabdrücke im Staub zeigten, daß jemand hiergewesen war – vermutlich nicht diejenigen, für die die Anlage erbaut worden war. Sie trat in das verblassende Tageslicht hinaus und sah Dutzende von Gebäuden in unterschiedlichen Stadien der Verwahrlosung.

Allem Anschein nach lebte schon lange niemand mehr auf Almania.

Und doch konnte sie Luke jetzt spüren – er schien ihr viel näher zu sein –, und sie spürte andere Präsenzen in der Macht, allerdings in großer Entfernung. Sie konnte nicht sagen, wie viele es waren.

Sie würde ihrem Gefühl folgen müssen, um Luke zu finden.

Jemand beobachtete sie.

Leia wirbelte herum. Der plötzliche Eindruck überraschte sie ebenso, als hätte sie jemanden über die Straße huschen sehen. Aber sie war allein. Sie konnte niemanden entdekken, niemanden spüren, niemanden hören. Nichts hatte sich verändert. Trotzdem hatte sie auf einmal ein Kribbeln auf der Haut verspürt, und ihre Nackenhaare hatten sich aufgestellt. Sie ließ die Hand auf den Kolben ihres Blasters fallen, eine alte, tief verwurzelte nervöse Angwohnheit.

Die Schatten in der Andockbucht waren tief und schwarz, aber sie bewegten sich nicht. Sie hörte keinen Atem, sah nichts in der Dunkelheit funkeln.

Sie war allein.

Jemand beobachtete sie.

Überwachung? Aber was an Überwachungsgeräten zu sehen war, war zerstört. Dazu die zerbröckelnden Plattenwege rings um die Türen, die eingeschlagenen Glasscheiben. Irgend etwas Schreckliches war an diesem Ort geschehen, und sie hatte keine Ahnung, was. Aber sie wußte, daß normale Überwachungsmethoden hier nicht funktionieren würden.

Leia atmete tief durch. Sie verspürte wenig Neigung, die *Alderaan* hinter sich zu lassen, wußte aber, daß sie keine andere Wahl hatte. Vielleicht war ja Luke der Ursprung ihrer seltsamen unbestimmten Empfindung.

Oder Kueller.

Wahrscheinlich Kueller. Er hatte gewollt, daß sie hierher kam. Er hatte ihr Luke gezeigt, und er hatte ihr Botschaften übermittelt. Und die Landung war viel zu leicht gewesen.

Vielleicht war es vor allem das, was sie so beunruhigte. *Irgend jemand* hätte auf sie aufmerksam werden müssen; *irgend jemand* hätte sie an der Landung hindern oder wenigstens inzwischen hier auftauchen müssen.

Aber sie hatte keine andere Wahl. Sie hatte diesen Kurs einmal eingeschlagen – und gemeinsam würden sie und Luke stärker sein als Kueller.

Das durfte sie nie vergessen.

Aber natürlich hing alles davon ab, daß sie Luke fand.

Ehe Kueller ihn tötete.

* 41 *

Wedge stand breitbeinig und mit auf dem Rücken verschränkten Händen auf dem Kommandantenplatz der *Yavin*. Seine Gefechtsstation war etwas erhöht und durch eine Art Schranke vom Rest der Brücke abgetrennt. Die Mon-Calamari-Sternkreuzer boten wesentlich mehr Komfort als die Schiffe, auf denen er zu Anfang seiner Karriere gedient hatte. Diese neuen Kreuzer waren im Gegensatz zu den früheren Modellen, bei denen es sich im wesentlichen um modifizierte Jachten gehandelt hatte, speziell für ihren militärischen Einsatzzweck gebaut. Die neuen Schiffe verfügten über runde Kommandozentralen in der Schiffsmitte, durchsichtige Kuppeln, die einen Überblick über das gesamte Weltraumpanorama erlaubten, mit Laufgängen von einer Seite zur anderen. Die Laufgänge bestanden aus dünnem Gitterwerk und behinderten so auch den Blick nach unten kaum.

Obwohl es sich um eine Konstruktion seiner Leute handelte, hatte sich Admiral Ackbar gegen diese neueren Modelle ausgesprochen, weil er der Ansicht war, daß sie es Angreifern erleichterten, das Kommandozentrum zu finden. Wedge jedoch mochte diese Schiffe. Sie vermittelten ihm dasselbe Gefühl, das er als Jägerpilot gehabt hatte, das Gefühl, nur durch eine dünne Haut von der unendlichen Weite des Weltraums getrennt zu sein.

Außerdem verschaffte ihm diese Bauweise eine einmalige Perspektive und erinnerte ihn immer wieder daran, daß bei Weltraumschlachten, im Gegensatz zu planetengebundenen Kampfhandlungen, Angriffe von allen Seiten kommen konnten: von oben, unten, hinten oder von der Seite. Viele Kommandanten vergaßen das, wenn sie einmal ein paar Jahre nicht mehr im Cockpit eines Jägers gesessen hatten.

Und die Zeit, da Wedge nur sich selbst verantwortlich war, lag nun schon zu lange zurück.

Manchmal vermißte er diese fernen Tage.

"General, soeben hat eine Flotte von Schiffen die Planetenoberfläche verlassen", meldete der Lieutenant auf der Ebene unter ihm.

"Halten Sie mich auf dem laufenden", befahl Wedge.

"Ich glaube, wir sollten die Droiden reaktivieren, Sir", sagte Sela, seine Stellvertreterin, eine hagere, stets nervös wirkende Frau, die sich auf Coruscant als Adjutantin unschätzbare Verdienste erworben hatte.

Als Kommandantin eines Flottenverbandes würde sie sich erst noch bewähren müssen.

"Wir können ohne sie kämpfen", erwiderte Wedge.

"Ich bitte um Nachsicht, aber unsere Versorgungsstationen sind ohne die Droiden unterbesetzt."

Wedge nickte. "Präsidentin Organa Solo hat uns unter erheblichem Aufwand vor dem Einsatz der Droiden gewarnt. Ich denke, wir sollten ihrer Empfehlung folgen."

"Präsidentin Organa Solo ist nicht die Befehlshaberin der Flotte", sagte Sela.

Wedge überlegte, ob er ihr diesen Bruch der militärischen Etikette durchgehen lassen sollte. Schließlich entschied er sich für die sanfte Tour. "Präsidentin Organa Solo hat mehr Soldaten in die Schlacht geführt, als Sie je gesehen haben, Major. Ich habe über die Jahre gelernt, ihre Empfehlungen zu achten."

Sela seufzte. Sie hatte den Verweis verstanden. "Ja, Sir."

"Falls Sie freilich Mittel und Wege finden sollten, Major, um die Dienste der Droiden zu nutzen, ohne sie zu reaktivieren oder wichtiges Personal dafür abzuziehen, wäre ich Ihnen sehr dankbar."

Sela lächelte und nickte. "Ja, Sir." Sie drehte sich um und eilte über den Laufgang davon, als hätte er sie mit seinem Befehl zu etwas aufgefordert, was sie ohnehin schon lange vorgehabt hatte.

"Sir", sagte Ginbotham, ein Hig. Er war ein schlanker blauer Alien, dessen Fähigkeiten als Pilot weithin berühmt waren. "Diese Schiffe bewegen sich mit hoher Geschwindigkeit auf uns zu."

"Mit wie hoher Geschwindigkeit?" wollte Wedge wissen.

"Wesentlich schneller als alles, was *wir* haben, Sir."

"Sie kommen mir bekannt vor", sagte Ean, ein Mon Calamari. "Ich glaube, es sind imperiale Schiffe."

"Was?" fragte Wedge. "Wie ist das möglich?"

"Die Bauweise, Sir. Das sind Sternzerstörer der Victory-Klasse, modifizierte imperiale Konstruktion."

"Diese Schiffe?" fragte Wedge, dem diese Neuigkeit ganz und gar nicht behagte. Er hatte schon früher gegen Sternzerstörer der Victory-Klasse gekämpft. Sie hatten ihre Schwachstellen, aber diese Schwachstellen waren schwer zu knacken. "Wie viele sind es denn?"

"Drei nach meiner Zählung, Sir", antwortete Ean. "Und ein kleines Kontingent TIE-Jäger. Allerdings ist irgendwas seltsam an diesen Jägern."

"Finden Sie heraus, was es ist", wies Wedge ihn an. "Sagen Sie Sela Bescheid, daß wir dort draußen A-Flügler brauchen, und zwar schnell."

Wedge atmete tief durch. Damit hatte er nicht gerechnet. Er hatte eine zusammengewürfelte Flotte aus Schiffen unterschiedlicher Herkunft erwartet, ein paar umgebaute Jachten vielleicht, aber keine Sternzerstörer – und nicht so viele.

Dieser Kueller verfügte über ausgebildetes militärisches Personal und die wohl kampfstärksten Schiffe, die es in der Galaxis gab. Wie hatte er sich all das beschaffen können? Und in so kurzer Zeit?

Und woher kam das Gefühl, daß hier irgend etwas nicht in Ordnung war, das ihn einfach nicht losließ?

Wedge hatte keine Zeit, darüber nachzugrübeln. Er gab Anweisung, nach Einsatzplan 2-B vorzugehen, und hätte den Befehl in der nächsten Sekunde beinahe wieder zurückgezogen. Irgend etwas stimmte hier nicht. Wenn er nur wüßte, was.

"Holen Sie Sela in die Kommandozentrale zurück. Und dann will ich General Ceousa sprechen", ordnete er an.

"Wir brechen die Kommunikationsstille, Sir?" fragte Ean.

Wedge nickte. Er mußte wissen, ob Ceousas Instrumente dasselbe Geschwader mit Kurs auf sie anzeigte oder ob Kueller irgendwelche technologischen Manipulationen vorgenommen hatte. Leias Nachricht, die sie mit seinen Leuten geschickt hatte, enthielt den Hinweis, daß Kueller die Droiden manipuliert hatte. Vielleicht konnte er auch die Scanner beeinflussen.

Trotzdem mußte Wedge sich auf eine Weltraumschlacht mit all ihren Konsequenzen vorbereiten.

Zum ersten Mal seit Jahren verspürte er Nervosität.

Er haßte Überraschungen.

***

Seine gesamte militärische Streitmacht jagte durch den Weltraum. Einige tausend Soldaten und Bodenpersonal. Er hatte nie damit gerechnet, sie einsetzen zu müssen.

Aber Kueller war vorbereitet. Allem, was er zu Yanne gesagt hatte, zum Trotz hatte er Pläne für alle denkbaren Eventualitäten vorbereitet. Er war lediglich überrascht darüber, daß seine Waffe nicht funktioniert hatte. Zum ersten Mal hatte sie nicht die Wirkung gezeigt, für die sie entwikkelt worden war. Die falschen Opfer waren gestorben; die Droiden hatten ihren Bestimmungsort nicht erreicht.

Dafür würde Brakiss bezahlen.

Später.

Jetzt mußte Kueller sich ganz auf die Schlacht konzentrieren.

Die Nähe Leia Organa Solos irritierte ihn. Er hatte deutlich gespürt, wie ihr Schiff in die Atmosphäre eingedrungen war, hatte sich aber seitdem nicht mehr um sie gekümmert. Sie würde nicht schwer zu finden sein. Ihre Jedi-Kräfte ließen sie hell strahlen wie ein Signalfeuer.

Er würde sich ihrer annehmen, sobald er ihre Flotte besiegt hatte.

Fast wünschte er sich, jetzt bei seinen Leuten zu sein.

Fast.

Aber er kannte die Risiken sehr wohl, die dieses Begehren mit sich brachte. Und Risiken konnte er jetzt, so kurz vor dem Ziel, nicht mehr eingehen.

Was auch immer dort draußen im Weltraum geschah, hatte viel weniger zu bedeuten als sein Sieg über Skywalker und seine Schwester. Sobald die beiden aus dem Weg geräumt waren, würde die Galaxis ihm gehören. Dann würde es nur noch Augenblicke dauern, und jede Gefahr für ihn wäre gebannt.

Wenn Brakiss ihn nicht erneut verraten hatte.

"Sir", sagte Gant, sein neuer Berater. "Commander Bur möchte wissen, ob Sie das Kommando übernehmen."

Kueller lächelte. Seine Leute wußten nie, was er vorhatte. "Sagen Sie Commander Bur, daß ich volles Vertrauen in seine Fähigkeiten habe. Und daß ich ihn genau beobachten werde."

"Ja, Sir", nickte Gant.

Das sollte seinen Helfern Warnung genug sein. Sie wußten, daß Kueller jedes Versagen hart bestrafte. Wenn sein Lieblingskommandant ihn auch nur in die Nähe des Randes einer Niederlage brachte, so würde dieser Kommandant sterben. Kueller würde nie im traditionellen Sinn eine Flotte lenken. Er hatte oft das Gefühl gehabt, daß Führer, die sich mit der banalen Frage befaßten, wer wen erschoß, stets die Schlacht verloren. Aber er würde – so gut es eben ging – von Almania aus führen. Für ihn zählte einzig und allein, daß die Schlacht in seinem Sinne verlief.

Wer dabei überlebte, war ihm gleichgültig, solange kein Angehöriger der Neuen Republik auf Almania landete.

Niemand. Mit Ausnahme von Leia Organa Solo natürlich.

* 42 *

Han war vor Sorge um Leia außer sich. Weitere Bomben auf Coruscant. Möglicherweise war sie inzwischen sogar tot. Vielleicht stand der ganze Planet bereits in Flammen.

Hoffentlich hatte sie die Kinder weggebracht.

Er trat einen Schritt von Blue zurück – eine weitere Freundin aus alten Tagen, die nie wirklich zu ihm gehalten hatte – und ließ sie allein mit Davis' Leiche zurück. Ringsum hielten die Schreie der Verwundeten an. Lando fuhr die Triebwerke der *Glücksdame* hoch. Das zumindest ließen die Reparaturen zu, die Han an dem Schiff durchgeführt hatte.

Chewbacca stand neben Han, der keine Ahnung hatte, wieviel sein Wookieefreund mitgehört hatte.

"Wir müssen hier raus. Dieser Anschlag war eigentlich gegen Coruscant gerichtet", sagte Han.

Chewbacca jaulte.

"Aber wir können diese Leute nicht einfach so zurücklassen." Hans Verstand arbeitete schneller als sein Mund. Er wollte hier weg, wollte den Run verlassen, um mit Coruscant Verbindung aufzunehmen und um herauszufinden, ob jemand überlebt hatte.

Um herauszufinden, ob Leia überlebt hatte.

Seine Hände zitterten. Alles, was er in diesem Augenblick vor seinem inneren Auge sehen konnte, war seine wunderschöne Frau, aus der Nase blutend, gebeugt unter der Last eines Senators, der dreimal soviel wog wie sie selbst, das weiße Kleid zerfetzt und versengt, das Haar zerzaust. Leia nach dem letzten Bombenattentat. Wahrscheinlich wäre sie zusammengebrochen, wenn er sie nicht vom Ort des Geschehens weggezerrt hätte.

Aber jetzt war er nicht dort, um sie zu retten.

Chewbacca redete auf ihn ein. Han bekam davon jedoch nicht viel mehr als das erste Jaulen mit.

"Ja-ah, ich weiß schon, Kumpel. Die brauchen uns hier. Stelle fest, wie viele Schiffe noch funktionieren und wieviel Frachtraum uns zur Verfügung steht. Und dann laß uns den *Falken* beladen. Ich möchte, daß wir eines der ersten Schiffe sind, die den Run verlassen. Dann können wir uns um Coruscant kümmern."

Chewie gab einen klagenden Laut von sich.

Han nickte. "Natürlich. Um Kashyyyk kümmern wir uns auch. Ich bin sicher, daß deiner Familie nichts passiert ist. Dort gibt es nicht viele Droiden, wenigstens nicht, soweit ich mich erinnern kann."

Chewie pflichtete Hans Einschätzung bei und verschwand dann in den Rauchschwaden, um nachzusehen, welche Schiffe noch einsatzfähig waren. Han atmete tief durch, dankbar für seine Maske. Der Rauch war zwar inzwischen dünner geworden, füllte aber immer noch die ganze Höhle. Die Luftfilteranlage auf Skip 1 war nie besonders leistungsfähig gewesen. Er fragte sich, wie viele Bewohner des Skip allein an Rauchvergiftung sterben würden.

Einige der Schmuggler, die mit Erster Hilfe vertraut waren, arbeiteten sich durch das Chaos, trennten die Überlebenden und bildeten einzelne Gruppen. Han wußte, was sie taten, und mußte es wohl oder übel billigen: In Anbetracht der beschränkten medizinischen Versorgung würden diejenigen, deren Überleben wahrscheinlich war, vorrangig behandelt werden. Schnitte und Prellungen würden natürlich warten müssen, aber dasselbe galt für diejenigen, deren Überleben zweifelhaft war. Es war besser, wenigstens eine Handvoll Leben zu retten, als mit Operationen Zeit zu vergeuden, deren Erfolgsaussichten höchst zweifelhaft waren.

Zeit. So etwas wie hier konnte sich jederzeit ereignen. Möglicherweise geschah es in dieser Sekunde auf Coruscant.

Leia.

Han kletterte über die Trümmer zurück und widerstand dem Drang, den Blaster zu ziehen und Blue einfach niederzuschießen. Doch wenn er das tat, würde das seinen Zorn bloß steigern. Diese Art von Rache würde alles nur noch schlimmer machen.

Aber er würde sich dann wenigstens nicht ganz so hilflos vorkommen.

Er wußte nämlich ganz genau, daß dieses Bild der Verwüstung sich trotz aller Anstrengungen unweigerlich überall im Run wiederholen würde. Skip 1 verfügte über Droiden, aber das galt auch für Skip 2, 3, 5 und 72. Han würde sogar jede Wette eingehen, daß selbst Nandreesons Skip, Skip 6, ein paar Droiden hatte. Die Zahl der Opfer war vermutlich nur deshalb geringer, weil Nandreeson und einige seiner Leute bereits vorher nicht mehr unter den Lebenden geweilt hatten.

Han kletterte die Rampe zum *Falken* hinauf. Drinnen löste er die Sitze aus ihren Verankerungen und schaffte Platz auf dem Boden, indem er einige unwichtige Dinge in kleinen Stauräumen unterbrachte. Auf diese Weise würde er ziemlich viele Verwundete befördern können.

Er eilte die Rampe wieder hinunter. Der Rauch hatte sich inzwischen weiter gelichtet. Inmitten der ganzen Verwüstung sah er, wie Lando Tragbahren mit Verwundeten in die *Glücksdame* schleppte. Chewie redete mit den Sullustanern, die die letzten Feuer gelöscht hatten. Sie nickten zustimmend.

Han blieb neben einem der Helfer stehen. "Ich kann eine Schiffsladung mit Schwerverletzten übernehmen", sagte er. "Tragen wir sie hinein."

Das Gesicht des Arztes war mit Ruß und Blut verschmiert. Er wischte sich immer wieder die Hände an den antiseptischen Tüchern seiner Ausrüstung, aber Han konnte sehen, daß das wenig nützte. Der Arzt hatte auch einige Paar Handschuhe in seinem Kasten, die er jedesmal überstreifte, wenn er sich den nächsten Patienten vornahm.

"Ich weiß nicht einmal, wo ich anfangen soll", erklärte er.

Hans Magen revoltierte. Für jedes Leben, das dieser Mann rettete, würde er ein anderes verlieren. Es war schier unmöglich, hier die richtige Wahl zu treffen – eine Wahl, die man niemandem zumuten sollte.

Niemals.

Chewbacca war zurückgekehrt. Sein Knurren übertönte die Schmerzensschreie.

"Fünfzehn Schiffe, das ist besser, als ich erwartet hatte", sagte Han. "Laß uns anfangen, den *Falken* zu beladen. Ich möchte mit der ersten Welle starten."

Chewie jaulte seine Zustimmung. Er eilte zu dem Arzt, um sich zu beraten, welche Gruppe von Überlebenden zuerst transportiert werden sollte.

Han arbeitete sich quer durch das Trümmerfeld. Je dünner die Rauchschwaden wurden, um so mehr abgerissene Körperteile sah er zwischen den Steinbrocken und dem immer noch heißen Metall: Finger, Flügel, sogar ein abgerissener Kopf. Der Gestank von brennendem Fleisch verstärkte das Rumoren in seinem Magen. Diesmal drückte er bereitwillig die Hände der Verwundeten, die sich ihm entgegenstreckten.

"Wir bringen euch hier raus", versicherte er immer wieder, in der Hoffnung, sein Versprechen würde den Überlebenswillen der Verletzten so lange aufrechterhalten, bis jemand sie unter den Trümmern hervorzog. Manchmal genügte allein die Hoffnung.

Schließlich war er bei der *Glücksdame* angelangt. Lando trug gerade einen Ruurianer in das Schiff. Sein Wollpelz war versengt, die meisten seiner Federantennen verbrannt. Der winzige Mund des Alien ging ständig auf und zu, das einzige Anzeichen dafür, daß er noch am Leben war.

"Wir werden Tage brauchen, Han, um alle zu bergen." Lando stieg, unter seiner Last gebeugt, die Rampe hinauf. Die *Glücksdame* war kaum wiederzuerkennen. Seluss war damit beschäftigt, die letzten Reparaturen an den Computersystemen vorzunehmen.

Han warf ihm einen finsteren Blick zu. "Kannst du ihm vertrauen?"

"Das ist mir, ehrlich gesagt, völlig gleichgültig", antwortete Lando. "Er wird mir dabei helfen, diese Verletzten von diesem Felsbrocken wegzuschaffen. Und das ist alles, worauf es im Augenblick ankommt."

Han nickte. Die Verletzten waren bereits überall in der *Glücksdame* verteilt. Das Schiff wirkte nicht mehr wie eine Luxusjacht, sondern wie ein Lazarettschiff aus den Tagen der Allianz. Das Jammern und Wehklagen von überallher war schrecklich. Sstys ohne Haare, Oodocs ohne Stacheln, Menschen ohne Arme ließen das Werk der Zerstörung noch viel erschütternder erscheinen.

"Ich werde mit meinen Passagieren zuerst von hier starten. Blue sagte, daß die explodierten Droiden für Coruscant bestimmt waren."

"Blue?" Lando setzte den Ruurianer auf einer Pritsche neben einem Rodianer ab, dem beide Augen fehlten. "Aber ich dachte ..."

"Sie war mit einem gewissen Kueller im Bunde. Von Almania. Er hat es auf Leia abgesehen."

"Almania." Lando stand auf und preßte die Hand ins Kreuz, wie um einen stechenden Schmerz zu lindern. "Es läuft alles immer wieder auf Almania hinaus, nicht wahr?"

Han nickte. "Ich nehme an, ich war so etwas wie ein Köder."

"Wenn die Droiden für Coruscant bestimmt waren ..." Lando beendete den Satz nicht. Dann huschte ein vages Lächeln über sein Gesicht. "Ich will dir was sagen, Kumpel. Ich fliege hier Doppeleinsätze. Tu du, was du tun mußt."

Han legte Lando die Hand auf die Schulter. "Du bist ein echter Freund, Lando. Das ist mir diesmal klarer denn je geworden."

"Ich habe mich geändert, Han", erwiderte Lando leise. "Es gab einmal eine Zeit, da war ich nicht viel besser als Blue."

Han schüttelte den Kopf. "Du hättest dich darauf nie eingelassen, Lando. Niemals. Sie hat gewußt, was mit diesen Droiden geschehen würde."

Lando schnitt eine Grimasse. "Karrde hat gesagt, daß sich hier einiges geändert hat. Kein Wunder, daß er nicht mehr zurückkehren wollte."

"Ja-ah." Han schickte sich an, die Rampe hinunterzugehen, blieb jedoch noch einmal stehen. "Danke", sagte er.

Lando versuchte vergeblich, ein Lächeln zustandezubringen. "Manchmal beneide ich dich, mein Freund."

"Bis bald, Lando."

"Bis bald", nickte Lando und wandte sich dann wieder dem Ruurianer zu, um den Verwundeten bequemer zu betten.

Han eilte nach draußen. Er hatte verstanden, worum Lando ihn beneidete. Hoffentlich hatte dieser Neid noch einen Gegenstand. Leia und die Kinder zu verlieren war eine Gefahr, die offenbar nie ein Ende nahm, und dabei war es ihm unerträglich, diesen Gedanken ernsthaft in Erwägung zu ziehen. Er wußte, was er tun würde, falls man sie ermordet hatte – und das würde kein schöner Anblick sein.

Wenn Leia und den Kindern etwas zugestoßen war, würde niemand mehr Han für einen netten Kerl halten.

***

Das Monstrum leckte ihn ab.

Luke hielt beide Arme über den Kopf verschränkt, als die glatte Zunge über ihn hinwegstrich. Einmal, zweimal, dreimal. Der Gestank war unerträglich, aber das Gefühl war eigentlich gar nicht mal so unangenehm, und der brennende Schmerz an seinem Rücken ließ nach. Und Luke hatte das Gefühl, als habe man ihn in eine dicke, warme Decke gehüllt.

Er hatte schon von solchen Dingen gelesen: Lebewesen mit einem Anästhetikum im Speichel, damit ihre Opfer keine Schmerzen empfanden. Allerdings würde ein Anästhetikum auch seinen Lebenswillen dämpfen, dachte Luke. Aber das tat es nicht. Er hatte eher den Eindruck, an Stärke zu gewinnen.

Aber er konnte sich nicht bewegen. Die Zunge des Monstrums war schwer und hinderte ihn daran, aufzustehen.

Dann entstand in seinem Bewußtsein ein Bild: ein kleiner, geschrumpfter Luke, der sich am Boden wand und eine Waffe in der Hand hielt; der Schmerz in seiner Hand, nein, in seiner Pranke, und das Blut; die Verwirrung (Warum taten ihm diese Lebewesen dauernd weh?) und die tiefe, tiefe Einsamkeit; Sehnsucht nach kühlen Wäldern und frischem Wasser und Sonnenlicht.

Sonnenlicht.

Es – das Thernbee vermißte das Sonnenlicht.

Telepathie. Das Lebewesen besaß telepathische Gaben und war in Lukes Bewußtsein eingedrungen.

"Heh", sagte Luke. Die große Zunge dämpfte seine Stimme. "Ich muß atmen."

Im gleichen Augenblick wurde die Zunge zurückgezogen. Luke verspürte eine Regung von Angst in dem großen Lebewesen, und die Hoffnung, daß er es nicht wieder angreifen würde. Luke atmete tief durch und streckte die Hand aus.

"Da, ich bin unbewaffnet."

Das Thernbee legte den Kopf schief. Es verstand ihn nicht.

Luke formte ein Bild in seinem Bewußtsein; ein Bild von sich selbst, wie er seine Holzsplitter über dem Knie zerbrach und sie wegwarf. Und dann stellte er sich vor, wie er den Splitter aus der Tatze des Thernbee zog und die Wunde versorgte.

Es tut mir leid, dachte Luke. *Ich nahm an, du wolltest mir weh tun*.

Das Thernbee übermittelte neue Bilder: winzige Wesen, die es angriffen, es bissen, nach ihm schlugen, schrien, mit

Stöcken und Fackeln auf es eindrangen. Es verjagte sie immer wieder, und am Ende starben sie. Seine Mahlzeiten kamen so unregelmäßig, daß es manchmal die Toten essen mußte, ein Gedanke, bei dem eine Art Übelkeit in ihm aufkam. Selbst das Fleisch, das es verzehrt hatte, lag ihm schwer im Magen und machte es krank. Hier mußte es seine Nahrung kauen, und das war ihm noch mehr zuwider. Thernbees konnten Fleisch fressen, aber sie zogen Vegetation und kleine, schlüpfrige Lebewesen, schlangenartige Lebewesen, vor. Seine Zähne waren dazu bestimmt, Äste und Blätter abzureißen und die schlüpfrigen Lebewesen in sein Maul hineinzusaugen. Das Thernbee zog es vor, eine große Mahlzeit zu sich zu nehmen und dann wochenlang nichts zu essen. Aber an diesem Ort bekam es Nahrung nur in winzigen Portionen.

Sein Körper war dreimal kleiner als er eigentlich sein sollte.

Das Thernbee verhungerte.

Langsam.

Ganz allein in der Dunkelheit.

Luke schauderte. Er hatte keine Ahnung, wie lange dieses Lebewesen hier schon eingesperrt war, vermutete aber, daß es schon eine ganze Weile sein mußte. Er stand auf, ging auf das Thernbee zu und deutete auf das Gitter in der Decke. Er machte sich ein Bild davon, wie das Thernbee das Gitter mit seinen Pranken aufstemmte.

Das Thernbee richtete sich auf den Hinterbeinen auf und streckte seinen langen Körper. Das Gitter war immer noch ungefähr einen Meter von seinen Tatzen entfernt.

Es zeigte Luke all seine Fluchtversuche, zeigte ihm, wie es versucht hatte, die Wachen anzugreifen, wie es versucht hatte, mit Holzstücken oder mit Sprüngen das Gitter zu lösen, aber ohne Erfolg.

Ich könnte es, dachte Luke.

Das Thernbee warf ihm wieder einen rätselhaften Blick zu. Seine Augen waren rund und blau und sehr sanft, und es hatte eine zarte rosa Nase; seine Zähne waren stumpf wie die von Pflanzenfressern.

Luke fragte sich, wie er auf den Gedanken gekommen war, daß dieses sanftmütige Wesen eine Gefahr darstellte.

Er stellte sich vor, wie er auf den Tatzen des Thernbee stand und sich durch die Gitterstangen zwängte und anschließend seinen Zellengenossen befreite.

Das große Wesen saß auf seinen Hinterbeinen, blickte auf das Gitter, sah dann Luke an und sandte ihm ein Bild, wie er sich durch die Gitterstangen zwängte und einfach wegging.

So etwas war schon mehrmals passiert. Das Wesen zeigte Luke ein paar andere Menschen, die dasselbe taten. In die Bilder mischte sich Traurigkeit und der Wille, nicht noch einmal Vertrauen zu schenken.

Luke überlegte einen Augenblick lang und ließ seine Erinnerungen dann in Bilder fließen, die ihn zeigten, wie er mit Yoda arbeitete, wie er den Jawas auf *Palpatines Auge* half und mit Anakin, Jacen und Jaina im Medizentrum redete. Er zeigte Beispiele seiner Arbeit mit Schülern verschiedener Spezies und soviel wie möglich von der Jedi-Philosophie. Das meiste davon schien ihm selbst übermäßig simplifiziert, da er sich um Anschaulichkeit bemühte, aber offenbar gelang es ihm, die Botschaft zu übermitteln.

Das Thernbee streckte die unverletzte linke Pranke aus.

Luke stieg, ohne zu zögern, darauf und kletterte nach oben; ein mühsames Unterfangen, weil er den linken Knöchel nicht belasten konnte. Die meiste Arbeit mußte er mit den Armen erledigen. Er erklomm die Oberseite der gewaltigen Pranke und griff nach einer Klaue, die etwa so lang wie sein Bein war. Er mußte sich mit beiden Armen festklammern. Das Thernbee stellte sich auf die Hinterbeine, streckte seinen langen Körper und langte nach dem Gitter. Luke richtete sich auf, stützte sich vorsichtig gegen die Klaue und schaffte es, das Metallgitter zu packen. Dann zog er sich daran in die Höhe.

Jenseits des Gitters war die Luft reiner. Der Gang war breit und sauber. Die Wände bestanden aus einem Material, das er noch nie zuvor gesehen hatte: eine graue, papierähnliche Substanz mit kleinen Mustern darauf. Aber dafür war jetzt keine Zeit. Er blickte durch das Gitter nach unten.

Das Thernbee kauerte jetzt wieder auf dem Boden, seine Augen leuchteten in der Dunkelheit. Luke sandte ihm ein Bild des Bodens über ihm. Dann suchte er die Ränder des Gitters ab, ob es dort irgendwo einen Halt gab.

"Eigentlich", ertönte eine Stimme, "brauchen Sie bloß an dem Hebel zu ziehen. Dort drüben links."

Luke sah unwillkürlich hin. Ein Hebel ragte aus den Bodenfliesen. Neben dem Hebel standen vier Wachen, die ihre Blaster auf ihn gerichtet hatten. Sie trugen Sturmtruppenuniformen. Der Mann, der gesprochen hatte, nahm jetzt seinen Helm ab. Er deutete mit einer Kopfbewegung auf den Gang hinter Luke.

Luke drehte sich um. Sieben weitere Wachen hielten ihn von der anderen Seite in Schach. Ein Gefühl der Verzweiflung, so ausgeprägt, daß es ihn beinahe umwarf, überkam ihn. Das Gefühl ging von dem Thernbee aus. Luke wollte ihm ein Bild schicken und ihm zureden, daß es nicht aufgeben sollte, wußte aber nicht, wie er das anstellen sollte, außerdem hatte er jetzt keine Zeit, sich darauf zu konzentrieren.

"Und was bringt Sie auf den Gedanken, daß ich den Hebel bewegen will?" fragte er statt dessen.

Der Sturmtruppler zuckte die Achseln. "Das Thernbee zu befreien würde hier ein ziemliches Durcheinander anrichten."

Das würde es ganz bestimmt. Luke wünschte sich, früher darauf gekommen zu sein. Er hätte sich mit einem Satz auf den Hebel stürzen und ihn bewegen können, und sofort wären die Karten neu verteilt gewesen. Aber das hatte er nicht getan. Jetzt war er auf sich selbst gestellt.

"Ich denke, ich bin wieder Ihr Gefangener", sagte er. "Was haben Sie mit mir vor?"

Niemand antwortete ihm. Luke lächelte. "Sind Sie je zuvor einem Jedi-Meister begegnet?"

Sie starrten ihn an. Er setzte seinen unverletzten Fuß ein, um über das Gitter zu setzen und trat mit dem anderen nach dem Hebel, stieß ihn trotz seiner Schmerzen bis zum Anschlag. Während er das tat, setzte Luke seine ganze Jedi-Kraft ein, um die Blaster der Sturmtruppler an sich zu bringen. Ein mächtiger Wind kam auf und trug sie zu ihm. Dieses Unternehmen lähmte ihn beinahe, machte ihn schwach. Ob wohl Vader ähnlich empfunden hatte, als er damals in Cloud City das gleiche getan hatte?

Dann öffnete sich das Gitter mit Getöse und riß beinahe zwei der Sturmtruppler von den Beinen. Die Blaster rutschten vor Lukes Füße. Die Wachen klammerten sich an die Wände, den Boden, ja sogar an den Rand des Gitters, um von dem Wind nicht weggefegt zu werden, den der Jedi-Meister erzeugte.

Luke beugte sich vor, um die Blaster aufzuheben, als etwas Großes, Weißes an ihm vorbeihuschte. Das Thernbee war aus seiner Zelle entsprungen. Luke ließ den Wind verebben. Nachdem die Wachen unsanft gelandet waren, schrien sie und rannten davon.

Luke grinste das Thernbee an. Die Augen der Kreatur funkelten.

"Diesmal haben wir sie erwischt", sagte Luke. Er hob die elf Blaster auf und brachte es fertig, sie alle irgendwie an seiner Kleidung zu befestigen. "Ich habe allerdings das Gefühl, daß es von jetzt an ein bißchen schwieriger werden wird."

* 43 *

Als erstes trafen die TIE-Jäger ein und brausten mit ihrem charakteristischen Heulton vorbei – zumindest stellte sich Wedge es so vor.

Er stand in seiner Kommandozentrale und beobachtete die TIE-Jäger auf drei verschiedenen Taktikdisplays. Im umgebenden Raum konnte er kleine Lichtpunkte sehen – vermutlich die Sternzerstörer –, die Jäger jedoch waren mit bloßem Auge nicht zu erkennen. Das war nur dann möglich, wenn sie sich unmittelbar über ihm befanden.

Wie gern er jetzt im Cockpit eines Sternjägers gesessen hätte.

"Geschwader Blau hat Feindkontakt mit den TIE-Jägern", meldete Ginbotham.

"Hören wir uns das mal an", entschied Wedge.

Im nächsten Augenblick war die Kommandozentrale vom Knistern der nicht sonderlich leistungsfähigen Komsysteme in den A-Flüglern erfüllt.

"... über mir Blau-Führer."

"Verstanden, Blau-Fünf."

"... schicke weitere Jäger. Ich kann einfach nicht glauben, daß da draußen so viele Schiffe sind!"

"Formation halten, Blau-Zehn."

Wedge starrte mit geballten Fäusten auf die Statusschirme. Er sehnte sich danach, den Steuerknüppel in der Hand zu halten und Anweisung zum Angriff auf die TIE-Jäger zu geben, statt dessen koordinierte er die Schlacht von hier aus und war zutiefst unglücklich darüber.

"... Grün-Acht, achten Sie auf ihr Heck."

"Ich sehe ihn."

"Gehen Sie auf drei Punkt acht, Grün-Acht. Ich schnappe ihn mir."

"Verstanden."

"Ich habe ihn. Ich ..."

Störgeräusche.

Der Lichtpunkt auf dem Bildschirm, der Grün Sechs repräsentiert hatte, war verschwunden. Plötzlich waren sie von Dutzenden von TIE-Jägern umzingelt.

"Die werden dort draußen einfach massakriert", sagte Sela. "Wir brauchen Verstärkung."

"Jetzt noch nicht", erwiderte Wedge. "Wir wissen nicht, mit wie vielen Schiffen wir es zu tun haben."

"Viele können es nicht sein. Wir haben nie davon gehört, daß das Imperium so viele Schiffe eingelagert hat."

Selas Bemerkung beunruhigte Wedge. Rings um ihn hielt das Stimmengewirr an.

"... Taktikschirm ausgefallen, Gelb-Führer. Kehre zur Basis zurück."

"Verstanden, Gelb-Zwo."

"Grün-Führer, weitere acht TIE-Jäger auf Position fünf Punkt drei."

"Habe sie ..."

Zwei TIE-Punkte verschwanden von Wedges Statusschirm, gefolgt von drei seiner eigenen Schiffe. Wedges Miene verfinsterte sich.

"... unter Ihnen, Blau-Acht. Ich hole ihn mir."

"Zu spät ..."

Die Stimme ging in einen Schrei über, auf den weitere Störgeräusche folgten.

"... Position eins Punkt acht. Zähle sechs weitere Starts."

"Verstanden, Blau-Führer."

"Ich habe ihn! Ich habe ihn! Ich ..."

Weitere Lichtpunkte verschwanden. Wedge studierte den Statusschirm und erkannte ein typisches imperiales Kampfgeschwader: nach veralteter Formation angeordnete TIE-Jäger. Eine Formation, wie er sie seit der Schlacht um den Todesstern nicht mehr gesehen hatte.

Ich habe das Volk von Pydyr vernichtet, ohne etwas so Plumpes wie einen Todesstern oder einen Sternzerstörer dafür einzusetzen.

Als die A-Flügler die TIE-Jäger erreichten, explodierten auf dem Bildschirm sechs weitere Lichtpunkte.

"... ich nehme mir jetzt den Startbereich vor. Gebt mir Rückendeckung!"

Und Wedge hatte die Anzeige für imperialen Schrott selbst gesehen: Waffen aller Art, die zum Verkauf standen, in jedem nur erdenklichen Zustand und für eine Menge Kredits.

"... gesamte Staffel Grün. Nehmen Sie sich so viele TIE-Jäger vor, wie Sie können. Wir müssen uns auf diese Sternzerstörer konzentrieren ..."

Ich ziehe elegante, schlichte Waffen vor. Sie nicht auch?

Und was würde Wedge tun, wenn Kueller hinter den Kulissen eine solche elegante, schlichte Waffe verbarg? Ein Angriff mit sämtlichen Kräften, um die heranrückende Streitmacht abzulenken ...

"Pläne ändern!" ordnete er an und wandte sich ruckartig von seiner Station ab. "Ich möchte, daß die ganze Flotte geschlossen zum Angriff übergeht."

"Sir?" sagte Sela. Sie war offensichtlich der Meinung, daß er den Verstand verloren hatte.

"Das ist alles, was ihm zur Verfügung steht. Er baut ganz auf seine große, häßliche Waffe und rechnet damit, daß er uns damit erledigen kann. Das hier ist nur eine Finte. Sagen Sie General Ceousa Bescheid, daß sein Geschwader sich aus den Kämpfen heraushalten soll. Er soll Almania umkreisen und von der Seite oder von oben angreifen. Kueller verfügt nicht über genügend Streitkräfte, um sich gegen ein Flankenmanöver zur Wehr zu setzen. Ich möchte, daß die übrigen Schiffe Kuellers Streitkräfte frontal angreifen."

"Aber wenn das hier bloß ein Bruchteil seiner Feuerkraft ist, Sir, dann begehen wir Selbstmord."

Wedge zuckte die Achseln. Dieses ganze Unternehmen ähnelte ohnehin einem Selbstmord. Politischem Selbstmord. Er konnte also ebensogut auch alles auf eine Karte setzen.

***

Die Droiden kamen auf Cole zu. C-3PO beobachtete die Szene aus der Distanz. Er sah Attentatsdroiden mit zusätzlichen Laserkanonen im Brustbereich. Wenn diese Droiden mit Cole fertig waren, würde nichts mehr von ihm übrig sein. Aber 3PO konnte nichts tun. Er war zu weit entfernt.

Und außerdem befand er sich selbst in einer ziemlich prekären Lage.

Eine Hinweistafel verriet ihm, daß der Gang, in dem er sich befand, in eine Platinenabteilung führte. Ungekennzeichnete Droiden, die hier angetroffen wurden, sagte eine andere Leuchtschrift, würden unverzüglich demontiert.

"Sieh einer an, ein Protokolldroide." Die nasale Stimme gehörte einem Gladiatordroiden. "Ein *alter* Protokolldroide."

"Du solltest mich nicht als zu gering einschätzen", erwiderte 3PO und sah in die Richtung, aus der die Stimme gekommen war. Dann verstummte er. Dieser Droide war neu. Er war ganz in einem grellen, leuchtenden Kupferrot gehalten, als wäre er aus tausend roten Münzen geschmiedet. Die Augen in dem schmalen Gesicht glühten düster.

"Und warum nicht, du baufälliger Blechhaufen?"

"Ich – äh ..." 3PO drehte den Kopf. "Ich – ich beherrsche fließend mehr als sechs Millionen Kommunikationsformen."

"Und ich wette, daß du mich mit keiner davon überreden kannst, dich nicht in deine Bestandteile zu zerlegen." Der Gladiatordroide klang beinahe vergnügt.

"Äh, entschuldige", bat 3PO. "Du bist ein Gladiatordroide, nicht wahr?"

"Ist das wichtig? Ich kann dir jedenfalls in Rekordzeit Arme und Beine ausreißen."

"Das bezweifle ich nicht", sagte 3PO. "Obwohl ich nicht ganz begreifen kann, weshalb du das tun willst. Ich bin nur ein Protokolldroide. Ich bin für dich wirklich nicht von Interesse."

"Du bist sogar von großem Interesse", widersprach der Gladiatordroide. "Du bist unbefugt hier eingedrungen. Und meine Aufgabe ist es, unbefugte Droiden zu zerstören."

"Oh du meine Güte", zeterte 3PO. "Wie kann man nur so etwas wollen?"

"Wie kann man nur sechs Millionen Kommunikationsformen lernen wollen?"

"Nun, wenn du ein Gladiatordroide bist", sagte 3PO und sah sich nach allen Seiten um, als suche er einen Ausweg, "dann mußt du kämpfen, nicht wahr?"

"Verzeihung, ehrwürdiger Alter. Ich mag mein Leben als Gladiatordroide begonnen haben, aber ich bin keiner mehr. Ich gehöre hier auf Telti der Elitegarde an. Man nennt uns den Roten Schrecken."

"Man?" fragte 3PO mit sich überschlagender Stimme.

"Die anderen Droiden. Die fertiggestellten. Sie wissen, daß sie es mit dem Roten Schrecken zu tun bekommen, wenn sie sich schlecht benehmen. Wir reißen ihnen die Gliedmaßen aus, und dann löschen wir ihre Speicher. Und anschließend verstreuen wir die Teile über den ganzen Mond, so daß man sie nicht wieder zusammenmontieren kann."

Am Ende des Gangs befand sich eine Tür, aber sie war verschlossen. Darüber stand in mehreren Droidensprachen das Wort "Ausgang". Zwei weitere rote Droiden hatten sich jetzt zu dem ersten gesellt.

"Wie viele von euch gehören dem Roten Schrecken an?" fragte 3PO.

"Fünfhundert. Verteilt über den ganzen Mond", erklärte der erste Droide. "Aber heute ist dein Glückstag. Nur fünfzig von uns befinden sich in der Nähe dieses Gebäudes. Ich habe bereits einen Ruf ausgesandt."

"Alles nur für mich?" 3PO fuchtelte erregt mit beiden Händen. "Aber ein einziger Protokolldroide lohnt doch ganz sicherlich nicht so viel Aufwand."

"Wahrscheinlich nicht. Falls du allein bist. Aber wenn du noch Freunde bei dir hast, brauchen wir vielleicht unsere ganze Truppe. Du hast doch keine Freunde mitgebracht, oder?"

"Ganz bestimmt nicht", versicherte 3PO. "Ich habe keine Freunde. Hier. Ich bin allein hier. Ganz auf mich gestellt. Sozusagen um den Ort meines Ursprungs zu besuchen. Hast du nicht gewußt, daß Protokolldroiden das alle hundert Jahre tun müssen?"

Unterdessen hatten sich drei weitere rote Droiden der Gruppe angeschlossen.

"Davon habe ich nie gehört", antwortete der erste Droide.

"Ich auch nicht", bestätigte einer der Neuankömmlinge.

"Nun, das geschieht nur mit Droiden, deren Speicher niemals gelöscht wurden. Genaugenommen bin ich sogar überfällig. Ich befinde mich wahrscheinlich schon viel zu lange im selben Bewußtseinszustand. Wenn ihr mir zeigen könntet, wo die Ölbäder sind, wäre ich schon lange von hier verschwunden." 3PO bewegte sich langsam auf den Ausgang zu. Zwei weitere rote Droiden versperrten ihm den Weg.

"Nicht so schnell, Alter", sagte der erste Droide. "Hier ist noch nie ein Protokolldroide aufgetaucht."

"Wie viele Droiden kennst du denn, die nie eine Speicherlöschung mitgemacht haben?" wollte 3PO wissen. "Mir hätte man beinahe in Cloud City eine verpaßt, das ist jetzt viele Jahre her, aber ein Freund von mir hat mich im Müll gefunden und mich befreit. Wenn das nicht geschehen wäre, so wäre ich jetzt gar nicht hier. Aber ich bin hier und ..."

"Reden alle Protokolldroiden so viel?" fragte einer der roten Droiden einen seiner Begleiter.

"Oh nein", entgegnete 3PO eilfertig. "Das ist ein Mangel meines Modells. Ich hatte gehofft, eine Lösung dafür zu finden, ohne daß mein Speicher gelöscht werden muß. Sie können sich gar nicht vorstellen, wie es ist, wenn alle Speicher intakt sind und man sich an alles erinnert. Es ist ziemlich wunderbar, wenn ich ehrlich sein soll, aber es ist auch eine Last. Ich erinnere mich sogar noch daran, wie ich das erste Mal einen Gladiatordroiden zu Gesicht bekommen habe. Das muß auf Coruscant gewesen sein, natürlich noch vor der Rebellion ..."

"Laß uns ihn löschen", schlug einer der neuen Droiden vor.

"Nein", widersprach der erste Droide. "Ich bin neugierig. Ich möchte gern wissen, wie es ein Droide anstellt, sich den regelmäßigen Speicherlöschungen zu entziehen."

"Ich habe großes Glück gehabt", erklärte 3PO. "Ich habe einen mitfühlenden Master, der der Ansicht ist, daß Droiden einmalige Geschöpfe sind."

"Er lügt", warf einer der zuletzt erschienenen Droiden ein.

"Vielleicht", meinte ein anderer. "Vielleicht auch nicht."

"Mein Master schätzt mich so, wie ich bin, und er läßt nicht zu, daß jemand mir ein Leid zufügt."

"Ist dein Master der Typ mit dem Frachter?" wollte der erste Droide des Roten Schreckens wissen.

"Oh nein", erwiderte 3PO. "Den habe ich nur zufällig kennengelernt. Mein Master ist ... Genaugenommen habe ich mehrere Master. Gewöhnlich bin ich für Präsidentin Leia Organa Solo auf Coruscant tätig, aber manchmal arbeite ich für den Jedi-Ritter Luke Skywalker."

"Warum reist du dann mit jemand anders?"

"Er wollte, daß ich mitkomme, wegen meiner Sprachkenntnisse, weißt du. Ich habe ihn dazu überredet, hier eine Zwischenstation einzulegen. Meine Pilgerreise ..." 3PO hatte es fertiggebracht, sich während des Wortwechsels ein paar Schritte näher an den Ausgang heranzuarbeiten. Die Droiden, die der Tür am nächsten standen, hatten ihm unwillkürlich Platz gemacht. Alle beobachteten ihn interessiert. Droiden waren Speicherlöschungen zutiefst zuwider. Daß an 3PO nie eine durchgeführt worden war, faszinierte sie.

"Ist ja großartig", meinte der erste Droide. "Und er hat auf dich gehört?"

"Master Fardreamer ist ein ganz besonderer Mann. In dem Punkt ähnelt er Master Skywalker."

"Skywalker", sagte einer der neuen Droiden. "Ist das nicht der, der hier war? Der, an den wir nicht herandurften?"

Ein anderer Droide brachte den ersten zum Schweigen.

"Master Skywalker war hier?" fragte 3PO interessiert.

"Ich dachte, du weißt, wo dein Master ist", sagte der erste Droide.

"Nun, er ist nicht immer mein Master. Ich nahm an, das hätte ich erklärt."

"Du hast eine ganze Menge erklärt", fuhr der erste Droide ihn an. "Nur nicht, was du hier willst."

"Das habe ich ebenfalls erklärt", widersprach 3PO. "Wenn du dich vielleicht erinnern willst, sagte ich, ich sei zu meinem Ursprungsort zurückgekehrt."

"Das hätten wir dir ja abgenomment", entgegnete der erste Droide, "wenn diese Produktionsanlage vor hundert Jahren bereits Protokolldroiden hergestellt hätte. Aber wir haben erst nach dem Zusammenbruch des Imperiums damit angefangen. Als die Neue Republik sich durchgesetzt hatte, hat unser Master gedacht, die Nachfrage nach euch Intelligenzbolzen würde steigen. Also hat er euch ins Programm genommen."

3PO machte einen weiteren Schritt auf den Ausgang zu. Die Droiden hinter ihm rückten wieder enger zusammen, so daß die Öffnung in ihren Reihen bald geschlossen war.

Der erste Droide schob sich näher an 3PO heran, seine roten Gefährten folgten ihm. "Also", sagte er, "wenn an einem Protokolldroiden eine Speicherlöschung durchgeführt wird, muß er dann alle sechs Millionen Kommunikationsformen neu lernen?"

"Selbstverständlich nicht. Die sind fest einprogrammiert." Dann begriff 3PO, was der Droide vorhatte. "Warte! Warte! Du brauchst meine Speicher nicht zu löschen. Du weißt nicht, wer ich bin. Du darfst mich nicht anfassen. Das gibt einen intergalaktischen Zwischenfall. Mein Master ..."

"... wird dir nichts mehr bedeuten", vollendete der rote Droide den Satz. "Du hast nie eine Speicherlöschung erfahren, deshalb will ich dir erklären, wie man sich beim Aufwachen fühlt. Du siehst die Welt mit ganz neuen Augen. Alles wird dir wunderbar vorkommen. Du wirst weiterhin deine sechs Millionen Sprachen beherrschen und in eine völlig neue Zukunft blicken. Ist das nicht hübsch?"

"Nein", antwortete 3PO, als der Rote Schrecken näher kam. "Ich glaube, das wird ganz und gar nicht hübsch sein."

* 44 *

Als Leia das Tor der Andockbucht hinter sich gelassen hatte, legte sich das Gefühl, ständig beobachtet zu werden, und mit ihm vergingen auch ihr Selbstvertrauen und ihre Zuversicht. Ihr war, als wäre sie plötzlich in eine undurchdringliche geistige Finsternis gestürzt.

Unter einem größeren Gebäude, einem bereits etwas baufälligen steinernen Turm, begann ein steil abwärts führender Stollen. Mehrere Steine waren aus der Turmmauer gebröckelt, so daß es den Anschein hatte, als habe die Warte Zahnlücken oder als habe sie die Hand eines Riesen kräftig durchgerüttelt. Der Turm war nicht allzu weit von der Andockbucht entfernt, aber ohne Hilfe hätte sie ihn nicht gefunden.

Jemand hatte Bilder in ihr Bewußtsein projiziert.

Zwar keine Landkarten und auch keine exakten Abbildungen der Dinge, die Leia jetzt mit eigenen Augen sah, sondern Bilder des früheren Aussehens der Umgebung. Der Turm wies vor ihrem geistigen Auge keine Lücken im Mauerwerk auf, die Straßen waren voll von Passanten und Fahrzeugen, und überall blühten Blumen. Jetzt gab es hier weder Blumen, noch Passanten, noch Fahrzeuge. Nur ein unheilverheißendes Schweigen und allgegenwärtige Zerstörung.

Die Bilder hatten sie besänftigt, und sie hatte ihre Gefühle wieder wahrnehmen können. Sie wußte, daß die Bilder, die sie empfangen hatte, nicht von Kueller kamen. Jedesmal, wenn *er* ihr eine Botschaft übermittelt hatte, war ihr zuvor seine Totenkopfmaske erschienen. Sie hoffte, daß Luke der Urheber war – falls nicht, war sie auf alles vorbereitet.

Leia hatte ihren Blaster und ihr Lichtschwert, und sie war zu allem entschlossen. Sie war nur wenige Male in ihrem Leben so unverdrossen auf ein Ziel losmarschiert wie jetzt: als sie sich auf den Kampf mit dem Todesstern eingelassen, als sie den Noghri geholfen und als Hethrir ihre Kinder gestohlen hatte.

Sie konnte Luke fühlen. Seine Präsenz war irgendwo in der Nähe, tief unter ihr. Mit diesem Stollen würde sie den richtigen Weg einschlagen. Sie wußte nur nicht, warum die Bilder in ihrem Kopf inzwischen erloschen waren.

Leia glitt vorsichtig in den Stollen unter dem Turm, dessen Wände ebenfalls aus Mauersteinen bestanden; es roch ein wenig muffig. Er war lange nicht mehr benutzt worden und deutlich größer, als er ihr in der Vorstellung erschienen war. Irgendwie hatte sie damit gerechnet, sich durch einen engen Schacht drängen zu müssen. Doch der Stollen hatte beinahe die Ausmaße einer großen Halle.

An einer Seite gab es Sprossen und verrostete Metallteile, die als eine Art Leiter dienen mochten. Beinahe hatte sie das Gefühl, in einen Brunnenschacht zu klettern. Aber wenn sie den Bildern in ihrem Kopf Glauben schenken durfte, war das nicht der Fall. Dies war ein alter Fluchtweg, den die Erbauer des Turms angelegt hatten, er würde sie daher bestimmt in keine Sackgasse führen.

Die Kletterpartie in die Tiefe währte eine Ewigkeit. Leia war froh, daß sie stets auf ihre physische Kondition geachtet hatte, trotzdem wurden ihre Arme und Beine langsam müde. Jede ihrer Bewegungen hallte durch das alte Gemäuer, und je weiter sie sich von der Oberfläche entfernte, um so dunkler wurde es um sie.

Sie ließ ihren Fähigkeiten in der Macht freien Lauf. Sie hoffte, weitere mentale Bilder einzufangen, stieß jeoch auf undurchlässige Schwärze.

Dann fühlte sie Luke irgendwo dicht unter sich und wurde plötzlich mit Bildern förmlich bombardiert: *Weiße, weiße, weiße Geschöpfe, die im Sonnenlicht herumsprangen, so blendend weiß, daß sie das Licht zu reflektieren schienen.*

Rosen. Überall der Duft von Rosen; grüne Blätter und schlüpfriges Essen, richtiges Essen. Wasser und Himmel.

Und ein so ausgeprägtes Gefühl der Freude, daß Leia vor Überraschung beinahe die Sprossen losgelassen hätte.

Diese Eindrücke kamen nicht von Luke. Lukes Präsenz in der Macht war wie ein steter Akkord, der von dieser Empfindung unbändiger Freude überlagert wurde.

Leia hoffte, daß es ihm gutging und daß er die richtige Wahl getroffen hatte, indem er hierher gekommen war. Sie erreichte das Ende des Stollens und fand sich auf einem Mauervorsprung über einer Falltür aus Brettern mit einem verrosteten Handgriff aus Metall wieder. Sie zog daran, und die Tür schwang ächzend auf.

Unter sich sah sie ein riesiges weißes Gesicht mit einer rosa Nase, einem riesigen rosa Maul und blauen Augen, so groß wie Untertassen. Das Maul öffnete sich, und sie preßte sich gegen die Mauer und griff nach ihrem Blaster.

"Ist schon in Ordnung." Das war Lukes Stimme. "Er ist mein Freund. Ich glaube, er ist einfach glücklich, dich zu sehen."

Sie musterte die Kreatur mit gerunzelter Stirn. Sie war am ganzen Körper weiß wie die Lebewesen, die sie in ihrer Vorstellung in der Sonne herumtollen gesehen hatte. Das Gefühl der Freude war von diesem Geschöpf ausgegangen.

"Würdest du ihm sagen, daß er Platz machen soll, damit ich näher kommen kann."

"Das wird einen Augenblick dauern."

Das weiße Geschöpf drehte den Kopf zur Seite und trat geziert – wenn man dieses Wort für etwas von seiner Größe verwenden konnte – zur Seite.

Leia packte den Mauervorsprung, ließ sich daran hinab und blickte in einen Gang, in dem sie ein riesiges offenes Gitter, die Spuren einer kürzlich stattgefundenen Auseinandersetzung und ein ganzes Sortiment von Blastern sah. Luke rastete auf dem Rand des Gitters. Ein paar Meter entfernt füllte sein Begleiter den Gang von einer bis zur anderen Seite aus.

Leia ließ sich fallen, vorsichtig darauf bedacht, neben dem Gitter und nicht in der Öffnung im Boden zu landen, die den Eindruck machte, in endlose Tiefen zu führen.

"Was ist denn da unten?" erkundigte sie sich.

"Soweit ich das feststellen konnte", antwortete Luke, "eine Art Verlies. Das Thernbee war lange Zeit dort unten eingesperrt."

Leia sah das Lebewesen an. Sein gigantischer Schweif fegte vor und zurück, und jedesmal, wenn er die Wand traf, gab es einen lauten Knall. "*Du* hast mich also hierher geführt", sagte sie.

"Er kann nicht sprechen", erklärte Luke. "Ich bin nicht einmal sicher, ob er gesprochene Sprache überhaupt versteht. Er kommuniziert telepathisch."

"Und ist uns hoffentlich freundlich gesinnt", meinte Leia, während sie auf Luke zuging.

"Sehr freundlich. Manchmal sogar zu freundlich." Luke blickte ihr reglos entgegen, für Leia ein eindeutiges Zeichen, daß es ihm nicht gutging. Das und seine eigenartig grünliche Hautfarbe. Seine Kleidung war zerrissen und geschwärzt, sein Haar angesengt, und seine künstliche Hand war völlig von Haut entblößt. Sein linker Knöchel war geschient. Als Leia um das Gitter herumging, sah sie, daß die Hinterseite seines Hemds weggebrannt war – und ein Großteil seiner Haut ebenfalls. Sein ganzer Rücken war eine einzige schwärende Wunde.

"Was ist denn mit dir passiert?" fragte sie.

"Mein X-Flügler ist explodiert", erklärte er. Er hielt einen Blaster in der Hand; einige weitere waren rund um seinen Körper verteilt.

Das Thernbee beobachtete die Geschwister, sein Schwanz zuckte von einer Seite zur anderen.

Leia spürte, wie ihr Herz einen Schlag aussetzte. "Imperiale Sprengkapseln", sagte sie.

Luke schüttelte den Kopf. "Irgendwas stimmt da nicht. Das spüre ich."

"Nein, Luke. Ich habe sie gesehen. Sie wurden in die Computersysteme der X-Flügler eingebaut."

Er seufzte. Sie stand über ihn gebeugt und wußte nicht recht, was sie tun sollte. So wie jetzt, verwundet, erschöpft, unschlüssig, hatte sie ihren Bruder noch nie erlebt.

"Die *Alderaan* wartet in der Nähe."

"Ich weiß", nickte Luke. "Und Kueller weiß es sicherlich auch. Ich wollte ..." Er hielt inne.

"Du wolltest, ich wäre nicht gekommen. Aber jetzt bin ich hier. Wir müssen dich hier rausholen."

"Er will uns töten", berichtete Luke. "Er meint, wenn er uns tötet, wird er der nächste Imperator sein."

Leia lächelte. "Ich habe meinen Sitz im Rat aufgegeben. Ganz gleich, was er auch mit uns anstellt, er wird diesem Gremium nichts anhaben können."

"Das hat nichts mit dem Rat zu tun", sagte Luke. "Es geht um unsere Jedi-Fähigkeiten. Er glaubt, daß er uns unbedingt besiegen muß."

"Warum hat er dann nicht versucht, dich zu töten?"

"Er brauchte mich, um dich an diesen Ort zu locken."

Leia blickte zu dem Thernbee hinüber. Es beobachtete sie. "Bist du sicher, daß du diesem Geschöpf vertrauen kannst?"

Luke hob den Kopf. "Das habe ich ganz vergessen", sagte er. Er schloß die Augen und konzentrierte sich so stark, daß seine Stirn sich in Falten legte. Leia gefiel diese Unterbrechung nicht. Sie hob ein paar Blaster auf und befestigte sie an ihrer Kleidung. Dann schlug Luke die Augen wieder auf.

Das Thernbee hatte sich erhoben. Sein Schwanz bewegte sich jetzt ganz langsam, gleichsam verwirrt, hin und her. Es sah aus wie ein riesengroßes Hündchen, eifrig und unsicher, was als nächstes zu tun war.

"Geh nach Hause," forderte Luke das Thernbee auf und wedelte mit der rechten Hand. "Bitte."

Das Wesen machte zwei lange Schritte und stand plötzlich neben ihm. Es leckte Luke ab, der schützend die Hände über den Kopf hob. Leia stieß einen Schrei aus, und das Thernbee fuhr zurück.

"Ist schon in Ordnung", versicherte Luke. Er lächelte dem Thernbee zu und tätschelte seine Nase. "Geh nach Hause", sagte er leise.

Das Thernbee machte einen Satz und rannte den Gang hinunter, wobei es Büschel seiner langen weißen Haare hinter sich zurückließ.

"Komm", wandte sich Luke an Leia. "Laß uns zur *Alderaan* gehen." Seine Kleidung sah naß und klebrig aus.

"Sollten wir dich nicht erst mal säubern?"

Luke schüttelte den Kopf. "Der Speichel des Thernbee scheint irgendwie schmerzstillend zu wirken. Das hat mich zwar nicht geheilt, aber es hilft mir, schneller wieder zu Kräften zu kommen."

"Dort vorn ist eine lange Leiter", sagte Leia. "Meinst du, du kannst klettern?"

"Ich tue alles, um hier rauszukommen", antwortete Luke.

"Ich verstehe das nicht", wunderte sich Leia. "Wenn Kueller so scharf auf uns beide ist, warum war dann bis jetzt alles so einfach?"

"Für dich vielleicht", erwiderte Luke. "Aber ohne die Hilfe des Thernbee hätte ich jetzt nicht diese ganzen Blaster. Kueller hatte ein Dutzend Wachen an diesem Gitter aufgestellt. Ich denke, wir haben nur eine kurze Atempause, während sie Verstärkung holen. Wir sollten diese Zeit nutzen."

Luke richtete sich langsam auf, und Leia sah, wie sein Gesicht sich trotz seiner Bemerkung über den schmerzstillenden Speichel des Thernbee vor Schmerz verzerrte. Er hob den letzten Blaster auf und verknotete ihn mit einem Fetzen seines Hemdes. Dann hinkte er unter die Mündung des Stollens in der Decke, blickte nach oben und atmete tief durch. Leia runzelte die Stirn. Die Entfernung war viel zu groß, Luke würde niemals so hoch springen können.

Er schloß die Augen, hob sein verletztes Bein und sprang. Er landete elegant auf dem Mauervorsprung, griff nach der untersten Sprosse und zog sich daran in die Höhe. Er streckte sein verwundetes Bein aus und überwand behende ein paar weitere Sprossen.

Leia zog abermals die Stirn kraus. Sie hatte diesen Trick noch nie beherrscht, und das Verlies, aus dem ihr Bruder sich befreit hatte, war sogar noch weiter weg. "Luke ...", rief sie.

"Du kannst es, Leia."

"Nein, ich schaffe es nicht."

Er kam ihr ein paar Sprossen entgegen und hielt ihr die Hand hin. "Ich fange dich auf."

"Das kannst du nicht mit deinem Rücken", entgegnete sie.

"Es ist viel anstrengender, dich hier raufzuziehen." Er sah sie an, und plötzlich war er wieder ihr starker, unbesiegbarer Bruder. "Komm schon. Alles, was du dazu brauchst, ist ein wenig Selbstvertrauen."

Wenn es um ihre Jedi-Kräfte ging, besaß Leia jedoch nur sehr wenig Selbstvertrauen. Sie waren nur schwach ausgebildet, und sie hatte es versäumt, sie zu trainieren.

"Leia." Seine Stimme klang ruhig, aber sie spürte die Eindringlichkeit hinter der Aussprache ihres Namens. Der junge Luke, der Knabe, als den sie ihn kennengelernt hatte, hätte sie ungeduldig angefahren; der Jedi-Meister wußte, wie wichtig es war, ruhig zu bleiben, aber ganz hatte er seine Ungeduld noch nicht verdrängt.

Sie schloß die Augen. Statt sich ein Bild des Mauervorsprungs zu machen, dachte sie an das Gitter über dem Verlies, doch dann wurde sie sich der dunklen, bedrohlichen Tiefe dieser Vorstellung bewußt. Sie atmete tief durch, verdrängte alles andere aus ihrem Bewußtsein und malte sich die Oberfläche des Planeten mit ihren Mauerresten und dem hohen Turm aus. Aus dem Gang hörte sie ein scharrendes Geräusch. Stimmen. Jemand kam.

"Leia!"

Sie kauerte sich nieder, und dann machte sie einen Satz, schlug im Sprung die Augen auf. Sie schoß an Luke vorbei, verfehlte die Wand des Stollens um einen Meter und stürzte ab.

"Festhalten!" schrie Luke. Irgendwo von unten hallten Stimmen zu ihr herauf. "Festhalten!"

Leia griff nach einer Leitersprosse, verfehlte sie, und ihre Hand rutschte noch von ein paar weiteren Sprossen ab, bis sie endlich eine zu packen bekam.

Der Ruck, der durch ihren Arm ging, brannte wie Feuer und stoppte den freien Fall mit solcher Wucht, daß ihr Rückgrat und der Hals zum Zerreißen gespannt wurden. Luke hangelte sich auf sie zu wie ein Wookiee; seine Bewegungen waren ungeachtet der Schmerzen, die er dabei empfinden mußte, schnell und gleichmäßig.

"Sturmtruppen im Gang", zischte er. "Wir müssen hier raus, ehe die auf die Idee kommen, nach oben zu schauen."

"Sie werden sehen, daß die Falltür zu diesem Stollen offen ist."

"Schon. Aber sie wissen vielleicht nicht, was dahinter ist", meinte Luke. "Ich glaube kaum, daß Kueller das alles hier gebaut hat."

"Da hast du wahrscheinlich recht." Leia streckte die Hand nach der nächsten Sprosse aus und kletterte nach oben, so schnell sie konnte. Sie spürte, daß sie am ganzen Körper zitterte, aber zugleich verspürte sie ein seltsam belebendes Prickeln. Sie hatte es geschafft. Sie hatte die Macht eingesetzt, um ihre eigene Körperkraft zu verstärken, so wie Luke es immer wieder von ihr verlangt hatte.

Die Stimmen von unten wurden lauter, aber Leia hatte bereits fast die ganze Wegstrecke zurückgelegt. Sie konnte über sich bereits das Tageslicht erkennen.

"Heh, Leia." Obwohl Luke flüsterte, hallte seine Stimme laut von den Wänden des Stollens wider. "Gut gemacht."

Lob aus Lukes Mund bedeutete ihr viel. "Danke", sagte sie und spähte über die Schulter nach unten. Luke war bleich, aber er würde es schaffen. Sein Rücken war eine einzige eiternde Wunde, eine scheußlich schmerzhafte Verletzung. Er schaute sie an und grinste. Dann legte er den Finger auf die Lippen.

Leia nickte und kletterte weiter. Das Licht von oben wurde schwächer – vermutlich neigte sich der Tag dem Ende zu –, aber sie blieb in Bewegung. Sie wußte, daß sie die *Alderaan* auch im Dunkeln finden konnte, wollte es jedoch nicht darauf ankommen lassen.

Das Gefühl der Freude, das sie bei ihrem Abstieg empfunden hatte, war längst wie weggeblasen – das Thernbee mußte bereits weit weg sein –, und an ihre Stelle trat tiefe Sorge um Luke und eine noch größere Besorgnis darüber, daß Kueller bis jetzt nicht in Erscheinung getreten war. Wenn er Luke und Leia für eine solche Bedrohung hielt, mußte er eigentlich entzückt sein, sie beide auf einmal serviert zu bekommen.

Aber davon konnte keine Rede sein.

Leia erreichte das Ende des Stollens, stemmte sich aus der Öffnung im Boden und sah sich um. Die Planetenoberfläche lag im Zwielicht. Es war kühl. In der Umgebung des Turms hatte sich nichts verändert. Die Straßen, die Gebäude – alles war verlassen.

Sie drehte sich um und beugte sich über den Eingang des Stollens, um Luke zu helfen.

Die Verlassenheit beunruhigte sie. Ihr fiel ein, was Kueller gesagt hatte: *Ich ziehe elegante, schlichte Waffen vor.*

Waffen, die schwer zu entdecken waren?

Sie ergriff Lukes rechte Hand und zog ihn ins Freie.

Das würde sie vermutlich bald erfahren.

***

R2 war durch ein Labyrinth von Gängen stetig abwärts gerollt und an einem Dutzend Computerkonsolen vorbeigekommen. Inzwischen hatte sich ihre Zahl vervierfacht. Er näherte sich offenbar der Kommandozentrale der Fabrik.

Der Gang, in dem er sich jetzt befand, unterschied sich erheblich von denen davor. Es gab keine anderen Droiden. Eine kaum verständliche Ansage aus Deckenlautsprechern warnte vor unbekannten Schrecken.

R2 jammerte leise.

Die Computerkonsolen waren hier niedriger und die Sicherungen nicht ganz so modern. Der Boden des Ganges war menschlichen – oder menschenähnlichen Füßen – angemessen: glatt und ohne Schienen für Droidenfahrwerke.

R2 war fast am Ziel.

Er bewegte sich jetzt schneller. Plötzlich waren an den Wänden rings um ihn Holos zu sehen. Bewegte Holos, die

die Szenerie weiter unten zeigten. R2 rollte unbeirrt weiter, speicherte aber die Information. Er erkannte ihren leichten Frachter und daneben Master Fardreamer, der mit Brakiss sprach, einem ehemaligen Schüler von Master Luke.

R2s hochempfindliche Sensoren nahmen ein Summen hinter ihm wahr, dann ein zweites und schließlich ein drittes. Seine Verfolger waren höchstens acht Meter entfernt und kamen schnell näher.

Er rollte in einen Spind an einer Seite des Ganges, aber als die Tür sich schloß, senkte sich der Boden unter ihm und glitt wie ein Turbolift einige Stockwerke in die Tiefe. R2s komplizierte Gleichgewichtssysteme versagten, und der kleine Droide kippte auf zwei Räder nach hinten und stieß mit der Kopfoberseite gegen die Wand. Er steckte in einer Falle.

Dann prallte die Liftkabine mit solcher Wucht gegen den Schachtboden, daß er in die entgegengesetzte Richtung katapultiert wurde. Er fuhr sein drittes Rad aus und schaffte es, das Gleichgewicht zurückzugewinnen, obwohl ihm im wahrsten Sinne des Wortes der Kopf schwirrte.

Seine Sensoren registrierten dunkle Wand, dunkle Wand, dunkle Wand, Tür. Dunkle Wand, dunkle Wand, dunkle Wand, Tür. Dunkle Wand, dunkle Wand, dunkle Wand, Tür ... Aber allmählich fand er die Kontrolle über seinen wild kreisenden Kopf wieder und stellte fest, daß er auf die Tür ausgerichtet war, als diese sich öffnete.

Er blickte auf einen mit R2ern, R5ern und sämtlichen Astromechserien von R1ern bis R7ern angefüllten Raum. Sie standen dicht an dicht. Als R2 auftauchte, wandten sich ihm einige runde Köpfe zu. Elektronische Augen blitzten. Ein paar Droiden plärrten, und aus der letzten Reihe war das Knacken eines Zylinders zu hören.

Der Boden des "Spindes" katapultierte R2 unversehens nach draußen, und er schrie, während er in den hinteren Teil des Raumes flog. Dabei setzte er über Hunderte – Tausende – von Astromechdroiden hinweg, ehe er krachend auf einem Haufen R5er landete.

R2 piepste eine Entschuldigung, erntete jedoch keine Reaktion. Die R5er waren aktiviert, aber apathisch. R2 ließ seinen Kopf kreisen und gab einen anhaltenden überraschten und beeindruckten Pfiff von sich.

Die Halle erstreckte sich über wenigstens einen Kilometer, und jeder Quadratmeter war mit Astromechdroiden vollgestellt.

Der Schrottplatz für unerwünschte Droiden, mit dem 3PO ihm stets Angst eingejagt hatte, existierte also wirklich.

Und er steckte vielleicht für alle Ewigkeit mitten drin.

* 45 *

Hans Handflächen waren schweißnaß. Noch nie zuvor hatte er sich an den Kontrollen des *Millennium Falken* so unbehaglich gefühlt. Er mußte äußerst sorgfältig steuern. Die meisten seiner verletzten und sterbenden Passagiere waren nicht angeschnallt. Jedes unbeherrschte Manöver konnte ihnen noch mehr Schmerzen zufügen.

Der scharfe Wookieegeruch verriet ihm, daß Chewie sich fast ebenso unbehaglich wie er selbst zu fühlen schien. Das Cockpitschott stand offen, und Han konnte von draußen das Jammern und Wehklagen der Verletzten hören. Ein Medidroide aus dem Run hatte sie trotz aller Proteste begleitet, außerdem ein Sanitätsoffizier. Zwei Helfer für fast hundert Passagiere. Der *Falke* konnte eigentlich nur acht Reisende befördern, aber Han hatte die Ladebereiche, die Rettungskapseln und die Geheimverstecke so hergerichtet, daß er auch dort Verwundete unterbringen konnte. Es hatte eine kleine Ewigkeit gedauert, bis alle an Bord waren, und als er dann zum *Falken* hinaussah, hatte es dennoch so ausgesehen, als wäre die Zahl der draußen Wartenden unverändert.

Es würde Tage, vielleicht Wochen, dauern, um sich durch die Trümmer auf Skip 1 zu arbeiten, und das sagte noch nichts darüber aus, wie es auf den übrigen Skips aussah.

Chewbacca knurrte etwas.

"Ja, ich habe es gesehen", sagte Han und wich ein paar Felsbrocken, so groß wie Landgleiter, aus.

Seit er den Run verlassen hatte, lenkte er den *Falken* durch die Scherben und Splitter, die den Asteroidengürtel einhüllten. Normalerweise flog er den *Falken* in diesem Bereich seitlich gekippt oder mit der Unterseite nach oben, diesmal aber mußte er ihn wie ein halb mit Wasser gefülltes Glottalphibschiff behandeln. Jedesmal, wenn jemand hinten aufschrie, zuckte Han zusammen, als ob ihn ein Blasterschuß getroffen hätte.

Sie waren jetzt fast jenseits des Asteroidengürtels. Sobald sie draußen waren, mußte Han zweierlei tun. Er mußte einen Planeten finden, der die Verwundeten aufnehmen konnte, und er mußte herausfinden, wie es um Leia stand.

Chewbacca griff nach oben und arbeitete an den Navigationskontrollen an der Decke. Der *Falke* schlug gefährlich aus, und in den hinteren Abteilen konnte man neue Schmerzensschreie hören.

"Tut mir leid, tut mir leid", murmelte Han. Allmählich wurde ihm klar, weshalb er die Schmugglerlaufbahn eingeschlagen hatte. Das Leben als Schmuggler war bei weitem nicht so aufreibend wie ein derartiger Rettungsflug.

Endlich löste der *Falke* sich aus dem Asteroidengürtel. "Sende ein Notsignal, Chewie", befahl Han. Er öffnete seine eigenen Kanäle, um nachzusehen, welche Botschaften auf ihn warteten. Jemand würde ihm mitgeteilt haben, wie es um Leia stand.

Er war gerade bei seinen persönlichen Mitteilungen angelangt, als Chewie grunzte. Er hatte Wrea angerufen, einen der am nächsten bei dem Asteroidengürtel gelegenen Planeten. Dort hatte man auf seinen Notruf reagiert.

Han identifizierte den *Falken* und sagte: "Ich bin Han Solo, der Ehemann von Leia Organa Solo, der Präsidentin der Neuen Republik. Ich habe eine Schiffsladung Verwundete. Einige von ihnen liegen im Sterben. Verfügen Sie über die nötigen Mittel, uns zu helfen?"

"Wir haben Sie seit einer Weile in unserem Überwachungssystem, Präsident Solo. Ihr Schiff kommt aus dem Smuggler's Run."

Han verzichtete darauf, den Irrtum hinsichtlich seiner politischen Position zu korrigieren. "Ja", erwiderte er statt dessen. "Ich befand mich auf einer Ermittlungsmission dort, als der Run angegriffen wurde."

"Werden sie von den Angreifern verfolgt?" Die Wreaner waren notorisch argwöhnisch, wenn es um Gewalt ging.

"Der Anschlag erfolgte aus großer Distanz. Ihre Droiden wurden zur Explosion gebracht."

"Droiden? Ihre sämtlichen Droiden?"

"Nein", antwortete Han, der sich für rückhaltlose Offenheit entschieden hatte. "Nur die in letzter Zeit gestohlenen. Es besteht der Verdacht, daß die Droiden für Coruscant bestimmt waren."

"Können Sie sich für die Ehrlichkeit Ihrer Passagiere verbürgen?" fragte der Wreaner.

Chewbacca sah Han von der Seite an. Han verkniff sich eine ärgerliche Antwort. Das hätte keinen Sinn. "Ja", sagte er, und in dem Augenblick war er sich dessen auch vollkommen sicher. Keiner der Schmuggler in seinem Schiff war in der Lage, irgend etwas Unrechtes zu tun.

"Wir nehmen Ihre Verletzten auf, Präsident Solo, und verlassen uns auf Ihr Wort. Wir werden unsere Einrichtungen darauf vorbereiten. Die Koordinaten folgen."

Chewbacca gab die Koordinaten in den Navcomputer ein und richtete den *Falken* vorsichtig auf Wrea aus. Han erhob sich aus seinem Pilotensessel und ging zum Schott, wo er sich mit beiden Händen am Rahmen festhielt.

Der verheerende Anblick, der sich ihm bot, war genauso schlimm wie der im Run. Schlimmer vielleicht, weil er hier das Ausmaß einzelner Verwundungen erkennen konnte: großflächige Verbrennungen, abgerissene Gliedmaßen, zur Unkenntlichkeit verbrannte Gesichter. Bilder verlorener Hoffnung und für immer zerstörter Leben.

"Ich habe gerade mit Wrea gesprochen. Sie werden uns aufnehmen." Hans Stimme übertönte das Stöhnen der Verletzten. Er wußte nicht, wer ihm überhaupt zuhörte und wer wirklich verstand, was er sagte. Er wandte sich ab. Der Anblick ließ seinen Mut noch weiter sinken.

Er ließ sich wieder im Pilotensessel nieder, schüttelte mit einem Blick auf Chewie den Kopf und sah weiter die für ihn gespeicherten Nachrichten durch. Er fand eine ganze Reihe Botschaften von Leia, allerdings keine aus der letzten Zeit. Die letzte war von Anoth reingekommen, unmittelbar bevor Han den Run verlassen hatte.

Er mußte sie sich als Holoprojektion ansehen.

Die Nachricht kam von Anakin. Der Raum hinter ihm lag in tiefer Dunkelheit, und er stand dicht über den Aufnahmebereich gebeugt. Offenbar schliefen alle, und er übermittelte seine Botschaft in aller Heimlichkeit.

"Dad?" flüsterte er. "Etwas Schlimmes ist passiert, und ich kann Mama und Onkel Luke nicht erreichen."

Die Erkenntnis, daß sein Sohn zuerst versucht hatte, Kontakt mit Luke aufzunehmen, versetzte Han einen Stich. Aber wenn es um die Macht ging, taten die Kinder das immer. Sie wußten, daß Han in dieser Hinsicht keine Erfahrung hatte.

"Winter sagt, wir würden von ihnen hören, wenn etwas nicht in Ordnung wäre. Aber ich träume dauernd von einem toten Mann, und es werden wieder schlimme Dinge passieren. Das weiß ich."

Anakin spähte über seine schmale Schulter, als ob er ein Geräusch gehört hätte. Dann beugte er sich noch tiefer über die Konsole.

"Bitte, melde dich bei mir, sobald du diese Nachricht erhältst. Bitte."

Anakins Bild verlosch.

Chewbacca knurrte leise. Han sah seinen alten Freund an. Chewies Augen waren vor Sorge ganz klein.

"Du hast recht", sagte Han. "Was bin ich doch für ein lausiger Vater. Ich habe keinen Moment daran gedacht, daß auch auf Anoth Coruscant-Droiden sein könnten."

Chewie knurrte erneut.

Han nickte. Chewie hatte natürlich recht. Die Nachricht war erst nach der Katastrophe im Run eingegangen. Die Kinder, von denen er keine Sekunde geglaubt hatte, daß sie in Gefahr schweben könnten, bis Chewbacca ihn daran erinnert hatte, waren also in Sicherheit. Nichts war geschehen, außer daß Anakin etwas "Schlimmes" gespürt hatte. Die Zerstörung im Smuggler's Run? Oder etwas noch Schlimmeres?

Die Explosion im Versammlungsraum der Senatshalle hatte die Kinder sehr mitgenommen. Luke hatte ihm berichtet, wie sehr sie darunter gelitten hatten, aber Han war selbst viel zu erschüttert gewesen, um diese Tatsache überhaupt zu registrieren.

Chewie ließ ein Jaulen hören.

"Ja-ah, ich kümmere mich um ihn", entgegnete Han. "Aber zuerst möchte ich wissen, was auf Coruscant los ist. Ich kann den Jungen schließlich nicht trösten, wenn ich ..."

Han hielt inne, ehe er etwas über Leia sagte. Er durfte keine düsteren Vermutungen über Coruscant anstellen. Daß die Droiden für das Regierungszentrum der Neuen Republik bestimmt waren, hieß noch lange nicht, daß sie auch dort explodiert waren.

Aber die Wahrscheinlichkeit, daß es sich so verhielt, war ziemlich groß.

Han drehte seinen Sessel zur Komstation um und rief Leia auf Coruscant. Unmittelbar darauf erschien Mon Mothmas Gesicht auf dem kleinen Bildschirm.

"Han", begrüßte sie ihn. "Wir hatten Sie schon beinahe aufgegeben."

Seine Hände zitterten. Chewie jammerte leise. "Ich hatte Leia erwartet, Mon Mothma."

Mon Mothma nickte. "Dann haben Sie ihre Mitteilungen allem Anschein nach nicht erhalten. Sie ist nicht hier."

"Sie ist nicht auf Coruscant?" Hans Mund war plötzlich völlig ausgetrocknet. "Ihr ist aber doch nichts zugestoßen?"

"Nein, wenigstens nicht, soviel ich weiß", antwortete Mon Mothma. "Wir haben gerade entdeckt, daß sie und Wedge mit einer Flotte nach Almania abgeflogen sind."

"Almania?" Das war der Ort, von dem jene geheimnisvollen Nachrichten gekommen waren und an dem der Mann lebte, von dem Blue gesprochen hatte. Kueller schien allgegenwärtig zu sein. "Warum?"

"Der dortige Herrscher hat die Neue Republik und vor allem Leia persönlich herausgefordert. Und er hält anscheinend Luke gefangen."

"Luke?" Blues Stimme hallte in Hans Erinnerung wider: *Er will sie und Skywalker beseitigen*. "Und Leia will ihn befreien?"

"Bis zu dem Punkt, da sie Wedge dazu bewegt hat, sie zu begleiten, war das ihre rein persönliche Angelegenheit, Han", erklärte Mon Mothma in ihrer gelassenen Art. "Sie ist zurückgetreten."

"Zurückgetreten?" Hier folgte eine überraschende Ankündigung auf die andere, und jede traf ihn härter als die vorangegangene. Wann war das geschehen? Leia liebte ihr Amt. Sie würde niemals freiwillig zurücktreten.

Mon Mothma nickte. "Sie glaubt, daß Kueller – der almanianische Herrscher – machtsensitiv ist. Sie glaubt, daß sein Interesse in Wirklichkeit gar nicht der Republik gilt, sondern ihr und ihrer Familie. Sie hat vielleicht recht damit. Möchten Sie, daß ich Ihnen seine Mitteilung an sie überspiele?"

"Ja."

Mon Mothma wollte gerade abschalten, als Chewie erneut einen klagenden Laut von sich gab.

"Oh ja, richtig", sagte Han. Der Umstand, daß er sich seiner ursprünglichen Befürchtungen nicht mehr erinnerte, zeigte ihm, wie erregt er war. "Mon Mothma, ist auf Coruscant alles in Ordnung?"

"Die Imperialen im Rat sind über Leias Flug nach Almania empört. Sie wollen Sie wegen Hochverrats anklagen,

Han, weil es Material gibt, das eine Verbindung zwischen Ihnen und dem Bombenattentat auf die Senatshalle herstellt. Außerdem ist gerade die Abfallbeseitigung in den Streik getreten, weil es irgendwelche Probleme mit ihren letzten drei Gehaltszahlungen gibt." Mon Mothma lächelte. "Alles wie gehabt, würde ich sagen."

Über die Hochverratsanklage wollte Han nicht einmal nachdenken. Wahrscheinlich ging es dabei um die geheimnisvollen Botschafen, von denen Lando ihm erzählt hatte. "Gibt es irgendwelche Probleme mit den Droiden?"

Sie runzelte die Stirn. "Da Sie es erwähnen – wir haben da eine höchst merkwürdige Nachricht von Luke erhalten. Er muß sie vor seiner Gefangennahme abgeschickt haben oder vielleicht auch unmittelbar danach, weil sie kodiert war. Darin werden wir dringend aufgefordert, alle neuen Droiden abzuschalten. Ich habe ihm vertraut und das Notwendige veranlaßt, was eine wahre Flut von Beschwerden ausgelöst hat. Sie sollten hören ..."

"Sie haben sie abgeschaltet." Han schloß die Augen und gab sich einen Moment lang ganz seiner Erleichterung hin. Wenn Luke sie nicht gewarnt hätte, dann würde es auf ganz Coruscant jetzt ebenso aussehen wie im Smuggler's Run.

"Ja", nickte Mon Mothma. "Ist das von Bedeutung? Ich hatte schon daran gedacht, sie wieder zu aktivieren. In Anbetracht all der anderen Krisen hätte ich gern wenigstens dieses Thema vom Tisch."

"Tun Sie es nicht", antwortete Han.

Chewie jaulte im gleichen Augenblick und wiederholte seine Worte in Wookiee.

"Wir haben ein Schiff voll verletzter Schmuggler. Die Droiden, die sie auf Coruscant gestohlen hatten, sind im Run explodiert. Chewie wird Ihnen die Kennzeichnungen einiger Schmugglerschiffe übermitteln. Sie brauchen Hilfe bei der Suche nach medizinischer Versorgung."

Mon Mothmas sonst so leidenschaftslos und unbewegt wirkende Züge waren totenbleich geworden. "Sie sind explodiert? Ist es das, was in der Senatshalle passiert ist?"

"Anzunehmen", nickte Han.

Sie atmete tief durch, sichtlich bemüht, ihre Fassung zurückzugewinnen. "Nun, dann werden wir sie wohl nicht wieder aktivieren, bis wir dem Problem auf den Grund gegangen sind. Vielen Dank, Han."

"Ich würde jetzt gern sagen, daß mir dieses Gespräch ein Vergnügen war, aber es gibt Hunderte toter und verletzter Kollegen, was mir gründlich die Laune verdirbt."

Mon Mothma nickte. Sie verstand ihn gut, vielleicht besser als die meisten anderen. "Han", sagte sie. "Leia betrachtet diese von Almania ausgehende Drohung als gegen sie persönlich gerichtet."

"Ja, ich habe verstanden. Danke, Mon Mothma."

"Ich übermittle Ihnen jetzt ihre Nachricht", sagte sie und unterbrach die Verbindung.

Han sah zu Chewie hinüber. Chewbaccas Mund war nur mehr ein schmaler Strich. Er hatte nicht geglaubt, daß Wookiees überhaupt fähig waren, ihre Lippen so sehr zusammenzupressen. Sie näherten sich Wrea. Der Planet war durch die Transparistahlscheiben des Cockpits bereits zu erkennen. Ein großer blauweißer Ball, etwa so groß wie Hans Faust.

Chewie grummelte, daß er sich um die Landung kümmern würde. Han dankte ihm. Er war froh, daß sie sich ohne viel Worte miteinander verständigen konnten.

Dann stellte er, in der Hoffnung, Anakin würde sich melden, einen Kontakt zu Anoth her. Statt dessen erschien Winters Gesicht auf dem Bildschirm.

Han wollte nicht, daß sein äußerst einfallsreicher Sohn Scherereien mit seinem Kindermädchen bekam, daher setzte er sein breitestes Grinsen auf. "Winter", rief er fröhlich, "Sie sehen großartig aus."

"Sie brauchen gar nicht erst zu versuchen, mich einzuwickeln, General Solo", erwiderte sie. "Ich habe Anakin bereits klargemacht, daß künftig keine unerlaubte Nachricht mehr Anoth verläßt."

Han unterdrückte ein leichtes Schaudern. Winter konnte sehr streng sein, aber sie war nie hart oder schroff. Trotzdem zuckte meist auch er zusammen, wenn sie jemandem ein Ultimatum stellte.

"Aber unter uns", fuhr sie fort, "die Kinder waren sehr bedrückt. Ich habe ihnen erlaubt, Verbindung mit ihrer Mutter aufzunehmen. Aber sie ist unterwegs, irgendein Einsatz. Und ihr Onkel Luke ist ebenfalls nicht erreichbar."

"Dann hatte es mit der Macht zu tun?"

Winter nickte. "Die Kinder hatten alle dieselbe Wahrnehmung, ähnlich der, die sie vor dem Bombenattentat auf die

Senatshalle teilten. Und Anakin behauptet, er habe einen 'toten Mann' gesehen – und zwar mehr als nur einmal."

"Lassen Sie mich mit ihm sprechen", sagte Han.

"Wie Sie wünschen, Sir." Die Mißbilligung, die ihre formelle Entgegnung andeutete, war dem Klang ihrer Stimme nicht anzumerken. Winter war eine kluge Frau und wahrscheinlich ein besserer Elternteil als er oder Leia. Sie war die ganze Zeit mit ihnen zusammen. Han plagten gewöhnlich keine Gewissensbisse, doch er fühlte sich Tag für Tag schuldig, weil er nicht so viel Zeit mit seinen Kindern verbrachte, wie es angemessen gewesen wäre.

Anakins kleines Gesicht tauchte auf dem Komschirm auf. Seine Ähnlichkeit mit Luke verblüffte Han jedesmal aufs neue. Das und die blauen Augen seines Sohnes, aus denen mehr Intelligenz sprach, als Han sie je bei irgendeinem Lebewesen, ob Mensch oder Alien, wahrgenommen hatte.

"Winter hat gesagt, ich hätte dich nicht rufen sollen."

Han lächelte und hoffte, daß dieses Lächeln beruhigend auf seinen Sohn wirkte. "Nein, Anakin. Du darfst jederzeit Kontakt mit mir aufnehmen. Sag nur Winter vorher Bescheid."

Sein Sohn nickte. Er wirkte sehr bedrückt. Selbst die schlimmste Schelte Winters zeitigte nie diese Wirkung.

"Was ist denn los?" fragte Han. "Was hat dir angst gemacht?"

"Ich kann Mom nicht finden", sagte Anakin. "Jacen und Jaina sagen, daß ihr nichts fehlt, weil wir das spüren könnten."

"Ihr fehlt auch nichts", versicherte Han. "Sie ist unterwegs, wird aber bald zurückkommen."

Anakin rieb sich mit der Faust das linke Auge. Er hatte offenkundig nicht viel geschlafen. "Ich weiß", sagte Anakin. "Sie wird den toten Mann aufsuchen."

Han schielte zu Chewie hinüber, aber der zuckte bloß die Achseln.

"Er erscheint mir in meinen Träumen. Er sagt, er würde uns schon kriegen ... Aber das kann er doch nicht, oder?"

"Nein", versprach Han und spürte eine Wut in sich aufsteigen, die so überwältigend war, daß er sich kaum zu beherrschen vermochte. "Ihr seid auf Anoth in Sicherheit."

"Aber einmal sind sie hierhergekommen", erwiderte Anakin.

Han erinnerte sich daran. Winter und ein Kindermädchendroide hatten seinem kleinen Sohn das Leben gerettet. Es überraschte ihn, daß Anakin sich daran erinnerte, obwohl ihn an seinem Sohn überhaupt nichts mehr überraschen sollte. "Winter hat euch gerettet. Dazu ist sie da."

"Ich wollte, *du* wärst hier, Dad."

"Das wäre ich auch gern, Junge", erwiderte Han. Dann drängten sich Jacen und Jaina ins Bild und verlangten, daß er sich jetzt um sie kümmerte. Er kam ihrem Wunsch nach, so gut er konnte. Da knurrte Chewie eine Warnung, und Han blickte auf. Wrea füllte jetzt fast die ganze Transparistahlscheibe des Cockpits.

"Laßt mich noch mal mit Winter sprechen, ja?" bat er. Die Kinder protestierten lautstark, trollten sich dann aber, mit Ausnahme Anakins, der von der Seite zusah und dabei ernster wirkte, als Han ihn je gesehen hatte.

"Winter", sagte Han. "Gibt es bei Ihnen irgendwelche Droiden?"

"Die haben wir auf Veranlassung von Master Skywalker abgeschaltet."

Luke war ihm also weit voraus. Han dankte seinen Glücksgöttern.

"Lassen Sie sie ausgeschaltet", bat Han. "Und Anakin, Finger weg von den Droiden, ja? Ist das klar, Junge?"

Anakin nickte. Kein Protest, gar nichts. Das paßte nicht zu seinem jüngsten Sohn. Und dann sagte Anakin: "Dad?"

Winter trat beiseite. Offensichtlich machte sie sich ebenso große Sorgen um Anakin wie Han.

"Was ist denn, kleiner Jedi?"

"Der tote Mann sagt, er wird Mom umbringen."

Han lächelte, obwohl sein Zorn noch wuchs. "Der tote Mann hat kein Recht, dir in deinen Träumen etwas vorzulügen. Ich fliege jetzt sofort zu deiner Mutter. Du wirst sehen, es geht ihr gut."

"Das erste Mal hätte er sie schon fast umgebracht", sagte Anakin so leise, daß man ihn kaum hören konnte.

Han zuckte zusammen. Die Senatshalle, die Droiden, die Nachrichten – alles wies in Kuellers Richtung. "Vielleicht glaubt er das", meinte Han, "aber ich kenne nur wenige Menschen, die so hart und zäh sind wie eure Mutter. Er hat dir angst gemacht. Uns allen hat er angst gemacht. Aber 'fast umgebracht' hat er sie nicht."

"Sie wurde aber verletzt."

"Ja", entgegnete Han. "Das stimmt. Dieser 'tote Mann', von dem du gesprochen hast, ist nicht sehr nett. Aber wir werden ihn uns vorknöpfen, und dann sorgen wir dafür, daß er aufhört, dir schlechte Träume in den Kopf zu pflanzen."

"Versprichst du das?"

"Ich verspreche es", antwortete Han fest. "Und du bist vorsichtig, Anakin, in Ordnung? Hört auf Winter."

Anakin nickte. "Ich liebe dich, Dad."

Han sah zu Chewie hinüber. Chewies Blick wich nicht von den Kontrollen; er gab vor, kein Wort mitzubekommen.

"Ich dich auch, Junge", sagte Han. Das war alles, was er vor Chewie aussprechen wollte. "Bis bald."

Dann schaltete er ab.

Chewie grummelte etwas. Han starrte auf seine Bildschirmanzeige. Sie waren fast da. Und keinen Augenblick zu früh. Die Schmerzenslaute von hinten verebbten allmählich. Han wollte gar nicht daran denken, wie viele seiner Passagiere inzwischen gestorben waren.

Kueller hatte es also auch auf die Kinder abgesehen. Er nahm zumindest an, daß der tote Mann in Anakins Träumen Kueller war. Eine andere Erklärung gab es nicht.

Wer auch immer dieser Kueller war, er verfügte über Fähigkeiten in der Macht. Und er hielt Luke gefangen, was bedeutete, daß er stark in der Macht war.

Wie Vader.

Han ballte die Fäuste. Er war Vader nie gewachsen gewesen. Der Mann hatte ihm jedesmal, wenn sie aufeinandertrafen, schweres Leid zugefügt. Die Fähigkeiten, die Luke, Leia und die Kinder besaßen, wirkten auf Han manchmal wie Zauberei. Aber manchmal konnte man Zauberei auch gegen jene einsetzen, die damit operierten.

"Chewie, versuch Mara Jade zu erreichen. Lando sagt, sie ist mit Talon Karrde unterwegs. Sag den beiden, daß ich ihre Hilfe brauche."

Chewie knurrte eine Frage.

Han grinste. "Ein Plan? Selbstverständlich habe ich einen Plan. Hast du je erlebt, daß ich keinen habe?"

***

R2-D2 hatte ein paar Beulen, jedoch keinen ernsthaften Schaden davongetragen. Einige R5-Einheiten in seiner unmittelbaren Umgebung waren bei seinem Absturz stark beschädigt worden. Er erkannte zerbrochene Kopflampen, malträtierte Verbindungselemente und zerstörte Schalttafeln, und ganz bestimmt gab es darüber hinaus noch eine Menge Schäden, die er nicht sehen konnte.

Bereits kurz nach seiner Landung hatte R2 einige Fragen gepiepst, jedoch keine Antwort erhalten. Kurze Zeit später gab der R5 neben ihm ein leises Klagen von sich, und die beiden begannen ein Zwiegespräch. Das folgende allgemeine Gezwitscher war so laut, daß es die menschliche Toleranzgrenze mühelos überschritten hätte. Die Droiden hatten teilweise jahrelang nicht miteinander gesprochen, denn diese Halle existierte schon seit unendlich langer Zeit.

R2 schnarrte und trillerte, beantwortete Fragen und stellte selbst welche. Die Droiden lauschten und piepsten ihre Entgegnungen. Die Stimmung in dem riesengroßen Raum glich der bei einer politischen Versammlung. Immer mehr Droiden reckten sich; andere machten sich daran, sich gegenseitig abzustauben; wieder andere streckten die Manipulatorarme aus, um die Verkleidungen ihrer Nachbarn zu öffnen und die Sprengkapseln zu entfernen und auf den Boden der Halle zu werfen. Das Knirschen zertretener Sprengkapseln übertönte bald sogar das Gezwitscher der Droiden.

Dann öffneten die Astromechs eine Gasse für R2. Als er langsam durch ihre Reihen rollte, schoben sich ein paar R2-Modelle nach vorn und schlossen sich ihm an. Sie alle gehörten demselben Typ und demselben Modell wie er an und stammten aus demselben Baujahr. Sie wippten aufgeregt vor und zurück, und weitere R2-Einheiten folgten der Prozession.

Als immer mehr Sprengkapseln auftauchten, erhoben sich ältere Droiden und reaktivierten ihre Systeme. Ein R5er fiel in das allgemeine Schaukeln ein, dann folgte ein R1er. Bald wippten und piepsten auch die meisten älteren Droiden, während noch die restlichen Sprengkapseln aus den neueren Astromecheinheiten entfernt wurden.

R2 rollte auf die Tür zu und lud die anderen pfeifend ein, ihm zu folgen. Eine R5-Einheit stellte eine Verbindung mit dem Paneel neben der Tür her, worauf diese sich langsam öffnete.

Der Gang dahinter lag im Dunkeln.

Dann wurde das vielstimmige Getriller von einem anderen Geräusch übertönt. Es war das Geräusch rollender Räder. R2 drehte den Kopf herum. Sämtliche R2-Einheiten seiner Generation folgten ihm, und auch ein paar R5er und einige wenige R6er hatten sich an seine Fersen geheftet.

R2 erreichte die Tür und rollte nach draußen. Schrilles Pfeifen hallte über den Gang – das Droiden-Äquivalent menschlicher Hurrarufe. R2 fiel in den Jubel ein und blieb erst stehen, als die Gangbeleuchtung aufflammte und er sah, was ihn draußen erwartete: zehn rote Droiden, deren eigenartig gefärbte metallische Hüllen im künstlichen Licht funkelten. Aus ihrer Brust ragten Laserkanonen, sie hatten Blaster statt Finger und ausdruckslose Augen, die eine intellektuelle Kapazität verrieten, die kaum die eines Binärhebers überstieg.

Die Droiden in R2s Gefolge gingen jetzt auf Distanz zu ihm, und er sah sich dem Roten Schrecken ganz allein gegenüber.

* 46 *

Der *Millennium Falke* tauchte fast unmittelbar über der *Wild Karrde* aus dem Hyperraum auf. Han flog, ungemein erleichtert, keine Passagiere mehr an Bord zu haben, ein gewagtes Ausweichmanöver, um eine Kollision zu vermeiden. Trotzdem fluchte Chewbacca laut und einfallsreich in Wookiee und benutzte dabei Formulierungen, die selbst Han neu waren.

Han stemmte sich gegen die Komkonsole und schnippte mit dem Finger gegen den Bildschirm. "Was, zum Teufel, habt ihr euch eigentlich dabei gedacht?" Keine Begrüßung, nichts. Dazu war er zu wütend. Karrde war unvorsichtig gewesen.

Und Han hatte Unvorsichtigkeit gründlich satt.

Karrdes tiefe Stimme antwortete: "Wirklich eine nette Begrüßung für jemanden, den du um Hilfe gebeten hast."

"Wenn man Rendevouskoordinaten angibt, sorgt man normalerweise für ein wenig Abstand zwischen den Schiffen", erwiderte Han. "Wir hätten alle draufgehen können."

"Da draußen im Weltraum passieren zur Zeit schlimmere Sachen", versetzte Karrde. "Eure Flotte bezieht mächtig Prügel, und ich habe keine Lust, mich lange hier aufzuhalten."

Chewie aktivierte die Fernsensoren und den Kampfschirm. Han konnte durch die Transparistahlscheiben des Cockpits nur die *Wild Karrde* sehen, aber auf dem Schirm waren die kämpfenden Verbände deutlich zu erkennen. Die einzelnen Lichtpunkte lagen dicht beieinander und waren kaum voneinander zu unterscheiden. So wie es aussah, verfügten sowohl Kueller als auch Leia über umfangreiche Streitkräfte.

Und es sah nicht gut aus.

Hans Unruhe nahm zu.

"Hast du, was ich brauche?" fragte er.

"Ich hoffe, du hast die Kredits, um mich zu bezahlen", erwiderte Karrde.

"Weißt du, Karrde, wenigstens einmal solltest du deine Dienste gratis zur Verfügung stellen."

Karrde grinste. "Ich bin noch nie so reich belohnt worden wie du, Solo."

"Du kannst es mir glauben oder nicht, Karrde, aber ich habe nie mit einer Belohnung gerechnet."

"Das glaube ich sogar, Solo. Und gelegentlich arbeite ich auch gratis. Mara wartet draußen mit deinen Ysalamiri. Sag danke."

Ein so schnelles Einlenken hatte Han nicht erwartet. Sein Argwohn war geweckt. "Ja-ah, äh – danke." Er winkte Chewie zu. "Geh und laß sie rein."

Chewbacca hatte seinen Pilotensessel bereits verlassen.

Han wandte sich wieder Karrde zu. "Du läßt Mara mit uns kommen?"

"Ich kann hier gut auf sie verzichten. Anscheinend ist es für sie von Interesse, was mit Skywalker passiert. Sie sagt, du könntest vielleicht ihre Unterstützung brauchen."

"Dann kennt sie also diesen Kueller?"

"Das bezweifle ich." Karrdes Vornskr war jetzt auf dem Bildschirm zu sehen. Diese kleinen Kreaturen waren wirklich unglaublich häßlich, selbst wenn man sie nur aus der Ferne zu sehen bekam. "Ich glaube, das hat tiefere, persönliche Gründe. Sie hatte in letzter Zeit schlechte Tagträume. Sie bildet sich ein, ich hätte nichts davon bemerkt, aber da täuscht sie sich gewaltig."

"Kueller hat es also auch auf sie abgesehen?"

Karrde nickte. "Langsam glaube ich, daß der Satz 'Möge die Macht mit dir sein!' eher ein Fluch ist."

"Das will ich nicht hoffen", erwiderte Han. "Die Macht ist jetzt seit Jahren mit mir. Meine ganze Familie ist davon erfüllt."

"Du weißt, was die Ysalamiri tun werden, ja?"

Han grinste. "Deshalb will ich sie ja haben. Danke, Talon."

"Keine Ursache", wehrte Karrde ab. "Ehrlich."

Das Außenluk klappte zu, und Han konnte Maras Stimme im Gang hören. Han verließ das Cockpit und ging um den Aufenthaltsraum herum zur oberen Schleuse.

Mara Jades schlanke Tänzerinnengestalt erwartete ihn auf dem Gang. Ihre grünen Augen flammten, als sie ihm den Nährkäfig mit den Ysalamiri hinschob. "Sorgen Sie dafür, daß diese Dinger nicht in meine Nähe kommen", warnte sie ihn.

Han hatte diese Frau nie besonders gemocht. Sie gab sich stets kantig und schroff, aber nicht auf die angenehme Art wie Leia, die auch gelegentlich scharfe Kanten offenbarte. Er konnte nicht vergessen, daß Mara Jade einst Palpatines Geheimwaffe und Vertraute war, die rechte Hand des Imperators. Luke behauptete, das Imperium hätte ihr den Haß künstlich eingepflanzt und Mara wäre nie wirklich eine gläubige Anhängerin des Imperators gewesen. Aber Hans Welt kannte nicht so viele Zwischentöne wie die Lukes. Mara Jade hatte einmal für das Imperium gearbeitet, und deshalb würde er ihr niemals vertrauen.

"Wenn Sie sie nicht in Ihrer Nähe ertragen können", bemerkte er, "hätten Sie wieder mit Karrde abfliegen sollen."

Sie schüttelte den Kopf, dann faßte sie sich mit einer schmalen Hand an die Stirn. Die Ysalamiri beeinträchtigten ihre Fähigkeiten in der Macht. Han hatte zwar schon davon gehört, den Effekt aber nie selbst beobachtet. Er kannte nur Lukes Erzählungen. "Ich habe Luke auf einer Sandsteinstraße gesehen, bei lebendigem Leib in Flammen stehend."

Maras heisere Stimme schickte einen eiskalten Schauer über Hans Rücken. "Können Sie die Zukunft sehen?"

"Das glaube ich nicht", antwortete Mara.

"Chewie", sprach Han den Wookiee an, "bring die Ysalamiri in den Laderaum. Ich hoffe, das ist weit genug weg von Ihnen, Mara. Dieses Schiff ist nicht sehr groß."

"Es wird reichen müssen", sagte sie.

Chewbacca nahm den Käfig und verschwand in den hinteren Bereichen des *Falken*.

"Weshalb sind Sie wirklich hier?" wollte Han wissen.

Mara Jade schluckte. Sie sah schlecht aus. Luke hatte gesagt, die Ysalamiri würden einen Radius um sich herum erzeugen, innerhalb dessen die Macht nicht existierte, und er hatte dieses Gefühl mit plözlicher Blind- und Taubheit verglichen. In Hans Vorstellung hieß das: Chancengleichheit herstellen. Innerhalb des von den Ysalamiri erschaffenen Bereichs gebot ein Jedi über die gleichen Kräfte wie jeder andere auch.

Mara lehnte sich gegen die Wand. "Wissen Sie, wie viele Leben in den letzten Wochen vernichtet wurden, Solo?"

"Genug", entgegnete er und dachte an den Run.

"Mehr als genug", korrigierte sie ihn. "Zu viele. Kueller zehrt von diesen Leben, um seine Stärke zu intensivieren.

Er absorbiert die dunkle Seite wie ein Droide, den man an die Energieversorgung angeschlossen hat. Wenn das so weitergeht, wird er am Ende unbesiegbar sein."

"Das glauben Sie doch selbst nicht", widersprach Han.

Sie hob den Kopf. Sie war wirklich eine beeindruckende Erscheinung, das mußte man ihr lassen, mit ihren strahlenden grünen Augen und dem kastanienfarbenen, fast roten Haar. Eine respekteinflößende Frau. Eine Frau mit einem ausgeprägten eigenen Willen. "Ich habe solche Kräfte seit den frühen Tagen Palpatines nicht mehr verspürt. Wenn das so weitergeht, Han, dann wird Kueller stärker sein, als der Imperator es je war, und es wird viel schneller gehen."

"Dann sind Sie also gar nicht wegen Luke hier."

Sie schluckte abermals. "Für Luke ist es möglicherweise bereits zu spät. Ich bin für uns andere gekommen."

"Warum ist Karrde dann nicht geblieben?"

"Das wollte er", erwiderte sie, "bis er die Schlacht sah, die zur Zeit in der Nähe von Almania tobt."

"Was geht dort vor?"

"Drei Sternzerstörer der Victory-Klasse gegen eine Armada der Neuen Republik. Als wir aus dem Hyperraum fielen, beobachteten wir, wie einer der Mon-Calamari-Kreuzer explodierte. Die Neue Republik verliert diese Schlacht, Han. Sie werden alle dort draußen sterben, und ihr Tod wird Kueller nur noch mächtiger machen."

Ihre Stimme klang jetzt wieder kraftvoller. Offenbar hatte Chewie die Ysalamiri zumindest an den äußersten Rand ihrer Reichweite gebracht.

"Er kann doch unmöglich allmächtig sein", meinte Han. "Sonst hätten wir doch von ihm gewußt."

"Luke hat es gewußt", sagte Mara. "Meine Gewährsleute haben mir gesagt, daß Kueller einer seiner Schüler war. Luke hat ihn entkommen lassen."

"Luke läßt Schüler nie 'entkommen'. Sie sind aus freien Stücken dort und können jederzeit gehen."

"Nun, nach allem, was ich gehört habe, ist Kueller im Zorn und voll Haß weggegangen. Und meine Vision von Luke spricht dafür."

Han wollte nicht daran denken, daß sein Freund vielleicht gerade auf irgendeinem fremden Planeten starb. Anakins Stimme hallte in ihm nach. *Ich kann Mom und Onkel Luke nicht erreichen.* "Das wäre dann ja geklärt", nahm er den Faden wieder auf. "Befindet Kueller sich auf einem der Sternzerstörer?"

Mara schüttelte den Kopf. "Von der *Wild Karrde* aus hat es sich nicht so angefühlt. Aus den einzelnen Kommunikationsfetzen, die Talon empfangen konnte, habe ich den Eindruck gewonnen, daß Kueller sich auf der Planetenoberfläche aufhält."

Er hielt sich stets im Hintergrund – ganz wie der Imperator.

"Würden Sie das bitte überprüfen, Mara?"

"Was werden *Sie* tun?"

"Ich werde dem ein Ende machen."

"Ganz allein? Han, er hat Luke besiegt."

Han grinste. "Ich habe keine Angst."

"Übermäßiges Selbstvertrauen kann einen in den Tod führen."

"Genau", nickte Han. "Darauf baue ich nämlich."

Sie studierte ihn einen Augenblick lang. "Sie glauben wirklich an dieses alte Weibergewäsch, wie? Sie glauben wirklich, daß man einen mächtigen Mann am besten dadurch besiegt, daß man ihm ebenbürtig wird."

"Die Ysalamiri werden mich ihm nicht ebenbürtig machen, Mara", widersprach Han. "Sie werden mir bloß einen Vorteil verschaffen."

Sie schüttelte den Kopf. "Wenn er zum Jedi ausgebildet wurde, ist er auch körperlich stark. Diese Ausbildung erfordert einiges Stehvermögen."

"Das weiß ich", nickte Han. "Aber ich habe gerade Sie unter dem Einfluß dieser Dinger beobachtet. Luke hat den Effekt als 'mit Blindheit und Taubheit geschlagen' beschrieben. Ein Mann, der seine Kräfte verloren hat, kann an nichts anderes denken, er ist von dem Verlust, den er erlitten hat, wie besessen. Und das wird mir einen kurzen, aber entscheidenden Vorteil verschaffen."

"Dann sorgen Sie dafür, daß Sie ihn auch nutzen", riet Mara ihm. "Denn Sie werden möglicherweise nicht mehr als einen Augenblick Zeit haben."

***

Das Schauspiel im Weltraum explodierender Schiffe erinnerte Kueller an die Vergangenheit. Obwohl er im Begriff war, diese Schlacht zu gewinnen – schließlich waren die meisten A-Flügler-Geschwader und Sternkreuzer zerstört –, fühlte er sich, als wäre er gescheitert.

Der Krieg gab Fühlenden die Gelegenheit, Angst zu empfinden. Er gab ihnen Zeit, ihren Anführer zu verfluchen. Überlebende gaben häufig nicht der eigenen Unfähigkeit die Schuld, sondern demjenigen, der sie in die Schlacht geworfen hatte.

Er hatte gehofft, das vermeiden zu können. Seine Sternzerstörer hatten den Feind beeindrucken sollen, ohne ihre volle Feuerkraft einzusetzen; und doch leisteten ihm ihre Mannschaften gute Dienste, bessere sogar, als er gehofft hatte.

Wenn da nur nicht ständig etwas an ihm nagen würde, irgendein Gefühl, das er nicht einordnen konnte.

Wieder explodierte auf mehreren Bildschirmen, die im Raum verteilt waren, ein A-Flügler. Auf dem Taktikdisplay verschwand ein weiterer Lichtpunkt. Der Schrei eines Mannes hallte aus einem der Lautsprecher an der Decke und riß dann unvermittelt ab. Ob die Neue Republik wohl wußte, daß er ihre Komsysteme angezapft hatte?

Kueller fragte sich, ob es dem Feind überhaupt etwas ausmachen würde.

Yanne rief der taktischen Mannschaft Befehle zu. Stimmen hallten durch die almanianische Kommandozentrale. Bei einigen handelte es sich um die digitalisierten Stimmen der TIE-Jäger-Piloten, darunter mischten sich weniger laut die Stimmen der Piloten in den Kanzeln der A-Flügler.

Da erschienen plötzlich zwei neue Lichtpunkte auf dem Statusschirm, fast schon außerhalb des almanianischen Raums.

"Was ist das denn?" wollte Kueller wissen.

"Die sind neu, Mylord", antwortete Gant. "Das erste Schiff tauchte auf, machte einen kurzen Augenblick lang den Eindruck, als wollte es sich in das Getümmel stürzen und drehte dann ab. Während es mit Höchstgeschwindigkeit zu seinem Hyperraumstartpunkt zurückraste, tauchte praktisch unmittelbar darüber das andere Schiff auf."

"Ich will, daß die beiden Schiffe identifiziert werden."

"Ja, Sir."

Kueller blickte zu der transparenten Kuppel der Kommandozentrale auf. Abgesehen von dem mächtigen Lichtblitz, der wenige Augenblicke nach der Explosion des Sternkreuzers dort zu sehen gewesen war, hatte er keinerlei Hinweise auf die Schlacht ausmachen können. Wenn die Bewohner von Almania noch gelebt hätten, würden sie am Himmel über ihnen keine Spur der Kämpfe entdeckt haben.

Wenn sie noch gelebt hätten.

Er lächelte. Ihre Besitztümer gehörten jetzt ihm, und ebenso die von Pydyr und Auyemesh. Bald würde er diese Brennpunkte seiner Macht einsetzen und die ganze Galaxis unterwerfen.

Seine TIE-Jäger flogen in umgekehrter V-Formation auf den nächsten Sternkreuzer zu. Wußte die Neue Republik denn nicht, daß er die Baupläne ihrer Schiffe genau kannte? Und aus dieser Kenntnis war natürlich leicht abzuleiten, wie man die Schiffe am empfindlichsten traf. Master Skywalker war ein guter Lehrmeister gewesen und er sein gelehrigster Schüler.

Skywalker.

Das war es, was ihn irritierte. Skywalker bewegte sich. Kueller löste sich von der Gruppe, als Vek zu ihm trat.

"Sir, wir haben die Schiffe identifiziert."

"Nicht jetzt, Vek."

Kueller zog sich ein paar Schritte weiter zurück.

"Aber, Sir, Yanne hat gesagt, Sie müßten das unbedingt sofort erfahren. Es handelt sich um die *Wild Karrde* und den *Millennium Falken*."

Kueller nahm den jungen Mann, der da vor ihm stand, schlagartig zur Kenntnis. Er hatte ein rundes Gesicht, rötlichbraune Augen und zahlreiche Aknenarben. Er war einer der handverlesenen Überlebenden von Kuellers Racheaktion auf Almania, einer der Tausend, die es geschafft hatten, und Kueller konnte sich nicht erinnern, weshalb er dieses Kind am Leben gelassen hatte.

"Han Solos Schiff?"

"Richtig, Sir."

Kueller lächelte. Der Junge wich einen Schritt zurück. "Also ich muß schon sagen, Sinewy Ana Blue hat ihre Sache gut gemacht, wenn auch mit einer gewissen Verspätung. Verdoppeln Sie ihr Kreditkonto, wie ich es versprochen habe."

Der Junge musterte ihn mit einem eigenartigen Blick. "Ja, Sir."

Solo war hier. Eigentlich bedurfte Kueller seiner Gegenwart nicht mehr, weil Organa Solo sich bereits auf dem Planeten befand, aber er würde nehmen, was er kriegen konnte. Solo war ein mächtiger Verteidiger seiner Familie und seiner Freunde, und sobald Kueller mit Solos Frau und seinem Schwager fertig war, würde er sich Solos Kindern zuwenden. Und wenn Solo nicht mehr existierte, würde ihm das wesentlich leichterfallen.

"Yanne!" bellte Kueller.

Yanne blickte von seiner Station in der Nähe des Taktikdisplays auf. "Mylord?"

"Wir haben Gäste im äußeren Rand unseree Raumsektors. Ziehen Sie einen Zerstörer aus der Schlacht ab, und erledigen Sie sie, ja?"

"Sir, wir haben die Flotte der Neuen Republik in einer perfekten Zangenbewegung gefangen. Wenn wir jetzt Schiffe abziehen, gehen wir das Risiko ein, daß wir den Gegner verlieren."

"Tun Sie, was Sie für richtig halten. Aber lassen Sie ja nicht zu, daß diese beiden Neuankömmlinge entkommen. Ich will, daß sie zerstört werden."

Yanne runzelte die Stirn. "Ja, Sir."

"Und, Yanne?"

"Ja, Sir?"

"Bis ich zurückkehre, haben Sie hier das Kommando." Kueller lächelte. "Und denken Sie daran, ich mag keine Fehler."

Yanne fuhr sich mit der Hand an den Hals. "Das werde ich ganz bestimmt nicht vergessen, Sir."

"Gut." Kueller verließ die Kommandozentrale. Der Aufenthalt dort hatte ihn ermüdet. Und dieses Gefühl der Erschöpfung wollte ihn nicht loslassen. Yanne war den unbehaglichen Empfindungen Kuellers nach dessen Befehl, ihre Waffe zu aktivieren, nachgegangen. Die Droiden waren auf Smuggler's Run detoniert. Die gestohlenen Droiden. Nicht jedoch der Rest. Und das bedeutete, daß jemand die Sprengkapseln entdeckt und unschädlich gemacht hatte.

Brakiss?

Kueller schüttelte den Kopf. Er hätte einen solchen Verrat gespürt. Nein. Er war aus einer Richtung gekommen, die er nicht im Auge behalten hatte, ja, von deren Existenz er nicht einmal gewußt hatte. Jemand auf Coruscant mußte die manipulierten Droiden entdeckt haben.

Daran hätte er denken sollen.

Aber das war jetzt gleichgültig. Die Regierung auf Coruscant war ausschließlich mit sich selbst beschäftigt. Sie würde nie auf die Idee kommen, sämtliche lokalen Administrationen in sämtlichen Sektoren des Weltraums zu warnen. Und Brakiss hatte alle neuen Droiden mit Sprengkapseln ausgerüstet – seit beinahe zwei Jahren. Das würde ausreichen, um die ganze Galaxis in Angst und Schrecken zu versetzen.

Und Kueller würde dieses Vorhaben bald in die Tat umsetzen. Aber zuerst mußte er sicherstellen, daß er über die Kraft verfügte, die er dazu brauchte.

Es war höchste Zeit, sich um Skywalker und seine Schwester zu kümmern.

Kueller hatte die Störung in der Macht gespürt, als Organa Solo auf dem Planeten gelandet war. Sein persönlicher Bildschirm hatte die Landung ihres Schiffs in der Nähe des alten Je'har-Turms gezeigt, und er hatte Skywalkers mutigen Versuch gespürt, seine Wachen zu verjagen. Kueller hatte angeordnet, daß keine Verstärkung in Marsch gesetzt werden sollte.

Er wollte sich ihrer allein annehmen.

Der Turm war nicht weit von hier.

Mit einem geschwächten Skywalker und einer nicht ausgebildeten Organa Solo würde Kueller leichtes Spiel haben.

Seine linke Hand tastete nach seinem Lichtschwert. Ein Vorteil garantierte längst noch nicht den Sieg. Er würde Unterstützung brauchen.

Skywalker und Organa Solo würden Almania auf keinen Fall lebend verlassen.

* 47 *

Als Brakiss und seine Droiden-Abordnung Cole in die inneren Bereiche der Fabrik führten, gingen dem jungen Mann wie ein Mantra die Worte durch den Sinn, mit denen seine Mutter ihn charakterisiert hatte: *ungestüm, stur, impulsiv.* Sie hatte ihm diese Worte an den Kopf geworfen, als er den Wunsch äußerte, auf die Jedi-Akademie zu gehen, als er sich in Anchorhead Arbeit suchte, und schließlich als er Tatooine verließ. Sie hatte gemeint, sein unausrottbarer Wunsch, ein Held zu sein, würde ihm eines Tages noch große Scherereien eintragen.

Sie hatte recht behalten.

Obwohl ihre Worte wie Hintergrundsmusik durch sein Bewußtsein kreisten, überlegte Cole doch zugleich fieberhaft, welche Möglichkeiten sich ihm boten. Brakiss bedrohte ihn mit einem Blaster. Die Attentatsdroiden hatten ebenfalls ihre Waffen ausgefahren, und ein Stück weiter vorne sah er imperiale Gladiatordroiden alten Stils.

Cole war auf sich allein gestellt, sah man einmal von einem ziemlich vertrottelten Protokolldroiden und einer einigermaßen schlauen R2-Einheit ab, die aber beide augenblicklich als Unterstützung nicht in Frage kamen.

Vielleicht hatten Mon Mothma oder Admiral Ackbar mittlerweile erfahren, wo er sich befand, aber das lieferte ihm noch lange keine Garantie, daß ihnen das etwas bedeuten würde.

Ungestüm, stur, impulsiv ...

Vielleicht sollte er der Liste noch ein weiteres Attribut hinzufügen: dumm. Sein Vertrauen zu R2 war so groß, daß er irgendwie davon überzeugt gewesen war, daß der kleine Droide die Lage unter Kontrolle hatte.

Das konnte er getrost vergessen.

Das Vertrauen, das er in sich selbst setzte, hatte einfach nicht zugelassen, daß er diese Entwicklung in Betracht zog. Er hatte gedacht, ein Held brauche nur auf der richtigen Seite zu stehen, um zu gewinnen.

Der Gang senkte sich jetzt, und es gab keine leuchtenden Hinweistafeln mehr. Die Wände waren roh, die Leuchtpaneele an der Decke nackt und kahl – etwas, das er bisher noch nirgendwo gesehen hatte und die ganze Umgebung öde und unwirtlich erscheinen ließ, aber diese Düsternis paßte durchaus zu der Stimmung, die sich inzwischen in ihm aufgebaut hatte.

Natürlich wußte Brakiss über die Sprengkapseln Bescheid. Er hatte sie selbst angebracht. Und er schien die gleiche Ausstrahlung zu besitzen, die Leia Organa Solo hatte, ein Phänomen, das der Macht zuzuschreiben war, wie Cole mittlerweile wußte.

Er ließ sich von Brakiss und seinen Droiden weit von seinem Frachter wegführen, aber er sah keinen Ausweg. Er mußte R2 Zeit lassen, um etwas zu unternehmen – was auch immer der kleine Droide glaubte, tun zu können.

Schließlich erreichten sie eine große stählerne Tür. Brakiss tippte einen Code ein, und die Tür öffnete sich mit einem Zischen. Cole versuchte, einen Schritt zurückzutreten, aber Brakiss legte ihm die Hand auf den Rücken und hinderte ihn daran.

Ein weiterer großer Raum tat sich vor ihnen auf, es roch nach Ozon und verbranntem Metall, Funken flogen, und das Geschrei von Droiden war zu hören. Es knisterte und knackte, dann ertönten wieder die gellenden Schreie künstlicher Stimmwerkzeuge. Eine Folterkammer für Droiden. Daß es so etwas gab, hatte Cole zwar schon gelegentlich gehört, aber nicht glauben wollen.

Es gehörte eine besonders sadistische Veranlagung dazu, um sich wirksame Mittel und Wege auszudenken, Kreaturen zu foltern, die unfähig waren, Schmerz zu empfinden.

Aber Cole war dazu sehr wohl fähig.

Die Stahltür war doppelt verstärkt, ebenso wie die Wände. Ein dünner Droide aus unlackiertem Metall gluckste, als er ihn sah.

"Ich habe dir einen Menschen mitgebracht", sagte Brakiss. "Sieh zu, was du mit ihm machen kannst. Ich möchte wissen, weshalb er wirklich hier ist. Bring ihn also nicht um."

"Nehmen Sie ihn sich doch selbst vor", sagte der Droide mit hypnotisch klingender weiblicher Stimme. "Ich mag es nicht, wenn man es mir zu leichtmacht."

"Ihm weh zu tun ist leicht; ihn am Leben zu halten dagegen sehr schwer; und ihn bei klarem Verstand zu halten wird sogar noch schwieriger sein. Aber ich vertraue ganz auf deine Raffinesse, die nötigen Methoden und Rezepte zu finden."

Der Droide stelzte auf schmächtigen Beinen auf Cole zu. Er legte den Kopf schief und musterte sein Gesicht. Die Augen des Droiden waren goldene Schlitze, das Metall roch nach Blasterverbrennungen.

"Ich bin Eve-9D92. Ich habe die Cyborgproduktion und das Training in dieser Fabrik geleitet, bis ein Verbrecherboß auf Tatooine meinen Vorläufer Eve-9D9 gekauft hat. Man sagt mir nach, daß ich doppelt so rücksichtslos wie sie bin. Ich sage Ihnen das bloß als Warnung. Vielleicht wollen Sie ja gleich gestehen, was mein Master wissen möchte, ehe ich herausfinde, wo die menschliche Schmerzgrenze liegt."

Cole überlief es eisig. Aber er konnte hier keine R2-Einheit entdecken, und auch 3PO war weit und breit nicht zu sehen. "Ich habe deinem Master gesagt, weshalb ich hier bin." Er sah zu Brakiss hinüber, dessen Augen ebenso grausam funkelten wie die Eves. "Ich habe in Droiden aus dieser Produktionsanlage Sprengkapseln gefunden, und ich dachte, das würde ihn vielleicht interessieren."

"Ein Altruist", meinte Brakiss trocken, "der bequemerweise vergißt, daß er seine Droiden in die unteren Regionen meiner Fabrik eingeschleust hat."

Eve rieb ihre klauenähnlichen Hände aneinander. "Ich würde lieber die Droiden haben."

Das verriet Cole immerhin, daß sie 3PO und R2 bis jetzt noch nicht gefangen hatten.

"Ich habe die Hinweistafeln nicht gesehen", erklärte Cole.

"Sie sollten meine Geduld nicht zu sehr strapazieren, Fardreamer", erwiderte Brakiss drohend. Er stand allein unter der Tür. Die Attentatsdroiden blieben draußen im Vorraum. "Sagen Sie mir, wie nützlich Sie Skywalker sind, dann könnte es sein, daß ich Sie laufen lasse."

Cole zuckte die Achseln. "Ich bin sein Mechaniker, sonst nichts."

"Ein Mann, der ganz allein mit zwei der wichtigsten Droiden der ganzen Galaxis losziehen kann? Skywalker muß großes Vertrauen zu seinen Bediensteten haben."

Einem kastenförmigen Droiden mit einem zylindrischen Kopf wurden die Füße erhitzt und deformiert. Der Droide schrie seinen Schmerz mit einem schrillen Pfeifen hinaus, das immer wieder von einem kläglichen Winseln unterbrochen wurde. In einem Nebenraum war ein lautes Klatschen zu hören und dann das Betteln eines Droiden mit einer unmodulierten mechanischen Stimme.

"Nein", entgegnete Cole. "Er erwartet nur von uns, daß wir Eigeninitative an den Tag legen."

"Ich verstehe", nickte Brakiss. "Und niemand sonst hätte hierherkommen können? Niemand sonst hätte mir eine Nachricht schicken können?"

"Ich war der Ansicht, daß dies eine recht delikate Angelegenheit ist. Man kann doch schließlich nicht in alle Welt hinausposaunen, daß in der ganzen Galaxis Droiden im Einsatz sind, die jeden Augenblick explodieren können."

"Nein, das ginge tatsächlich nicht", meinte Brakiss und schubste Cole auf Eve zu. Ihre Klauen packten seine Arme so fest, daß sein Blutkreislauf unterbrochen wurde.

"Aber nicht vergessen", erinnerte Brakiss sie. "Lebend und bei klarem Verstand."

"Ich werde daran denken", antworte der Droide Eve.

Die Attentatsdroiden waren verschwunden. Dieser Ort hier mußte selbst Droiden Furcht einflößen.

Cole würde nur eine einzige Chance erhalten. "Hast du eigentlich gewußt", sagte er mit kehliger, wohlig erregter Stimme zu Eve, "daß deine Klauen auf meine erogenen Zonen drücken?"

Ihr Kopf fuhr verblüfft herum.

"Nein!" rief Brakiss warnend, aber es war bereits zu spät: Eve hatte Cole losgelassen, und der riß sich los und rannte auf die stählerne Tür zu. Dabei rempelte er Brakiss an und griff nach dessen Blaster.

Die Attentatsdroiden draußen waren verschwunden, als hätte es sie nie gegeben. Wenn er sich jetzt nur erinnern könnte ...

Ein elektrischer Blitz hüllte Cole ein und ließ ein Prickeln durch seine Glieder fahren. Sein Körper zuckte, wand sich in Krämpfen, zitterte, der Atem stockte ihm in der Kehle. Die Augen drohten ihm aus dem Kopf zu treten, und er bekam keine Luft ...

... konnte nicht ...

... atmen ...

... und dann ließ der Blitz ihn los. Er fiel zu Boden, zappelte wie ein Fisch auf dem Trocknen, wünschte, er könnte damit aufhören, schaffte es aber nicht. Schließlich hörten seine Glieder zu zucken auf, und er blieb reglos liegen, mit Muskeln ebenso nutzlos wie Wasser.

Brakiss versetzte ihm einen Tritt und drehte ihn dann mit der Fußspitze herum. Weit und breit war niemand sonst zu sehen. Eve blieb in ihrer Folterkammer in derselben Stellung, die sie vorher eingenommen hatte. Cole sah keinen Lähmstrahler, nichts, was diese äußerst unangenehme Empfindung ausgelöst haben könnte.

"Ärgern Sie mich bloß nicht noch einmal, Junge", zischte Brakiss. "Ich könnte Sie mit Leichtigkeit selbst foltern, aber dafür habe ich keine Zeit."

"*Sie* haben das getan?" fragte Cole, wenn es auch aus seinem immer noch halb gelähmten Mund eher wie "I-ae-a-ea?" klang.

"Ihr Freund Skywalker hält nichts davon, die Macht auf diese Weise einzusetzen, aber ich finde es recht hilfreich. Und jetzt hören Sie auf, sich zu sträuben, Fardreamer, und sagen Sie mir, was ich wissen will, dann lasse ich Sie gehen."

"Das kann ich nicht", antwortete Cole; es klang wie "A-ai-ii". Er konnte nicht einmal klar artikulieren, geschweige denn, sich verteidigen.

"Ich werde Sie für den Augenblick Eve überlassen. Falls Sie es sich irgendwann anders überlegen sollten, brauchen Sie es ihr bloß zu sagen. Sie verständigt mich dann."

Er trat über Cole hinweg und schritt durch den breiten Gang davon. Leichte Spasmen liefen durch Coles Körper. Er hatte keine Kontrolle mehr über seine Muskeln. Eve trat über ihn, beugte sich vor und packte mit ihrer Klaue einen seiner Knöchel. Er war nicht einmal imstande, nach ihr zu treten.

Sie zerrte Cole an einem Bein in ihre Folterkammer zurück. Dann hob sie ihn hoch, als wäre er völlig gewichtslos und warf ihn auf eine Wellblechplatte, die sich unter ihm leicht durchbog. Über ihm waren Dutzende von Bohrern, Sägen und Schweißgeräten angebracht. Er erkannte die Geräte und wußte, daß die meisten für die Bearbeitung von Metall bestimmt waren.

Eve schien beinahe zu lächeln, als sie sich über ihn beugte. "Das ist Ihre letzte Chance, Mensch."

Aber seine Zunge versagte ihm den Dienst. Er hätte, selbst wenn er es gewollt hätte, nichts gestehen können.

***

Luke ruhte sich einen Augenblick lang neben Leia aus. Ein geringerer Mann wäre längst tot gewesen. Sie kam aus dem Staunen nicht heraus, daß er immer noch durchhielt.

"Wir müssen hier raus", drängte sie.

"Ich weiß." Seine Stimme war kaum zu verstehen.

Aber er schien auf etwas zu warten. Leia hoffte, daß dieses Etwas nicht Kueller war.

Sie legte den Arm um Lukes Hüfte, achtete dabei sorgfältig darauf, die Wunden an seinem Rücken nicht zu berühren, und zog ihn in die Höhe. Dann legte sie sich seinen Arm über die Schulter und entlastete damit seinen verletzten Knöchel, schließlich setzten sie den Marsch zu der Andockbucht fort.

In dem Augenblick warnte sie ein vertrautes Tonsignal, daß die Selbstzerstörungsanlage der *Alderaan* soeben aktiviert worden war.

"Das hat uns gerade noch gefehlt", flüsterte Leia.

Luke sammelte von irgendwoher Kräfte und richtete sich ohne ihre Hilfe auf. Er zückte zwei Blaster, und Leia tat es ihm gleich. Dann schlich sie, jeden Schatten nutzend, auf ihr Schiff zu.

Ein dreifaches akustisches Signal ertönte – ein fünffaches Signal würde die umittelbar bevorstehende Explosion des Schiffes ankündigen. Leias Kehle war trocken. Die *Alderaan* war ihre einzige Chance, diese ausgebrannte Ruine eines Planeten zu verlassen.

Sie spähte in die Andockbucht, sah aber niemanden. Aber da waren Fußabdrücke, die ihre eigenen vor der *Alderaan* überlagerten, ein halbes Dutzend Fußabdrücke, vielleicht mehr. Die Brandspur eines Blasterschusses am Hauptschott des Schiffes verriet ihr, was geschehen war.

Wo waren die Angreifer jetzt?

"Siehst du jemanden, Luke?"

Er schüttelte den Kopf. Dabei machte er einen abwesenden Eindruck, als würde er einer fernen Musik lauschen.

Sie hatte diesen Blick schon einmal an ihm gesehen: nachdem er in Cloud City seine Hand verloren hatte. Sie hatte nie herausgefunden, ob dieser Gesichtsausdruck bedeutete, daß er große Schmerzen litt, oder ob ihr Bruder diese Miene aufsetzte, wenn sein Geist irgendwelche Signale empfing.

Damals hatte er die Präsenz Vaders gespürt.

Spürte er jetzt Kueller?

Vier Warntöne von der *Alderaan*. Jetzt oder nie. Entweder rettete sie ihr Schiff, oder sie rettete sich selbst.

Sie stürmte mit schußbereiten Blastern in die Andockbucht und warf sich förmlich auf die *Alderaan*. Ihr Schiff scannte ihren Handabdruck, ihre Netzhaut und ihre Stimme, als sie den Code nannte. Das Schott öffnete sich in dem Moment, als das fünffache Signal ansetzte ...

... und verstummte.

Leias Herz raste. Niemand hatte auf sie geschossen. Wer auch immer versucht hatte, sich Zutritt zur *Alderaan* zu verschaffen, hatte sich entfernt, als die Selbstzerstörungsanlage anlief.

Sie klappte den Deckel einer Kontrolltafel in der Nähe des Hauptschotts auf und schaltete die Selbstzerstörung ab.

Dann streckte sie den Kopf zur Tür hinaus und rief: "Luke!"

Aber er reagierte nicht, und sie konnte ihn nirgendwo in der Andockbucht ausmachen.

"Luke! Schnell!"

Immer noch nichts. War er dort draußen zusammengebrochen?

Sie würde noch einmal aussteigen und ihn holen müssen.

Als sie das Schiff verließ, hörte sie das Zischen eines Lichtschwerts. Sie griff an ihren Gürtel und fühlte ihr Lichtschwert. Luke hatte seines nicht getragen.

Ihr Herz schlug noch schneller. Auf Almania gab es nur ein einziges in der Macht ausgebildetes Lebewesen.

Kueller.

* 48 *

Leias Nachricht besagte, daß sie mit der *Alderaan* nach Almania fliegen wollte. Später hatte sie dieser Nachricht noch einen Hinweis auf Wedge und die Flotte hinzugefügt. Aber Han wollte es bei aller Mühe nicht gelingen, die *Alderaan* in dem Schwarm kämpfender Schiffe unweit seiner Position auszumachen. An die Wrackteile, die rings um sie im Weltraum trieben, wollte er lieber gar nicht denken.

Er saß im Cockpit, Chewbacca neben ihm, Mara Jade auf dem Sitz dahinter. Sie war immer noch blaß und geschwächt und schrieb das den Ysalamiri zu, obwohl diese so weit wie möglich von ihr entfernt waren.

Han gefiel dieser Zustand.

"Chewie, ruf jemanden in der Flotte der Neuen Republik an", sagte Han. "Ich muß wissen, wo Leia ist."

"Ihr Schiff war nicht hier, als wir hier eintrafen", bemerkte Mara.

Chewbacca ignorierte die Bemerkung und stellte die gewünschte Verbindung her. Han hielt den *Falken* in der Nähe der *Wild Karrde*. Talon war noch nicht in den Hyperraum gesprungen. Irgend etwas hielt ihn zurück.

"Ich dachte, er wollte seine Haut retten."

Mara lächelte. "Ich nehme an, daß er immer noch an der meinen interessiert ist", erwiderte sie mit einem sibyllinischen Lächeln.

"Na großartig."

Chewie grollte, daß Leia seit Beginn der Schlacht spurlos verschwunden sei.

"Dann probieren wir es eben anders", sagte Han, löste sich von der *Wild Karrde* und nahm Kurs auf Almania. "Oberflächenscan, Chewie. Die *Alderaan* hat eine ausgeprägte Signatur. Wenn sie auf dem Planeten gelandet ist, werden wir sie finden."

Chewies mächtige Pranken hantierten an den Kontrollen. Mara lehnte sich in ihrem Sessel zurück. "Kueller wird Sie eher töten, als Ihnen die Landung auf seinem Planeten zu gestatten."

"Das bezweifle ich entschieden, meine Süße", erwiderte Han. "Er wollte sogar, daß ich herkomme."

Darauf wußte Mara nichts zu sagen. Chewbacca setzte seinen Scan fort. Han steuerte den *Falken* in einem hohen Bogen über die anhaltende Raumschlacht hinweg.

Unter ihnen sah es schlimm aus. Die Sternzerstörer hatten schwere Beschädigungen hinnehmen müssen, griffen aber unerbittlich weiter an; es gab zu viele TIE-Jäger und keine X-Flügler; A- und B-Flügler bestimmten die Szenerie. Eines der Schlachtschiffe der Neuen Republik war bereits vernichtet. Nur noch zwei hielten stand.

"Damit sollten Sie sich jetzt nicht belasten, Solo", riet Mara. "Entweder holen Sie Ihre Frau raus, oder Sie unterstützen die kämpfenden Verbände."

Das wußte Han natürlich selbst, aber das Bild, das sich ihm bot, ließ ein Gefühl der Hilflosigkeit in ihm aufkeimen. Dann wurde ganz aus der Nähe das Feuer auf den *Falken* eröffnet. "TIE-Jäger auf zwei-null-neun. Chewie, übernimm das Steuer. Ich gehe an die Vierlingskanonen."

"Ich komme mit", erklärte Mara.

Han kletterte in den oberen Geschützstand, Mara in den unteren. Er schob sich seine Kopfhörer zurecht, als er sich an der Feuerleitanlage der Vierlingslaserkanone niederließ. Rings um ihn schwirrten Sterne und Schiffe.

"Sind Sie da, Mara?"

"Bereit."

"Okay", sagte Han. "Viel Spaß."

Ein TIE-Jäger fegte, aus allen Rohren feuernd, über sie hinweg. Han ließ seinen Geschützsitz kreisen und feuerte bereits, ehe das Ziel erfaßt war. Maras Feuer aus dem unteren Geschützstand ließ rote Strahlen über die Schwärze des Weltraums zucken.

Der Jäger explodierte in einem gleißenden weißen Blitz.

"Erwischt!" kreischte Mara.

Zwei weitere TIE-Jäger tauchten links von Hans Geschützstand auf. Dann schossen oben drei über sie hinweg, während unten drei weitere quer zu ihrem Kurs auftauchten. Dann erschienen auch backbord noch zwei Verfolger.

"Chewie!" schrie Han und feuerte nach allen Richtungen. Der Wookiee war im Weltraumkampf viel zu erfahren, um in eine solche Falle zu gehen. Der *Falke* setzte seine Bewegung nach vorn fort, kippte dann plötzlich zur Seite weg und schlüpfte zwischen den feindlichen Jägern hindurch.

Die Jägerpiloten, die es gewohnt waren, auf die winzigen A-Flügler zu schießen, brauchten einen Augenblick, bis sie sich von ihrer Überraschung erholt hatten.

"Chewie, kreisen!" befahl Han.

Chewbacca lenkte den *Falken* in eine perfekte Parade. Han und Mara zielten und schossen auf zwei TIE-Jäger beiderseits des Schiffes. Beide explodierten, aber schon tauchten fünf weitere Angreifer auf.

"Die haben ja eine Unmenge von diesen Dingern", rief Mara.

"Kueller hat sich das ein Vermögen kosten lassen", erwiderte Han.

"Nicht einmal das Imperium hat so viele Jäger gleichzeitig eingesetzt."

Von unten war Chewbaccas Jaulen zu hören. Immer neue TIE-Jäger rasten auf sie zu.

"Was hat er gesagt?" schrie Mara über den Gefechtslärm hinweg.

"Er hat gesagt, daß wir Jäger von der Schlacht abziehen. Ihr häßlicher kleiner Alptraumfreund dort unten muß mitgekriegt haben, daß wir hier sind." Han tropfte der Schweiß von der Stirn. Seine Schultern schmerzten von der ständigen Arbeit an der Kanone. Er ruckte in seinem Sitz so schnell hin und her, daß er keine Ahnung mehr hatte, in welcher Richtung in Bezug auf das Cockpit er gerade blickte, aber das spielte auch keine Rolle.

"Ich dachte, Sie hätten gesagt, daß er Sie lebend will."

"Das wollte er auch!" Han schoß auf fünf TIE-Jäger gleichzeitig. Er erwischte einen der Angreifer an einem seiner Solarflügel, worauf er in der Ferne zur Seite wegtrudelte; ein zweiter flog feuernd über sie hinweg. Die meisten Schüsse prallten von den Deflektorschilden ab. Ein dritter Jäger gab einen Feuerstoß ab. Die Schüsse trafen dicht hintereinander, und irgendwo auf dem *Falken* explodierte etwas.

"Chewie?"

Chewbacca jaulte, daß sie einen Deflektorschild verloren hätten.

"Chewie, das war mehr als ein Schild."

Wieder ein Grollen von Chewie. Er hatte den Schild schon fast wieder aufgebaut, hatte aber keine Zeit für ausführliche Erläuterungen. Schließlich erstattete Mara Bericht. "Das war meine Kanone", sagte sie.

"Aber Sie sind okay?"

"Wenn man Verbrennungen dritten Grades okay nennen will", entgegnete sie. "Aber meine Hände werden's überstehen."

"Dann gehen Sie nach oben und helfen Sie Chewie", sagte Han und wußte nicht recht, ob sie das mit den Verbrennungen vielleicht nur erfunden hatte.

"Wir müssen einen dieser Sternzerstörer ganz nah passieren. Hoffentlich sehen die uns nicht."

"Hoffnung kann gefährlich sein, Solo."

Darauf gab er keine Antwort. Er hatte jedes Gefühl in den Armen verloren, feuerte aber unablässig weiter. Die TIE-Jäger umschwirrten den *Falken*, aber ihre Schüsse prallten von den Deflektorschilden ab. Chewie mußte den Schaden also wieder behoben haben.

Aber vielleicht auch nicht, denn der nächste Schuß war ein Treffer. Der *Falke* sackte unkontrolliert weg. Chewbacca brüllte, und Han stellte fest, daß er plötzlich mit dem Kopf nach unten in seinem Geschützsitz hing. Wenn er nicht angeschnallt gewesen wäre, würde er jetzt an der Transparistahlkuppel kleben.

"Schadensmeldung, Chewie?"

Chewie brüllte zurück.

"Ich weiß, daß es nicht deine Schuld ist. Sag mir einfach, was kaputt ist."

"Die Torpedorohre." Wieder kam die Antwort von Mara. "Und Sie sollten Chewie dafür danken, daß er einen klaren Kopf behalten hat. Er hat die Torpedos im selben Moment abgestoßen, als der Schuß traf."

"Oh, ist ja großartig", schimpfte Han. "Und ich soll ihm dafür danken, daß er unsere Waffen einfach abwirft."

Während er das sagte, feuerte er weiter und traf einen TIE-Jäger, worauf dieser abgetrieben wurde und schließlich explodierte. "Seht zu, daß die Schilde wieder funktionieren"

Der *Falke* richtete sich wieder auf und nahm Kurs auf den Sternzerstörer. "Heh, Chewie", sagte Han, "Kommando zurück. Einfach Kurs auf den Planeten."

Chewbacca grollte eine Entgegnung.

"Gerade Linien gibt es im Weltraum nicht", dozierte Han.

"Flieg drüber hinweg oder drumherum oder unten durch, wenn es sein muß. Mir ist egal, daß dir der Zerstörer im Wege ist."

Chewie grollte abermals.

"Die können uns nicht mit einem Traktorstrahl erfaßt haben, Chewie", meinte Han, weil er diese Möglichkeit einfach nicht in Betracht ziehen wollte. "Schau noch einmal auf die Instrumente."

"Die wollen anscheinend nicht, daß wir nach Almania kommen, Han", warf Mara ein.

Han wischte sich mit dem Unterarm den Schweiß vom Gesicht. Er konnte die offenen Hangartore des Sternzerstörers sehen. Sie würden da hineingezogen werden, und dort würden Sturmtruppen und alles mögliche andere auf sie warten.

Wenn er es nur schaffte, zu Leia durchzukommen.

Luke hatte sich einmal in seinem X-Flügler mit einem Sternzerstörer angelegt. Er hatte Protonentorpedos in den Traktorstrahl geschossen, und die Torpedos waren an Bord des Zerstörers explodiert.

Aber der *Falke* verfügte über keine Torpedos mehr. Und mit der Laserkanone würden sie nicht genügend Schaden anrichten. Aber möglicherweise lähmte der Laser ihre Gegner für einen Augenblick. Möglicherweise riß der Traktorstrahl ab, und das konnte sie davon abhalten, Jagd auf den *Falken* zu machen, was Han vielleicht die Chance verschaffen würde, die er so dringend brauchte, die Chance, heil nach Almania zu gelangen, wo er Leia vermutete.

Chewbaccas Jaulen klang zu ihm rauf.

"Eins nach dem anderen, Chewie. Um das neue große Schiff brauchen wir uns nur zu kümmern, wenn es auf uns schießt." Zumindest hoffte Han, daß er damit recht hatte. Das zweite Raumschiff, das Chewie hinter ihnen entdeckt hatte, konnte ebensogut eine noch größere Bedrohung darstellen.

"Haben Sie denn gar keine anderen Waffen an Bord dieser Kiste?" wollte Mara wissen.

Han wirbelte in seinem Sitz herum, gab mehrere Feuerstöße auf zwei TIE-Jäger ab, die an ihnen vorbeisausten, und brüllte dann zurück: "Wir haben jetzt bloß noch eine Laserkanone, meine Süße, und eine Unmenge Blaster. Haben Sie Lust, die obere Schleuse aufzumachen und aufs

Dach zu klettern, um dort mit einem Blaster um sich zu schießen? Ich bin sicher, daß Chewie genug Zeit hat, dort oben einen Draht für Sie zu spannen, damit Sie nicht runterpurzeln."

Chewbacca knurrte.

"Auf dumme Witze kann ich verzichten, Solo", antwortete Mara. "Ich wollte mich bloß nützlich machen."

"Dann scannen Sie lieber den Planeten nach Leias Schiff. Wenn sie nicht dort ist, gehe ich auch nicht nach Almania." Er richtete die Kanone nach oben – aus seiner Perspektive zumindest –, so daß sein Geschützsitz ihn ruckartig nach hinten beförderte. Er konzentrierte sich auf einen TIE-Jäger, feuerte, feuerte, feuerte, bis das Ding als rauchendes Wrack auf seiner Flugbahn weiterzog.

"Wie lange noch, bis wir den Zerstörer erreichen?" schrie Han.

"Wir sind fast da!" schrie Mara zurück.

Chewie grollte eine Art Countdown für den verzweifelten Laserschuß. Der Laser würde keinen besonders verwundbaren Punkt treffen wie Lukes gezielter Feuerstoß damals, der den Todesstern zerstört hatte. Falls Hans Schuß überhaupt etwas bewirkte, dann würde er höchstens ein paar Transparistahlscheiben zerschmettern, ein paar Offiziere aus ihren Sesseln werfen und einige Schotts versengen.

Aber das hieß nicht, daß er es nicht versuchen wollte. Er schaltete sogar den Computer des Zielerfassungssystems zu. Mit der rechten Hand tippte er die Koordinaten ein, während er mit der linken fortfuhr, auf TIE-Jäger zu schießen. Sie umgaben ihn jetzt wie ein Schwarm bösartiger Insekten und bedrohten den *Falken* aus allen Richtungen. Er war jetzt so nah bei dem Sternzerstörer, daß dessen Besatzung wahrscheinlich dachte, ihn im nächsten Moment erledigen zu können.

Chewbacca brüllte das Ende des Countdowns.

Han wandte den Blick nicht von der Zielerfassung.

"Sie werden den Schuß vermasseln", zeterte Mara.

Han ignorierte sie, er war jetzt ganz Konzentration. Als die Linien auf dem Bildschirm in einem einzigen Punkt konvergierten, gab er einen Feuerstoß aus seiner Laserkanone ab. Dann schob er den Zielcomputer beiseite. Die Schüsse fegten an dem Traktorstrahl entlang, vereinigten sich mit ihm und bohrten sich in die offene Hangarhalle. Eine gedämpfte Explosion war zu hören, die immerhin ausreichte, den ganzen Sternzerstörer in Vibration zu versetzen.

"Mehr konnten wir nicht erwarten", urteilte Han. "Jetzt sollten wir die Überraschung ausnutzen und ..."

In dem Augenblick explodierte der Sternzerstörer in tausend Stücke. Wrackteile und Funken flogen nach allen Seiten, einzelne Trümmer wurden von den Schilden des *Falken* abgelenkt.

"Chewie! Bring uns hier raus!"

Die TIE-Jäger zogen sich ebenfalls aus dem Trümmerfeld zurück. Han schlüpfte aus dem Geschützstand ins Cockpit und ließ ein ohrenbetäubendes Triumphgeschrei hören.

"Das waren nicht *Sie*, Solo", belehrte Mara ihn nüchtern. Sie deutete auf die Raumjacht, die über ihnen vorbeizog. "Sie sollten sich besser bedanken."

Han schlug mit der Hand auf die Komstation. "Karrde! Ich dachte, du wolltest hier abhauen!"

"Du weißt doch, daß ich mir ungern eine ordentliche Prügelei entgehen lasse, Solo", hallte Karrdes von Störgeräuschen überlagerte Stimme aus den Lautsprechern. "Flieg du zum Planeten. Ich gebe dir Deckung."

"Solche Angebote macht er nicht jeden Tag", bemerkte Mara.

"Und das lasse ich mir auch nicht zweimal sagen." Han zwängte sich in den Pilotensessel. "Leia schon gefunden?"

"Nein", brummte Mara. "Wir müssen mit der Suche fortfahren."

"Ich dachte, die Ysalamiri behindern Ihren Machtsinn."

Sie zuckte die Achseln. "Hoffentlich tun sie das *nicht*."

***

Ein langgezogenes Pfeifen.

Der Droide an der Spitze hatte ihn gesehen.

"R2!" schrie 3PO. "R2-D2, bist du das?"

Der vorderste Gladiatordroide schüttelte C-3PO. "Ich hab dir gesagt, du sollst still sein."

"Das würde ich ja, Sir, wenn ich glauben würde, daß Sie hier noch das Sagen hätten, aber ich möchte behaupten, daß Sie gleich einige Scherereien bekommen werden."

Der Gladiatordroide ließ seinen Kopf nach hinten kreisen. Seine Schergen, die vorangegangen waren, um das Terrain zu erforschen, wurden gegen die Wand gedrückt, ihre Waffen immer noch nutzlos am Bauch, während Hunderte von Astromecheinheiten heranrollten.

"R2!" jubilierte 3PO.

"Laßt Verstärkung kommen", forderte der Gladiatordroide eines seiner Ebenbilder auf. "Und beeil dich. Ihr übrigen: Feuer frei!"

Laserkanonen zischten, und überall im Gang hallten Schüsse von den Wänden wider; Droidenschreie erfüllten die Luft; Rauch stieg auf, als einzelne Komponenten verbrannten. Aber die kleinen Astromechdroiden bewegten sich unaufhaltsam vorwärts.

"R2!" schrie 3PO. Plötzlich konnte er R2 in den dichten Rauchschwaden nicht mehr sehen. "R2-D2, wo bist du?"

"Ein Wort noch", sagte der Gladiatordroide, "dann benutze ich meinen Zerhacker."

3PO hatte genug von den ewigen Drohungen. "Nein, das wirst du nicht", erwiderte er energisch und ließ sich nach rückwärts fallen, als der Gladiatordroide seinen Zerhacker abfeuerte. Der Schuß traf den Gladiatordroiden, der 3PO festhielt. Der Droide stieß einen Schrei aus und leuchtete in dem undurchdringlichen Rauch grellgrün wie ein Signalfeuer. 3POs rechter Arm war jetzt frei. Er riß auch den linken los und verschwand in Qualm und Nebel.

Rings um ihn peitschten Schüsse. Die Gladiatordroiden leuchteten in den Rauchschwaden rot wie Flammen. 3PO stieß ein paar von hinten an, so daß sie das Gleichgewicht verloren und einfach umkippten.

"R2!" schrie er immer wieder und eilte dabei in die Richtung, in der er die Astromechdroiden vermutete. "R2!"

Ein neuerliches schrilles Pfeifen.

Es kam von links, aus einem Gang, der dem ähnelte, aus dem 3PO gerade gekommen war. Das konnte eine Falle sein, aber möglicherweise war es auch R2.

Er rannte mit hocherhobenen Armen in den Gang hinein. Die Gladiatordroiden schossen immer noch in die Qualmwolken hinein, die auf schreckliche Weise unnatürlich wirkten. Ganz gleich, wie viele Astromechdroiden sie auch trafen, so viel Rauch konnte dabei unmöglich entstehen.

Es sei denn ...

Es sei denn, etwas brannte.

"Oh du meine Güte", murmelte 3PO aufgeregt. "Oh du meine Güte. Warum muß denn alles immer nur noch schlimmer werden?"

Wieder peitschten Blasterschüsse um ihn herum. Der ganze Gang war von schwarzem Rauch und Geschrei erfüllt, aber die Schreie kamen jetzt nicht mehr von Astromechdroiden, sondern von den Gladiatordroiden, die von Querschlägern getroffen wurden.

Der nächste langgezogene Pfiff ertönte.

3PO hatte jetzt den Gang erreicht – und erblickte R2, der ihn bereits erwartete. Der kleine Droide wippte hektisch vor und zurück und piepste anhaltend. Er fuhr den Manipulatorarm mit der Klaue aus und zog 3PO zu sich heran, dann knallte die Tür hinter ihnen zu.

Der Rauch verzog sich sofort. Es brannte nirgendwo. Hunderte von Astromechdroiden hatten irgendeine nebelerzeugende Chemikalie abgesondert.

"R2, ich habe dich überall gesucht", plapperte 3PO drauflos. "Master Cole dachte, wir sollten gemeinsam gehen. Du solltest nicht auf eigene Faust einfach losziehen. Das ist ..."

R2 gab einen unflätigen Laut von sich, kreiselte herum und setzte sich hinter all den anderen Astromechdroiden den Gang hinauf wieder in Bewegung.

"Du darfst jetzt nicht weggehen", beschwerte sich 3PO. "Sie werden Master Cole töten."

R2 blieb stehen und zwitscherte fragend.

"Nun ja, er mußte doch deine Flucht decken. Da waren Hinweistafeln, weißt du, auf denen stand, daß Droiden ihr Schiff nicht verlassen dürfen. Und da läufst du einfach auf eigene Faust davon. Master Cole dachte, du hättest einen Plan. Er hat mich dir nachgeschickt, weil er damit irgend etwas zu erreichen hoffte. Aber ich sehe jetzt, daß unsere Sorge fehlgeleitet war."

R2 schnarrte ihn an und rollte weiter.

"Undankbar? Undankbar? Wie kannst du sagen, daß ich undankbar bin?"

R2 trillerte und setzte seinen Weg fort. Die anderen Astromechdroiden schwärmten aus wie eine wahre Flutwelle mechanischer Wesen.

"Ich glaube nicht, daß Master Cole warten kann, R2. Ich behaupte, er hat große Probleme. Wenn du ihm nicht hilfst, werde *ich* es tun." 3PO blieb stehen, drehte sich halb herum und schickte sich an, in einen Seitengang einzubiegen.

R2 pfiff ihn an, nicht das freundliche Pfeifen von vorhin, sondern eine unmißverständliche Aufforderung, ihm zu folgen. 3PO ignorierte ihn.

Dann schnarrte R2 scharf, und 3PO blieb stehen.

"Da ist was dran", meinte er, mehr zu sich selbst als an R2 gewandt. "Ich habe wirklich keine Lust, dem Roten Schrekken allein gegenüberzutreten."

3PO beeilte sich, wieder in den ursprünglichen Gang einzuscheren. R2 und seine Astromechfreunde hatten bereits einen großen Vorsprung. 3PO sah sich um. Bis jetzt war kein Droide des Roten Schreckens zu sehen. Aber ob sie es durch die nächste Tür schaffen würden oder nicht, vermochte niemand vorherzusagen.

"Warte auf mich," rief 3PO. "Warte ... auf ... mich!"

* 49 *

Luke wich vor Kuellers Lichtschwert zurück. Bis jetzt hielt sein Widersacher die leuchtende Klinge nur vor sich ausgestreckt, sein schwarzer Umhang flatterte im Wind. Kueller war schlank, beinahe zu schlank, und darin – und nur darin – konnte Luke die Anfänge der Auflösung erkennen, die die dunkle Seite der Macht verursachte.

Die Abenddämmerung hatte sich über den Planeten gesenkt. Das nachlassende Tageslicht, das Luke, als er den Stollen verlassen hatte, noch so hell vorgekommen war, war zu einem diffusen Zwielicht herabgesunken. Nur die Klinge von Kuellers Lichtschwert gleißte hell.

Luke konnte nicht sehr weit zurückweichen, da er den Turm im Rücken hatte, dessen unterirdischen Verliesen er gerade erst entkommen war. Plötzlich entstand vor seinem geistigen Auge ein Bild, so eindeutig wie ein Holo: Auf der anderen Seite des Turms gab es eine enge Gasse zwischen maroden Mauern, die auf den Haupteingang der Warte zulief. Der Türstock war eingestürzt, und in der Türöffnung ...

Kueller schwang sein Schwert und zerschmetterte das mentale Bild gleichsam mit einem Streich. Luke sprang zur Seite. Er war nicht sicher, ob er nach seinen Blastern greifen sollte. Damit würde er Kueller nur ein Ziel bieten. Und Blaster waren einem Lichtschwert nicht gewachsen.

"Geben Sie auf, Skywalker", forderte Kueller. "Ihnen fehlt die Kraft, mich zu besiegen. Diesmal werde ich Sie töten. Und danach nehme ich mir Ihre Schwester vor."

Leias Lichtschwert! Luke streckte die Hand aus, und Kueller ließ seine Klinge auf sie hinabsausen. Luke wich aus, als Leias Lichtschwert durch die Luft auf ihn zusegelte und in seiner Hand landete.

Im gleichen Augenblick zündete er die Klinge, und ihr beruhigendes Summen hallte durch die tiefer werdende Dunkelheit.

"Ah", sagte Kueller. "Sie haben sich also dazu entschlossen, gegen mich zu kämpfen. Aber Vorsicht, *Master* Skywalker, wenn Sie mit der falschen inneren Einstellung streiten, könnte es sein, daß Sie auf meine Seite gezogen werden."

"Ich bin gegen größere Gegner als Sie angetreten, Kueller", erwiderte Luke. Das Lichtschwert in seiner Hand fühlte sich sonderbar an. "Und ich habe den Sieg davongetragen."

"Das ist Jahre her, Skywalker. Sie sind selbstgefällig geworden." Kueller schlug nach Luke. Der parierte, und die beiden Klingen prallten aufeinander, ihr Knistern und Summen erfüllte die Nacht.

Kueller wirbelte plötzlich herum und parierte eine Blastersalve mit dem Schwert. Leia spähte um die Ecke der Andockbucht.

"Lassen Sie *ihn* in Frieden, Kueller. Sie wollen doch mich!" rief sie.

Die Totenkopfmaske glühte von innen heraus, wodurch Kuellers Lächeln noch bösartiger wirkte. "Ich will Ihre ganze Familie, Frau Präsidentin. Denn nur dann wird es keine echten Jedi mehr geben."

Luke schob sich näher an Kueller heran. Sein Schwert summte. Er wollte, daß Kueller gegen ihn kämpfte, nicht gegen Leia. Leia war auf ein solches Duell noch nicht vorbereitet. "Es gibt Dutzende Jedi."

"Aber keine Jedi-Meister, Skywalker."

"Mehr als Sie sich vorzustellen vermögen", entgegnete Luke und dachte an Callista. Sie hätte Kueller einen beachtlichen Kampf geliefert, selbst ohne Unterstützung durch die Macht.

Kueller wandte sich wieder Luke zu, und Leia feuerte erneut in seine Richtung. Ohne sich auch nur nach ihr umzusehen, lenkte Kueller die Blasterschüsse um sich herum, dann katapultierte er ihren Blaster in die Luft, der daraufhin etwa einen Meter über ihrem Kopf explodierte.

"Der nächste wird in Ihrer Hand explodieren, Frau Präsidentin."

"Sie mögen Explosionen, nicht wahr, Kueller?" sagte Leia. Luke unterdrückte ein Lächeln. Sie versuchte ihn abzulenken, damit Luke angreifen konnte. Aber so einfach war das nicht. Kueller hatte Luke jetzt immerhin so weit unter Druck gesetzt, daß sich seine Gefühle zu verwirren drohten. Er war sich nicht mehr sicher, ob er im Kampf gegen Kueller von Zorn und Haß geleitet wurde oder ob er sich lediglich verteidigte. Zorn und Haß würden seinen Feind nur noch stärker machen. Und er schien bereits an Stärke gewonnen zu haben, was Lukes Annahme zu bestätigen schien.

"Kleine Explosionen, Frau Präsidentin", erklärte Kueller, dessen Lichtschwert noch immer Lukes Kampfweise diktierte. "Große Detonationen zerstören zu viele Werte."

Leia trat jetzt ins Freie. Sie war unbewaffnet. "Selbst wenn Sie uns töten, Kueller, haben Sie noch lange nicht gesiegt. Die Sprengkapseln, die Sie in unseren Droiden verborgen haben, werden nicht funktionieren. Wir haben alle Droiden deaktiviert."

"So, haben Sie das?" höhnte Kueller. Luke spürte die physische Kraft, die Kueller in seine Schwerthiebe legte. Zwischen ihnen tobte ein Kampf Wille gegen Wille, der sie ihre Lichtschwerter gegeneinanderschmettern ließ, daß die Klingen hell aufflackerten. "Sie haben es geschafft, *alle* zivilisierten Planeten über die modifizierten Droiden zu informieren, Frau Präsidentin? Denn wenn Ihnen das nicht gelungen ist, dann wird mir ein einziger kleiner Befehl noch immer ausreichend Macht verleihen, Sie alle zu besiegen."

Ein eisiger Schauder ließ Luke erzittern. Unzählige Leben. Milliarden Leben. Sie bedeuteten Kueller nicht mehr als ein Atemzug, eine Aufwallung von Adrenalin, ein Bissen Nahrung. Abgrundtiefer, kraftspendender Zorn durchflutete Luke. Er selbst hatte dieses Ungeheuer geschaffen. In seinem Hochmut hatte Luke ihm alle Mittel in die Hand gegeben, die er brauchte, um die Galaxis zu vernichten. Wenn Luke nicht all seine Schüler gelehrt hätte, was es mit der dunklen Seite der Macht auf sich hatte, wenn er sie nicht immer wieder und in allen Einzelheiten über diesen schnellen, bequemen Weg unterrichtet und sie zugleich davor gewarnt hätte, dann wäre Kueller immer noch Dolph und nicht dieses haßerfüllte Geschöpf, das so siegessicher seine Totenkopfmaske trug und mit Leben schacherte wie ein Schmuggler mit Diebesgut.

Kueller wandte sich Luke zu und grinste. Sein Lichtschwert löste sich von dem Lukes, und der nächste Streich streifte diesen um ein Haar. Luke sprang zur Seite und spürte, wie ein brennender Schmerz ihm vom Rücken in die Arme schoß.

Kuellers Stärke in der Macht nahm zu.

"Kueller!" schrie Leia. Sie hielt einen neuen Blaster in der Hand. Kuellers Aufmerksamkeit wurde für den Bruchteil einer Sekunde abgelenkt, und Luke stieß mit dem Schwert nach ihm, traf ihn an der Seite, so daß Blut floß, ehe Kueller ausweichen konnte.

Dieser blutige Ausfall hatte Luke keine Mühe bereitet. Sein Lichtschwert bewegte sich mit einer Sicherheit, wie er sie noch nie zuvor erlebt hatte.

Leias Blaster glühte rot auf. Sie schleuderte die Waffe von sich, ehe sie explodierte, und brachte sich mit einer Rolle in die entgegengesetzte Richtung in Sicherheit.

Kueller konzentrierte sich wieder auf Luke, griff an, parierte, griff an, und die Schwerter prallten ebenso heftig und geräuschvoll aufeinander, wie in jenem legendären Kampf, den Luke mit Vader ausgetragen hatte. Kuellers Atem fuhr zischend durch die Ritzen seiner Maske, aber das Geräusch glich nicht Vaders Atem, der zu dessen Wahrzeichen geworden war und den dieser Teufel zu imitieren versuchte.

Er glich eher dem habgierigen Keuchen des Imperators.

Luke taumelte unter Kuellers nächstem Schlag und schaffte es nur mit Mühe, sicheren Boden zu gewinnen. Sein verletzter Knöchel drohte unter ihm einzuknicken, aber er zwang sich trotzdem, sein ganzes Gewicht in seine Hiebe zu legen. Sie hatten inzwischen kämpfend die enge Gasse hinter dem Turm erreicht, die Luke in seiner Vision gesehen hatte. Ringsum war der Boden mit herausgebrochenen Steinen übersät, und nur durch schmale Scharten in den Mauern fiel spärliches Licht auf die Kämpfenden. Leia konnte Luke jetzt nicht mehr sehen.

Laß deinen Aggressionen freien Lauf, mein Junge. Laß dich vom Haß übermannen.

Kueller schlug zu, und sein Schlag zerschmetterte ein Mauerstück neben ihm. Er war im Verlauf des Zweikampfes stärker geworden. Viel stärker. Und seine Stärke schien immer noch weiter zu wachsen. Lukes Arme wurden schwer, sie würden Kuellers unnachgiebigen Attacken schon bald nicht mehr standhalten können.

Da begann Kueller zu lachen. Ein gurgelndes, vertrautes Lachen. Das Lachen des Imperators, ein Würgelaut ohne jede Freude, das Gelächter eines Sklaven der dunklen Seite, gespeist von Haß, Zorn und Angst.

Luke machte ihn stärker. Lukes Widerstand, sein Haß, der Zorn, der sich gegen ihn selbst richtete, weil er diese Monstrosität geschaffen hatte, diesen Schüler, der zu einem Ungeheuer geworden war. Und diese negativen Empfindungen verliehen Kueller immer mehr Macht.

Kuellers glühende Klinge traf abermals auf Lukes Lichtschwert; Funken sprühten und hüllten die beiden Kämpfer in weißes Licht. Luke parierte. Parierte wieder. Und wieder. Er war in einem Teufelskreis aus Haß und Zorn gefangen. Wenn er sich zur Wehr setzte, gab er Kueller Kraft, und wenn er angriff, würde Kueller noch stärker werden.

Luke warf einen raschen Blick nach der Mündung der engen Gasse.

Leia war nirgends zu sehen.

Er war allein mit diesem Monstrum, seiner Schöpfung, dem abtrünnigen Studenten, der für ihn war, was Vader einst für Ben gewesen war.

Vader.

Ben.

Luke lächelte. Plötzlich wußte er, was er zu tun hatte, um dem Teufelskreis zu entkommen.

***

Wedge sah zu, wie der *Falke* über Almania verschwand. Die Raumjacht, die seine Beobachter als die *Wild Karrde* identifiziert hatten, hatte sich, aus allen Laserkanonen feuernd, auf der Seite der Neuen Republik ins Schlachtgetümmel gestürzt. Wedge wußte nicht, wer der Eigner der Jacht war, aber das war ihm im Augenblick auch völlig gleichgültig. Er war im Begriff, diese Schlacht zu verlieren, und deshalb für jede Hilfe dankbar, die er bekommen konnte.

Sein Flaggschiff, die *Yavin*, hatte schwere Schäden hinnehmen müssen. Mehrere Decks standen in hellen Flammen. Irgendwie war die Kommandozentrale noch vom Schlimmsten verschont geblieben.

Wedge verfügte über keine A- und B-Flügler mehr, die er einsetzen konnte, und die gegnerischen TIE-Jäger schienen immer mehr zu werden. General Ceousas Schiff hatte offenbar sämtliche Waffensysteme verloren und trieb steuerlos im Weltraum.

Die *Tatooine* war unter entsetzlichen Todesschreien explodiert.

Wedge hatte auch in der Vergangenheit schon gegen überlegene feindliche Kräfte gekämpft, aber auf der Gegenseite noch nie eine derart wilde Entschlossenheit erfahren, den unbedingten Willen, um jeden Preis zu siegen. Es schien Kuellers Soldaten überhaupt nichts auszumachen, ob sie überlebten oder starben, solange sie dabei nur den Sieg nach Hause trugen. Er vermochte sich nicht vorzustellen, welche Sorte Führer so etwas erreichen konnte. Weder Thrawn noch Daala, noch der Imperator hatten sich bei ihren Gefolgsleuten jemals einer solchen sklavischen Ergebenheit sicher sein können. Man hätte meinen können, die feindlichen Schiffe würden von Droiden gelenkt.

Wedge warf einen Blick auf den zusammengesunkenen Droiden neben der Kommandokonsole. Lukes merkwürdige Nachricht hatte ihnen dringend nahegelegt, alle Droiden abzuschalten. "Sela", sagte er, "ich möchte, daß dieser Droide demontiert wird."

"Aber, Sir, wir sind ohnehin schon unterbesetzt, wir können uns das nicht leisten."

Und ob wir das können, sogar noch mehr, wenn es sein muß." Die Droiden mußten des Rätsels Lösung sein, und er wollte noch während der Kampfhandlungen dahinterkommen.

Die TIE-Jäger umkreisten die *Wild Karrde* wie Fliegen das Aas. Die *Karrde* feuerte aus allen Rohren, und ein Jäger nach dem anderen explodierte, doch immer neue Kampfmaschinen rückten nach. Die beiden verbliebenen Sternzerstörer umzingelten währenddessen General Ceousa.

Wenn Wedge ein Droide gewesen wäre, dann würde er einem festgelegten Schlachtplan folgen und solange nicht aufgeben, bis er sein Ziel erreicht hatte. Keine Kreativität, keine Abweichung vom Plan, kein Gefühl für Verluste.

Er war es, der einen schweren Fehler machte. Er folgte immer noch einem festgelegten Schlachtplan, obwohl er die Schlacht beinahe verloren geben mußte.

"Ginbotham, schießen Sie auf die *Wild Karrde*!"

"Sir?" erwiderte Ginbotham überrascht, als hätte er den Befehl nicht richtig verstanden.

"Schießen Sie auf die *Wild Karrde*. Sorgen Sie dafür, daß Sie das Ziel verfehlen, aber lassen Sie klar erkennen, daß Sie es auf die Raumjacht abgesehen haben. Und dann drehen Sie diesen Vogel um und machen das gleiche mit der *Calamari*, dem Schiff von General Ceousa."

"Ich soll auf unsere *eigenen* Schiffe schießen, Sir?"

"Ja, auf unsere eigenen Schiffe, Soldat", antwortete Wedge. Er hielt sich am Geländer der Kommandoebene fest, und wünschte sich, den anderen Kommandanten die Einsicht erläutern zu können, die ihn in diesem Augenblick überfallen hatte. Doch sie würden ihm einfach vertrauen müssen.

Der erste Feuerstoß zuckte hinaus in den Weltraum und verfehlte die *Wild Karrde* und den TIE-Jäger darunter um Haaresbreite.

"Weitermachen", befahl Wedge.

Lasergeschütze feuerten und schossen nur knapp an der *Wild Karrde* und den TIE-Jägern vorbei.

"Wir empfangen einen Ruf von der *Wild Karrde*, Sir."

"Hören lassen", sagte Wedge, und seine Finger krampften sich um das Geländer, weil er wußte, was jetzt kommen würde.

"Was soll das? Ich versuche, Ihnen zu helfen, Sie Narr!" Eine erregte männliche Stimme. Sehr erregt und sehr wütend.

"Antwort, Sir?" Wedge entfernte sich von der Komkonsole. "Schießen Sie auf General Ceousas Schiff."

"Was? Sir, sind Sie verrückt geworden?"

Wedge fixierte den Offizier, von dem der Einwand gekommen war. "Ob ich verrückt bin oder nicht, geht Sie gar nichts an. Ich bin Ihr Kommandant, und Sie tun, was ich Ihnen sage."

"Aber, Sir, die neuen Vorschriften, die Admiral Ackbar erlassen hat ..."

"... besagen, daß Sie mich zwingen können, mein Kommando abzugeben, sofern Sie beweisen können, daß ich nicht imstande bin, es auch weiterhin auszuüben. In den Regeln steht aber auch, daß allein die Tatsache, daß der kommandierende Offizier Befehle erteilt, mit denen Sie nicht einverstanden sind, noch keineswegs als Beweis dafür gelten kann, daß der Kommandant seiner Aufgabe nicht gewachsen ist. Feuern Sie auf die *Calamari*, sonst lasse ich Sie alle ablösen."

Der Hig wandte sich wieder seinem Bildschirm zu, und eine Salve fuhr auf den Sternkreuzer zu und verfehlte ihr Ziel ebenso knapp wie die vorangegangenen. Ein TIE-Jäger wurde von einem abprallenden Schuß getroffen, ging in Flammen auf und sackte unter General Ceousas Schiff weg.

"Wedge? Wedge?" Die Stimme des Generals dröhnte aus den Lautsprechern. "Wedge, sind Sie da?"

"Melde mich zur Stelle, General."
"Sie feuern auf die *Calamari*."
"Tut mit leid, General, ich tue bloß meine Pflicht."
"Wedge, sind Sie noch ganz bei Trost?"
"Feuern Sie wieder, Soldat, und zielen Sie diesmal auf beide Schiffe."
Wedge hatte die Hände hinter dem Rücken verschränkt und versuchte, seine Freude zu verbergen. Es funktionierte. Die TIE-Jäger hatten tatsächlich aufgehört, die *Wild Karrde* und die *Calamari* zu beschießen. Aber in erster Linie beunruhigten ihn die feindlichen Sternzerstörer.
Laserschüsse kreuzten sich im nahen Weltraum, trafen zwei TIE-Jäger und prallten von den Deflektorschilden der *Wild Karrde* ab.
"Ich habe Ihnen gesagt, daß Sie die Schiffe nicht treffen sollen", schimpfte Wedge.
"Tut mir leid, Sir", versuchte sich Ginbotham zu rechtfertigen. "Präzisionsbeschuß ist etwas für A-Flügler."
"Ein Ziel von der Größe eines Mondes zu verfehlen sollte nicht besonders schwierig sein, Ginbotham."
"Ja, Sir."
"Feuern Sie weiter."
"Wedge!" meldete sich General Ceousa über das Komsystem. "Wedge!"
"Ich bin hier, General. Ich bitte um Entschuldigung, aber Präsidentin Leia Organa Solo hat *mir* die Leitung dieses Einsatzes anvertraut."
"Das ist mir bekannt, aber Sie schießen auf unsere Leute."
"Tue ich das, General? Tue ich das tatsächlich?"
Wedge fuhr sich mit der Handkante über die Kehle, um jede Kommunikation zum Schweigen zu bringen. Mehr wollte er Ceousa jetzt nicht verraten. Entweder der General vertraute ihm, oder er vertraute ihm nicht. Es spielte keine Rolle. In den nächsten Momenten würde die Entscheidung fallen.
Die Sternzerstörer kamen näher.
"Ich habe sie in Reichweite, Sir", meldete Ginbotham.
"Ich habe die Zielerfassung auf die Sternzerstörer ausgerichtet, Sir. Wenn Sie erlauben ..."
"Nein, Soldat. Ich möchte, daß Sie weiter auf die *Wild Karrde* und die *Calamari* schießen."
"Sir ...?"

"Und wenn Sie diesmal Ihr Ziel verfehlen, sorgen Sie dafür, daß Sie mit einem der Querschläger einen TIE-Jäger erwischen. Die sehen so aus, als hätten sie ihre Kampfeslaune zurückgewonnen."

"Jawohl, Sir." Ginbotham widersprach nicht länger. Er wirkte niedergeschlagen. Die Salven schossen von den Mündungen der Geschütze ins All. Wedge sah zu und ballte die Fäuste. Der erste Schuß traf den Solarflügel eines TIE-Jägers, prallte ab und fuhr in einen weiteren Jäger. Die *Wild Karrde* fiel zur Seite und hielt auf die *Calamari* zu.

In dem Augenblick nahmen die Sternzerstörer Kurs auf Wedges Flaggschiff, während die TIE-Jäger die *Wild Karrde* und die *Calamari* verfolgten.

"Wir können es unmöglich allein mit zwei Sternzerstörern aufnehmen", meinte Sela.

"Ich weiß", nickte Wedge. Er hoffte, daß es nicht dazu kommen würde.

* 50 *

Almania wirkte verlassen. Han kam die Einstiegsrampe des *Falken* herunter, einen Blaster in der einen, den Käfig mit den Ysalamiri in der anderen Hand. Er haßte diese Dinger. Sie erinnerten ihn an corellianische Grasschlangen, nur daß sie groß und mit Pelz bedeckt und mit Klauen ausgestattet waren.

Von den Klauen hatte ihm allerdings niemand etwas gesagt.

Außerdem waren sie ziemlich schwer, und in ihren Nährkäfigen aus Rohrgeflecht wogen sie sogar noch mehr. Mara achtete streng darauf, Distanz zu den Ysalamiri zu halten. Han und Chewie hatten sich damit einverstanden erklärt, daß sie weit hinter ihnen zurückblieb – so weit, daß der machtstörende Effekt sie nicht erreichen konnte.

Han wäre es lieber gewesen, sie in seiner Nähe zu wissen, wenngleich er sich lieber nicht auf ihre Fähigkeiten in der Macht verlassen hätte, als sie sich noch in der Nähe der Ysalamiri aufhielt. Sie hatte sich offensichtlich getäuscht. Leia konnte nicht hier sein. Dieser abgelegene Ort war völlig verwaist.

Er hatte den *Falken* auf einem weiten, von hohen Türmen umstandenen Platz gelandet. Der größte Teil der Türme war jedoch weitgehend zerstört. Überall gab es Schutt und Trümmer. Aber keine Leichen. Han war dankbar für diesen letzten Umstand.

Dann hörte er, wie ganz in der Nähe ein paar Mauerreste zu Boden prasselten. Er und Chewbacca wirbelten gleichzeitig herum. Die Ysalamiri-Käfige schwangen dabei nach hinten, so daß Han fast sein Gleichgewicht verloren hätte.

Die Tür des nächsten Turms war aufgebrochen worden, und der Türstock war zerfallen; etwas Weißes, Gespenstisches bewegte sich in der Dunkelheit dahinter.

"Na großartig", kommentierte Han. "Wirklich großartig. Nicht nur, daß sie Leia nicht findet, nein, dieses Weib führt uns auch noch zu einem Gespenst."

Chewbacca knurrte leise, und Han kniff die Augen zusammen. Chewie hatte recht. Das war kein Gespenst. Irgend etwas Lebendiges lauerte dort drinnen. Er zog den Blaster und ging vorsichtig weiter.

Dann schrie in der Ferne eine Frau.

Hans Kopf fuhr in die Höhe, und sein Herz setzte einen Schlag aus. Das war nicht Mara. Das war Leia.

"Durch die Gasse, Chewie. Wir kümmern uns später um dieses Ding." Han drehte sich um und rannte auf die schmale Gasse zwischen Ruinen zu, als er hörte, wie eine Männerstimme Leia antwortete. Was die Stimmen riefen, konnte er nicht verstehen, dazu waren sie zu weit entfernt.

Hinter ihm grunzte Chewie, und dann war ein lautes Plumpsen zu hören. Han sah sich um. Chewie saß zwischen herausgebrochenen Mauersteinen. Eine riesige fellbedeckte Kreatur drückte Chewie seine mächtige Pranke in den Rükken und preßte ihn zu Boden. Mit der anderen Tatze hielt das Monstrum den Ysalamiri-Käfig fest und machte sich augenscheinlich daran, dessen Insassen wie Spaghetti durch die Käfigwände zu saugen. Als das nicht gelang, verschlang das Monstrum die Ysalamiri einfach samt Käfig.

Han gestikulierte wild und richtete den Blaster auf das Monstrum. Chewie jaulte, und Han brauchte einen Augenblick, bis er begriffen hatte, daß Chewie ihn aufforderte, nicht zu schießen.

Han beschloß, seinen Partner zu ignorieren. Der Hals des Monstrums schwoll an, als der Ysalamiri-Käfig hinunterrutschte. Dann sah das fremdartige Geschöpf Han an. Seine Augen glühten rot, als es den zweiten Nährkäfig musterte, den Han in der Hand hielt.

"Oh nein, den wirst du hübsch in Ruhe lassen", sagte Han. Er versuchte, den Käfig hinter seinem Rücken zu verstecken. Chewie jaulte immer noch zum Erbarmen, obwohl das Monstrum seine Tatze mittlerweile von ihm genommen hatte.

Han feuerte den Blaster ab, aber in dem Augenblick machte das Monstrum einen Satz auf ihn zu und streifte ihn mit seinen mächtigen Pranken. Han landete auf dem Rücken, und der Käfig entglitt ihm. Als er den Blaster hob, war es bereits zu spät. Der Käfig war schon zwischen mächtigen Kinnladen verschwunden. Mit einem leichten Ruck beförderte das hungrige Geschöpf die Beute tiefer in seinen Schlund und würgte sie hinunter.

Blut aus einer Kratzwunde rann Han über die Schulter und färbte sein Hemd rot. Das fremde Lebewesen legte, als es das Blut sah, den Kopf schief – er hatte die Größe einer Scheune –, dann kam seine Zunge zum Vorschein. Han kroch rückwärts davon, versuchte, dem Monstrum auf Händen und Füßen zu entkommen, und bemühte sich gleichzeitig, wieder auf die Beine zu kommen.

Chewie rappelte sich auf, ohne seine Armbrust schußbereit zu machen.

Aus der Ferne war ein neuer Schrei Leias zu hören.

"Du kannst mich nicht essen", rief Han dem großen weißen Lebewesen zu. "Das ist meine Frau, die da schreit, und du hast gerade meinen Plan verschlungen."

Chewie jaulte.

"Ich schieße ja nicht auf ihn", beruhigte Han ihn.

Er kam hoch. Das fremdartige Lebewesen war nicht näher gekommen. Chewie winkte ihm zu, als er es umrundete. Dann schloß Han sich dem Wookiee an, und beide eilten durch die Gasse.

Das Monstrum folgte ihnen nicht.

"Würde es dir etwas ausmachen, mir zu erklären, warum du plötzlich so freundliche Gefühle für diesen Riesenteddy entwickelt hast? Ist das etwa ein Vetter von dir?"

Chewie jammerte und stieß gleich darauf einen zornigen Schrei aus.

"Schon gut, schon gut, verzeih mir", beschwichtigte Han seinen Partner. "Ich bin nur ein bißchen ärgerlich geworden, als dieses Ding die Biester gefressen hat, mit denen ich meine Frau retten wollte."

Chewbacca gab darauf keine Antwort, hielt aber weiter Schritt.

Hans Schulter tat scheußlich weh, und die Luft auf diesem Planeten war ein wenig dünner, als er es gewohnt war. Er stolperte über einen Steinbrocken, ohne aber dabei das Gleichgewicht zu verlieren. Die ganze Gasse war mit Geröll übersät.

Leia war in der Zwischenzeit stumm geblieben.

Hinter ihnen war ein dumpfes Gepolter zu hören. Han sah sich um und erblickte das riesige Lebewesen, das versuchte, sich durch den engen Zugang zu der Gasse zu zwängen, was ihm aber nicht gelang. Es wandte sich betrübt ab.

"Na prima", murmelte er. "Jetzt ist das Ding beleidigt, weil es zu fett ist, um hier durchzupassen."

Chewbacca grollte eine Warnung. Han schnitt eine Grimasse. Eigenartig, daß Chewbacca und dieses Ding sich so schnell miteinander angefreundet hatten.

Er hatte beinahe die Mündung der Gasse erreicht, als Leia abermals einen Schrei ausstieß. Aber diesmal konnte er sie verstehen.

Sie rief Lukes Namen.

Han hatte sie den Namen ihres Bruders noch nie auf diese Weise artikulieren hören, aber er wußte auf Anhieb, was das zu bedeuten hatte.

Es bedeutete, daß er zu spät kam.

***

Leias Hände versagten ihr den Dienst, und Kueller hörte jetzt nicht mehr auf ihre Einwände. Er ließ Luke nicht mehr aus den Augen.

Luke, der wie ein Besessener aussah; Luke, der sie immer davor gewarnt hatte, dem Zorn nachzugeben, tat jetzt, wovor er sie gewarnt hatte.

Und Kueller lächelte. Er schien vor Leias Augen größer und mächtiger zu werden, und die Aura unendlicher Stärke, die ihn umgab, war jetzt so überwältigend, daß er unbesiegbar zu sein schien.

Dann veränderte sich Lukes Gesichtsausdruck. Dieser Ausdruck war Leia vertraut, aber er gehörte nicht zu ihrem Bruder. Sie hatte diese Miene schon einmal gesehen. An einem Tag vor vielen Jahren.

An jenem fernen Tag war sie zum ersten und letzten Mal dem lebenden Obi-Wan Kenobi begegnet. Er hatte mit Darth Vader gekämpft, und dann hatte er gelächelt und sein Lichtschwert erhoben ...

... und Vader hatte mit seinem Schwert erbarmungslos zugeschlagen und Obi-Wan gespalten, dessen Klinge daraufhin erloschen war. Der Griff war auf seiner leeren, rauchenden Kutte gelandet.

Luke hatte ihr erzählt, Obi-Wan habe geglaubt, daß jener Augenblick ihm größere Kraft bringen würde, aber in Wirklichkeit brachte er ihm nur den Tod.

Tod.

Leia stolperte ein paar Schritte nach vorn. Luke sah sie in der zunehmenden Dunkelheit nicht. Kueller zögerte, als nun Luke langsam sein Lichtschwert hob.

Genauso wie Obi-Wan es getan hatte.

Kueller lächelte.

Genauso wie Vader es getan haben mußte.

"Luuuuuuke!" schrie Leia, als Kueller ausholte, um sein Schwert auf seinen Gegner hinabsausen zu lassen.

* 51 *

Die beiden Sternzerstörer steuerten immer noch auf die *Yavin* zu. Die *Wild Karrde* feuerte aus allen Rohren, ebenso wie die *Calamari*, aber ihre Schüsse verfehlten die verwundbare Stelle und prallten von den Deflektorschilden ab.

"Sir", sagte Ean. "Sie kommen direkt auf uns zu."

Wedge beobachtete sie mit immer noch ineinander verschränkten Händen. Er hatte das Leben so vieler Menschen auf eine unsichere Karte gesetzt, aber wenn er weiter den standardisierten Angriffsmustern folgte, würden alle sterben. Daran konnte es keinen Zweifel geben.

"Sir", meldete sich Sela zu Wort. "Wenn sie zu nahe herankommen, werden wir ihre Schwachstellen nicht treffen können. Unsere Nahbereichswaffen verfügen nicht über genug Energie ..."

"Das ist mir klar", erwiderte Wedge. "Ich möchte, daß Sie wieder auf die *Calamari* schießen." Er wollte nicht länger auf die *Wild Karrde* schießen, weil er Angst hatte, der Schmuggler würde sie dann nicht weiter unterstützen.

Laserblitze schossen an der *Calamari* vorbei, und die TIE-Jäger in der Nähe fielen in den Beschuß ein. Als die Energiestrahlen die Deflektorschirme der *Calamari* trafen, konnte man sehen, wie ein Zittern durch den Schiffskörper lief. Wedge konnte nicht mit Sicherheit sagen, ob die Feuerstöße von der *Yavin* wirklich ins Leere gingen.

"Sie befinden sich jetzt gerade noch außerhalb der Reichweite unserer Nahbereichswaffen, Sir. Wenn wir schießen wollen ..."

"Wir werden nicht schießen", erklärte Wedge. Seine Hände waren eiskalt; die Stille in der Kommandozentrale war furchteinflößend. Selbst Karrde hatte aufgehört, ihn über Kom zu verfluchen. Die Besatzungen der übrigen Schiffe dachten wahrscheinlich, er wäre bereits gefallen.

Die Sternzerstörer füllten jetzt die transparente Kuppel über ihm aus; an ihren Unterseiten waren deutlich die Brandspuren von altem Blasterfeuer zu erkennen, ihre weißen Linien waren von Rost gesäumt.

"Sir, ich denke, mit unseren Nahbereichsjägern ..."

"Nein", beharrte Wedge. "Ean, gehen Sie zu den oberen Geschützstellungen und bringen Sie dort Männer an den Blasterkanonen in Stellung."

"Wir könnten die Droiden wieder aktivieren, Sir."

"Nein. Hier geht es um Präzisionsbeschuß. Sämtliche Piloten von A-Flüglern sowie der alten X-Flügler sollen ebenfalls da rauf." Wedge hätte selbst gehen sollen, doch wollte er nicht darauf vertrauen, daß die Kommandocrew während seiner Abwesenheit weiter seine Befehle befolgte. Die Mannschaft bewegte sich schon jetzt hart an der Grenze zur Meuterei. Wenn er sie jetzt verließ, würde sie seinen Plan zum Scheitern bringen.

"Sie sind genau über uns. Wenn sie jetzt feuern, halten unsere Schilde nicht stand." Er sah, daß der Mann, der das gesagt hatte, am ganzen Leib zitterte.

"Sie werden nicht feuern", versicherte Wedge ihm. "Sagen Sie mir Bescheid, wenn die Schützen ihre Posten eingenommen haben."

Die Sternzerstörer wirkten gewaltig, sowohl auf den Bildschirmen als auch durch das durchsichtige Kuppeldach betrachtet. Die TIE-Jäger hatten sich unterdessen zum Angriff auf die *Wild Karrde* und die *Calamari* neu formiert. Beide Schiffe erwiderten das Feuer und holten in rascher Folge TIE-Jäger vom Himmel. Die verbliebenen B-Flügler griffen die TIE-Jäger immer wieder an, aber deren Bewaffnung war ihnen einfach überlegen. Das Gemetzel ging weiter.

"Sir?" sagte Sela. "Die Sternzerstörer. Sie nehmen uns in die Zange."

"Werden sie schießen?" fragte Wedge.

"Nein, Sir." Selas Stimme klang verblüfft. "Ich meine, sie flankieren uns – so wie wir es mit ihnen tun würden."

Wedge grinste. Er hatte richtig vermutet. Die feindlichen Schiffe wurden von Droiden gelenkt. Und da sein Verhalten für einen Befehlshaber der Neuen Republik unlogisch war, nahmen sie an, daß er einer der ihren sein mußte.

Das war der Augenblick, auf den er gewartet hatte. Wenn ihn jetzt nur sein Glück nicht verließ ...

"Sind die Kanoniere in Stellung?" fragte Wedge.

"Ja, Sir."

Er eilte zur Feuerleitkonsole und markierte einen Punkt auf der Zielerfassung. "Sie müssen exakt diesen Punkt treffen", sagte er. "Keinen anderen. Ist das klar?"

"Exakt diesen Punkt."

"Die Schützen haben nur eine einzige Chance, jeder einzelne von ihnen. Wenn sie Mist bauen und nur die Schilde treffen, werden diese Schiffe ihr Feuer auf uns konzentrieren." Wedge stand hochaufgerichtet da, und sein Herz schlug wie wild. "In dem Augenblick, in dem die Blasterkanonen feuern, schalten Sie mir einen offenen Kanal zur *Calamari* und zur *Wild Karrde*, anschließend kippen wir die *Yavin* um die Querachse. Ist das klar?"

"Ja, Sir."

"Gut." Wedge blickte auf. Außer der Unterseite eines der Sternzerstörer war durch die Kuppel nichts mehr zu erkennen.

Alles oder nichts. Er hatte, auf eine bloße Vermutung hin, alles auf eine Karte gesetzt.

Er atmete tief durch und befahl: "Feuer!"

***

Luke hob sein Lichtschwert, sein Herz raste. Er griff mit der Macht hinaus, kehrte zu dem Ort zurück, den er aufgesucht hatte, als er das erste Mal gegen Exar Kun gekämpft hatte. Er würde seinen Körper verlassen, so wie Ben es in seinem Zweikampf mit Darth Vader getan hatte, aber die Macht würde ihn schützen.

Luke würde ungleich mächtiger wiederkehren und Leia den richtigen Weg weisen, wie sie Kueller besiegen konnte.

Luke hielt sein Schwert jetzt fast an das Kinn gedrückt, als ihn ein Gefühl überkam, als würde ihn eine weiche, warme Decke einhüllen. Er konnte immer noch durch seine Augen sehen, aber seine übrigen Sinne nahmen seine Umwelt nur noch undeutlich wahr. Er konnte Leias Präsenz nicht mehr spüren, nicht einmal mehr die Kuellers.

Er streckte seine leuchtende Klinge in die Höhe, und Kueller holte zum entscheidenden Hieb aus, aber Luke fühlte sich außerstande, seinen Körper zu verlassen. Er hatte die Macht verloren, und ohne sie war er blind und fühllos.

Ohne sie würde er einfach sterben.

Kuellers Schwert fiel herab, und Luke strauchelte zur Seite, auf die Mauer des baufälligen Turms zu. Kueller hatte ihn in die Enge getrieben, es gab keinen Ausweg mehr.

Luke steckte innerlich wie äußerlich in der Falle.

* 52 *

Kueller war, als würde er sich durch zähen Schlamm bewegen. Die gewandte Eleganz, mit der er das Lichtschwert zu führen gelernt hatte, war dahin, als habe er sie niemals besessen. Die Kraft, die durch ihn geflossen war, seit er die Je'har getötet hatte, war plötzlich wie erloschen.

Er konnte Skywalkers Zorn nicht mehr spüren und nicht die Angst seiner Schwester.

Nicht einmal jenen seltsamen neuen Wellenschlag in der Macht, den er vor Sekunden noch wahrgenommen hatte.

Skywalker wich vor ihm zurück, und Kuellers Lichtschwert sauste auf ihn nieder. Die blitzende Klinge fuhr in die steinerne Turmmauer hinter Skywalker, ließ Funken aufstieben und jagte ein Flattern durch seinen Arm. Kueller taumelte.

Er wußte nicht, was das für ein Trick war, den Skywalker da gegen ihn einsetzte. Er konnte plötzlich nicht mehr klar denken. Es war, als hätte man ihn unter Wasser gedrückt. Die Kraft und das Selbstbewußtsein, auf die er sich gestützt hatte – sie waren verschwunden.

Dann nahm er einen gleichermaßen verwirrten Ausdruck im Gesicht Skywalkers wahr. Der Mann wirkte benommen. Auch die Art, wie er sein Lichtschwert handhabte, mutete Kueller irgendwie seltsam an.

Wenn diese Irritation nicht von Skywalker ausging, wer ...?

Kueller drehte sich um und zuckte zusammen, als er am Eingang der Ruinengasse zwei neue Gestalten stehen sah, die im Halbdunkel nur undeutlich zu erkennen waren, und als er mit der Macht hinausgriff, vermochte er sie nicht zu spüren. Hatten diese Neuankömmlinge die Veränderung bewirkt? Wer waren sie? Und was taten sie ihm an?

Skywalker wuchtete sein Lichtschwert in die Höhe, als hätte es plötzlich das Zehnfache seines Gewichts. Kuellers Schwert fühlte sich ähnlich schwer an.

Sein Plan würde scheitern. Irgendwie hatten Skywalker und seine Freunde ihm erneut einen Strich durch die Rechnung gemacht.

Zorn wallte in Kueller auf, aber auch das steigerte seine Kräfte nicht. Schreiend verwünschte er seine Gegner, Skywalker lachte.

Lachte.

Alle Vorteile, die Kueller auf seiner Seite geglaubt hatte, waren vergessen.

Er ließ das Lichtschwert fallen. Aber noch war nicht alles verloren.

Seine prallvolle Trickkiste enthielt noch eine weitere Überraschung.

***

Die *Yavin* bäumte sich senkrecht auf und sackte aus der Zangenbewegung der feindlichen Sternzerstörer.

"Ceousa! Karrde!" dröhnte Wedges Stimme über die offenen Komkanäle. "Auf die Zerstörer feuern! Jetzt!"

Die TIE-Jäger nahmen die Verfolgung seines Flaggschiffes auf, und die Zerstörer schienen den Beschuß durch seine Leute unversehrt zu überstehen. Möglicherweise erwies sich das ganze Täuschungsmanöver als vergebliche Mühe, und er würde seine sämtlichen Schiffe verlieren.

Da ließ eine Serie mächtiger Explosionen die *Yavin* erbeben.

"Schadenbericht?" schrie Wedge seine Crew an.

"Nichts, Sir", antwortete Sela.

"Das waren nicht wir", berichtete Ginbotham. "Das war einer der Sternzerstörer."

Wedge, der bei der Erschütterung zu Boden gegangen war, richtete sich auf und starrte auf die Taktikdisplays. Der Zerstörer, der unmittelbar über der *Yavin* gestanden hatte, war jetzt nur noch eine Wolke von Wrackteilen, von denen einige an ihnen vorbeitrieben; andere trafen die Überreste der *Tatooine* und trieben sie noch weiter aus dem Zentrum der Schlacht hinaus.

"Verbindung mit Karrde", verlangte Wedge.

"Nicht nötig", erwiderte Sela. "Er schießt aus allen Rohren auf die TIE-Jäger in seiner Reichweite."

Die A- und B-Flügler machten jetzt ebenfalls Jagd auf die TIE-Jäger-Schwärme. Und diesmal sah es so aus, als würden sie den Sieg davontragen. Schneller und schneller und immer schneller jagten sie die feindlichen Maschinen durch den Raumabschnitt.

Aber der zweite Sternzerstörer hing immer noch drohend über der *Yavin*. Er hatte jetzt Positionslichter gesetzt und bereitete sich offenbar auf ein Sturzflugmanöver vor.

"Verdammt", fluchte Wedge. Er hatte endgültig genug. Das Schiff würde allein zurechtkommen. "Sela, Sie haben die Brücke."

Wedge kletterte über umgestürzte Droiden zum Geschützstand. Er brauchte keinen Feuerleitcomputer, um diesen Sternzerstörer abzuschießen. Er hätte sich gleich selbst an eine Kanone setzen sollen.

Er enterte den Geschützstand, stülpte sich den Helm auf und schnallte sich an. Dann packte er die Blasterkanone. Seine Mannschaft rings um ihn erhob darauf ein wildes Geschrei. In seinen Kopfhörern knisterte es, aber er achtete nicht darauf.

Dafür war jetzt keine Zeit.

Wenn der Sternzerstörer zu nahe herankam, würde das das Ende der *Yavin* bedeuten. Sternkreuzer waren leichter verwundbar als Sternzerstörer; es gab mehr empfindliche Stellen, die Schiffe boten daher ein leichteres Ziel. Und außerdem würden die Deflektorschilde nach derart ausgedehnten Kampfhandlungen geschwächt sein. Dazu kam noch, daß es viel schwieriger war, gegen Droiden zu kämpfen. Droiden verstanden sich besser auf Präzisionsbeschuß. Darin lag auch die Erklärung für die schnelle Vernichtung der *Tatooine*.

Auf Wedges Display war jetzt die *Calamari* zu sehen. Sie hatte Kurs auf den Sternzerstörer genommen, würde aber zu spät kommen. Der Zerstörer hatte unterdessen zu feuern begonnen, sämtliche Schüsse gingen in die Schilde. Die *Yavin* erbebte in ihren Grundfesten, und Wedge war froh, daß er angeschnallt war.

"Ausweichmanöver", rief Sela. "Achtung ..."

Wedge riß sich die Kopfhörer herunter. Er wollte jetzt nicht an sein Kommando denken. Auch den Zielcomputer schob er achtlos beiseite. Obwohl er nicht machtsensitiv war wie Luke, konnte er doch auf ein anderes, nicht weniger bedeutsames Talent zurückgreifen: den unerschütterlichen Glauben an seine eigenen Fähigkeiten. Und er war diesem Sternzerstörer nahe genug, um sein Ziel fest ins Auge fassen zu können – und das war ein besonderer Umstand, der bei Weltraumschlachten nur selten vorkam.

Die roten Energiestrahlen sahen aus wie Blutströme, die aus dem unteren Teil des Zerstörers flossen. Unerbittlich trafen sie die Deflektorschilde. Er konnte das Angriffsmuster fast körperlich spüren und wußte genau, was das feindliche Schiff vorhatte. Seine Ziele rückten immer näher zusammen, immer näher, bis sich alle Strahlen zu einem einzigen Bündel vereinten, der die *Yavin* an ihrem schwächsten Punkt aufbrechen würde.

An der Schwachstelle ihrer Schutzschilde.

Es würde nur Augenblicke dauern.

Wedge umfaßte seine Blasterkanone mit beiden Händen. Er hatte noch keinen einzigen Schuß abgegeben, und sein Gefühl sagte ihm, daß er nur einen hatte.

Die Laserbahnen des Sternzerstörers rückten immer näher zusammen. Die Männer an den Geschützständen schrien. Die *Yavin* würde nicht mehr lange standhalten, aber der Zerstörer befand sich immer noch nicht in der richtigen Position. Wedge hielt sein Geschütz unverwandt auf den schwächsten Punkt des Sternzerstörers gerichtet.

Das gewaltige Feindschiff füllte jetzt sein gesamtes Sichtfeld aus. Wedges Hände, die die beiden Griffe der Kanone umklammerten, waren schweißnaß. Wedge folgte der Bewegung des Zerstörers, wartete, wartete, wartete ...

Und dann fand er die richtige Position. Er spannte seine Armmuskeln, drückte ab, seine Augen folgten dem Laserblitz.

Ein langer, dünner Lichtstrahl überbrückte den Raum zwischen dem Sternzerstörer und der *Yavin*, ein flammendroter Pfeil vor der verschrammten weißen Außenhaut des Zerstörers. Einen Augenblick sah es so aus, als würde der Schuß von den Deflektorchilden abprallen und dann wie ein Ball in einem engen Korridor zwischen den beiden Schiffen hin- und herschießen.

Doch nichts dergleichen geschah. Der Blitz traf die schwache Stelle, die in hellem Rot aufglühte. Wedge packte seinen Helm und schrie ins Mikro: "Abtauchen! Abtauchen! Abtauchen!"

Das rote Glühen breitete sich aus, und dann war das leise Knacken einer ersten Detonation zu hören. Die *Yavin* tauchte unter dem Feind weg. Wedge drehte seinen Geschützsitz herum, um das Schauspiel zu beobachten.

Der Sternzerstörer explodierte: weiß und rot und gelb

vor der Schwärze des Weltraums. Eine feurige Blume, ein sich ausbreitender Blitz, ein Feuer, das im Zeitraum eines einzigen Herzschlags begann und endete – wunderschön und schrecklich zugleich.

Aber die Explosion hatte kein Leben gekostet.

Wedge atmete erleichtert auf. Das Geschrei in den benachbarten Geschützständen war lauter geworden. Vermutlich hatten die Kanoniere erhebliche Schäden hinnehmen müssen, und außerdem mußten sie sich immer noch mit den TIE-Jägern auseinandersetzen.

Aber das Schlimmste war vorbei.

Diese Schlacht hatten sie gewonnen. Jetzt ging es darum, ob sie auch den Krieg gewinnen würden.

* 53 *

R2 hatte offenbar eine Strukturkarte dieses Mondes studiert. Wie er die Droiden anführte, ließ erkennen, daß er ein Ziel hatte. Die Gänge, die sie durchquerten, stiegen immer weiter an. Das Geräusch rasselnder Räder war betäubend laut. Ein einzelner Astromechdroid konnte schon ganz gehörigen Lärm machen, und Hunderte waren nichts weniger als beängstigend.

Und dabei schlossen sich immer noch weitere Droiden der Prozession an. Einige wiesen deutliche Brandspuren auf, andere hatten im Laufe der Zeit zahlreiche Beulen davongetragen, wieder andere waren von halb abgerissenen Bauteilen verunziert. Sie kamen aus allen Abzweigungen, und jedesmal, wenn sich ein neuer Droide dem Strom anschloß, erhob sich unweigerlich die Frage nach dem Roten Schrecken. Keiner der Droiden hatte die roten Gladiatordroiden gesehen, außer einer uralten Astromecheinheit, eine, die schon zur Zeit der Klonkriege alt gewesen war. Die Einheit behauptete, sie habe gesehen, wie rote Droiden, eingehüllt in eine Rauchwolke, aufeinander schossen, und gab weiter an, immer mehr rote Droiden hätten sich ins Getümmel gestürzt.

Der nächste Astromechdroide, der diese Nachricht vernahm, trillerte vergnügt und gab die Neuigkeit an seinen Nachbarn oder Vordermann weiter. Und bald war die ganze Parade von Astromechdroiden davon überzeugt, daß der Rote Schrecken sich selbst vernichtete.

Dann ging ein Trillern durch die ganze Schar, wie eine Welle auf den gewaltigen Ozeanen von Mon Calamari. Etwas hatte die Aufmerksamkeit der vorderen Droiden erregt. Als 3PO die Stelle erreichte, begriff er sofort, was es war. Große Hinweistafeln in mehr als dreißig Sprachen wiesen alle unbefugten Droiden unter Androhung unverzüglicher Speicherlöschung an, die folgenden Räume nicht zu betreten.

Ein greller Scheinwerfer war auf eine Stelle des Gangs gerichtet und beleuchtete auch den Abschnitt dahinter, dessen Wände mit Spiegeln verkleidet waren.

R2 ignorierte die Hinweise, schlug einen Bogen um die hell erleuchtete Stelle und rollte weiter. Seine Chromverkleidung funkelte im Scheinwerferlicht. Seine ganze Haltung verriet eine bisher nicht gekannte Entschlossenheit: alle drei Laufwerke ausgefahren und den silberblauen Körper keck in Fahrtrichtung gekippt.

Der Astromechdroiden-Umzug folgte ihm, teilte sich um die beleuchtete Stelle im Gang wie Wasser um einen Stein. Warnsirenen heulten auf, und 3PO blickte sich besorgt um. Er bildete die Nachhut. Wenn der Rote Schrecken sich nicht selbst außer Gefecht gesetzt hatte, konnten die roten Droiden sehr bald hinter ihm auftauchen, und dann würde er ihr erstes Ziel sein.

Er schob sich durch das Meer kleiner Droiden. "Entschuldigung", sagte er und schob einen weiteren Astromech beiseite. "Pardon. Entschuldigung, bitte. Pardon."

Sie machten ihm bereitwillig Platz. Schließlich hatte er die Mitte der Prozession erreicht, war aber immer noch weit von R2 entfernt, der in vorderster Front mit ausgefahrenem Manipulatorarm an einer versperrten Tür werkelte.

"Oh du meine Güte", jammerte 3PO und drängelte weiter. Schließlich hatte auch er den Scheinwerferpunkt erreicht, schlängelte sich um den Lichtfleck herum und schob sich an lädierten Astromechdroiden vorbei, die R2 folgten wie eine Armee von Invaliden einem wahnsinnigen Führer.

Gerade als 3PO die Spitze der Gruppe erreicht hatte, schwang die Tür auf, und R2 rollte mit einem triumphierenden Trillern durch die so entstandene Öffnung. 3PO schlüpfte neben ihm hindurch ...

... und blieb auf der Stelle stehen.

Droidenteile hingen von der Decke herab – keine vormontierten Teile, sondern gebrauchte Stücke. Die Überreste von Droiden, die hierhergekommen und gestorben waren. Von der Decke baumelten ein paar goldene Köpfe und mehr als ein zylindrisches Kopfteil der Sorte, die bei Astromechdroiden Verwendung fand.

"R2", sagte 3PO mit unsicherer Stimme, "vielleicht sollten wir uns das noch einmal überlegen. Ich bin sicher, wir werden Master Cole finden, und der wird einen Plan haben. Du darfst nichts auf eigene Faust unternehmen."

"Das dürft ihr ganz sicher nicht." Ein Mann ragte plötzlich

vor ihnen auf. 3PO hatte ihn im Halbdunkel des Raums nicht gesehen.

Mehrere Astromechdroiden schoben sich hinter 3PO durch die Tür. R2 rollte unbeirrt weiter auf eine große Computeranlage zu.

"Weg da, R2", sagte der Mann. Es war Brakiss, und Master Cole war nicht bei ihm.

"Oje, oje", jammerte 3PO. "R2, tu, was er sagt."

R2 trillerte.

Einige andere Astromechdroiden antworteten darauf mit einem lauten Piepsen, einer Warnung an die übrigen.

Brakiss hielt einen Zerhacker in der Hand. "Halt, R2! Ich würde deine Schaltkreise wirklich sehr gern intakt lassen – ich bin sicher, daß sie eine Menge interessanter Informationen enthalten –, aber ich werde nicht zögern, meine Waffe einzusetzen."

"R2, tu, was er sagt!" schrie 3PO.

R2 trillerte schrill.

"Ich war schon immer der Meinung, daß du ein sturer Droide bist", sagte Brakiss und zielte mit seinem Zerhacker weiterhin auf R2. Aber unmittelbar bevor er abdrückte, ruckte seine Hand etwas zur Seite und fand ein anderes Ziel.

Silbernes Flackern hüllte einen Astromechdroiden ein, der fünfzehnmal in fünfzehn verschiedenen Tonlagen piepste und dann zu völliger Reglosigkeit erstarrte. 3PO hatte das schon einmal gesehen. Nichts in der Welt würde diese Einheit wieder funktionsfähig machen. Ihre Mikroprozessoren würden gereinigt werden müssen. Und alles, was der Astromechdroid an Persönlichkeit entwickelt hatte, gehörte unwiederbringlich der Vergangenheit an. R2 war stehengeblieben. Sein Kopf kreiste.

Endlich war es Brakiss gelungen, R2s Interesse zu wekken.

Brakiss lächelte. Er richtete seinen Zerhacker auf 3PO. "So, und wenn du mich noch einmal ärgerst, lösche ich deinen goldenen Freund."

3PO bemühte sich, Haltung zu bewahren. Betteln würde ihm jetzt nichts nützen. Er war ganz auf sich allein gestellt.

R2 trillerte leise und traurig.

3PO hob die Hände vor das Gesicht und ergab sich in ein Schicksal, das schrecklicher war als der Tod.

***

Kueller griff in seinen Umhang und holte den Fernschalter heraus, den Brakiss ihm vor langer Zeit gegeben hatte. Mit dem Daumen schaltete er alle Sicherungen um. Jeder Droide, den Brakiss in den letzten zwei Jahren hergestellt hatte, würde explodieren, wenn Kueller den entsprechenden Code eintippte.

Skywalker schwang sein Lichtschwert mit beiden Händen.

Kueller wich ihm aus, verwünschte seinen plötzlich langsam und träge reagierenden Körper. Er brauchte nur einen Augenblick, um sich zu identifizieren. Er hob den Fernschalter vor die Augen, drückte die Taste für die Scanfunktion, worauf ihn ein Lichtstrahl erfaßte und seine Netzhaut abtastete.

"Luke!" schrie Leia. "Er hat eine neue Waffe!"

Aber Skywalker blieb stumm. Er bewegte sich ebenso langsam wie Kueller, arbeitete sich auf ihn zu, umklammerte sein Lichtschwert, als wäre die Klinge nicht aus Licht, sondern aus massivem Stahl. Der Scannerstrahl erlosch, und an dem Fernschalter öffnete sich eine winzige Klappe und gab das Ziffernfeld frei. Eine Folge aus fünf Ziffern für alle Droiden. Ein Kinderspiel, sie alle auf einen Schlag zu zerstören, hatte Brakiss ihm versichert. Heikel war nur die Vernichtung bestimmter Droiden. Dabei mußte Kueller deren Seriennummern einzeln eingeben. Aber das hier würde nicht schwierig sein.

Er tippte die erste Ziffer und trat aus dem Dämmerlicht.

Leia schrie.

Skywalker bewegte sich auf ihn zu.

Aber sie würden ihn beide nicht rechtzeitig erreichen.

Kueller gab die zweite Zahl ein, dann die dritte. Er sehnte sich danach, daß das Schwindelgefühl endlich nachließ.

Leia hob die Hand.

Da tauchte hinter Luke ein weißes Geschöpf auf.

Kueller tippte die vierte Ziffer und dann die fünfte. Der Fernschalter bestätigte die Programmierung mit einem Piepton und schickte den Befehl in die ganze Galaxis hinaus.

* 54 *

R2 trillerte abermals; diesmal mit Nachdruck.

"Neeeein", rief 3PO und verbarg weiter die Augen hinter den Händen.

Ein lautes, anhaltendes Getöse erhob sich, und 3PO ließ die Arme sinken. Die Astromechdroiden brachen durch die verspiegelten Wände. Die auf ihn herabregnenden Glassplitter hüllten Brakiss ein. Er schrie auf, wischte sich Glassplitter aus dem Haar. Der Zerhacker war ihm entglitten. Eine Flut von Droiden strömte auf ihn zu, und er fuhr ohne Zögern herum, machte kehrt und stürmte durch eine seitliche Tür davon. Seine Schreie hallten durch den Gang dahinter, als die Droiden die Verfolgung aufnahmen.

R2 piepste zufrieden, rollte auf die Computeranlage zu und koppelte sich an die Droidenbuchse.

3PO ging um den deaktivierten Astromechdroiden herum und sah zu, wie R2s Steckverbindung rotierte. "Was machst du da?"

R2 trillerte.

"Wie kannst du so viele Sprengkapseln aus so großer Distanz deaktivieren?" fragte 3PO. "Du bist größenwahnsinnig. Ich habe es ja immer gesagt. Größenwahnsinnig. Wir müssen hier raus, ehe Brakiss zurückkommt, und wir müssen Master Cole finden."

R2 schnarrte ihn an und brachte ihn so zum Schweigen.

3PO sah zu.

Dann zwitscherte R2 aufgeregt.

"Was? Was?"

R2 kreischte, und 3PO fuchtelte verzweifelt mit den Händen in der Luft herum. "Was soll das heißen, sie werden aktiviert? Alle neuen Droiden werden explodieren. Wir werden zu Tausenden den Tod finden, und man wird nicht einmal die kleinsten Überreste von uns finden."

R2 pfiff und trillerte.

"Welche Konsole? Wie kann ich einen Befehl eingeben, wenn ich nicht einmal weiß, an welcher Konsole?" Trotzdem hastete 3PO zu der Computeranlage und suchte nach der Taste, die R2 ihm beschrieben hatte.

R2 schrillte eine Antwort, als 3PO die Taste endlich gefunden hatte. R2 würde den Deaktivierungscode ausstrahlen, aber 3PO mußte die Notfallfrequenz eintippen. Damit konnte er jede andere Übertragung unterbrechen – wenigstens hofften sie das – und die Sprengung der Droiden verhindern.

R2s Steckverbindung kam jetzt zum Stillstand. Er kappte die Verbindung mit der Droidenbuchse und piepste.

Jetzt.

3PO drückte mit seinem goldenen Finger auf die Taste der Notfallfrequenz, einmal, zweimal, dreimal.

Nichts geschah. R2s optischer Sensor richtete sich gespannt auf das Display.

3PO blickte auf.

R2 wippte aufgeregt vor und zurück, dann schrillte sein Siegesschrei durch den Raum.

"Wir haben es geschafft?" fragte 3PO.

R2 trillerte vergnügt.

"Wir haben es wirklich geschafft." 3PO legte die Arme um seinen kleinen Freund. "Wir sind gerettet! Oh, R2, du bist ein Genie!"

R2 piepste bescheiden.

"Nun, ich bin auch ein Genie. Schließlich habe ich dir geholfen. Ich habe auf dich gehört, und allein hättest du es nie geschafft. Wenn Master Cole und ich nicht hergekommen wären ..." 3PO unterbrach sich selbst. "Oh du meine Güte. Master Cole! Er ist immer noch verschwunden. Wir müssen ihn finden, R2, ehe ihm etwas Schreckliches widerfährt."

R2 jammerte leise.

"Oh du meine Güte", sagte 3PO. "Das heißt wohl, daß es bereits passiert ist."

***

Leia konnte Lukes Präsenz nicht länger wahrnehmen. Es war, als ob sein Selbst sich aufgelöst hätte, obwohl sie im Zwielicht seine Silhouette vor dem Turm sehen konnte. Hinter ihm war das Thernbee erschienen, sein riesiges Gesicht wandte sich Kueller fragend zu. Auch seine Präsenz war wie ausgelöscht.

Aber Leia spürte ganz in der Nähe die Gegenwart einer anderen Person, jemand, der ihr viel bedeutete. Sie wandte sich um. Han stand, bewaffnet mit einem Blaster, am Ende der engen Gasse; sein Gesicht lag noch im tiefen Schatten. Leia wäre am liebsten auf ihn zugerannt, aber das durfte sie nicht. Noch nicht.

Etwas geschah mit Luke.

Zuerst hatte sie gedacht, daß er sterben würde, doch sie hatte sich anscheinend geirrt. Kuellers Lichtschwert fuhr nicht auf ihn herab, vielmehr taumelte Kueller zurück und zog ein kleines Gerät aus seinem Umhang und hob es an sein Gesicht.

Was sie da sah, gefiel Leia ganz und gar nicht.

"Luke!" schrie sie, aber ihr Bruder schien sie überhaupt nicht zur Kenntnis zu nehmen. Er hatte genug damit zu tun, sein Lichtschwert festzuhalten, und verpaßte seine Chance. Kueller führte etwas Schreckliches im Schilde, und danach würde er entkommen.

Der Lichtstrahl, der Kuellers Gesicht scannte, erlosch.

Leia hob die Hand und konzentrierte sich auf Hans Blaster. Er glitt ihm aus der Hand und schoß auf sie zu.

Das Thernbee sah sie und wedelte mit dem Schwanz. Das große weiße Geschöpf änderte die Richtung und trabte in ihre Richtung.

Der Blaster wurde aus der Bahn geworfen, als Leia die Kontrolle über die Waffe zu verlieren drohte. Sie intensivierte ihre Anstrengungen in der Macht. Der Blaster traf ihre Hand in dem Augenblick, als sich eine Decke über ihr Bewußtsein legte. Sie taumelte und griff nach der Waffe.

Kueller hielt noch immer das kleine Gerät in der Hand. Sie sah in dem Licht, das von dem Apparat ausging, wie seine Finger sich rasch bewegten.

Leia wußte, auch ohne seine Präsenz in der Macht zu spüren, was er vorhatte. Er hatte es ihr selbst gesagt. Es spielte keine Rolle, daß einige Droiden abgeschaltet worden waren.

Es gab so viele, die nicht deaktiviert waren.

Wogen eisiger Kälte ... die Explosion der Bombe ... das Lachen ihrer Kinder ...

Leia hob den Blaster, schloß ein Auge und richtete die Waffe auf Kueller. Er sah sie nicht. Er konnte sie nicht einmal fühlen.

Aber Luke konnte es.

"Leia!" rief er.

Kueller fuhr herum, und Leia zögerte keinen Augenblick. Der Schuß löste sich. Sie hatte auf seinen Kopf gezielt.

Er hob eine Hand, um den Blasterstrahl abzuwehren, aber die Geste verfehlte ihre Wirkung, und Kueller wurde zurückgeworfen.

"Leia!" rief Luke noch einmal.

Das Thernbee kam auf sie zu. Ein gigantisches weißes Gespenst in der almanianischen Dunkelheit.

Kueller setzte sich auf, und Leia gab einen zweiten Schuß auf ihn ab. Er fiel zurück, das Gerät fiel ihm aus der Hand. Leia bewegte sich über den steinernen Boden auf ihn zu, das Gefühl unerträglicher Schwere verstärkte sich mit jedem Schritt.

"Leia!" Luke war jetzt neben ihr und entwand ihr den Blaster. Sie konnte seine Sorge spüren. Hatte sie Kueller voller Haß und Zorn erschossen? Wahrscheinlich. Würde sie jetzt der dunklen Seite anheimfallen?

Sie wußte es nicht.

Sie konnte die Macht nicht mehr spüren.

Vielleicht blieben die jüngsten Ereignisse ohne Konsequenzen, wenn sie ihr Gefühl für die Macht verloren hatte.

Leia beugte sich über Kuellers Leiche. Er sah jetzt viel kleiner aus, die Arme lagen über seinem Gesicht. Luke griff nach ihr, aber sie entzog sich ihm und beugte sich über Kueller. Ihre Finger griffen unter seine Maske und rissen sie ab.

Er war noch ein Knabe, und sein Antlitz zeigte gerade erst die ersten Anzeichen der Auflösung, die Palpatines Züge am Ende verheert hatte; dunkle Augen starrten sie blicklos an, die Linie des Mundes war erschlafft, doch die jugendliche, pausbäckige Fülle dieses Gesichts hätte Heiterkeit ausdrücken sollen und nicht finsteren Haß.

Kein Wunder, daß er eine Maske getragen hatte. Mit diesem Gesicht hätte er niemandem Angst und Schrecken einjagen können.

"Er war noch ein Kind", murmelte Leia.

Luke kauerte neben ihr. Er nahm ihr die Maske weg. "Nein, Leia. Seine Kindheit hat er verloren, ehe er nach *Yavin 4* kam. Er hat genau gewußt, was er tat und was aus ihm geworden war."

Luke legte die Maske auf Kuellers zerfetzte Brust, richtete sich auf und half Leia beim Aufstehen. Das Thernbee ragte neben ihnen auf und ließ seine Zunge sehen.

"Da ist dieses verdammte Ding", rief Han, der sich ihnen inzwischen genähert hatte. "Ich hätte euch helfen können, wenn dieses Biest nicht meine Ysalamiri gefressen hätte."

"Das war es also." Luke griff sich an die Stirn und lachte ein wenig unsicher. "Du *hast* uns geholfen, Han, alter Freund. Jetzt wollen wir nur hoffen, daß das Thernbee die Ysalamiri bald verdaut."

"Darauf würde ich mich nicht verlassen", verkündete Han. "Es hat sie samt den Käfigen verschlungen."

"Das Thernbee hat in der letzten Zeit noch viel merkwürdigere Dinge gefressen", entgegnete Luke.

Leia war das Thernbee in diesem Moment gleichgültig. Sie warf einen letzten Blick auf den Mann, der ihre Familie bedroht hatte. Dann drehte sie sich um. Han stand hinter ihr und betrachtete sie.

"Ich liebe dich, Prinzessin", sagte er leise.

Sie warf sich in seine Arme und preßte sich an ihn. "Ich weiß", flüsterte sie. "Ich weiß."

* 55 *

R2 hatte sämtliche Droiden in der Produktionsanlage auf Telti abgeschaltet, mit Ausnahme derer, die keine Sprengkapsel in sich trugen. Allem Anschein handelte es sich dabei nur um die Astromecheinheiten und um 3PO. Die Astromecheinheiten verfolgten Brakiss bis zu seinem Schiff und sahen zu, wie er mit unbekanntem Ziel startete.

Der Computer enthielt keinerlei Hinweise auf Master Coles Aufenthaltsort. Also mußten 3PO und R2 die gesamte Fabrik absuchen. Sie fanden ihn schließlich in einer Droidenfolterkammer, die die Kammer in Jabbas Palast wie einen luxuriösen Massagesalon aussehen ließ. Master Cole war auf eine Bank geschnallt und nicht bei Bewußtsein.

R2 gelangte zu dem Schluß, daß Master Cole in diesem Zustand nicht in der Lage sein würde, den Frachter zu steuern. Deshalb übermittelte 3PO an alle, die ihm in den Sinn kamen, Botschaften und bat darum, sie unverzüglich abzuholen.

Er bekam Verbindung mit Lando Calrissian, der schmunzelnd erklärte, die *Glücksdame* verwandle sich allmählich in eine Art Raumtaxi. Aber er versprach, sofort aufzubrechen.

3PO wartete an der Seite von Master Cole. R2 hatte darauf bestanden, die gefolterten Droiden zu befreien und schickte sie jetzt in einen Reparaturbereich, in der Hoffnung, daß sie dort einander helfen konnten. Dann machte er sich an den schrecklichen Folterwerkzeugen zu schaffen und setzte sie der Reihe nach außer Funktion.

Nachdem er gerade die Foltergeräte an Eve-9D92s Droidenkörper entfernt hatte, zuckte Master Coles Hand. 3PO beugte sich über ihn und stellte erfreut fest, daß Master Coles Augenlider zu flattern begannen. Seine Augen öffneten sich, er sah 3PO und – schrie.

R2 trillerte und rollte zu 3PO, der ein paar Schritte von Master Cole zurückgewichen war. "Es tut mir schrecklich leid, Sir. Ich bin es nur. C-3PO, zu Ihren Diensten."

Master Coles Schrei verebbte, und er griff sich mit der Hand ans Gesicht. R2 piepste mitfühlend.

"Wir sind immer noch an diesem schrecklichen Ort?"
"Nicht mehr lange", antwortete 3PO. "R2 hat bereits veranlaßt, daß wir abgeholt werden."
"Brakiss?" erkundigte sich Master Cole.
"Er ist weggeflogen, Sir. Die Astromechdroiden haben ihn angegriffen, und er ist davongerannt, nachdem ich ..."
R2 trillerte.
"Äh, nachdem *wir* den Roten Schrecken besiegt hatten."
"Den Roten ...?"
"Oh, das ist eine lange Geschichte, Sir, aber höchst faszinierend. Wissen Sie, nachdem ich Sie verlassen hatte ..."
"Später, 3PO." Master Cole stützte sich auf die Ellbogen und sah R2 fragend an. "Hast du dein Problem gelöst?"
R2 pfiff bejahend.
"Oh, mehr als nur gelöst, Sir. Er hat sämtliche Sprengkapseln deaktiviert. Anscheinend hat Brakiss alle Droiden so konstruiert, daß man sie mit einem einzigen Fernschalter beeinflussen kann, obwohl ich nicht begreife, weshalb das notwendig sein sollte. Aber R2 hat mir versichert, daß das die übliche Vorgehensweise aller Droidenfabrikanten ist. Der Fernschalter erlaubt es, defekte Modelle selbst an schwer erreichbaren Orten zu deaktivieren ..."
"Kann ihn denn niemand dazu bringen, mal den Mund zu halten?" stöhnte Master Cole und wälzte sich vom Tisch, wobei er verhalten ächzte.
"Ich denke nicht, daß Sie aufstehen sollten, Sir."
"Ich denke nicht, daß ich noch länger hierbleiben möchte. Wo ist der Frachter?"
"Wo wir ihn abgestellt haben, Sir. Aber Ihr Zustand erlaubt nicht, daß Sie das Schiff selbst fliegen. Master Calrissian wird bald hier eintreffen und uns nach Coruscant bringen."
3PO wollte Cole beim Aufstehen helfen, aber der zuckte zusammen.
"Haben die Ihnen sehr weh getan, Sir?"
Master Cole warf dem Protokolldroiden einen vernichtenden Blick zu. "Es war schon ein wenig mehr als ein Zwicken."
3PO nickte. "Nun, Sir, vielleicht wäre es gut, wenn Sie sich zwei Dinge merken würden: R2 und ich haben Sie gerettet, und, wenn Sie mir meine Impertinenz verzeihen wollen, Sir, es gibt keine zwei Droiden, die einander völlig gleichen.

Ich weiß, daß das viele Fühlende häufig vergessen. Aber wir sind Individuen und können das auch bleiben, wenn man unsere Gedächtnisspeicher unangetastet läßt."

Master Cole lächelte. "Das weiß ich, 3PO. Du hast mich bloß erschreckt, als ich zu mir kam. Und was diese andere Sache angeht, nun, im Augenblick bereitet es mir einfach Schmerzen, wenn man mich anfaßt. Aber das wird sicher bald vorbeigehen." Er blickte auf R2 herab, der dicht neben ihm stolz auf der Stelle federte. "Ich habe von euch beiden gelernt, daß man einen Droiden nie unterschätzen darf. In der Beziehung war ich wie der Rest der Galaxis und habe euch immer als selbstverständlich betrachtet. Das werde ich nie wieder tun."

R2 piepste vergnügt.

"Was hat er gesagt?" wollte Master Cole wissen.

"Daß Sie sich anhören, als wären Sie wieder in Ordnung." 3POs Hand klirrte, als er sie auf R2s Kopf legte. "Wie es scheint, wird dank R2s schnellem Handeln und auf Grund meines Verhandlungsgeschicks alles wieder gut werden."

Master Cole grinste. "Da hast du wahrscheinlich recht, 3PO. Ja, ich denke, da hast du recht."

***

Mon Mothma geleitete Leia zu dem in neuem Glanz wiedererstandenen imperialen Ballsaal. Leia trug eine exakte Kopie ihres berühmten weißen Kleides, hatte aber darauf verzichtet, sich die Zöpfe um die Ohren zu kringeln. Statt dessen trug sie ihr Haar offen. Ehe sie ihre Suite verließ, hatte Han ihr lächelnd das Versprechen abgenommen, möglichst bald aus dem Senat zurückzukommen. Die Kinder sollten am nächsten Tag nach Hause kommen, und er wollte die Zeit nutzen, die ihnen bis dahin blieb.

Ihr ging es ebenso.

"Ich begreife immer noch nicht, wie Sie sie dazu gebracht haben, die Neuwahlen abzusagen", wandte Leia sich an Mon Mothma.

Mon Mothma lächelte. "Das habe ich nicht, Leia. Das waren Sie. Sie und Wedge und Han und Luke. Wenn Sie Kueller nicht besiegt hätten, dann wäre hier bei Ihrer Rückkehr ein politisches Unwetter losgebrochen, wie Sie noch nie eines gesehen haben. Aber als klar war, daß Han mit dem

Bombenattentat nichts zu tun hatte und Sie alle den wahren Täter unschädlich gemacht hatten, blieb Meido und seinen Gefolgsleuten nichts anderes übrig, als Sie zu unterstützen."

Leia verschränkte die Hände hinter dem Rücken. "Aber Sie müssen doch *irgend etwas* unternommen haben. Als ich zurückkam, hatten Sie Meido bereits aus dem Inneren Rat entfernt."

Mon Mothma zuckte die Achseln. "Ich habe einfach Erfahrung darin, wie man mit politischen Gegnern umgeht, viel mehr Erfahrung als Sie, Leia. Sie werden lernen müssen, wie man mit einem Gremium verfährt, das seine Geschlossenheit eingebüßt hat. Der Senat wird künftig politische Entscheidungen nicht mehr einstimmig treffen. Sie werden eine Hausmacht um sich scharen und Koalitionen eingehen müssen."

"Mit Imperialen?" Leia überlief es kalt bei dem Gedanken.

"Mit *ehemaligen* Imperialen, die in Wirklichkeit mit dem Imperium überhaupt nichts zu tun hatten. Sie dürfen den Leuten ihre Vergangenheit nicht in alle Ewigkeit vorwerfen. Sie sollten das besser als irgend jemand sonst verstehen, Frau Präsidentin Organa *Solo*."

Worauf Mon Mothma da anspielte, hatte einiges für sich. Hans Vergangenheit war, gelinde gesagt, recht bewegt, und doch würde er eine offizielle Belobigung für seine heldenhafte Rettung der Verwundeten vom Smuggler's Run erhalten. Das gleiche galt für Lando, der sich bei Leia bereits erkundigt hatte, ob die Belobigung mit irgendwelchen finanziellen Zuwendungen verbunden war. Als sie ihm erklärt hatte, daß Dankbarkeit sich nicht in Geld ausdrücken ließe, hatte er nur finster die Stirn gerunzelt.

Sie hatte sich daraufhin bereit erklärt, die Reparaturen der *Glücksdame* zu bezahlen, wenn es sein mußte, aus eigener Tasche. Das war das wenigste, was sie tun konnte. Lando hatte immerhin Hunderte von Leben gerettet.

"Irgendwelche Nachrichten von Chewbacca?" erkundigte sich Mon Mothma.

Leia nickte. "Er und die *Alderaan* sollten jeden Augenblick hier eintreffen. Er hat eine Weile gebraucht, bis er das wilde Rudel Thernbees gefunden hatte. Offenbar waren sie aus ihren normalen Weidegründen geflohen, als die Je'har sich daranmachten, sie auszurotten. Aber Chewie konnte unser Thernbee ins Rudel zurückbringen."

"Wenn man Ihren Worten Glauben schenken darf, war dieses Thernbee ein äußerst liebenswertes Geschöpf."

"Es war viel zu gewaltig, um wirklich liebenswert zu sein", widersprach Leia. "Und es hat zwei Tage gebraucht, um die Ysalamiri zu verdauen. Mara, Luke und ich steckten im *Falken* fest und konnten nichts anderes tun, als uns mit holographischen Spielen die Zeit zu vertreiben, während Han und Chewie sich darüber stritten, wer die Schäden reparieren sollte."

"Irgendwie scheinen sich die beiden aber einig geworden zu sein."

Leia grinste. "Ja, nachdem Mara gedroht hatte, sie beide zu erschießen."

Mon Mothma lachte. Sie blieben an der Tür des ehemals imperialen Ballsaals stehen. Mon Mothma legte Leia die Hand auf den Arm. "Sie wissen sicherlich, daß einige der Senatoren den Wunsch geäußert haben, C-3PO und R2-D2 zu deaktivieren, weil sie einfach auf eigene Faust losgezogen sind. Außerdem verlangen sie, daß Cole Fardreamer unter Anklage gestellt wird. Der Diebstahl des Frachters hat eine Reihe von Senatoren aufgescheucht, die versuchen werden, dieses Thema als ersten Punkt auf die Tagesordnung zu setzen."

Leia betrachtete die verschlossene Tür. Als sie das letzte Mal in dieser Aufmachung einen Versammlungsraum des Senats betreten hatte, war sie wegen der kleinlichen Streitereien der Senatoren beunruhigt gewesen. Dann war, völlig unerwartet, die Katastrophe über sie hereingebrochen; der Bombenanschlag hatte so viele Leben zerstört und ihre Besorgnis mit einem Mal belanglos erscheinen lassen.

Kueller. Sein jugendliches Gesicht würde sie in ihren Träumen länger verfolgen als seine Totenmaske – und noch länger, was er getan hatte.

Ohne auch nur einen Gedanken darauf zu verwenden, hatte er zahllose Leben ausgelöscht, und der Preis des Sieges über ihn war hoch. Leia würde alles tun, wozu sie als Staatschefin fähig war, um dafür zu sorgen, daß keine weiteren Ungeheuer wie er entstanden.

Der erste Punkt auf ihrer persönlichen Tagesordnung galt den Bemühungen, zu verhindern, daß es opportunistischen Politikern auch weiterhin gelang, die Wahrheit nach ihrem Gusto zu verzerren.

"Es wird ihnen nicht gelingen, die Droiden deaktivieren zu lassen", sagte sie. "R2 und 3PO sind Helden. Doch mir geht da einiges durch den Kopf, wie man die Droidengesetze ändern könnte. Und Cole Fardreamer wird man auch nichts anhaben. Er hat die Manipulationen an den neuen X-Flüglern entdeckt; seinem Vorschlag ist es zu verdanken, daß wir jetzt wieder zu den älteren Modellen zurückkehren. Ich werde mich um all das kümmern. Außerdem gilt es, ein paar Brücken zu bauen."

"Das klingt nach einem anstrengenden Tag", meinte Mon Mothma.

"Allzu anstrengend darf er nicht werden", wandte Leia ein. "Luke bekommt heute nachmittag seine letzte Behandlung im Bactatank, und ich möchte dabei sein, wenn er aufwacht. Anschließend gehe ich nach Hause. Han bereitet heute das Abendessen zu."

"Und keine Kinder bis morgen."

Leia lächelte. "Man muß aus jeder Situation das Beste machen", erwiderte sie.

"Oh, das tun Sie, Leia", versicherte Mon Mothma.

Das Gespräch nahm Leia eine zu ernste Wendung. Sie legte Mon Mothma den Arm um die Hüfte. "Heute beginnt ein neues Kapitel", sagte sie.

"Ja", nickte Mon Mothma. "Und für mich ist der erste Tagesordnungspunkt, daß ich zurücktrete und Sie Ihre Position als Staatschefin wieder einnehmen."

"Glauben Sie, die werden meine Rückkehr akzeptieren?" fragte Leia.

"Ohne eine Gegenstimme", erklärte Mon Mothma.

Dann öffneten sie die Tür zu der provisorischen Senatshalle. Leia legte sich im Geist ihre Rede zurecht. Sie würde andere Worte finden als jene, die sie vor langer Zeit geplant hatte; diesmal würde sie von Einigkeit und Respekt sprechen. Und damit würde sie den Charakter der kommenden Sitzungsperiode des Senats bestimmen.

Und dieses Mal würde sie es richtig machen.

Ende

Über die Autorin

Kristine Kathryn Ruschs Werk ist mit zahlreichen Preisen bedacht worden. Unter ihrem eigenen Namen hat sie vierzehn Romane veröffentlicht: *The White Mists Of Power; Afterimage* (mit Kevin J. Anderson); *Façade; Heart Readers; Traitors; Sins Of The Blood; The Escape* (mit Dean Wesley Smith)*; The Fey; The Sacrifice; The Long Night* (mit Dean Wesley Smith)*; Rings Of Tautee* (mit Dean Wesley Smith)*; The Devil's Churn; Star Trek: Klingon!* (mit Dean Wesley Smith)*; Soldiers Of Fear* (mit Dean Wesley Smith) und *The Fey: The Changeling*. Ihre Kurzgeschichten wurden für den Nebula, den Hugo, den World Fantasy und den Stoker Award nominiert; die Erzählung *The Gallery Of His Dreams* gewann den Locus Award als beste Kurzgeschichte, während das schriftstellerische Gesamtwerk 1991 in Europa mit dem John W. Campbell Award ausgezeichnet wurde.

In ihrer Freizeit ist Rusch als Herausgeberin des *Magazine Of Fantasy & Science Fiction* tätig, ein angesehenes Magazin, das bereits 1949 gegründet wurde. Für diese Tätigkeit wurde sie 1994 mit dem Hugo Award ausgezeichnet. Gemeinsam mit ihrem Mann, Dean Wesley Smith, gründete sie Pulphouse Publishing; beide erhielten für ihre Arbeit in diesem Verlag den World Fantasy Award. Rusch und Smith sind Herausgeber des *SFWA Handbook: A Professional Writer's Guide To Writing Professionally*, das als bestes Nonfiction-Werk mit dem Locus Award ausgezeichnet wurde; außerdem haben Rusch und Smith mehrere Romane unter dem Pseudonym Sandy Schofield verfaßt.

Kristine Kathryn Rusch lebt und arbeitet in Oregon.

Mary Henderson

STAR WARS
Magie und Mythos
Die phantastischen Welten des George Lucas und ihre Ursprünge

Wie kein anderer Mythos unserer Zeit hat die STAR WARS-Trilogie die Herzen und die Phantasie von Millionen Kinobesuchern in der ganzen Welt bewegt. Der mit zahlreichen Fotografien und Zeichnungen ausgestattete Band MAGIE UND MYTHOS erkundet die mythologischen und historischen Wurzeln der STAR WARS-Saga, jener zeitlosen Geschichte vom Kampf des Guten gegen das Böse.

Mit analytischer Präzision arbeitet Mary Henderson die enge Verwandtschaft heraus, die zwischen dem STAR WARS-Universum und der Mythologie des klassischen Altertums sowie den Legenden und Mysterien des Mittelalters besteht. Zudem stellt sie dar, wie stark die Filme auch von modernen Mythen wie dem Westernkino inspiriert sind und kollektive Erfahrungen der Amerikaner im Zweiten Weltkrieg verarbeiten. Entstanden ist so eine fundierte und unterhaltsame Studie, die dem Leser überraschende Einblicke in phantastische Welten gewährt, die spätere Generationen vielleicht einmal als *den* Mythos des 20. Jahrhunderts bezeichnen werden.

vgs verlagsgesellschaft, Köln

Das STAR WARS-Universum von A biz Z

Stephen J. Sansweet

STAR WARS-Enzyklopädie

Es war einmal vor langer Zeit in einer weit, weit entfernten Galaxis ...

Mit diesen Worten begann im Jahr 1977 eine Saga, die in der Film- und Kulturgeschichte ihresgleichen sucht: die STAR WARS-Trilogie. Inzwischen ist das von George Lucas geschaffene Universum, dessen Faszination ungebrochen anhält, fast unüberschaubar: Mehr als 30 Romane, zahllose Erzählungen, Comics, Computerspiele und andere Merchandising-Objekte haben die Geschichten um den abtrünnigen Jedi-Ritter Darth Vader und seinen Sohn Luke Skywalker fortgeschrieben und immer neue Charaktere, Schauplätze, Raumschiffe, Waffen etc. geschaffen. Diese vielfältige Welt dokumentiert Stephen J. Sansweet in seiner großen STAR WARS-ENZYKLOPÄDIE: Auf ca. 400 Seiten mit Hunderten farbiger Abbildungen wird von A bis Z das gesamte STAR WARS-Universum lexikalisch vorgestellt. In Kombination mit den opulenten STAR WARS-CHRONIKEN haben Fans und Kinobegeisterte damit alles vorliegen, was man zum Thema wissen kann – und muß!